KB261705

근대지식으로서의 사회주의

상허학회

무자년 새해가 밝았다. '새해'라는 기표가 발휘하는 의미작용의 효과는 우리 인간에게는 작은 축복이라 해도 좋을 것이다. 그것은 2008년 1월 1일과 2007년 12월 31일 사이에 놓여 있는 24시간이라는 물리적 시간의 거리를 무려 365일이라는 심리적 시간의 거리로 바꾸어 놓기 때문이다. 그러한 의미작용의 효과 덕분에 우리는 묵은해를 보내고 새해를 맞이하면서 우리에게 부정적이었던 것들과 결별을 계획하고 선언하게 된다. 그렇게 맞이한 한 해가 지나 다시 해를 바꾸어 맞이하는 시점에서 이전과 별반 다를 것이 없는 결별을 반복하게 된다고 할지라도, 그런 결별의 작은 의식이 우리 삶에 미치는 효과를 어찌 축복이라 하지 않을 수 있겠는가.

'일일여삼추(一日如三秋)'라는 말에서도 확인되듯이 개인의 주관적 정황에 따라 물리적 시간과 심리적 시간은 다르게 마련이지만, '새해'라는 기표의 효과가 축복일 수 있음은 특권적이며 제한적인 적용을 허용하지 않는 그것의 보편성 때문일 것이다. 아마도 지금 이 지구의 영토 여기저기에서 이미 지나간 것이면서도 여전히 반복될 것이 분명한 부정적인 것들과 결별을 이루어내고자 하는 노력들이 진행되고 있을 것이다. 공부를 업으로 삼은 많은 분들도 이미 각자의 자리에서 그 나름의 결별을 선언하고 그 실천을 위해 힘쓰고 있을 것이다. 이제까지와는 다른 시간을 위해 우리 모두에게 저마다의 결별이 제대로 이루어질 수 있기를 함께 기대해 본다.

　『상허학보』 제22집에는 특집논문 6편을 실었다. 특집의 주제는 "근대지식으로서의 사회주의와 그 문화・문학적 표상"이다. 오늘의 시점에서 '사회주의'라는 기표는 우리에게 많은 것을 생각하게 한다. 20세기 후반기 동안 분단체제와 그에 따른 병리적 상황 속에서 살아야 했던 우리에게 '사회주의'는 불길한 저주의 상징이면서 동시에 매혹적인 금단의 열매이기도 했다. 불길한 저주이든 매혹적인 유혹이든 지난 시대에 그것이 떨쳤던 가시적이거나 비가시적인 위력과 비교할 때, 현시점에서 그것과 연관된 거의 모든 개념 범주들은 후기산업사회의 역동성에 더 이상 걸맞지 않은 이론적 폐기물 같은 것이 되어버린 듯하다. 그처럼 현실적 작용과 영향의 측면에서 현재 그 위력이 상실되었다고 하더라도, '사회주의'라는 기표와 그것의 다양한 의미작용에는 그 누구도 부정할 수 없는 일종의 신화의 그림자가 드리워져 있다. 한국근현대사의 맥락에서 사회주의가 철학적 성찰의 매개보다는 혁명적 실천의 매개로서 더 자연스럽게 다가오는 이유도 그러한 신화의 그림자와 무관하지 않을 것이다. 비판철학자들의 지적처럼 신화의 그림자에는 언제나 계몽과 미몽의 양극적 성격이 뒤섞여 있게 마련이다. 그 신화에서 계몽과 미몽을 변증해내고 미몽의 측면을 제거하는 방법은 언제나 계몽을 철저하게 이행하는 것이고 철저화의 매개는 성찰의 심화일 수밖에 없다. 이번 특집의 기획 의도는 바로 그러한 계몽의 철저화와 성찰의 심화를 위한 계기를 마련하려는 데 있다. 라캉 학파의 주장처럼 그것의 기의는 고정점에 따라 다양하게 변주되겠지만, '사회주의'는 '계급'・'민중'・'민족'・'대중'・'혁명'・'해방'・'자유'・'평등'・'정의'・'노동자'・'농민' 등과 같은 무수한 제2의 보조적인 기표들을 거느리고 있는 특권적 기표임이 분명하다. 그리고 그러한 보조의 기표들은 문화・문학적 표상들에 자양분을 제공해준 다양한 원천 표상들로 기능하며, 그 표상들은 특정한 사회역사의 맥락에서 지식의 구축과 활용의 매개로서 기능하게 될 것이다. 이는 이번 호 기획 특집의 주제에 "사회주의"와 함께 "지식"과 "문화·문학의 표상"이 함께 포섭되어야 했던 이유이다.

　이런 이유로 특집기획에 참여한 6명의 연구자들은 모두 사회주의가 현재 한국인의 사유양식과 표상체계 그리고 행동양식을 조형하는 데 깊이 관여한 사회적 근대지식이었다는 전제 아래 연구를 진행하였다. 「'계급' 개념의 근대 지식적 역학: 사회주의 연구노트 1」에서 박헌호 는, 1920년대 초반의 매체들에 나타난 몇몇 논의를 통해, 특히 '계급' 개념이 근대지식의 차원에서 어떤 인식론적 파장을 불러왔는가 하는 점을 고찰하였다. 「'노동(자)', 그 해석과 배치의 역사: 1890년대에서 1920년대 초까지」에서 김현주는, '노동'이라는 단어가 처음 등장하는 1890년대 후반에서 '노동자'가 특정한 사회경제적 이해관계를 공유한 집단으로 대두하는 1920년에 이르기까지, 당시 사회에서 핵심적인 담 론의 장을 이끌어간 지식인들의 저술에서 이루어지는 "노동(자)"라는 기 호의 해석과 담론체계상의 배치 양상 및 변화를 관찰하였다. 「1920년 대 신문만평의 사회주의 정치와 문화적 효과」에서 이승희는, 사회주의 와 연관된 보조의 기표들이 1920년대 중반 신문만평에서 나타나는 양 상들을 분석함으로써 그러한 표상체계의 문화사적 함의를 해명하고자 하였다. 「지식인의 자기정의와 '계급': 식민지 시대 지식계급론과 한국 근대소설의 지식인 표상」에서 이혜령은, 1920년대 초중반에 본격적으 로 대두한 "지식계급론"을 검토하여, 지식인의 자기정의와 문학적 표 상에서 '계급' 개념이 야기한 변폭을 논의하기 위한 시론을 마련하고 자 하였다. 「근대적 대중지성의 형성과 사회주의 (1): 초기 형평운동과 「낙동강」에 나타난 근대 주체」에서 천정환은, 형평운동의 발생과정과 소설 「낙동강」을 통해 사회주의라는 새로운 앎의 방식의 수용을 위한 복잡다단한 선행조건을 묘사하고, 1920년대 조선에서 사회주의가 어떻 게 새로운 앎─주체의 탄생에 관계했는가 하는 문제를 고찰하였다. 「금 지된 표상, 허용된 표상: 1930년대 초반 『삼천리』에 나타난 러시아 표상을 중심으로」에서 장영은은, 1929년에 창간되어 1942까지 발행된 『삼천리』에 나타난 러시아 표상을 검토하여 그 표상 방식에서 드러나는 함의와 이데올로기를 분석하였다.

이번 호 일반논문으로는 다양한 시대와 주제를 다룬 논문 5편을 실었다. 서은주의 「일본문학의 언표화와 식민지 문학의 내면」은, 식민지 조선의 문인들이 일본문학에 대해 언급한 글들을 대상으로 하여, 타자화와 동일화 사이를 진동하며 일본문학을 의식했을 시민지 시대 한국문학의 내면을 고찰한 논문이다. 이종호의 「최남선의 지리(학)적 기획과 표상」은, 최남선이 두 번째 일본 유학을 떠나는 1960년부터 경술국치까지 기간 동안에 이루어진 최남선의 "지리(학)적" 기획과 표상을 살펴봄으로써 우리의 근대전환의 양상과 성격을 분석한 논문이다. 최현식의 「이광수의 '국민시'」는, 최남선의 '국민시'에 대한 분석으로 통하여 일제 말기 조선의 일본화의 경로와 운명을 고찰해본 논문이다. 장성규의 「카프문인들의 전향과 대응의 논리: 임화와 김남천을 중심으로」는, 카프문인들의 전향논의의 전제가 되는 당대 사회주의 진영의 전향론에 대한 이해를 바탕으로 하여, 카프문인들의 전향논의를 전형적으로 보여주는 임화와 김남천의 경우를 집중적으로 분석한 논문이다. 한영옥의 「민중가요에 나타난 여성이미지의 활용과 의미 연구」는 1960년부터 2000년까지 기간 동안 민중가요에 나타난 여성이미지의 분석을 통하여 민중가요의 다층적 인식층위의 한 계기를 밝히고자 한 논문이다.

지난해 있었던 대선의 결과로 정권이 교체되었다. 개인의 차원뿐 아니라 전체 사회의 차원에서도 어떤 전이가 이루어지는 시기에 가장 유행하는 기표는 '결별'인 모양이다. 이제 물러갈 정권이 5년 전에 그랬던 것처럼 이제 들어설 정권도 과거와의 결별을 선언하고 나섰다. 그 과정에서 들어설 자들이 물러갈 자들에게 그동안 오만했다고 오만하게 나무란다. 과거의 오만과 결별을 위한 매개가 오만인 것은 참으로 아이러니이다. 결별이란 과거 자체를 무시하고 버리는 과정이 아니라 과거의 부정적인 것들을 골라내는 과정이다. 그 과정에서 요청되는 것은 다각적인 고민과 성찰의 깊이와 두께이다. 5년이란 세월은 결코 짧지 않은 시간이다. 이 시점에서 새로운 정권이 보여주어야 할 것도 과잉 의욕과 조급한 실천의 선정주의가 아니라 진정한 변화를 위한 고민과 성찰의 깊이와 두께이다. 우리가 결코 자유로울 수 없는 현실정치의 장에 대한 기대를 품으면서 문득 우리의 자리가 불안해진다. 국문학 공부를 업으로 삼은 우리는 우리 자신의 영역에서 어떻게 과거의 부정적인 것들과 결별할 것이며, 어떻게 우리 자신의 담론이 오만하지 않을 수 있는 조건을 마련할 수 있을 것인가? 이것은 새해에 이러저런 결별을 계획하며 한번쯤 되새겨 보아야 할 우리 모두의 화두일 것이다.

거친 원고를 다듬어 이렇게 훌륭한 책으로 만들어주신 깊은샘의 박현숙 사장님께 감사의 마음을 전하고 싶다.

2008년 정월 대보름을 앞에 두고
편집위원회 識

◈ 목   차 ◈

I. 특 집

'계급' 개념의 근대 지식적 역학
─ 사회주의 연구노트 1

박 헌 호*

목 차

1. 문제의 소재
2. 계급 개념의 근대 지식적 위상과 동력학
3. 줄이면서

1. 문제의 소재

  한국 사회주의[1] 연구의 주류적 경향은 '운동사' 연구다. 조직(黨)과 사건, 인물 그리고 코민테른과의 관계 등이 연구의 중심을 이루어왔다. 여기에는 사회주의 연구를 둘러싼 내외적인 조건이 반영돼 있다. 사회

---

  * 성균관대 동아시아학술원 연구교수.
  ** 이 논문은 2006년도 한국학술진흥재단 지원으로 연구됨(KRF-2006-321-A00095).

  1) 여기서 '사회주의'란 무정부주의, 사회민주주의, 마르크스주의 등을 포괄하는 범칭으로 사용했다. 실제로 사회주의가 활발하게 소개됐던 20년대 초반은 다양한 사상이 혼효된 상태로 수용됐다. 이것이 마르크스─레닌주의로 통합되는 양상은 기존 연구에서 이미 다룬 바 있다.(박종린, 「일제하 사회주의 사상의 수용에 관한 연구」, 연세대 박사 논문, 2006. 참조) 이를 따라서 본고는 '사회주의'를 제반 경향을 포괄하는 범칭으로 사용하면서도 마르크스주의를 그 중심에 두었다.

14

주의는 식민지 시기 민족해방운동의 핵심이념이었을 뿐만 아니라 해방 이후 한반도 분단의 한 축을 담당했다. 분단은 사회주의 연구에도 뚜렷한 영향을 끼쳤다. '반공주의'가 횡행하던 시절 사회주의는 진정한 의미의 학문 연구대상이 아니었다. 1980년대 들어 민주화 운동과 더불어 사회주의가 학문적 대상으로 주목받기 시작했는데, 이는 사회주의 '연구사'가 한국 근대사에서 민족민주운동의 기원과 전통을 탐색하려는 경향과 밀접한 연관을 가졌음을 보여준다. 사회주의의 '운동사'적 연구경향은 이러한 역사적 현실의 학문적 반영태였다. 아울러 학문내적인 현실도 운동사적 연구경향을 강화시켰다. 사회주의는 식민지 시기 일제의 탄압 아래 비밀운동의 형태로 전개됐던 까닭에 그 운동의 실체가 아직까지 분명하게 밝혀지지 않았다. 때문에 사회주의 운동의 실체복원은 여전히 강조돼야 할 연구영역이다. 모든 연구가 사실의 복원으로부터 비롯된다는 점을 고려할 때 현재 한국의 사회주의 연구는 출발점에 서 있다고 해도 과언이 아니다.[2]

그런 만큼 한국의 사회주의 연구는 그것을 사상으로서, 지식과 담론으로서 혹은 멘탈리티(Mentality)의 형성원리로서 연구하는 경험을 풍부하게 갖고 있지 못하다. 사회주의는 이념의 과도한 편향 속에 놓여 있거나 혹은 복원되어야 할 대상으로 한정됐던 혐의가 적지 않다. 게다가 실재하는 자료가 제한적이라는 사실로 말미암아 담론적인 연구가 진척될 가능성 역시 한계를 지녀왔다. 일제의 탄압에 따른 사회주의 운동의 비밀주의적 존재방식과 검열에 의한 공론장에서의 봉쇄로 말미암아 식민지기 한국 사회주의는 자신을 객관화시키며 대중과의 교호작용 속에서 자신의 견해를 개진·수정할 기회를 거의 갖지 못했던 것이다.[3] 당

---

2) 현재는 운동사의 실체복원이 뚜렷한 성과로 정리되는 단계라 할 수 있다. 대표적으로는 김경일, 『이재유 나의 시대 나의 혁명』, 푸른역사, 2007; 전명혁, 『1920년대 한국 사회주의 운동연구』, 선인, 2006; 전상숙, 『한국 사회주의 지식인 연구』, 지식산업사, 2004; 구승회 외, 『한국 아나키즘 100년』, 이학사, 2004; 이현주, 『한국 사회주의 세력의 형성』, 일조각, 2003; 임경석, 『한국 사회주의의 기원』, 역사비평사, 2003; 이호룡, 『한국의 아나키즘』, 지식산업사, 2001. 등을 들 수 있다.

시 사회주의의 이러한 존재방식이 현재의 연구경향에도 영향을 미치고 있는 것으로 보인다. ‘당’ 중심의 역사, 주요인물을 중심으로 삼는 경향은 ‘운동의 방식’이 ‘연구의 방식’을 규정하는 사례라고 할 수 있다.

이 글은 사회주의가 현재 한국인의 사유양식과 표상체계 그리고 행동양식을 조형하는데 깊이 관여한 사회적 근대지식이었다는 전제 아래 출발한다. 사회주의는 혁명을 위한 실천이념일 뿐만 아니라 무엇보다 인간과 우주, 세계와 자아에 대한 고유한 담론체계로 현상했다. 사회주의가 야기한 인식론적 충격은 그것이 담고 있는 세계해석의 시각과 역사적 내러티브, 그리고 현실과 인간을 분석하는 데 동원 가능한 다양하고 탁월한 분석범주를 통해 다가왔다.

사회주의는 자본주의 근대에 대한 가장 발본적이며 총체적인 비판이론이라는 측면에서 반근대 담론의 앞자리에 있지만, 근대적 합리성과 과학성, 체계성의 산물이란 점에서 근대의 적자이기도 하다. 이 말은 사회주의 자체가 근대의 안과 밖을 동시에 내포하는 ‘경계의 사상’이란 점을 말해준다. 사회주의는 근대담론도 아니지만 그렇다고 탈근대 담론도 아니다. 근대의 자궁에서 길러졌으되 근대의 해체를 지향했다는 사실에 사회주의의 이론적 성격과 운명이 존재한다. 사회주의를 경계의 사상으로 이해하는 것은 그것을 연구할 때도 응용될 수 있다. 조직과 사건, 이념의 자기전개로서의 사회주의가 존재한다면, 다양한 방식으로 수용되고 대타화되며 왜곡됐던 대상으로서의 사회주의도 존재하는 것이다. 말하자면 그것은 무엇이었고 무엇이고자 했는가 하는 문제와 함께, 그것이 어떻게 비춰졌고 어떻게 작용했는가 하는 문제도 간과돼서는 안 된다.

자본주의가 사회주의의 비판과 도전에 대응하면서 끊임없이 자신을 수정해온 것처럼, 우리가 ‘근대성’이라 통칭하는 역사적 사유구조와 인

---

3) 박헌호, 「‘문화정치’기 신문의 위상과 반—검열의 내적논리」, 『대동문화연구』 50집, 성균관대 대동문화연구원, 2005. 6. 참조.

식체계에는 사회주의의 영향이 깊이 각인돼 있다. 사회주의는 비판적 경로를 통해서도 영향을 끼쳤다. 사회주의의 반대자들이 반대와 비판을 통해 자신을 대타화하는 과정에서 그것은 역설의 방식으로 주체형성의 메커니즘을 발휘했던 것이다. 사상의 문제를 다양한 사상이 상호 투쟁하며 동시에 서로 뒤섞이는 과정에 주목해서 바라본다면, 사회주의가 근대 한국인의 정신구조에 남긴 영향과 다른 사상에 남긴 작용과 반작용의 관계는 '정신의 생성동력'이라는 측면에서 다루어질 필요가 있다. 강조돼야 할 것은 사회주의가 하나의 이데올로기이면서 동시에 이데올로기 너머의 멘탈리티로 존재하며, 한국의 제반 현실을 판단하는 인식체계의 형성에 강력한 동력을 행사한 근대지식이었다는 사실이다. 사회주의를 근대지식으로서 바라보는 태도는 사회주의의 존재양태를 공간적으로 확장하며 일상 속 잠재의식의 영역으로까지 넓히기를 희구하는 것이다.

이런 맥락에서 이 글은 한국인의 근대적 사유체계의 형성에 사회주의가 미친 영향이라는 포괄적인 문제의식에서 출발하지만, 특히 '계급' 개념이 근대지식의 차원에서 어떠한 인식론적 파장을 야기했는지를 간략하게 정리하였다. 여기서는 1920년대 초반의 신문, 잡지에 나타난 몇몇 논의를 중심으로 기본적인 논점들을 제시하는 데 그쳤다. 계급 개념은 사회주의의 핵심개념이다. 당연히 계급 개념의 의미와 영향력을 여기서 다 논하기 어렵다. 계급 개념의 근대지식으로서의 역학과 인식론적 파장은 보다 확장된 문제영역과 장기적인 연구에 의해 채워져야 할 과제이다. 이 글은 그 출발점에 서 있을 뿐이다.

2. 계급 개념의 근대 지식적 위상과 동력학

『무정』의 마지막 부분에는, 자선음악회를 마친 주인공들이 방에 모여 자신의 진로에 대해 의견을 나누는 장면이 나온다. 인물들은 '생물학’이나 ‘음악’ 혹은 ‘수학’을 거론하며 교육자로서 또는 민족의 선구자로서의 자기의무를 재확인한다. 이들이 각각의 학문에 대해 깊은 이해를 갖고 있는 것은 아니다. “다만 自然科學을 重히 여기는 思想”의 영향을 받았을 뿐 “數學과 人生에 어떠한 관계가 있는지를 모른다.” 그러기에 작가는 “生物學이 무엇인지도 모르면서 새 文明을 건설하겠다고 自擔하는 그네의 신세도 불쌍하고 그네를 믿는 시대도 불쌍하다.”[4]고 말한다.

이 장면은 많은 것을 보여준다. 합방 이전 정치나 경제, 법학처럼 관직에 진출하는데 유리했던 분야에 편중됐던 재일 유학생의 전공 선택이 한일합방 이후 다양해지는 현상을 보여주는[5] 한편, 예술을 중시하고 자연과학과 수학 같은 기초학문의 진흥을 역설한 이광수 특유의 교육관도 드러난다. 관심을 끄는 것은, ‘經學’을 정점으로 하는 중세지식의 위계질서가 더 이상 드러나지 않는다는 사실이다. 근대학문의 본질에 대한 무지가 문제될 뿐 지식 사이의 우열의식은 존재하지 않는다. 이미 전문화와 균질화를 특성으로 하는 근대지식의 헤게모니가 확립된 것이다.

근대지식이 지식 내부의 위계질서를 타파하고 이성의 우위에 근거한 ‘세계의 탈주술화’를 도모했다는 사실은 상식에 속한다. 아울러 근대지식은 지식이 창출되고 분류되고 체계화되는 방식만이 아니라 지식의 사회적 존재양식과 향유방식, 재생산 구조에서도 과거와 달랐다. 신분제의 타파와 자본주의 발전 그리고 미디어의 발달이 그 밑그림을 그렸다. 노동생산성을 올리려는 자본의 요구와 교육을 통해 신분 상승하려는 대중의 욕구가 맞물려 근대지식은 새로운 헤게모니의 구심점이 되었다. 그 결과 근대지식은 신분상승의 ‘수단’이 되었으며, 즐기고 소비하는 ‘상품’이었고, 사회적 ‘권위’를 획득한 강고한 체계이면서도 동

---

4) 이광수, 『무정』(『이광수 전집』 1권), 삼중당, 1972, 207쪽.

5) 박찬승, 「식민지시기 도일 유학생과 근대지식의 수용」, 『지식변동의 사회사』, 한국사회사학회 편, 문학과지성사, 2003. 참조.

시에 낡은 지식으로부터 새 지식으로 옮겨갈 수 있는 '교환'의 대상이 되었다.

특히 미디어는 그 자신 근대지식의 전달자로써 교육제도와 더불어 이러한 헤게모니의 전환을 효과적으로 구축한 담당자였다. 신문과 잡지로 대변되는 근대 미디어의 발달은 정보만이 아니라 다양한 담론들이 자신의 정당성을 쟁투하는 선전장 역할을 담당하면서 근대지식과 사상의 대중적 영향력을 강화시켰다.

1) 계급: 사회의 재구조화와 '관계적 주체'

근대 미디어는 사회주의의 확산에도 결정적인 영향력을 행사했다. 반체제 사상이었던 사회주의는 미디어나 책과 같은 형태로 대중에게 접근할 수밖에 없었다. 3·1운동 이후 소위 '문화정치'가 시행되면서 여러 매체가 간행되었고 사회주의자들도 매체 발행에 힘을 쏟았다. 당시 미디어에는 사회주의를 둘러싼 다양한 담론투쟁들이 빈번하게 게재됐지만, 보다 많게는 사회주의라는 새로운 사상을 선전하고 대중의 이해를 도모하는 글들이 주류를 이루었다.

> 爲人은 本來 志를 爲한 또는 主義를 爲한 爲人이라. 志와 主義와를 離하고는 爲人은 更히 論할 必要가 無하나니 이럼으로 友하면 그 志이며 取하면 그 主義이오 그 人은 아니다. 智識도 尊하며 才分도 尙하며 品性도 敬한다. 그러하나 만일 人이오 그 志와 그 主義가 아니면 저 智識 저 才分 저 品性은 反히 그 志를 害하고 그 主義를 賊한다. 뿔조아의 智識이 才幹이 技術이 얼마나 푸로레타리아에게서 血汗을 善히 搾取하엿는가?[6]

인용문은 '主義'를 중심으로 인간을 평가할 것을 촉구하고 있다. 지식과 품성보다 중요한 것이 '주의'라는 주장은 근대지식의 수용을 주장

---

6) 「사람이냐 주의냐」, 『신생활』 7호, 1922. 7, 1쪽.

했던 근대계몽기의 담론들과 이 글이 다른 지평에 놓여 있음을 보여준
다. 계급성이라는 척도에 의해 총체로서의 근대지식이 내부로부터 균
열되고 있는 것이다. 이는 인용문 말미에서 주장하듯이 부르주아의 지
식과 기술이 프롤레타리아의 피와 땀을 착취하는 데 이용된다는 사실
을 통해 드러난다. 따라서 그것은 현존하는 지식체계와 교육제도 전체
에 대한 비판을 동반했다. “現在 一般敎育의 鎖鍵을 把握하고 잇는 者
가 곳 强權계급의 地位를 가지고 잇는 資本主義者 곳 有産계급”[7]인
까닭이다. 근대지식이란, 지배계급이 자신들의 지배를 영속화하기 위해
동원한 헤게모니 전략이라는 사실이 공표되고 프롤레타리아 계급의 해
방을 위한 새로운 지식, 사회주의를 알아야 할 필요성이 광범위하게 선
전됐다.

고대철학으로부터 시작해『자본론』에 이르는 마르크스 자신의 지적
여정이 잘 보여주듯이 사회주의는 근대지식의 총합이라고 평가할 만하
다. 그런데 마르크스는 ‘진리를 사회적으로 설명한다는 생각’[8]을 도입
했는데 이것은 당시로서도, 오늘날에도 낯선 생각이다. 사람들은 보통
자신이 ‘알고’ 있는 것은 자신이 ‘믿고’ 있는 것과 달리 정의상 진리라
고 생각하는 경향이 있는데, 이것은 신념과 대비되는 차원에서 지식의
가치중립성에 대한 근대적 편견에서 연유한 것이다. 사회주의는 가치
중립적 체계로 인식되던 근대지식에 계급성과 이데올로기성을 도입하
여 그것을 내부로부터 균열시켰다. 사회주의는 무엇보다 근대지식의
균열자로서 등장했다. 그 정당성의 근거는 ‘계급’이었다.

중요한 것은 계급이 ‘관계적 주체성’, ‘집합적 주체성’ 의식을 탄생
시킨 핵심개념이라는 사실이다. 계급은 개인이 사회와 맺고 있는 관계
에 새로운 구조를 도입했다. 그것이 ‘민족’ 내부의 균열만을 초래한 것
은 아니다. 계급은 ‘사회’ 개념을 전면화 시키는 데 일조했는데, 사회가

---

7) 金璟觀, 「社會問題와 中心思想」, 『新生活』 7호, 1922. 7, 47쪽.
8) 피터 버크, 박광식 역, 『지식』, 현실문화연구, 2006, 19쪽.

개인의 누적이라는 총합성 혹은 무정형의 상태가 아니라 계급에 의해 '구성된 현실'이라는 인식을 선사했다.

> 계급意識이라는 것은 계급과 계급의 關係를 區別해볼 줄 알만한 意識이다. 自己의 所屬되야 잇는 계급이 他계급의 加하는 威脅 迫害로 因하야 그 生活上에서 어느 不安을 威하게 되는 때에 그 利害를 가티하는 者들끼리 서로 共通한 意思로써 하나로 團合하야 他계급의 威脅 迫害를 免하고 拒否하려는 意識이니 이 意識이야말로 社會의 組織力 權力을 나타나게 하는 唯一한 前提條件이라 할 것이다.[9]

위의 글은 '구별'과 '단합'이라는 두 단어로 '계급의식'을 설명하고 있다. 즉 계급의식이란 다른 계급과 자신을 구별할 줄 아는 의식인 동시에 자기 계급의 단합을 통해 '사회의 조직력 권력'을 갖게 되는 의식이란 말이다. 이것은 곧 계급 개념이 개인을 '관계속의 존재'로 규정하며 (사회로부터의)분리와 (같은 계급의)집합이라는 이중적 메커니즘을 연출했음을 의미한다. 계급은 가족관계나 나이, 학벌, 지연, 공동체에서의 위상과 같은 관계망 속에 위치하던 개인을 전혀 색다른 관계 속으로 진입시켰다. 계급은 과거에는 같은 이름으로 불렸던 존재들 사이를 분열시켰고, 이름도 모르던 타인들 속에서 자신을 발견하게 만들었다. 계급 개념의 일차적 의의는 여기에 있다.

관계 속에서 주체를 묶어내는 계급 기획은 한편으로는 사적 일상에 함몰해가는 개인과 다른 한편으로는 점차 강화되는 식민권력 사이에서, 권력과 개인을 매개하는 주체적·사회적 구획으로서 의미를 지닌다. 계급투쟁은 사회적인 것이기에 개인이 사회적 관계(계급)로 재편되지 않는다면 발생할 수 없다. 사회주의는 개인을 계급으로 집합시키면서 이를 통해 '그 존재'를 타 계급과 식민권력으로부터 분절해냈다. 이제 '개인'은 그가 '사회'에서 차지하는 경제적이고 정치적인 위치를 통해

---

9) 배성룡, 「계급의식의 이론」, 『개벽』 69호, 1926. 5, 47쪽.

파악되는 존재로 전환된다. 계급 개념은 인간관계에 내재한 권력관계를 새로운 각도에서 조망하게 함으로써, 개인을 사회 속의 자아로, 사회 속의 위치에 따라 규정되는 ‘관계적 주체’로 재발견해냈다. 물론 위의 인용문처럼 계급을 ‘이해를 같이 하는 자’로서의 동질감을 중심으로 하는 규정은 사회주의 이론의 핵심으로부터 한참 벗어난 것이다.

> 그러면 계급이라는 것은 엇더한 것을 勿論하고 各 社會關係部門의 實力上 優劣의 標準에 依하야 나타나게 되리라는 것이다. 무엇이든지 一계급과 他계급을 比較할 만한 對照物의 存在가 그 必須條件인 동시에 一계급과 他계급은 늘 兩極端에 처하야 對立 내지 抗爭하는 것이 큰 特徵이다. 이는 政治 經濟계급이 그러할 뿐 아니라 文化 社會계급이 또한 다 그러하야 一의 例外를 發見할 수 업는 共通點이다. 이것이 계급의 社會의 群衆的 層列과 다른 점인 同時에 계급의 職業的 團合體와도 다른 點이다.10)

사회주의 원전에 기대어 당시 사용된 개념들의 부적절함과 오류를 지적하는 것은 이 글의 관심사가 아니다. 오히려 그러한 사례들이 발생하게 된 조건과 의미가 관심의 대상이 될 수 있다. 사회의 다양한 층위별로 적대계급이 성립한다는 인식을 보여주는 위의 글도 그것을 글쓴이의 무지 탓만으로 돌릴 필요는 없다. 식민지 시기 내내 ‘자본계급, 노동계급’이라는 명명과 함께 ‘有産계급, 無産계급’, ‘中産계급’, ‘有識계급, 無識계급’ 심지어 ‘紳士계급’ ‘强權계급’처럼 다양한 수식어를 붙인 계급명칭들이 지속적으로 사용됐다.11) 계급이 ‘유사한 특징을 가진 인간집단’이란 의미로 통용되며 무수하게 ‘응용’됐던 것이다.

시간이 지날수록 개념규정이 점차 정교해지긴 했지만 그렇다고 이

---

10) 별뫼, 「中間계급의 將來」, 『개벽』 66호, 1926. 2, 20쪽.

11) 마르크스는 계급 개념을 ‘생산과정에서의 지위’ 문제로 정식화한 바 있다. 생산수단의 소유여부와 함께 자신의 노동력 자체가 상품이 될 수밖에 없는 노동자의 존재조건이 자본주의의 모순을 극명하게 보여준다는 것이다. 게오르그 루카치, 『역사와 계급의식』, 거름, 1986, 제3장 참조.

러한 명명법이 사라지진 않았다. 그것은 당시의 사회현실과 밀접한 연관이 있다고 판단된다. 바탕에는 (공장노동자로서의)프롤레타리아의 미성숙, 과거 신분제의 유제, 인간을 손쉽게 집단화하여 사회적으로 호출하고자 하는 욕망 등이 깔려 있다. 특히 재산의 유무나 지배—피지배의 문제로 계급을 판단하는 것은 지식 정도가 낮은 당시의 대중에게 현실의 구조를 설명하며 '계급성'을 각성시키기에 상당한 정도로 편의성을 선사했을 것이다. 여기서 중요하게 읽어내야 할 것은 개인을 사회적 관계 속의 주체로 정립하고자 했던 어떤 의욕이다.

계급은 사회비판을 위해 동원 가능한 범주(예컨대 성, 인종, 민족, 환경 등)중에서 "구체적이고 사회적으로 식별 가능한 어떤 것으로 환원되지 않는 유일한 범주"[12]이다. 때문에 계급이 사회변혁의 동력으로 작용하기 위해서는 계급'의식'이라는 추상적이고 개인적인 관념에 의지할 수밖에 없다. 하지만 그것은 좀 더 구체적이고 사회적인 다른 관계에 압도될 가능성이 높다. 역사를 내부에서 장악한 전통, 문화, 제도의 힘과 일상적으로 제기되는 이해관계의 다층성 속에서, 결단으로서의 계급의식은 자신의 관념적 허약함을 빈번이 노출할 수밖에 없는 것이다. 말하자면 그것은 마르크스의 말과는 달리 '대자적'으로 존재할 가능성보다는 '즉자적'으로 존재할 가능성이 높다.

재산의 유무 등으로 계급을 구획하던 당시의 명명법들은 비록 '즉자적'인 방식이지만, (그렇기 때문에)계급을 선명하게 구획하는 (의도하지 않은)효과를 지녔다고 볼 수 있다. 계급을 물질성과 편의성에 입각해 구분해줌으로써 '계급의식'의 추상성을 현재적 물질성으로 전환시켰다고 말할 수 있는 것이다. 그렇다 하더라도 이러한 '즉자적'인 계급구획이 이후 한국 사회주의의 거듭되는 부침속에서 어떠한 심리적·현실적 작용을 미쳤는지는 새롭게 제기돼야 할 문제이다. 그러한 편의성이 계급 개념의 통속화를 불러왔으며 사회주의를 '물질의 문제'로 한

---

12) 아리프 딜릭, 설준규 외 역, 『전지구적 자본주의에 눈뜨기』, 창작과비평사, 1998, 19쪽.

정하는 시각과 연결될 수 있다는 것은 분명하다. 사회주의를 비판하고 왜곡시키는데 주력했던 당시의 반—사회주의 담론들 속에서 이러한 관점을 자주 마주치게 되는 것이 그 증거라고 할 수 있다.[13] 하지만 사회적 관계 속에서 주체를 정립하고자 했던 계급 개념의 다양한 '응용법'들은 근대 주체 기획이라는 지평 위에서 재검토돼야 할 문제이다.

2) 계급: 자기 정체성의 조정중심

주체형성의 동력으로서의 계급 개념은 끊임없이 자아정체성을 질문하며 그것을 '계급성'의 지평에서 재구성할 것을 항상적으로 요청한다. 계급은 개인의 내면을 파괴하고 재구성하는 가장 강력한 심급 중 하나였다.

> 自己의 運命을 集團의 거대한 운명에 종속시키고 自己의 表現을 이 속에서만 발견해 오던 시대에 있어서는 집단과 개인과의 사이에 넘을 수 없는 文化思想 上의 不一致는 표현될 餘裕가 없었고 각 개인은 些少한 불일치를 實踐過程 속에서 해결하여 그곳에서 일정한 객관적 방향과 영향 밑에서 일치하여 자기를 이끌고 나가는 統一된 方針이라는 것이 있을 수 있었다. …(중략)… 그러나 하루아침 역사의 行程이 이러한 것의 일반적인 退潮的 현상을 우리의 앞에 강요할 때에 集團性의 밑에 從屬되었던 작가와 비평가는 자신의 출신계급을 따라 一個의 고립된 自己로 歸還하고 말았다.[14]

카프의 맹장이었던 김남천의 '자기고발'의 한 대목이다. 이것은 계급 개념이 근대적 자아의 정체성 형성과 재구성에 어떤 영향력을 행사

---

13) 이것은 식민권력이 구사한 反사회주의 선전의 주요한 논리틀 중 하나였다. 박헌호, 「1920년대 전반기 『매일신보』의 반사회주의 담론 연구」, 『한국문학연구』 29집, 동국대 한국문학연구소, 2005. 12, 참조.

14) 김남천, 「고발의 정신과 작가」, 『조선일보』, 1937. 5. 30.

했는지를 잘 보여준다. 사회주의는 객관적 '사회과학'인 동시에, '나'를 물어보는 지식이며 '나'(의 실천)에 의해서 의미를 획득해가는 주관성의 앎이었던 것이다. 계급은 반추하는 의식으로 작용하여 자신의 말과 행동과 판단의 사회적/계급적 정당성을 끊임없이 환기시키는 자기검열관이었고, 자아를 '역사' 위로 끌어올려야 한다는 사명감을 부여하여 개인에게 역사적 환희와 역사적 환멸을 동시에 선사한 정신의 조정자이기도 했다. 여기서 사회주의가 근대적 '개인'이 탄생하는 또 다른 경로였다는 사실이 강조될 필요가 있다.

근대지식으로서 '자기비판'을 상시화 하는 지식체계는 사회주의가 유일하다. 근대지식은 이성의 영역에 몰두함으로써 대상에 대한 객관적 이해를 목표로 설정했다. 내면은 종교(사적 개인)의 영역이라 이해됐으며, 개인의 정신을 영역으로 삼는 학문분야(가령 정신분석학)도 그것이 자기비판의 형식으로 전면화 되는 것을 의도하지 않는다. 그런데 사회주의는 '주체의 주체다움'에 대해 지속적으로 문제를 제기하는 구조를 자기 내부에 담고 있는데, 그것이 바로 계급 개념 속에 응축돼 있다.[15]

사회주의는 변화하는 현실을 유기적 전체로 새롭게 분석해야 할 필요성을 늘 요청하는 한편으로 그러한 현실을 살아내는 자아의 의식에 대해서도 끊임없이 긴장과 자기비판을 주문하는 성찰진행형으로 존재했다. 근대지식으로서의 사회주의란 이러한 성찰의 내면적·사회적 의미와 동력학에 주목하는 시각이기도 하다. 사회주의 사상의 핵심범주 중 하나인 '실천' 개념의 의미도 여기에 있다. 실천은 지식의 현실화라는 의미만이 아니라 주체의 자기규정성에 대한 고도의 '객관적 주관'으로 작용하며, 그렇기 때문에 '主義者' 내부의 등급을 가르는 기제였다.

---

15) 마르크스 자신 프롤레타리아 혁명을 설명하면서 그것이 "자기 자신을 끊임없이 비판하고 혁명의 진행과정에서 부단히 자발적으로 그 진행에 제동을 걸고 혁명을 새롭게 시작하기 위하려 외견상 성취된 것을 재검토하며, 비정할 정도로 철저한 태도로 그 최초의 시도에서 드러난 부적합성, 약점, 그리고 무가치를 비웃는다."고 썼다. K 마르크스, 「루이 보나빠르뜨의 브뤼메르 18일」, 『프랑스혁명사 3부작』, 소나무, 1990, 166쪽.

여기에서 실천은 행위의 다른 말이라기보다는 주체가 사상을 어떻게 자기화하는가를 검증하는 뇌관이자 준거점으로 작용했다. 그런 맥락에서 실천은 사상의 구성요소로서 사회주의 내부에 존재한다.

이광수의 〈민족개조론〉이나 〈중추계급과 사회〉와 같은 글들과 김남천의 '자기고발'류의 글들이 확연히 갈라서는 지점이 이곳이다. 사회주의는 사회에 붙들린, 사회와 밀접한 연관으로서의 자아의식을 선사할 뿐만 아니라 내면의 깊이를 확장하고 심화시켰다. 사회주의는 '계급'과 '실천'이라는 범주를 통해 개인의 내면을 직접 겨냥하는 근대지식이었다.16) 당시 미디어에 발표된 계급관계 글 중에서 '중산(중간)계급/유식(지식)계급'론이 상당수를 차지하는 것도 이런 맥락에서 이해될 수 있다. 당시 미디어의 독자들이 상당수 '중산'계급이며 '지식'계급일 것이라는 예상은 설득력이 높다.17) 그렇다면 당대의 '중간(지식)계급'론은 이들을 주체로 호명하기 위한 시도였으며 이들을 노동자 '편'으로 귀속시키려는 의도의 발로였다고 판단할 수 있다. 당신의 계급을 질문한다는 것, 그것은 사회주의의 과학적 객관성이 주체의 내면으로 자기화되는, 주관―객관의 혼융이 시작되는 지점이었다. 근대적 계급의 형성이 충분치 못했던 식민지 조선에서 '계급'은 해체와 집합의 변증법으로서 새로운 주체를 사회적 관계 속에서 형성시키며 자기정체성의 조정자 역할을 수행했던 것이다.

3) 계급: 역사적 내러티브의 주어

계급 범주의 정당성, 인식론적 폭발력의 근거로서 '사적 유물론' '유

---

16) 한국 근대소설사에서 '내면의 형성'은 그 동안 '근대적 개인'의 발견이라는 지점과 '기독교'의 영향이라는 지점을 중심으로 논의돼 왔다. 내면의 형성에 사회주의가 기여한 바는 지금부터 탐구돼야 할 과제이다.

17) 신문독자에 대한 분석은 김영희, 「일제 지배시기 한국인의 신문접촉경향」, 『한국언론학보』 46권 1호, 한국언론학회, 2001, 참조.

물사관'이라 불렸던 마르크스 사상의 핵심을 논외로 할 수는 없다.

> 우리는 亞細諸國, 上古諸國, 封建時代, 及 近世資本家 時代의 各個의 生産方法을 社會의 經濟的 進化의 列次的 大別이라 할지라. 그리하야 今日의 資本家的 生産關係는 社會的 生活過程에서 最後의 軋轢形式을 成한 者니 그 軋轢은 곳 個人的 軋轢을 意味함이 안이요 各個人의 社會的 生活條件으로부터 生하는 軋轢이니라. 그러나 次 資本家的 社會의 內部에 發達한 生産力은 同時에 次 軋轢을 解決키 可能한 物質的 條件을 作하나니 그런 故로 次 資本家的 社會形體와 共히 人類 歷史 前期가 終決을 告할지니라.[18]

〈唯物史觀要領記〉(「정치경제학 비판을 위하여」 서문)는 식민지 시기 가장 많이 번역된 마르크스 원전 중 하나였는데, 왜냐하면 이 글이 "맑스주의를 해방을 위한 무기로 적극적으로 수용하기 시작한 식민지 조선의 사회주의자들에게 매우 매력적인 것"이었기 때문이다. "역사는 발전하는 것이며, 그 진행은 사회구성체의 계기적 발전에 의해 결국 인류의 전사인 자본주의가 극복되고 사회주의가 필연적으로 도래"[19]한다고 해석된 마르크스의 가르침은 혁명운동의 제1무기가 되기에 부족함이 없었다. 혁명운동에의 기투는 이 같은 역사적 확신이 없다면 존재하기 어렵기 때문이다.

사적 유물론에 내재된 시간관(직선적 발전사관)과 결정론적 파국주의는 오늘날에도 사회주의 비판의 핵심적인 지점이다. 그것은 사회주의 사상의 중추적인 패러다임으로 식민지 조선의 수용주체들에게도 결정적인 영향을 미쳤다. 하지만 이와 별개로 사적 유물론이 내장한 사유의 형식과 표현양식이 초래한 인식론적 효과 역시 중요한 의미를 지니고 있다. 가령 아래의 인용문과 같은 진술패턴은 이 시기의 다른 글에서도 흔히 볼 수 있는 방식이다.

---

18) 윤자영 抄, 「唯物史觀要領記」, 『我聲』 1호, 1921. 3, 73쪽.
19) 박종린, 「일제하 사회주의 사상의 수용에 관한 연구」, 연세대 박사논문, 2006, 39-40쪽.

> 有史 以來 人類社會에는 靜코저 하나 靜치 못하고 波瀾曲形으로 進行
> 不息하는 潮流가 有한데 …(중략)… 우리의 文化의 發達을 史學的으로 通
> 觀할진댄 時代와 時代間에 가장 結晶되고 某 時代에 獨特하다고 할만한
> …(중략)… 十八世紀 中頃 以後 一世紀間 繼續된 新發明改良은 十九世紀
> 中頃에 至하야 大歐 全域에 産業革命의 總花的 時代를 形成케한 重要한
> 原因이 되어 …(하략)[20]

'有史 以來'로 시작하여 인류 역사나 서구 역사를 '역사적으로 通
觀'하거나, '르네상스, 종교개혁, 산업혁명, 프랑스 혁명'과 같은 서구
근대사의 주요사건들을 '起源'으로 설정하고 그 발생원인과 결과 등을
논의의 주된 지표로 삼는 서술방식이 하나의 유행처럼 신문과 잡지를
장식했다. 이 대목에서 사상의 이식성 문제를 환기할 필요는 없다. 그
보다는 인간 역사를 전체화하고자 하는 의지, 기원에 대한 질문을 통
해 현재를 인과론적으로 설명하려는 욕구, 역사적 사유의 시공간이 확
장됐다는 사실에 주목할 필요가 있다.

근대지식으로서의 사회주의는 역사 전체를 대상으로 하며, 지구 전
체를 포괄하고, 근대의 분과학문 모두를 통합하는 전체적 지식으로 현
상했다. 이는 인간 사회의 시공간과 모든 행위가 서로 밀접하게 관련돼
있다는 사실의 학문적 표현으로, 계급 개념의 '관계성'과 상통한다. 근
대지식으로서의 사회주의는 역사를 관통하는 직선적 종합화라는 측면
에서 지식의 확장이었다. 그러나 지식의 계급성, 곧 혁명에 '대한' 지식
의 자리를 묻는다는 점에서는 지식의 축소이기도 하다.[21] 그럼에도 총
체로서의 역사라는 거울에 비추어 근대를 대상화할 것을 요구한 사회
주의는 늘 자신의 정당성을 역사 전체, 사회 전체에 대해 묻지 않을 수
없는 구조를 지녔다. 그것은 사회주의가 특정 분야나 한 국가, 한 시기

---

20) SWJ生, 「社會運動의 歷史的 觀察과 現代社會運動의 一大前進」, 『개벽』 12호, 1921.
    6, 23-25쪽.
21) 사회주의는 부르주아적 지식 혹은 취향과 관련되었다 하여 앎의 특정한 형태들을 탄
    압하거나 추방했었다.

28

를 대상으로 한 것이 아니라 인류 전체와 역사 전체를 분석대상으로 삼
았다는 사실에서 말미암는다.

'총체성으로서의 지식체계'는 아리스토텔레스 이후로는 인류가 경
험해보지 못한 지식의 현상형태였다. 근대지식의 전문화(분과화)가 자
본주의적 분업의 학문적 표현 형태라면 사회주의적 지식의 전체화는
학문의 차원에서 지식의 분업화에 대한 명백한 거부이다. 특히 사회주
의는 고정된 대상의 분석이라기보다는 변화하는 전체의 역동성을 체계
화하는 이론으로 인식됐다.

> 막쓰의 學說은 결코 詭辯이 안이다. 進化的 思索法 卽 事物을 歷史的
> 으로 考察하야 吾人의 世界는 動的 狀態로 間斷업는 變化 成長의 連鎖라
> 觀察하야 立論함이요 事物을 理解함에는 그 生死와 盛衰의 原理를 討究
> 치 안이치 못할 것이니 이 思索法을 唯物論者가 人類社會의 歷史硏究에
> 應用함이 이것이 卽 唯物史觀이며 막쓰 學說의 根據가 되는 것이다.[22]

'변화와 성장의 연쇄'라는 표현은 역사의 변화가능성에 대한 인정임
과 동시에 역사를 하나의 내러티브(Narrative)로 구성할 것을 요청한다.
사회주의를 거대담론이라 부르는 것은 이러한 전체성과 '역사적 내러
티브'로서의 성격을 압축적으로 표현한 말이다. 이 점에서 사회주의는
근대화 담론과 발전사관을 공유한다. 식민지 조선에서 사회주의의 수
용이 활발했던 이유 중 하나는 이미 근대계몽기에 조선인들이 이 같은
발전사관으로서의 역사인식을 습득했다는 사실에 있다. 사적 유물론은
역사적 내러티브의 통시적 장악과 자본주의 분석이라는 공시적 현장성
에 의거해 사회주의의 정당성과 과학성을 지식의 차원에서 확고히 다
질 수 있었다. 역사를 묻고 기원을 따지며 서구와 자신을 비교하는 것
으로 논의를 출발하곤 했던 식민지 시기의 많은 사회주의 관련 논의들
은 이러한 내러티브의 바탕 위에서 자신의 논의를 전개한 셈이다. 계급

---

22) 又影生, 「막쓰와 유물사관의 一瞥」, 『개벽』 3호, 1920. 8, 98쪽.

개념은 이 모든 내러티브의 '主語'였다.

흔히 사회주의의 수용과 더불어 비로소 식민지 조선이 세계사적 동시대성의 궤도에 올랐다고 평가하는데, 이는 유물사관이 시공간 의식을 확장하고 일관된 역사적 내러티브 속에서 식민지 조선과 주체의 좌표를 설정할 거점을 마련해주었다는 말이기도 하다. 사회주의적 시각으로 세계사와 현실이 통합됨으로써 코스모폴리탄적 사유와 동시대적 감각이 생기는 한편, 자신의 현실을 재구성할 역사적 좌표도 마련됐다. 이러한 의식 속에서 이른바 세계사적 보편으로서의 자본주의를 살고 있다는 현실감각과 그럼에도 '서구 유럽'과 다른 식민지적 특수성에 대한 '상대적 감각'이 발생한다. 식민지 시기 많은 논쟁에서 발견되는 '보편지향' 대 '특수지향'의 대립구도는 (근대화 담론은 물론)사회주의가 선사한 역사적 내러티브의 뚜렷한 흔적이다.

근대지식의 균열자로서 등장했던 사회주의는 또한 지식을 습득하고 자기화하지 않으면 그 지식의 가치와 입장에 대해 질문을 던질 수 없다는 점에서 가장 '지식중심'적인 사상이기도 하다. 사회주의는 역사와 사회 질서를 '전체화'하여 이해할 것을 요구하는데 그래야만 현존 '질서전체'를 변혁할 수 있기 때문이다. 이런 맥락에서 사회주의는 지식의 지식이며 사상에 대한 사상이다. 지식의 전체화 양상은 사회주의의 사상적 특징으로 각인돼 있는 경향성이다. 사회주의가 무엇보다 먼저 지식인의 사상으로 존재한 이유가 이 점과 관계 깊을 것이라 판단된다.23) 또한 사회주의가 '삶'으로부터 솟아오른 지식임에도 불구하고 '삶'과 거리가 있는 지식이 아닌가 하는 의심이 존재하는 것도 이 때문이 아닐까? 사회주의는 현실로 전환되기를 열망한 지식이었지만, 그 당위와 필연성을 지식을 통해 습득해야 했기에, 그저 그냥 그대로 현실에 놓인

---

23) 그리고 사회주의를 수용한 이후에도, 오랫동안, 자신의 언어로 현실에 관한 의미 있는 지식 담론들을 산출하지 못한 원인이기도 할 것이다. 알다시피 당시 매체에 소개됐던 대다수의 사회주의 관련 담론들은 번역이었고, 번역의 抄였다. 이것이 다만 검열의 영향이라고 말할 수는 없다.

대중에게는 풍문과 왜곡에 따라 이리저리 표상되는 기호로 작용할 가
능성이 높았다.

4) 계급: 인간과 사상의 거리

그 공백을 메웠던 것은 무엇인가? 사회주의가 시대의 총아인 '과학'
의 사상적 직계자임을 자처했다 해도 그것으로 정당성과 영향력을 다
획득할 수는 없었다. 근대지식으로서 사회주의가 미쳤던 영향을 그 과
학성에서만 찾는 것은 언제나 부분에만 도달할 뿐이다. 근대지식으로
서의 사회주의는 지식 너머에서 강력한 영향력의 근원을 갖고 있었으
니, 그것은 다음과 같은 소박한 언어로도 전달 가능한 것이었다.

> 小作人이 如何한 待遇를 受하는가 함에 對하야는 吾人이 說함에도 戰
> 慄할 만하게 悲慘하도다. 世界人類 中에는 朝鮮의 小作人보다 더 悲慘한
> 生活을 하는 者는 絶無하리라. 참 朝鮮의 農村이야말로 世界唯一의 地獄
> 이다. 人을 咀呪하거던 朝鮮農村의 小作人이 되라 하라. 地獄이 如何히
> 惡을 極할지라도 우리 農村보다 더 甚하리라고는 想像치 못하겠다.[24]

누군가에게 최악의 저주를 퍼붓고 싶다면 조선의 小作人이 되라고
하라는, 인용문의 표현은 수사학에 그치는 것이 아니었다. 이것은 당시,
절절한 생의 실제였다. 노동계급, 특히 소작인의 비참함에 대한 연민과
울분과 분노의 목소리는 식민지 시대 대부분의 매체에서 쉽사리 찾아
볼 수 있는 주요 화제였다.

사회주의는 연민의 사상이 아니다. 마르크스 자신, '동정'과 '은총'
으로 대중에게 다가가는 것을 누구보다 강력하게 비판했다.[25] 과학으
로서의 사회주의는 자본주의의 구조적 모순을 객관적으로 폭로하고 노

---

24) 崔重甲, 「今日 朝鮮의 勞資關係」, 『개벽』 15호, 1921. 9, 29쪽.
25) K. 마르크스 · F. 엥겔스, 편집부 역, 『신성가족』, 이웃, 1990, 특히 7장을 참고할 것.

동자계급의 임무를 역사적으로 환기시켜 그들 자신의 투쟁에 의해 체제가 변혁될 것을 ‘과학적으로 논증’한 사상이다. 하지만 실제에도 그러했던가? 차라리 그것은 역설적으로, 사상이 ‘객관적 모순’과 ‘인간적 연민’의 거리를 날카롭게 구분할 수 없다는 것을 처음으로 보여준 사상이었다고 평가해야 하는 것은 아닐까? 근대지식으로서의 사회주의는 ‘과학’의 이름으로 출현했지만 실제로는 ‘인간’의 얼굴로 종종 표상되었다. 이 시기에 사회주의를 선전했던 많은 글들에서 ‘과학’과 ‘법칙’과 ‘현실분석’이라는 단어들이 자주 등장하는 만큼이나 분노와 연민의 언어가 멈추지 않는 것은 그 거리가 측정불가능하다는 현실을 보여주는 것일지도 모른다.

> 有産계급 多部分은 煖衣飽食 逸居主義에 貪樂하야 事業의 經營이나 社會의 觀念이 없시 腹을 捫하고 高臥하야 가로되 世事는 無與相關이라 하고 또 有識계급의 大部分은 優遊姑息 苟且主義에 自惑하야 自身의 利害와 目前의 虛榮에 汲汲하고 深謀長慮의 遠大策이 無하니 이는 우리 社會에 實地的 進步를 遂치 못하는 絶大한 理由라.26)

사실 “사회주의자는 단지 과거에 살고 죽어갔던 대다수의 사람들이 그들의 일생을 비참하고, 허망하고, 보람 없는 노동으로 보냈다는 사실에 대해 경악을 극복할 수 없는 한 인간”27)에 불과할 지도 모른다. 크로포트킨의 〈상호부조론〉이 식민지 조선에서 사회주의 수용의 앞 단계를 관통한다는 것은 이런 맥락에서 흥미롭다. 사회주의는 선행했던 다윈이즘의 ‘진화론적 발전관’을 내포한다. 역사를 상호투쟁 속의 발전으로 맥락화 한다는 점에서 사회주의는 사회진화론의 일종으로 간주됐다. 그런데 〈상호부조론〉은 사회진화의 법칙을 설명한다는 동일한 목표를 보이면서도 거기에 협동의 개념으로 상호부조의 도덕적, 생물학

---

26) 岳裔, 「文化運動과 思想問題」, 『我聲』 3호, 1921. 7, 8쪽.
27) 테리 이글턴, 여홍상 역, 『이데올로기 개론』, 한신문화사, 1994, 113쪽.

적 위력을 증명했다.[28] 논자들은 크로포트킨의 학설을 다윈이즘의 '신해석' 또는 '정당한 해석'이라고 말했다. 이를 위해 다윈 역시 『종의 기원』에서 생물종이 종족유지를 위해 서로 협동한다고 말했다는 사실을 새삼 강조하기도 했다.[29]

근본적인 문제는 과학적 사회주의가 자신의 내적 구조로서 휴머니즘의 문제를 지속적으로 제기했다는 사실에 있다. 이것은 근대지식이 인간의 윤리적 정서체계와 어떠한 연관을 맺는지를 질문하고 있는 것이다. 이것은 개인/내면의 영역을 뛰어넘어 사상과 지식과 현실이 인간 정신과 맺고 있는 관계의 총체적 문제로 현상할 수밖에 없는 문제다. 사회주의는 윤리가 무엇보다 사상의 문제이며 지식의 문제이기도 하다는 사실을 적시한 셈이다. 이를 '개인적'이며 '감정적'인 것이고 '도덕'의 문제라고 가둬 둔다면 우리는 근대지식과 근대사상의 본질적 문제를 간과하는 결과에 이를 것이다. 예컨대 사회주의 운동에 참여했던 많은 사람들에게서 공통적으로 들을 수 있는 아래와 같은 언어들을 우리는 어떻게 해석해야 하는가.

> 진료실 문 앞에서 차례를 기다리고 있던 네댓 명의 부상병이 일제히 일어나 경례를 붙이려 하자 그는 얼른 손을 내저었다.
> "아니 그대로 있으시오. 동무들 잘 싸웠소. 치료를 잘 받으시오."
> 부상병들은 앉아서 목례를 했다.
> "수고 많습니다. 나는 아직 괜찮소. 저 동무들을 먼저 부탁하오."
> 그는 자기 쪽으로 오는 전공의에게 경례를 하고 부상병들 쪽을 가리켰다. …(중략)… 그는 세면대에 기대서서 치료를 받고 있는 병사들을 바라보며 조용히 서 있었다. 그의 태도 어디에서고 높은 사람의 오만은 찾아볼 수 없었다. 오히려 윗사람이 아랫사람에게 베푸는 따뜻한 인간애가 넘쳐났다. 우리가 접한 그들 세상의 한 면이었다.[30]

---

28) 이성태, 「크로포트킨 학설연구」, 『新生活』 7호, 1922. 7, 참조.
29) 윤자영, 「상호부조론」, 『我聲』 3호, 1921. 7, 참조.
30) 류춘도, 『벙어리새』, 당대, 2005, 103-104쪽.

의대생이었던 한 처녀는 한국전쟁의 한 복판에서 인민군 군관의 ‘인간적’ 태도를 보며 생애 처음으로 ‘사회주의’를 자기화했다. 그녀는 제 발로 의용군에 가담하고 지옥보다 더한 세월을 살아야만 했다. 그런데도 80이 넘은 오늘, 여전히 자신의 선택을 후회하지 않는다. 사회주의에 대한 지식이 거의 없던 그녀를 움직인 것은 사상도, 지식도, 권력도 아닌 한 사회주의자의 인간에 대한 태도였다. 오늘 우리는 이러한 태도의 즉흥성과 감상성, 비논리성을 충분히 공박할 수 있다. 그럼에도 우리는 그것을 사상의 문제로까지 승화시키지 못하고 있다. 지식이 사상을 잉태하고, 사상이 인간을 움직이며, 인간이 현실을 만드는 한, 사상을 분석하는 기준으로 ‘지식과 인간’을 분리하는 시각은 그다지 생산적이지 못하다. 사회주의를 ‘객관적 지식’이라는 틀만으로 바라볼 수 없는 까닭이 여기에 있다.

지식은 삶의 불확실성이라는 인간존재의 숙명을 태반으로 한다. 그렇다면 인간과 세계의 이와 같은 불확정적 국면들을 논리화하는 것에 지식의 본연한 임무가 깃들어 있는 것이 아닐까? 운명의 선택에 작용한 휴머니즘의 문제를, 불안정한 따라서 학적 대상으로 취급할 수 없는 개인감정의 문제로 치부한다면 그것은 사회주의가 도달한 ‘지식’의 수준에도 미치지 못하는 것이다. 특히 한국 근대사에서 사회주의가 차지하는 위상과 의미를 고려한다면 우리는 그것이 야기한 수많은 주-객관적 인식형태들을 자신의 분석과제로 끌어안아야만 할 것이다. 그랬을 때 죽은 언어들의 무덤에서 살아 있는 ‘지식’을 만날 수도 있지 않겠는가.

3. 줄이면서

마르크스가 “이제까지 철학자들은 다양하게 세계를 해석해왔을 뿐이다. 그러나 문제는 세계를 변화시키는 데 있다”고 썼을 때 근대지식

34

은 이미 중대한 전환의 길로 들어선 셈이다. 자연과 세계, 인간에 대한 해석도구로 부동의 지위를 차지했던 근대지식은 사회주의로 인해 궁극의 목적을 질문 받았다. 마르크스는 '실천'을 중심에 놓음으로써 지식도 자신의 정당성을 현실의 장 위에서 점검받아야만 한다고 역설했다. 하지만 아이러니하게도 사회주의가 끼친 보다 광범위한 영향은 그것이 다른 어떤 사상보다 세계에 대한 '해석'가능성을 더 넓고 날카롭게 제공했다는 데 있다. 사회주의는 근대에 대한 가장 탁월하고 종합적인 해석학으로 현존한다.

마르크스는 근대지식의 경계성을 부수고 지식들을 통합했다. 사적 유물론이라는 역사적(통시적) 내러티브와 계급관계에 기반한 자본주의 분석의 틀(공시적)을 무기로 분과적 지식을 하나의 혁명 이데올로기로 통합해냈다. 계급 개념은 이 모든 '내러티브'의 주어였다. 계급은 사회주의 사상의 핵심 범주라는 당위적 의미에서만이 아니라 지식과 세계와 자아를 총괄하는 '구성적 범주(formative category)'였다. 계급은 출발점이자 종착점이었고 그를 통해 세계상의 모든 부분이 파생되고 정당화되는 '구성의 동력'이었다. 역사, 현실, 학문, 여성, 예술, 자아 등등의 모든 영역에서 계급은 부정적으로나 생산적으로나 창조자이자 심판자로 군림했다. 사회주의자가 된다는 것은 '계급'에 의해 세계를 '구성'한다는 것을 의미했다.

3·1운동이 민족의 발견에 값하지만 그 이후 사회주의의 수용이 본격화됐다는 사실은 계급 개념의 생산성을 역사로서 증명한다. 민족 개념이 주는 통합지향, 달리 말하면 구성원 내부의 '안정화 현상'과 달리 계급은 그러한 안정에 충격을 가하며 해체를 지향한다. 그러나 이것을 통속적인 의미의 분열이라고 부르기 어려운데, 왜냐하면 그것은 민족이라는 불특정다수의 주체, 그러니까 전체로서의 공고함에 비해 개인화될 가능성 또한 상당한 주체에 대해 생존현장과 삶의 구체성에 근거를 둔 새로운 주체를 호명하기 때문이다.

이 글은 이러한 문제의식에서 계급 개념의 근대지식적 위상과 동력학을 짤막하게 검토했다. 모두 아는 것처럼 '계급' 개념은 사회주의 사상의 핵심개념이다. 사회주의는 정당하게도 '계급주의'라고 불렸다. 그런 만큼 원론적인 차원에서 보자면 계급 개념에 대한 검토는 곧 사회주의 사상 전체에 대한 검토를 의미하는 것일 수도 있다. 이 글이 주요과제로 설정했던 계급 개념의 인식론적 파장이라는 측면 역시 마찬가지의 부하를 갖는 것이어서 짧은 글로 살피기에는 적절치 않다. 여기서는 계급 개념이 지닌 주요한 구성적 성격을 간략하게 다룸으로써 차후 연구의 출발점을 구획하고자 하였다. 계급 개념이, 나아가 사회주의가 식민지 조선인의 근대 인식을 어떻게 내파해 갔으며, 어떻게 축조해갔는가 하는 문제는 보다 다양한 각도와 층위에서 검토될 필요가 있다. 그것이 사회주의를 근대 한국인의 인식체계를 구성해간 정신의 생성동력으로 파악하려는 시도의 첫 걸음에 해당할 것이기 때문이다.

주제어 : 계급, 사회주의, 근대지식, 사상사, 식민지 조선, 구성적 범주, 관계적 주체, 역사 내러티브

◆ **참고문헌**

1. 기본자료

『동아일보』, 『조선일보』, 『매일신보』, 『개벽』, 『신생활』, 『아성』 등 기타 신문, 잡지

2. 연구서적

김병국 외 저, 『한국의 보수주의』, 인간사랑, 1999.
김영희, 「일제 지배시기 한국인의 신문접촉경향」, 『한국언론학보』 46권 1호, 한국
　　　언론학회, 2001.
류춘도, 『벙어리새』, 당대, 2005.
맑스코뮤날레 조직위원회 엮음, 『지구화시대 맑스의 현재성』 1 · 2, 문화과학사,
　　　2003.
박종린, 「일제하 사회주의 사상의 수용에 관한 연구」, 연세대 박사논문, 2006.
박찬승, 「식민지시기 도일 유학생과 근대 지식의 수용」, 『지식변동의 사회사』, 한
　　　국사회사학회 편, 문학과지성사, 2003.
박헌호, 「'문화정치'기 신문의 위상과 반－검열의 내적논리」, 『대동문화연구』 50
　　　집, 성균관대 대동문화연구원, 2005. 6.
박헌호, 「1920년대 『매일신보』의 반사회주의 담론연구」, 『한국문학연구』 29집, 동
　　　국대 한국문학연구소, 2005. 12.
서관모, 「계급이론과 역사유물론」, 『경제와 사회』 59호, 2003. 가을호.
손유경, 「최근 프로문학 연구의 전개양상과 그 전망」, 『상허학보』 19집, 상허학회,
　　　2007. 2.
이현주, 『한국 사회주의 세력의 형성』, 일조각, 2003.
이호룡, 『한국의 아나키즘』, 지식산업사, 2001.
임경석, 『한국 사회주의의 기원』, 역사비평사, 2003.
전명혁, 『1920년대 한국 사회주의 운동연구』, 선인, 2006.
전상숙, 『한국 사회주의 지식인 연구』, 지식산업사, 2004.
전성우, 『막스 베버의 역사사회학 연구』, 사회비평사, 1996.
한기형 외 저, 『근대어 · 근대매체 · 근대문학』, 성균관대 출판부, 2006.

3. 외국서적

로버트 단턴, 조한욱 역, 『고양이 대학살』, 문학과지성사, 1996.

막스 베버, 이상률 역, 『직업으로서의 학문』, 문예출판사, 1994.
베르너 슈타크, 임영일 역, 『지식사회학』, 한길사, 1987.
아리프 딜릭, 설준규 외 역, 『전지구적 자본주의에 눈뜨기』, 창작과비평사, 1998.
자크 아탈리, 이효숙 역, 『마르크스 평전』, 예담, 2006.
피터 버크, 박광식 역, 『지식』, 현실문화연구, 2006.
칼 만하임, 황성모 역, 『이데올로기와 유토피아』, 삼성출판사, 1984.
테리 이글턴, 여홍상 역, 『이데올로기 개론』, 한신문화사, 1994.

◆ 국문초록

한국 사회주의 연구의 주류적 경향은 운동사 연구다. 이것은 식민지 조선의 사회주의가 지녔던 존재방식이 연구사에 영향을 미친 것으로 판단된다. 이제 사회주의 연구의 지평은 확산돼야 한다. 이를 위해 본고는 사회주의를 근대인의 인식체계에 결정적인 영향을 행사한 근대지식으로 간주하고자 한다. 근대지식으로서의 사회주의는 현재 한국인의 근대인식과 표상체계의 형성에 많은 영향을 주었다. 이 글은 이를 '계급' 개념의 근대지식적 역학을 중심으로 살펴보았다. 계급 개념은 사회주의 사상의 중심개념인 만큼 다양한 각도에서의 탐구가 요망된다. 본고는 이를 위한 기초적인 작업으로 네 가지 지점을 중심으로 그 의의를 탐색했다. 계급은 개인을 '관계적 주체'로 재구조화했으며, 자기정체성의 조정중심 역할을 담당했다. 또한 인류사를 하나의 내러티브로 연결하면서 그 주어로 등장했고 인간의 현실과 '사상'이 어떤 거리를 유지할 수 있을지를 시험했다. 이러한 작업을 통해 계급 개념의 근대지식적 위상과 동력의 일단을 확인하고, 이를 기초로 새로운 연구로 나아가는 토대로 삼고자 한다.

◆ SUMMARY

Dynamics of the Modern Knowledge in ‘Class’ Concept
— A Study Note on Socialism

Park, Heon-Ho

Korean socialism has been studied in focusing on socialist movement, which tendency seems to be caused by the being method of socialism in the colony Chosŏn. However, it is time that the horizon of study on socialism needs to extend. This paper regarded socialism as modern knowledge having a decisive effect on epistemological system of modern people, and especially attended on ‘class’ of socialist key concept. Dynamics of the modern knowledge in ‘class’ concept can be summed up the following: first, ‘class’ brought about reconstructing individuals as ‘relative subject’. Second, it played a central role in settling self-identity. Third, ‘class’ wove one narrative from human history, in which it come onstage as the subject. Fourth. ‘class’ wondered and tested how long one could put or keep distance between humane reality and thinking. This paper is only a note or a base for new studies on socialism.

Keyword : class, socialism, modern knowledge, history of thought, the colony Chosŏn, constructive category, relative subject, historical narrative

—이 논문은 2007년 11월 30일에 접수되어, 소정의 심사를 거쳐 2008년 2월 6일에 최종적으로 게재가 확정되었음.

'노동(자)', 그 해석과 배치의 역사
– 1890년대에서 1920년대 초까지

김 현 주*

목 차

1. 역사적 해석의 텍스트로서의 '노동자'[1)]

1920년대 초 담론장의 분위기를 가장 잘 전해주는 단어는 '문제',

---

 * 연세대 교수.
** 이 논문은 2006학년도 연세대학교 학술연구비의 지원을 받아 수행된 연구임.

1) '역사적 해석의 텍스트'라는 표현은 조앤 W. 스콧의 『페미니즘 위대한 역설』(공임
 순·이화진·최영석 역, 앨피, 2006)에서 빌려온 것이다. 이 책에서 조앤 스콧은 '여성'
 을 역사 분석의 유용한 범주로 삼으려면 그 범주 자체를 역사적 해석의 텍스트로 재인
 식해야 한다고 주장한다. 이는 통합적 여성 주체를 상정하지 말고 여성이라는 범주의
 생산과 그로 인해 파생된 효과를 역사적 분석의 대상으로 삼아야 한다는 뜻이다. 이러
 한 시각을 원용하여, 이 글에서는 '노동자'를 분석적 범주로, 그것의 해석과 담론적 배
 치를 역사적으로 탐구해야 할 하나의 텍스트로 본다.

42

‘운동’, ‘개조’일 것이다. ‘개조의 시대’[2]는 다양하고 복잡한 ‘문제’들이 구성되고 그것을 해결하기 위한 ‘운동’들이 촉구된 시대였다. ‘문제’와 ‘운동’은 ‘사회’, ‘민족’, ‘민중’, ‘부인’, ‘청년’, ‘노동자’, ‘농민’ 등 새로운 주체성을 표상하는 어휘들과 결합하고 ‘정의’, ‘인도’, ‘평등’, ‘자유’, ‘해방’, ‘민주주의’, ‘문화’ 등 인간관계와 사회제도의 변화를 촉구하고 정당화하는 규범적 어휘들을 동반하면서 정치·사회적 경험과 사고의 지평을 혁신해 나갔다. 새롭게 등장한 주체들과 그것들을 축으로 구성된 새로운 문제들, 운동들 가운데 특히 중요한 의제로 떠오른 것은 ‘노동(자)’·‘노동문제’·‘노동운동’이었다.

1920~21년은 지금 우리가 노동운동이라고 간주하는 것들이 막 출현하던 시기였다. 1920년 4월 11일에는 최초의 전국적 노동자단체로 기록될 〈조선노동공제회〉가 서울에서 조직되었고, 〈조선노동대회〉는 같은 해 2월에 발기회를 갖고 5월에 창립되었다. 이를 전후하여 전국 각지에서 ‘노동공제회’, ‘노동회’, ‘노우회’, ‘노동친목회’, ‘노동조합’, ‘노동계’ 같은 이름을 내건 노동조합의 초기 형태들이 등장했다. 이렇게 노동자들의 조직화가 활발해진 한편에서, 노동쟁의의 발생 빈도와 강도도 높아졌다. 1921년 9월에는 부산에서 부두노동자들이 한국 노동운동사상 최초의 대규모 파업을 벌였다.[3]

아울러 서울과 지방의 강연장이나 단체들의 기관지, 그리고 신문과 잡지를 통해 노동(자)·노동문제·노동운동과 관련된 논쟁들, 담론들이 쏟아져 나왔다. 그때 막 창간된 『동아일보』, 『조선일보』에는 가까이 일

---

2) 제1차 세계대전 종전 이후 일본에서는, ‘개조운동’이 세계적 차원으로 고조되고 있다는 인식이 널리 설득력을 얻었다. 1920년대 초에는 한국과 중국에서 인간관계와 사회체제를 ‘개조’하려는 움직임이 고조되었다. 오병수, 「『개벽』의 개조론과 동아시아적 시공의식—중국의 『해방여개조』와 비교를 중심으로」, 『사림』 26, 수선사학회, 2006. 12, 참조.

3) 1920~21년 노동운동의 전개 양상에 대해서는 김경일, 『일제하 노동운동사』, 창작과비평사, 1992; 전명혁, 「한국 노동자계급 형성 연구」, 『역사연구』 11, 역사학연구소, 2002; 김경일, 『한국근대노동사와 노동운동』, 문학과지성사, 2004, 참조.

본, 중국, 러시아에서 멀리 구미대륙에 이르기까지 세계 곳곳에서 격화
되고 있던 노동운동에 대한 기사들과 논평들, 유럽과 미국에서 노동자
와 노동운동이 탄생하여 발전해온 역사적 과정을 설명하는 기획물들,
유럽의 혁명사나 러시아의 혁명 및 노농(勞農)정부에 대한 해설과 논평
들, 서울과 지방에서 일어난 크고 작은 노동쟁의에 대한 보도들이 흘러
넘쳤다. 『개벽』, 『공제』 같은 잡지와 기관지에서도 ‘노동(자)’을 둘러싸
고 정치·사회적으로 다양한 입장들 간의 교섭과 경쟁이 활발했다.

그렇지만 한국에서 노동(자)이라는 단어가 1920년대 초에 처음 등장
한 것은 아니다. ‘노동’은 근대에 새롭게 정의된 한자어로 알려져 있다.
‘勞動’이라는 용어는 『莊子』를 비롯한 고대 중국의 서적에서 이미 ‘몸
을 사용하여 움직이다’라는 의미로 쓰였으며, 근대 이전 일본과 한국
의 텍스트에서도 동일한 의미로 사용되었다고 한다. 그런데 ‘노동’은
1880년대 후반인 메이지 10년경에 일본에서 ‘labo(u)r’, ‘work’의 번역어
로 채용되었고, 번역어인 ‘노동’이 다시 한국에 건너온 것은 그로부터
약 10년 후였다. 한국에서는 『국민소학독본』(1895)에 최초의 예가 보이
며, 1900년대에는 『대한매일신보』(1905), 『국어독본』(1906), 『노동야학
독본』(1908) 등 신문과 교과서류 저술들에서도 노동(자)이라는 용어가
발견된다. 한편 『혈의루』(1906), 『자유종』(1910) 같은 신소설에도 등
장하고 『한영자전』(1911) 등의 사전에 표제어로 등재된 것으로 보아
‘노동(자)’은 1910년대 초에 이미 한국어 안에 완전히 정착한 것으로
추정된다.4) ‘노동(자)’을 둘러싸고 긴장과 경쟁이 본격화한 것은 1920

---

4) 최경옥에 따르면, 신소설에서는 ‘노동자’가 이인직의 『혈의루』(1906)에, ‘노동’이 이해
　조의 『자유종』(1910)에 맨 처음 등장한다. Gale의 『韓英字典』(1911)에는 노동, 노동사
　회, 노동자, 노동하다 등 다양한 활용어휘가 실려 있다. 1905년에서 1919년에 걸쳐 발
　표된 소설과 서사물에 나타난 어휘를 조사한 이경훈에 따르면, ‘노동자’는 『혈의루』
　(1906), 『고목화』(1907), 『헌신자』(1910), 『모란병』(1911), 『목단화』(1911), 『봉선화』(1913),
　『소학령』(1913), 『무정』(1917), 『개척자』(1918), 『윤광호』(1918)에 나타난다. ‘노동’은 『모
　란병』(1911), 『월하가인』(1911), 『춘외춘』(1912), 『소학령』(1913), 『우중행인』(1913), 『안
　의성』(1914), 『농촌계발』(1916~7), 『눈물』(1917)에 나타난다. ‘노동(자)’이 소설에 등장

년대에 들어서였지만, 그 말은 이미 10여 년 전에 한국사회의 지적·담론적 컨텍스트 안에 자리를 잡았던 것이다.

이 글의 목적은 노동이라는 번역어가 처음 선뵌 1890년대 후반에서 '노동자'가 특정한 사회경제적 이해관계를 공유한 집단으로 대두하는 1920년에 이르기까지 노동(자)에 대한 지배적 해석과 배치의 역사를 추적하는 것이다. '노동자계급'이란 경제적 구성체일 뿐 아니라 사회적·문화적 구성체라고 할 수 있고,[5] 그 구성 과정의 중요한 일부가 바로 담론적(언어적) 형성이다. 따라서 노동자들의 생활, 조직화 상태, 노동쟁의의 진행과정을 조사하거나 노동운동의 제도를 탐구하는 것만으로는 한국에서 노동자계급의 형성을 충분하게 설명할 수 없다. 신문이나 잡지 같은 다양한 대중매체를 통해 생산되고 유통되었던 노동(자)에 대한 담론들은 노동자계급의 형성을 반영했을 뿐 아니라 그것을 추진해 간 중요한 사회적 동인이었기 때문이다. 여기서는 1890년대 후반부터 1920년까지 중앙의 담론장을 이끌어간 지식인들의 저술을 대상으로 노동(자)라는 말의 해석과 담론적 배치의 양상 및 변화를 관찰하고자 한다.[6]

이 글은 노동(자)의 해석과 배치의 역사를 개인―사회―국가라는 상호 연관적 개념체계와 관련하여 추적한다는 데 특징이 있다. '노동(자)'의 역사를 추적하는 일은 그것이 어떤 담론 안에서 어떤 위치와 역할을 요구받아 왔는지를 살펴보는 것이다. 다시 말해 이는 노동이라는 말의 의미와 노동자의 권리/의무가 어떠한 어휘와 논리에 의해, 그리고 어떠한 서사 안에서 설명·비평되고 있었는지를 살펴보는 일이다. 이 글이

한다는 사실은 일반인들이 이미 그 용어를 쉽게 이해할 수 있게 되었다는 것을 의미한다. 최경옥, 『한국개화기 근대외래한자어의 수용연구』, J&C, 2003, 157-161쪽, 286-288쪽; 이경훈, 『한국 근대문학 풍속사전』, 태학사, 2006, 115-117쪽 참조.

5) E. P. 톰슨, 나종일 외 옮김, 『영국 노동계급의 형성』, 창작과비평사, 2003, 6-13쪽; 전명혁, 앞의 글, 9쪽 참조.

6) 이 글은 '노동(자)'에 대한 한국 사회 일반의 인식이나 표상을 탐구한 것은 아니다. 대중적 인식과 표상에 대해서는 또 다른 연구가 필요할 것이다.

주목한 것은 사회체에 대한 근대적 담론에서 핵심적 요소로 기능해온 개인－사회－국가라는 개념체계이다. 19세기 말 이후 한국에서는 我[身]－父[家]－君[國]－天[天下]이라는 전통적인 유교의 개념체계가 점차 개인－사회－국가라는 개념체계로 대체되었다. 이 어휘들 각각의 의미와 이 의미들을 상호 연관시키는 논리 및 서사는 사회적, 역사적 상황을 반영하는 한편 그러한 상황의 변화를 촉구하면서 특정한 방식으로 (재)구성되었다.7) 이 글은 사회체에 대한 근대적 개념체계를 고려하지 않고는 노동 및 노동자라는 범주의 등장과 그 효과를 제대로 논의할 수 없다는 전제에서 출발한다. '노동(자)'의 의미작용을 개인－사회－국가라는 개념체계와 관련시켜 관찰함으로써, 이 글은 사회체에 대한 근대적 담론체계가 작동한 방식을, 그리고 거기에 깃든 정치학을 드러내게 될 것이다.8)

아울러 이 연구는 1920년대에 노동(자)을 둘러싸고 본격화된 정치적·지적 긴장과 경쟁의 담론적 컨텍스트를 재구하는 작업이기도 하다. 1920년대에 노동(자), 노동문제, 노동운동에 대한 담론들을 통해 정치

---

7) 19세기 말 이래 아(我)－가(家)－국(國)－천하(天下)라는 전통적 개념체계를 대체해 간 개인－사회－국가는 근대 사회과학의 논리를 구성하는 핵심적 개념체계이다. 이 개념들은 특정한 세계관을 공유하고 있으며 상호 연관에 의해 각각의 의미가 분명해진다. 개인－사회－국가 개념의 패러다임적 속성에 대해서는 박명규, 「근대 사회과학 개념 구성의 역사성: 한말 국가－사회－개인의 상호연관을 중심으로」, 『문화과학』 34, 문화과학사, 2003. 6, 147-161쪽 참조. 하지만 개인/사회/국가라는 개념의 정체성과 본성 및 그것들 사이의 바람직한 관계는 그 개념들의 발상지인 서구에서도 지속적인 논쟁의 주제였다. 예컨대 개인－사회－국가라는 개념체계에 깃든 공화주의 정치학에 대한 프랑스 페미니스트들의 투쟁에 대해서는 조앤 W. 스콧, 공임순·이화진·최영석 옮김, 『페미니즘 위대한 역설』, 앨피, 2006을 참조할 수 있다.

8) 언어에 관심을 기울이는 역사 인식과 연구방법론에 대해서는 조지형, 「'언어로의 전환'과 새로운 지성사」, 『오늘의 역사학』, 안병직 외, 한겨레신문사, 2002(2판), 203-215쪽; 퀜틴 스키너, 박동천 옮김, 『근대 정치사상의 토대 1』, 한길사, 2004, 61-71쪽 참조. 지성사 연구에서 개념과 담론 연구, 더 넓게 언어와 수사학 연구의 방법과 의의에 대한 논의는 김현주, 「근대 개념어 연구의 동향과 성과」, 『상허학보』 19, 상허학회, 2007. 2, 참조 바람.

적·문화적 투쟁의 새로운 영역을 열어간 것은 '사회주의적' 지식인들이었다. 그런데 이들이 어떤 질문을 제기하고 어떤 대답을 시도했는지, 그리고 노동(자)에 대한 그때까지의 담론적 전제와 관습을 얼마나 수용하고 승인했는지, 또는 의문시하고 수정했는지를 살피기 위해서는 이들의 저술을 둘러싸고 있는, 보다 포괄적인 담론적 컨텍스트를 알아야 한다. 사회주의적 지식인들의 주장이 지향하던 목표와 거기에 실린 힘을 정확하게 인식하기 위해서는 그때까지 '노동(자)'의 해석과 배치를 규정해 온 지배적 담론체계에 대한 이해가 필수적인 것이다. 따라서 이 논문은 1920년대에 등장한 사회주의적 노동(자) 담론에 대한 연구의 예비 작업으로서의 의미도 가진다.

2. 근대계몽기 국가 – 사회 담론과 노동하는 사람들

『국민소학독본』(1895)에는 노동이라는 용어가 두어 번 등장한다. 이때 '노동'은 예컨대 집을 짓는 데 필요한 자재를 모으고 다듬고 운반하고 쇠를 달구어 기물을 만드는 활동, 즉 목수, 석수, 역군, 대장장이의 일을 일반화하여 표현하는 용어로 쓰이고 있다.9) 한편 이 교과서에서 '노동'보다 포괄적이고 복합적인 지평에서 의의가 설명, 평가되고 있는 것은 '근로(勤勞)'이다. 제24과 "老農夕話"에는 한 늙은 농부가 자손에게 '근로'의 중요성을 이르는 말이 있고 그 아래 논평이 달려 있다.

　　　[老農은: 인용자] 汝等이 만일 근로롤 어렵고 괴롭게 알거든 못당히 야

─────────────

9) "我家는 …(중략)… 우리 居ㅎ게 되기까지 許多 노동을 요ㅎ며 허다 浮費를 요ㅎ느니 위선 집을 지으랴 ㅎ면 그 圖式을 지어 목석을 모흐고 목수와 석수의 力으로 시작ㅎ며 그 목석을 運來ㅎ기는 役軍을 요ㅎ고 쏘 각색 기계롤 쓰기는 鍛冶도 요ㅎ느니라." 『국민소학독본』, 학부 편집국, 1895, 16-17쪽. 이하에서 자료를 인용할 때는 되도록 원문을 존중했으나 뜻이 통하는 한자는 한글로 바꾸었고 띄어쓰기와 구두점은 인용자가 부여했음을 밝혀둔다.

외에 나가 동물의 호눈 거슬 熟視홀 것시라. …(중략)… 동물도 이갓치 근
로호기눈 각각 그 행복을 구홈이니 스룸도 쏘한 怠惰치 못홀 거시라. 태타
눈 곳 불행의 本이니 여등은 輕輕히 간과치 말지어다 호더라.

그 노농의 말을 자세히 생각호야 보니 행복은 사룸마다 스스로 구홀 거
시라. 왕후장상이나 여등이나 근로롤 아니 호고 행복을 어들슈 업기눈 일
반이라. 나라의 부강은 국민의 근로에 잇다 호니 여등의 근로눈 쏘한 나라
에 부강의 행복이니 학교에 잇슬 째와 졸업훈 후에도 일생 근로롤 잇지 말
지어다.10)

늙은 농부는, 동물과 마찬가지로 사람도 부지런하게 일함으로써만
행복을 얻을 수 있다는 메시지를 전하고 있다. 이로부터 논평자는 지
위에 상관없이 누구나 부지런히 일해야 한다는 것, 근로를 통해서가 아
니면 누구도 행복을 얻을 수 없다는 주장을 이끌어낸다. 논평자는 여
기에 한 가지 의의를 덧붙인다. '또한' 근로는 나라의 부강을 위한 것
이기도 하다는 것이다. 국가의 부강은 국민의 근로를 통해서만 성취될
수 있다.11)

1900년대에 번역어 '노동'이 어떤 담론체계 안에 배치되어 어떻게
해석되었는지를 살펴볼 수 있는 주요 자료로 유길준의『노동야학독본』
(1908)이 있다. 이 책에서 유길준은 '노동'을 "심로(心勞)"와 "역로(力
勞)"로 구분했다. 전자는 "심지(心智)"로 하는 일을, 후자는 "근력(筋
力)"으로 하는 일을 가리켰다.

힘역사는 力을 勞호는 事이니 이 갈오대 勞動이라 대개 心勞눈 情神
의 로동인 즉 助力[筋力의 오기인 듯함: 인용자]을 쓰지 아니호거니와 힘
수고는 정신의 로동이 小고 專혀 근력에 의지호야 형상에 들어나는고로

---

10)『국민소학독본』, 학부 편집국, 1895, 73-74쪽.
11)『국민소학독본』에서 '노동'과 '근로'의 쓰임새를 보면 일본에서 'labo(u)r', 'work'의 번
역어로 '근로'와 '노동'이 경쟁했을 가능성이 있다는 생각을 하게 된다. 이에 대해서는
좀 더 섬세한 검토가 필요하다.

수고로히 動움작인다홈이니라 그러훈즉 힘역사는 수고로은 일이라.12)

위의 글을 보면, 넓은 의미에서 '노동'은 정신의 일과 육체의 일을 모두 포함하고 있는데, 이는 노동이라는 말의 전통적 쓰임새와는 구분되는 점이다. 한편, 좀 더 좁은 의미에서 노동은 "역역(力役)"13)을 가리킨다. '역역'은 "힘역사", "힘수고"라고도 풀이된 것처럼 말 그대로 '힘으로 하는 일'이라는 뜻이다. 이 책에는 아직 노동자라는 용어는 나타나지 않으며, 대신에 "노동훈는 사람"이라는 서술적 표현이 많이 쓰였다.14) '노동하는 사람'은 농사(農事), 공장(工匠), 부상(負商)에 종사하는 사람들로서 '서서 일하는' 자, '역(力)으로 일하는' 자, '의식주를 마련하는' 자로도 설명되었다.

흥미로운 점은, 노동의 의의가 '국가'와 '사회'에 대한 기여라는 측면에서 논의되고 있다는 것이다.15) '노동하는 사람이 없으면 나라도 없

---

12) 유길준, 『노동야학독본』, 경성일보사, 1908, 25쪽.

13) 『서유견문』(1895)에는 노동이라는 용어는 등장하지 않으며 대신 '역역(力役)'이라는 명사와 '역역하다'라는 동사의 활용형이 각각 9회, 2회 등장한다.

14) 『노동야학독본』에는 "노동훈는 동포", 노동훈는 백성", "노동훈는 형제"라는 서술적이며 인격화된 표현이 많이 쓰였다. 유의할 점은, 유길준이 노동하는 사람들을 농−공−상의 엄격한 위계 안에서 서열화하지는 않았다는 것이다.

15) 『노동야학독본』에서 모든 논의는 가족−국가−사회라는 개념체계 안에서 전개된다. 예컨대 사람[人]의 도리에 대해 말하면서, 유길준은 가족, 국가, 사회는 각기 다른 윤리와 기강[倫紀]에 의해 유지된다고 한다. 가족 안에서 사람의 도리는 부모−자녀, 부−부, 형−제 간에 지켜야 할 도리이며, 이는 자애−효, 화순, 우애로 요약된다. 국가에서 사람의 도리는 임금[君]−신하·백성[國民] 사이에 지켜야할 도리이며, 이는 애(愛)와 충(忠)으로 요약된다. 한편 사회에는 귀−천, 상−하의 사람들 사이에 지켜야 할 도리가 있는데, 이는 신(信)으로 요약된다. 유길준은 비단 도리뿐 아니라 사람의 권리, 의무, 자격, 직업, 행복까지도 가족−국가−사회라는 개념체계 안에서 설명한다.

   가족−국가−사회라는 개념체계의 등장은 父[家]−君[國]−天[天下]이라는 전통적인 유교의 개념체계가 흔들리고 있음을 보여준다. 물론 가족 안에서의 규범과 질서를 설명하는 방식에는 유교적 가족주의가 큰 영향력을 행사하고 있다. 국가[君]−가족[父]에 대한 의무를 유비관계로 설명하는 수사도 여전했다. 그럼에도 '국가'와 '사회'는 "사사(私事)"의 영역인 가(家)와는 구분되는 공적 영역으로서 그와는 다른 원리에 의해

고 사회도 없다’거나 ‘노동하는 사람이 나라와 사회를 만든다’거나, 또
는 ‘국가를 건립하는 것도 노동, 사회를 건립하는 것도 노동’이라는 식
으로, 노동의 가치는 항상 국가(나라)—사회의 틀 안에서 규정되고 있
다. 또 아래 인용문에서처럼, 노동은 ‘국가의 부강과 사회의 문명을 위
한 것’이라는 좀 더 구체적인 주장도 여러 번 나타난다.

> 巨祿ᄒ도다 勞動이여 國家의 근본이 此에 잇시며 社會의 근본이 此에
> 잇나니 富强코져 ᄒ는가 로동을 잘 ᄒ여야 되고 文明ᄒ랴 ᄒ야도 로동을
> 잘 ᄒ여야 되나니라.16)

‘노동은 국가를 부강하게 한다.’는 주장은 노동의 가치가 ‘경제’에
대한 근대적 관념에 의해 규정되고 있음을 드러낸다. 동아시아 유교 질
서에서 ‘경제’는 ‘경세제민(經世濟民)’의 준말로서 ‘세상을 다스리고 백
성을 구한다.’는 정치윤리와 통치술의 의미를 담고 있었다. 따라서 ‘경
제’는 예의와 검약의 체제를 가리켰다. 이와 대비할 때 근대적 의미의
경제는, 경제세계는 국민국가를 경계로 나뉘어져 있으며 재화의 생산
증대를 목표로 한다는 생각을 핵심으로 한다는 점에서 유교적 의미의
경제와는 차이가 있다. 근대적 국민경제는 부국강병, 생산, 식산흥업을
목표로 하는 경제인 것이다. 한국에서는 갑오개혁 이후 일본에 파견되
었던 유학생들이 귀국한 1900년대 중반 이후에야 근대적 경제 개념이
전파되었다고 한다.17)『노동야학독본』에서 노동의 의의는 “부국강병”,

운용되는 것으로 설명되고 있다. 자선사업을 돕고 공중이익을 중요하게 여기는 것(‘사
회’에 대해), 징병과 납세의 의무를 기피하지 않는 것(‘국가’에 대해)은 “공(公)된 일”이
라는 식의 설명이 그 한 예이다(56-57쪽).

16) 유길준, 앞의 책, 35쪽. 일하지 않고 노는 자는 국가(나라)의 좀벌레(蠹)이며 사회의 도
적(盜)이라는 표현도 여러 번 나온다. 유길준, 앞의 책, 34쪽, 45쪽.

17) 동아시아 유교 질서에서의 ‘경제’와 근대적 의미의 ‘경제’ 사이의 차이에 대해서는 손
열, 「근대 한국의 경제 개념」,『세계정치』25, 서울대 국제문제연구소, 2004, 참조. 손
열에 따르면, 1890년대 후반 유길준, 박영효의 저서와『독립신문』의 기사들에 이미

즉 근대적 국민경제 개념에 의거해 설명되고 있다.[18)

따라서 노동=직업의 윤리는 곧장 애국정신에 연결되었다. '노동을
어떻게 해야 하는가?'라는 질문을 제기하고, 유길준은 아래과 같이 답
한다.

> 내 힘껏 내 마암을 다ᄒ야 남의 일을 내 일 갓티 ᄒ는 中(중)에 품삭은 속이
> 지 말고 正直(정직)ᄒ게, 맛튼 일은 약속대로 誠實(성실)하게, 일ᄒ는 마당에 어정거리
> 지 말고 勤(부지런)히…(후략)[19)

정직, 성실, 근면으로 요약되는, 이러한 노동의 윤리는 즉각 애국심
으로 수렴된다. '나라를 사랑하는 자는 부지런히 일한다.'는 말이 드러
내는 것처럼, 근면 사상은 국가와 국민경제 담론 안에 포섭되는 것이
다. 『노동야학독본』에서는 노동의 윤리인 근면이 애국 담론의 자장 안
에서 의의를 획득하고 있다.[20)

한편 노동의 가치는 '사회의 문명'이라는 시각에서도 조명되었다. '사

'경세제민'으로서의 경제가 아니라 '백성과 나라를 윤택하게 한다'는 의미의 경제 개
념이 등장하지만, 그때까지 '경제'는 주어진 재화의 관리와 상업의 장려라는 차원에
머물러 있었다. 생산의 확대에 의한 국부의 증진과 이를 통한 강병이라는 논리는 한국
에서는 1900년대 중반 이후에 본격적으로 그리고 체계적으로 제시되었다고 한다.

18) 유길준, 앞의 책, 16쪽, 19쪽. 김경일은, 『기호흥학회월보』에 실린 조언식의 「노동은
성공의 모」(『기호흥학회월보』 5, 1908. 8, 10-12쪽)에 생산력의 관점에서 노동의 보편
적 의미를 강조하는 시각이 등장하며 이러한 시각이 이후 민족주의세력의 실력양성
론으로 이어진다고 보았다. 김경일, 『일제하 노동운동사』, 창작과비평사, 1992, 374쪽
참조.

19) 유길준, 앞의 책, 43쪽.

20) 조경달은 『노동야학독본』에 나타난 유길준의 노동관을 천직형(天職形) 내지는 국직
형(國職形)으로 해석하였다. 유길준은 직업의 귀천 관념을 부정하고 모든 직업은 귀하
다는 천직관을 표현하며, 직업윤리와 애국정신을 연결하면서 직업윤리가 국가와 국민
경제에 기여하고 있다고 주장한다는 데 특징이 있다는 것이다. 조경달, 「식민지 조선
에서의 근검 사상의 전개와 민중」, 『근대교류사와 상호인식』 II, 김용덕・미야지마 히
로시 편, 아연출판부, 2007, 211-217쪽 참조.

회'는『국민소학독본』이나『서유견문』(1895)에는 전혀 나타나지 않았던 어휘이다.『서유견문』에서 문명화(개화)의 최고 목표는 근대적 국민—국가를 만드는 것이었다. 문명화의 주체는 국가였고, 국가가 법률과 교육이라는 기제를 통해 근대적 국민을 생산하는 것이 문명화의 가장 중요한 목표이자 방법으로 설정되었다.[21] 이와 대비할 때『노동야학독본』에는 사회라는 새로운 사회체가 주체로 부상했다는 점이 특징이다. 유길준은 국가의 근대성을 '부'과 '강병'으로 설명한 한편, 사회의 근대성은 문명화로 설명하고 있다. 여기서 '사회'는 국가와는 다른 사회체로서, 정부의 형태와는 관련이 없으며 대중 일반의 지적이고 도덕적이며 물질적인 발전과 관련된 장소이다. 단, 노동과 노동하는 사람이 '사회(의 문명)'를 유지하고 발달시키는 데 필수불가결하다고 강조했을 때, 이때 노동은 대개 물질생활의 유지와 발전을 위해 필요한 활동이라는 의미로 쓰이고 있다.

주목할 점은, '사회'가 귀천의 구분과 상하의 질서가 있는 사회체라는 것이다.『노동야학독본』에서 '국가'는 동등한 권리와 의무의 주체인 '국민'으로 구성된다. 따라서 노동에 종사하는 사람들도, 정부의 고위관료와 마찬가지로, 국민의 한 사람이라고 말할 수 있다. 국가가 이렇듯 평등성의 원리에 의해 지배되는 데 비해, 사회는 불평등성의 원리에 의해 지배된다. 유길준에 따르면, 사람은 타고난 권리는 동등하다고 하더라도 후천적으로 획득한 지위가 서로 다르기 때문에 평등하지 않다. 예컨대 사회에는 주인/하인, 임대인/임차인, 고용주/고용인 등이 있는데, 이들은 서로 다른 이해와 요구를 교환하는 평등한 관계라기보다 윗사람과 아랫사람, 부귀한 자와 빈천한 자 등으로 나뉘는 불평등한 관계이다.[22]

---

21)『서유견문』에 나타나는 문명화 기획의 국가주의적 성격에 대해서는 김현주,『이광수와 문화의 기획』, 태학사, 2005, 39-84쪽 참조 바람.

22) 박주원은『독립신문』에서 '사회'가 산업과 상업상의 권리/의무를 교환하는 경쟁 장소로 인식되고 있다고 분석한 바 있는데, 이는『노동야학독본』에 나타난 사회 개념과 일

　이러한 '사회'에서는 '노동하는 사람'의 의무와 지위가 결코 서로 조응하지 않았다. 유길준에 의하면, 노동은 사람의 근본이고 직업에는 귀천이 없으므로 각자 힘대로 재주대로 열심히 일을 해야 한다. 일하지 않고 놀면서 다른 사람의 일에 기대어 사는 자들이야말로 '사회의 도적'이다. 이와 같은 논리에 따르면, 노동은 사회에 대한 그 구성원들의 일반적이고 보편적인 의무가 된다. 그러나 '사회'에서 노동력을 제공하는 자의 지위는 결코 높지 않았다. 특히 좁은 의미의 노동력, 곧 육체적 노동력은 사회의 문명화에 필수불가결한 것이지만 그것을 제공한다는 사실이 사회 안에서 다른 사람과 동등하거나 그보다 우월한 지위를 보장해주는 것은 아니었다. 실상은 오히려 그 반대였는데, 노동력을 파는 일은 평등한 교환의 한쪽 편이라기보다 '빈천자(貧賤者)'의 몫으로 정해져 있었다.

　『노동야학독본』의 목차 앞에는 콧수염을 기르고 더블 단추가 달린 프록코트(frock coat)를 입고 구두를 신고 정장용 모자(top)를 한 손에 쥔 "노동야학회고문 유길준씨"와 머리에 수건을 동이고 홑바지를 무릎까지 걷어 올리고 맨발에 짚신을 신은 "노동자"의 모습이 그려져 있다. 몸을 꼿꼿이 세운 고문 유길준은 몸을 약간 숙이고 시선을 내리깐 상대 노동자와 악수를 하고 있는데, "여보, 나라 위ᄒ야 일ᄒ오. 또 사람

부 연결된다. 박주원, 「『독립신문』과 근대적 '개인', '사회' 개념의 탄생」, 『근대 계몽기 지식 개념의 수용과 그 변용』, 소명출판, 2004, 참조. 하지만 앞서 살펴본 것처럼, 유길준의 사회 개념은 좀 더 복합적이며 위계적이다. 유길준은 귀/천, 부/빈의 나뉨은 "사회의 평등치 아니함"을 가리키며 이것이 "사람 살기에 자연한 도리"라고 말하고 있다. 그는 사람들이 자신의 위치에 걸맞은 도리를 지켜야만 사회의 질서가 서고, 그렇게 해서 상하가 조화한 후에야 국권이 회복된다고 주장했다. 유길준은 1895년 김홍집 내각의 내부대신으로 활약했지만 1896년 2월 고종의 아관파천으로 내각이 무너지자 일본으로 망명했고 이후 조선의 정·관계에서 멀어졌다. 1907년에 귀국하여 1914년에 임종할 때까지 그는 '재야'에서 저술활동을 하면서 교육과 산업의 진흥을 위한 계몽운동을 지도했다. 『노동야학독본』에 나타난 사회—국가 관계에 대한 생각, 곧 사회의 조화를 바탕으로 한 국권의 회복이라는 생각은 귀국 후 그의 활동 및 행적과 일맥상통한다.

은 배호아야 홉닌다."라는 "고문의 말삼"에 노동자는 "네, 곰압소, 그리흐오리다"라고 대답을 한다.23) 이 그림은 노동을 국가에 대한 국민의 일반적 의무로 강조하는 동시에 노동자를 사회적 하층민으로 규정하는 『노동야학독본』의 메시지를 집약하고 있다.

3. 자본주의 사회경제 담론과 자원으로서의 노동(자)

이 절에서는 일본 유학 등을 통해 근대적 사회시스템을 경험하고 또 근대적 철학, 사회학, 경제학 담론을 접한 지식인들의 생각을 『학지광』을 중심으로 살펴본다. 1910년대에 들어서면 자본주의 경제 시스템에 대한 이해가 진전되면서 근대적 국민경제 개념, 즉 생산의 확대에 의한 국가경제의 발전이라는 사고가 더욱 구체화되었다. 또 인간과 사회체에 대한 다양한 새로운 해석과 경험이 수용됨으로써 노동(자)에 대한 이해도 변화하였다.

1910년대의 신지식인들은 당대를 국민경제의 세계적 경쟁시대로 이해했다.24) 이들은 "경제의 싸움이 더욱 격렬하여 약육강식과 우승열패의 원칙이 極端히 발휘되니 국부의 증진과 경제의 발달이 실로 生死間의 大 急務"가 되었다고 판단했다.25) 이 문장에서 "국부" 혹은 국민경제라는 개념은 국가야말로 중요한 경제단위, 곧 경제적 주체라는 인

---

23) 『노동야학독본』에서 사회적 지위 상승의 기제로 제시된 것은 교육이었다. 유길준은, 노동하는 사람들은 자식만이라도 교육을 통해 빈천한 사람=노동하는 사람의 처지에서 벗어날 수 있도록 해야 한다고 가르쳤다.

24) 무실생, 「기업론」, 『학지광』 3, 1914. 12, 29쪽; 노익근, 「경제 진흥에 대한 여의 의견」, 『학지광』 6, 1915. 7, 56쪽; 노익근, 「부를 증가함에 대하야」, 『학지광』 10, 1916. 9, 23쪽.

25) 필자 미상, 「사회의 갱생」, 『학지광』 6호, 1915. 7, 7쪽. 노익근도 "국민의 경제력을 공고케 하고 일반의 생산을 진흥하는 것이 급무"라고 주장했다. 노익근, 「경제 진흥에 대한 여의 의견」, 『학지광』 6, 1915. 7, 56쪽.

식을 담고 있다. 또 이 개념은 "문명", 곧 "지식"과 "교화(Culture)"의 기반은 "돈", 즉 "부(富)"라는 사실을 가리키고 있다.26) 국가 간 경쟁의 요목에서 군사적 힘(강병)과 경제적 힘(부국)이 분리되면서 후자가 부상했는데, 이러한 변화는 조선이 더 이상 강병의 주체가 될 수 없었던 식민지 상황을 반영하는 현상이다.

중요한 것은 국민경제의 자본주의적 성격이다. 지식인들은 20세기를 "자본만능주의Capitalism 시대", 즉 "Capitalism(자본주의)을 주요 정신으로 하는" 시대로 이해했다.27) 경제(적)라는 말 자체가 자본주의적 성격을 내장하게 되었는데, 이러한 용어법에 따르면 경제(행위)란 '최소한 비용으로 최대한 이익(잉여가치)을 얻으려는 행위'이며 '그렇게 해서 얻은 이익(잉여가치)을 더 많은 이익을 위해 이용하는 것'을 가리켰다. 경제적이라는 말은 '타산적'이라는 말과 동의어가 되었으며 이것은 곧 '합리적'이라는 말과도 통했다.28) 지식인들은 자본주의 경제의 논리와 원칙을 터득해가고 있었다.

자본주의 경제의 발전은 무엇보다도 산업의 발전에 의해 가능하다는 생각이 널리 퍼졌다.29) '산업'은 '교육'과 함께 "오인의 생명에 관한 중대한 二방면"으로 간주되었으므로,30) 산업 발전의 조건에 대한 논의

---

26) 노익근, 「부를 증가함에 대하야」, 『학지광』 10, 1916. 9, 23쪽; 편집인, 「부의 필요를 논하야 상공업 발흥의 급무를 급함」, 『학지광』 12, 1917. 4, 35쪽; 노익근 「경제계를 부진케 하는 3대 원인」, 『학지광』 13, 1917. 7, 24쪽.

27) 노익근, 「경제 진흥에 대한 여의 의견」, 『학지광』 6, 1915. 7, 56쪽; 편집인, 「부의 필요를 논하야 상공업 발흥의 급무를 급함」, 『학지광』 12, 1917. 4, 38쪽. 'capital'의 번역어인 '자본'은 일본에서 메이지기에 처음 등장한 말로서 근대 이전 자료에는 전거가 발견되지 않은 신조어이다. 한국에서는 1895년 『國漢會語』와 『서유견문』에서 최초의 예가 발견된다. 신소설에서는 자본이라는 용어가 『만월대』(1910)에서 처음 등장한다. 최경옥, 앞의 책, 368-370쪽; 이경훈, 앞의 책, 433-434쪽 참조.

28) 노익근, 「부를 증가함에 대하야」, 『학지광』 10, 1916. 9, 20-21쪽.

29) 이강현, 「조선산직장려계에 대하여」, 『학지광』 6, 1915. 7, 49쪽; 김효석, 「나의 경애하는 유학생 여러분에게」, 『학지광』 10, 1916. 9, 12쪽; 이광수 「졸업생 제군에게 드리는 간고」, 『학지광』 13, 1917. 7, 7-9쪽. 이광수는 「신생활론」에서도 경제 발전이 곧 산업 발전이라는 점을 강조했다. 이광수, 「신생활론」, 『매일신보』, 1918. 9. 6~10. 19.

가 더욱 활발해졌다. 물질적 필요조건으로는 우선 자본의 육성이 꼽혔다.[31] 자본주의시대에 경제계를 좌우하는 것은 무엇보다도 자본이었다. 지식인들은 '돈'이나 '부'와는 성격과 기능이 다른, '자본'을 이해하게 되었는데, 이에 따라 "자본 집적", "자본 축적"이 필요하다는 소리가 높아졌다.[32]

산업 발전의 인적 조건으로는 기업가와 기술자의 양성이 요구되었는데, 특히 기업가의 양성이 중요한 과제로 대두했다. '기업(행위)'이란 "영리의 목적을 가지고 자기(기업: 인용자)의 계산으로 생산주력(勞力)과 생산기관(자본)을 통일 지도하여" 재화를 "생산"하고 "매매" 하는 행위를 가리켰다.[33] 따라서 자본과 노동력을 결합하고 지휘하는 주체로서, 그리고 재화를 생산하고 매매하는 주체로서 '기업(가)'의 위치와 능력이 강조되었다. 기업가는 실업가나 상공업자로도 불렸는데, 이들이 구비해야할 자격 조건에 대한 논의가 활발했던 것은 위와 같은 중요성 때문이었다.

1910년대를 풍미한 위와 같은 산업 담론은 사회경제=민족경제라는 시각에서 발화된 것이다. 국민경제나 국부라는 용어가 일반론의 차원에서 발화되었다면, 식민지인 조선에 적용될 때 그것은 '민족경제' 또

---

30) 편집인, 「부의 필요를 논하야 상공업 발흥의 급무를 급함」, 『학지광』 12, 1917. 4, 37쪽. 박찬승에 따르면, 1910년대의 실력양성론에서는 교육보다 산업의 진흥이 더 강조되었으며, 교육에서도 국가의식이나 민족혼을 불어넣는 교육이 아니라 실업과 과학 교육이 강조되었다. 결론적으로, 실력양성의 목표는 자본주의적 경제의 발전이었고 이를 위한 자본의 축적이었다. 박찬승, 『한국근대 정치사상사 연구』, 역사비평사, 1992, 134-154쪽 참조.

31) 노익근, 「부를 증가함에 대하야」, 『학지광』 10, 1916. 9, 23쪽; 편집인 「부의 필요를 논하야 상공업 발흥의 급무를 급함」, 『학지광』 12, 1917. 4, 38쪽. 최원호도 조선의 공업이 유치한 것은 기술자와 자본의 부족에 따른 것이라고 보았다. 최원호, 「조선인의 생활과 산업조합의 필요」, 『학지광』 12, 1917. 4, 27쪽.

32) 노익근, 「부를 증가함에 대하야」, 『학지광』 10, 1916. 9, 23쪽.

33) 무실생, 「기업론」, 『학지광』 3, 1914. 12, 28쪽. 무실생은 기업가의 자격으로 지식의 구비, 감독의 능력, 선견지명, 조직활동의 민속(敏速)함을 들었다(무실생, 위의 글, 29-30쪽).

는 '사회경제'라는 용어로 대체되거나 그러한 의미를 담아 날랐다.[34) 예컨대 자본의 집적이 필요하다는 주장은 사회경제(민족경제)라는 관점에서 정당성을 주장했고 또 설득력을 얻었다. 조선의 사회(민족)경제가 다른 사회(민족)경제와 경쟁하기 위해서는 기업들의 연합을 통한 자본의 집적이 긴요하다는 것이다.[35) 소작인과 지주가 서로 협조해야 하는 이유도 "조선 사회의 경제", "우리 사회의 경제"를 부활시켜야 한다는 데 있었다.[36)

1910년대에 새로 등장한 지식인들은 앞 시기의 지식인들과 자신들을 구분하면서 '정치에서 사회로'라는 의식을 만들어내었는데,[37) 이는 다른 말로 하자면 '국가에서 사회로'의 이동이었다. 사회체에 대한 담론의 기본 체계는 물론 개인-사회-국가였다. 자율적 개인과 개인들의 자율적 결합체로서의 사회, 그리고 그러한 개인과 사회를 보호하고 인도하는 국가의 합리성은 계몽주의 패러다임의 핵심이었다. 그러나 이러한 개념체계로 현실을 설명하려 했을 때 갖가지 문제점이 발생했다. 특히 식민지 상황은 계몽주의적 개인-사회-국가 체계 안에서 설명하기 어려운 문제였으며, 이는 지식인들이 개인/사회/국가 각각의 정체성과 그 사이의 관계를 상상하는 데 커다란 영향을 끼쳤다. 가장 두드러진 현상은 '국가'를 괄호 안에 넣는 것이었다.

'개인'과 '사회'에 대한 담론이 부쩍 증가한 것은 위와 같은 상황을 반영한 현상이었다. 지식인들은, 앞서 살핀 유길준과는 달리, '사회'를

---

34) "대저 일 민족이 단합하여 일개 사회를 조직한 이상에는 자기 민족의 생존을 영원까지 유지하며 又 동시에 민족다운 가치를 발표함에는 무엇보다 필요한 것이 富라 하겠오." 여기서 경제적 경쟁의 주체는 민족(사회)이다. 노익근, 「경제계를 부진케 하는 3대 원인」, 『학지광』 13, 1917. 7, 24쪽. 민족경제 개념은 국권의 위기 상황이었던 1900년대 말에 처음 등장했다. 손열, 앞의 글, 참조.

35) 노익근, 「부를 증가함에 대하야」, 『학지광』 10, 1916. 9, 23쪽.

36) 필자 미상, 「사회의 갱생」, 『학지광』 6, 1915. 7, 7-8쪽.

37) 이태훈, 「1920년대 전반기 일제의 '문화정치'와 부르주아 정치세력의 대응」, 『역사와 현실』 46, 한국역사연구회, 2003, 참조.

조선인(민족)으로 구성된, 대외적으로는 독립성과 자율성을, 대내적으로는 동질성과 평등성을 표상하는 사회체로 상상하고 싶어 했다. 사회라는 용어를 사용함으로써 제국과 식민지의 지배−종속 관계를 괄호 안에 넣으면서 조선인만으로 구성된 공동체를 표상할 수 있었으며, 그에 대한 상상에서 자율성·동질성·총체성의 이미지를 강화했던 것이다.38) 예컨대 사회경제라는 개념은 '동질적인 사회', '사회의 공통 이익'이라는 관념에 의존하고 그것을 강화했다. 아울러 '개인'에 대해서는 정치적 권리 주체로서의 성격이 억압된 반면, 경제활동의 주체, 문화활동의 주체로서의 성격이 강조되고 있었다. 정치와 사회의 영역을 구분하는 고전적 논리에 따른다면, 이 시기 지식인들이 주로 강조한 것은 사회적 주체로서의 개인이었다고 할 수 있다. 몇 가지 차이에도 불구하고, 지식인들은 대개 양 극단을 배제하면서 개인과 사회의 조화를 중시하는 입장을 취했는데, 여기에는 일본의 중개를 거쳐 들어온 철학, 사회학 담론이 큰 영향을 끼쳤다.39)

---

38) '사회'는 『독립신문』에 이미 나타났으며 앞서 살핀 것처럼 1900년대에도 쓰였지만, 1910년대에는 이 말이 새로운 중요성을 띠고 부상했다. 이와 같은 변화는 '사회' 개념의 아래와 같은 세 가지 능력에 바탕을 둔 것이었다. 첫째, 사회라는 말은 조선 사람들의 생활 영역이 '일본(국가)'으로부터 독립적, 자율적이라는 이미지를 산출했다. 사회라는 말이 일반화된 또 하나의 이유는, 그것이 다양할 뿐 아니라 심지어 상충하기까지 하는 사회경제적 요구들을 함께 아우르고 동원하는 정치적 능력을 발휘했기 때문이다. 또 하나 추가할 것은 '사회'가 근대 세계의 다양한 분화 경향을 표상한 동시에 다양하게 분화된 조직들과 영역들을 총합한 단일한 실재를 표상한 어휘였다는 점이다. 김현주, 『이광수와 문화의 기획』, 태학사, 2005, 85-113쪽 참조 바람.

39) 『학지광』에서는 개인/사회의 정체성과 본성 및 그것들 사이의 바람직한 관계를 두고 다양한 논의가 있었다. 장덕수, 「의지의 약동」, 『학지광』 5, 1915. 5, 39-46쪽; 필자 미상, 「사회의 갱생」, 『학지광』 6, 1915. 7, 3-10쪽; 설산, 「사회와 개인」, 『학지광』 13, 1917. 7, 11-19쪽; 김양수, 「사회문제에 대한 관념」, 『학지광』 13(특별대부록), 1917. 7, 2-9쪽; 이광수, 「신생활론」, 『매일신보』, 1918. 9. 6~10. 19; 塘南人, 「우리 사회의 難破」, 『학지광』 17, 1919. 1, 4-11쪽 등. 박찬승에 따르면, 개인과 사회의 조화를 강조하는 논의는 일본을 거쳐 수용된 독일의 신칸트학파적 해석과 영국의 신자유주의적 해석에 바탕을 두고 있었다. 아울러 이러한 논의에는 철학적 해석 이외에 (심리학적) 사회학도 큰 영향을 끼쳤다. 박찬승, 「1910년대 도일 유학생의 사상적 동향」, 『근대교류사

58

‘사회’의 발전을 선도하는 근대적 ‘개인’으로 새롭게 부상한 것은 ‘기업가’였다. 신지식인들의 사회 담론에서 중심이 된 것은 경제, 특히 상공업 분야였다.[40] ‘사회’는 다른 어떤 것이기 이전에 경제 공동체였기 때문이다. 재화의 생산 증대를 목표로 하는 자본주의 ‘사회’에서 기업가는 부와 능력(계산적=타산적=합리적=이성적 능력)을 소유한 근대적 ‘개인’이며, 나아가 ‘사회’의 지도자로 추앙받게 되었다. 예컨대 사회에서 기업가는 위대한 정치가에 필적할 정도의 존경을 받는다. 기업가는 “개인을 부유케 하며 민족을 강케 하여 우승지위에 立케 하는” 자로서 “사회에 대하여는 일국 大政治家와 필적한 공로가 有한” 존재이기 때문이다.[41]

> 노동은 신성이라. 타인의 汗血을 不食하고 자력의 근면을 是資하여 운명을 개척하며 생활을 유지하니 천부의 능력이요 인생의 要務라. 高壯한 성벽은 초석이 無하고 特立키 難하며 위대한 민족은 노동이 乏하고 웅비키 難 …(하략)[42]

와 상호인식 Ⅱ』, 아연출판부, 2007, 183-191쪽; 김현주, 위의 책, 73쪽, 175-183쪽 참조.

40)『학지광』을 보면, 신지식인들의 ‘사회’ 담론에서 중요시된 또 하나의 분야가 ‘문화’였음을 알 수 있다. 문화, 곧 학문, 문학을 포함한 예술, 종교 등의 주체로서의 개인은 정신((知·情·意)의 주체로서의 개인에 바탕한 것이다. 문화 및 정신과 개인/사회의 관계, 그리고 문화 영역에 종사하는 지식인들의 주체성에 대해서는 이광수의 논의를 참조할 수 있다. 이에 대해서는 김현주, 위의 책, 146-164쪽 참조 바람.

41) 무실생, 「기업론」, 『학지광』 3, 1914. 12, 28-31쪽. 소설에서는 ‘기업(가)’라는 용어보다 ‘실업(가)’라는 용어가 더 일반적으로 쓰였던 것 같다. 『장한몽』(1913)에는 학문의 눈으로 실업을 판단해서는 안 된다고 주장하는 인물이 등장한다. 이상협의 『눈물』(1917)에는 관리를 귀하게 여기던 데에서 실업가를 중요하게 여기는 데로 변화한 ‘사회의 풍조’에 대한 설명이 있다. 또 새로운 인재상으로 “실업계 청년”이 부상하고 있음도 알 수 있다. 이경훈, 앞의 책, 298-300쪽 참조.

42) 송진우, 「사상개혁론」, 『학지광』 5, 1915. 5, 6-7쪽. 노동은 인간 활동의 본질이라는 예찬, 즉 노동은 정신을 개발하고 천부의 재능을 증가시켜 인생의 쾌락을 향수케 한다는 식의 수사는, 노동자는 국가의 보배라는 수사와 함께 1920년대 초 『매일신보』에 실린 노동 담론의 주요 레퍼토리였다. 이에 대한 더 자세한 논의는 박헌호, 「1920년대 전반기 반─사회주의 담론 연구」, 『한국문학연구』 29, 동국대 한국문학연구소, 2005.

노동의 의의에 대한 위의 설명은 노동(자) 역시 사회―개인 담론의 영향권 안에 있다는 것을 보여준다. 세 번째 문장에서 노동은 '민족의 웅비'를 위해 필요한 것이다. 유사한 견지에서, 노동은 '사회'에 대한 의무였다. 사회를 위하여 노동하는 것은 그 구성원들의 "즐거운 의무"로 규정되었다.43) 한편 위 인용문에는 노동의 의의가 다른 방향에서도 설명되고 있다. 두 번째 문장에서 노동의 신성성을 뒷받침하는 근거는, 노동이 한 사람의 본래적 능력이자 중요한 임무로서 그것을 통해 스스로 운명을 개척하고 생활을 유지할 수 있다는 데 있다. 여기서 노동이나 근면의 의의는 개개인의 차원에서 조명되고 있다. 일반론의 차원에서 노동은 개인의 천부적 능력이자 사회(민족)에 대한 보편적 의무로 이해되었다.

한편 산업 발전의 필요조건이라는 면에서는, 노동력은 기업가의 통제 대상이자 생산에 투입되는 자원으로서 사물화되는 경향이 강했다. 「오도답파여행(五道踏破紀行)」에서 이광수는 기차 창문을 통해 보이는 산과 들을 개발해야 할 '자원'으로 전유한다. 이광수의 연상은 산과 들 → 삼림 → 건축자재와 연료 → 식목의 필요성 → "우리의 부(富)"로 나아가는데, 이러한 개발자의 시선을 통해 자연은 조사, 계획, 개척의 대상, 즉 자원이 되었다.44) 이와 비슷한 방식으로, 노동력 역시 헛되어 낭비["空費"]되어서는 안 되는 자원으로 해석되었다. 우선, 노동력의 양이 증대되어야 했다. 유식(遊食)계급과 여자계급이 일을 하게 되고, 거기에 농민계급의 잉여 노동력을 합치면 조선 전체의 노동력의 양이 크게 증대할 것으로 기대되었다. 아울러 어떻게 하면 노동의 능률을 높일 수 있을 것인가에 대한 논의도 등장했다.45) 자본주의 경제 담론 안에

12, 58-64쪽 참조.

43) 설산, 「사회와 개인」, 『학지광』 13, 1917. 7, 19쪽.

44) 김현주, 「국토 기행의 계보학」, 『한국 근대 산문의 계보학』, 소명출판, 2004, 134-135쪽.

45) 편집인, 「부의 필요를 논하야 상공업 발흥의 급무를 급함」, 『학지광』 12, 1917. 4, 37쪽. 노익근은 물질적 과학을 수립하여 조선인의 노동능률을 증진해야 한다고 주장했

서 노동력은 계량화되고 효율적 관리의 대상이 되었다.

사회의 동질성이나 공통 이익("사회경제")을 전제하는 사고방식이 지배적이었던 1910년대에도 노동력을 팔아 살아가는 사람들의 특수한 상황과 요구를 조명하려는 시도가 전혀 없지는 않았다. 1916년에 김철수는 「노동자에 관하여」에서 소략하게나마 노동자와 노동문제에 대해 관심을 보이고 있다. 그는 노동(자)에 대한 정의를 세 가지로 구분했다. 하나는 정신적 노동과 신체적 노동을 합한 의미로서, 이 경우 모든 사람이 노동자가 된다. 다른 하나는 신체적 노동만을 가리키는 경우로서, 이때 노동자는 "직접으로 신체를 動하여 力役을 賣하는 자"로 규정된다. 나머지 하나는 공장노동에 종사하는 자를 가리킨다. 그에 따르면, 문명국들에서는 산업혁명에 의해 대규모 공장공업이 등장했고 노동자와 자본가 간의 불평등이 발생했으며 노동자의 자각에 의해 비로소 진정한 의미의 노동문제가 발생했다.

김철수는, 조선에서 노동문제는 두 번째 경우, 즉 신체적 노동력을 팔아 살아가는 사람들의 문제라고 보고 있다. 문명국들과 대비할 때, 조선에는 노동자의 자각이 없고 자본가도 없고 공장도 희소하다. 따라서 조선에는 문명국들에 나타난 것과 같은, 근대적 공장에서 자본가와 노동자 사이의 이해갈등에 의해 야기된 노동문제는 아직 없다. 그렇지만 신체적 노동이라는 의미로 보면, 조선인의 대부분이 노동자이며 그런 점에서 노동문제는 이미 존재한다고 말할 수 있다. 그에 따르면, 조선의 노동자들이 직면한 문제는 생계의 곤란과 불안, 위생의 취약성, 구직난과 저임금, 자녀 교육의 불가능 등으로 표출되는 생활의 비참함이었다. 그는 조선의 노동자들에게 직업소개소와 신용·구매·판매 조합을 통한 물질적 구제와 야학 등을 통한 정신적 구제를 시행해야 한다고 주장했다. 이 글에서 김철수가 묘사한 조선의 "노동자계"는 비참하고 "우매"한 "하등사회"로서 "보호"와 "구제"를 필요로 하는 사람들

다. 노익근, 「경제계를 부진케 하는 3대 원인」, 『학지광』 13, 1917. 7, 24쪽.

이었다.[46]

요컨대 1910년대에 지식인들은 노동(자)을 추상적인 개인—사회 담론, 자본주의 경제 담론 안에서 설명했다. 일반론의 차원에서 노동은 개인의 천부적 재능이자 사회에 대한 보편적 의무로 이해되었다. 산업의 차원에서는, '사회(민족)'가 경제의 주체로 부상하고 자본주의 경제 시스템에 대한 기능주의적 이해가 심화되면서, 노동력은 생산에 투입되고 효율적으로 운용되어야 할 자원으로 대상화되었다. 추상적 개인과 동질적 사회, 그리고 공통의 경제적 이익을 전제하는 담론들 안에서 노동자는 보호하고 구제해야 할 타자였다.

4. 1920년대 초 노동자계급의 대두와 노동문제의 정치적 해석

1920년 4월 17일에 『동아일보』는 노동문제에 대한 첫 번째 사설 「조선노동공제회에 대하여—노동의 문화가치를 논함」을 게재했다. 이는 〈조선노동공제회〉의 창립을 보도하고 논평한 글로서, 〈공제회〉의 목적과 창립규모 등에 대한 간단한 소개, 창립 「취지서」에서 인용한 문장들, 그리고 그에 대한 해설로 구성되어 있다. 이 절에서는 사설을 통해 〈공제회〉와 『동아일보』가 노동자와 노동문제를 어떻게 정의하고 어디에 배치하고 있는지를 살펴본다. 주의할 점은, 현재 「취지서」의 전문은 확인할 수 없으며, 사설에서 우리는 『동아일보』에 의해 중개된 〈공제회〉를 볼 수 있을 뿐이라는 것이다. 사설에 인용된 「취지서」의 문장들은 엄밀하게 말해 『동아일보』에 의해 선택된 것이다.

---

46) 김철수, 「노동자에 관하여」, 『학지광』 10, 1916. 9, 13-16쪽. 최원호도 농업, 공업, 어업 등에 종사하는 사람들의 열악한 생활 상태를 지적하고 그에 대한 구제방침으로 산업조합(신용조합, 판매조합, 구매조합, 생산조합)을 제안했다. 그는 산업조합을 일종의 민중구제책으로 보았다. 최원호, 「조선인의 생활과 산업조합의 필요」, 『학지광』 12, 1917. 4, 26-28쪽.

1920년 4월 11일에 창립한 〈공제회〉[47]는 '노동자'라는, 공동의 이해와 요구를 가진 특정한 사회적 집단에 대한 재현이었다.

> 見하라. 朝夕으로 連絡不絶하는 남대문역의 單瓢客은 누구이며 嚴冬炎夏에 山路河畔의 시체는 누구이며 東獄西監에 藁笠黃衣의 服役者는 누구이며 大街小巷에 流離號泣하는 幼童小兒는 누구인가를—필시 태반은 노동실업자가 아니면 貧寒家의 자녀일가 하노라. 客年 4월로부터 약 5개월에 선하야 용산철도국을 위시하야 각 공장 각 점포의 종무원과 심지어 통신사무원까지 동맹파업을 徵하게 될 것은 생활난 문제의 해결을 요구함으로부터 표현된 사실이 아닌가.[48]

위 인용문은 앞서 김철수가 말한 '조선 노동자계'의 실상을 좀 더 자세히 재현하고 있다. 노동자들은 극심한 생활난에 직면해 있고, 실업자와 빈곤층의 자녀들은 유리걸식하는 처지로 전락했다. 심지어 이들은 범죄와 죽음이라는 극한 상황으로까지 내몰리고 있다. 김철수의 인식과 차이가 있다면, 그것은 공장이나 상점의 종업원과 사무원이 그저 '구제'와 '보호'의 대상이 아니라 "동맹파업"을 통해 "생활난 문제의 해결을 요구"하는 집단으로 등장한다는 점일 것이다. 작년 4월에 시작

---

47) 〈조선노동공제회〉의 연혁을 보면, 1920년 2월 7일에 43인이 모여 연 '조선노동문제 연구회'의 토의를 거쳐, 3월 6일에 26인의 유지(有志)가 재차 협의한 후 3월 16일에 발기회가 조직되었다. 75인의 발기회원과 2,500원의 원조금을 기반으로 시작하였고, 4월 3일의 발기 총회에는 발기인이 132인이었고 98인이 5,141원 50전을 출원하였으며 기관지 운영을 담당한 3인의 독지가가 있었다. 〈공제회〉는 4월 11일에 286인의 발기인과 687인의 회원동지로 창립되었다. 「朝鮮勞動共濟會沿革大略」, 『공제』 1, 조선노동공제회, 1920. 9, 166쪽.

48) 박중화, 「조선노동공제회 주지」, 『공제』 1, 조선노동공제회, 1920. 9, 167-168쪽. 「주지」는 공제회의 활동방침이 구체적으로 명시된 글로서, 창립 직후 〈공제회〉의 활동은 실제로 여기서 밝힌 방침에 의거해 진행되었다. 즉 초기에 〈공제회〉는 야학이나 강연회, 기관지 발행 등을 통해 노동자들과 일반 대중에 대한 계몽 사업에 힘을 쏟았고 소비조합 운동을 전개했다. 그러나 1922년 4월 제3회 정기총회를 기점으로 하여 노동조합과 소작인조합을 중심으로 노선과 활동내용을 일신하였다. 박애림, 「조선노동공제회의 활동과 이념」, 연세대 석사논문, 1992, 참조.

하여 5개월 동안 지속된 동맹파업이란 3·1운동 과정에 일어난 노동자
들의 쟁의를 가리키는 것으로 보인다.

〈공제회〉는 "자력으로써 자아가 衣食하는 동시에 애정으로써 호상
부조하야 생활의 안정을 圖하며 공동의 존영을 期"하는 것을 목적으로
하여 조직되었다.[49] 좀 더 간단히 말해 〈공제회〉의 목적은 노동자의
교육, 경제, 위생이라는 세 가지 문제를 해결하는 것이었다. 기관지인
『공제』는 "우리 사회에 노동문화를 촉진하며 노동사상을 환기"[50]하기
위하여 발간되었다. 즉 〈공제회〉와 그 기관지 『공제』는 "우리 사회"
안에는 "노동사회"가 있으며, 그 사회는 공통의 문화와 사상("노동문
화"와 "노동사상")을 가진다(가져야 한다)고 전제하고 있는 것이다. 물
론 〈공제회〉의 결성을 주도한 세력은 언론인, 교육가, 변호사 같은 지
식인들이었고, 여기에는 상당한 자산을 가진 인사들도 많이 참여했다.
그러나 '노동공제회'와, 이 무렵 등장한 '노동회', '노우회', '노동친목
회', '노동조합', '노동계' 같은 명칭들의 가장 중요한 전제는 "노동자
의 이해는 서로 같고 지위도 또한 같"다는 데 있다.[51] 〈공제회〉의 결
성은 자기들만의 특수한 욕구와 이해를 표현하는 사회적 집단으로서
'노동자'의 등장을 알리고 있다.

　　名을 賣하고 權을 弄하여 他의 力을 食하고 他의 勞를 衣하여 高樓巨
閣에 錦衣玉食으로 일생의 안락을 擅行하는 역사적 유물은 현대의 悖德
이라. 이를 鳴鼓하고 廓淸함은 上帝의 正義며 誠勤히 작업하여 自力을 食
하고 自勞를 衣함은 人世의 正職이라. 이를 敬待하고 扶持함은 人道의 本

---

49) 박중화, 앞의 글, 167쪽(강조점은 원저자).
50) 「餘滴」, 『공제』 1, 조선노동공제회, 1920. 9, 170쪽.
51) 〈조선노동공제회〉 창립 「취지서」(「조선노동공제회에 대하여—노동의 문화가치를 논
　　함」, 『동아일보』, 1920. 4. 17에서 재인용). E. P. 톰슨에 따르면, '계급'은 어떤 사람들
　　이 공통된 경험의 결과 자신들 사이에는 자기들과 이해관계가 다른 타인들과 대립되
　　는 동일한 이해관계가 존재함을 느끼게 되고 또 그것을 분명히 깨닫게 될 때 나타난
　　다. E. P. 톰슨, 앞의 책, 6-13쪽 참조.

體로다. 고로 노동이 신성하고 노동자가 존귀하다함이 어찌 신의 거룩한 活聲이 아니리오. …… 명예도 노동자에게, 황금도 노동자에게, 안락도 노동자에게 與하라고 상제께서 苦待하시나리라 …(중략)… (이제 노동자는: 인용자) 自助와 自尊을 自覺과 自高를 知하였도다. 자아의 노력을 타에게 見奪치 아니하고 자아가 衣食하며 자아의 행복을 타에게 의뢰치 아니하고 자아에서 구하여 天意에 歸하는 正路가 開하였도다.……52)

위 글은 〈공제회〉 창립 당시 발표된 「취지서」의 일부로서 『동아일보』에 인용된 것이다. 인용문의 논의를 이끌어가는 것은 지위[名]와 권력[權]을 이용해서 다른 사람의 노동력을 빼앗아 사는 자와 스스로의 노동으로 먹고 사는 자의 대비이다. 이는 엄밀하게 말해 근대적 생산관계 안에서 발생하는 착취/피착취, 혹은 노동의 소외를 문제 삼는 대비가 아니다. 비판의 초점은 지위와 권력이라는 '경제외적' 강제의 행사에 있다. 따라서 이 글의 필자가 '노동은 신성하고 노동자는 존귀하다'고 주장했을 때, 이때 노동과 노동자는 자본주의적 생산관계 안에서 규정된 개념이 아니다. 그것은 앞서 김철수가 말했던 두 번째 의미의 노동(자)에서 멀리 떨어져 있지 않다.

그럼에도 위 인용문은 노동과 노동자를 설명하고 비평하기 위해 사용할 수 있는 어휘의 양이 매우 풍부해졌을 뿐 아니라 그 성격이 변화하고 있었다는 것을 보여준다. 이 글의 필자는 '신성'과 '존귀' 같은, 평가와 찬양의 의미를 담은 어휘를 통해 '노동(자)'에 대해 '명예로우며 존경스러운' 일(사람)이라는 이미지를 부여했다. 한편 '자조', '자존', '자각', '자고' 같은 어휘를 통해 노동자의 위엄과 신망을 높였다. 또 하나 추가할 점은, 노동력의 착취 문제를 설명하면서 죄나 도덕과 관련된 어휘를 사용했다는 것이다. 「취지서」의 주장은, 지위와 권력을 이용하여 다른 사람의 노동력을 빼앗는 행태는, 예전에는 통용되었으나 지금

---

52) 〈조선노동공제회〉 창립 「취지서」(「조선노동공제회에 대하여—노동의 문화가치를 논함」, 『동아일보』, 1920. 4. 17에 부분 인용된 것을 연결하여 재인용).

은 이미 효력을 잃어 쓸모가 없어진 역사의 잔재로서 ‘현대의 도덕에는 어긋나는 일[悖德]’이라는 것이다.

또 하나 흥미로운 점은 노동문제를 설명하면서 정의나 인도 같은 어휘를 사용하고 있다는 것이다. 대비적 구성 원리에 따라 노동문제에 대한 비평은 두 방향으로 나뉘는데, 하나는 지위와 권력을 이용한 노동력 착취가 현대의 도덕규범에 어긋난 행태라는 점을 널리 알리고[鳴鼓] 그 폐단을 없애는 일[廓淸]이 ‘정의’라는 주장이다. 여기에는 지위와 권력의 강제를 통해 타인의 노력을 빼앗는 행위의 해악을 은폐하거나 온존시키는 행위는 정의롭지 못한 일이라는 뜻이 함축되어 있다. 다른 하나는 스스로 일하여 먹고 사는 것은 인간 세상의 올바른 임무[正職]이며 그러한 임무를 공경하고 대우하며[敬待] 유지하고 보존하는[扶持] 것이 사람으로서 마땅히 지켜야할 도리[人道]의 본질[本體]이라는 것이다. 여기에는 성실하고 근면하게 일하여 먹고 사는 것이 사람의 의무이며 그 의무를 다하는 것이 도덕적인 행위라는 뜻이 함축되어 있다.

「취지서」의 필자는 노동문제를 비평하면서 1920년대 초 한국사회 안에서 널리 회자되었던 규범어휘들을 사용하고 있었던 셈이다.53) 「취지서」에서 ‘정의’와 ‘인도’는 〈공제회〉의 활동을 설명하는 동시에 정당화하는 역할을 하고 있다. 주목할 점은 ‘정의’와 ‘인도’가 3·1운동 이후 조선인들에게 정치·사회적 경험과 사고의 혁신을 재촉하고 고무한 어휘들 가운데 하나였다는 사실이다. 그 어휘들은 ‘평등’, ‘자유’, ‘민주주의’ 등과 함께 ‘독립선언서’들의 키워드였으며,54) 당시 잡지와 신문

---

53) 여기서 규범적인 의미를 가진 어휘란 어떤 사람이 자신이 한 일을 서술하고 또 그것을 정당화해줄 역량을 함축하고 있는 어휘를 가리킨다. 규범어휘에 대해서는 퀜틴 스키너, 박동천 옮김, 『근대 정치사상의 토대 1』, 한길사, 2004, 65-67쪽 참조.

54) 「기미독립선언문」, 「대한독립선언서」, 「조선청년독립단선언서」참조. 1910년대에 사회진화론에 심취한 지식인들은 ‘자유’나 ‘평화’와 함께 ‘정의’와 ‘인도’ 같은 관념에 대해서도 맹렬한 비판을 가했다는 점을 기억할 필요가 있다. 박찬승, 앞의 글, 164-167쪽 참조.

들에서는 제1차 세계대전의 종전 이후 세계적으로 고조되고 있던 '개조'와 '해방' 운동의 목표를 가리키는 용어로 빈번히 쓰이고 있었다. 넓게 볼 때 '정의'와 '인도'는 '평등'이나 '자유' 같은 어휘들과 함께 당시 공론장에서 이미 규범어휘의 역할을 하고 있었다고 할 수 있다. 공론장에 일반화된 이러한 규범어휘들을 사용함으로써, 「취지서」의 필자는 노동문제에 대한 비평을 조선사회 전체의 정치적·사회적 소망 및 움직임과 연결된 것으로 제시할 수 있었고, 따라서 〈공제회〉 활동의 정당성을 효과적으로 주장할 수 있었다.

『동아일보』사설의 필자는 앞서 본 인용문을 논평하면서 〈공제회〉의 이념과 활동, 그리고 그로부터 생산된 노동자라는 범주를 좀 더 포괄적인 시각에서 조선 사회 전체의 목표와 연결하여 해석해 준다. 맨 앞부분에서 '노동'은 개인─사회의 해방의 근원으로 설명된다. "역사"는 "해방의 운동"인데, "전제 압박과 인습 사회를 타파하고 자유 창조함은 개인의 해방이오, 자유 개인의 합리 연결은 사회의 해방"이다.[55] 즉 '해방'은 '자유'로운 '개인'과 그러한 개인들의 '합리'적인 결합체로서 '사회'를 창출하는 역사의 운동인데, 이러한 해방의 역사를 추진하는 근본 동력이 노동이라는 것이다. 여기서 노동의 의의는 자유로운 개인─합리적 사회라는 의미체계 안에서 해석되고 있다.

이어 노동과 노동자의 위치는 개인─사회─국가라는 의미체계 안에서 좀 더 구체적으로 규정된다.

> 노동은 상품이 아니라 따라 매매할 것이 아니며 노동자는 일종 「出力의 ○○」가 아니라 곧 인격자이니 국가에 대하여는 그 유지책임을 한가지로

---

55) 박명규는 이 부분을 직접 인용하고 나서 '사회를 자율적 개인의 결합으로 파악한 것은 1920년대에 들어 개인의 독자성과 공동체적 결합이 유기적으로 공존할 수 있다는 믿음이 더욱 강조되었음을 보여주며 이것이 부르주아적 사회관의 핵심'이라고 평가했다. 박명규, 「한말 '사회' 개념의 수용과 그 의미체계」, 『사회와 역사』 59, 한국사회사학회, 2001, 157쪽. 좀 더 명확히 말하자면, 위 문장은 개인/사회의 정체성과 그 상호관계에 대한 부르주아 계몽주의 정치학을 매우 압축적으로 표현하고 있는 것이다.

부담하는 동료 시민이오, 사회에 대하여도 문명을 촉진하는 연대책임의 합
력자라. 어찌 그를 무시하며 혹은 그의 발달을 저지하며 비참을 제거치 아
니하고 사회의 행복과 향상을 기대할 수 있으리오. 余는 다시 묻노라. 자
본가는 무슨 권리로 고루거각에 閑臥하여 금의옥식하며 노동자를 ○○천
대하고 노동자는 何故로 他를 위하여 養○하며 石工하고 자녀를 교육치
못하고 光榮을 향락치 못하고 직업의 보장이 無히 노예상태에 신음하는
고? 이에 노동의 문화가치를 논하여 천하의 여론을 환기하며 재래의 고루
한 사상에 一途광명을 주입코자 하는 소이라.56)

먼저, 노동자는 인간이다. '노동자는 한갓 상품의 생산 도구가 아니
라 인격자'라는 명제는 출생, 가족, 부, 직업, 재산, 소유권, 종교 등에
따른 사회적 지위들에 영향 받지 않는 보편적이고 추상적인 '인간'을
강조한다. 다시 말해 이 명제는 인간의 근본적 동일성과 보편적 특징을
가정하며, 사회적·경제적으로 차별화된 개인이 아니라 보편적이고 추
상적인, 차이 없는 '개인'을 강조한다.

아울러 노동자는 '국가'를 유지할 책임을 함께 부담하는 '동료 시민'
이다. 특히 노동자는 전시에 동원할 수 있는 "인민"이다. 이 글에서는
세계대전 이후 노동자의 세력이 한층 증대한 것은 노동자의 조력 없이
전쟁 수행, 나아가 국가 유지가 불가능하다는 사실이 명백해졌기 때문
이라고 말하고 있다. "노동자는 곧 인민"이다. 한편 노동자는 '사회'의
문명을 촉진하는 연대책임의 '협력자'이다. 노동자들이 동맹파업을 하
면, "식료의 궁핍", "연료의 부족", "교통의 두절"로 "사회는 곧 枯死"
할 수 있다. 따라서 노동자를 무시하거나 발달을 저지하며 비참한 상태
에 내버려두는 것은 사회의 행복과 발전을 위태롭게 하는 일이다. 요컨
대 군사력과 생산력이라는 측면에서 노동자는 "국가 사회의 근본 기
초"이다.

『동아일보』의 사설은 〈공제회〉의 「취지서」를 감싸면서 노동(자)의 의

---

56) 「조선노동공제회에 대하여—노동의 문화가치를 논함」, 『동아일보』, 1920. 4. 17(○은
   알아보기 어려운 글자이다).

의와 위치를 포괄적이고 전체적인 시야에서 규정하고 있다. 〈공제회〉
의 「취지서」와 그에 대한 『동아일보』의 해설이 공통적으로 보여주는
것은, 1920년에 들어서자마자 '노동문제'가 정의, 인도, 자유, 합리, 해
방 같은 부르주아 계몽주의 정치학의 이념들 혹은 그것을 표현하는 규
범어휘들에 의거해 설명되고 비평되기 시작했다는 점이다. 특히 사설
은 부르주아 계몽주의 정치학의 핵심적 수사라고 할 수 있는 자유로운
개인과 합리적인 사회, 그리고 개인과 사회의 해방이라는 표현을 사용
하여 노동의 가치를 설명했다. 또 사설은 노동자에게 그때까지 관습적
으로 요구해온 것과는 다른, '인격자', 그리고 '동료'이자 '협력자'라는
역할을 부여함으로써 노동문제를 사회적이고 정치적인 이슈로 발전시
킬 가능성을 더욱 확장했다.[57]

5. '노동자'가 개인 – 사회 – 국가 담론을 수정할 수 있는가?

1920년대 초에 노동(자)·노동문제의 해석에 나타난 변화와 그것이
함유한 정치적 가능성을 살펴보았는데, 이것이 그때까지의 해석으로부
터 어떤 인식론적 단절을 표현한다고 볼 수 있을까? 오히려 『국민소학
독본』에서 『동아일보』에 이르기까지 노동(자)에 대한 지식인들의 담론
은 반복성과 연속성의 양상을 띤다고도 할 수 있다. 『국민소학독본』에
서는 (개인)−국가, 『노동야학독본』에서는 (개인)−사회−국가, 『학지광』

---

57) 「조선노동공제회에 대하여−노동의 문화가치를 논함」에서 또 하나 흥미로운 것은,
부제(副題)로도 강조된, "노동의 문화가치"라는 명제이다. 사설에서는 노동을 "문화의
원동력이오 산출자"라고 강조하고 있는데, 생계를 꾸릴 권리, 자녀를 교육하고 직업을
보장받을 권리 등 노동자의 제반 권리를 뒷받침하는 논거는 노동의 문화적 가치이다.
여기서 중요한 것은 '노동'이라는 말의 의미와 노동자의 권리/의무를 설명하고 비평하
는 데 문화라는 개념이 사용되었다는 것이다. 이는, 사회주의적 문화 담론의 등장과
함께, 1920년대 초의 문화 담론을 복잡하게 하는 요인들 가운데 하나인데, 이에 대한
상세한 논의는 이후의 과제로 남긴다.

에서는 개인－사회－(국가), 그리고 『동아일보』에서는 개인－사회－국가라는 개념체계 안에서 노동자라는 말의 의미를 해석하고 그들의 권리/의무를 규정한 것이 그것이다. '노동자'는 『동아일보』에 와서 드디어 개인－사회－국가라는 개념체계 속에 안착하게 된 것으로 보인다.

사실 〈공제회〉(혹은 그 단체를 대표하는 필자)가 스스로의 활동을 서술하고 정당화하기 위해 사용한 규범적 어휘들의 '의미 준거'에 대해서는 좀 더 섬세한 접근이 필요하다. 즉 문제가 되는 '정의'와 '인도'라는 어휘의 성질과 기능은 「취지서」의 문맥 안에서 분석되어야 한다. 자세히 보면, '정의'와 '인도' 사이에는 '정직(正職)'이라는 단어가 있고, 이 세 단어는 '상제(上帝)의 정의'－'인세(人世)의 정직'－'인도의 본체'라는 배비구(配備句) 안에 통합되어 있다. 주목할 것은, 의미를 점층적으로 강화하는 배비구의 형식 안에서는 현대의 부도덕을 청산하는 '정의'58)보다 스스로 일하여 먹고 사는 임무[正職]와 그 임무를 공경하는 도리[人道]가 더 강조되고 있다는 점이다. 정직과 인도라는 표현은 노동을 인간의 보편적 의무와 도덕의 문제로 맥락화한다. 간단히 말해 「취지서」에서 '노동'은 보편적이고 추상적인 개인의 도덕적 의무라는 관점으로 수렴되는 경향이 있다. 이로써 노동문제에 대한 비평에서 사회적 맥락이 흐릿해지는 것이다.

더욱이 『동아일보』의 해석을 통과하면서 차별화된 요구와 이해관계를 가진 하나의 사회적 집단으로서의 '노동자'가 더욱 희미해지게 된다. 『동아일보』의 사설은 〈공제회〉의 「취지서」를 해설하고 논평하면서 노동자를 개인－사회－국가 패러다임 안으로 끌어들여 그 안에서 위치

---

58) 위 인용문에서 '정의'는 '상제'라는 초인격적 존재의 원리로 제시되고 있다. '상제'는 중국에 처음 가톨릭교가 전래되었을 때 가톨릭교의 유일신(하느님)을 한자로 번역한 말로 탄생했고 한국에서도 그런 의미로 쓰였다. 천정환은 김우평의 「사회주의의 의의」(『동아일보』, 1920. 8. 18)에 나타난 '상제'라는 어휘의 기능을 설명하면서 사회주의 사상의 대중적 번역과 앎의 형성을 논의한 바 있다. 천정환, 「근대적 대중지성의 형성과 사회주의 (1)」, 『근대지식으로서의 사회주의와 그 문화·문학적 표상』(학술대회 발표 논문집), 성균관대 동아시아학술원 대동문화연구원, 2007. 5. 19, 72쪽 참조.

와 역할을 확정했기 때문이다. 즉 〈공제회〉의 「취지서」가 노동자라는 특정한 사회적 집단의 처지를 강조하는 한편 자신들의 권리 주장을 당시의 일반적 규범어휘를 사용하여 설득하고자 했다면, 사설은 처음부터 노동자 집단을 사회체에 대한 체계적 담론구조 안에서 재해석하고 배치하는 데 더 관심이 있는 것처럼 보인다.

따라서 사설은 "현대사회조직"을 비판하고 노동자/자본가, 노동계급/자본계급이라는 계급 개념을 활용했지만, 그 개념들은 개인—사회—국가라는 개념체계의 헤게모니를 벗어나지 못하며 갈등과 모순은 그 안에서 조정된다. 다시 말해 개인—사회—국가라는 개념체계는 자유로운 개인과 그러한 개인들의 합리적 결합체로서의 사회, 그리고 그러한 개인과 사회를 보호하는 국가라는 이상을 표현하는데, 이 개념체계 자체가 "노동자와 자본가의 연대"를 요구하며 현실에 나타나는 불평등을 "무지"나 "죄악"과 같은, 개인이나 사회의 지적·도덕적 결함에 의한 것으로 해석하도록 한다. 결론적으로, 노동·노동자·노동운동에 대해 무엇을 이야기해야 하는지, 누가 그 이야기를 할 수 있는지 등은 개인—사회—국가라는 개념체계 안에서 결정되는 것이다. 여기서 실종되는 것은 '노동자의 노동자로서의 권리'이다.59)

1920년대 초는 '노동자'의 정체성과 위치가 논쟁적인 문제가 되고

---

59) 어떤 관점에서 보면, 「취지서」의 주장과 그에 대한 『동아일보』 사설의 논평을 갈등이나 분열의 관계로 읽을 수도 있을 것이다. 물론 그런 측면이 없는 것은 아니며, 「취지서」의 전문을 비교한다면 차이가 더 부각될 여지도 있다고 생각한다. 그러나 이 글에서는 논평자가 「취지서」와 투쟁하거나 그것으로부터 분리해 나오려 하기보다 그것을 자신의 맥락 안에 포섭하여 배치하는 수사적 전략을 취하는 점에 주목하였다. 또 다른 관점에서 보면, 두 텍스트를 모두 사회주의적 노동(자) 담론으로 읽을 수도 있을 것이다. 이 문제에 대해 답하기 위해서는 필자들의 의도, 텍스트의 맥락과 수사학을 고려한, 좀 더 섬세한 분석과 판단이 필요하다. 두 텍스트의 필자가 사회주의적 사상을 가졌다는 것이 조직과 운동에서 확인된다고 하더라도, 그들의 언어가 자동적으로 사회주의적이라는 평가를 받을 수는 없다. 이는 사회주의 지식인이 부르주아 계몽주의적 언어를 차용한 방식과도 관련되는데, 이 점에 대한 생각은 결론의 마지막 부분에서 간단히 밝혔다.

‘노동문제’의 원인이나 ‘노동운동’의 지위와 목표 역시 논란거리가 되기 시작한 시기이다. 가장 중요한 요인으로 손꼽히는 것은 사회주의적 지식인들의 ‘참여’인데, 이들은 1920년에 이미 〈공제회〉와 『동아일보』에서 활동하고 있었다. 박종린의 연구에 따르면, 1920~21년에 서울에는 ‘서울공산단체’, ‘조선공산당’, ‘사회혁명당’, ‘마르크스주의 크루조크(小組)’라는 4개의 주요한 공산주의 그룹이 비밀결사의 형태로 존재하고 있었다. 이들 그룹의 성원들은 〈조선노동공제회〉와 〈조선청년회연합회〉 같은 대중운동 단체에서도 활동했으며 그 기관지인 『공제』, 『아성』의 편집과 발행을 주도하거나 주요 필자였다. 또 이들 가운데 일부가 『동아일보』의 편집을 주도했다.60) 그렇다면 「취지서」나 사설의 필자는 ‘1920년 시점에 비밀결사의 형태로 활동한 공산주의 그룹의 구성원들 가운데 한 사람’이었을 수 있다.

그러나 그렇다고 해서 앞서 살핀 「취지서」나 사설을 ‘사회주의적 노동(자) 담론을 보여주는 주요 텍스트’로 읽어야 할까? 1890년대 후반에서 1920년까지 ‘노동(자)’의 해석과 배치를 추적해 온 이 글의 논지에서 볼 때, 중요한 것은 1920년 『동아일보』의 사설에 이르러서 ‘노동자’가 개인—사회—국가라는 부르주아 계몽주의 정치학의 개념체계 안에서 ‘시민권’을 얻을 수 있었다는 점이다. 따라서 사회주의 노동(자) 담론에 대한 연구에서, 핵심적 질문은 다음과 같은 것이 될 것이다. 사회주의자들은 1920년대에 노동(자), 노동문제, 노동운동에 대한 부르주아 계몽주의 담론에 대해 어떤 새로운 의문을 제기하고 새로운 답변이 시도했는가? 그리고 그 담론의 전제와 관습의 어떤 부분을 수용하고 승인하였으며 또 어떤 부분을 의문시하거나 수정했는가? 사회주의자들의 담론 안에서 ‘노동자’라는 범주가 효과적으로 개인—사회—국가에 대한 기존의 해석과 투쟁하거나 그것을 수정할 수 있었는가?’ 1920년

---

60) 박종린, 「일제하 사회주의사상의 수용에 관한 연구」, 연세대 박사논문, 2006. 12, 27-33쪽 참조.

대 이후 사회주의적 지식인들의 주장이 지향하던 방향과 거기에 실린 힘을 정확하게 인식하기 위해서는, 노동(자)에 대한 사회주의적 담론 혹은 그 담론의 핵심적 개념체계가 우리가 지금까지 살핀 부르주아 계몽주의의 개념체계와 어떻게 교류·교섭하고 또 그것을 어떻게 수정·변형하고 있는가를 면밀하게 살펴보아야 한다.[61]

주제어 : 노동(자), 노동문제, 노동운동, 개념체계, 개인 – 사회 – 국가, 부르주아 계몽주의, 자본주의, 조선노동공제회, 동아일보

---

61) 최근 한 학술발표회에서 박헌호는 1920년대 조선에서 '계급' 범주가 '사회'와 '개인 (자아)'의 정체성과 그 관계를 새롭게 규정(구성)한 점을 지적한 바 있다. 계급 범주의 위상과 동력에 대한 더 자세한 논의는 다음 자료 참조. 박헌호, 「근대지식, 한국 사회주의 연구의 '어떤' 가능성」, 『근대지식으로서의 사회주의와 그 문화·문학적 표상』(학술대회 발표논문집』), 성균관대 동아시아학술원 대동문화연구원, 2007. 5. 19, 6-14쪽.

◆ 참고문헌

1. 기초자료

편집국, 『국민소학독본』, 학부, 1895.
유길준, 『서유견문』, 교순사, 1895.
───, 『노동야학독본』, 경성일보사, 1908.
조선유학생학우회, 『학지광』 3-17, 1914~1919.
이광수, 「신생활론」, 『매일신보』, 1918. 9. 6~10. 19.
사설, 「조선노동공제회에 대하여-노동의 문화가치를 논함」, 『동아일보』, 1920. 4.
        17.
조선노동공제회, 『공제』 1, 조선노동공제회, 1920. 9.
「기미독립선언문」, 「대한독립선언서」, 「조선청년독립단선언서」 등

2. 연구 논문 및 단행본

김경일, 『일제하 노동운동사』, 창작과비평사, 199. 2.
───, 『한국근대노동사와 노동운동』, 문학과지성사, 2004.
김현주, 「국토 기행의 계보학」, 『한국 근대 산문의 계보학』, 소명출판, 2004.
───, 『이광수와 문화의 기획』, 태학사, 2005.
───, 「근대 개념어 연구의 동향과 성과」, 상허학보』 19, 상허학회, 2007. 2.
박명규, 「한말 '사회' 개념의 수용과 그 의미체계」, 『사회와 역사』 59, 한국사회사
        학회, 2001.
───, 「근대 사회과학 개념 구성의 역사성: 한말 국가-사회-개인의 상호연관
        을 중심으로」, 『문화과학』 34, 문화과학사, 2003. 6.
박애림, 「조선노동공제회의 활동과 이념」, 연세대 석사논문, 1992.
박종린, 「일제하 사회주의사상의 수용에 관한 연구」, 연세대 박사논문, 2006.
박주원, 「『독립신문』과 근대적 '개인', '사회' 개념의 탄생」, 『근대 계몽기 지식 개
        념의 수용과 그 변용』, 소명출판, 2004.
박찬승, 『한국근대 정치사상사 연구』, 역사비평사, 1992.
───, 「1910년대 도일 유학생의 사상적 동향」, 『근대교류사와 상호인식』 II, 아
        연출판부, 2007.
박헌호, 「1920년대 전반기 반-사회주의 담론 연구」, 『한국문학연구』 29, 동국대
        한국문학연구소, 2005. 12.

──────, 「근대지식, 한국 사회주의 연구의 '어떤' 가능성」, 『근대지식으로서의 사회주의와 그 문화・문학적 표상』(학술대회 발표논문집』), 성균관대 동아시아학술원 대동문화연구원, 2007. 5. 19.
손 열, 「근대 한국의 경제 개념」, 『세계정치』 25, 서울대 국제문제연구소, 2004.
오병수, 「『개벽』의 개조론과 동아시아적 시공의식―중국의 『해방여개조』와 비교를 중심으로」, 『사림』 26, 수선사학회, 2006. 12.
이경훈, 『한국 근대문학 풍속사전』, 태학사, 2006.
이태훈, 「1920년대 전반기 일제의 '문화정치'와 부르주아 정치세력의 대응」, 『역사와 현실』 46, 한국역사연구회, 2003.
전명혁, 「한국 노동자계급 형성 연구」, 『역사연구』 11, 역사학연구소, 2002.
조경달, 「식민지 조선에서의 근검 사상의 전개와 민중」, 『근대교류사와 상호인식』 Ⅱ, 김용덕・미야지마 히로시 편, 아연출판부, 2007.
조지형, 「'언어로의 전환'과 새로운 지성사」, 『오늘의 역사학』, 한겨레신문사, 2002 (2판).
천정환, 「근대적 대중지성의 형성과 사회주의 (1)」, 『근대지식으로서의 사회주의와 그 문화・문학적 표상』(학술대회 발표논문집』), 성균관대 동아시아학술원 대동문화연구원, 2007. 5. 19.
최경옥, 『한국개화기 근대외래한자어의 수용연구』, J&C, 2003.

E. P. Thompson, 나종일 외 역, 『영국 노동계급의 형성』, 창작과비평사, 2003.
Joan W. Scott, 공임순・이화진・최영석 역, 『페미니즘 위대한 역설』, 앨피, 2006.
Quentin Skinner, 박동천 역, 『근대 정치사상의 토대 1』, 한길사, 2004.

◆ **국문초록**

이 글은 한국에 노동이라는 번역어가 수용된 1890년대 후반에서 '노동자'가 하나의 계급으로 대두한 1920년에 이르기까지 '노동(자)'에 대한 해석과 배치의 역사를 추적한 것이다. 이 글의 특징은 노동(자)의 해석과 배치를 개인—사회—국가라는 상호 연관적 개념체계와 관련하여 논의한다는 데 있다. '노동(자)'의 의미작용을 개인—사회—국가라는 개념체계와 관련시켜 관찰함으로써, 이 글은 사회체에 대한 근대적 담론체계가 작동한 방식을, 그리고 거기에 깃든 정치학을 드러내고자 했다. 또 이 글은 1920년대에 새로 등장한 사회주의적 노동(자) 담론에 대한 연구의 예비 작업으로서의 의미도 가진다. 주요 텍스트는 『국민소학독본』(1895), 『노동야학독본』(1908), 『학지광』(1914~1919) 및 『공제』(1920), 『동아일보』(1920)의 기사이다.

1920년에 〈조선노동공제회〉의 창립은 하나의 사회계급으로서 노동자의 등장을 표현한다. 또 이때부터 노동문제는 정의, 인도, 자유, 합리, 해방 등 지식인들의 정치적 이상을 표현하는 규범어휘들에 의거해 설명되고 비평되기 시작했다. 그러나 이것이 노동(자)의 해석과 배치에 있어서 어떤 인식론적 단절을 드러낸다고 볼 수는 없다. 『국민소학독본』에서 『동아일보』에 이르기까지 노동(자)에 대한 지식인들의 담론은 반복성과 연속성을 띠면서 전개되고 있기 때문이다. 『국민소학독본』에서는 (개인)—국가, 『노동야학독본』에서는 (개인)—사회—국가, 『학지광』에서는 개인—사회—(국가), 그리고 『동아일보』에서는 개인—사회—국가라는 개념체계 안에서 노동자라는 말의 의미를 해석하고 그들의 권리/의무를 규정한 것이 그것이다. 1920년에 이르러 '노동(자)'은 드디어 개인—사회—국가라는 부르주아 계몽주의 정치학의 개념체계 속에 안착한 것으로 보인다.

1920년대 초반 담론장에 등장한 사회주의적 지식인들의 지향과 거기에 실린 힘을 정확하게 인식하기 위해서는, 노동(자)에 대한 사회주의적 담론 혹은 그 담론의 핵심적 개념체계가 부르주아 계몽주의의 개념체계와 어떻게 교류·교섭하고 또 그것을 어떻게 수정·변형하고 있는가를 면밀하게 살펴보아야 한다.

◆ SUMMARY

Analysis and Arrangement of 'Labour(er)' in 1890's~1920

Kim, Hyun-Ju

This thesis is an attempt to follow the history of analysis and arrangement of 'labour' and 'labourer' in the early modern age in Korea. In late 1890's Korean intellectuals accepted '勞動(Labour)' that had been translated by Japanese in 1880's. And '勞動者(Labourer)' as a socioeconomic class appeared in 1920's.

The characteristics of this thesis is to study the relationship of the history of analysis and arrangement of 'labour(er)' and the system of conception of 'Individuality-Society-State'. The principal texts are the textbooks of 『國民小學讀本』(1895), 『勞動夜學讀本』(1908) and the articles in 『學之光』(1914~1919), 『共濟』(1920), 『東亞日報』(1920). Through the study on this relationships, I intended to prove the specific politics in the modern system of conception of 'Individuality-Society-State'. And this thesis has a meaning as the preliminary study on the socialistic labour discourses after that time.

**Keyword : **labour(er), labour problems, labor movement, system of conception, Individuality-Society-State, bourgeois enlightenment, capitalism, Chosun Workers Beneficial Association(朝鮮勞動共濟會), Donga-Ilbo(東亞日報)

―이 논문은 2007년 11월 30일에 접수되어, 소정의 심사를 거쳐 2008년 2월 6일에 최종적으로 게재가 확정되었음.

1920년대 신문 만평의 사회주의 정치와 문화적 효과

이 승 희*

목 차

---

1. 신문 만평과 사회주의의 만남

한국 최초의 만평은 대한협회 기관지『대한민보』창간호(1909. 6. 2)
에 실린 이도영(李道榮)의 만평이다.[1] 수묵화가였던 이도영은 한학적
소양의 깊이와 예리하게 번뜩이는 풍자로, 국운이 쇠해갔던 당대에 대
한 통렬한 비평의 정신을 만평에 집약해냈다.[2] 이런 데에는 서화에 대

---

 * 성균관대 대동문화연구원 연구교수.
** 이 논문은 2006년도 한국학술진흥재단 지원으로 연구됨(KRF-2006-321-A00095).

 1) 한국시사만화의 역사에 대해서는 윤영옥,『한국신문만화사: 1909~1995』(증보판), 열
    화당, 1995; 최열,『한국만화의 역사』, 열화당, 1995; 장승태,「20세기 전반 대한민보와
    동아일보의 시사만화 연구」, 전남대 석사논문, 2002; 정희정,「한국근대초기 시사만화
    연구: 1909~1920」,『한국근대미술사학』10, 한국근대미술사학회, 2002; 손상익,「한국
    신문시사만화사 연구」, 중앙대 박사논문, 2005, 참조할 것.

한 조예가 깊었던 오세창(吳世昌)의 존재를 빼놓을 수 없는데, 기실 이
도영 만평에 삽입된 언어의 대부분도 그에게서 나온 것이었다. 이 선구
적 작업은, "만화를 문필의 취재기사 내지 논설 등과 대등한, 아니 그
이상의 효과적이고 직접적인 언론수단으로 삼으려고 한『대한민보』의
대담한 제작태도"3)가 있었기에 가능했다.『대한민보』는 만평의 유용성
을 간파한 최초의 근대적 미디어였던 셈이다.

그러나 한일 병합 이후 이제 막 개화한 만평은 자취를 감추게 되고,
이것이 신문에 다시 등장한 것은 1920년『동아일보』와『조선일보』등
민간신문이 창간되고 나서이다. 그 가운데『동아일보』의 행보가 좀더
빨랐는데, 이는 미국에서 신문학을 전공하고 유학시절『신한민보』에 그
림을 게재한 적이 있는 김동성(金東成)의 존재 덕분이다.4) 각 신문사는
만평을 위한 고정란을 마련했는데,『동아일보』를 시작으로『조선일보』
와『시대일보』가 그 뒤를 이었으며,『중외일보』는 이미 만평의 활력이
거의 소멸될 즈음에야 시작되고 이내 중단되었다. 각 신문사가 고정란
으로 마련한 만평의 개요는 다음 [표 1]과 같다.5)

여기서 환기해두고 싶은 것은 이때의 만평이『대한민보』시절의 것
과는 상이한 국면에 놓여 있었다는 점이다. 3 · 1운동 이후 조선사회에
는 급격한 변동을 겪으면서 새로운 어휘들이 등장하고 있었다. 1920년
5월,『동아일보』의 한 투고자는 '동맹파업', '태업', '해방', '개조', '민

---

2) 정희정에 의하면『대한민보』총357호에 실린 만평은 무려 346편에 이른다. 정희정,
　위의 논문, 130쪽.
3) 이구열,「신문에 항일 · 구국 시사만화를 그린 이도영」,『미술세계』231, 2004. 2, 96쪽.
4) 최열은 그의 작품세계를 '비타협적 민족주의'로 설명한 바 있는데(「1920년대 민족만
　화운동—김동성과 안석주를 중심으로」,『역사비평』, 1988년 봄), 그 근거들의 상당부분
　이『동명』에 그린 만화였다. 한편, 손상익은 그가『동아일보』창간 초기에 연재한 네
　칸 만화 '그림이야기'가 "민감한 시사문제를 비판하기보다는 당시의 전근대적이던 우
　리의 사회상과 부조리를 드러내고 이를 개선하자는 내용이 주류를 이뤘다"고 평가했
　다(손상익, 앞의 논문, 114쪽).
5) 표로 제시한 사항들은 윤영옥(1995)과 손상익(2005)의 연구를 참조했으나, 직접 확인
　하여 오류는 바로잡고 밝히지 않고 있는 사항들은 찾아 보완한 것임을 밝혀둔다.

[표 1]

	제 목	존속 기간	비 고
동아일보	東亞漫畵	1923. 12. 1~ 1927. 10. 30.	* 주로 1면에 게재 * 1927년 9월부터 '漫畵說明'이란 타이틀로 몇 회 게재되었으나 10월 3일자부터 다시 '동아만화'로 복귀.
조선일보	鐵筆寫眞	1924. 11. 16~ 1928. 12. 25.	* 주로 1면에 게재
시대일보	地方漫畵	1924. 12. 7~ 1925. 1. 17	* 2면에 게재
	時代漫畵	1925. 6. 30~ 1926. 6. 21.	* 1면에 게재
중외일보	時事漫畵	1929. 9. 26~ 1929. 11. 12.	* 2면에 게재

본주의', '사회주의', '과격사상', '생디칼리즘', '아나키즘' 등을 꼽고, 이 '신술어들'이 현실 개혁에의 의지로부터 생성된 것이고 이 흐름이 전세계적인 현상임을 강조하면서, 그 의의를 배워 익히고 실천할 것을 독려했다.[6] 이로부터 5년여 후인 1925년 3월, 『개벽』도 「최근조선에 유행하는 신술어」를 실었다.[7] 이 글의 기자는 '만세운동' 이후에 '새 현상', '새 말', '새 문자'가 많이 생겨났다면서 최근 유행되고 있는 어휘 총22개를 간단한 설명과 함께 소개했다. 특기할 만한 것은 이 가운데 사회주의와 관련된 어휘가 '사회운동', '노농운동', '민중', '무산자', '뿔쪼아', '푸로레타리아', '해방', '계급투쟁' 등 8개로 전체의 1/3을 상회한다는 점이다.[8]

언어상에서 일어나고 있던 이러한 변화는 곧 언어 환경의 변화를 의미하는 바, 그 중심에는 사회주의 사상의 확산이 놓여 있었다.[9] 1920년

---

6) 投稿生, 「신술어에 대한 소감」, 『동아일보』, 1920. 5. 18.

7) 「최근 조선에 유행하는 신술어」, 『개벽』, 1925. 3, 69-70쪽.

8) 이 밖에 '불령선인', '신일본주의', '일선융화', '문화운동', '매장', '성토', '박발(撲潑)', '대회', '과도기', '연애자유', '물산장려', '번민고통', '어린이' 등이 있다.

대를 사회주의 전성기라 칭할 수 있을 정도로 이 사상이 미친 반향은 전방위적이고 근본적인 것이었다. 사회주의는 국민국가 혹은 민족 단위를 뛰어넘는 이데아로서 제시되었지만, 그 세계사적 보편성에도 불구하고 그것은 민족해방을 절실히 염원하는 기대 속에서 폭발적으로 성장한 구체적인 실천이기도 했다. 언어와 문화가 다른 이민족의 지배라는 집단적 경험 속에서 3·1운동 경험이 촉발한 것은 민족의 발견이었으며, 동시에 식민권력의 민족 부르주아지에 대한 포섭이 진행되면서 심화된 계급간의 격차는 민족이 복수(複數)임을 확인해나갔다. 이런 상황 속에서 사회주의는 당대인들에게 세계와 자아를 인식하는 창구이자 신념이 되었던바, 이는 곧 세계를 인식하는 방법의 전환이자 삶의 양식을 그 뿌리부터 바꾸고자 하는 신념의 생성이었다. 그러나 동시에 사회주의는 '지하' 혹은 '허용과 통제라는 양날의 칼 아래'에 존재해 있었고, 식민권력은 반-사회주의 담론을 조성하고 있었다.[10] 그리고 사회주의 담론이 제한적이나마 허용되었던 영역은 치안유지법의 발효 (1925. 5. 12)와 함께 대폭 축소되어갔다.

흥미로운 것은 사회주의 담론이 제한적이나마 공론 장에 공개되었던 시기에 바로 신문 만평이 전성기를 누렸다는 사실이다. 식민지시대를 통틀어 만평이 가장 활성화된 시기는 1923년 말부터 1926년경까지이지만, 엄밀히 말하자면 1925년 하반기부터 점차 만평의 게재 빈도수가 낮아지고 내용상에서도 점차 국제시사와 외국만평 전재(轉載)의 비중이 증가했다는 점에서 그 전성기는 불과 2년여밖에 되지 않는다. 1926년 무렵까지 그 여진이 남아 있었지만, 그 이후로는 만평 자체가 위축되어 비평의 강도가 현저히 약화된 스케치만화[11]로 대체되거나 오

---

9) 초창기 사회주의에 관해서는 임경석, 『국 사회주의의 기원』, 역사비평사, 2003; 박종린, 「일제하 사회주의사상의 수용에 관한 연구」, 연세대 박사논문, 2007, 참조.

10) 박헌호, 「1920년대 전반기『매일신보』의 반-사회주의 담론 연구」, 『한국문학연구』 29, 동국대 한국문학연구소, 2005. 12, 참조.

11) 스케치만화는 이른바 '만문만화(漫文漫畵)'라고도 하는데 그 기원은 1910년대 오카모토 잇페이(岡本一平)로부터 시작되었으며, 조선에서는 1920년대 후반부터 본격화하기

락만화의 비중이 높아지는 양상을 띠어갔다. 물론 이는 사회주의가 정치적 긴장감을 상실해서 야기된 상황은 아니었다. 그 양상은 치안유지법의 시행과 함께 사회주의 운동이 전면적인 탄압을 받았던 상황과 정확하게 조응하고 있었다.

1920년대 중반 신문 만평과 사회주의의 만남, 이는 사회주의가 문화적 표상으로 성립하는 하나의 역사적 계기로 간주될 수 있을 것이다. 사회주의 담론과 실천이 활력을 띠고 있던 시기였을지라도, 당시는 그것이 일반대중에게 폭넓게 문화적 표상으로 떠오를 정도의 여건을 갖추고 있지는 못했다. 3·1운동 이후 다종다양한 미디어들이 비약적으로 발전하고 있었지만, 이 미디어들의 소비자는 극히 제한되어 있었고 더욱이 사회주의는 대중적인 표상으로 활성화되기도 쉽지 않았다. 단적으로 말해서 대중사회의 지체(遲滯) 그리고 무엇보다도 사회주의 담론의 억압적 상황이 당시의 환경이었다. 그런 가운데 고도의 담론과 실천이 펼쳐 보인 지평의 차원과 밀접하게 연관되어 있으면서도, 매우 선명한 시각적 표상으로서 독자에게 현전했다는 점에서 이 시기 신문 만평은 특별한 위치를 점한다고 할 수 있다.

그 중요성은 주로 신문 만평의 텍스트성에서 연유한다고 할 수 있는데, 이는 미디어의 기획과 생산시스템뿐만 아니라 텍스트 '외부'와의 일정한 네트워크 생성을 포함하기 때문이다. 특히 당대의 민감한 시사적 의제와 정견의 시각화는 사회주의의 대중적 표상의 구성방식과 내용을 전형적으로 보여준다는 점에서도 흥미롭다. 그 집약적이고 간명한 형식은 심오한 의미를 함축하기도 하지만 동시에 그 세속화를 피하기 어려우며, 매우 종종 관념을 비유화하여 그 직관성을 높이지만 언어를 부가함으로써 그림의 추상성이 지니는 모호성을 제거한다. 이러한 성질들은 기본적으로 어떤 대상의 핵심을 명징하게 압축하면서도 그

시작했다. 『조선일보』에는 안석주(安碩柱)가, 『동아일보』에는 최영수(崔永秀)가 이를 담당했다. 안석주의 만문만화를 중심으로 식민지시대의 풍속을 다룬 저서가 바로 신명직의 『모던쩨이, 경성을 거닐다』(현실문화연구, 2003)이다.

과잉으로 인하여 하향평준화의 경로를 밟는 대중문화물의 일반적 특성과 일치한다. 그런 점에서 우리는 일정한 표상군(表象群)을 이루는 미디어들 간의 네트워크를 가정할 수도 있을 것이다. 요컨대 이 글은 1920년대 신문 만평을 대상으로 하고는 있지만, 그러한 표상체계의 문화사적 함의가 무엇인지에 대한 궁극적인 질문을 향하고 있는 셈이다.

2. 투고 제도와 독자의 전유

1920년대 당시 일반대중을 향한 사회주의의 선전은 다양한 경로를 이뤄지고 있었지만,[12] 무엇보다 중요한 것은 '주의자(主義者)'들이 각종 미디어에 개입한 일이다. 1920년대부터 1930년대 초반까지 현저했던 좌파 저널리즘이 그 단적인 예로, 당시 언론계에는 지식인들이 집중되어 있었다. 이는 언론계가 고등교육을 받은 조선인들이 취업에 제한을 받지 않는 극소수 분야 중 하나였고 더욱이 민족운동의 핵심지대가 되어 있었기 때문이다.[13] 그 가운데 사회주의 활동과 직간접으로 관계를 맺고 있는 언론인들이 상당수였다. 조선공산당 관계자들 중 언론계 종사자들이 단일직업별 구성 비율이 가장 높았던 사실에서도 확인되듯이 언론계는 사회주의 사상과 운동의 중요 거점이었다.[14] 특히 대규모의 자본을 필요로 하면서 그에 상응하는 기업적 경영의 방식을 취하는

---

12) 이를테면 연하장을 이용한 방법도 동원되었다. "근년에는 사상의 변동과 동시에 취체가 심하므로 선전방법도 또한 여러 가지의 수단으로 하는 모양인데 수년 내에 이르러는 연하장을 이용하여 가지고 주의의 선전을 많이 하는 모양이다. 그런데 금년에도 역시 그러한 엽서가 많이 돌아다니며 일반의 시선을 놀래이는 모양인데 그 중에는 '공산주의 만세'라고 기록한 연하장이 유행하는데 그 연하장을 내인 곳은 영자로 씨씨당이라 하였고 일부 인은 광화문 우편국 인이 맞았으므로 경찰관서에서는 비밀 중에서 대대적으로 수색하는 중이라더라." 「'공산주의 연하', 년하장이 만이 류힝, 경관은 수식에 노력」, 『조선일보』, 1923. 1. 4.

13) 스칼라피노·이정식, 한홍구 역, 『한국공산주의운동사 1』, 돌베개, 1986, 181쪽.

14) 전상숙, 『일제시기 한국사회주의 지식인 연구』, 지식산업사, 2004, 참조.

신문보다는 잡지가 그들의 주요 미디어가 되었다. 그리하여 1920년대에는『신생활』『개벽』『조선지광』을 비롯하여『사상운동』『이론투쟁』『노동운동』『현계단』『예술운동』등이, 1930년대에는『비판』『신계단』『연극운동』『집단』『전선』『대중』등이 발행되었다.15) 놀라운 것은『신생활』은 1만여 부,『개벽』은 8천여 부,『집단』은 1만 3천여 부 정도가 발행·판매되었을 정도로 이 미디어들은 상업적으로도 성공을 했다는 사실이다. 이럴 수 있었던 것은 잡지사들이 전국적인 유통망을 보유하고 각 지방의 사회운동 세력과 연계되어 있었기 때문이다.16)

  1920년대 중반 신문 만평의 활기 역시 바로 이러한 분위기 속에서 조성되었다.『동아일보』와『조선일보』는 창간 이후 만평을 게재하기도 했으나 이는 매우 드문 일이었고,17) 만평이 본격화된 것은 1923년 말부터이다. 그런데 주목할 만한 것은 바로 그 이전에『동아일보』와『조선일보』가 독자를 대상으로 현상공모를 실시했다는 점이다.

  『동아일보』는 1923년 5월 25일 '1천호 지령'을 기념하기 위해 공모를 실시했다. 1인이 여러 작품을 응모해도 무방하지만 "현대문제의 풍자화(諷刺畵)에 한함"이라고 응모요건을 제시했고, 상금은 '갑' 2건에 상금 6원, '을' 3건에『동아일보』4개월분 구독권이라고 고지했다.18) 그 결과, '갑'이 없는 상태에서 '을' 3건이 수상작으로 뽑혔고 5월 25일부터 한 편씩 게재되었다. 그 세 편은 모두 응모요건에 준하는 것들로 어느 정도 주제의 안배가 이뤄진 것으로 보이는데, 경성 낙천자(樂天子)

---

15) 김문종,「일제하 사회주의 잡지의 현실인식에 관한 연구」, 고려대 박사논문, 2006, 참조.

16)『개벽』의 사례에 대한 것은 최수일,「1920년대 문학과『개벽』의 위상」, 성균관대 박사논문, 2001;「『개벽』유통망의 현황과 담당층」,『대동문화연구』49, 대동문화연구원, 2005, 참조.

17)『동아일보』에는 김동성이 있었기 때문에 그나마 만평이 매우 간헐적이나마 실릴 수 있었지만, 그 편수는 매우 적은 편이다.

18)「동아일보 1천호 기념」,『동아일보』, 1923. 5. 3. 만화 외에 모집분야로는 논문, 단편소설, 동화, 한시, 시조, 신시, 동요, 감상문, 지방전설, 향토자랑, 우리 어머니, 가정개량 등이 있었다.

그림 1 『동아일보』, 1923. 5. 25.

의 〈작작 짜내어라〉(그림 1)는 '악지주'에 의해 착취당하는 농민의 형상을, 광주(廣州) 윤상찬(尹相贊)의 〈이러케 쌜리고야〉는 일본·중국 등 주변 국가들에 의해 수탈당하는 조선을, 동경 김은석(金恩錫)의 〈제 분수에 맛도록〉은 몸에 맞지 않는 '외국물품'을 사용하는 조선인을 형상화했다.

『조선일보』는 1923년 12월 신춘을 맞이하는 문예 공모를 실시했다. 모집분야를 '문예란', '유년란', '부인란'으로 나누고, 만화는 '유년란'에 시·동요·동화와 함께 배치되었다. 1등은 『조선일보』 3개월분, 2등은 2개월분, 3등은 1개월분이라고 고지되었다.[19] 수상작 3편은 1924년 1월 1일자 신문에 게재되었는데, 1등 지성채(池盛彩)의 만화는 가고 오는 신구년을, 2등 진주 '볼수업소生'의 〈소작문제〉는 지주－경찰－농민의 관계를, 3등 인천 무명씨의 만화는 동경대지진을 소재로 했다. 이 수상작들은 『동아일보』 수준에는 못 미치는 범작들이고, 그나마 〈소작문제〉가 소작료를 지불하지 못해 경찰에 끌려가는 농민을 형상화했다는 점에서 눈에 띌 뿐이다.

양 신문사의 현상공모는 만평의 본격화에 앞서 아직까지는 생소한 이 장르를 독자에게 널리 알리기 위한 사전 작업으로서 그 의미가 있었을 것이다. 만평은 독자가 논설류 기사에 대한 열독률 혹은 문자해득력이 낮아도 시사적인 주제에 접근성을 높이는 대중적인 형식을 요건으로 하기 때문에, 신문사의 입장에서는 정견의 효과적인 전달을 위해서도 그 필요성이 인지되었을 터, 현상공모는 그러한 선전효과를 기대하

---

19) 「기고환영」, 『조선일보』, 1923. 12. 20.

는 차원에서 마련된 것으로 이해된다. 그러나 독자의 참여를 유도하는 이와 같은 신문사측의 기획은 일회적인 것이 아니었다.

만평에 대한 구상은 한참 후에서야 '동아만화', '철필만화' 등으로 현실화되었는데,[20] 이 고정란에도 독자의 참여를 유도하는 독자투고 제도를 상시화했다. 가장 먼저 고정란을 마련한 『동아일보』는 매회 '투고환영 박사증정(薄謝贈呈)'이란 문구를 삽입하여 독자의 만평을 유치하려는 적극적인 태도를 보였다. 그리하여 '동아만화' 초기에 독자투고 만평은 적지 않았는데, 투고자의 신원을 밝히지 않는 경우가 많아서인지 종종 '요주소성명명기(要住所姓名明記)'를 기재하기도 했다. 나머지 다른 신문들도 모두 매회 '투고환영'이란 문구를 삽입해 독자투고를 장려했다. 그런데 '철필사진'의 경우, 투고자의 신원이 밝혀진 것은 거의 없어서 전문가의 것인지 독자의 것인지 구별할 수가 없고, 『시대일보』의 '지방만화'와 '시대만화'에는 아주 조금이나마 밝혀져 있다.

각 신문사가 대중성과 정론성이 결합된 만평 고정란을 독자에게 개방한 것은, 만화 인구의 저변을 확대하면서 신문사의 정견이 재생산될 수 있는 시스템을 마련하기 위한 것이었다. 특히 후자가 더 중요한데, 만약 독자투고 만평이 배제되어 있었다면 만평은 해당 신문사의 고유한 정견으로 환원되거나 정실비평(情實批評)으로 격하될 소지가 다분하지만, 만평란을 독자에게 개방함으로써 그 만평이 대중의 여론임을, 그리고 자사(自社)의 정견이 하나의 객관임을 자연스럽게 주지시킬 수 있었다. 따라서 독자투고 만평은 기본적으로는 제국주의와 자본주의 비판을 예각화하고 있던 신문사의 전략적 선택에 의한 결과인 것이다.[21]

---

20) 손상익은 『동아일보』가 '동아만화'란 신설 이전인 1923년 9월 23일부터 11월 4일까지 매주 일요판 6면에 '독자 페이지'를 신설하고 이 지면에 독자들의 시사만화가 실렸다고 보고했다(「한국 신문시사만화사 연구」, 중앙대 박사논문, 2005, 125쪽). 그러나 '일요호'의 '동아문단투고모집' 규정을 보면 만화는 그 대상이 아니었고, 그림의 스타일과 내용상 김동성의 것이었을 확률이 높다.

21) 일본의 경우, 만화를 독자에게 전면 개방한 것은 1877년에 발간되어 30년간 존속한 『마루마루진문團團珍聞』에서이다. 청일전쟁을 전후로 하여 만화의 풍자성은 급격히

　그럼에도 불구하고 독자투고의 기획이 어떤 효과를 산출했는가의 문제는 별도로 언급되어야 한다. 독자의 입장에서 보자면, 이는 신문사의 기획과는 별개로 당대의 시사적 의제에 대한 독자의 공적 발언이기 때문이다. 이것의 중요성은 삶의 현장과 연계되어 있는 문화적 경험 혹은 인식론적 태도로부터 형성된 시각표상이자, 그 표상이 공개되어 대중화되는 출발점이라는 데 있다. 동아일보사 공모 당선작이었던 〈작작 짜내어라〉(그림 1)의 사례가 이를 단적으로 말해준다. 이 만평은 "그 발상의 대담성과 형상의 뛰어남만으로도 당대 최고의 걸작"22)이라고 평가받을 만큼 수작이기도 하지만, 농민과 지주의 계급적 관계를 시각적으로 표상화한 최초의 신문 만평으로서 모방작을 만들어내기도 했던 것이다.23)

　물론 투고자들의 신원이 대부분 알려져 있지 않고 만평들의 수준도 천차만별이기 때문에, 독자투고의 의미를 종합적으로 평가하는 것은 어려운 일이다. 투고자의 성명이 실명이어도 확인되지 않는 경우도 많지만, '평양 촌철자(寸鐵子)' '신의주 P. Y. R.' '남모월(南慕月)' '경성 낙천자' '운강(雲江)' '순천 백안자(白眼子)' '시내 일독자' '볼수업소생' '평양 K생' 등과 같은 이름으로 투고된 예도 허다하다. 또한 만평의 투고가 그림에 대한 어느 정도의 관심과 소양이 있어야지만 가능하다는 점에서 투고자들의 범위는 좁혀질 수밖에 없다. 『조선일보』 신춘 공모의 1등을 수상한 지성채의 경우는 이미 조선미전에도 입선한 바 있는 동양화가였다. 물론 잘 알려진 인물들도 없지는 않은데, 후일 카프의 맹원으로 활동한 조중곤(趙重滾)24)과 후일 시인으로 활동한 박노춘(朴

감퇴되었지만, 초창기 독자의 참여를 유도한 이 기획은 당시 활발하게 진행된 자유민권운동과 깊은 관계가 있었다. 일본이나 조선이나 독자투고 제도가 당대 발흥하고 있던 사회운동과 밀접한 관계가 있음을 보여주는 대목이다. 일본의 만화 저널리즘에 대해서는 한상일·한정선, 『일본, 만화로 제국을 그리다』(일조각, 2007) 참조.

22) 최열, 『한국만화의 역사』, 열화당, 1995, 32쪽.

23) 〈나올 것은 다 나왔는데도〉, 『동아일보』, 1926. 12. 16.

24) 가회동 조중곤, 〈아이구 죽겟다〉, 『동아일보』, 1923. 12. 31. 이 만평은 왼편에는 '양

魯春)25) 등이 그런 예이다. 또한 『동아일보』 현상공모 수상작이었던 〈이러케 빨리고야〉의 윤상찬은 광주의 청년유지로서 1930년대에는 면장을 지낸 인물이었다.26)

그런데 신문사가 투고자의 성명과 주소를 명기해줄 것을 지속적으로 요청하고 있음에도 불구하고, 그 결과가 별반 달라지지 않았음에 유의할 필요가 있다. 투고자가 자신의 신원을 밝히지 않은 것은 '검열의 후환'27)을 의식한 결과로 해석될 수 있는데, 이는 투고작이 그만큼 '불온'하다는 자기검열과 취체에 대한 공포를 의미한다. 물론 투고작임이 명시되지 않은 대다수의 만평들 가운데 무엇이 투고작인지, 신문사측의 전문가가 그린 것인지를 확인할 수는 없다. 그럼에도 불구하고 한 가지 분명한 것은 투고작들에는 사회주의적 인식론의 영향이 농후한 관념의 표상들이 많다는 것, 그 중에서도 〈작작 짜내어라〉에서와 같이 계급 관계를 뚜렷이 보여주는 경우가 적지 않음을 지적할 수는 있다. 예를 들어 〈짐은 갈사록 기운다〉(그림 2)와 〈이러케 쥐면 무엇이 나오나〉(그림 3)에는 농민과 지주의 계급관계가 매우 세련되고 선명하게 표현되어 있어, 그 투고자의 교육정도가 상당함을 엿볼 수 있다.

그러나 이들이 반드시 화가와 같은 전문가 그룹에 속한다고 속단하기도 어렵다. 그런 점에서 독자가 중앙의 미디어에 만평을 투고하는 경로를 짐작케 하는 하나의 사례를 제시하고자 한다. 〈위험! 위험!〉(그

세모' 몽둥이를 내리는 일본인이, 오른편에는 '음세모' 몽둥이를 내리치는 조선인이 있고, 중앙에는 양쪽으로부터 몽둥이세례를 맞는 조선인이 놓인 그림이다. 양세모와 음세모의 이중고에 시달리는 조선인을 그린 것들은 꽤 있는 편이다. 역시 독자가 투고한 '동아만화' 〈한 다리는 엇지엇지 건넛지마는!〉(『동아일보』, 1926. 12. 31)도 같은 계열의 작품이다.

25) 「동아만화: 연기군 박노춘, 〈쫏겨가는 사람의 일흠은 조선인이다〉」, 『동아일보』, 1925. 7. 17. 이 만평은 동척에 의해 만주로 쫓겨 가는 조선인을 그리고 있는데, 이 역시 만평의 가장 흔한 주제 가운데 하나이다.

26) 「윤씨의 헌신적 열성」, 『조선일보』, 1923. 12. 23; 『조선총독부 및 소속관서 직원록』, 1933~1939년도 참조.

27) 손상익, 「한국 신문시사만화사 연구」, 중앙대 박사논문, 2005, 120쪽.

그림 2 『동아일보』, 1923. 12. 18.

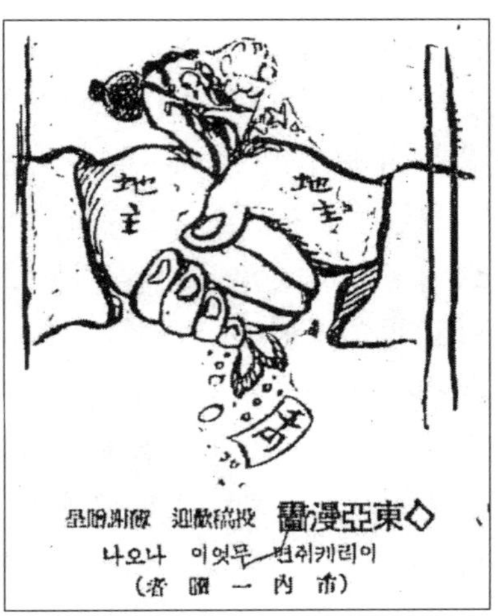

그림 3 『동아일보』, 1924. 5. 20.

그림 4 『동아일보』, 1925. 4. 23.

림 4)은 경원선 고산역전 강영균(姜英均)의 만평으로, 각종 대회로 출렁이는 망망대해에서 고작 나룻배 하나로 힘겹게 버티고 있는 경찰의 처지를 보여준다. 투고 시점을 고려하면 이 만평은 그 무렵에 있었던 대규모의 집회, 즉 '전조선 기자대회'(1925. 4. 15~17)와 '민중운동자대회'(1925. 4. 20. 예정) 그리고 '조선공산당 창립대회'(1925. 4. 17)를 염두에 두고 그려졌을 공산이 크다. 4월 21일 '동아만화'는 〈불도 칼로 쓰나(민중운동자대회금지)〉를 게재함으로써 대회금지의 부질없음을 역설했던바, 이틀 후에 실린 〈위험! 위험!〉도 바로 그러한 편집진의 정치적 입장을 강화하는 선택이었음이 틀림없다.

이 만평의 작자 강영균은 1902년 함경남도 안변에서 출생, 후일 공산당 당원으로서 이른바 ML당 사건 관련으로 3년을 복역한 인물이다.

그의 족적이 처음 발견되는 것
은 1921년 『동아일보』「독자
문단」에 투고된 시편들에서이
다.28) 이후 연희전문에서 2년
간 수학한 것으로 짐작되며,29)
귀향하여 『동아일보』 고산분국
기자로 채용되었다.30) 이 시절
에 투고한 것이 바로 〈위험!
위험!〉이다. 그리고 얼마 안 되

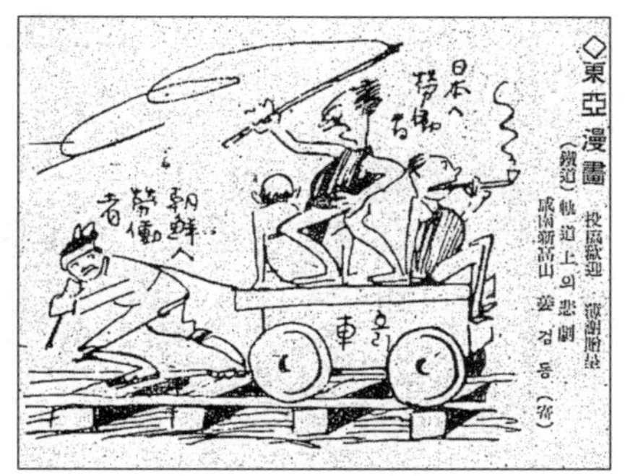

그림 5 『동아일보』, 1925. 5. 20.

어 일본인 노동자와 조선노동자의 계급적 차이를 형상화한 〈(철도)궤
도상의 비극〉(그림 5)이 '동아만화'에 게재되었는데, 작자 '함남 신고산
강검동' 역시 그로 추정된다. 그의 정치적 이력은 1925년 신고산청년
회 상무집행위원을 시작으로 본격화되었고,31) 경찰에 체포되어 3년형
을 선고받고 출옥한 것은 1932년 6월이었다.32)

　강영균의 이력은 사회주의 운동사에서, 혹은 예술사에서 조명을 받
을 만큼 문제적이라고 말할 수는 없다. 그러나 그가 청년기에 보여준
행적은 역사의 심층에 가라앉아 있는 다수의 존재들을 상기하도록 한

---

28) 고산역 강영균, 「독자문단: K군의 死」, 『동아일보』, 1921. 6. 16.
　　그 이후로도 역시 「독자문단」을 통해 시편들을 더러 발표했다. 「독자문단: 형님은 언
　제?/ 꿈/ 밤 비/ 달」(『동아일보』, 1921. 7. 16); 「독자문단: 나의 애원/ 내 동생아!/ 녀름
　의 을밀대」(『동아일보』, 1921. 8. 4.) 등.
29) 강만길·성대경 엮음, 『한국사회주의운동인명사전』, 창작과비평사, 1996, 14쪽 참조.
30) 「社告」, 『동아일보』, 1924. 12. 27. 이후 『동아일보』와의 인연은 지속되는데, 1926년
　10월에는 안변지국 지국장(『동아일보』, 1926. 10. 11), 감옥에서 나온 후인 1933년 5월
　에 다시 신고산지국 지국장으로 발령받았다.
31) 그는 안변청년연맹 집행위원, 사상단체 삼각전위동맹 발기인, 안변청년동맹 창립준비
　위원회 상무서기, 신고산 재만동포옹호동맹 집행위원 등을 역임했으며, 신간회 안변지
　회 간사로 재임하면서 지회 내 조선공산당 프랙션에 배속되었다고 한다. 강만길·성
　대경 엮음, 앞의 책, 14쪽.
32) 「강영균 군 출옥」, 『동아일보』, 1932. 6. 24.

다. 강영균은 「독자문단」에 시편을 투고했던 소박한 독자가 한 사람의
정치적 주체로 전화한 사례로서, 그의 만평은 지방의 한 활동가가 삶의
현장에서 생성된 정치적 입장을 중앙의 미디어에 공개한 경우라 할 것
이다. 그가 이후 『조선일보』에 발표한 다음의 시편도 소박하지만 매우
명료한 정치적 주장을 함축하는바, 이는 강영균 개인의 것으로만 귀속
될 수 없는 표상의 대중성을 감지케 한다.

> 〈黎明〉
> 紫色의 불길이 어둠을 뚫코/ 東天에 焰焰히 오르고 잇다/
> 슞몰을 靜寂, 死滅로부터/ 雄雄히 움즉이는 大地/
> 그 속에서 우렁찬 소리가/ 들려 오나니/
> 萬民아!/ 弱한 者들아!/ 잠으로부터 깨여라!/ 죽엄으로부터 살어라![33]

이렇게 보면 신문에 실린 독자 만평은 기본적으로는 신문사의 기획
하에 마련된 것이지만, 이는 경향각지에서 광범위하게 파장을 일으키
고 있던 사상적 전환의 수렴이기도 했다. 그 투고작들의 경향성도 편집
진의 일정한 정견이 반영된 결과이겠지만, 이 역시 투고자들이 일정한
고등교육과 사회주의 사상의 세례를 받은 지식인들로서 자신들의 정치
적·문화적 표현 욕구를 표출한 결과였다. 그러한 독자투고의 비중이
만평의 전성기, 즉 사회주의 운동이 가장 활력을 얻었던 1920년대 중반
에 높았다는 점은 그런 점에서 당연하다. 그 시각적 표상들은 신문사의
제도적 기획을 계기 삼아 독자 자신들의 현장 경험과 사회주의 학습을
문화적으로 전유한 결과라고 말할 수 있는바, 그 결과가 다시 독자에게
피드백 됨으로써 일정한 시각표상과 관념을 재생산하는 기제가 되었다
는 점도 기억해두어야 할 사실일 것이다.

---

33) 강영균, 「여명」, 『조선일보』, 1926. 1. 12.

3. 사회주의 프로파간다의 낙관성

신문 만평의 유용성은 논설기사나 사건기사에 대한 각 신문사의 정견을 대중적 형식에 담아 집약할 수 있다는 데 있다. 대상의 복잡성은 주로 비유와 대조의 기법을 이용한 도상과 함께 명징한 몇 자의 언어에 의해 간명한 표상으로 전환된다. 따라서 역사적·문화적 경험을 공유하는 집단적 감각의 범위 내에서 해당 미디어와 친연성이 있는 독자계층이라면, 만평의 의미를 파악하는 것은 그리 어려운 일이 아니다. 가령,『대한민보』의 만평은 대한협회 주도층과 이 미디어의 성격에 상응하는 문화적 코드 안에서 표상 가능한 것이었던 셈이다. 그러나 1920년대는 신문사의 기획과 독자 간의 쌍방향적인 회로의 구조 속에 놓여 있었던 바, 이는 전적으로 사회주의의 파고가 높아지는 사회변동 안에서 조성된 독특한 현상이었다. 이 당시 신문 만평이 프로파간다의 기능이 합법적으로 발휘될 수 있는 최적의 장소가 될 수 있었던 것은 그런 점에서 당연했다.[34] 이는 이 만평들이 사회주의를 거의 비평의 대상으로 삼지 않았다는 사실에서도 확인되는바, 사회주의는 비평의 대상이 아니라 세계를 논평하는 '관점'이었고, 이 '관점'의 정당성은 사회주의가 역사의 대세임을 주장하는 표상들을 동원해 확정지었던 것이다.

물론 사회주의 프로파간다는 약간의 우회를 필요로 했는데, 이는 비유를 주된 표현으로 하는 만평의 도상적 성격 때문이기도 하려니와 도상의 제약을 보완하는 언어가 검열 관계상 대체표현을 동원하기 때문이다. 특히 도상만으로는 의미전달이 불명확한 경우가 많기 때문에 제목·지문·풍선말 등 만평 언어의 중요성은 높은 편이지만, '사회주의' 혹은 '공산주의'와 같은 어휘는 주로 다른 표현으로 대체되었던 것이다. 그 가운데 가장 압도적으로 많이 사용된 것이 바로 '사상' '과격사

---

34) 신문 만평에 대한 검열이 외부로 드러난 사례는 세 번 정도이다. '동아만화' 1925년 9월 14일자, 10월 3일자, 17일자 등으로 칸 안의 그림이 지워져 있는데, 지금으로서는 그 내용을 확인할 수 없다.

그림 6 『동아일보』, 1925. 2. 26.

상' 혹은 '적화(赤化)'이다.

〈네려지는 돌을 막을 수 잇슬가〉(그림 6)는 치안유지법 시행이 거의 확실시되는 시점에 게재된 것으로, 그에 대한 정치적 입장의 표명을 '사상'의 역사적 필연성으로 응축하고 있다. 굴러내려 오는 '사상'을 한 장의 종이일 따름인 '치안유지법'으로 막을 수 없는 것은 정한 이치인바, '시대'가 그런 결과를 만들어내기 때문이다. 여기서 '사상'이란 일본의 통치를 위협하는 사상들, 특히 사회주의를 지시하는 것이 분명하다. 주지하는 바와 같이 치안유지법은 사상통제의 일환으로 성립된 것이며 조선의 독립을 꾀하는 움직임들 가운데 가장 위협적으로 부상한 사회주의가 그 주된 목표였기 때문이다.[35] 따라서 이 만평은 치안유지법으로도 어쩔 도리가 없는 사회주의 사상의 위력적인 반향을 전망한 셈이다. 〈설상가상〉[36]에서처럼 '제령 제7호'에 더하여 '치안유지법'에 짓눌리게 된 상황을 심각하게 우려하기도 했지만, 그보다는 치안유지법으로도 어쩔 수 없는 시대의 힘을 장담하는 것이 더 일반적이었다.[37]

이런 시각은 비단 치안유지법과 관련해서 나온 것만은 아니었다. 〈나오는 싹을 누른들 어이하리〉(그림 7)에서와 같은 표상 원리는 사상

---

35) 일본의 사상통제 전반에 대해서는 리차드 H. 미첼, 김윤식 역, 『일제의 사상통제』, 일지사, 1982; 치안유지법의 체제와 운용을 일본의 경우와 비교한 것으로는 水野直樹, 이영록 역, 「조선에 있어서 치안유지법 체제의 식민지적 성격」, 『법사학연구』 26, 한국법사학회, 2002, 참조.
36) 〈설상가상〉, 『동아일보』, 1925. 4. 27.
37) 〈되는 대로 비면 구만일가〉, 『동아일보』, 1925. 3. 20; 〈반항은 압박의 정비례〉, 『동아일보』, 1925. 5. 4.

그림 7 『조선일보』, 1926. 5. 4.

그림 8 『조선일보』, 1926. 12. 5.

통제와 관련된 만평들에서 놀라울 정도로 반복된다.[38] 즉 아무리 억압해도 솟아나올 것은 반드시 나오고야 말며 억압할수록 '과격사상과 행동'은 정비례할 뿐이라는 것이다. 사회주의자들은 감옥에 갇혀 있어도 '적화'를 멈추지 않는 존재들이기 때문이다(그림 8).[39] 이 자신만만함은 사상통제의 주체를 위협적인 존재라기보다는 무력하고 초라한 존재로 희화화하곤 했다. 그리하여 '공산당 그림자'만 보고도 놀라고,[40] 신출귀몰하는 의열단에 정신을 못 차리며,[41] 민중대회(자라) 보고 놀란 가슴 어린이운동(솥뚜껑) 보고 질색하는[42] 웃음거리로 만들 수 있었다.

이처럼 공권력을 풍자하고 사회주의의 등장을 역사적 필연으로 읽

---

38) 〈누르기만 하면 되나 불을 꺼야지〉, 『동아일보』, 1924. 2. 17; 〈아모리 눌러도 나올 것은 나오고야 만다〉, 『동아일보』, 1924. 4. 23; 〈누른다고 안 나오나〉, 『동아일보』, 1925. 2. 1; 〈네려지는 돌을 막을 수 잇슬가〉, 『동아일보』, 1925. 2. 26; 〈가만두면 고요할 물을〉, 『조선일보』, 1925. 4. 21; 〈치면 칠수록 하나식 더 만하지니 이게 무슨 조화여!〉, 『동아일보』, 1925. 8. 23; 〈헛심 쓰이지!〉, 『조선일보』, 1926. 1. 18; 〈나오는 싹을 누른들 어이하리〉, 『조선일보』, 1926. 5. 4; 〈공중으로 오는 것은 엇지 하나〉, 『동아일보』, 1927. 1. 3.

39) 〈문만 직히면 되나〉, 『조선일보』, 1926. 12. 5.

40) 〈그림자만 보고서야, 놀날 것이 잇슬나고?〉, 『동아일보』, 1924. 5. 4.

41) 〈이게 어대로 갓나! 소리만 들니니〉, 『동아일보』, 1924. 5. 9.

42) 〈이크! 민중대회에 놀난 경찰이 어린이운동에도 질색〉, 『조선일보』, 1925. 4. 30.

94

는 만평들에는 그야말로 활력이 넘치는 긍정의 언어와 표상들로 넘쳐
났다. 이렇게 사회주의에 대한 낙관적 전망이 충만할 수 있었던 것은
사회주의적 기운들이 실제로 조선에서 '현실'로 부상하고 있음을 목도
하고 있었기 때문이다. 사회주의적 경향을 뚜렷이 하기 시작한 운동들
이 1924년 4월 조선노농총동맹과 조선청년총동맹의 발족으로 이어졌던
바, 『동아일보』는 조선청년총동맹에 대한 기대와 조선총독부의 방해를
즉각 만평화했다.[43] 그 이듬해는 그런 경향이 더욱 농후해졌는데, 이는
1925년 4월 '조선공산당 창립대회' 개최를 중심으로 한 당시의 정세와
직접적인 관련이 있었다. 동아일보사·조선일보사·개벽사 등의 기자
들이 4월 15일부터 17일까지 '전조선기자대회'를 성황리에 개최했고,[44]
단체 425개의 대표자 508명이 '민중운동자대회'를 4월 20일에 개최할
예정이었다.[45] 주지하는 바와 같이 이 대규모의 집회에 참석하기 위해
각 사회단체 지도자들과 기자들이 경성에 운집해 있었고, 경찰은 이
집회들을 단속하기에 분주했던바, 바로 이 틈에 '전조선기자대회' 마지
막 날에 조선공산당이 창립되었던 것이다. 그리고 그 직후 각각 활동
해왔던 북풍회, 화요회, 무산자동맹회, 조선노동당 등 네 단체가 합동
을 결의하여 4월 27일 합동총회를 개최했다.[46] 이를 만평화한 것이 바
로 〈조선○○의 봉화〉(그림 9)이다. 요컨대 조선공산당 창립을 전후로
한 조선의 사회주의 운동은 자긍심을 가질 만큼 그 세력을 확장하고
있었고,[47] 그 여실한 반영이 이 당시 신문 만평의 현주소였던 것이다.

---

43) 〈자아 모여 들어라〉, 『동아일보』, 1924. 3. 5; 〈번번히 이 모양이야〉, 『동아일보』,
   1924. 4. 26.

44) '전조선기자대회' 관련만평은 〈인제는 열매가 굵게 열어라〉, 『조선일보』, 1925. 4. 18.

45) '민중운동자대회' 관련만평은 〈불도 칼로 쓰나(민중운동자대회금지)〉, 『동아일보』,
   1925. 4. 21; 〈가만두면 고요할 물을〉, 『조선일보』, 1925. 4. 21; 강영균, 〈위험! 위험!〉,
   『동아일보』, 1925. 4. 23; 〈이크! 민중대회에 놀란 경찰이 어린이운동에도 질색〉, 『조선
   일보』, 1925. 4. 30.

46) 「運動線통일의 제일보로, 四사상단체합동」, 『조선일보』, 1925. 4. 27; 「통일운동의 전
   제, 四단체합동」, 『동아일보』, 1925. 4. 27.

47) 스칼라피노와 이정식은 『한국공산주의 운동사1』(돌베개, 1986, 117쪽)에서 당시 공산

사회주의의 드높아가는 위세, 세계의 사회주의화에 대한 전망은 국제정세에 대한 관찰과 정견이 담긴 만평들을 보아도 명백해 보인다. 국내시사 만평들이 주로 조선총독부의 사상통제에 대한 응전이었다면, 국제시사 만평들은 사회주의 승리를 장담하는 선언에 가까웠다. 그 중심에는 바로 러시아가 있었다. 물론 국제시사를 다룬 것들에는[48] 복잡한 국제적 역학관계를 주시한 것들이 많았고 러시아의 행보도 그런 차원에서 거리를 두고 묘사되었다. 그러나 매우 종종 러시아는—'적로(赤露)' 혹은 '노농러시아'로 지시된 경우는 특히 그런 편인데—사회주의의 상징이자 그 전망을 가늠해 보는 '현실 사회주의'였다. 〈벌이 집이, 잇는 동안에는, 귀찬어도, 할 수 업지〉(그림 10)는 러시아의 그

그림 9 『동아일보』, 1925. 4. 28.

그림 10 『조선일보』, 1925. 2. 20.

러한 위치를 매우 선명히 보여준다.[49] 이 만평은 사회주의의 득세가

주의자들이 그런 낙관적인 견해를 가질 만한 소지를 1926년 당시 조선노농총동맹의 놀라운 규모를 통해 제시한 바 있다.

48) 장승태에 의하면, 『동아일보』 시사만평(1923. 5. 25~1927. 10. 16) 총 574편 중 외지 전재를 제외한 '국제' 분야는 총 157편이다(「20세기 전반 대한민보와 동아일보의 시사 만화 연구」, 전남대 석사논문, 2002, 12쪽).

49) 〈이게 무슨 난리냐?〉(『조선일보』, 1926. 8. 10)에서도 '노농로서아'는 벌집으로 비유되고 있다.

그림 11 『동아일보』, 1925. 6. 6.

중국·조선·일본 등 자국의 사정과는 무관하게 전적으로 외부(러시아)로부터 주어진 것이라는 의미로 독해될 수도 있지만, 이는 기실 사회주의(자들)의 거점으로서의 러시아 즉 '현실 사회주의' 존재의 역설이었다.

러시아의 적화기도, 그리고 그 결과들은 세계의 사회주의적 재편을 기대케 하는 것들이었다. 이를 압축적으로 보여주는 만평이 바로 〈맹야(盟夜)의 화염! 이 따위 쏨푸로서는!〉(그림 11)이다. 마치 아궁이를 연상케 하는 성곽은 지금 붉게 불타오르고 있고, 여기에 부채질하는 적로 앞에서 각국의 펌프는 무용할 따름이다. '불'은 사회주의를 표상하는 대표적인 이미지였던바, 붉은 색이라는 시각적 동일성뿐만 아니라 활활 타오르는 역동성을 '불'로 집약시켜 '사회주의'와 은유의 관계로 놓아두었다. 이와 마찬가지로 러시아 군인이 지구 위에 올라타 세계 이곳저곳에 불을 지피고 있다던가,[50] 세계 곳곳을 휩쓰는 '맹룡(盟龍)'의 '분화(噴火)'[51]에서도 사회주의의 위력적인 기세는 '불'로 표현되었다. 이 밖에 청각적인 이미지를 동원하여 사회주의를 '소리'로 비유하기도 했다. 레닌이 틀고 있는 축음기에서 새어나오는 '소리', 즉 사회주의는 무엇(일본의 자본)으로도 막을 수 없는 사방팔방 퍼져가는 그런 것이었다.[52] 러시아의 권역은 점차로 확장되어 갔다.[53]

이런 점에서 보자면 '일로조약'(1925. 1. 20)의 성립으로 러시아 영사

---

50) 〈자본주의국가는 매우 실려할걸!〉, 『동아일보』, 1925. 7. 5.
51) 〈세계를 휩스는 盟龍의 噴火〉, 『동아일보』, 1925. 9. 4.
52) 〈이러케 해서 안 들일까〉, 『동아일보』, 1925. 2. 14.
53) 〈南으로 南으로〉, 『조선일보』, 1926. 6. 10.

관이 조선 내에 상주하게 사건은, 러시아의 위세와 국제적 역학관계를 확인케 하는 경험이었을 법하다. 경성 중심에 적기(赤旗)가 휘날리고 혁명가가 울려 퍼지는 상황, 이를 만평은 '진보'로 파악했으며 난감해하는 총독부당국을 조롱했다.[54] 그러나 무엇보다도 그 시험대로서 관심의 대상이 된 것은 다름 아닌 중국이었다. 급박하게 돌아가는 중국 정세에 대한 주시는, 중국이 조선의 현실적 이해관계와 직접적으로 결부될 수밖에 없는 지리적 인접성과 엄청난 규모를 가졌기 때문이지만, 무엇보다 중국 혁명 성공여하는 곧 '러시아 효과'의 시험대였던 것이다. 그리하여 국내정세보다도 훨씬 자세할 만큼 정치세력 간의 역학관계와 사회주의 세력의 움직임을 시시각각 포착했다.[55]

자본주의와 제국주의의 위력적인 기세에 대한 우려도 없지는 않았다. 〈죽지 안으면 잡는 판〉(그림 12)은 앞서와 같은 러시아의 명약관화한 승리를 선언하는 대신 사회주의와 제국주의의 대결을 긴장감을 자아내는 투우로 표상했다. 이 밖에도 '아메리카 제국

그림 12 『조선일보』, 1925. 8. 13.

---

54) 〈붉게 보힐 것은 定理〉, 『시대일보』, 1925. 8. 8; 〈이 주위에 巡査城이나 쌀는지?〉, 『동아일보』, 1925. 9. 7; 〈참 세상은 진보하는군! 경성서 혁명가!〉, 『동아일보』, 1925. 9. 26.

55) 그 대표적인 것들을 추리면 다음과 같다. 〈좀 잇스면, 쏙 들어가지 안을가〉, 『조선일보』, 1924. 12. 10; 〈이 집에도 불이 일겟군〉, 『조선일보』, 1925. 4. 24; 〈노력으로 금력 무력을 아울너 타파하려고〉, 『동아일보』, 1925. 6. 8; 〈도처에 떨어지는 폭탄!〉, 『시대일보』, 1925. 8. 31; 〈日中관헌의 일대두통〉, 『시대일보』, 1925. 11. 21; 〈민중의 새 절규〉, 『동아일보』, 1925. 12. 1; 〈防川이 곳 터지는데!〉, 『동아일보』, 1925. 12. 3; 〈불이 붓터스니까〉, 『시대일보』, 1925. 12. 10; 〈*무제─광동군관학교 혁명 화보 전재〉, 『동아일보』, 1927. 4. 17.

98

주의'를 '세계를 둘러 삼키려는 뱀'으로 비유하고,[56] 한 손에는 저울을,
또 다른 손에는 칼을 든 자본주의의 정의관(正義觀)을 비평하기도 했
다.[57] 그럼에도 불구하고 이렇게 표상되는 경우는 극소수이다. 〈화재
가 가려(可慮)〉가 미국 '자본주의'와 러시아 '공산주의'가 대치하는 상
황을 제시하면서도 '불길(공산주의)'이 '짚단(자본주의)'에 옮겨 붙을 것
을 관측했던 것처럼,[58] 사회주의 승리의 도래를 필연적인 것으로 받아
들였다.

　이렇게 당시 신문 만평은―『매일신보』의 반―사회주의 담론의 대척
적인 지점에서―한편으로는 조선총독부의 사상통제에 대한 응전으로,
다른 한편으로는 국제정세에 대한 관찰과 정견으로 사회주의 전도를
낙관적인 것으로 표상해냈다. 사회주의의 궁극적 승리를 선취하는 프
로파간다가 가능했던 것은 사회주의적 실천들의 약진이 현저했던 당시
정세가 그 현실적 근거가 되었기 때문이다. 이러한 동력은 신문 만평에
대한 독자의 전유에서도 확인되었듯이 단순히 미디어의 기획만으로는
환원되지 않는 저변의 힘이었다. 그럼에도 불구하고 프로파간다는 현
실에 기초하면서도 이를 초과하는 수사학이라는 점에서, 이것만으로는
환기될 수 없었던 그 속살에 대해 주의를 기울일 필요가 있을 것이다.

4. 민족의 종차, 계급의 내셔널리티

　'경성 임만자(妊漫子)' 작 〈결국은 어부의 리(利)〉(그림 13)는 사회주
의(학)와 민족주의(조개)의 불화는 결국 일본(어부)의 이득일 뿐임을 경

---

56) 〈세계를 둘러 생키려는 배암〉(米紙轉載), 『조선일보』, 1925. 8. 28. 이 만평은 미국 만
　평을 전재한 것으로, 원텍스트의 의미가 변경되어 다른 맥락에서 수용·독해된 것이
　라면 이는 제국주의 텍스트를 재전유한 사례라고 할 수 있다.

57) 〈자본주의자의 정의관〉, 『동아일보』, 1925. 9. 2.

58) 〈화재가 可慮〉, 『조선일보』, 1925. 4. 13.

고한다. 무방비 상태에 있는 '조개'는 '학'으로부터 공격을 당하고 있지만, '학'은 언제든지 '어부'로부터 자유로울 수 있는 날개를 가지고 있다. 이 표상은 곧 사회주의의 우위를 나타내면서도 사회주의의 민족주의 공격을 경계한 것이다. 결국 이는 사상 여하와 관계없이 민족의 대단결을 주장하고 있는 셈인데, 그 필요는 물론 일본에 의해 식민지로 점령당한 조선의 상황 때문이다. 이후로 사실상 이와 같은 시선의 만평을 만나기는 어렵지만, 이런 이질성은 계급적 관점을 예각화한 상당수의 만평이 '민족' 문제와 어떤 관계를 맺고 있는지에 대한 질문을 던지도록 한다.

이를테면 〈너무 꼭 쥐면 터진다〉(그림 14)는 동맹휴학·공산주의·소작운동·살인강도 등 다소 이질적인 조합처럼 보이기도 하는 사회적 현상들의 근본원인이 무산

그림 13 『동아일보』, 1923. 12. 10.

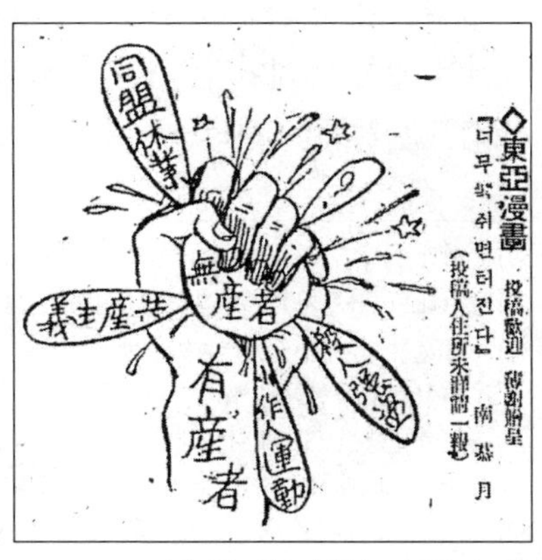

그림 14 『동아일보』, 1924. 1. 22.

자에 대한 유산자의 압박이라는 동일한 심층구조임을 주장한다. 이 명쾌함은 현상에 대한 구조주의적 해석이 야기할 수 있는 위험성을 다분히 내포하지만, 그럼에도 불구하고 '계급'이 현실인식의 준거로 작용하고 있음은 눈여겨 볼 만하다. 이는 곧 우승열패의 진화론적 논리선상에서는 파악될 수 없었던 인식론적 전환을 의미하기 때문이다. 그런데

이 만평 어디에서도 '민족'의 기호는 찾을 수 없다.

아니면, 유산계급과 무산계급 각각을 전면화한 만평들도 그 예로 들 수 있다. 유산계급의 경우, 도덕적 비난은 자명한 것으로 주어진다. 〈이래구서 쓰러지지 아니할가〉,[59] 〈이래도 편할가〉[60]와 같은 만평들은 공통적으로 유산계급이 누리는 '부'가 무산계급의 희생을 통해 얻어진 것이라는 점을 전달하면서 그 위태로움과 부도덕성을 제시한다. 또한 유산계급의 새로운 주자로 떠오른 고리대금업자도 주된 비판 대상이었다.[61] 이에 의하면, 고리대금업자는 한반도 전체를 장악해가고 있는 '흡혈마' '전식동물(錢食動物)'이다. 반면, 무산계급은 양세모와 음세모의 이중고,[62] 가중된 온갖 세금,[63] '방화소녀들'의 속출,[64] 걸인으로의 전락,[65] 그리고 이향할 수밖에 없는 현실에 노출되어 있는 존재로 표상된다.

그리하여 만평에 표상된 현실이란, 매우 종종 계급관계에 의해 구조화되어 있는 세계이다. 이를 주제로 한 작품이 '동아만화'의 〈유무산대조(有無産對照)〉 시리즈이다.[66] 전5회에 걸쳐 연재된 이 시리즈는 한

---

59) 〈이래구서 쓰러지지 아니할가〉, 『동아일보』, 1924. 11. 13.

60) 〈이래도 편할가〉, 『동아일보』, 1924. 11. 28.

61) 〈이것이 水火相克〉, 『동아일보』, 1923. 12. 23; 〈악마의 이 손〉, 『동아일보』, 1924. 7. 7; 〈여날에 등살대는 債鬼〉, 『동아일보』, 1924. 12. 11. 이밖에 안석주가 그린 스케치만화 〈서울행진 (3) 베니스상인—빈대피를 빨아먹으라〉(『조선일보』, 1928. 11. 3), 〈세모고 (6) 고리대금업자〉(『조선일보』, 1928. 12. 27) 등이 있다.

62) 조중곤, 〈아이구 죽겟다〉, 『동아일보』, 1923. 12. 31; 〈쏘 여긔를 엇케 넘나〉, 『조선일보』, 1925. 1. 10; 의천 劉順善, 〈한 다리는 엇지엇지 건넛지마는!〉, 『동아일보』, 1926. 12. 31.

63) 〈배꼽이 배(腹)의 십배!〉, 『동아일보』, 1926. 12. 7; 〈산쩨미 가튼 세금〉, 『시대일보』, 1924. 12. 18; (*無題), 『시대일보』, 1925. 12. 18.

64) 〈방화소녀는 잡엇는데 쏘 웬 불이야〉, 『동아일보』, 1924. 5. 23. 이 만화는 당시 봉익동, 관철동의 방화사건을 소재로 한 것이다.

65) 〈街上雜觀〉, 『시대일보』, 1924. 12. 25; 〈가상잡관〉, 『시대일보』, 1924. 12. 26; 〈쯧쯧한 방도 잇기는 잇나본데〉, 『동아일보』, 1926. 12. 5.

66) 〈유무산대조 (1): 너는 두다려라 나는 풍선 밋헤서〉, 『동아일보』, 1924. 7. 13; 〈유무

컷 안에 유산계급과 무산계급의 일상을 대조한다. 선풍기 앞에서 노닥거리는 두 남녀와 일하는 대장장이(1), 자동차를 타고 유흥을 즐기러가는 두 남녀와 그 자동차의 먼지를 뒤집어쓴 짐꾼(2), 화려한 요리점을 찾은 유산계급과 쪼그리고 헐한 밥을 먹는 한 무산계급(3), 인력거 위에서 부채질하는 유산계급과 땀을 흘리는 인력거꾼(4), 잘 차려진 밥상에 눈을 찌푸린 유산계급과 먹을 것 없는 무산계급(5) 등이 그 내용이다. 이 시리즈는 상단에는 유산계급을, 하단에는 무산계급을 배치하는 면의 분할과 대조를 통해서, 유산계급이 누리는 '부(富)'와 무산계급이 견뎌야 하는 '빈(貧)'의 부당성을 시각화한다. 한 컷 안에 놓인 이 모순은, 때로는 '귀족부호'나 '강도' 모두 X광선을 비춰보니 같은 '해골'일 뿐이더라는 유머 속에 역설적으로 표현된다.[67]

　이처럼 계급적 관점을 예각화하고 있는 이 만평들로부터 '민족'을 언급한다는 것은 표상의 재료들만 갖고 보면 요령부득일지도 모른다. 그러나 중요한 것은 계급적 질서로 구조화되어 있는 세계와 무산계급의 현재적 위치를 바라보는 시선의 위치이다. 〈결국은 어부의 리〉가 환기하는 것처럼 조선에서의 사회주의 문제가 필연적으로 민족문제와 결부될 수밖에 없었음은 주지의 사실이지만, 사회주의는 그 '민족'이 계급에 따른 종차(種差)를 갖는 것임을 인식하도록 하는 동시에 민족의 이해관계가 무산계급의 이익에 기초해야 함을 역설했던 것이다. 그러면서도 실제로 상당수의 만평들이 바로 계급의 내셔널리티를 제기하고 있음은 주목할 만하다.

　당시 만평들에서 계급적 질서는 주로 무산계급의 현재를 통해 표상되는데 그것은 바로 절대빈곤의 상태이며, 이를 가장 상징적으로 보여

산대조 (2): 자동차 바람에……〉, 『동아일보』, 1924. 7. 15; 〈유무산대조 (3): 一夜料理代 一年糧食價〉, 『동아일보』, 1924. 7. 17; 〈유무산대조 (4): 안진 사람이 더 더운 모양인가〉, 『동아일보』, 1924. 7. 19; 〈유무산대조 (5): 눈쌀찜흐리고 젓가락장단 배쌀쥐어잡고 먹을것타령〉, 『동아일보』, 1924. 7. 21.
67) 〈엑쓰광선을 거처본, 귀족부호와, 강도〉, 『조선일보』, 1925. 1. 12.

그림 15 『동아일보』, 1924. 4. 25.

주는 것은 러시아·만주 등지로 떠나는 이향의 현실이다. "노비(路費)가 없어 남들이 가는 남북만주도 갈 수 없"[68)는 걸인과 총독부 시책에 따라 삶의 터전을 박탈당한 화전민이 만평의 대상이 되지 않는 것은 아니지만,[69] 이향은 절대빈곤의 가장 일반적인 현상으로서 다뤄졌다.[70] 그런데 눈길을 끄는 것은 〈또 천여 명이 쫏겨나는구나〉(그림 15), 〈쫏겨가는 사람의 일흠은 조선인이다〉에서처럼 지문에 '동척'을 표기함으로써 이향을 야기한 주범이 바로 일본임을 지목하고 있는 점이다. 주지하는 바와 같이 동양척식주식회사는 조선의 토지를 강제로 수탈하는 것과 함께 고율의 소작료로 전체 인구의 상당수를 점하는 농민들을 빈농으로 전락시킨 식민기관으로, 일본 이민자들을 대거 받아들여 착취의 첨병으로 삼은 대신 조선의 빈농들을 북간도로 내쫓기게끔 만들었다. 즉 동척 이민자들의 숫자는 늘어 가는데 이향민의 숫자는 점점 늘어가는 형국임을 대조적으로 표현한 만평들은 바로 이러한 현실을 기반으로

---

68) 「안동걸인단, 작년보다 삼배나 늘어」, 『조선일보』, 1927. 3. 15.

69) 〈비참한 단결〉, 『조선일보』, 1925. 4. 27; 〈구축당한 화전민, 下界를 나려다 보면서 "달은 사람이 빈틈업시 사는대 우리는 어느 대로 갈 것이냐!"〉, 『조선일보』, 1925. 1. 30; 〈금지령이 낫스니 그들의 살곳은 어된고〉, 『조선일보』, 1926. 2. 10.

70) 〈또 천여 명이 쫏겨나는구나〉, 『동아일보』, 1924. 4. 25; 연기군 박노춘, 〈쫏겨가는 사람의 일흠은 조선인이다〉, 『동아일보』, 1925. 7. 17; 〈가면 어듸로 가나?〉, 『조선일보』, 1926. 3. 12; 〈거미발 가튼 다리로 만릿길〉, 『동아일보』, 1926. 11. 28; 〈오는 사람은 누구며 가는 사람은 누구냐?〉, 『동아일보』, 1927. 10. 16. 이 가운데 〈거미발 가튼 다리로 만리ㅅ길〉은 북간도로 가는 '기민(飢民)'을 가느다란 발을 가진 거미로 표상함으로써 그 비참함을 전달하고 있다.

했던 것이다.

그래서 무엇보다도 만평이 가장 많은 관심을 기울인 소작쟁의 주제에 '일본' 혹은 '동척'의 흔적이 각인되어 있었던 것은 당연하다. 〈조선독특의 소작쟁의해결법〉[71]에서 그것은 '작은' 지주/소작인의 쟁의에 관여하는 '큰' 경찰의 존재로 드러나지만,[72] 역시 훨씬 더 빈번

그림 16 『동아일보』, 1924. 11. 7.

하게 문제를 삼은 대상은 동척이다. 그리하여 동척과 농민의 관계는 〈너희들은 가만이만 잇거라〉(그림 16)와 같이 참혹하게 표현된다. 그래서 때로는 자신의 그림자를 보고 놀라거나,[73] 농민의 피를 빨아 잔뜩 배가 불러 있는 모기의 형상으로 동척을 희화화하기도 하지만,[74] 이 역시 공포의 대상임을 다르게 표현한 것일 뿐이다.[75]

이 주제가 다른 경우에서보다 더 생생한 것은 당시 실제로 기사화된 사건들을 소재로 하고 있기 때문인데, 1924년 11월 초부터 시작하여 반년 이상 지속된 황해도 봉산군 사인면의 소작쟁의가 그 대표적인 예이다.[76] 〈통으로 생키기는, 좀 어렵지!〉(그림 17)는 동척을 압박하는 소

---

71) 〈조선독특의 소작쟁의해결법〉, 『동아일보』, 1924. 4. 19.

72) 참고로, 이와 유사한 구도로 된 만평으로는 무산계급의 피고와 유산계급의 원고 그리고 일인변호사가 등장하는 〈아모러케든지 돈만 모자〉(『시대일보』, 1925. 7. 7)가 있다.

73) 〈제가 보아도 무서운 모양〉, 『동아일보』, 1924. 11. 12.

74) 〈넘우 빨아들이면 배가 터지는 법〉, 『시대일보』, 1925. 1. 17. 여기서 모기는 '지주'를 비유한 것이기도 하다.

75) 〈느이들 이것 좀 보아라〉(『동아일보』, 1925. 2. 9)에서는 해골로 묘사되었는데, 사실 이것들보다 훨씬 감각적으로 다가오는 것은 '컵'(조선토지)에 빨대를 꽂아 먹고 있는 동척과 토지개량회사를 그린 〈조선사람에게 남을 것은?〉(『동아일보』, 1926. 4. 23)이다.

76) 〈굴근 과실은, 뒤로 감추고, 그래서야, 울음을 그치겟나!〉, 『조선일보』, 1924. 11. 17; 〈먹기나 해야, 알도 낫치〉, 『조선일보』, 1924. 11. 28; 〈통으로 생키기는, 좀 어렵지!〉, 『조선일보』, 1924. 12. 12; 〈집행광의 동척회사〉, 『동아일보』, 1925. 2. 4; 〈다 가저가거

그림 17 『조선일보』, 1924. 12. 12.

그림 18 『동아일보』, 1925. 2. 4.

작인들의 연대를 보여주는데, 이 그림에서 '뱀―시야(矢野)'는 다름 아
닌 동척 사리원 지점장인 시야강(矢野康)을 가리킨다. 그러나 소작인들
의 연대투쟁에도 불구하고 동척은 종내는 소작료뿐만 아니라 가옥과
의복 등속까지 집행했던 것이다(그림 18). 이 밖에도 황해도 재령군 북
율면[77]과 신천군[78]의 소작쟁의도 다뤄졌고, 이러한 주제는 때로는 산
미증식안에 대한 비판으로 이어지기도 했다.[79]

　이처럼 농민들의 최대 현안이었던 소작쟁의를 표상함에 있어서 '일
본'의 흔적을 남기고 있다는 것은 흥미로운 일이다. 왜냐하면 합법적인
경로를 통해 생산된 문화물에서 이러한 표상의 직접성을 좀처럼 발견
하기는 어렵기 때문이다. 식민지 권력의 주체를 형상화하기 어려웠던

라, 법 업는 숫가락은, 소용업다(사인면사건)〉, 『조선일보』, 1925. 2. 10; 〈너무 추궁하
　면 그런 법이다〉, 『조선일보』, 1925. 2. 17.

77) 〈삼인삼색의 전율〉, 『조선일보』, 1925. 2. 12; 〈야, 이 편은, 생사문제다〉, 『조선일보』,
　1925. 2. 13; 〈다 쌔서 모아봐라(동척의 소작권 박탈)〉, 『조선일보』, 1925. 4. 22.

78) 〈작구 옴겨야 수가 난다(신천농감의 소작이동)〉, 『동아일보』, 1925. 3. 21; 〈작구 옴겨
　야 수가 난다(신천농감의 속작이동)〉, 『동아일보』, 1925. 3. 24.

79) 〈독개비가 가저가는 사백만석〉, 『조선일보』, 1925. 8. 26; 〈메고만 돌어다니기 무겁지
　도 아니한가〉, 『조선일보』, 1925. 10. 28(이 만평에서 짐(산미증식)을 들고 가는 '池田'
　은 총독부 식산국장 池田秀雄을 가리킨다.); 〈나마지는, 누가 먹을 것이냐?〉, 『조선일
　보』, 1926. 6. 22, 참조.

곤경, 즉 검열의 제약이 일반적인 상황이었음을 감안하면, 이는 사회주의 전성기와 신문 만평의 만남으로 이뤄진 작은 행운이었던 셈이다. 더욱이 피착취계급으로서의 농민을 전경화하면서 식민당국 일본을 겨냥한다는 것은 사회주의가 민족을 전유하는 방식을 선명히 보여준다.

　이는, 극소한 편이지만 노동자 계급을 다룬 경우에 좀더 적극적으로 드러난다. 〈(철도) 궤도상의 비극〉(그림 5)은 일본인 노동자와 조선인 노동자의 위계적 질서를, 〈화(禍)는 북으로도 온다〉[80]는 중국인 노동자의 이주로 더 살기 힘들어지는 조선인 노동자의 현실을 표현했다. 이 만평들은 계급의 내셔널리티를 외면할 수 없는 현실의 이해관계를 함축하는데, 당시 송현리 매립 공사장 사건을 다룬 〈공사장(工事場)이냐, 공사장(空死場)이냐〉(그림 19)도 마찬가지 경우이다. 이 그림에서 '뱀의 입 안'은 곧 인천 송현리 매립공사장을 의미하며, 그 안에서 곡괭이질 하는 노동자들은 곧 뱀에게 물릴 형국이다. 일견 이 만평은 죽음에 이르는 열악한 노동조건을 표상하는 것으로 보이지만, 사실 그 내부사정에는 조선인 지주와 일본인 지주의 숨은 거래와 착취양태가 담겨져 있다.[81] 여기

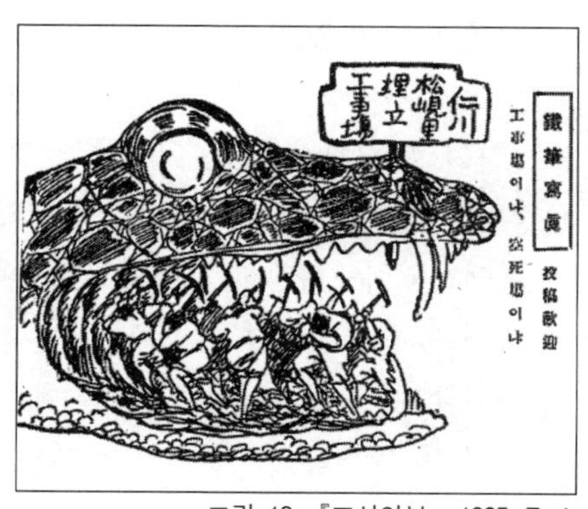

그림 19 『조선일보』, 1925. 7. 4.

---

80) 〈禍는 북으로도 온다(금년에 이만여 명)〉, 『동아일보』, 1925. 11. 2.

81) 이 공사장이 문제가 되었던 이유는 모두 세 가지이다. 첫째는 매립공사가 시작되기 전, 이곳을 조선인 지주가 일본인 지주에게 매각하면서 일인 지주가 매립공사를 위해 아무 통보 없이 그곳에 살고 있던 3백여 호 주민들의 집을 철거하려 한 것, 둘째는 결국 시작한 매립공사로 노동자들이 중한 상해를 입은 일, 셋째는 그 매립공사로 말미암아 심각한 물난리를 겪게 된 것 등이다. 「3백여 호 주민에게 돌연히 철거명령」, 『조선일보』, 1925. 4. 29; 「문제의 공사장에서 인부가 치어 중상」, 『조선일보』, 1925. 5. 13; 「인천송현리 홍수로 刻刻 위험」, 『조선일보』, 1925. 7. 11; 「송현매립공사로 피해민 결

에 사회의 가장 낮은 계급으로서 '천격(賤格)'으로 간주되어 왔지만 '형평사(衡平社)'를 조직한 백정을 다룬 만평도 추가할 수 있을 것이다. 〈악수한 담에는……〉[82]은 일본 수평사와의 제휴문제에 대하여 조심스럽게 접근하는데, 이는 국제주의적 계급연대를 흔쾌히 수락하지 못하는 심정적 불편함, 즉 조선과 일본의 식민관계가 일종의 계급관계로 성립되는 현실의 경험으로부터 비롯한다.[83]

이처럼 민족이 복수(複數)일 수밖에 없다는 종차의 확인, 그리고 무산계급의 이익을 역설하는 것은, 사회주의의 타자들 즉 제국주의와 자본주의를 공공의 적으로서 상정하고 그것들이 야기한 세계를 사회주의적인 인식틀 속에서 해석해내고 있던 당시 만평의 경향성을 지시한다. 뿐만 아니라 무산계급의 억압적 현재를 환기하는 존재로서의 '일본'의 배치는 민족의 계급적 전유라 할 만하다. 그러나 노동자 계급과 형평사를 다룬 만평이 보여주듯이 계급의 내셔널리티가 전면화되는 경우, 문제는 그리 간단해 보이지 않는다. '식민지 조선'이라는 조건은 '만국의 노동자여, 단결하라!'라는 국제주의 원칙과 때로는 갈등할 수밖에 없는 사정이 있기 때문이다. 계급 개념의 인식적 범주가—국가, 민족, 인종, 성 등에서처럼—다양한 차원에서 그 관계성을 지시하는 것으로 사용될 때 그것은, 한편으로는 그 자체로 변혁의 동력이 될 수 있지만 다른 한편에서 보자면 그 각각이 또 다른 최종심급으로 귀착될 수 가능성이 있는바, 신문 만평은 그 잠재적인 현주소를 보여주는지도 모른다.

속 소동」, 『조선일보』, 1925. 7. 14, 참조.

82) 〈악수한 담에는……〉, 『동아일보』, 1924. 3. 7. 이밖에 형평사와 관계된 만평으로는 〈돌잡이하는 衡平아 잘 잘아기라〉(『동아일보』, 1924. 4. 27)와 〈자랑끚에 불난다〉(『동아일보』, 1924. 5. 2)가 있다..

83) 유산계급이 누리는 '부'와 무산계급이 견뎌야 하는 '빈'의 극명한 대조가 바로 정확하게 일본과 조선의 관계로 표상화된 만평들로는 〈이러고, 여유가 잇다면, 거짓말〉, 『조선일보』, 1925. 1. 7; 〈한 盆에서, 잘아건만은〉, 『조선일보』, 1925. 1. 16; 〈어대로 가나……!〉, 『시대일보』, 1925. 7. 4; 〈수효만, 만으면 무엇하나!〉, 『조선일보』, 1925. 12. 6, 참조.

5. 잉여의 발생과 기억된 표상

이상의 논의들을 하나의 정황으로 요약하자면 그것은 1920년대 중반 신문 만평과 사회주의의 만남일 것이다. 신문사의 제도적 기획을 독자가 능동적으로 전유할 수 있었던 것도, 그리고 사회주의에 대한 낙관적 전망과 함께 민족의 종차를 인식하면서 무산계급의 당파성을 역설할 수 있었던 것도, 전적으로 정론성과 대중성이 결합된 '신문 만평'이 사회주의적 실천들의 약진이 현저했던 '1920년대 중반'과 만난 결과이다. 식민지시대 내내 이처럼 사회주의의 문화적 표상이 활력을 보였던 시대는 없었다. 명징하게 전달되는 시각표상은 당대의 시사적 의제와 결합되어 사회주의적 시선을 구축해갔다. 그것은 한편으로는 사회주의 타자들이 조성해놓은 세계에 대한 비판이었으며, 다른 한편으로는 사회주의 승리가 역사적 필연임을 선언하는 과정이었다. 특히 이 과정에서 '일본'이 인용되고 있음은 주목할 만한 현상이었다.

그러나 사회주의가 공론 장에서 구축(驅逐)되어가는 것과 함께 신문 만평의 활력이 소멸해가면서, 신문 만평에서 사회주의 전도에 대한 낙관성은 더 이상 찾아보기 힘들어진다. 그렇다고 해서 이 현상이 곧 그러한 정치적 입장의 철회, 혹은 사회주의 운동 전반의 쇠퇴를 의미하지는 않는다. 문화적 상황은 비록 취체와 검열로 대변되는 억압적 상황에 노출되어 있었으나, 사회주의 전망의 프로파간다는 어떤 방식으로든 한동안 지속되고 있었다. 그럼에도 불구하고 이와 같은 상황의 변화로, 사회주의 전도에 대한 낙관성은 이제 현실을 초과하는 '잉여'가 되어갔다. 1920년대 중반 신문 만평이 보여주었던 것과 같은 활력, 즉 현실과의 긴밀성이 높은 교섭은 기대할 수 없었지만, 사회주의에 대한 신념은 철회될 수 없었던 까닭이다. 여기서 중요한 것은 그 포기되지 않은 잉여의 영역이 '또 다른 미디어들'과 관계하면서 '흘러가는 시간'에 의해 지배를 받고, 이러한 축적을 통해서 사회주의 표상이 계속해서 구성되어갔다는 사실이다.

그런 점에서 연극과 영화(혹은 미술전람회)와 같은 미디어들에 주목하는 것은 가치 있는 일일 것이다. 이 미디어들은 만평과 마찬가지로 문자해득력이 낮은 대중에게도 접근성을 높일 수 있는 특성이 있어서, 사회주의 예술운동에서 전략적으로 선택된 문화물이었기 때문이다. 아마도 이 가운데 좌파 저널리즘과 짝을 이룰 만한 문화적 현상을 꼽을 수 있다면 그것은 1920년대 중반에 대두한 좌파적 소인극일 것이다. 그러나 이를 제외한다면 이 미디어들은 대체로 신문 만평의 전성기가 거의 끝난 시점부터 사회주의적 표상들을 만들어가기 시작했다. 만평은 언론사의 기획과 이를 수행할 만한 화가의 존재로써 성립될 수 있었지만, 이보다 더 많은 것을 필요로 하는 이 미디어들은 이를 가능케 할 만한 조건을 갖추기 위해서는 더 많은 시간을 필요로 했다. 그리하여 1920년대 후반에 가서야 그 실질적인 움직임을 보이기 시작했는데, 이런 변화에서 카프의 조직은 결정적이었다. 특히 연극과 영화가 많은 인력들의 집합적 산물이라면, 카프는 그러한 운동을 구체화할 수 있는 인적 네트워크의 산실로 작용했다.

신문 만평의 전성기와는 약간의 시차를 두고 전개된 이러한 예술운동에서 그 텍스트들은—온전한 형태로 전하는 사례가 많지 않고 상당 부분 2차 자료에 의존해야 하기 때문에 단언하기 조심스럽지만—만평의 그 선명함이 기본적으로 유지된 것으로 보인다. 이는 사회주의적 인식론을 간명화 혹은 속화(俗化)한 문화적 번역의 결과이지만, 다른 한편에서 보자면 그것은 만평이 공개한 표상의 대중성이 통시적·공시적으로 진행된 표상들 간의 네트워크를 촉진시킨 것이기도 하다.

여기서 그 자세한 경과와 양상을 살피는 것은 이 글의 범위를 벗어나는 것이다. 다만, 강조해두고 싶은 것은 시차와 텍스트성 차이의 물질성이다. 제작여건의 복잡함도 문제려니와 무엇보다도 사회주의적 문화 실천들이 수시로 저지됨으로써 그와 같은 문화적 경험이 충분히, 지속적으로 이뤄질 수 없었다는 사실이다. 연극의 경우 공연이 도중에 중지되거나 심지어 극단의 해산으로까지 이어지는 사례가 비일비재했고,

영화의 경우는 기획단계의 구상으로부터 상당한 거리가 있는 결과를 감수해야만 했다. 그리하여 물적 조건과 검열의 효과는 '사회주의적 텍스트'와 '의사(疑似) 사회주의적 텍스트'의 시비를 만들어낸바, 미나도좌 신극부 연극공연을 둘러싼 논쟁(1931)과 서울키노의 〈화륜〉(김유영 감독) 논쟁(1931)은 이를 상징적으로 보여준다. 확실히 구상적인 3차원 공간을 필요로 하는 시청각적 미디어들은 검열에 훨씬 민감하게 반응할 수밖에 없었고, 그 제작방식의 특성상 자본으로부터도 자유로울 수 없었다. 이러한 결과들은 1930년대 초반을 경과하면서 사회주의의 문화적 표상들이 또 한 번의 결정적인 계기를 맞이할 수밖에 없음을 예고한다. 사회주의가 근대적 지식의 하나로 상대화되면서 많은 이들에게 단지 교양으로서의 사회주의로 표상되는 것, 즉 "사회주의가 무엇인지는 알아야만 행세를 하게 된 것이 오늘의 형편"이라는 "처세상식"으로서의 존재, 이것도 하나의 사례일 것이다.[84]

그러나 대중의 정신사에 관여하는 심층의 변화는 억압과 금기의 상황으로부터 조성되는바, 그 가운데 금기 위반에 대한 처벌의 공포 속에서 반–사회주의 담론이 일상화되어갔다는 점을 주시할 필요가 있다. 1920년대 중반부터 1930년대 초반까지 활력을 보여주었던 사회주의의 표상들이 축출되는 것과 동시에 활성화된 반–사회주의 담론은 휴머니즘의 상실, 개인의 몰각, 전통적 가치의 부정, 민족의 부차화 등 사회주의에 대한 속화된 부정적 해석본을 제시하곤 한다. 이 목록들은 한마디로 말해서 사회주의가 사회주의자를 제외한 모든 그룹들로부터 공격받을 수 있음을 시사한다.

사회주의가 이 고립무원의 상태에서 이에 대항할 만한 최소한의 수단을 지니지 못한다는 것은, 대중이 계속해서 반–사회주의 표상들에 노출될 수밖에 없음을 시사한다. 더욱이 사회주의가 자신의 삶과 직접

---

84) 『혜성』 2권 4호, 1932. 4, 68쪽, 『사회주의학설대요』의 광고문구(김문종, 「일제하 사회주의 잡지의 현실인식에 관한 연구」, 고려대 박사논문, 2006, 2-3쪽, (주)3번에서 재인용).

적인 이해관계 속에 있다고 의식하지 않는, 그러면서도 대중적 표상에의 의존도가 높은 이들일수록 그 노출의 수위는 높아질 수밖에 없다. 그리고 그 효과가 가장 높은 장소는 통념 혹은 편견이 견고하게 자리 잡고 있는 일상의 영역이다. 성 도덕의 문제가 반—사회주의 담론의 빌미가 되었다는 점은 이를 증명한다. 이른바 '붉은 연애'에 대한 해석이 반—사회주의 담론에 일조한 것은 좋은 참조점이다. '모던 보이, 모던 걸'은 이제 1920년대를 풍미했던 낡은 유행어가 되고, '마보, 에거', 즉 '맑스 보이, 엥겔스 걸'[85]이 1930년대 초두에 첨단 유행어가 되었다는 사실은 사회주의의 대중적 표상의 전도를 징후적으로 보여준다. 대중은 쉽게 자신의 편견을 방출하는 통로로 반—사회주의 담론을 이용해 갔던 것이다.

그럼에도 불구하고 억압과 금기의 상황은 표현될 수 없는 것에 대한 반작용으로서 현실을 초과하는 잉여 또한 발생시켰다는 점을 거듭 강조해둘 필요가 있다. 그것은 때로는 부자연한 과잉으로 현전하기도 하지만, 그 포기되지 않은 잉여의 영역은 1920년대 중반 신문 만평을 비롯한 사회주의적 문화 실천들로부터 경험된 표상들을 계속해서 기억하도록 요구하기 때문이다. 이 기억된 표상이 중요한 이유는 그것이 단순히 과거에 경험된 지각의 재생이 아니라 사회주의적 인식론의 결과이자, 그 효과의 반경이 '주의자'의 범위를 벗어나는 것이기 때문이다. 그런 점에서 그 지속의 과정, 즉 기억된 표상의 현존은 식민지시대 문화사에서 중요하게 다뤄질 필요가 있을 것이다.

주제어 : 만평, 사회주의, 독자, 문화, 표상

---

85) "이 말이 쓰여지는 경우는 대개는 콜론타이즘을 오해하고 그 성적 해방론만을 그들의 성생활에 응용하기에 급급한 성적방종군(性的放縱軍)을 가리켜 모욕적 의미로 쓰여지는 것" 편석촌(김기림), 「첨단적 유행어: '마쏘, 에쩌」, 『조선일보』, 1931. 1. 2.

◆ 참고문헌

1. 기본자료

『동아일보』, 『조선일보』, 『시대일보』, 『중외일보』, 『개벽』 등

2. 논문

김문종, 「일제하 사회주의 잡지의 현실인식에 관한 연구」, 고려대 박사논문, 2006.

박종린, 「일제하 사회주의사상의 수용에 관한 연구」, 연세대 박사논문, 2007.

박헌호, 「1920년대 전반기 『매일신보』의 반-사회주의 담론 연구」, 『한국문학연구』 29, 동국대 한국문학연구소, 2005. 12.

손상익, 「한국 신문시사만화사 연구」, 중앙대 박사논문, 2005.

이구열, 「신문에 항일·구국 시사만화를 그린 이도영」, 『미술세계』 231, 2004. 2.

장승태, 「20세기 전반 대한민보와 동아일보의 시사만화 연구」, 전남대 석사논문, 2002.

정희정, 「한국근대초기 시사만화 연구: 1909~1920」, 『한국근대미술사학』 10, 한국근대미술사학회, 2002.

최 열, 「1920년대 민족만화운동—김동성과 안석주를 중심으로」, 『역사비평』, 1988. 봄.

최수일, 「1920년대 문학과 『개벽』의 위상」, 성균관대 박사논문, 2001.

———, 「『개벽』 유통망의 현황과 담당층」, 『대동문화연구』 49, 대동문화연구원, 2005.

3. 단행본

강만길·성대경 엮음, 『한국사회주의운동인명사전』, 창작과비평사, 1996.

리차드 H. 미첼, 김윤식 역, 『일제의 사상통제』, 일지사, 1982.

水野直樹, 이영록 역, 「조선에 있어서 치안유지법 체제의 식민지적 성격」, 『법사학연구』 26, 한국법사학회, 2002.

스칼라피노·이정식, 한홍구 역, 『한국공산주의운동사 1』, 돌베개, 1986.

신명직, 『모던뽀이, 경성을 거닐다』, 현실문화연구, 2003.

윤영옥, 『한국신문만화사: 1909~1995』(증보판), 열화당, 1995.

임경석, 『한국 사회주의의 기원』, 역사비평사, 2003.

전상숙, 『일제시기 한국사회주의 지식인 연구』, 지식산업사, 2004.

최　열, 『한국만화의 역사』, 열화당, 1995.
한상일·한정선, 『일본, 만화로 제국을 그리다』, 일조각, 2007.

◆ 국문초록

　1920년대 중반, 신문 만평과 사회주의의 만남, 이는 사회주의가 문화적 표상으로 성립하기 시작한 역사적 계기로 간주될 만하다. 신문사의 독자투고라는 제도적 기획을 독자가 능동적으로 전유할 수 있었던 것도, 그리고 사회주의에 대한 낙관적 전망과 함께 민족의 종차를 인식하면서 무산계급의 당파성을 역설할 수 있었던 것도, 전적으로 정론성과 대중성이 결합된 '신문 만평'이 사회주의적 실천들의 약진이 현저했던 '1920년대 중반'과 만난 결과이다. 식민지시대 내내 이처럼 사회주의의 문화적 표상이 활력을 보였던 시대는 없었다. 명징하게 전달되는 시각표상은 당대의 시사적 의제와 결합되어 사회주의적 시선을 구축해갔다. 그것은 한편으로는 사회주의 타자들이 조성해놓은 세계에 대한 비판이었으며, 다른 한편으로는 사회주의 승리가 역사적 필연적임을 선언하는 과정이었다. 특히 이 과정에서 '일본'이 인용되고 있음은 주목할 만한 현상이었다.

　그러나 사회주의가 공론 장에서 구축(驅逐)되는 것과 함께 신문 만평의 활력이 소멸해가면서, 사회주의 전도에 대한 낙관성은 이제 현실을 초과하는 '잉여'가 되어갔다. 취체와 검열로 대변되는 억압적인 상황은 심층을 재질서화는데, 가장 위협적 것은 반－사회주의 담론이 일상화되어갔다는 점일 것이다. 그럼에도 불구하고 그 포기되지 않은 잉여는 어떤 방식으로든 존재하기 마련이고, 그것은 1920년대 중반 신문 만평을 비롯한 사회주의적 문화 실천들로부터 경험된 표상들을 계속해서 기억하길 요구한다. 이 기억된 표상이 중요한 이유는 그것이 단순히 경험된 지각의 재생이 아니라 사회주의적 인식론의 결과이자 그 효과의 반경이 '주의자'의 범위를 벗어나는 것이기 때문이다. 그런 점에서 그 지속의 과정, 즉 기억된 표상의 현존은 식민지시대 문화사에서 중요하게 다뤄질 필요가 있을 것이다.

◆ **SUMMARY**

Socialism Politics and Cultural Effect of the Newspaper Cartoons in the 1920s

Lee, Seung-Hee

In the mid-1920s, the encounter of the newspaper cartoons and Socialism is worthy of notice. This is because it is the historical moment when Socialism has been constructed as a cultural representation. The reader was able to appropriate actively the system of the readers' contribution of the newspaper, and the cartoons asserted the partisanship of the proletarian classes, cognizing the optimistic prospect for Socialism and the specific difference of nation. All this entirely is the result that 'the newspaper cartoon' combined politics and popularity met 'mid-1920s' become remarkable the rush of Socialism action. During the colonial period, this time is the most important moment when the newspaper cartoon actively showed the cultural representation of Socialism. The visual representations has constructed Socialism point of view, combining the agenda of current event of those days. On the one this was the critical comments for the world created according to Socialism Other, on the other this was the declaring course that the victory of Socialism was inevitable. Specially the quotation of 'Japan' is worthy of notice in this course.

But Socialism has driven away in public opinion field, then the activity of the newspaper cartoon has disappeared. The optimistic for the prospects of Socialism has become 'the surplus' exceeding reality. The oppressive situation spoken for the control and the censorship re-systematize the depths, the most threatening thing is that the discourse of anti-Socialism has become daily. Nevertheless, the surplus is certain to exist anyway, and it demand to remember the representation experienced from the cultural actions of Socialism including the newspaper cartoon in the mid-1920s. This memorized representation is important. Because not that it is not simply the rewind of the experienced perception, but that it is the effect of Socialism epistemology, and the radius of the effect go beyond the sphere of 'a ideologist'. In terms of that, the process of the continuation, exactly the exist of the memorized representation should be treated in the cultural history of colonial period.

Keyword : cartoon, Socialism, reader, culture, representation

─이 논문은 2007년 11월 30일에 접수되어, 소정의 심사를 거쳐 2008년 2월 6일에 최종적으로 게재가 확정되었음.

지식인의 자기정의와 '계급'
─ 식민지 시대 지식계급론과 한국 근대소설의 지식인 표상

이 혜 령*

목 차

---

1. 혁명가 '공산'의 정체성과 '지식' '계급'

"혁명가─그의 이름은 공산(孔産)이라고 부른다. 무론 이것은 가명이다"라고 시작하는 이광수의 『혁명가의 아내』[1]는 노골적인 반사회주의 담론[2]의 문학적 표백이다. 혁명가의 초상을 통해 사회주의와 지식

---

* 고려대 민족문화연구원 연구교수.
** 이 논문은 2006년도 한국학술진흥재단 지원으로 연구됨(KRF-2006-321-A00095).
1) 『혁명가의 아내』는 『동아일보』(1933. 1. 1~2. 4)에 이광수의 『군상』 연작의 첫 번째 작품으로 연재되었다. 이 작품의 인용은 『이광수전집』 2(삼중당, 1963)을 근거로 하고, 인용한 뒤 쪽수를 괄호에 병기하도록 하겠다.
2) 사회주의가 '물질'에만 관심을 쏟는, 따라서 개인의 육체적 향략에 집착하는 개인주의의 변종일 뿐이라는 논의 등 당대 반사회주의 담론의 기본적인 레퍼토리에 대해서는 박헌호, 「1920年代 前半期 『每日申報』의 反─社會主義 談論 研究」, 『한국문학연구』 29, 동국대 한국문학연구소, 2005. 12, 참조.

인의 정체성의 연관을 시사하고 있다는 점에서 주목할 만한 소설이다. 사회주의를 성적 방종을 합리화하는 도구로 받아들인 신여성의 초상을 통해 사회주의가 도덕적으로 비난되고 희화화되고 있다는 것 외에도 이 작품에서 주목할 바는 사회주의가 '뿌리 없는' 지식인의 표상으로 육화되어 있다는 점이다. 그러한 표상은 가족과의 단절이나 부재, 내셔널리티의 불확실성 등으로 제시된다. 예컨대, 공산의 동지로 "북풍(北風)이라고 통칭하는 여인현"은 제0차 공산당 사건의 중요인물로 잡혀가나 자물쇠처럼 입을 잠그고 있어 1년 후 예심면소로 나오지만, "여는 진실로 돌아 갈 곳이 없었다."(387쪽)

> 그의 고향이라 할 곳은 아령 연해주여니와 그의 부모는 생사간에 소식이 끊인지 오래고, 그의 둘째 아우는 모스크바에서 비행 장교가 되었다가 비행 연습 중에 추락되어 죽어 버리고 (그래서 그의 시체는 노서아 군대의 군대장을 받았다) 셋째 아우는 광동 황포 군관 학교 출신으로 장 개석을 따라 국민군에 장교로 출정하였다가 한구(漢口) 싸움에 전사하였다. 그리고 여 혼자 이 세상에 남은 셈이다.(387쪽)

> 혁명가는 사람이 아닌가―이렇게 몸이 아프고 たよりない時にほ, 向よりも優しい手が欲しい. 응 마음이 왜 이렇게 弱해질까. 血管 속에 졸던 因襲이 깨어 일어나는 것인가―重病이 레듀스―혁명가도 사람―혁명가도 사람이 하는 일이지―정희―권가―어멈―감옥에 있는 동지들―重病이 혁명가를 「닝겐노 지가네니」―Reduce―레듀스―Soft-soft-tender-tender-tender hand…….
> 이렇게 공은 조선 말로, 일본 말로, 영어로 반성 반수로 공상을 계속한다.(380-381쪽)

'여'가 태어난 곳도 조선이 아니다. 그의 별명인 '북풍', 그리고 '노서아' 군인, '중국'의 국민군 장교로 죽은 그의 두 동생의 이력은 근대의 가장 지배적인 정체성인 내셔널리티의 불안정성을 시사한다. 그의 정체성의 불확실성은 무엇보다 '공산'과 '여'의 언어사용의 특징적 방식을 통해 제시된다. 두 번째 인용문은 폐병으로 오랫동안 병석에 누워 있는 공산이 조선말, 일본 말, 영어가 뒤섞인 말로 공상을 하는 대목이다. 또 '여'가 "은근한 평안도 사투리"로 말하면, '공'은 "웅숭깊은 경상도 사투리"로 대답하는 장면도 제시된다. 특히 '여'는 여러 지방의 사투리를 자유자재로 사용하는 인물이다. 여기서 이광수가 보여주고자 한 것이 민중친화적인 사회주의 지식인의 초상일 리는 없다. 그것 또한 '뿌리 없음'의 증거인 것이다. 실력양성론의 민족주의자 이광수를 아예 모델로 삼아 「변절자의 아내」를 쓴 이기영이 혁명가 '공산'과 짝패로 '민족'(民足)을 제시한 데서 알 수 있듯이, 이광수는 사회주의의 해악성을 무엇보다도 민족적 정체성의 삭제로 규정하고 있었던 것이다.

가족—민족과 같은 생득적인 정체성의 근거가 해체된 채 그 이름도 고향도 불분명한 사회주의 지식인의 초상은 악의적이다. 이는 역으로 사회주의가 적어도 식민지 조선의 지식인들에게 있어 정체성의 거대한 변형을 초래한 기제임을 이광수 자신도 무의식중에 인정할 수밖에 없었음을 보여준다.

근대 지식은 그 자체의 성격, 그리고 그것의 습득과 생산, 유통 방식에 있어서의 이동성(mobility) 내지 유동성3)을 특징으로 한다. 그 유동성이 지식의 습득에 기반을 둔 개인 및 집단의 사회적 지위의 이동과, 정체성의 변화라는 형태로 외화되기도 하고, 그러할 때 그 지식은 가장 커다란 사회적 파급력을 지닐 수 있다. 이렇게 볼 때 사회주의는 생득적인 정체성을 무효화시킬 정도로 그 이동성이 극대화된 근대 지식이라고 할 수 있다. 사회주의가 촉발한 이동성은 심훈의 미완의 소설『동

---

3) 이미 마샬 버먼이 "모든 견고한 것은 대기 속에 녹아버린다"는 라는 마르크스의 『공산당선언』에 나오는 한 구절을 들어 제시했듯이, 이동성 내지 유동성은 근대성의 두드러진 특징이기도 하다. 특히 주변부 지식인에게 '유학'은 이동성의 실현이 곧 근대성의 선취로 간주되는 경험이었던 것으로 보인다. 한편 1910년대부터 형성된 담론적 주체인 '청년'의 트랜스내셔날한 이동성과 한국근대소설 양식의 관련성에 대해서 황종연의 논문에서 시사받은 바 크다. 황종연, 「노블, 청년, 제국」, 『상허학보』 14집, 상허학회, 2005.

120

방의 애인』4)에서 "동양의 런던"이라 불린 상해와 몽골과 시베리아, 모스크바에 이르는 렌드스케이프의 확장으로도 표현되었다. 이 소설에서 그 지역은 3·1운동 이후 식민지 조선 청년의 정치적 사상적 모색과 활동의 무대로 제시되었다. 바로 그 이유로『동방의 애인』은 중단된다.5)

그러나 더불어 주목할 것은, 이광수의『혁명가의 아내』에서 '공산'은 방 한 칸을 간신히 차지하고 누워 아내의 불륜을 번연히 알면서도 그녀의 수발에 의탁해야 하는 운신도 못하는 폐병장이라는 것이다. 이러한 설정은 그 자체로 사회주의의 위축 내지 파산선고를 상징화한 것이지만, 활동력은 물론 생명까지 상실할 위기에 처한 혁명가의 초상─작중 '공산'은 죽는다.6)─은 다음을 시사한다. 즉, 병과 가난이 "제령위반" "치안 유지법 위반"(『혁명가의 아내』, 378쪽)과 같은 식민지권력의 제도적 억압과 함께 사회주의에 의해 극대화되었던 지식인의 이동성을 위축시키고 나아가 중지시킬 수 있는 현실적 요인이라는 것이다. 혁명가를 사회적 관계성으로부터 격절된 폐병환자에다가 가난한 자로 설정한 이광수의 계책은 음험했다. 혁명가 '공산' 또한 필요(necessity)와 본능에 의한 욕망에 있어서는 어쩔 수 없이 범상한 사내에 지나지 않음을 입증하는 방식이기 때문이다. 이렇게 이미지화된 특정한 계급적 상태는 마치 인간의 욕망을 가장 저열한 상태로까지 고착시키는, 혹은 저열한 욕망을 적나라하게 드러나게 만드는 환경에 불과할 뿐이라고, 그래도 프롤레타리아트를 꿈꾸냐는 야유인 것이다.

이광수만의 이야기라면 사정은 간단했겠지만, 이것은 식민지 시기 사회주의의 수용과 함께 대두한 지식계급론에 내포되어 있던 것이기도 하다. 즉 지식인을 유동적인 존재로 만드는 '지식'과 그 유동성을 위축

---

4) 심훈,『동방의 애인』,『조선일보』, 1930. 10. 29~12. 10.

5) 여기에 대해서는 장영은,「금지된 표상, 허용된 표상」,『상허학보』22집, 상허학회, 2008. 2, 참조.

6) 공산이 죽자, 여인현을 비롯한 그의 동지들이 돈을 추렴하여 그의 장례를 사회장(社會葬)으로 치른다지만, 장례식에 모인 이들은 친부모형제도 아닌 그들과 본처도 아닌 방정회 뿐이었다. 이러한 설정은 1922년 '김윤식사회장사건'의 문학적 보복일는지도 모른다.

시키거나 범위를 제한하는 구심력으로서의 '계급', 이 둘의 함수관계를 어떻게 설정하느냐가 지식인 표상을 결정했다고 생각한다. 이 글은 1920년대 초중반 본격적으로 대두한 "지식계급론"을 검토하여, 지식인의 자기정의와 문학적 표상에 있어 '계급' 개념이 야기한 변폭을 논의하기 위한 시론을 마련하는 데 그 목적이 있다.

'계급'은 주지하다시피 그 자체로 사회주의의 대표명사였다. 『동아일보』 신춘문예 실시 이후 처음 '비평' 부문을 신설한 1934년 당선된 윤고종은 등단작에서 1920년대 조선에 도래한 "계급의식"의 영향력을 다음과 같이 설명하였다. "1924년 이후 선진자본주의 사회에 있어 번성한 문화의 성과를 남긴 자유주의가 일호의 활약도 성하지 못하고 그 形影을 감추어버린 것을 보드라도 이 계급의식이 얼마나 이 국토의 우에 미친 위대한 관념형태인 것을 긍정하지 아니할 수 없는 것이다. 표현주의, 자연주의, 따따이즘, 낭만주의, 니힐리즘, 센티멘탈리즘 등의 모든 근대적 영향이 낳은 문학사조가 신층의 계급의식 문학세력에 一敗塗地의 몰락을 당하지 않을 리가 없는 것이다."[7](강조는 인용자) 윤고종은 마르크스주의가 수용되기 직전 조선의 상황은 서구의 다른 어떤 나라보다 봉건적 유제가 잔존해 있는 상태에서 자본주의적 과정을 경과하고 있었기 때문에 이미 자생적 '계급의식'의 온상지가 되어 있었다고 지적한다. 여기에 서구의 이론화한 "사회사조"—마르크스주의—가 바로 무체계한 자연발생의 계급의식에 체계와 이론을 부여하였다는 것이다. 대전 이후 민족주의적 이상과 광명이 사상누각으로 판명된 상황에서 사회주의는 당연히 "봉건적이고 유치한 민족관념"을 능가할 수밖에 없었던 것이다. 당대 저널리즘을 장악한 해외문학파의 메가폰 역할을 했을 뿐이고,[8] 그 후로는 거의 잊혀진 비평가 윤고종의 진술은

---

7) 윤고종, 「조선문단을 논함」, 『동아일보』, 1934. 1. 14~20 중에서 1. 15(2회).

8) 여기에 대해서는 이혜령, 「동아일보와 외국문학, 해외문학파와 미디어」, 『동아시아 근대지식의 형성에서 문학과 매체의 역할과 성격』, 성균관대 대동문화연구원 학술발표회 논문집, 2006. 7. 1, 참조.

첫째, '계급의식'이 사회주의 내지 마르크스주의의 대명사였다는 점, 둘째 '계급의식'을 골자로 한 이 사회사조의 위력은 체계와 이론에 있었다는 점을 보여준다. 사회주의를 신봉하지 않는다 할지라도 '계급'은 사회 현상을 기술하는 데 유효한 방법론적 개념이었다. 무엇보다 그것은 한 사회, 한 나라, 세계를 구성하고 있는 집단, 그 집단의 성격과 기능, 각 집단 간의 대립이나 갈등과 그로 인한 각 집단의 운명과 사회 변화에 대한 인과론적 내러티브를 포함하고 있는 개념이었기 때문이다. 달리 말하자면, 계급은 각 사회 집단의 탄생과 성장, 파국과 같은 서술적 시간성을 내재하고 있었다. 계급이론을 요체로 한 사회주의의 수용은 적어도 인식론적 총체성의 획득이라는 차원에서 지식인들의 지적 우월성을 보증하는 기제였다. 한편으로 인과율로 이루어진 총체성의 세계에서 예외일 수 없는 지식인 자신의 사회적 존재성과 그 운명의 시간성을 끊임없이 진단하고 고백하게 만들었다는 점에서 그 우월성을 극도로 위축시키기도 했다. 말하자면, '계급'에 의한 세계인식과 자아인식에 있어 가장 곤혹스러운 존재성을 부여받은 집단이 바로 '지식계급'이었고 따라서 한국 근대 소설사를 통틀어 가장 문제적인 표상으로 창출될 수 있었다.

2. 러시아 인텔리겐차론의 수용맥락과 그 레퍼토리

1) 식민지 조선의 사정과 지식계급

식민지 시대에 '지식계급론'9)은 1920년대 초중반과 1930년대 중반

---

9) 조남현은 『한국지식인소설연구』(일지사, 1984)의 한 장을 '일제하 지식인론의 종횡'라는 제하로 하여 이 논제를 검토하여, 1920년대의 지식인론이 러시아 지식인론에 기초한 정론적이고 원칙론적인 성격이었다면, 1930년대로 갈수록 당대 지식인들의 실상에 기초하여 논의가 전개되는 양상을 띤다고 지적한 바 있다.

에 뚜렷한 형태로 부상한다. 1920년대는 사회주의의 수용이 다양한 조직결사를 통해 이루어진 운동의 차원에서만이 아니라 신문과 잡지, 신경향파 문학의 등장, 그리고 청년회나 독서회 등에 의해 사회문화적 차원에서도 뚜렷한 현상으로 드러난 시기이다. 1930년대 중후반은 그것의 퇴조가 담론 상으로 기정사실화되었던 때이다. 이 두 시기의 지식계급론은 차이가 있지만, 사회주의의 수용과 함께 이루어졌기 때문에 1920년대의 그것에 주목할 필요가 있다.

1920년대 식민지 조선의 저널리즘에 등장한 지식계급론은 19세기 후반 짜르체제의 전복과 농노해방을 기도했던 인텔리겐치아 운동에서 볼셰비키 혁명에 이르기까지를 포괄하는 러시아 인텔리겐치아의 경험에 기초한 것이다. 대표적으로 신경향파 문학의 리더로 "'브나로드'라고 떠들고 있는 육십년 전의 러시아 청년"과 조선의 지식인을 오버랩시킨 김기진의 「백수의 탄식」(1924. 6)을 떠올릴 수 있다. 그러나 그보다 일찍인 1921년 이광수조차도 '중추계급'이라는 개념을 고안하고, "가장 분명히 중추계급의 특색을 발휘한 것은 亞歷山大帝 이후로 혁명 전에 至하는 俄國러시아의 인텔리겐치아(知識階級)외다. 이 계급은 지난 시대의 중심계급이던 帝室을 중심으로 한 귀족계급의 後를 繼하야 全俄國민족의 중심이 된 것이외다"[10]라고 언급할 정도로 러시아 인텔리겐치아의 경험을 자기주장의 유력한 근거로 삼았던 것이다. 적어도 이 시기 이광수는 사회주의의 정치적 비전 차원에서 러시아 혁명을 옹호하지는 않았지만, '식자계급'의 사회적 비전이 실현되어 그들이 '민족의 중심' 즉, 민족의 대표자이자 정치적 리더가 된 결정적인 사건이라는 점에서 긍정적인 참고틀로 활용했던 것으로 보인다.

물론 중추계급론은 러시아 인텔리겐치아론의 이광수식 변용이었다. 이광수는 '계급'을 '개인'과 대별되는 동일성을 지닌 사회 '집단' 일반이란 의미로 변용시키고, 그리고 고대는 중심인물인 개인—곧 영웅이

---

10) 이광수, 「중추계급과 사회」, 『개벽』 13, 1921. 7.

사회의 형성과 유지에 중심이 되는 데 반해 장성한 사회일수록 집단, 즉 계급이 중심이 된다는 주장에 의해 '중추계급'이란 개념을 성립시킨다. 영국, 미국, 일본 등의 현대제국에서 중추계급을 "조성한 자"는 식자계급, 유산계급이라고 지적하며, 이 둘은 일치하거나 겹치기도 한다고 말하는데, 여기서 주의할 바는 중추계급은 이미 존재하는 계급이 아니라 "넓은 의미의 교육"에 의해 조성되는 집단이며, "중추계급 조성운동"은 당대 조선에서는 학교와 청년단체의 활동과, 신문과 잡지 등 각종 출판물의 유통, 유학 등의 현상으로 나타나는 문화운동으로 표출되고 있다고 본 점이다. 중추계급이 조성될 수 있으며, 그 조성의 동력이 '교육'과 '문화'라는 주장은 다음과 같은 현실인식의 회로에서 도출된 것이다. 즉, "양반계급의 몰락 이후로 아즉 此를 代할 만한 계급이 출현되지 못한" 조선의 현상태를 '결여'라고 간주하는 인식이 중추계급 조성의 당위성의 근거라면, 정치와 경제 영역에서 두드러진 식민지 지배의 상황에 대한 무언의 고려가 '교육'과 '문화'를 중추계급 조성을 위한 가장 핵심적인 동력으로 들게 된 근거이다. 요컨대, 러시아 인텔리겐치아론에 대한 이광수의 공명은 기본적으로 조선의 후진성 내지 주변부성에 기인한 것이라고 할 수 있다. 이광수는 그 주변성과 후진성을 오히려 지식인을 사회적 비전의 중심에 놓는 필연적인 조건으로 해석했던 것이다. 이광수가 이 글에서 중추계급의 핵심적인 자격으로 '지·덕·체'와 같은 인격적, 정신적 자질을 내세운 것은 계급 개념 안에 내재한 억압/피억압, 착취/피착취와 같은 적대적 위계를 지도—피지도의 관계로 대체하고 정당화하기 위한 것으로 볼 수 있다.

　사회적 비전의 구상과 실현에 있어 지식인 중심성 내지 주도성을 인정하는 인텔리겐치아론이 매력적일 수 있었던 것은 러시아의 상황에서 조선과의 유사성을 발견했기 때문이다. 그 유사성이 발견된 구체적인 대목은 러시아의 '유산계급'의 성격, 그리고 '지식계급'과의 관계 문제였다. 인텔리겐치아를 지식계급으로보다는 '有識' 無産者라고 해야 옳다는 진술로 시작되는 「인텔리켄치아—사회운동과 지식계급」[11)은 러시

아 인텔리겐치아의 성격을 부르주아라는 사회경제상 개념이 러시아에
서는 윤리상 부정적 성질을 표시하게 된 상황과 관련하여 분석하고 있
어 흥미롭다. 러시아에서는 부르주아와 인텔리겐치아가 일치했던 프랑
스와는 경우가 달랐기 때문에, 1870년대까지 '보통 국민파'에 의해 각
인된 인텔리겐치아는 '부르주아'라는 용어의 함의와는 정반대로 윤리
상 사회상의 이상을 취하는 경향을 보이는 초계급적 집단으로 인식되
었다고 말한다. 러시아의 특징인 부르주아 혹은 유산계급과 지식계급
의 불일치, 무엇보다 전자의 도덕적 타락과 천박성은 조선의 경우와
비슷한 것으로 인식되었다. 예컨대, 『조선일보』의 사설 「유산 무산 지
식 각계급에 대한 면면관」은 "他列國에서는 유산계급과 지식계급의 동
일한 보조를 취하는데 我朝鮮에서는 유산계급과 지식계급의 합치됨이
특별히 懸殊한 變態라할지로다"[12]라고 지적하며, 이것이 "시대의 박래
품인 사조"(곧 사회주의)가 조선에서 장래에 큰 사태를 초래할 수 있는
핵심적인 조건이라고 주장했다. 이 논자에 따르면, 유산계급과 지식계
급의 불일치는 "무식 유산계급"이라는 변태적 현상을 야기한다. 조선
의 "현금 유산계급은 하나도 재산에 상당한 지식이 유한 자가 무하다
하여도 과도한 과장적 언사"가 아니며, 이 현상은 애초에 조선의 유산
계급의 재산 축적의 기반이 구미열국의 유산계급과 다르다는 데 그 원
인이 있다고 주장한다. 서구 유산계급의 재산축적이 상공업에 기반을
둔 것인 반면, 조선의 유산계급은 과거의 신분제에 기초한 계급적 지
위를 이용하여 국고와 인민을 약탈하는 부정한 방법으로 재산을 축적
했다는 것이다. 이 사설의 논자가 지목한 대상이 친일인사라는 사실은
자명하다. 이는 그들이 재산축적을 위해 그리고 그 재산의 유지를 위

---

11) 不知菴, 「인텔리켄치아—사회운동과 지식계급」, 『개벽』 59, 1925. 5. 1860년대에서부
　　터 19세기 말까지의 러시아 인텔리겐치아 그룹의 성격과 지향을 분석하고, 마르크스
　　주의 '지식계급론'의 추이를 서술한 내용이다.
12) 『조선일보』, 1923. 1. 2~4, 1쪽, 「有産 無産 智識 各階級에 對한 面面觀」 上·中·
　　下, 중에 上.

해 어떠한 지식도 소용될 필요가 없었음을 의미한다. 더욱이 현재에도 그들은 "그 식견이 洞口와 關門에서 蓬頭赤脚으로 삼삼오오히 列坐한 노동형제보도 小毫도 우등함이 무한" 존재이며 실업계의 두취, 취체라는 인물도 "세계경제적 원리와 商戰의 실황을 연구경험 한 자"는 찾아볼 수 없다. 길가의 헐벗은 노동자와 현하 조선의 유산계급을 지식 정도상으로 보자면 유산계급이 더 나을 것도 없다는 주장은 다음의 상황에서 가능한 것이다. 첫째, 현재 유산계급의 기원인 구계급의 중요한 원천이자 유교 내지 한학이 더 이상 가치 있는 지식으로 인정되지 않았으며13) 둘째, 근대적 학교교육이 근대성의 지향을 위한 지식의 핵심적인 공급지로 인식되고 있던 상황14)이 그것이다.

그러한 "무식 유산계급"과는 대조적으로 부형의 협조로 가옥을 잡혀가며 땅을 팔아가며 지식을 수양하여 졸업장을 얻어 "세계의 추세도 대략 추측하는 바이며 정치경제법율 각과학도 今勢를 酬應할 만큼 학득하였건만은 그 포부를 실행할 문로가 隔斷"되었으며, 이것이 '시대의 박래품인 사조'에 물들 수밖에 없는 이유라는 것이다. "무지식 유재산한 계급"의 압박착취를 더 이상 참지 못하고 잠을 깬 무산계급과 貧窮欲死하는 지식계급이 "情理上 方便上 결합을" 하기 시작했다는 것이 논자의 진단이다. 이 사설은 결론적으로 "西來한 新思潮만 無하면 천하가 가히 태평할가"라고 하며, 무식 유산계급과 무산 유식계급이라는 조선의 특수한 사정 자체를 만들어내고 이를 방조한 식민지권력의 근본책임을 묻고 있다.

---

13) 박명규에 따르면, "전통적인 유교적 사유 체계는 더 이상 현실을 설명하고 판단하는 '지식'으로서가 아니라 문화적 전통과 습속의 차원에서, 다시 말해 민족적 특수성의 차원에서만 관심 대상이 되었다"(박명규, 「지식 운동의 근대성과 식민성」 121, 『지식 변동의 사회사』, 한국사회사학회, 문학과지성사, 2003).

14) 예컨대, 3·1운동의 발생 배경을 명치 43년(1910)에서 대정 7년(1918)까지의 자본주의의 발전과 학교교육 수혜자의 비약적 증가에서 찾은 김기진의 논의를 참조, 「10년간 조선 문예 변천 과정」(『조선일보』, 1929. 1. 1~2. 2), 『김팔봉문학전집』 II(홍정선 편), 문학과지성사, 15-17쪽 참조.

　　이와 비슷하지만, 춘우 박진순은 조선의 부루주아의 토대적 허약성
과 천박성, 바로 그것이 청년운동을 급진화시키되 인텔리겐차운동에 머
물게 하는 원인임을 훨씬 분석적으로 지적한 바 있다. 그는 "러시아 사
회민주노동당 1차 대표회"에서 나온 "東으로 갈수록 부르주아가 더 비
열하며 더 비겁하다"고 한 말은 사회학상 대의의가 있으며, 따라서 조
선의 부르주아에게도 "아름다운 봄철"이 도래하지 않을 것임을 단언하
였다.15) 부르주아계급 성장의 미숙은 결국에는 기본계급－자본계급과
노동계급으로 분화되고 말 지식계급의 운명을 더디 오게 만드는데, 바
로 그 이유에서 "현하 조선의 맹렬한 청년운동은 급진주의적 보조를
취하는 인텔리겐치아의 운동으로 밖에는 다른 鑑定은 줄 수 없다"는
것이다. 사회운동에 있어서 지식계급이 중심이 되고 있다는 사실은 아
래 인용문에서처럼 그 사회의 자본주의의 저발전, 그 결과 기본계급의
저성장, 민주주의제도의 미성숙을 보여주는 증좌로 간주되었던 것이다.

　　何國에나, 자본제도의 발달이 速進할수록 그의 발전에 국가가 故障을
　不與할수록, 데모크라시 제도가 확장될수록, 인텔리겐치아의 혁명열이 약
　하며 그의 '요란과 습격'의 기가 短하다. …(중략)… 청년운동이 유력한 나
　라에는 노동운동이 박약하며, 此 第2色運動이 박약한 곳에는 자본발전이
　불완전한 것은, 현재 사회학의 공리다. 그럼으로 현금 유력한 조선청년운
　동은 조선자본제도가 박약하여 인텔리겐시아(靑年)를 自己經理軌道 내로
　못 가입시켰으며 多數 靑年을 부르주아화시키지 못함을 증명하였다.16)

　　지식계급의 급진주의로의 경도가 그들의 궁핍화와 같은 사회경제적

---

15) 春宇, 「소위 지식계급의 신운동」, 『개벽』 64, 1925. 12, 춘우는 박진순의 필명이다. 노
　령 연해주 출신의 사회주의운동가이자 이론가인 박진순의 활동과 이력에 대해서는, 권
　희영, 「고려공산당 이론가 박진순의 생애와 사상」, 『역사비평』 6, 역사문제연구소, 1989.
　봄, 박진순은 이외에도 지식계급론과 관련하여 「조선의 숙려－조선사상운동자들의 계
　급적조성을 推究하면서」(『개벽』 71, 1926. 7)를 발표했는데, 사회주의 이론에 입각하여
　쓰인 주목할 만한 조선 지식계급사론으로 보인다.
16) 위의 글, 48-51쪽.

위치의 불안정성과 변화와 관련 있다는 지적은 새삼 주목을 요한다. 이
두 논의는 지식계급의 사회운동상의 지향을 윤리적 견지에서가 아니라
사회경제상의 토대와 지위 차원에서 접근하고 있기 때문이다. 「인텔리
켄치아—사회운동과 지식계급」의 논자 부지암이 지적했듯이, 1880년대
러시아에서는 인텔리겐치아를 "윤리적 견지로부터 경제적 견지로" 옮
기려는 움직임이 역력했으며, 바로 이 지점이 마르크스주의에 의한 관
점의 이동이기 때문이다. 부지암은 마르크스주의는 경제적 기초가 없
는 집단에 계급적 의미를 부여하지 않았음에도 불구하고 인텔리겐치아
만큼은 특정 계급에 소속시키지 않는 모순을 보였다고 지적한다. 그럼
에도 지식계급에 대한 마르크스주의적 관점에 의해, 인텔리겐치아에
대한 부정적 의식이 현저해졌다는 사실을 강조한다. "이코노미의 시대"
상황이 작용한 결과, 사회 경제적으로 무력한, 신분상 구별도 없는 이
집단에 대해서 의심의 눈초리를 던질 수밖에 없다는 것이다. 당대 마르
크스주의에 입각한 지식계급론은 지식계급을 중간계급으로 설정하고
있으며[17] 그 중간성은 심지어 "개구리와 같이 수륙양서적 미망"[18]이라
는 부정적으로 속성으로 서술되거나 지식계급의 현재의 행동과 사고,
의향에 대한 최종적인 판단유보의 근거가 되었다.

　박진순은 조선에 프롤레타리아트 출신의 지식계급이 출현되기를 갈
망하면서도 그러한 가능성에 회의를 표하는 논의를 펼친 바 있다. 「조
선의 숙려—조선사상운동자들의 계급적 組成을 推究하면서」(『개벽』 71,
1926. 7)는 직접적으로는 현재 조선에 "無産階級의 革命的 인텔리겐치
아"가 있다는 글을 모스크바의 『국제농민』이란 잡지에 주장한 이르쿠
츠크파 고려공산당의 창립자 중 하나인 남만춘[19]의 논의를 반박하고자

---

17) 이 밖에도, 정백, 「지식계급의 미망」, 『신생활』 3, 1922. 3; 별뫼(배성룡), 「勞資戰의
　　 埒外에 立한 중산계급의 장래」, 『개벽』 66, 1926. 2; 「사회계급의 현상」, 『조선일보』,
　　 1921. 3. 26~4. 11; 「중산계급운명론」, 『조선일보』, 1923. 12. 2~1924. 1. 5(山川均의
　　 논문 역재); 「사회의 진화와 지식계급」, 『시대일보』, 1924. 4. 4; 홍성하, 「노동운동과
　　 지식계급의 각성」, 『시대일보』, 1924. 4. 7~9.
18) 정백, 「지식계급의 미망」, 『신생활』 3, 1922. 3, 18쪽.

하는 의도에서, 더 넓게는 "現今 朝鮮 인텔리겐치아 系譜學"을 논구하
여 현재 사상운동의 의의와 사회발전의 전도를 올바르게 예상하기 위
해 썼다고 필자는 밝힌다.[20] 박진순은 현재 조선에 좌경적 인텔리겐치
아가 다수라고 진단한다. 그 이유는 아메리카주의―공화제 등 부르주
아적 이상주의의 패퇴, 궁벽한 '지식의 산업'의 상황 때문라는 것이다.
이상의 패퇴, 생활의 악화가 인텔리겐치아의 좌경화의 요인이지만, 이
들이 장차 '이상적 무산화'가 되리라는 데에는 회의를 표한다. "朝鮮産
業的 勞動階級이 우리 사회에 처음 발생된 지가 10년" 남짓한 짧은 시
기에 "말못할 搾取를 받는 無産者가 벌써 自階級의 인텔리겐치아를 産
出 못하였을 것은 사실이겠"고, 러시아나 발칸 반도의 제국을 보면 청
년시대에 마르크스주의자이다가도 장부(丈夫)가 되면 부르주아로 악화
된 사례가 이러한 회의의 근거로 제시되고 있다. 그가 보기에 프롤레타
리아적 인텔리겐치아란 "자본제도의 최고계급"인 "제국주의적 자본제

---

19) 스칼라피노·이정식, 한홍구 역,『한국 공산주의운동사 1』, 돌베개, 1986, 44쪽. 더 자
　　세하게는, 전 뷔또르,「1920년대 초 연해주에서의 고려인의 민족운동」,『한국학연구』
　　5, 인하대학교 한국학연구소, 1993, 193-197쪽 참조.
20) 박진순이 서술한 "현금 조선 인텔리겐치아의 계보학"은 3기로 나뉘며, 기본적으로는
　　서양과 일치하는 전개과정을 보인다고 주장한다. "1884~1900년간은 아방지식계급역
　　사의 제1기였으며, 1901~1920년은 제2기요, 1920년 이후는 제3기이다." 역사적으로는
　　동학당에 의한 농민대란으로 인해 조선정부는 소극적이나마 사회적 개조를 실현하여
　　노예법을 폐지하고, 타국으로부터 돌입해온 자본제도가 시골 조선에 격발하여 새로운
　　풍조가 드러온 시기가 제1기, 그리고 3·1운동이 있던 해인 기미년 전까지가 제2기인
　　데, 이 1, 2기의 이때 청년들은 구주문화의 여명을 보기위해 대도회에 집중하였고, 고
　　향을 떠나 지식의 寶鑑을 얻어 조국을 구원하려 하였다. 특히 2기는 아메리카주의―
　　공화제, 부르조아적 민주주의가 기미년전의 몽상이라면, 그 몽상이 깨어진 후가 제2기
　　라는 것이다. 흥미로운 것은 박진순은 기미년 전까지 '청년'의 지향과 심리를 대표한
　　자가 이광수와『무정』과 같은 작품이라고 이야기한다. "춘원 이광수씨가 거대한 문화
　　의 대표인물이요 오방 우경파 지식계급의 심리를 잘 반조하는 이론가로 오인은 인정
　　한다. 기미년 후 춘원의 이론적 공황의 이유가 주관적 음모에 있는 것이 아니라, 객관
　　적인 조선 부르주아, 데모크라치아파의 사적 비극에 있는 것이다."라고 주장한다. 이
　　러한 서술방식은 그가 서술하고자 하는 지식계급의 계보학이 정치적 지향만이 아니라
　　지식계급의 형성에 있어 사회문화적 맥락 속에서 고려되고 있음을 보여준다.

도” 아래서만 산출될 수 있다고 보았다.[21] 조선의 후진성 내지 주변부성은 계서제화된 자본주의의 발전정도로 구체화되었으며, 당대 조선 지식계급의 성격은 기본계급의 성장과 성격에 준해서 도출되었던 것이다.

궁핍해진 인텔리겐치아가 혁신사상에 동정을 주게 되었다는 주장의 논리적 근거로 제시된 “사회적 존재가 의식을 규정한다”는 마르크스의 명제는 지식계급론에 있어서는 어딘가 혼란스러운 구석을 보였다. 여러 논자들이 당대 조선 지식계급의 사회경제상의 지위하락이나 출구봉쇄를 사회주의 등 급진주의로의 경도 원인으로 지목하기도 하면서 한편으로는 애초에 지식계급의 출신 배경 때문에 그 사상운동의 전도에 대해서는 의문을 던진 것이다. 마르크스주의 계급이론의 쟁점이라고 하는 중간계급론 자체의 문제인지는 몰라도, 1920년대 ‘지식계급론’의 ‘지식’이 지식계급의 존재방식에 어떤 규정력을 지녔는가는 분명한 서술을 얻지 못했던 것으로 보인다.

2) 노동담론과 지식계급

오히려 당대 지식인의 사회문화적 표상을 제공했던 것은 노동담론

---

21) 박진순에 따르면, 이는 제국주의 국가만이 식민지 착취를 통해 프롤레타리아트 계급의 자녀들에게까지 학교교육의 혜택을 줄 수 있기 때문이다. 조금 더 나아가보자면, 프롤레타리아트의 계급적 각성 또한 어느 정도의 지적 능력이 밑받침되어야 하며 이는 근대 국민국가의 보통교육제도에 의해서만 확실하게 확보될 수 있다는 인식인 것 같다. 한편, 한 논자는, “현대의 노동자는 그 지식과 총명과 조직에 재하야 과거 여하한 시대의 노동자에 비하든지 실로 천양의 차이가 유하야 목하 자본주의적 전제에 대항하는 유일한 사회적 세력을 성(成)하는” 존재라고 주장한다.(「사회주의와 개인주의」, 『동아일보』, 1922. 2. 24~4. 5), 중 3월 4일(5회분) 당대의 논자들에게 있어, 프롤레타리아트의 계급적 자각이 자생적 조건에서의 그것만으로는 충분하지 않다는 사실이 인지되고 있었다. 비슷한 시기 『동아일보』 한 사설은 “보통교육이 발달하야 그 인격과 그 권리에 대한 자각이 불가피의 사실이 된다”고 말했던 것이다.(「사회주의적 운동에 대하야−참된 연구가 필요」(사설), 『동아일보』, 1922. 2. 18) 역으로 식민지 교육의 저열한 현실은 모든 사회적 문화적 영역에 있어서 지식인 중심성을 불가피하게 만들고, 엘리트주의를 암묵적으로 고양시키는 현실적 근거가 되었다.

이었다. '지식' 내지 '교육'은 부정적으로나마 그 효과가 어떻게 외화되고 있는가는 지식계급이 노동 내지 생산에 종사하지 않는 존재라는 규정과 결부되어 논의되었기 때문이다. 가장 주요한 레퍼토리는 도시에 집중되어 있는 지식계급의 '문화생활'이란 교육과 그를 통해 얻은 지식의 소산으로 당대의 조선사정에서 지식계급을 유리시키는 요소이자 그들을 기생충적 존재로 만드는 독소로 만든다는 것이다.

『동아일보』의 한 사설은 "금일 조선사회와 같이 지식에 대하여 양극단의 모순적 견해가 유행하는 사회가 없다"는, 당대 지식계급론의 곤혹스러운 효과를 단적으로 보여주는 말로 시작한다. 한쪽에서는 조선의 비운이 현대과학에 무식한 원인에 있다 하여 지식을 숭상하고 교육을 역설하는 반면, "어느 편으로 보면 소위 공부라고 하던 사람들은 노동을 체질과 경험을 가지지 못하였으니 오히려 지식을 구득하다가 그 생활을 곤궁하게 하였다는 생각까지 하게 된다"[22]는 상반된 견해가 충돌하고 있다는 것이다. 실력양성론에 의한 교육과 지식 장려논리도 널리 유포되었지만, 사회경제상으로는 지식계급의 출구가 막혀 있으며 게다가 그들이 체질과 경험상으로 노동하지 않는 존재라는 인식 또한 일반화되었음을 보여준다. 그들은, "조선의 지식계급—이른바 紳士니 학생이니 무릇 농민과 노동자 아닌 계급은 아직 아모 생산의 능력이 없기 때문에 전부 유민이오 농민의 기생충"[23]라든가 "불생산적 수양기에 있는 자"[24]로 규정되었다. 여기서 계급이론을 내세우지 않는다 하더라도, 노동하지 않는 존재, 사회적 생산에서 면제된 지식계급에게 던지는 질문이 제기된다. "도대체 너희들이 어떻게 공부할 수 있었으며, 무엇을 얻었는가."라는 '농민의 혈담', '조선민중의 많은 혈담' 등이 지식계급이 내외국의 학교에서 지식을 축적할 수 있었던 물질적 기반으로 지목되었다.

---

22) 「지식계급이여 가두에 서라」(사설), 『동아일보』, 1926. 8. 19, 1쪽.

23) 「민족적 빈궁과 지식계급, 절약과 기업」(사설), 『동아일보』, 1923. 9. 15, 1쪽.

24) 양자강, 「지식계급과 혁신운동」, 『조선일보』, 1923. 8. 19~8. 28(전10회) 중 3회, 1923. 8. 21, 1쪽.

그 수양기에 어찌 자비(自費)와 타비(他費) 또 수양한 곳이 내국과 외국됨을 물론하고 조선민중의 많은 혈담의 대가가 그들로 하야금 지식계급이되게 한 것이외다. …(중략)… 또 수양한 곳이 국외이면 현대의 국가를 단위로 한 경제생활에있어 민족적으로 다대한 손실이 있음은 더욱 명백한일이외다. 이에 다시 생각을 전하야 사회적으로 또는 개인적으로 볼지라도 어느 노동자의 노동으로부터 생산된 가치를 불생산적 수양기에 있는 자에게 공급하여서 그만한 지식을 얻게 한 것이니 일인의 지식계급을 산출하기위하야 幾十人少하여도 幾個人이 불유쾌한 分量에 過한 노동 혹은 건강을해하고 혹은 생명까지 상해하는 노동에 강제된 것이외다.[25](강조—인용자)

1920년대 들어오면서 노동문제에 대한 인식은 이전 시대의 노동의 보편적인 의미를 강조하는 관점에서 점차 사회적 관계에 입각하여 노동을 파악하는 근대적인 것으로 점차 변화했으며, 여기에 사회주의의 수용이 결정적이었다.[26] 위 인용문에서도 노동과 생산의 차원에서 특정 사회집단의 위치, 그리고 다른 집단과의 관계가 파악되고 있음을 볼 수 있다. 덧붙여 당대 담론 상에서 '육체노동' 내지 '근육노동'의 위상이 높아졌기에, 지식계급이 사회적 생산과 노동에서 면제되거나 유예된 존재라는 인식은 다분히 윤리적 비난의 함의 또한 띠고 있었다. 그들은 단지 노동하지 않을 뿐만 아니라 그들이 받은 교육은 농민과 노동자의 노동과 희생 덕분이라는 논리에 의해, 지식계급의 무노동은 '일국적' 차원의 경제규모에 입힌 손실과 그 상쇄라는 차원에서 양화된다. 더욱이 여기에 "조선인은 세계적 빈민이다"[27] "조선민중이 세계적 무산계급"[28], "철저한 빈궁—그러타 철저한 빈궁이다—은 오즉 조선인 경제의 특이한 상태이다."[29]라는 식으로 조선(인)이 그 자체로 '빈민'과

---

25) 양자강, 「지식계급과 혁신운동」, 『조선일보』, 1923. 8. 19~8. 28(전10회) 중 3회, 1923.
   8. 21, 1쪽.
26) 김경일, 「노동운동의 이데올로기」, 『일제하 노동운동사』, 창작과비평사, 1992, 369-
   426쪽 참조.
27) 「민족적 빈궁과 지식계급, 절약과 기업」(사설), 『동아일보』, 1923. 9. 15, 1쪽.
28) 「사상계의 삼대조류, 결국은 생존권 확보」(사설), 『동아일보』, 1923. 4. 12.

'무산계급'의 집단적 표상이 될 때, 생산하지 않는 지식계급은 더욱 부정적인 것으로 서술될 수밖에 없었다. 설상가상으로 노동자와 농민의 '혈담'이 지식계급의 학업에 소용되었을 뿐만 아니라 처첩의 사치스러운 옷과 장신구, 몸치장과 사교생활에 쓰이고 있다고 비난받기도 했다.[30] 민중의 혈담의 대가로 얻은 지식이 민중을 위해서가 아니라 순전히 지식계급의 사적이고 비생산적인 생활 방식으로도 외화되고 있다는 것이다.

좀더 좌파적인 논객들은 이러한 지식인의 생활방식을 부르주아적인 것이라고 비난하였다. 부르주아(적)이라는 것은 사회주의에 의해 거부해야 할 사고와 규범, 생활방식 등의 총칭이었는데, 지식계급의 부정적인 존재양태를 지칭하는 용어로 곧잘 쓰였다. 예컨대, 김기진은 「향당의 지식계급 중학생」이라는 글은 다음의 일화에서 시작한다. 경성에서 중학을 졸업하고 시골로 내려가지 않고 남아서 xx회에 다니며 월급 30원을 받고 도시생활을 하고 싶은데, 어떻겠느냐는 한 청년의 물음에 대해, 김기진은 "시골에는 양복쟁이도 적고 전차도 없고, 극장도 없고, '카페—'도 없고, 창부형의 신여자도 없고, 사치와 번화와 유행도 없겠소. 만은 시골로 가시오. 나도 불원간 시골로 가기를 약속합니다. 나는 군의 경성에서의 소위 피상적 생활의 독립을 반대합니다. 고쳐 생각해 보시오. 서울서 30원 벌려거든 시골 가서 10원만 벌더라도 거기 계시오."[31](강조—인용자)라고 답했다고 한다. 김기진이 명명한 "향당(鄕黨)" 혹은 "지방"의 "지식계급 중학생"이란 "내지의 최고학부 전문학교를 졸업한 이들과 그 외 독학면려하여 비슷한 정도의 머리를 갖고 있는 분들"과 같이 "도회에 집중된 지적 중심을 제외한" 조선의 식자들을 일컫는다. 중학생 정도만 되어도 조선의 식자들이라고 할 수 있으나, 이들의 대다수가 졸업 후에 상급학교로 진학할 계획도 없으면

---

29) 「조선의 특이한 처지와 이에 대한 특이한 구제책」, 『개벽』 31, 1923. 1.
30) 「민족적 빈궁과 지식계급, 절약과 기업」(사설), 『동아일보』, 1923. 9. 15, 1쪽.
31) 김기진, 「향당의 지식계급 중학생」, 『개벽』 58, 1925. 4. 1.

서 오로지 "도회생활"을 하려고 남아 있다는 것이다. 도시/시골을 지적으로 위계화된 공간임을 기정사실화한 김기진은 중학 졸업생의 귀향 내지 귀농을 강하게 촉구한다. 왜냐하면, "퇴폐적 문화의 결정체"인 도시에 남아 있는 이상 "세기말적", "공상적", "부르주아적 속성"―통칭 "구하여 볼 수 없는 그릇된 문화병"의 중독에서 벗어나지 못할 것이기 때문이다. 부르주아적인 것이란 도시를 기반으로 한 소비문화의 향유와 동의어로 쓰였다.

한 논자에 따르면, 교육 정도와 재산·소득 정도를 아울러 고려하여 정의된 '중등계급'은 그들이 누리는 '문화' 때문에 존재의 불안성이 더 커질 수 있다고 지적했다. 왜냐하면 중간계급은 계속해서 그 수가 증가함에 따라 경쟁이 격렬해지고 생활이 불안해지는데 그 소득이 "문화의 발달"을 누릴 만큼 되지 않기 때문이라는 것이다.[32] 이처럼 문화란 지식계급의 정체성 구성에 있어 핵심적인 것이면서도 자신에 부여된 사회적 책무와 주변 현실로부터 유리시키는 허위의식과 자기기만을 조장하는 기제로 이해되었다. 특히 도시문화란 지식계급의 민중과의 구별짓기, 그들에 대한 경멸의 근거이기도 하다고 양자강은 지적한다. "서양류의 과학문명을 학득한 청년남녀이오 대개는 전문 학교이상의 교육을 수한 자들"로 "현재 그 총수가 오육만에 불과한" 조선의 지식계급은 "심약한 기질에 肉色이 창백한 것으로 모든 外飾이 유행에 뒤지지 아니하는 것으로 그들은 큰 행세꺼리로 알고 의복의 먼지를 붙여 공장의 직공과 토산 농민을 보면 구역질을 하는 것이 그들의 심정이며 의복이 남루한 자를 대하야 갑자기 자신이 더욱 고귀하여"짐을 느끼는 존재인 것이다.[33]

근대 도시문화에 대한 비판은 '민족'을 대표하는 집단적 정체성으로서의 농촌―농민의 범주의 성립, 그리고 그에 따른 지식계급의 위상 재

---

32) 「사회계급의 현상」, 『조선일보』, 1921. 3. 26~4. 11 중 3. 31(5회).
33) 양자강, 「지식계급과 혁신운동」, 『조선일보』, 1923. 8. 23, 24(5, 6회).

조정이라는 맥락과도 무관치 않았다. 클라크 소렌슨은 한국에서는 1920년대에 들어서야 생산관계 내의 위치로서의, 즉 계급으로서의 농민이라는 범주가 형성되었지만, 이 과정은 식민지적 맥락에서 농민이 민족의 재개념화 과정의 일부가 되는 과정이기도 했다고 지적한다. 이는 도시와 농촌의 격차가 단지 근대적 문화의 격차만이 아니라 일본인이 인구의 일부를 구성했던 한국의 주요도시에 비하자면 농촌은 상대적으로 순수한 민족의 보고로, 민족의 원형이 간직된 곳으로도 상상되었기 때문이다.[34] 후에 살펴보겠듯이, 농촌의 일원으로 투신하는 지식인의 초상이 프롤레타리아트의 일원이 되는 것보다 훨씬 더 설득력 있고 서술 가능한 것이었던 이유는 여기에 있었다.

3) 자기정의(self-definition) 담론으로서의 지식계급론

지식인의 성격과 기능이 다른 사회적 존재와의 관계성에 입각하여 서술되기 시작했다는 것, 그러는 한 다른 사회적 존재에 대한 서술성이 강화될수록 지식인 자신에 대한 서술성 또한 강화될 수밖에 없다는 것에 주목해 볼 필요가 있다. 정언명령적인 대사회적 아젠다나 백과사전식 지식을 나열하는 것으로도 충분했던 전시대의 지식인의 자기정의 방식은 더 이상 통용될 수 없었다. 사회주의자들은 언론지상을 종횡하는 아젠다가 사회적 관계성의 맥락을 고려할 때도 정당화될 수 있는 것인지를 입증하라고 주장했기 때문이다. 예컨대, 1922년 김윤식 사회장사건[35]이나 1923년 물산장려논쟁[36]은 '김윤식사회장'과 '물산장

---

34) 클라크 소렌슨, 신기욱·마이클 로빈슨 엮음, 도면회 역, 「식민지 한국의 '농민' 범주 형성과 민족 정체성」, 『한국의 식민지 근대성』, 삼인, 2006, 참조.
35) 여기에 대해서는 박종린, 「김윤식사회장 찬반논의와 사회주의세력의 재편」, 『역사와 현실』 38, 한국역사연구회, 2000. 12; 김현주, 「3·1운동 이후 부르주아 계몽주의 세력의 수사학—'사회', '여론', '민중'을 중심으로」, 『대동문화연구』 52집, 성균관대 대동문화연구원, 2005, 「김윤식 사회장 사건의 정치문화적 의미—'사회'와 '여론'을 둘러싼 수사적 투쟁을 중심으로」, 『동방학지』 132, 연세대 국학연구원, 2005; 임경석, 「운양 김

려'라는 대사회적으로 제기된 아젠다가 과연 대사회적인 것인지에 의
문을 던지면서 촉발되었으며,[37] 이 논쟁을 야기한 사회주의자들은 각
각 '조선귀족', '자본가', 이들의 계급적 이해관계가 두 아젠다의 본질
임을 폭로했다. 우연찮게도 이 둘은 조선의 '지식계급'의 성격 규정에
있어 필수적인 참조틀인 '유산계급'이었다. 두 논쟁은 조선의 '유산계
급'에게 그 태생시의 결함에서부터 현재의 문제에 이르기까지 대강의
내러티브를 부여하는 효과를 낳았다. 또 하나는 누구를 대변하고 있는
가였으며, 이 논쟁은 다양한 이념적 스펙트럼이 혼재되어 있었던 사회
주의 그룹 내부에 사상적 명료화를 강제하는 효과를 낳았다. 주종건은
과학적 사회주의를 표방하면서 생산력의 발전을 위해 물산장려운동을
해야 한다고 주장한 나경석을 두고 이렇게 자문자답한다. "무산대중
은, 적어도 혁명적 무산계급은 그를 가리켜 무엇이라 할까"라고 힐문
한 후 "부르주아의 대변자가 아니면 一知半解의 위변자라 할 것이오
또한 마르크스의 백골이 지하에서 그 곡해를 냉소할 것이다"고 자답
하였다.[38] 그리고 주종건은 이 사안을 무산대중의 계급의식 각성을 위
한 절호의 기회를 삼아야 한다고 주장하면서 긴 기고문의 끝을 다음
과 같이 맺는다.

　　　여하간 금일의 조선에 처하야 무산계급의 선구자에 대하야 가장 要急한

　　　윤식의 죽음을 대하는 두 개의 시각」, 『역사와 현실』 57, 한국역사연구회, 2005; 최선
　　　웅, 「1920년대 초 한국공산주의운동의 탈자유주의화 과정—상해파 고려공산당 국내지
　　　부를 중심으로」, 『한국사학보』 26, 고려사학회, 2007, 참조.
36) 윤해동, 「일제하 물산장려운동의 배경과 그 이념」, 『한국사론』27, 서울대 국사학과,
　　　1992; 류시현, 「나경석의 '생산증식'론과 물산장려운동」, 『역사문제연구』 2, 역사문제
　　　연구소, 1997; 박종린, 「1920년대 전반기 사회주의사상의 수용과 물산장려논쟁」, 『역
　　　사와 현실』 47, 한국역사연구회, 2003.
37) 여기에 대해서는 특히 김현주의 앞의 글 참조.
38) 주종건, 「무산계급과 물산장려—나공민군의 『물산장려와 사회문제』 及 기타에 대하
　　　야」, 『동아일보』, 1923. 4. 6~4.17 중 8회분. 4·13 나경석과 주종건의 자세한 논쟁내
　　　용에 대해서는, 윤해동, 박종린, 류시현의 앞의 글 참조.

문제는 환경에서 정신적으로 자기를 분리하야 그 자기의 존재를 선명히 의식함과 그리하야 계급적으로 자각한 선구자를 적극적으로 활동적으로 전투적으로 '조직'함에 있지 아니할가.[39]

박종린에 따르면 이는 전위조직의 필요와 중요성을 내비친 것이다.[40] 이것을 '부르주아의 대변자'로 규정된 나경석과는 다른 주종건들의 존재적 성격 규정으로도 볼 수 있다면, 물산장려운동논쟁은 논쟁을 촉발시킨 발화자의 자기정의를 위한 것이기도 하다. 물산장려운동이라는 아젠다의 발화자의 위치를 사회·경제적으로 맥락화함으로써 아젠다의 진정성에 타격을 가하는 수사학을 취했다. 따라서 안티 아젠다의 발화자의 위치가 그들과는 다르다는 것을 제시할 때 설득력을 확보할 수 있음은 당연하다.

그런데 "환경에서 정신적으로 자기를 분리하야 그 자기의 존재를 선명히 의식함"이야말로, 사회주의 '지식인'의 자기정의이면서도 별도의 자기정의를 요청하는 대목이지 않았을까?

주종건의 위와 같은 주장은 몇 달 뒤에 쓰여진 「국제무산청년운동과 조선」(1923. 9)에서 다시 제기된다.

특별한 준비가 없이, 대중적 무산청년운동을 이룬다하면, 그는 階級的의 運動이 되지 못하고, 마침내 중간계급의 운동 부르주아적 급진청년의 운동에 용해되여 타락되고 말 것이다. 그러므로, 대중적 무산청년운동을 일으키는 준비로도, 우선 本陣의 완성, 다시 말하면 環境에서 精神的으로 자기를 분리하야, 그 자기의 존재를 선명히 意識한, 階級的으로 自覺한, 先驅者의 組織을 완성함이 目下에 잇서 가장 필요한 일일가 한다. 청년을 떠나서는, 도저히, 階級的, 革命的의 無産者를, 구할 수 없는 朝鮮에 있어서는, 組織된 先驅者는, 本陣인 동시에 別動隊의, 核心이 되고 指導者가 될 것이다.[41](강조-인용자)

---

39) 주종건, 「무산계급과 물산장려」 12, 『동아일보』, 1923. 4. 17.
40) 박종린, 앞의 글 참조.

이기훈은 물산장려운동 논쟁을 계급, 민족, 청년 등의 개념과 범주들의 의미를 놓고 격렬한 논쟁을 벌인 사례로 지적하면서, 위 주장을 1920년대 중반까지 사회주의 세력 내부에서는 상당한 공감을 얻었던 '전위로서의 청년'상을 제시한 것으로 본다. 이때 청년성은 프롤레타리아 계급성에 준하는 혁명적 잠재력으로 해석되었던 것이며, 청년성과 계급성을 매개하는 핵심적 기제는 계급의식의 '자각'이었다고 지적한다.42) 좀더 주의 깊게 살필 것은 주종건의 논의에서 청년은 프롤레타리아적 계급성을 내면화하기 위한 더할 나위 없이 좋은 조건으로서의 세대성만이 아닌 그 이외의 맥락을 부여받고 있다는 점이다. "環境에서 精神的으로 자기를 분리"한다는 것은 무엇을 뜻하는가를 물을 필요가 여기서 생긴다. 중간계급이나 부르주아 가정의 출신이라 하더라도 사회적 존재의 규정성으로부터 해방될 수 있는 사상과 의식을 지니고 있다는 의미는 아닐까? 인텔리겐치아가 사회적 존재로서의 애초의 규정성으로부터 자신을 분리시킬 수 있는 것은 그러한 사상과 의식의 힘 덕분이라는 것이다. '청년'을 '인텔리겐치아'로 호환하여 써도 크게 지장이 없는 이유는 이 때문이다. 실제로 청년과 인텔리겐치아는 "인텔리겐치아 청년"이나 "인텔리겐치아(청년)"처럼 병기되어 쓰이기도 했다. 이러한 호환가능성은 이 둘이 사회적 제 관계에서의 위치가 고정되지 않은 데서 파생된 유동성과 변화가능성과 같은 공통된 특성을 부여받은 데서도 생겨난 것이자 애초에 '청년'이란 세대성의 규정 또한 제도화된 학교교육이나 신문·잡지나 단체 등이 매개된 계몽의 회로를 통한 근대적 지식과 근대성의 추구가 내포되어 있기 때문이다. 바꾸어 말해, '청년'의 '인텔리겐치아'로의 호환가능성은 근대적 시간의식에 입각하여 창출된 이념형 '청년'이 그 물질적인 기반으로서의 교육과 교육받을 수 있는 사회경제적 조건을 은폐한 데서 구성된 것임을 말해준다.

---

41) 주종건, 「국제무산청년운동과 조선」, 『개벽』 39, 1923. 9, 10쪽.
42) 이기훈, 「일제하 청년담론 연구」, 서울대 박사논문, 2005, 140-152쪽 참조.

다시, 프롤레타리아도 아니면서 혁명적 프롤레타리아의 의식을 소유한 자, 사회주의 지식인에게 있어서는 환경(존재)으로부터 분리된 이 '의식'—마치 유체이탈을 연상시키는—의 정당성을 증명하는 것이 자기정의의 최대 관건이었는지도 모른다는 것에 주목해보자. 여기서 "물산장려논쟁에 참여한 사회주의자들은 모두 조선의 현실과 사회주의 혁명에 대한 자신들의 논지를 마르크스와 레닌의 여러 저작들에 기대어 주장하였다"[43]는 사실은 그들 사이에 마르크스주의에 대한 상당한 견해 차이가 존재하며 그중 어느 것이 그 해석에 있어 정확하며 조선의 실제 현실에 부합했느냐는 맥락에서도 중요하지만, 마르크스주의의 온전한 수용과 이해 정도가 이들의 자기정의에 있어서 가장 핵심적인 요소였음을 보여준다. 1920년대 초중반 가장 정력적으로 전개된 것으로 보이는 사회주의 관련 원전 번역활동[44] 또한 한편으로는 사회주의의 선전을 위한 것이었지만, 사회주의 지식인으로서의 자기존재를 증명하기 위한 일환이었다고 할 수 있다. 그들의 카운터파트너는 이것을 잘 간파하고 있었던 것 같다. 이 논쟁에 나선 지식인들이 스스로를 '과학적 사회주의자'라고 추켜세운 그 대목을 비판의 근거로 삼았던 것이다.

주종건의 「무산계급과 물산장려」의 연재가 끝난 바로 직후인 1923년 4월 20일자 『동아일보』 사설[45]은 주종건의 주장을 너무도 적절하게 새로운 "선도자의 이론"으로 파악하였으며, 주종건의 논의를 이론과 개념에 현혹된 원전주석 비평쯤으로 간주하는 내용이었다. "십구 세기 이후로 지식이 발달한 정도는 전 인류가 과거에 쌓은 전부 지식에 대하여 월등하다고 한다. 는 말로 시작된 이 사설의 요지는 다음과 같다. 산업혁명 후 생산조직의 대변혁으로 생겨난 생활의 불안이 그 지식욕

---

43) 박종린, 앞의 글, 81쪽.
44) 홍영두, 「마르크스주의 철학사상 원전 번역사와 우리의 근대성」, 『시대와 철학』 14, 한국철학사상연구회, 2003; 박종린, 「일제하 사회주의사상의 수용에 관한 연구」, 연세대 박사논문, 2006, 참조.
45) 「선도자와 민중의 실제 생활—근대 우리 사회에 현출되는 선도자의 이론을 듣고」(사설), 『동아일보』, 1923. 4. 20.

구의 기원이라고 할 때 그 지식은 "현실생활에 밀접한 생활동기"에서 발생한 것이며, "지식의 적용은 시대와 처지를 절대 조건으로 아니할 수 없다"는 것이다. 영국이나 일본의 노동운동에 적용되는 이론을 그 나라들과 조선의 "시간적 차이"를 무시하고 적용해서는 안 되는 것이다. 왜냐하면 공장노동자라고는 전무한, 게다가 "민족적 압박에서 도출된 민족적 감정이 위대"한 조선에서 "타사회와 동일한 계급의식의 자각을 기망하는 것은 공상중 공상"이자 다수 민중의 실제 생활과 그 이익과는 거리가 멀기 때문이다. 이렇게 볼 때 조선 사회에 새로운 선도자는 "지식의 향락자와 개념숭배자"일 뿐이라고 비판한다. 사회주의를 현실과 유리된 공상적 이론으로 매도하는 반사회주의 담론의 모티브로 일괄할 수 있으나, 식민지 조선의 사회주의는 그야말로 위화감과 불편함을 끼칠 정도로 도도한 '근대 지식의 권화'로 간주되었던 것을 알 수 있다.

이 사설은 새로운 "선도자 이론"인 사회주의를 민중의 실제생활 문제에 초연할 수 있는 "착취계급"에게나 가능한 "진리를 위한 진리", "예술을 위한 예술"에 견준다. 이러한 비유법은 의도한 것 이상을 시사한다. 1923년을 전후로 뚜렷하게 대두한 "지식계급론"은 1920년대 초반 동인지 문학의 예술을 위한 예술을 정당화하기 위한 가장 유력한 기제였던 "예술가 소설"에 비견할 만한 위상을 갖고 있다고 판단되기 때문이다. 동인지 문학 시대의 소설은 대개가 사회적으로 이해받지 못하는 예술가 또는 지망생이 주인공으로 등장하여, 예술을 한다는 것은 어떤 가치가 있는가에 관한 서술이다. 즉 예술가소설이란 근대문학이 충분한 사회적 승인을 얻지 못한 상태에서 예술가로서의 확고한 자기정의를 통해 자기확신을 얻고 대사회적으로 자신의 존재감을 각인시키려는 소설형식이었던 것이다. 이와 관련하여, 지식계급론이 부상한 시기는 시사하는 바가 많다. 1923년만 보더라도 형평사창립, 경성양화직공의 파업 등 사회운동에 본격적으로 민중이 진출하던 시기였으며 무엇보다 전조선청년당대회 개최, 화요회의 전신인 신사상연구회, 토요회의 창립과 같은 사회주의 지식인의 조직활동이 본격화되던 시점이었다. 바로 이 시점에 지식계급론이 부상했던 것이다. 그밖에도『백조』를 내파한 김기진·박영희 등에 의한 신경향파 문학의 제창, 그리고 1922년『조선지광』과『신생활』의 등장 등 미디어를 매개한 사회주의 문화가 형성되고 있었다. 초기 사회주의 운동과 거의 동시에 등장한 지식계급론은 사회주의 지식인들의 자기정의, 따라서 자신은 왜 사회주의자가 될 수밖에 없으며, 왜 그 운동에 동참해야 하는가에 관한 사회적 설득의 담론 형식이었다.

왜 고등교육 내지 중등교육을 받은 엘리트가 무산계급의 운동에 동참해야 하는가는 왜 민족이란 대의에 헌신해야 하는가를 설명하는 것보다 난제였다. '민족'이 '소속'이나 '공유'의 감각에 기초해 있는 이상, 그것을 위한 헌신은 자신은 물론 자신의 소속된 집단—가족, 고향—을 포함한 동심원적 비전과 관련된 것으로 인식될 수 있었다. 반면에 소속집단이기는커녕 지식인 자신의 삶의 경험적 지평과도 거의 무관한 무산계급의 미래를 위해 왜 나서야 하는가에 대한 설명은 사회현실과 변화에 관한 총체적 인식을 종합적으로 제시하지 않는 이상 어려웠을 것이다. 지식계급론은 자본주의 몰락과 혁명의 거대서사의 주연들, 즉 유산계급과 무산계급 사이의 존재인 지식계급의 운명은 그들 중 하나의 운명에 종속되어 있으며 거대서사의 대미를 장식하는 주인공은 무산계급이 될 것이라는 내러티브를 제공했던 것이다. 그리고 러시아에서 혁명을 이끌어낸 인텔리겐치아와 서구 사회주의 운동에 가담한 지식인의 존재는 그 자체로 이 거대서사의 정당성을 입증해주는 것으로 인식되었다. 예컨대, 인도주의적 논조로 사회주의에 대한 이해를 촉구한 한 논자는 "자본주의적 구사회를 타파하고 인격을 인격으로 인정하야 신사회를 그 중으로부터 발달케 하고저 하는 운동에는" 노동자만이 아니라 "각종계급으로부터 보완병이 운집"하는데, "소실업가" "자유직업자라 칭하는 지식계급의 무산자"들이 그들이며, 사실 이들은 노동자와 동일한 운명을 갖고 있다고 이야기한다. 이 논자는 특히 "자산계급 내의

142

양심적 각성을 하는 자"가 가담하고 있는 것에 주목한다. "소위 상부계급의 분자가 그 하부계급의 해방을 위하야 來戰하게 되는 것은 확실이 그 상부계급의 패멸을 의미하고 표방하는 것"이기 때문이다.[46]

3. '지식' '계급'의 역학, 지식인 표상 창출의 메커니즘

'계급' 개념의 수렴은 주체를 사회적 관계성에 입각해 이해하고자 하는 인식 태도를 보편화시키는 중요한 계기였다. 여기서 사회적 관계성은 특정 주체의 사고와 행위의 동인을 유추할 수 있는 근거가 된다. 사회적 관계성을 관통할 때, 주체의 정신적 물질적 자기표현이 인과관계적으로 서술 가능하게 된다는 점에서 내러티브의 가능성이 생겨나게 된다.[47] 그런데 여기서 지식계급이 무산자화되어 그러한 의식을 갖게 된다는 "지식계급론"의 가장 소망스러운 내러티브를 충실히 좋아간 소설은 1920년대 지식계급론이 대두하던 시기에 동시에 나온 김기진, 박영희 등이 쓴 초창기 신경향파 소설에서만 발견된다는 사실을 환기할 필요가 있다. 1930년대 중후반 본격적으로 나오는 전향소설이 극명하게 보여주듯이, 사회주의 지식인은 오히려 사상문제에 회의를 갖게 되었을 때 갑자기 궁색한 삶의 조건을 곤혹스럽게 대면하게 되거나 생활을 발견하게 된다. 가장 흔한 예로는, 이제 "주의자"의 세계를 떠난 지식인은 가부장으로서, 성인 남성으로서 위축된 자기의 모습을 발견하고 어쩔줄 몰라한다. 마치 '사회주의'가 그러한 자신의 처지를 망각하게 만든 최음제였다는 듯이 그려지기조차 한다. 사상에 회의를 갖게 된 것이 먼저인지, 가난해진 것이 먼저인지 아니면 애초부터 가난했는지

---

46) 「사회주의와 개인주의」, 『동아일보』, 1922. 2. 24~4. 5, 3. 6(6회).
47) 이와 관련하여 필자는 1920년대 '하층민으로의 이동'이 왜 소설미학상의 변화인가 대해서 거칠게나마 논한 바 있다. 『한국 근대소설과 섹슈얼리티의 서사학』, 소명출판, 2007, 276쪽.

는 분간하기 힘들지만, 궁핍한 삶의 조건이 지식인들의 사상을 더욱 강고한 것으로 만든다는 설정은 찾아볼 수 없다.[48] 이러한 현상은 소위 '전향'의 시대에 고안된 레퍼토리이기 전에 '지식계급'의 자기정의에 내재한 '지식' '계급'의 역학에 의한 것이며, 계급이론의 적용대상이 지식인 그들 자신이 되었을 때는 어떤 편치 못한 곤혹스러움이 존재했다는 것을 보여준다. 단적으로 민중과의 동일시, 무산계급과의 동일시는 어딘가 불편했던 것이다. 「소설과 민중」에서 염상섭은 이렇게 말한다.

> 유산무산 계급의 차이는 현세적 영예와 감각적 쾌락을 탐구하느냐 구복을 위하야 전생애를 임금노예에 희생하느냐는 구별이 잇슬 따름이오 본질에 잇서서는 물질적 동물적 생애의 충족을 최고 최후의 생활 목표로 하고 따라서 배타적 자기본위의 생활을 영위한다고 볼 수 있다. …(중략)… 이와 가티 생각하면 오늘날의 문예라는 것은 결국에 소수의 인텔리겐챠—를 상대로 한 것이라고 할 수밧게 업다. 그들은 인생에 대하야 비판욕도 잇고 비판력도 잇스니 인생비판욕이라는 것이 문예애호욕이 되고 인생비판력이 문예감상력으로 나나타는 것이다. 그것은 문예의 중심작용이 인생비평에

---

48) 일찍이 진덕규는 출신 계급에 따른 지식인과 이데올로기적 지향의 유형화는 1920년대 한국사회에서 사회주의적 이데올로기를 수용했던, 그리고 그것을 국내로 유입했던 다수의 유학생들이 중간층 이하의 사회배경과는 직접적인 연관이 없다는 사실을 설명할 수 없게 된다고 지적한 바 있다. 진덕규, 「식민지 지식인의 사회구조적 성격과 이데올로기적 연관성에 대한 분석논리 (I)」, 『현상과 인식』 13, 한국인문사회과학회, 1980, 43쪽. 이를 조선공산당사건 관련자들의 사회경제적 배경을 조사분석하여 실증적으로 보여준 최근 전상숙의 연구도 비슷한 결론을 도출한다. 한국의 초기 사회주의 운동가들의 거주지는 경성에 집중해 있었으며, 학력상 해외 유학 경험자도 상당한 수에 이르고 전문학교 이상의 교육을 이수한 사람이 46%에 이르러, 교육수준만 보았을 때 최고 엘리트층에 속하는 인물들이었다. 그 직업상 분포도 지식인들만 종사할 수 있는 직업인 언론기관에 절대다수가 종사하였으며, 재산정도를 확인할 수 있던 사람들 중 62% 정도가 중상류 이상의 생활수준을 누리고 있었음을 보여준다. 물론 전상숙에 따르면, 후반으로 갈수록 사회주의 지식인은 그 생활수준은 낮아진 것으로 나타나고, 직업상 분포 또한 언론기관은 사회주의 지식인에게는 문호가 닫히는 등의 변화가 있지만, 전반적으로 중등교육 이상의 교육을 받을 수 있는 출신환경을 갖고 있는 것만은 분명한 듯하다. 전상숙, 『일제 시기 한국 사회주의 지식인 연구』, 지식산업사, 2004, 80-103쪽, 189-208쪽 참조.

잇기 때문이다.[49]

「소설과 민중」의 전편 격인 「조선과 문예·문예와 민중」에서 염상섭은 "정치적 경제적으로 보아서 이대계급으로 분류함에는 누구나 의문이 없다. 또 그 중간적 '인텔리겐이차'를 경향에 따라서 양개 계급에 分屬시키는 것도 당연한 일"이라고 한다. 즉 계급론의 기본 얼개를 인정하면서 염상섭의 논의는 출발한다. 하지만 이러한 계급분류는 "외면적 생활사정에만 의한 분류일 뿐 그 내면적 생활에 있어서는 "인텔리겐차"는 인텔리겐차로서의 "獨身의 境地를 가지고 있다"고 주장한다. 그 독신의 경지란 "자기의 교양과 세련된 취미성정"이라 말한다.[50] 염상섭은 계급론의 얼개를 따르면서도 지식인을 사회경제적 차원에서 규정한 마르크스주의의 지식계급론에 의해 폄하되거나 세속화된 특성—정신적이고 지적인 역능을 거꾸로 적극적으로 옹호하는 논법을 취했던 것이다. 더 나아가 "중간적" 존재를 오히려 '비판력'을 요체로 하는 총체성을 획득할 수 있는 가능성의 위치로 보았다. 「조선과 문예·문예와 민중」에서 인생을 보는 "내용"이 양대 계급과 다르다는 이야기가 아니라 그 "방법"이 다르다고 말한 그는, 다른 두 부류는 인생을 수직적으로 보는 반면 '인텔리겐치아'는 인생의 "평면적 전폭 또는 전후좌우"로 보며, "인생을 좌우로 본다는 것은 자기와 어깨를 나란히 한 사람을 본다는 말"이라고 주장한다.[51] 염상섭의 논리는 그대로 근대 소설 양식의 핵심에 맞닿아 있다. 그런데 염상섭은 이 시각의 수평성이란 지나쳐서 물신숭배에 빠지거나 너무 없어서 口腹에만 골몰하지 않을 정도의 경제적 기반이 있어야 유지될 수 있다고 생각했다. 염상섭이 자신의 작중 주인공인 중간계급—지식인을 룸펜 프롤레타리아로까

---

49) 염상섭, 「소설과 민중」(『동아일보』, 1925. 5. 27~6. 3), 『염상섭전집』 12, 민음사, 1987, 135-136쪽.
50) 염상섭, 「조선과 문예·문예와 민중」(『동아일보』, 1928. 4. 10~4. 17), 위의 책, 131쪽.
51) 위의 책, 132쪽.

지 전락시키지 않은 이유는 여기에 있다. 인생을 좌우로 볼 수 위치란 단지 인식의 방법론상만으로 확보될 수 있는 것은 아니라는 것을 수긍한 데서 염상섭은 "낭만적 거짓"을 거절할 수 있었다. 이는 동시에 염상섭이 래디칼한 개인주의자의 초상을 『만세전』을 끝으로 단념하게 되는 것과 짝을 이룬다.[52] 이인화란 존재는 자신을 둘러싼 모든 사회적 관계로부터 의식적으로 단절시킨 자아이며, 이 의도된 단절은 아예 가족과 집과 고향과 조국, 심지어는 연인마저 떠나는 것으로 외화된다. 이것이 소설의 끝일 수는 있어도 소설의 시작일 수는 없었다. 왜냐하면 그러한 자아란 자신의 태생에서 비롯된 주어진 정체성을 환기시키는 그 모든 것과의 관계맺기의 거절을 통해서만 유지될 수 있는데, 역설적으로 그러한 관계 없이는 자기 자신에 대한 서술 또한 불가능하기 때문이다. 『삼대』의 세계란 바로 사회적 관계성이 전면화된 세계이고, 그 관계성이야말로 『무화과』와 같은 후속편이 나올 수 있었던 생성의 태반(胎盤)이라고 해도 과언이 아니다. 그런데 사회적 관계성의 '매개'가 무엇인지에 대한 끊임 없는 의식 속에서만 그 관계성과 자신의 위치를 고정불변의 것으로 자연화하거나 사회적 관계성을 자신의 편의대로 처리하면 그만인 수동적인 환경으로 전락시키는 위험에서 벗어날 수 있다. 나는 염상섭이 의도적이든 아니든간에 결코 브나로드식 소설 따위를 쓰지 않은 이유, 더 적확하게 말하자면 언제나 도시를 떠나지 않았던 이유가 여기에 있다고 생각한다.

여기서 염상섭보다 사회주의적 비전을 적극적으로 고려했던 심훈이 걸어간 길은 지식인의 자기정의에 있어서 '계급' 개념의 함수관계를 착잡할 정도로 투명하게 보여주고 있음을 이야기할 필요를 느낀다. 『불사조』[53]의 인쇄직공 노동자 강흥룡은 자신의 아버지가 죽을 때까지 비부

---

52) 이에 대해서는 이혜령, 「조선어·방언의 표상들―한국 근대소설, 그 언어의 인종주의에 대하여」, 『사이間 SAI』 2, 국제한국문학문화학회, 2007. 5.

53) 심훈, 『불사조』, 『조선일보』 1931. 8. 16~12. 29, 이 글에서는 『심훈문학전집 3』(탐구당, 1976)을 텍스트로 삼도록 한다.

노릇을 한 김장관의 아들 김계훈의 바이올린 연주회장에서 형사에게 잡혀간다. 김계훈이 앵콜에 응하지 않는다며 아우성인 군중들의 '야지'를 거들어 "여러분! 저 따위 부르조아의 자식을…" 하고 소리쳤기 때문이다. 그가 인쇄직공 동맹원이라는 사실을 이미 파악하고 있던 형사 삼정은 "날마다 출근을 하다시피하고 제일 열심히 일을 본다는데, 그 흔한 집행위원 하나 못얻어 했어?" 하고 빈정거린다. 이는 사회운동(조직)에서 지식계급/노동자의 관계는 머리(정신)/몸(육체)이라는 도식을 실현하고 있다는 것에 다름 아닌데, 이에 대한 비난이 식민지권력의 하수인의 입에서 나왔다고 지식계급과 노동자의 연대를 분쇄하기 위한 데마고그로 치부할 수 없다. 왜냐하면 심훈 자신이 이 도식을 작중에 재현하고 있을 뿐만 아니라 그러한 지식계급에 대한 의식적인 비판을 수행하고 있기 때문이다.

홍룡은 같은 감방에 수감된 "간도OO당 일파요, 그 중에는 강도 살인미수 폭발물 취체위반 같은 무시무시한 죄명을 걸머진 직접 행동패"들, 그리고 "xx사건에 앞장을 서던 기골이 장대한 북관의 청년들"에게서 감명을 받는다. 그들은 밥을 달라고 큰 소리를 치고 떠들썩하니 수다를 떨고 간수가 넣어준 책을 내동댕이치고 거들떠보지도 않는다. 그들은 "이른바 이론이나 캐고 앉았는 나약한 지식계급으로서는 근처도 가기 어려운 야수성이 충만한 것이다. 홍룡이는 그들의 성격이 부러웠다."54)

한편, 이 소설에는 '나약한 지식계급' 주의자로 정혁이 등장한다. 그는 여전히 양반논래와 첩살림을 하는 정진사의 아들로, 일본의 어느 사립대학 출신이며 모 잡지사에 여러 해 동안 관계해 있고 감방도 여러 차례 드나든 경험이 있다. 현재는 홍룡도 속한 비밀단체의 지도분자이다. 그러나 그 행동이 외화되지 않는, 보이지 않는 일을 하고 있다는 것은 홍룡의 연인인 고무공장 노동자 덕순에게는 비겁함으로 비쳐진다. 덕순은 "앞장을 서는 일은 어렵고 위험한 일은 다른 사람을 시키고 자

---

54) 심훈, 위의 책, 441쪽.

기자신은 언제든지 등뒤에 숨어 다니며 줄만 잡아당겨 동지를 조종하려는 태도에 여러 번이나 분개하였다."(418쪽)

　더욱 중요한 것은, 그가 피폐해진 물질적 삶의 조건과 오랜 지하생활에 피로를 느끼고 있는 것으로 설정되어 있다는 점이다. 남루하고 가족으로부터 소외된 혁의 초상은 가난과 감옥이 사회주의가 폭발적으로 고양시킨 지식인의 이동성을 위축시키고 있음을 보여준 또 하나의 초상이지만, 심훈은 이 반대편에 충직하고 직설적인 '감정과 행동'을 지닌, 건강한 심신을 지닌 프롤레타리아 상을 제시한다. 그 결과 혁이의 나약성은 그의 타고난 계급적 속성의 문제로 환원되어버린다. 이 소설에서 지식인의 이동성은 현실에 대한 실천적 개입 없이 현실을 염오하기만 하고 적응하지 못하는 부유성, 부박성의 다른 이름이 된다. 독일 유학 출신의 조선이 낳은 천재적 바이올리니스트 계훈과 일본 유학출신의 사회주의 지식인 혁이를 동일선상에 놓고 비판할 수 있는 근거가 여기에 있다. 그들의 출신 환경도 환경이려니와 탈아입구적 유학이, 근대 도회의 경험이, 도구적 유용성과 무관한 성격의 근대 지식이 그들의 인생을 더 그르친 것은 아닌가 하는 생각마저 들게 한다. 심훈의 소설에는 일본 유학이나 서구 유학을 지식인이 문약(文弱)에 빠지게 된 기원적인 장소로 간주하는 일관된 시각이 드러난다. '나약한 지식계급'의 표상은 대개가 일본대학의 문과 출신이거나 내지 미술, 음악을 전공한 지식인들로 등장한다. 게다가 그들은 신경쇠약, 임질, 알콜중독 등에 걸린 병자이기도 하다. 주지하듯이, 이들과는 반대의 초상인 『상록수』의 박동혁, 그의 전신인 『영원의 미소』의 김수영은 국내의 농업전문학교 출신이며, 『직녀성』의 박세철은 전기학교 출신이다. 그리고 그들은 다 부지고 건장한 체격, 특유의 명랑성과 담대함을 지녔다. 이러한 대쌍적 표상은 정신(노동)/육체(노동) 이분법의 역전된 가치를 더욱 극단화함으로써 창출된 것임은 물론이다. 생산에서 면제된 정신은 타락한 육체로 화하고, 노동하는 육체는 건강한 정신, 순도 높은 신념을 보장한다는 식이다. 이러한 도식은 지식계급론에서는 의심스러운 것으로 간주된 지식인의 지적 정신적 역능을 더욱 협애한 영역으로 제한한다. 더욱이 직접화된 행동과 감정에 경외를 보낸다는 점에서 시간의 지체를 동반하는 '사유'의 매개를 무시하는 것으로 귀결되기 쉽기 때문이다. 심훈의 대쌍적 표상은 무기력한 지식인, 부유하는 지식인이 당대 지식인의 실상에 대한 비판에서 나온 것이라고 하더라도, 무용성/유용성, 불건강성/건강성, 무기력/활력의 이분법은 그가 비판하고자 하던 세계의 정상성의 규범을 강화시켜주는 효과를 발휘한다.

나는 지식인의 이동성을 위축시킨 원인에 대한 해부를 통해 식민지 체제의 어두운 심연을 제시할 수 있는 가능성도 존재한다고 생각한다. 하지만 심훈은 '나약한 지식계급'의 비극을 극대화하여 비전을 암시하기보다는 대안적 지식인 표상을 창출하는 방향으로 움직인다. 예컨대, 『영원의 미소』의 알콜릭이 되어버린 지식인 병식의 비관자살은 그 자체로 비극의 비전을 암시할 수 있었음에도 불구하고, 수영의 귀농을 정당화하는 봉인으로 쓰임으로써 그 의미가 삭감된다.[55]

그렇다면 귀농이란 무엇인가? 그것은 지식인이 몸소 육체노동을 함으로써 기층 민중의 의식을 체화하고 자기갱생을 도모하기 위한 실천만을 의미하지는 않는다. 그렇다면 공장노동도 마다하지 말아야 할텐데, 그 스스로 공장 프롤레타리아가 되어 계급적 의식과 육체의 건강성을 체득하게 된다는 지식인의 초상은 한국 근대소설에서 거의 발견되지 않기 때문이다. 『영원의 미소』에서 김수영은 자신이 몸담았던 지하조직이 검거되는 사건을 자신의 손으로 배달해야 하는 신문을 보고 알게 되는 신문배달부이다. 모처럼 기회를 얻게 된 계숙과의 데이트를 위해 아버지가 입학 선물로 사준 시계를 전당포에 잡히고도 주머니의 '돈푼'을 헤아려야 하는 단칸방 신세의 남루한 남자였을 뿐이다. 도시에서

---

55) 병식의 지독한 소외와 우울과 죽음이 간혹 발표되는 그의 시를 통해 암시되었음에도 불구하고 문예방면에 취미가 없는 것으로 설정된 김수영에게는, 그리고 조금 감수성이 둔한 말괄량이 신여성 계숙에게는 잘 감지되지 못한다는 것 또한 흥미로운 대목이다. 병식은 동경에서의 고학시절 어느 사립대학 '문과'에 적을 두었다.

의 남루함이란 관계의 형성과 유지에 있어서는, 적어도 근대 도시 문화의 총아인 지식인에게 있어서는 결정적인 패널티이며, 따라서 소외로서의 고독을 짊어져야 한다는 것을 의미한다. 그렇지 않아도 병식은 최계숙의 오빠이자 친구인 최용준이 "만리타향" 동경의 좁은 다다미 셋방에서 폐병에 걸려 피를 토하며 죽을 때 뱉은 한 마디의 독백을 선명하게 기억하고 있다. "아아 괴롭다"가 아닌 "아아 외롭다"였기 때문이다.56) 병식은 고국에 돌아왔지만 용준의 전철을 밟는다. 그 또한 고독, 관계로부터의 단절과 소외 때문에 죽은 것이다.

귀농의 비밀은 여기에 있다. 자신의 고향으로 돌아가 농민이 된 지식인은 자신이 그리 탐탁하게 여긴 것은 아닌, 심지어는 자신의 정체성의 일부라는 사실을 애써 부정해온 모든 관계성을 단번에 회복한다. 부모와 형제, 그리고 고향에 남아 있던 어릴적 친구들과의 교우관계를 말이다. 또한 10여년 넘게 고향을 등져 있던 그는 돌아오자마자 단번에 관계의 중심을 차지하기까지 한다. 그 이유는 그가 어릴 적부터 유망한 재원이었고 가장 많이 배운 자이기 때문이다. 그곳은 보통 지주와 마름, 마름과 소작인처럼 단지 경제적인 것이라고만은 볼 수 없는, 좀더 오래된 관계들이 땅처럼 달라붙어 있는 곳이기도 하다. 그리고 그곳은 고리대금이라든가 조합빚의 형태로 거대한 화폐경제의 그물망에 쌓여 있기는 했지만, 당장 자신의 수중에 돈이 없어도 이집 저집 추렴하여 그럴 듯한 잔치상을 마련할 수도 있는 장소이기도 하다. 농촌은 화폐라는 매개 없는, 더 적확하게는 화폐라는 매개의 작용이 덜하거나, 덜 합리화된 그래서 은폐될 수 있는 그러한 세계로 설정된다.57) 이를 통해 도시의 나날의 일상에서 언제나 환기되었던 물질적 열패감은 단번에

---

56) 심훈, 앞의 책, 57쪽.

57) 『상록수』에서 박동혁의 한곡리에서의 운동은 '화폐'를 매개로 한 거대한 그물망이 은폐되어 있는 동안에서만 지속가능한 것, 따라서 서술가능한 것이었다. 그리고 박동혁은 바로 그곳 주민들이 나날의 일상 속에서 회피하거나 개별적인 문제로 돌렸던 그 거대한 그물망의 전모를 볼 줄 아는 지적 능력—합리적 계산 능력의 소유자였다.

사라지거나 극복된다.

다시 '쁘띠 프로'의 지위로까지 하강했지만 끝내 '프로'가 될 수 없었던 이유는 무엇일까. 프롤레타리아트란 역설적이게도 '경제적 구속' 이외에 어떤 구속으로부터도 해방된 근대적 주체로 상상되었기 때문일지도 모른다. 도시의 주민이 된 프롤레타리아트야말로 고향과 가족과 같은 공동체적 유대로부터 벗어난 존재이지 않았던가. 학비를 얻어다 써야 하거나 조혼한 아내가 있는 부르주아 내지 양반과 같은 구계급의 가정이나 농촌으로 설정된 고향은 서술의 지속성을 보증한다. 반면에 프롤레타리아트는 어떻게 그려져야 한단 말인가? 여기서 심훈의 소설에서 또 하나의 특징적인 점이 드러난다. 심훈의『불사조』,『직녀성』과 같은 작품, 특히 후자는 장황하고 지리한 '구가정'의 몰락 과정을 제시한 끝에, 그 몰락과 함께 거리로 내몰린 존재들로 구성된 프롤레타리아적(?) 대안 가족의 탄생을 대미로 장식한다.『불사조』에서는 프롤레타리아 홍룡과 덕순, 정희의 유모이기도 한 홍룡 모와 구가정에서 탈출한 구여성 정희,『직녀성』에서는 프롤레타리아적 지식인의 형상인 세철과 봉희 부부, 세철과 의남매 지간인 지하 활동가 박복순, 역시 구가정에서 탈출한 구여성 인숙이 그 대안가족의 구성원이다. 나는 여기서 그 연약한 유토피아적 전망의 허약성이나 그 대안적 인간관계의 모델 안에 또아리를 틀고 있는 가부장제 이데올로기의 문제를 거론하고 싶지는 않다. 대단원에서야 등장하는 새로운 가족의 탄생은 그 만큼 기존 사회적 제관계의 견고성에 대한 증빙임을 더욱 강하게 환기시키며, 무엇보다 그 서술된 시간의 현격한 비대칭성 내지 불균형성이야말로 문학적 표상으로 드러난, 아직 그 실현이 유예된 사회주의의 아포리아일 수도 있기 때문이다.

**주제어 : 지식계급론, 러시아 인텔리겐치아, 사회주의, 계급, 근대 지식, 이동성,
자기정의, 소설양식, 염상섭, 심훈**

◆ 참고문헌

김경일, 『일제하 노동운동사』, 창작과비평사, 1992.

김현주, 「3·1운동 이후 부르주아 계몽주의 세력의 수사학-'사회', '여론', '민중'을 중심으로」, 『대동문화연구』 52집, 성균관대 대동문화연구원, 2005.

―――, 「김윤식 사회장 사건의 정치문화적 의미-'사회'와 '여론'을 둘러싼 수사적 투쟁을 중심으로」, 『동방학지』 132, 연세대 국학연구원, 2005.

박명규, 「지식 운동의 근대성과 식민성」, 『지식변동의 사회사』, 한국사회사학회, 문학과지성사, 2003.

박종린, 「일제하 사회주의사상의 수용에 관한 연구」, 연세대 박사논문, 2006.

박찬승, 『한국근대정치사상사연구』, 역사비평사, 1992.

박헌호, 「1920年代 前半期 『每日申報』의 反-社會主義 談論 硏究」, 『한국문학연구』 29, 동국대 한국문학연구소, 2005. 12.

스칼라피노·이정식 공저, 한홍구 역, 『한국 공산주의 운동사』 1, 돌베개, 1986.

유시현, 「나경석의 '생산증식'론과 물산장려운동」, 『역사문제연구』 2, 역사문제연구소, 1997.

윤해동, 「일제하 물산장려운동의 배경과 그 이념」, 『한국사론』 27, 서울대 국사학과, 1992.

이기훈, 「일제하 청년담론 연구」, 서울대 박사논문, 2005.

전상숙, 『일제 시기 한국 사회주의 지식인 연구』, 지식산업사, 2004.

이혜령, 「조선어·방언의 표상들-한국 근대소설, 그 언어의 인종주의에 대하여」, 『사이間 SAI』 2, 국제한국문학문화학회, 2007. 5.

조남현, 『한국지식인소설연구』, 일지사, 1984.

진덕규, 「식민지 지식인의 사회구조적 성격과 이데올로기적 연관성에 대한 분석논리 (Ⅰ)」, 『현상과 인식』 13, 한국인문사회과학회, 1980.

최선웅, 「1920년대 초 한국공산주의운동의 탈자유주의화 과정-상해파 고려공산당 국내지부를 중심으로」, 『한국사학보』 26, 고려사학회, 2007.

클라크 소렌슨, 신기욱·마이클 로빈슨 엮음, 도면회 역, 「식민지 한국의 '농민' 범주 형성과 민족 정체성」, 『한국의 식민지 근대성』, 삼인, 2006.

홍영두, 「마르크스주의 철학사상 원전 번역사와 우리의 근대성」, 『시대와 철학』 14, 한국철학사상연구회, 2003.

황종연, 「노블, 청년, 제국」, 『상허학보』 14집, 상허학회, 2005.

◆ 국문초록

1920년대 등장한 지식계급론에 관한 담론은 러시아 혁명 이후 신사조가 된 마르크스주의 내지 사회주의의 동조자인 지식인들의 자기정의를 위한 노력의 일부였다. 사회주의 지식인들은 물산장려운동 등 민족주의 세력의 아젠다가 한국 민중의 이해관계가 아닌 부르주아의 그것에 기초한 운동이라고 폭로하는 등, 사회의 각 현상과 세력에 계급적 이해라는 관점을 확립하고자 하였다. 러시아 인텔리겐치아의 역사와 경험과 결부되어 형성된 마르크스주의의 지식계급론은 한편으로는 지식인을 전위의 이름으로 프롤레타리아트의 선도적 분자가 될 가능성을 이야기하면서도 한편으로는 본래의 중간계급의 운명과 함께 몰락할 계급으로도 간주하였다. 즉 1920년대 초중반에 대거 등장한 지식계급론은 '지식'을 강조하느냐 '계급'을 강조하느냐에 따라 지식인의 자기정의가 재조정되도록 하였다. 중간적 존재로서의 인텔리겐치아가 지닌 비판력과 성찰의식을 강조한 염상섭의 입장은 지식계급론에 대한 이해가 한국 근대소설의 양식에 있어 중요한 기반이 되고 있음을 보여준다. 프롤레타리아적 지식계급의 이상을 제시하고자 했던 심훈이 결국에는 문약하고 퇴폐적인 지식인의 표상 저편에 건강하고 노동하는 농촌 브나로드의 청년상을 제시하는 데로 귀착한 것은 식민지 지식인이 도달한 한국식 지식계급론의 착잡한 문화적 표상이라고 할 수 있다.

◆ SUMMARY

Intellectuals' Self-definition and 'Class'
— On Theory of the Intellectual Class and their Representation of Modern Novles in the Colony Korea

Lee, Hye-Ryoung

Emerging in the 1920s of the colony Korea, discourses on the theory of intellectual class formed the part of efforts for self-defining of intellectuals as who were followers of socialism or Marxism which was the new thought of that times since Russian Revolution in 1917. Socialist intellectuals declaired that nationalist forces' agenda, such as the encouragement movement of Korean products, was not based on the Korean peoples' interest but on that of the bourgeoisie. At this time, especially formed through experiences and history of the Russian intelligentsia, theory of the intellectual class from socialism or Marxism demonstrates the being of class differences among intellectuals as development course of revolution intending to collapse the capitalistic system, though particepating in social activities and movements in a good cause of nation or people. In addition, socialist intellectuals claimed that middle class including intellectuals must have declined as a necessity according to the this theory. On the one hand Marxim regards intellectual as the avantgard of the proletariat revolution, on the other hand it regards them as group casting middle class' destructive fortune because of their class base. In short, to emphasizes 'intellegence' over 'class' or the other way determined shapes of intellectuals' self-definition. While 'modern knowledge' gives possibilty of mobility to intellectual, 'class' shrinks their mobility. Yoem, Sang-Seop' view shows a effect of discoussion on intellectual class in forming Korean modern novels' mode which emphasized self-reflecative and crictic concsiousness of intelligentsia as intermediate being between the upper classes and the lower classes. Making an alternaive represebtation of the proletarian intellectuals, Shim, Hoon resulted in representation of healthy youth working in rural community at the antipode of the effeminate and decadent intellectuals' potraits. This is held a perplexed cultural representation of Korean-style intellectual class theory of the colonial intellectuals reaching.

Keyword : the theory of intellectual class, Russian intelligentsia, socialism, class, modern knowledge, mobility, self-definition, novel style, returning to the farm, Yeom, Sang-Seop, Shim, Hoon

－이 논문은 2007년 11월 30일에 접수되어, 소정의 심사를 거쳐 2008년 2월 6일에 최종적으로 게재가 확정되었음.

근대적 대중지성의 형성과 사회주의 (1)
— 초기 형평운동과 「낙동강」에 나타난 근대 주체

천 정 환**

목 차

---

1. 서: 대중지성의 문제틀

대부분의 지식론이나 '지성사'는 하위주체의 앎에 대해 거의 의식하지 않는다. 지식의 사회적 체계와 역사란 소수의 특권 계급과 '문자'를 소유하고 운용하는 지식계급(소속원)의 활동과 정신사일 뿐, 대다수 노동인민과 하위주체가 지식의 생산과 유통에 있어 수행하는 역할은 무시된다. 이는 오래된 '지식론'의 관점이자 평범하고 고식적인 '지성사'의 서술방법[1]이라고 할 수 있는데, 하위주체의 앎에 대해 주목하더라

---

 * 성균관대 국문학과 조교수.
** 이 논문은 2006년도 한국학술진흥재단 지원으로 연구됨(KRF-2006-321-A00095).

 1) 이러한 현상은 특히 지식사를 사상사와 등치시키는 서술에서 두드러진다. 한국의 경

도 그것은 '민속적 지식'으로 다뤄지거나 지배계급 지식사의 부대 효과
처럼 다뤄지는 경향이 있다. 이러한 관점은 근대 이전까지 극히 예외적
인 경우를 제외하고는 앎을 생산하고 유통하는 도구(문자와 매체) 자체
가 한정되어 있었고 이를 거의 특권계급만 소유했던 사실에 기초한다.
그러한 지식론·'지성사'에는 사실상 아예 앎의 주체 문제에 대한 문제
의식 자체가 없다. 권력자-남성-지식인만을 당연하고 보편적인 앎의
주체로 상정하기 때문이다.

앎을 소지하고 운영하는 과정은 곧 주체(성)가 구성되는 과정이다. 대
중지성의 개념은 '앎-주체'의 문제틀 자체를 제기하고 또 바꾼다. 대
중지성은 학지(學知)나 이론적 지식의 결여태가 아니며 (남성)지식계급
이 소유하고 만든 앎의 잉여나 그 찌꺼기가 아니다.[2] 또한 근대적 대
중지성은 이전의 민중이 소유한 민속적 지식이 그저 새로운 내용으로
대체된 것이라고 볼 수 없다. 농경사회와 봉건적 관계를 대체한 새로
운 생산관계와 생활양식이 출현하고, 이에 근거하여 기존에 존재하지
않았던 정치적·문화적 의식의 주체가 새롭게 형성됨으로써 근대적 대
중지성은 탄생했다. 근대의 생활세계에서 살아남기 위하여, 그리고 민

우를 예로 들면 근대 지성사와 그 전사(前史)를 북학파와 개화기의 새로운 지식인 계
층 몇몇의 사상에 대한 서술로 구성하는 방식이 그러하다. 그러나 최근의 지식사 연구
는 지식을 담론과 매체 및 사회적 상황 등 보다 폭넓은 문화-정치의 문맥을 통해 접
근하기 시작한 것으로 보인다. 이화여대 한국문화연구원 편, 『근대계몽기 지식 개념의
수용과 그 변용』, 소명출판, 2004; 한국사회사학회, 『지식 변동의 사회사』, 문학과지
성사, 2003; 『국민국가의 근대성과 그 문화제도-지식·학술·매체·공론장을 중심으
로』, 성균관대 동아시아학술원 학술회의 자료집, 2006. 7; 김현주, 「근대 개념어 연구의
동향과 성과」, 『상허학보』 19집, 상허학회, 2007, 등을 참조. 한편 피터 버크, 『지식』,
현실문화연구, 2006; 데이비드 캐너다인 편, 문화사학회 역, 『굿바이 E. H. 카』, 푸른역
사, 2005, 등은 서구 지성사 서술에서 나타난 새로운 경향에 대해 보여준다.
2) 푸코 이후 앎이 주체(와 권력)의 문제와 결부되어 논의되기 시작했다. 대중지성의 개
념 자체에 대해서는 볼프강 프리츠 하욱, 곽노완 역, 「'일반지성'과 대중의 지성」, 『진
보평론』 28호, 2006년 여름호; Paolo Virno, 김상운 역, 『다중』, 갈무리, 2004. 근대적 대
중지성의 문제틀에 대한 보충적 논의는 천정환 외, 「근대적 대중문화의 발전과 취미」,
『민족문학사연구』 30호, 민족문학사학회, 2006, 등.

주주의와 근대의 정치에 '참여'하기 위한 '주체의 형성'으로서 대중지성이 형성되었다. 대중지성은 기본적으로 공장과 도시의 삶이 만들어낸 앎이다.

따라서 대중지성은 근대적 공론의 장에 새로 등장하여 주체성을 부여받는 존재인 대중이, 전문적인 지식과 학적인 지식의 영역과는 구별되는 영역에 있는 앎을 일정한 교육과 매스미디어를 통해 소지하게 되는 현상과 그에 의해 성립되는 집단적인 앎을 가리킨다. 상식·교양·정보·이데올로기 등의 앎은 대중지성의 부분적 양상들이다. 하지만 이때의 대중은 획일적인 덩어리(mass)라기 보다 다기하고 복합적인 주체성과 그 합력을 의미한다. 대중이 보유한 앎도 일반적인 의미의 상식·교양·정보·이데올로기에 걸치면서 그것을 넘어선다. 대중지성은 그 본연상 집단적 지성(collective intelligence)과 그 합력이다.[3] 근대의 대중지성이 이전의 민속적 지와 결정적으로 다른 이유는 우선 민중과 하위주체가 앎의 생산도구와 매체를 스스로 보유한 데 있으며, 그것이 지배계급이 소유한 것과 결정적으로 다르지 않다는 데 있다. 그 가장 1차적인 도구는 문해력과 민중의 (정치적) 자기의식이다.[4] 근대의 앎―주체인 대중은 계급투쟁과 대중민주주의의 정치적 주체로서 그저 수동적인 존재가 아니다. 대중민주주의의 원리(보통선거의 투표권자이며 나아가 주권자라는)에 의해 의식화되어 있어서 저항과 불복종, 또는 참여와 여론의 주인으로서 적극적인 정치활동을 할 수 있고, 그러한 자

---

3) 따라서 대중지성은 다중지성과 교환 가능한 용어이며 집단지성과 대중지성 자체가 유의어로 쓰이기도 한다. 집단지성의 의미에 대해서는 피에르 레비(Pierre Revy)의 동명 번역서를 참고. 네그리는 특히 대중지성과 네트워크적 운동방식을 일컬어 "무리(떼)지성(swarm intelligence)"라는 용어를 사용한다. 윤수종, 「새로운 주체로서 대중과 대중운동의 방향」, 『진보평론』, 2006년 여름호 참조.

4) 1920~30년대 노동계급의 자생적 교육·문화 활동과 그 확산에 대해서는 김경일, 『일제하 노동운동사』, 창작과비평사, 1992, 8장; 남신동, 「최초의 사회주의 학교, 경성 고학당」, 『노동자, 자기역사를 말하다』, 역사학연구소 편, 서해문집, 2005, 등. 식민 치하의 '의무교육' 문제에 대해서는 후술한다.

신을 주권자로서 스스로 인식하고 있다. 대중지성의 출현은 근대적 공론장의 확산과 대중문화의 형성과 동전의 양면과 같은 것이라 할 수 있다.5)

서학의 전래 이후 광범위하게 수용되고 갑오경장을 통해 처음 제도화된, '만민은 평등하다'는 새로운 명제와 근대 민주주의의 상상력의 실현은 어떻게 가능했겠는가? 자유와 민주의 실현, 그리고 신분제의 폐절은 단지 제도의 문제만이 아니라 습속과 사고의 전환, 그리고 인식의 근본적 전환에 의해서만 가능하다. 그리고 그 진전은 '아래로부터의 해방'에 의해서만 가능하다. '비존재'였던 자들이 자신의 목소리를 내면서 제자리에 있기를 거부할 때 그들을 비존재(unbeing)로 만든 권력은 비로소 그 힘을 잃기 시작한다.6) '개인들의 삶의 가능성을 규정하는 표상 체계 혹은 이야기 체계'7)가 무너져야 앎의 해방은 도래한다. 지배적 상징질서를 무너뜨리는 것은 단순히 새로운 지식도 아니고 제도도 아니다. 혁명과 '아래로부터의 운동'이 결정적인 트라우마적 장면을 주체들에게 다시 제공하고 그리하여 표상과 '서사'를 바꾼다.

이 같은 역사적 과정을 구체적으로 묘사하고 있는 기존 연구는 거의

---

5) 근래 뒤늦게(?) 대중지성(혹은 다중지성)의 의의가 운위되는 이유는, 인터넷과 월드와이드웹(www)처럼 오늘날 민중이 소지하게 된 앎과 소통 도구의 위력 때문일 것이다. 그리고 한편으로는 근대적인 의미의 '지식인 대 대중'의 관계가 극적으로 변화했기 때문일 것이다. 그러나 대중지성은 포스트포드주의의 역사단계에서 새로 생겨난 것이 아니다. 다만 그 존재 조건의 변화가 눈이 뜨일 정도로 새로운 면이 있기 때문에 문제시되는 것이다. 따라서 본고의 대중지성 개념은 '자율주의자'의 대중지성 개념과 부분적으로만 비슷한 것이다. 대중지성에 관련된 여러 논점은 안토니오 네그리·마이클 하트, 윤수종 역, 『제국』, 이학사, 2001; Paolo Virno, 조정환 역, 『비물질노동과 다중』, 209쪽; 조정환, 『제국기계』, 갈무리, 2005; 윤수종, 앞의 글; 알렉스 캘리니코스 외, 김정한·안중철 역, 『제국이라는 유령－네그리와 하트의 제국론 비판』, 이매진, 2007, 참조.

6) 이경, 「비체와 우울증의 정치학」, 한국여성문학학회 제17회 정기학술대회 자료집, 2007. 4. 21, 11쪽.

7) 이는 알뛰세르 이래 탈구조주의자들의 이데올로기 개념이다.

없다. 그 전 과정에 대해 서술하는 것은 능력 밖의 일이지만, 이 논문은 근대적 대중지성의 형성과정에 대한 논의의 일부로서 씌어진다. 특히 앎—주체의 형성에 아래로부터의 해방운동과 근대지식으로서의 사회주의가 어떤 상호작용을 했는가를 통해 이 문제를 더듬어 보고자 한다. 문제의식을 좀더 부연하면, 1910년대 이후 조선사회에 본격적으로 유입·유통된 사회주의는 계급·계층에 관한 새로운 사고방식과 인식의 틀을 제공하였고, 자유와 평등에 대한 노동인민의 의식을 바꿔놓았다. 사회주의는 보편적 인간해방에 보다 급진적으로 접근하기 위한 방법론이자 새로운 지식으로서 수용되었다.8) '봉건'으로부터 채 풀려나지도 못한 조선 민중을 기다리고 있었던 것은 식민지자본주의의 주박과 인종주의적 식민통치였는데, 1920년대에 이르러 대중적으로 확산된 사회주의 지식은 봉건제로부터 해방에서 완전한 무계급사회로의 비약의 상상력을 제공했다고 생각된다. 1920년대 초 문학청년들의 낭만주의적 에끄리튀르로부터 근대문학의 단절적 성장 또한 이 힘과 결부되어 있다고 생각된다.9)

근대 초기 광범한 지역과 국민국가에서 민주주의와 사회주의의 착종 혹은 급진적 절합(articulation)에 의해서 평등에 대한 사상과 앎은 보

---

8) 이 책에 실린 박헌호 등의 발표 논문 참조. 사회주의 수용에 관한 최근의 연구 중 이호룡, 『한국의 아나키즘(사상편)』, 지식산업사, 2001; 임경석, 『한국사회주의의 기원』, 역사비평사, 2003; 박종린, 「1920년대 전반기 사회주의사상의 수용과 물산장려논쟁」, 『역사와현실』 제47권, 한국역사연구회, 2003. 3; 전상숙, 「일제시기 한국 사회주의 지식인 연구」, 지식산업사, 2004; 박헌호, 「1920年代 前半期 『每日申報』의 反—社會主義 談論 硏究」, 『한국문학연구』 제29권, 동국대 한국문학연구소, 2005. 12; 박종린, 『일제하 사회주의사상의 수용에 관한 연구』, 연세대 박사논문, 2006, 등.

9) 이를 채호석, 「탈—식민과 (포스트—)카프문학」(『민족문학사연구』 23호, 민족문학사연구소, 2003. 12)은 카프의 초기 주체가 유입되고 있던 서구문학(의 전통)에 대한 격렬한 반발을 통해 '무기로서의 문학'을 구축하는 과정에서 비롯되었다고 파악한다. 한편 2000년대 이후 사회주의문학 연구의 현황에 대해서는 『민족문학사연구』의 2002년(제21호)의 특집 '프로문학의 재소명' 및 손유경, 「최근 프로 문학 연구의 전개 양상과 그 전망」, 『상허학보』 20호, 상허학회, 2007. 2, 등.

편적인 원리로 확산되었다는 점을 알 수 있다. 다시 말해 '봉건'으로부터의 앎의 해방은 (부르주아)민주주의 관념의 확산에 의해서가 아니라 사회주의혁명운동으로 도약하면서 '압축'되었을 것이다. 그 과정의 한 장면을 소묘하는 것이 본고의 과제이다. 그러나 이 과정을 일의적인 '사회주의 수용'의 효과로 개념화하거나 체계화하기는 어렵다. 왜냐하면 모든 지식의 대중적 수용과 그 표상화가 그러하듯이, 사회주의의 수용 과정 역시 역사의 반경향과 기존의 앎의 간섭하에서 성립한 것이기 때문이다.

이 글은 형평운동의 발생과정과 소설 「낙동강」을 통해 사회주의라는 새로운 앎의 수용을 위한 복잡다단한 선행 조건을 묘사하고, 1920년대 조선에서 사회주의가 어떻게 새로운 앎―주체의 탄생에 관계했는지를 살핀다.

2. 재독 「낙동강」

1) '비존재'의 등장

조명희의 단편소설 「낙동강」은 식민지시기 계급문학 운동이 낳은 대표적인 걸작으로 꼽힌다. 1927년 『조선지광』에 발표된 이 소설은 카프 (KAPF)의 '1차 방향전환'을 상징적으로 보여준 작품으로 간주된다.[10]

---

10) 잘 알려진 바대로 김기진, 「시감 이편」(『조선지광』 제70호, 1927. 8)은 「낙동강」에 대한 이와 같은 평가의 효시가 된 평문이다. 여기서 김기진은 "從來의 貧窮小說의 文學에서 새로운 目的으로, 行方不明의 小說에서 行方鮮明의 小說로의 飛躍"이 카프 제2기의 문학의 특징인 것으로 규정하고 「낙동강」을 통해 제2기로의 진입을 예증하고자 했다. 김기진에 의하면 「낙동강」은 "絶望의 人生이 아닌 熱望의 빛나는 人生의 黎明"이며 "어떤 개인의 生活記錄이 아니"라 "현재 朝鮮 ―1920년 이후 朝鮮 大衆의 거짓 없는 人生記錄"이라며 상찬했다. 이에 대해 조중곤, 「낙동강과 제2기 작품」(『조선지광』 제72호, 1927. 10)는 카프 소설이 가져야할 요건을 제시하며 비판적 견해를 제시했다.

이른바 "'최서해적 경향'과 '박영희적 경향'을 다 지양하고"[11] "새로운 투쟁의 단계에서 목적의식에 입각한 방향 전환을 소설적으로 형상화한 문제작"[12]이라는 것이다.

1920년대 사회주의 운동가의 전형성을 구현한 박성운의 면모나 서사의 치열한 현장성은 지금도 울림이 있다. 소설에서 박성운은 1919년 삼일운동에 참가하여 1년 반을 감옥에서 살다 나왔고, 그 사이 일제의 수탈로 피폐해진 고향마을을 떠나 만주와 중국 대륙을 떠돌다가 사회주의자가 된다. 다섯 해의 세월을 해외에서 보낸 뒤 고향 경상도로 돌아간 성운은 "대중 속으로" 들어가서 "선전, 조직, 투쟁, 이 세 가지"를 위해 투쟁하고 "농촌 야학을 설치하여 가지고 농민 교양에 힘을"[13] 쓰고, 소작쟁의를 조직하다 체포되어 일제로부터 모진 고문을 당하고 결국 죽음을 맞는다. 그러나 성운의 죽음 앞에서 그의 애인인 여

관련한 논쟁은 서경석,『한국 근대리얼리즘문학사연구』, 태학사, 1998; 김영민,『한국 근대문학비평사』, 소명출판, 1999, 등 참조.

11) 김윤식·정호웅,『한국소설사』(개정증보판, 문학동네, 2000)의 평이다. 덧붙여 김윤식·정호웅은 이 작품이 '지식인의 귀향 형식'을 취함으로써 역사적 현실에 대한 '전형적' 파악에 성공한 작품이라 했다.

12) 권영민,『한국현대문학사』, 민음사, 350쪽. 권영민은 "매개 인물로서의 지식인 주인공을 내세워 계급투쟁의 실천과정을 구체화함으로써" "새로운 투쟁의 단계에서 목적의식에 입각한 방향 전환을 소설적으로 형상화한 문제작"이라 했다. 비슷한 경향을 띠는 1990년대 이전의 조명희 문학과「낙동강」에 대한 연구사 정리는 생략했다. KAPF문학 연구 전반이 그렇지만 1990년대 중반 이후에는 조명희 소설에 대한 새로운 해석은 거의 생산되지 못하였다. 대신 비교적 최근의 연구들은 소련으로 건너간 뒤의 조명희의 생애와 문학활동에 집중된 경향이 있다. 우정권,『조명희와 선봉』, 역락, 2005; 이인나,「조명희 문학 연구」, 서울대 석사논문, 2006, 등을 참조.

13) 전후 " " 속은 범우비평판『낙동강』(이명재 책임편집, 2004년 간) 속에서의 직접 인용. 원전 대조가 이루어진 이 판을 대본으로 사용했다. 1927년『조선지광』에 실린 첫 발표작품은 워낙 검열당한 복자가 많아 내용 파악이 안 될 지경이었으나, 도소(渡蘇) 이후 조명희 자신에 의해 1930년에 복자의 복원이 이뤄졌다. 그러나 복원된「낙동강」은 출판되지 못하다가 조명희가 사망한 이후에 소련에서『조명희 선집』(1959)이 간행될 때 실렸다. 이 판본은 북한 작가동맹에서 복자를 복원해서 낸 판본과 또 다르다. 이인나, 위의 논문, 48-49쪽 등.

성 운동가 로사는 성운의 유지를 받들어 계속 투쟁할 것을 다짐하고 북쪽으로 떠난다.

이러한 결말은 사회주의 리얼리즘론에 입각한 예전의 논의에서 '전망'을 보여주는 소설적 성취로 해석되었다.14) 그러나 「낙동강」을 다시 읽으면서 눈에 띄는 것은 "최하층에서 터져 나오는 폭발탄"이 되겠다고 다짐하는 여성 로사의 면모 자체와 그러한 딸을 전혀 이해할 수 없는 로사의 부모이다. 주지하듯 '로사'는 「낙동강」이 씌어진 당대에 활약하던 독일의 여성 사회주의 혁명가 로자 룩셈부르크(Rosa Luxemburg, 1871~1919)의 이름을 따서 박성운이 붙여준 애칭이자 별칭이다. 로사는 로자 룩셈부르크라는 당시 사회주의운동에 관련된 세계적인 표상을 쓴 존재이며, 사회주의라는 새로운 이데올로기에 의해 호명된 앎-주체이다.

그런데 로사는 로사가 되기 전에는 "백정놈의 딸(이는 소설 속 로사 아비의 표현)"이었다. 백정이란 누구인가? 그들은 신분제 사회인 조선 사회에서도 가장 천한 계급에 속하는, 체제 속으로 편입될 수 없었던 서얼이나 소작농민, 심지어 노비보다도 더 낮은, 인간 축에 끼지 못하는 존재들이었다. 조선시대의 백정은 양반은 물론 양민들에게도 지극한 예의와 복종심을 표해야 했으며, 아이건 어른이건 공공장소에서 일반인들과 함께 있을 수 없었다. 당연히 양민과 결혼할 수 없었고 함께 술을 마시거나 담배를 필 수도 없었다. 이들은 자기 이름자에 유교의 가장 중요한 언어인 '인(仁)·의(義)·충(忠)·효(孝)' 같은 자를 쓸 수 없었다. 유교의 기본적 도덕과 '문자문명'이 그들을 배제했던 것이다. 패션도 달랐다. 백정은 어른이라도 상투를 틀지 못했고 따로 패랭이를 써야 했다.15) 한국어의 존대법은 예나 지금이나 수직적 인간관계을 매개하는 중대한 지표이자 도구이다. 지주와 양반이 상민·농민에게 그

---

14) 변경화, 「포석 조명희의 낙동강」, 『조명희』, 정덕준 편, 새미, 1999, 등.

15) 김중섭, 『형평운동 연구─일제 침략기 백정의 사회사』, 민영사, 1997, 50-51쪽. 김중섭의 일련의 연구는 형평운동에 관한 거의 유일한 체계적인 사적 연구이다.

랬듯이 나이 차이나 상황에 관계없이 상민과 농민은 백정에게는 반말을 썼다.[16] 권리가 아무것도 없었으나 의무는 많았다. 동물의 목숨을 다루고 가죽과 버들고리로 생필품을 만드는 기능과 지식을 왜 그토록 증오하고 그들을 인간 경계선 바깥에 두는 극단적인 배제를 통해, 농경민과 유교가 지배하는 조선 사회가 무엇을 얻을 수 있었는지는 또다른 논의의 거리이겠으나, 백정이란 세습되는 카스트이자 유교적 신분제가 희생양으로 삼은 비존재였던 것이다.

1894년 갑오경장의 선언에 따라 모든 신분제가 명목상 폐지되었다. 그 주요 내용은 문벌과 반상의 구별을 폐지하여 '귀천'을 따지지 않고 인재를 등용한다는 것, 적서의 차별을 폐지한다는 것, 또한 공·사노비에 관한 법을 혁파하고 인신매매를 금지한다는 것. 또한 역인(驛人), 광대, 가죽 백정 등을 면천하고, 양반의 상업 진출을 보장한다는 것 등이었다. 그리하여 이때 이른바 '칠반천인(七般賤人)'이라는 가장 낮은 신분의 사람들, 즉 조례·나장·일수·조군·수군·봉군·역보 등과 노비·기생·상여꾼·혜장(鞋匠)·무당·백정 등의 신분해방도 선언되었다.[17] 이에 따라 고려시대로부터 이어져온 백정이라는 세습 신분도 해방되었다. 그러나 여전히 차별은 지속되었다. 실질적으로는 평민들도 다 '해방'되지 못했음에랴. 평민들은 여전히 백정들과 함께 자리에 앉는 것을 거부했다. 서양인 선교사들이 만든 교회에서 백정들이 합석하여 예배를 하게 되자 예배를 거부하는 일도 있었고, 일반인들과 같은

---

16) 후술되지만 이는 백정 대 농민(평민) 사이의 갈등에서 가장 중요한 이유의 하나가 된다. 당시 문헌을 통해 형평운동이 시작한 때에 약 40만명의 백정이 있었던 것으로 추정된다.

17) 또한 이때 과거제도가 폐지됨으로써, 조선의 가장 중요한 '지식—권력' 제도와 지배계급 충원 방식이 달라지게 되었다. 지승종 외, 「갑오개혁 이후 양반신분의 동향」, 『근대사회변동과 양반』, 아세아문화사, 2000, 29쪽. 주로 이 측면에서 신분제의 변화 문제를 다룬 지승종은 보수파가 개화파와의 권력 투쟁을 통해 과거제 폐지 등 갑오개혁의 일련의 조치가 보수적으로 적용되도록 하여 '위로부터의 개혁'을 좌절시켰다고 주장했다.

164

옷을 입은 백정들이 평민들의 공격을 받은 사건도 있었다.[18]

그랬으니 "백정놈의 딸"이 감히 인간 축에 낄 수 있는 것이었을까? 신분해방이 선언된 지 무려 30년이 지난 1925년 5월 7일, 충북 진천면 읍내리에 사는 백정 리무쇠(李武釗)의 처 김순남(26세)은 한 동리에 사는 림주력과 류수복이라는 두 남자에게 "백정년이라고" "까닭업시 구타 중상을" 당했다. 임신부였던 김순남은 "진단을 받아 고소코자 하였으나" 의사로부터 "진단 낼만한 피해가 없어 못 내주겠다"는 거절도 당했다. 장터 주점에서 술을 마시던 가해자들에게 "몇 푼 안 되는 고기 값을 좀 달라했"던 것이 사건의 발단이었다.[19]

로사는 수백 년 간 결코 넘을 수 없었던 두 단계의 벽을 한꺼번에 비약한 존재이다. 백정 신분의 여자가 타인들에게 지식을 전수하는 교사가 되었다는 것은, 가장 낮은 곳의 타자(他者)이자 비존재가 드디어 '사회'에 등장하거나 혹은 '국민'에 포섭되는, 근본적인 사회 변혁이 20세기 초의 조선 사회에서 일어났음을 의미한다. 최하층 여성의 삶과 앎에까지 속속들이 영향을 끼친 이 변화의 과정은 과연 어떠한 것이었을까?

2) 백정의 천지개벽

백정의 딸은 '주의자'들과 어울려 다니면서 점점 '로사'가 되어가기 시작하고 교사직까지 하찮게 여기게 됐다. "집안에는 제일 큰 걱정거리가 생으로 하나 생"겨, "백정놈"이었던 로사의 아비는 "이년의 가시네야! 늬 백정놈의 딸로 벼슬까지 했으면 무던하지, 그보다 무엇이 더 나은 것이 있더노?"라고 외친다. 로사 아버지에게 학교 여선생은 "벼슬"

---

18) 김중섭, 앞의 책. 한편 1898년 10월 28일 열린 관민공동회에서 백정 박성춘이 개막연설을 한 적이 있다. 만민공동회와 1898년의 운동이 지닌 상징성을 보여준 사례라 하겠다.

19) 「'백정년이라고' 뺨 때리고 발로 차 형평사원 분개」, 『동아일보』 1925. 5. 18.

에 해당하는 직위이며, '그보다 더 나을 것 없는' 그런 일이다. 그러나 로사는 존댓말에 둔감한 경상도 민중의 말로 아버지의 허위의식을 오히려 비판한다.

> "아배는 몇백 년이나 몇천 년이나 조상 때부터 그 몹쓸놈들에게 온갖 학대를 다 받아 왔으며, 그래도 그 몹쓸놈들의 썩어 자빠진 생각을 그저 그대로 가지고 있구먼. 내사 그까짓 더러운 벼슬이고 무엇이고 싫소구마…… 인자 참사람 노릇을 좀 할란다."

그러나 해방의 첫 수혜자인 로사는 부모에게 세습되던 직업과 신분이 갖는 의미를 100% 이해하지는 못 하고 있는 것 같다. 서술자가 말한 대로 그녀의 부모에게는 "그 딸이 판임관이라는 벼슬을 한 것이 천지개벽 후에 처음 당하는 영광"이었다. '이제는 참 사람 노릇하겠다' 하지만 로사 자신이 어떤 불평등과 타자화를 경험했는지는 그려져 있지는 않다. 소설에서 로사는 처음부터 이미 봉건적 신분의식으로부터 벗어나 있는 존재로 등장하기 때문이다.

그런데 비록 "벼슬"이나 "양반"이라는 구래의 표상을 사용하여 생각할 수밖에 없지만, 로사 아비는 단지 딸에 대한 기대를 넘어 어디론가 한 걸음 더 나아가고 있다. 로사 아비 그 자신, "내 딸이 판임관 벼슬을 하였는데, 나도 이 노릇을 더 할 수 있는가?"며 조상 대대로 해오던 고기 백정일을 그만두고 "새 양반 노릇을 좀 하여 볼 뱃심이었"기 때문이다.[20] 도축업을 중단하고 "새 양반"이 되겠다는 것에서 나타나

---

20) '판임관'은 원래 조선 후기에 각부의 대신이 임명하던 하위 관직이며 이전 관리 등급의 참하관 칠품에서 구품직에 해당한다.(『표준국어대사전』)「낙동강」의 서술자는 로사가 보통학교를 졸업한 뒤, 사범과를 마치고 '여훈도'가 되었다고 쓰고 있다. '훈도(訓導)'는 원래 조선시대 정9품에 해당하는 하급 과학·기술직을 주로 가리킬 때 쓰인 말이며, 식민지 시대의 학교 제도 하에서 훈도는 교사와 거의 동의어로 씌었다. 로사의 아버지가 딸이 '판임관'이 되었다고 말하게 한 것은 따라서, 일제가 새로 들여온 말인 교사로서의 '훈도'와 이전 시대의 '훈도'가 혼동되어 쓰이고 있었기 때문일 것이다.

는 바, 로사의 아비는 변화의 실질을 알고 있다. "새 양반"이란 '상공업자' 즉 부르주아가 아닌가. 20세기 초의 한국사회에서 일어난 계급변동은 개별 주체들로 하여금 그 이전에 언감생심 꿈도 못 꾸던 계급상승이나 반대로 처절한 몰락을 경험하게 했고 그에 따른 여러 문화－정치의 새로운 양상을 빚어내고 있었다.[21] 로사 또한 어디론가 한발 더 나아가려 한다. 그러나 방향이 서로 다르기 때문에 아비와 갈등을 일으킬 수밖에 없다. 로사는 아버지가 감격해 한 "천지개벽"으로서의 신분해방을 일단 당연시하고, 이를 더 급진화하는 데로 나아가야 한다는 것을 알고 있다.

조명희가 경쾌한 어조로 당연한 듯 전하고 있는 이 작은 모티프에 1920년대 초 조선사회에서 일어난 엄청난 모든 비약과 전환, 그리고 미래의 가능성이 함축돼 있다. "천지개벽"에 해당하는 급격한 사회변동과 그를 가능하게 하거나 또는 그것을 반영한 앎의 변화가 거기에 녹아 있다. "천지개벽"은 우선 봉건적 신분제로부터 인간(남성)의 해방이다. 이는 백정이라는 '불가촉천민'의 해방이기 때문에 곧 '모든 인간의 해방'이며, 또한 또다른 비존재이던 여성도 명목상 포함되는 보편적 해방이다. 아버지와 로사의 말다툼은 계급재편을 둘러싼 변화와 새로운 주체성의 탄생에 관한 논쟁이다.

비존재에서 '새 양반'으로 나아가려했던 로사의 아버지는 형평사원이었다. 로사와 성운을 만나게 해준 것도 형평운동과 그에 대한 사회주의자들의 지지지원이었다. 형평사는 봉건제에서 계급의 완전한 철폐로 비약하고 계급해방의 시간을 압축하는 매개였던 것이다. 그 하나의 현실적·상징적 중심에 형평운동이 있었고 사회주의자 조명희는 이를 예리하게 포착한 것이다. 사회주의 소설은 대부분 반봉건과 탈식민지자본주의의 과제가 어떻게 착종·융합되어 있는가를 잘 보여준

---

21) 예컨대 한별, 「새상놈, 새량반」(『개벽』 제5호, 1920년 11월)은 4.4조의 가사형식으로 당대의 상황에서 기존의 습속과 전통과는 다른 행동양식을 취할 수밖에 없는, "새상놈, 새량반"의 모습을 그리고 있다.

다. 그러나 「낙동강」이 어느 작품보다 더 선명하다. 그것은 기존 연구에서의 평가와 같이 박성운이라는 '귀향 지식인' 혹은 소위 '세계사적 개인'을 성공적으로 그려냈기 때문이 아니라, 혼란한 상황에 처해있는 비존재들과 '로사'가 되려는 여성을 다뤘기 때문이다. 이 소설은 당시의 인민연대와 앎의 해방의 현황에 관한 텍스트이면서 그 이상이다.

　작가는 이와 관련된 앎과 습속의 해방전선에 사회주의가 중심으로 서 있으며 서야 함을 주장하고 있으나, 현실에서 「낙동강」에서와 같은 과거와의 단절과 '전망(vision)의 제시'가 순조롭고 평화로웠던 것은 아닐 것이다. 습속의 느린 변화와 식민지자본주의가 만든 새로운 상황 사이의 마찰은 '인민 내부의 모순'으로 표출되었다. 탈—봉건적 신분 해방과 사회주의적 계급해방의 관념은 무수한 사람들의 머리 속에서 착종되었기 때문이다. 그래서 신청년이나 지식인 뿐 아니라 대다수 인민을 위한 지식으로서 사회주의는 몇 단계의 과정을 거쳐 여러 층위의 언어로 번역되어야 했다.

3. 백정의 앎과 말

1) 백정의 계급론

　실질적인 해방을 쟁취하기 위해 백정 자신들이 나선 형평운동은 1923년에 시작되었다. 4월 24일 진주에서 70여 명의 백정과 사회운동가들이 형평사 발기회를 갖고 시작된 운동은 급격하게 삼남지방에서 번져나갔다. 「동아일보」와 「조선일보」가 형평사의 발기와 전국적 조직 확대를 호의적으로 크게 보도해주었다. 형평사 조직에는 백정 신분을 가진 사람 뿐 아니라, 백정과 전혀 관계없는 지식인과 운동가도 많이 참여했다. 봉건적 신분제가 폐절되어야 한다는 의식이 전제되어 있지 않았으면 이러한 지지 지원이나 운동이 가능하지 않았을 것이다. 그러나 그 이상의 사상이 여기 결합했다. 북성회·평문사·점진사·적기사 등의 단체들과 진주노동공제회 등이 적극적으로 형평운동 지원에 나섰다. 사회주의자들에게 처음부터 형평운동은 완전한 계급해방운동의 의의를 잘 나타낼 '고리'로 이해되었던 것이다.[22]

형평운동의 의의를 적극적으로 인정한『동아일보』1923년 5월 18일자 사설「衡平運動의 意義, 一般社會의 自覺을 要함」은 사회주의와 형평운동을 '계급 타파'의 관점에서 연결짓고 있다. 이 글은 "근대에 지(至)하야 가장 고도로 발달된 것은 인격의 자유와 평등을 요구하는 운동"이며 이것이 "소위 현대사상의 연원(淵源)이라고" 평가했다. 사설은 "근래에 창도하는 사회주의 혹은 공산주의의 기초 관념이 식물(食物)의 평등화로만 주장하는 것으로 간주(看做)" 하는 것은 "실로 피상(皮相)의 관"이라며, "계급타파의 주의주장과 갓흔 방면도 이와 갓흔 시대 사조의 산물"이며 "조선에 형평운동이 기(起)한 것은 즉 인도 관념에 기초한 인격의 자유와 평등을 요구함에 있"다고 파악하고 있다. 이처럼 인간해방의 일반적 의의와 사회주의 사상에서의 계급해방에 대한 사고는 연관되어 있다.

그런데 이 사설에서의 '계급'이 봉건적 신분 개념에 가까운 것인지, 자본주의가 만들어낸 새로운 계급관계를 뜻하는 것인지는 분명하지 않다. 1920년대 초의 단계에서 둘 사이의 관계와 그에 대한 엄밀한 구분 의식은 완전히 명확하지는 않았다. 그러나 새로운 지식과 개념이 기존의 것과 충돌할 때 만들어지는 혼동과 오해야말로 '현실'에 적용된 사상과 그 변동의 실제적 과정을 보여준다.

김우평(金佑枰)의「사회주의의 의의」는 사회주의가 야기한 의식의 변화과정을 보여주는 실례가 될 수 있을 듯하다. 이 글은 사회주의의

---

22) 사회주의는 형평사가 일제에 의해 거세되어 순수조합조직인 대동사(1936년)로 변할 때까지 지속적으로 조직적인 관계를 맺었고, 형평조직(일부) 자체가 사회주의 대중운동단체로 존재했다. 관련된 논의는 김중섭, 앞의 책 참조.

기본적 이상이 "독락불여중락(獨樂不如衆樂)"이라고 했으며, 이 우주의 모든 물질[諸物]이 "상제께서 주신 물(物)"이며, 사회주의가 "이 세계의 하허(何許: 그 누구)의 인류를 물론하고 각각 문화적 상속권이 유함으로 다 공존의 권리가 있"는 평등사상이라 설명했다. 특히 사회주의는 인간이 "모두 상제의 자손"이며 그리하여 "여하한 불구자라도 공존을 허"[23] 하는 사상임을 강조했다.

'독락불여중락(혼자 잘 먹고 잘 사는 것이 같이 잘 먹고 잘 사는 것보다 못 하다)'이나 '상제의 자손'이라는 언명은 흥미롭다. '상제'는 처음 천주교가 중국에 전래되었을 때 크리스트교의 유일신(하느님)을 한자로 번역한 말로 탄생했고, 조선에서도 그와 같은 용례로 쓰였다.[24] '상제'는 "명예도 노동자에게, 황금도 노동자에게, 안락도 노동자에게 여하리라고 상제께서 고대하시나니라"라 한 조선노동공제회의 취지문에서도 나타난다. 이러한 언표는 1920년대 초 사회주의라는 완전히 새로운 지식이 수용되기 위하여 입은 익숙하고 편했던 대중적인 '옷'이자 언어표상이라 하겠다.[25] 이런 번역과 표상화는 모든 사상 수용의 초기 단계와 지식의 탄생에서 첫 단계에서 필연적인 것이며, 또한 대중적 앎이 성립하는 것과 같은 과정이다.

비슷한 시기 같은 지면에 지식인에 의해 발표된 보다 본격적인 사회주의 관련 문헌에서도 '계급'에 대한 이해에는 편차가 있다. 예컨대 철민생의 「노동운동과 윤리의식」(『동아일보』, 1920. 5. 18)은 노동계급운동의 평등사상이 갖는 선도성과 보편성을 주장하고 있고, 「일본사회주의자의 선전선동—정당한 이해가 필요」(『동아일보』, 1921. 11. 17)는 일본의 보통선거 실시 문제를 들어 자유주의적 평등과 사회주의적 평등

---

23) 김우평, 「사회주의의 의의」 3회, 『동아일보』, 1920. 8. 18.

24) 예컨대 '서학'(천주교)을 받아들였던 정약용은 상제론을 개진한 바도 있다. 김영일, 「茶山의 上帝思想 研究」, 건국대 박사논문, 2001. 지금도 증산도·대순진리회에서 '상제'라는 단어를 많이 사용한다.

25) 관련하여 이 책의 이승희의 논문을 참고.

을 잘 구별하고 있다. 반면, 「과격파와 조선 (3)」(『동아일보』, 1920. 5. 14) 같은 글은 "조선민족에는 특히 강자이나 약자이니 또 부자이니 빈자이니 하는 구별이 없지는 아니하나 타국에 비하면 있다고 할 수 없고 그 실로 말하면 사정과 형편이 모두 약자오 모두 빈자라는 것이 가장 타당"하다고 하여 평등과 계급 문제에 대한 미분화된 인식을 보여준다. 이는 1920년대 초 사회주의자들도 계급을 생산수단의 소유관계에 따라 보지 못하고, 노동과 계급문제를 추상적인 수준에서 이해하거나 착취계급과 피착취계급 내지 지배계급과 피지배계급 등 2분법적으로 계급을 분석하는 경향과 조응하는 것이기도 했다.[26]

그런 점에서 경남 진주의 발기회에서 발표된 「형평사 주지(主旨)」는 대단히 상징적이다. 여기에는 당시 유포되고 있던 사회주의와 '계급'에 대한 사고의 영향이 나타나 있으며, 또한 해방된 인식을 가진 백정이 이른 곳이 어딘지도 나타나 있다.

"(1) 공평(公平)은 사회(社會)의 근본이요, 애정은 인류의 본량(本良)이라. 연(然)함으로 (2) 아등(我等)은 계급(階級)을 타파하며, 모욕적 칭호를 폐지하며 (3) 교육을 장려하야 우리도 참사람이 되기를 기약함이 본사의 주지이라." …(중략)…

"비(卑)하며 빈(貧)하며 열(劣)하며 약하며 천하며 굴(屈)하는 자 누구인가? 희(噫)라 우리 백정이 아닌가! 그런데 여차한 비극에 대하여 사회의 태도는 여하한가? 소위 지식계급에서 압박과 멸시만 하엿도다. 이 사회에서 백정의 연혁을 아는가 모르는가? 결코 천대를 받을 우리가 아닐가 하노라. 직업에 별(別)이 있다 하면 금수의 목숨을 뺏는 우리뿐이 아닌가 하노라. 본사는 시대의 요구보다도 사회의 실정에 응하여 창립되얏슬뿐 아니라 (4) 우리도 조선민족 2천만의 분자며 갑오년 유월부터 칙령으로써 백정의

---

26) 김명식, 「노동문제는 사회의 근본문제이라」(『공제』 1호, 1920. 10, 20쪽)은 "노동은 사회의 국부문제도 아니오 계급문제도 아니오 또 산업혁명이 발생한 이후 문제도 아니라 인생의 기원과 그 기원을 가티한 인생의 시초문제이며 인생의 전체문제이며 사회의 근본문제이다."고 했으며 "자본가는 황금을 많이 소유한 계급, 노동자는 황금을 소유하지 못한 계급"식의 규정을 내놓았다. 이호룡, 앞의 책, 98쪽, 재인용.

칭호를 없이하고 평민된 우리이라."(번호와 강조는 인용자)[27]

　(1)과 (2)는 위『동아일보』에서의 생각과 똑같이 '인류 보편의 가치'라는 인식의 틀과 그 틀을 채울 평등('공평')의 이상이 형평운동의 주지가 되어있음을 알게 한다. 우선 평등이 '계급 타파'를 통해 달성될 것이라는 주장에서, 백정이라는 봉건적 신분과 '계급'을 구분하지 못하는 당대의 인식을 다시 확인할 수 있다. 다른 한편 이는 '계급'이라는 말과 사고가 얼마나 폭넓게 사회화되어 있었는지를 보여준다.
　1923년 4~5월경에 창립된 형평사 김제지회인 서광회(曙光會)의 선전문 또한 새롭게 태어나는 '주체의 변증법'을 나타내 보인다.

> 백정 계급아 분기하라/ 백정 계급아 각성하라
> 　권리 없고 의무 없는 백정 계급아, 눈물 업고 웃음 업는 백정 계급아, 과거의 역사를 소고(溯考)하고 현재의 생활을 상찰(詳察)하라. 그 역사와 그 생활이 과연 엇더한가를? …(중략)… 아! 과연 이것이 정복계급(양반계급)의 죄이냐. 부라, 질곡적 제도에도 잇으며 전통적 습관에도 잇도다./ 우리 인류 사회가 무기체가 아니요 유기체이라 하면 백정계급도 유기체이오, 인류 사회가 고정체가 아니오 유동체라 하면 백정계급도 유동체이다. 그러므로 우리는 차 진화법칙에 의하여 향상하려 한다. 여기에서 권리를 회복하고 자유를 해방하려고 질곡적 제도를 탈출하며 전통적 습관을 타파하여 동민족적 차별을 철폐하는 동시에 모멸적인 백정이라는 명사를 철폐하야 우리의 역사를 일층 신선케 하며 우리의 생활을 일층 진선미케 하랴 한다./ 백정 계급아 결속하라/ 백정 계급아 자조하라.(강조는 인용자)[28]

　이 선전문은 한층 더 강하게 백정 스스로를 '계급'이라는 집단적 주체로 동일화하고 있다. 서두에서의 **"분기"**, **"각성"**과 같은 어사는 그 같은 주체의 '깨어남'과 '탄생'을, 결미의 '결속'과 '자조'는 주체의

---

27) 「형평사 주지」,『조선일보』, 1923. 4. 30.
28) 『조선일보』, 1923. 5. 26.

재구성과 확산을 상징한다. 흥미로운 것은 이 선전문이 사회진화론을 자의적으로 해석하여 백정도 "진화법칙에 의하여 향상하여" 차별 당하지 않는 존재가 되겠다고 한 대목이다. 주지하듯이 1920년대 초, 계급 철폐와 인간해방에 관한 이상은 크로포트킨의 상호부조론 등의 사상이 수용되며 사회진화론을 극복함으로써 전개될 수 있었는데[29] 이 글은 오히려 "진화법칙"에서 해방의 근거를 찾고 있는 것이다.

그러나 이런 오해는 비단 서광회 것만의 것은 아니었다. 좀더 이른 시기에 발표된 『공제』의 창간호에서 지식인인 신백우의 「계급사회의 사적 고찰」과 같은 글이 사회주의와 사회진화론을 뒤섞은 논리를 펴고 있기 때문이다.[30] 이와 같은 혼재·혼란한 담론들이 컨텍스트가 되고 백정 자신의 경험과 도덕관념과 접변을 일으킨 뒤에 서광회 백정들의 말은 탄생했을 것이다. 이런 '비논리'나 접변에 의한 어긋남이야말로 살아있는 인식과 실천의 사회적 생태를 나타내준다. 다시 말해 어떤 표기체계와 이미지 그리고 속류화된 언술, 즉 표상이 이데올로기와 망탈리테를 표현하기 위해 동원되는가 하는 것은 전체 사회의 의식의 변화와 실제 운동의 강밀도를 가늠하는 척도가 될 수 있다. 이데올로기는 표상과 망탈리테, 그리고 '윤리'의 작용 없이는 작동하지 않기 때문이다. 논리의 체화보다 더 빠르고 강력하게 '계급'이라는 용어와 '계급해방'의 당위가 운동으로 물질화되고 있었던 것이다.[31]

---

29) 예를 들어 김사국, 「현대적 경제조직의 결함」, 『개벽』 15호, 1921. 9. 이 글에서 사회주의자 김사국은 우승열패하고 약육강식하던 시대가 지나갔으며 생존경쟁이 진리가 아니라고 역설하고 있다.

30) 권희영, 「조선노동공제회와 『共濟』」, 『정신문화연구』 51, 정문연, 1993.

31) 한편 이 글들에서 사용되고 있는 다른 용어와 수사들 중 일부는 사회주의 이외의 새로운 지식과 개념이 어떻게 전체 사회로 번져갔는지 그 새로운 대중적 표상의 창출과 유통의 과정을 보여준다. 특히 「형평사 주지」에서의 '애정' '사회' '지식계급' 등의 용례에 주목할 필요가 있다.

2) 앎―주체로서의 백정

대중지성의 형성 문제와 관련해서 꼭 짚고 넘어가야 할 것이 위 형평사 주지 (3)에서의 "교육을 장려"이다. 이는 평등을 요구하는 타자(소수자)가 교육 기회의 평등을 요구하는 언설이 아니어서 더 문제적이다. 오히려 문면에 나와 있는 대로, 이는 사회 바깥에 존재하는 타자인 그들 스스로가 평등에의 자격을 갖추기 위해 "교육을 장려"하겠다는 의지의 표명이다. 1920년대 조선 사회의 성원들에게 교육이 갖는 중층적인 의미를 새삼 환기시키는 대목이라 할 만한데 그 의미는 일반적인 경우와 다르다고 생각된다.[32]

식민지 시대 일본에 의해 수행된 한국인에 대한 초등교육과 '실과(實科)' 및 직업교육 또한 대중교육 문제의 모순된 측면을 보여주는 적실한 예일 수 있다. 다시 말해 식민지 초등교육은 등장한 대중에 대한 근대적 규율권력에 의한 재영토화,[33] 또한 새로운 생체정치(bio-politics)

---

[32] 예를 들어 1920년대에 출현한 최초의 '노동계급제도'이자 조직이었던 조선노동공제회와 같은 조직이 건설될 때에도, 노동자가 "목전의 생활난을 절규" 하는 상황이기 때문에 이 문제를 해결하는 일이 급무라고 하면서도 그 실행의 구체적 방도와 "최선의 급문제"를 노동자교육, 경제, 위생이라고 했다. 또 공제회의 주지 7가지 중에 가장 먼저 거론된 것은 "지식계발"이다. 박중화, 「조선노동공제회회주지」, 『공제』 1호, 1920. 9.

[33] 이에 관한 기본적인 사실들에 대해서는 『식민지 보통교육 연구』를 비롯한 오성철의 연구를 참고. 오성철은 조선인들의 일본 공립학교 진학열을 분석하며 근대적이며 계급적인 욕구, 즉 초등교육이 식민지인의 사회 진출을 위한 발판이라는 측면에 초점을 맞추었다.(물론 그 양상은 1910년대와 그 이후가 서로 다르다.) 윤해동도 식민지 시대의 '의무교육' 문제에 포함된 식민권력과 대중의 관계 문제를 적실하게 다뤘다. 그는 민족주의적인 오석과 달리 교육에 대한 조선 인민의 열망이 '민족주의'인 것과 무관한 것이라 전제한 후, 이를 "근대화의 진전, 즉 전통적 사회관계의 해체과정과 무관하지 않"은 것으로 파악한다.(윤해동 · 천정환 외 편, 『근대를 다시 읽는다』 1, 역사비평사, 2006, 56-57쪽 등을 보라) 식민지 민중은 평등한 인간으로 살기 위해서 또는 '행복하기 위해서' 교육받고자 한 것이다. 그런데 그 교육은 저항을 가능하게 할 수도, 고도의 복종과 협력을 가능하게 할 수도 있다. 따라서 이 문제를 지배와 저항의 양가성, 그리고 지배/저항을 넘는 문제틀로 입체화하여 재고할 필요가 있다.

174

의 발현 방식으로 해석할 수도 있다. 그러나 이러한 파악은 사태의 전체를 본 것은 아니다. '신분사회로부터 학력사회로'의 이행은 세계적인 '보편'이라지만, 특히 그 구현의 강도는 근대 한국에서는 또 다른 문제이기 때문이다. '배움'에 대한 근대 초기 대중의 열정과 지식에 대한 갈급은 어디에서 비롯되고 어떻게 확산되었을까? 그 자체로 중요한 논의의 대상이 아닐 수 없다. 유교적 신분사회에서의 처절한 불평등의 경험, 실력양성론(민족 개량주의)의 대중화과정, 입신 출세주의의 근대적 변용, 학벌사회의 탄생 등에서 그 원인과 맥락을 생각해 볼 수 있다. 그것은 식민권력이 본격적으로 개입하기 이전부터 불이 붙어 있었다.[34]

　진주에서 최초의 형평운동이 시작되게 한 계기 자체도 '교육'에 있었다. 1922년 자산가였던 백정 이학찬이 진주일신학교의 수축에 재력·인력을 동원해주고도 자신의 아들이 지역주민들 때문에 학교 입학을 거절당하자, 지역 운동가들을 찾아나서서 조직 운동을 시작했던 것이다. 형평사는 공동체적 성격을 지닌 상호부조와 형평사 자체의 이념을 교육하는 활동들 이외에, 소속원 자녀들을 위한 야학의 설치와 신문·잡지의 구독을 권장하고 "상식" 향상을 위한 강연회를 개최하는 등의 지식 교양 활동을 활발히 벌였다. 이는 "형평중학"의 건립과 "형평 잡지"의 발간과 함께 '사칙(社則)'에 명기된 바였다.[35] 이는 인민 스스로가 '교육의 필요'라는 사회의 요청을 강하게 내면화함으로써 가능한 일이었다. 요컨대 백정 스스로가 느끼는 자신의 타자됨은 "교육의 장려"를 통해 극복될 것이었다. 백정에게 '앎의 해방'은 신분 해방 자체와 동일시되었다. 언어와 앎으로부터 배제되었던 하위주체는 형성되는 순간 앎-주체이다. 딸을 공부시킨 로사의 아버지가 그토록 자랑스러

---

34) '배워야 인간구실한다'라는 '무지로부터의 해방'에 대한 강한 신념체계는 근대 한국인 특유의(?) 평등주의와도 직결되어 있었으며, 그로부터 전화한 계층상승(또는 유지) 욕구로서의 교육열은 '지금-여기'의 한국사회의 구조를 결정짓고 있는 중대한 요인이다.
35) 김중섭, 앞의 책, 329쪽.

워했던 이유도 여기에 있겠다.

『동아일보』 1925년 9월 19일에 경남 창원발 기사로 실린 보도는 로사 아비와 그 동료 백정들에게 교육의 의미가 무엇인지를 실제로 보여준다. 지역의 형평사원들이 "자제를 교육시키기 위해 생활곤란에도 불구하고 각지로 다니며 동정금을 얻어 교사를 신축"했으나 9월 6일에 닥친 폭풍우에 파괴되었다. 이에 지역 형평사원들은 "통곡을 마지 못하다가" 임시 총회를 개최하고 "삼순구식을 하더라도 학교는 영원히 유지하자는 선언"에 동의했다. 그래서 3일 동안 모든 영업을 중지하고 사원 가족 남녀노소가 동원되어 다시 학교 건물을 수축했다는 것이다.[36]

4. 민족 – 대중 – 계급의 착종과 전이

1) 반형평운동의 망탈리테

형평운동을 1920년대 초에 폭발적으로 확장되고 있던 대중운동의 일환으로 간주할 수도 있겠다. 특히 1922~23년 사이에 대중운동은 그야말로 폭발적으로 전개되며, 수없이 많은 조직을 생겨나게 했던 것이다.[37] 그러나 형평운동은 일반적인 대중운동이나 '민족운동'의 의미를 넘어선다. 왜냐하면 형평운동은 소수자 혹은 타자(他者)들의 운동으로서의 의미를 지닌 것이었기 때문이다. 비상한 투쟁이나 혁명적 정세가 아니면 가시화되지 못하는 하위주체인 백정이 주체가 됨으로써, 반상 혹은 노자 사이의 대립과 다른 차원의 사회적 반응과 계급 대립이 야기되었다.

이 사실을 당대인들도 감지하고 있었다. 형평운동은 "있고도 없는

---

36) 「형평사교육열」, 『동아일보』, 1925. 9. 19.
37) 결론부분의 표 참조.

듯이 경과하야 온 잠복하얏든 계급사상의 일 발로(發露)"로서 "사권(私權) 상의 권리와 의무상으로는 비록 계급적 차별이 철폐되었다 하지만은" "관습적 계급관념이 의연히 실생활의 세력을 파지하고 있다"[38]는 사실을 강하게 환기시켰다. 그래서 "진주의 형평운동이 기(起)한 후로 오인은 조선사회에 아즉까지 계급제도가 있느냐 없느냐의 반성을 촉(促)케 되얏"[39]다. 또는 형평운동은 "모든 차별적 현상"에 대해 조선인들이 진정으로 반대할 수 있는지에 대한 시금석이 되었다. 왜냐하면, 형평운동은 "어느 계급을 물론하고 각 개인의 계급의식 상에 만흔 파란을 야기하얏"던 것이다.[40] 실제로 백정이라는 하위주체가 말하기 시작하고 또 운동을 통해 모습을 드러냄으로써, 전에 없었던 불편함과 혐오감을 야기했다.

형평사 반대운동은 진주에서 형평사 설립이 선언된 시점부터 바로 시작되었다. 형평 운동의 지원에 참여한 진주의 지식인·운동가들은 백정은 인간이 아니라는 인식을 가진 일반인들에게 '신백정'이라는 욕을 먹었다. 그러나 이는 1923~25년 사이에 백정 해방운동이 '민족'과 '인민 내부'에 야기한 심각한 모순과 물리적 쟁투의 예고편에 불과했다. 형평사 총본부에 보고된 충돌 사건의 원인을 보면, '양반의 선동에 의한 차별 사건', '상민의 차별 사건', '학생에 대한 차별 언어 사건', '경제 쟁의' 등 다양했다.[41] 그러나 기본적으로 충돌은 모두 백정에 대한 일반인들의 오래된 차별 관습과 '혐오'에서 비롯되었다.

1924년 5월 8일 경남 진영에서 일어난 형평사원들과 행상대의 패싸움은 가장 전형적인 사건의 하나였다. 형평사원 조덕수가 장날 쇠고기를 팔러갔다가 행상 최모의 점 앞에서 잠시 지체하자 최모가 다른 곳으로 가라했다. 그런데 조덕수가 최를 "눈을 부릅뜨고 바라보앗"던 것

---

38) 「계급생활과 사회적 해독―김해사건에 鑑하여 (상)」, 『조선일보』, 1923. 8. 28, 1쪽.
39) 「衡平運動의 意義, 一般社會의 自覺을 要함」, 『동아일보』, 1923. 5. 18.
40) 「계급생활과 사회적 해독―김해사건에 鑑하여 (상)」, 『조선일보』, 1923. 8. 28, 1쪽.
41) 김중섭, 위의 책, 183쪽.

이다. 이에 점주 최모가 "계급적 어구로써"42) "'백정놈이 양반에게
무례한 행동을 하느냐'"고 하였더니, 조덕수가 지지 않고 "백정놈은
사람이 아니오"라며 맞섰다는 것이다. 이 광경을 "재래의 인습에 저
즌" 근처의 상인들이 보다가 "아즉까지 백정은 백정놈이오, 양반은 아
니니 무슨 소리냐?"고 하며 "수십명의 행상대가 모여들어 조덕수를 무
수란타" 했다. 인근의 형평사원들이 달려와서 결국 패싸움으로 번졌다.

'자랑 끝에 불난다'는 제목을
단 [그림 1]은 5월 20일자『동아
일보』에 실린 독자 만평으로서, 바
로 이 사건을 그린 것이다. 그림
은 사건 전체를 정확히 전달하지
는 않았지만, 당시 형평사원과 일
반 민중의 관계를, 그리고 그 속
에 개재된 망탈리테를 압축하고
있다. 청년으로 보이는 형평사원
은 눈을 부릅뜨고 버티고 서서 '량
반'에 적개심을 표현하고 있다. 반
면 '량반'이라 지칭당한 갓 쓴 행

[그림 1]

상은 소스라치듯 놀라고 분노하고 한 발 물러서고 있다.43) 소스라치게
놀람이나 분노는 금기가 깨어질 때의, 혹은 정체성의 경계를 침범 당
할 때의 반응이다. 아직 그들은 백정을 인간으로 인정하고 마주 보며
대화할 준비가 되어 있지 않았다.

그런데 이 놀람과 분노는 비단 전근대적인 인습과 사고방식에 젖어
있던 양반과 농민들에게서 뿐 아니라, 신식 학교·청년회·농민회 심

---

42) 이런 어사에서 '계급적'이라는 어사가 자체로 부정적인 뉘앙스를 가질 수 있었다는
  점도 볼 수 있다.

43) 각각 「량반자랑하다가 衡平社員과 爭鬪」,『동아일보』 1924. 5. 17; 「자랑끗헤 불난다」,
  『동아일보』, 1924. 5. 20. 본고의 그림 자료는 이승희 선생의 도움으로 찾은 것이다.

지어 노동조합 같은 근대적 사회단체와 그 소속원들에게서도 나타났다. 근대적 운동 단체와 형평사 사이에서 일어난 무수한 갈등을 어떻게 보아야 할까.

1923년 6월 전북 군산에서는 학교 설립을 위한 모금운동에 형평사 분사가 헌금을 내자 군산 청년회가 "더러운 돈"이라며 받기를 거절했다.[44] 8월 19일에는 경남 하동에서 형평사 분회가 설립되었는데, "노동조합원" 70여 명이 회장에 난입하여 반대운동을 전개했다.[45] 충북 제천에서 벌어진 사건은 바닥에 있는 망탈리테를 그대로 드러내 보여주었다. 9월 4일 형평사 제천 분사 창립 축하식을 하기 위해 분망하게 준비하던 회장에 돌연히 노동자 수백명이 몰려 들어와서 쳐놓은 차일을 떼버리고 경남 진주와 청주에서 출장온 형평사원들을 몽둥이와 발길로 폭행하여 중상을 입혔다. "더욱 괴괴한 일은" 노동자들이 어디선가 평양립(平凉笠: 백정들이 쓰고 다녀야했던 패랭이) 수십 개를 구해 와서 강제로 형평사원들에게 씌운 후 골목으로 끌고 다니며 "본래부터 백정놈은 패랭이를 쓰는 법"이라고 했다[46]는 것이다. 패랭이를 쓰고 다니는 백정은 노상에서 양반을 만나면 패랭이를 벗고 길가에 엎드려야 했고, 상민들은 상을 당했을 때 패랭이를 쓰곤 했었다. 패랭이는 타자와 일상을 준별하기 위한 복장 페티쉬였던 것이다. 제천의 노동자들은 패랭이를 벗고 다니는 백정을 다시 제자리로 돌려 놓고 싶었던 것이다.

1923년 8월 이후에는 서울과 기호 지방으로 형평운동이 번져나갔고, 충남 홍성과 부여, 경기도 수원 등에서 형평사원들에 대한 박해운동이 일어났다. 형평사와 민중의 갈등은 1925년 이후에도 중단되지 않았다. 그러나 전북 줄포에서 있었던 일은 형평운동을 둘러싼 갈등에서 반드

---

44) 「청년회를 비난. 군산청년회는 공공사업에 냉정하고 衡平社에서 기부한 돈을 더럽다고」, 『조선일보』, 1923. 6. 28, 3쪽.

45) 「하동 형평 분사. 발회식장에 풍파, 노동조합원들이 반대운동을 하기 시작」, 『조선일보』, 1923. 8. 25, 석간 3.

46) 「제천 형평사원에게 강제로 平壤笠, 분사 창립 축하식에 수백명의 노동자가 달려들어 사원 수십명을 무수난타」, 『동아일보』, 1923. 9. 11.

시 형평사원들만 옹호될 수 없는 복잡미묘한 정황이 있었다는 것을 알
게한다. 형평사 분사가 창립총회를 열기 위해 줄포청년회장 김모에게
청년회관을 빌려 주기를 요청했으나 거절당했다. 이유는 "양반이 되려
는 백정들이 그만한 집 하나를 준비치 못하고 청년회를 빌려 달라고
하냐"며 자기들은 "양반이 되고자 하는 백정에게는 신성한 청년회관
을 빌려주지 못하겠다"[47]는 것이었다. 이는 해방을 맛본 백정이 가진
허위의식이 신분제에 대해 혐오를 지닌 새로운 근대 주체들에게 분노
를 일으키거나, 양반 대 민중 또는 신흥 부르주아지 대 노동자계급의
대립구도가 형평운동에 대한 분노로 전이되기도 했다는 것을 보여준
다. 실제로 형평사원 중에는 일부 부유한 백정 출신이 있었고, 이들은
자신들의 신분 해방을 '새 양반'이 되는 것으로 이해하기도 했을 것이
다. 이는 곧 로사 아버지의 사고방식이기도 했다.[48]

2) 민족―대중과 계급―대중

　대중의 등장은 19세기 중반에서 20세기 초에 걸친 세계사적 현상이
다. 산업혁명과 근대적 기계제대공업은 프롤레타리아를 농촌에서 해방
하여 도시로 불러 모았고 그들을 집단(mass)으로 만들었다. 문맹이 퇴치
되기 시작하고 언론매체가 확산됨으로써 '사회에 대한 인식의 공유 현
상'이 나타났다.[49] 이 과정에서 대중은 최초로 모습을 드러낸다. 산업
생산과 소비, 양면에 있어서 출현한 집단적 주체가 대중이다. 그러나
경제적 범주로서 뿐 아니라, '집회・결사의 자유'・'언론의 자유' 그리
고 '여론'과 보통선거 같은 근대 민주주의 제도와 관련된 제범주와 체

---

47) 「茁浦 형평 분사 창립총회를 하였는데 섬뜩한 일이 있었다고」, 『조선일보』, 1923. 8.
　　25, 3쪽.
48) 「부자를 난타, 형평사를 만들어 가지고 양반노릇 한다고」, 『중외일보』, 1928. 6. 11와
　　같은 기사도 같은 맥락에서 이해할 수 있다.
49) 윤해동, 「식민지 근대와 대중사회의 등장」, 『국사의 신화를 넘어서』, 임지현・이성시
　　편, 휴머니스트, 2005, 253쪽.

계는 대중이라는 집단 주체와 그 존재성을 전제한 것이다. 철도·증기기관·자동차 등의 교통기관, 그리고 신문·영화·라디오·텔레비전 등 '대중'매체와 같은 사회적 커뮤니케이션 체계, 학교와 군대와 같은 새로운 규율권력 또한 마찬가지이다. 이와 같은 현상들이 연속적·불연속적 총체를 구성하는 것이 근대의 삶이며 그 문화와 앎의 체계 한가운데에 있는 존재가 대중이다.

중요한 것은 대중의 탄생과 민족의 형성, 그리고 계급의 등장이 분리된 것이 아니라는 점이다. 대중은 그저 '군중'이거나 '익명의 타자'가 아니라 지향성을 지닌 존재이다. 다시 말해 대중의 존재성은 다른 주체성으로 융합되고 전화한다. 계급과 민족(국민)이라는 근대의 가장 중요한 집합적 주체성이 근거하는 자리가 대중이다.[50] 대중의 존재성은 국가와 민족, 그리고 자본과 노동의 힘에 의해 과잉결정된다. 그러니까 문제는 계급(계층), 민족(국민), 대중이 아니라 계급−대중, 민족−대중, 계급−민족 등과 같이 상호작용하고 융합하는 주체성과 그 사이의 모순이다. 민족운동도 대중의 존재를 전제하지 않고 성립될 수 없다.[51]

---

50) 네그리(A. Negri)와 '자율주의자'들은 "대중은 공장을 헤게모니적 영역으로 하는 근대적 생산의 단계에서 노동계급을 중심으로 구축되었"다고 규정한 뒤, "주권합성을 거쳐 나타나는 정치적 대중이 민중"이며 "민중은 정치적 경향성에 따라 민족−민중(nation)으로 나타나기도 하고, 계급−민중(people)로 나타나기도 한다."고 주장한다.(조정환,『제국기계』, 갈무리, 2005, 219쪽 등) 이는 근대의 '대중·계급·민족'에 대한 요령 있는 설명의 하나라 생각된다. 그러나 이는 단지 '정치적 경향성'에 따라서 결정되는 것이 아니라, 권력과 다른 주체(이민족, 다른 계급 등)와의 역관계 그리고 역사적 전통에 의해 구조화되는 관계 범주로 설명해야 한다고 본다.

51) 물론 서구와 동아시아에서 민족−대중의 융합 과정은 많은 차이가 있을 것이다. 서구에서 1848년 이후 민족(국민)과 대중의 융합에 대한 관찰은 구스타브 르봉이나 오르테가 이 가제트 같은 초기 관찰자들 뿐 아니라, 홉스봄이나 볼르강 몸젠 같은 역사학자들에 의해서도 수행된 바 있다. 월러스틴 또한 "세계체제의 견지에서도 언제나 민족주의적 성격을 띤 반체제운동은 대중적 현상으로만 존재했다."고 썼다. 윤해동,「식민지근대와 대중사회의 등장」,『국사의 신화를 넘어서』, 임지현·이성시 편, 휴머니스트, 2004, 253-259쪽. 윤해동은 대중의 등장과 (식민)권력과 (민족주의·사회주의 등의) 운동의 '대중의 영토화' 과정을 예리하게 설명하고 있다. 그러나 '근대'적 권력(운동)이

특히 배타주의와 국수적 애국주의에 기반한 민족주의가 만개한 것도 대중의 등장과 궤를 같이 하는 과정이다. 다시 말해 대중은 국민국가와 초국가적자본주의의 동시성을 구현하는 존재이지만, 태어나는 그 순간 바로 국민이나 민족에 의해 영토화되었다. 또한 계급운동도 집단적인 프롤레타리아트와 그 조직을 전제한다.

형평운동도 1920년대 초의 운동처럼 민족−대중−계급(계층)의 동시적인 탄생과 그 주체성의 상호작용을 보여준다. 처음부터 형평운동을 지지한 「동아일보」와 「조선일보」의 태도가 주목된다. 당시 상당수 인민의 습속이나 광범한 차별의식에 거슬러, 이들 신문들이 형평운동을 지지하는 이유가 무엇이었을까? 그것은 무엇보다도 첫째, '탈봉건'의 과제를 위해 백정도 인간으로 인정되어야 했고 그보다 더 중요하게 둘째, 백정도 '동포'이기 때문이다.

이와 관련하여 형평사 건설 1주년을 맞아 『동아일보』에 실린 만평52)은 형평운동에 대한 인식 한켠을 예리하게 드러낸다. 무엇보다 이 그림이

[그림 2]

라는 견지에서 식민권력과 운동(좌익)의 대중에 대한 태도를 동질적인 것으로 간주하는 것은 무리라는 생각이다. 또한 이경돈, 「취미라는 사적 취향과 문화주체 대중」(『대동문화연구』 56집, 성균관대 대동문화연구소)도 이러한 근대적 집단 주체의 복합적 면모에 주목했다. 그러나 이경돈도 대중의 이러한 전신(轉身) 혹은 다면적 존재성이 엘리트와 근대 정치의 '사회적 기획물로 전락시키는 시스템의 산물'이거나 객체로서 편의적으로 호출(명명)된 것으로 파악했다. 이러한 '수동성'에 대한 강조는 대중의 배후에 있는 권력과 자본을 폭로하는 비판적 효과를 지니고 있지만, 반대로 대중에 관한 오래된 엘리트주의적 설명 방식이라는 측면도 있는 이중성을 지닌다.
52) 「돌잡이하는 형평아 잘 잘아기라」, 『동아일보』, 1924. 4. 27.

1920년대 초에 발견되고 있던 '어린이'라는 표상을 사용하여 형평운동에 대한 사고를 표현했다는 점이 흥미롭다. 이는 양면을 갖고 있다. 첫째, 형평운동을 어린아이로 비유했다는 것은 '백정도 인간'이라는 사고에 기댄 것이다. 다시 말해 이 재현은 순진무구하고 보편적인 존재로서 어린이를 '발견'한 당대의 담론53)과 상호텍스트를 형성하면서, 형평운동의 정당성을 부인하기 어려운 보편성으로 설득하려 한다. 이는 눈을 부릅뜨고 '양반'에게 '맞장' 뜨려는 젊은 청년으로 백정을 묘사했던 앞의 그림과 사뭇 다른 재현이다.

둘째, 형평운동이 동정되고 보호받아야 할 유아와 같은 존재라는 비유는 연대가 아니라 연민으로 형평운동을 해석한다. 만화의 제목대로 "돌잡이 하는 형평아 잘 자라거라"라고 어른이 유아에게 하듯 이야기하는 것은 단지 탄생 '1주년'이라는 기의에 만화가가 집중했기 때문만은 아닐 것이다. 형평사를 (내려다)보는 저 만화의 시선은 무의식 중에 더 큰 주체를 상정하고 있다. 그 주체란 무엇일까? 어린이 표상은 결국 백정의 타자성은 제거되거나 순치되어야 할 것임을 말해준다.

김해사건을 다룬 「조선일보」 사설은 형평운동이 "동일한 인간으로서 인격의 평등을 요구하고 동일한 민족으로서 권리의 균형을 주장하는 것"이라 규정한다. 인간으로서의 권리와 민족의 일원으로서의 권리는 동격으로 간주된다. 그러나 이 사설은 형평사원들의 "권리 행사"를 통해 "민족적 각성의 분량(分量)과 전체적 활동의 능률이 그만치 증대할 것"이라 평가했다. 다시 말해 사설이 견지하고 있는 보편적 인간 해방 옹호의 논리는 신분제를 폐기해야 한다("동포된 자는 모름이 원대한 이상을 위하여 고루한 계급적 관념을 폐기")고 주장하게 하면서도, "양반 시민 농민 할 것 없이 일체로" "자계급의 체면을 보존하고 자계급의 지위를 옹호하려는 노력과 동일한 노력을 민족 전체에 향하

---

53) 이기훈, 「1920년대 '어린이'의 형성과 동화」, 『역사문제연구』, 통권 8호, 역사문제연구소, 2002. 6; 박숙자, 「아동의 발견과 모성 담론: 1920년대 아동문학 작품을 중심으로」, 『어문학』 84호, 한국어문학회, 2004. 8, 등 참조.

여 비(費)하야서 조선 민족적 체면과 조선 민족적 지위를 유지 옹호"해야 한다는 데로 귀착한다.54)

　『동아일보』1923년 5월 29일자 사설 「해방運動의 일꾼－형평사남선대회」는 더 강하게 '민족'을 내세우며 형평운동의 의미를 재단했다. 이역시 일단 (인간)해방운동의 일반적 의의를 인정하여 오늘날 "조선사회에서 해방운동으로서 장래성이 풍부하고 창조성이 유한 것은 소작인운동과 같이 형평운동"이라 평가한다. 그러면서 이 사설은 민족과 '계급'(혹은 계층)의 이해가 충돌할 수 있음을 예견하며 '민족'의 입장에서 형평운동의 의의를 영토화하고 있다. "형평사 제군에게 주의를 촉(促)하"기를, "금일의 조선은 민족적 감정이 왕성한 시대요, 또한 민족적 대항에 일호(一毫)의 방심을 불허"한다고 정세를 규정하며, 이러한 정황에서 '민족적 이해'와 "자계급의 해방운동과 배치되지 아니하기를 기하여야 할 것이"라는 것이다. 이 사설은 더 나아가 계몽적이고 고압적인 어조로 다음과 같이 결론을 맺는다. "만일 이 정황을 무시하면 형평사 운동이 그 해독을 수할 것은 물론이오 조선인 전반의 해방운동에 불소한 손해를 급하고 그 결과를 악영향을 수하여 백정계급이 재기하기 어려운 운명을 당할는지 미지하니 신중히 할 바"라는 것이다.55)

　　그러니까 백정도 감싸 안아야 하는 더 큰 주체는 민족이다. 민족주의자들은 '민족' 안에서 대중 전체와 노동자·농민·청년·여성·어린이 등과 같은 새로운 주체성이 복속되기를 바란다. 그러나 이는 단지 민족주의의 '호출'이나 동원만은 아니다. 앞에서 본 「형평사 주지」는 다음과 같은 구절로 끝을 맺고 있다. "우리도 조선민족 2천만의 분자며 갑오년 유월부터 칙령으로써 백정의 칭호를 없이하고 평민된 우리이라." 백정이 '민족'이며 동시에 '인간'이라는 선언인데, 그들이 비존재로부터 벗어날 수 있는 근거 자체가 '조선민족 2천만'에서 주어진다.

---

54) 「계급생활과 사회적 해독. 김해사건에 鑑하여 (상)」, 『조선일보』, 1923. 8. 28, 1쪽.
55) 「해방運動의 일꾼－형평사남선대회」, 『동아일보』, 1923. 5. 29, 1쪽. 그 외 「反衡平社運動, 互相協調의 解決을 望함」, 『동아일보』, 1923. 5. 31, 등을 보라.

인간임을 선언한 백정은 이제 민족 속으로 스스로를 밀어 넣는다. 백정들의 선언문이나『조선일보』·『동아일보』사설에서나 해방된 주체가 귀일하는 곳은 '민족'이다. 1920년대 초의 조선에서 '민족'은 민족-대중-계급이라는 주체의 변증법에서 일자(the One)로서 기능하고 있다.

5. 결어: 민족과 계급을 넘는 로사의 길

그러나 '대중'은 민족에 근거하면서 동시에 민족을 벗어나는 힘이다. 이는 자본주의가 국민국가를 자기운동의 근본적 단위로 삼으면서도 그 것을 벗어나는 것과 조응한다. 또한 '민족'은 계급·계층의 정체성을 억압하여 '비가시화'하는 데 가장 강력한 힘이지만 그것은 잠정적으로만 가능하다. 대중-민족은 자신 속에 서로 다른 지향과 정체성을 지닌 계급·계층의 소속원들을 포함하고 있기 때문이다. 그 지향과 정체성은 다른 것으로 환원될 수 없는 복수(複數)이다.56) 대중-민족은 사회를 단일화·평균화하는 강력한 힘으로 태어나는 그 순간, 분화하는 벡터 또한 그 속에 내장하고 있다. '계급'은 그와 같은 분화를 영토화하여 명명하는 가장 강력한 언술이다.

사회주의(마르크스-레닌주의)는「공산당 선언」(1848) 이래 가장 먼저 대중현상과 그 계급으로의 전화를 사유의 주제로 삼고, 집단지성의

---

56) 대중을 덩어리(mass)가 아니라 복수성의 존재로 봐야 한다. 그러나 이를 굳이 다중(multitude)라 부르면서 탈근대의 주체성을 특권화할 필요가 없다고 본다. 원래 대중 안에는 부르주아와 쁘띠부르주아, 그리고 노동계급과 농민, 여성과 남성, 어린이·청(소)년과 노인이 다 포함될 수 있다. 한편, '대중현상'의 측면에서는 지배계급과 피지배계급의 블록들이 함께 '대중현상'의 수행자일 수 있다. 따라서 대중은 어떤 계급계층이나 세대, 인종의 '주체'들과 동일하게 간주되어서는 안 된다. 대중이라는 정체성은 따로 없다. 그래서 대중 개념은 E.톰슨이 다소 과격하게 (노동)계급에 대해서도 말한 것처럼 '현상'으로 이해하는 것이 차라리 안전하다고 생각된다. 대중의 복수성에 대한 논의는 윤수종,「새로운 주체로서 대중과 대중운동의 방향」,『진보평론』, 2006년 여름호 참조.

문제와 계급—대중의 존재성에 대해 정밀한 논의를 펼친 지식체계이다. 『자본론』과 『정치경제학비판 서설』은 근대 지식에 대한 선구적인 논의를 제기했고, 레닌주의는 계급—대중의 앎—주체로서의 성격에 대한 특유의 논리를 제시했다. 마르크스—레닌주의는 계급—대중이 지닌 앎—주체로서의 위상에 관한 서로 모순된 계기를 안고 있다. 첫째는 계급해방이 노동계급 스스로의 투쟁에 의해서 달성되어야 한다는 사상이며, 둘째는 노동계급대중의 자생성이 지식인—당에 의해 지도되어야 할 대상이라 생각하는 관점이다. 현실의 역사에서는 두 번째 계기가 더 강하게 현상했던 바, 이는 볼세비즘의 고전적이며 악명 높은 '(전위적 지식인의)의식성 대 (대중의) 자연발생성'이라는 교의와 관료화·국가화된 당과 사회주의조직에서 현상한다. 계급—대중의 앎—주체로서의 창조성과 자발성을 옹호하기 위해 로자 룩셈부르크나 노동자반대파 같은 사회주의자들은 목숨을 걸어야 했다. 그러나 어떤 경우든 현실의 투쟁과정에 놓인 사회주의당과 각급의 노동계급 조직은 조직화한 강력한 형식의 근대적 집단지성의 일종이라 할 수 있다.[57] 이들의 교육·선전·선동은 새로운 앎—주체를 탄생시켰다. 파리코뮌(1870)과 러시아혁명(1917)을 성사시킨 것은, 그리고 1920~30년대 영국과 스웨덴에서 노동당(사민당) 정권을 탄생시킨 집단적 존재는 계급—대중이다. 계급—대중은 민족—대중을 초월할 수 있는 유일하게 강력한 주체성이었다.

1919년의 3·1운동은 '민족—대중' 융합이 저항민족주의로 발현된 가장 적실한 예일 것이다. 그러나 3·1운동의 의미는 거기에 그치지 않는다. 이는 사회주의 노동운동과 노동계급을 태어나게 했다. 식민지조선에서 그 실현은 언제나 난제였음에도 계급—대중은 민족—대중에 대당될 수 있는 주체성이었다.[58] 1920년대 조선 사회주의운동은 민족—

---

57) 관료화·국가화된 당과 사회주의조직은 그 일방적 전유를 상징한다. 물론 오늘날 대중지성이라는 말을 통해 환기되는 것은 전일적이고 일사불란한 조직이 아니라 느슨하고 자유로운 주체들의 네트워크와 자발성이다.

186

대중의 운동에 깊이 개입함으로써, 민족―대중의 주체성을 계급―대중
의 그것으로 전화시키려 했다. 1926년 순종의 사망 이후에 일어난 6·
10 만세운동에 대한 2차 조선공산당의 적극적 조직 방침은 그 적절한
예일 것이다. 그러나 이를 가능하게 한 '대중의 진출'은 1920년대에 계
급과 민족 사이에서 자라난 여성과 농민, 청년과 어린이와 같은 '작은
주체'들의 형성과 병행했다.[59]

　소설은 대중적 표상을 창출하는 유력한 언어 표현 양식이다. 특히
형상화된 인물이 움직이며 직조해내는 서사는 이념과 '의미'를 대중지
성으로 번역하는 가장 좋은 매개가 된다. 다시 「낙동강」을 돌아보자.
김해사건을 위시한 1923~25년 사이의 복잡다단한 사회변화와 계급갈

---

58) 예컨대 형평사는 일본 천민 해방운동 단체인 수평사와
곧잘 비교되고, 실제로 연대하기도 했다. 1924년 일본에
서 3차 전국수평사대회가 열렸고, 회의 중에 제안된 조선
형평운동과의 "연락"이 만장일치로 가결된 것이다. 「全國
水平社大會, 三日京都 公會堂에서」, 『동아일보』, 1924. 3.
5. 만평에서 일본인 "천민"은 먼저 형평사의 조선인에게
악수의 손을 내밀고 있고, 그 손을 아직 형평사는 맞잡지
않고 있다. 그림의 캡션은 "악수한 다음에는……"이라
되어 있다. 민족을 넘는 수평사와의 연대가 성립될지는
알 수 없다는 것이다.

59) 3·1운동 이후 노동계급의 진출에 대해서는 박종린, 앞의 논문; 전명혁, 「한국노동자
계급 형성연구」, 역사학연구소, 『역사연구』 11호, 2002. '여성'은 빠졌지만, 다음과 같
은 자료가 위의 설명을 압축해서 보여준다고 생각된다.
　표〉 1920~25년 사이의 각종 계급·계층운동 단체의 출현.(朝鮮總督府 警務局, 『最
近に於ける朝鮮治安狀況』, 1933, 168-169쪽; 김중섭, 앞의 책, 84쪽 재인용)

연도	민족주의	사회주의	노동	농민	청년	소년	합계
1920		11	33	0	251	1	296
1921		18	90	3	446	14	571
1922		19	81	23	488	25	636
1923		55	111	107	584	43	900
1924	1	86	91	112	742	81	1,113
1925	1	83	128	126	847	127	1,312

등, 그리고 그 사이에서 태어나고 구성된 새로운 앎─주체가 이 소설에서 형상화되어 있다. 앞에서 말한대로 「낙동강」은 3·1운동에 참가했다가 사회주의자가 되는 성운의 운명을 통해서는 '민족에서 계급으로'의 전환을, 그리고 "새양반"이 되기를 꿈꾸는 로사 아버지로부터는 '비존재로부터 계급(부르주아)'로의 비약을 그려낸 것이다.

백정의 딸은 어떤가? 흥미롭게도 성운과 로사가 결연(結緣)하게 된 것은 바로 형평운동을 둘러싼 '인민 내부의 모순' 때문이다. 어느 날 "장거리에서 형평사원들과 장꾼"들 사이에 작은 말다툼이 패싸움이 되는 사단이 벌어졌다. "난폭한 장거리 사람들이 몽둥이를 들고 형평사원 촌락을 습격한다는 급보를 듣고, 성운이가 앞장을 서서, 청년회원, 소작인조합원 심지어 여성동맹원까지 총출동을 하여 가지고 형평사원 편을 응원하러 달려갔"다. "늬도 이놈들, 새 백정이로구나"는 상대편의 "조소와 만매를 무릅쓰고" 성운은 "우리 무산계급은 형평사원과 같이 손을 맞붙잡고 일을 하여 나가지 않으면 아니 된다", 형평사원과 "우리 무산계급은 한 형제요 동무로 알고 나아가야 한다"고 외쳤다. 형평운동은 처음부터 끝까지 사회주의 운동과 깊이 결부되어 있었고 형평사의 내부 분화에도 사회주의 운동이 관계되었다.[60)]

로사가 두 단계의 비약을 감행하여 '여성동맹원' 즉 '사회주의의 형제'가 된 것은 물론 사회주의의 힘이다. '최하층에서 터져 나오는 폭발탄이 되라'는 말도 성운이 로사에게 해준 말이다. 「낙동강」은 프롤레타리아 헤게모니 하의 민중연대를 이와 같이 규범으로 제시하고 있는 바,

---

60) 사회주의와 형평운동의 결합의 시작에 관해서는 「共産主義를 宣傳計劃.朝鮮에 衡平運動을 機會로」, 『조선일보』, 1923. 6. 27와 같은 기사를, 그리고 분화와 그 귀결의 양상에 대해서는 「社會運動史上 大事件 衡平共靑盟 終豫, 全朝鮮的 檢擧로 二年 만에 끝나, 十四名全部 有罪決定」, 『동아일보』, 1934. 12. 30, 등을 참고할 수 있다. 물론 조직 내부의 갈등은 1924년 이래로 계속되었고 그 속에 '민족'대 '계급'의 대립을 포함하고 있었다. 1934년의 사건은 형평사 내부의 공산주의자조직(형평공청)이 '유산 백정'을 배제하고 새로운 대중조직을 건설하는 한편, 스스로 공산협의체를 만드는 등의 새로운 운동으로 전환하려다 일제에 핵심조직원들이 검속된 사건이다.

로사는 성운이라는 남성인 사회주의에 의해 호명된 주체이자 봉건제로부터 막 탈출한 인민의 표상인 것이다. 박성운은 "대중 속으로" 들어가서 "선전, 조직, 투쟁"하고 "농촌 야학을 설치하여 가지고 농민 교양에 힘을" 쓰다 최하층의 여성과 조우했다. 그 자체로 로사는 전에 없던 '계급'이라는 새로운 앎—주체의 탄생을 상징한다.

그러나 로사는 거기서 더 나아갔다. 복합적인 집단 정체성, 민족—계급—대중 사이의 충돌과 그것으로 환원되지 않는 틈에서 개인이나 새로운 타자성이 출현하게 된다. 말하자면 로사는 '말할 수 있는 하위 주체'이다. 죽어간 성운 스스로 그것을 막연히나마 알고 있다. 그 또한 사회주의의 본성에 속한다. 「낙동강」은 봉건적 신분제로부터 탈주하고 또한 '민족'에 귀착되지 않는 앎—주체로서 박성운이 아니라 로사를 제시한 것이다. 그러나 로사가 민족과 계급 너머의 존재로서 지닌 운명에 대해서 더 구체적으로는 말하지 못했다.

"옳소이다. 나는 폭발탄이 되겠나이다"며 "북으로 움직여" 나아간 로사의 길은 과연 어떻게 되었을까. 그 길로 가서 강주룡이나 이순금 같은 여성 사회주의 혁명가가 되었을까. 아니면 성운이 막연히 말한 대로 "가정에 대하여, 사회에 대하여, 같은 여성에 대하여, 남성에게 대하여, 모든 것에 대하여 반항"하는 데 성공했을까.

주제어 : 사회주의, 계급문학, 대중지성, 앎 – 주체, 낙동강, 근대지식, 형평운동, 형평사, 조명희, 집단지성

◆ 참고문헌

1. 기본자료
『동아일보』『조선일보』, 조명희·이명재 책임편집, 『낙동강』 범우비평판 2004.

2. 논문·논저
권희영, 「조선노동공제회와 『共濟』」, 정문연, 『정신문화연구』 51, 1993.
김경일, 『일제하 노동운동사』, 창작과비평사, 1992.
김상준, 「온 나라가 양반 되기-조선 후기 유교적 평등화 메커니즘」, 『사회와 역사』, 64집, 한국사회사학회, 2003.
김성수, 「프로문학의 재소명; 프로문학과 북한문학의 기원」, 『민족문학사연구』 21권, 민족문학사학회, 2002.
김윤식·정호웅, 『한국소설사』 개정증보판, 문학동네, 2000.
김중섭, 『형평운동연구』, 민영사, 1997.
김현주, 「근대 개념어 연구의 동향과 성과」, 『상허학보』 19집, 상허학회, 2007.
남신동, 「최초의 사회주의 학교, 경성 고학당」, 『노동자, 자기역사를 말하다』, 서해문집, 역사학연구소 편, 2005.
박숙자, 「아동의 발견과 모성 담론: 1920년대 아동문학 작품을 중심으로」, 『어문학』 84호, 한국어문학회, 2004. 8.
박종린, 「1920년대 전반기 사회주의사상의 수용과 물산장려논쟁」, 『역사와현실』 제47권, 한국역사연구회, 2003. 3.
──────, 『일제하 사회주의사상의 수용에 관한 연구』, 연세대 박사논문, 2006.
박헌호, 「1920년대 전반기 『매일신보』의 반-사회주의 담론 연구」, 『한국문학연구』 제29권, 동국대 한국문학연구소, 2005. 12.
서경석, 『한국 근대리얼리즘문학사연구』, 태학사, 1998; 김영민, 『한국근대문학비평사』, 소명출판, 1999.
손유경, 「최근 프로 문학 연구의 전개 양상과 그 전망」, 『상허학보』 20호, 상허학회, 2007. 2.
오성철, 『식민지 보통교육 연구』, 교육과학사, 2000.
우정권, 『조명희와 선봉』, 역락, 2005.
윤수종, 「머슴 제도에 관한 일 연구」, 『한국사회사학연구』, 한국사회사학회, 문학과지성사, 1991.

윤해동, 「식민지 근대와 대중사회의 등장」, 『국사의 신화를 넘어서』, 휴머니스트, 임지현·이성시 편, 2005.
이 경, 「비체와 우울증의 정치학」, 한국여성문학학회 제17회 정기학술대회 자료집, 2007. 4. 21.
이경돈, 「취미라는 사적 취향과 문화주체 대중」, 『대동문화연구』 56, 집성균관대 대동문화연구소.
이기훈, 「1920년대 '어린이'의 형성과 동화」, 『역사문제연구』 8호, 역사문제연구소, 2002. 6.
이인나, 「조명희 문학 연구」, 서울대 석사논문, 2006.
이호룡, 『한국의 아나키즘(사상편)』, 지식산업사, 2001.
이화여대 한국문화연구원 편, 『근대계몽기 지식 개념의 수용과 그 변용』, 소명출판, 2004.
임경석, 『한국사회주의의 기원』, 역사비평사, 2003.
전명혁, 「한국노동자계급 형성연구」, 『역사연구』 11호, 역사학연구소, 2002.
전상숙, 「일제시기 한국 사회주의 지식인 연구」, 지식산업사, 2004.
조정환, 『제국기계』, 갈무리, 2005.
지승종 외, 『근대사회변동과 양반』, 아세아문화사, 2000.
차원현, 「프로문학의 재소명」, 『민족문학사연구』 21권, 민족문학사학회, 2002.
채호석, 「탈-식민과 (포스트-)카프문학」, 『민족문학사연구』 23호, 민족문학사연구소, 2003. 12.
한국사회사학회, 『지식 변동의 사회사』, 문학과지성사, 2003.
『국민국가의 근대성과 그 문화제도-지식·학술·매체·공론장을 중심으로』, 성균관대 동아시아학술원 학술회의 자료집, 2006. 7.

안토니오 네그리·마이클 하트, 윤수종 역, 『제국』, 이학사, 2001.
Paolo Virno, 조정환 역, 『비물질노동과 다중』, 209쪽.
알렉스 캘리니코스 외, 김정한·안중철 역, 『제국이라는 유령-네그리와 하트의 제국론 비판』, 이매진, 2007.
Paolo Virno, 김상운 역, 『다중』, 갈무리, 2004.
볼프강 프리츠 하욱, 곽노완 역, 「'일반지성'과 대중의 지성」, 『진보평론』 28호, 2006. 여름호.
K. 마르크스, 김수행 역, 『자본론 1-下』, 비봉출판사, 1988.
데이비드 캐너다인 편, 문화사학회 역, 『굿바이 E. H. 카』, 푸른역사, 2005.

◆ 국문초록

이 논문은 앎-주체의 형성에 아래로부터의 해방운동과 근대지식으로서의 사회주의가 어떤 상호작용을 했는가를 논하고자 한 것이다. 이를 탐구하기 위해 형평운동의 전개과정과 소설 「낙동강」을 재독했다. 1920년대에 대중적으로 확산된 사회주의 지식은 봉건제로부터 해방에서 완전한 무계급사회로의 비약의 상상력을 제공했다고 생각된다. 1920년대의 형평운동은 근대 민족-대중-계급(계층)의 동시적인 탄생과 그 주체성의 상호작용을 보여준다. 비상한 투쟁이나 혁명적 정세가 아니면 가시화되지 못하는 하위주체인 백정이 주체가 됨으로써, 반상 혹은 노자 사이의 대립과 다른 차원의 사회적 반응과 계급 대립이 야기되었다. 「낙동강」의 로사는 민족-계급-대중 사이의 충돌과 그것으로 환원되지 않는 틈에서 개인이나 새로운 타자성이 출현하게 됨을 상징하는 존재이다. 1920년대 초 문학청년들의 낭만주의적 에끄리튀르로부터 근대문학의 단절적 성장 또한 이 힘과 결부되어 있다. 「낙동강」의 여주인공 로사는 수백년 간 이어지던 차별과 배제의 벽을 한꺼번에 비약한 존재이다. 백정 신분의 여자가 교사가 되었다는 것은 근본적인 사회 변혁이 20세기 초의 조선 사회에서 일어났음을 의미한다. 백정 해방은 '불가촉천민'의 해방이기 때문에 곧 '모든 인간의 해방'이며, 또한 또다른 비존재이던 여성도 명목상 포함되는 보편적 해방이다. 백정에게 '앎의 해방'은 신분 해방 자체와 동일시되었다. 언어와 앎으로부터 배제되었던 하위주체는 주체로 형성되는 순간 새로운 앎-주체가 되었다. 「낙동강」은 어느 작품보다 더 선명하게 이를 그려낸다. 이 소설은 당시의 인민연대와 앎의 해방의 현황에 관한 텍스트이다.

◆ SUMMARY

Socialism and the Intelligence of Multitude
in Modern Korea (1)

Chen, Jung-Huan

This dissertation aims to argue that how socialism as modern-knowledge and liberation campaign interacted with formation of knowledge-subject. So I reread Cho Myung-hee's novel, "Nakdong River" and reargue the Hyongpyong Movement, liberation campaign of Baekjung (butcher class). Socialistic knowledge which diffused to masses at 1920's provided imagination that Korean society could leap from feudal system to a perfect non-class society. The Hyongpyong Movement showed the simultaneous advent of modern nation-mass-class and interaction between them. The Baekjung (butcher) class which had compelled to remain as invisible subalterns if it was not the case of an extraordinary struggle in revolutionary conditions became the subject of the Movement. Rosa, the heroine of "Nakdong River", is a character which symbolizes new otherness or individuality that emerges between a collision of nation-mass-class and unresolved individuals into nation-mass-class. Radical progress of modern time literature which came from romantic ecriture of young literary enthusiasts was also connected to this dynamics. Rosa is an existence who broke a wall of discrimination and exclusion which had continued hundred years. The fact that a woman in the Baekjong class became a teacher means a radical social reforming happened in the early 20th century of Chosun. Liberation of Baekjong means liberation of all human beings because Baekjong had been untouchable slaves. Also, it was the universal liberation because women, another not-beings, were nominally included. Baekjongs regarded liberation of knowledge in the same light of emancipation. Subalterns who had been excluded from language and knowledge formed subjects, thereupon they became new knowledge-subject. "Nakdong River" describes these historical processes clearer than any other novels. In conclusion, it is a text on people's solidarity and liberation of knowledge.

Keyword : socialism, proletarian literature, intelligence of multitude, knowledge-subject, "Nakdong River", modern knowledge, the Hyongpyong Movement, the Hyongpyong-sa Movement, Cho Myoung-hee, intelligence of multitude

─이 논문은 2007년 11월 30일에 접수되어, 소정의 심사를 거쳐 2008년 2월 6일에 최종적으로 게재가 확정되었음.

금지된 표상, 허용된 표상

- 1930년대 초반 『삼천리』에 나타난 러시아 표상을 중심으로

장 영 은*

<table>
<tr><td colspan="2" align="center">목 차</td></tr>
<tr><td colspan="2">

</td></tr>
</table>

혁명의 현실적 기회가 배경에서 멀어지면 멀어질수록, 러시아에서 이미
달성된 혁명에 대한 숭배가 그 자리를 차지하게 되었다.[1]
— 프란츠 보르케나우(Franz Borkenau)

그는 이번에 고향인 함북 길주, 성진을 가보고 더더욱 놀랐다고 한다. 전
주민이—특히 젊은이들이—볼셰비즘에 미쳐 있더란다. 이곳 주민들은 자기
아이를 보통학교에 보내려 하지도 않는다고 한다. 어린아이조차 공산주의를
입에 올리고, 심지어 강의까지 할 수 있더란다.[2]
— 윤치호, 1931년 1월 24일

---

* 성균관대 동아시아학과 박사과정 수료.

1) Franz Borkenau, World Communism; a history of the Communist International, Ann
Arbor: University of Michigan Press, 1962, 418쪽; 마루야마 마사오, 김석근 옮김, 『현대
정치의 사상과 행동』, 한길사, 1997, 359쪽에서 재인용.

196

1. 경성, (동경), 상해, 모스크바

심훈이 1930년 10월 29일부터 12월 10일까지 조선일보에 연재했던 「東方의 愛人」은 네 명의 주인공 중 하나인 박진이 중국에서 어렵게 검문을 피해 경성에 도착하는 것으로 시작된다. 경성에 도착하기 전 '육백리나 걸었'다는 박진은 '상해시대'를 함께 했던 친구 김동렬에게 도착했다는 전화를 건 뒤, 김동렬의 부인인 강세정을 만나 부인인 배영숙의 안부를 묻는다. '줄곧 몸이 성치 않았던' 영숙은 아이를 '시골집에 맡기고' '(또 어떤 놈하구)' '동경'에 가 있다. 그리고, 소설은 김동렬, 박진, 강세정, 배영숙이 함께 했던 '상해시대'로 시간을 거슬러 공간을 이동시킨다.[3]

'기미년' 사건으로 '일 년이 넘는 형기를 마치고' '서대문 감옥문'을 나온 동렬과 진은 '동양의 런던'이라는 국제도시, '넓은 무대'인 중국 상해로 '간신히 노자만 변통해'서 '중국인 목선을 타고 아흐레만에' 건너갔다.[4] 혁명과 연애가 동시에 허용되고, 세계를 접하면서 조국을 위해 활동하는 것이 가능한 상해에서 동렬과 세정, 진과 영숙은 부부로 '두 쌍의 동지'가 된다. 그리고, 삼 년이 지나 '국제당 청년대회에 참여할 조선인 대표로 뽑힌' 동렬은 '모스크바를 향하야 비밀히 떠났다.'

기차를 타고 시베리아를 횡단해서 모스크바에 도착한 동렬과 대표단 일행은 '제정시대에 각국의 사절이나 귀빈들만 두류시키던, 치레를 다 한 여섯 층이나 되는 巨閣'에 여장을 풀고 '혁명의 나라 같지 않구

---

2) 윤치호, 김상태 편역, 『윤치호 일기 1916~1943 — 한 지식인의 내면세계를 통해 본 식민지시기』, 역사비평사, 2001, 269쪽.

3) 임경석은 「東方의 愛人」의 주인공 김동렬은 박헌영을, 강세정은 주세죽을 모델로 한 것으로 보인다는 주장을 한 바 있다. 이와 관련해서는 임경석, 『이정 박헌영 일대기』, 역사비평사, 2004, 참조.

4) 자기와 타자상의 구성이 가능했던 아시아의 국제도시, 상해에 대한 기행문에 대한 분석으로는 차혜영, 「세계체제 내 식민지 근대의 심상지리」, 『한국 근대문학의 형성과 문학 장의 재발견』, 소명출판, 2004, 180-189쪽 참조.

나 하는 첫 인상을 받으면서' 하룻밤을 보낸다. 그리고 바로 다음 날 '레닌의 무덤'을 '안내받아' '온 세계를 뒤흔들던 이십세기가 낳은 절세의 영웅인 그의 시체에' '모자를 벗고 이분동안 묵도를 올렸다.' '절세의 영웅'인 레닌은 모스크바에서 '유명한 생물학자의 손으로 방부제를 써서 살은 조금도 썩지 않은채로 있으나 얼굴빛은 흰 납과 같이 창백'했으며, '군복을 입고 훈장을 차고 발에는 슬리퍼를 꿴채 과격한 사무에 몹시 피곤한 몸을 잠시 침대 위에 눕힌 것 같이 반듯이 누워 있'었다. 그리고, 동렬 일행은 '국영상점을 위시하여 노동국농민 박물관', '공산대학', '말렌스키 극장거리'의 '볼쇼이 극장'을 둘러본다. 그리고, '국제(공산)당 청년대회'에 참가한다.

> 대회는 사흘 후 크레믈린 궁전 안에서 열렸다. 장내는 모두 새빨간 포장을 두르고 중앙에는 레닌과 맑스의 사진을 건 것을 위시하여 각국 말로 쓴 슬로간이 빽빽하게 가로 세로 붙었다. 모여든 대표는 일백 오십 명 가량인데 방청자는 세 갑절이나 되었다.
> 그들은 에스페란트로 혹은 제 나라 말로 그 나라 그 지방의 정세를 보고하고 장래의 방침과 전술에 관한 토론을 하느라고 사흘이나 보냈다. 나흘 되는 날 동렬이는 조선말로 간단 명료하게 보고와 격려하는 연설을 하였다. 동양대학의 교수가 통역을 하자 만장은 박수로서 알아들은 표시를 하였다.
> ─그리하여 일주일 후에 대회는 끝났다─. 또 그리하여 십여 일 후에 동렬의 일행은 짧은 시일이나마 많은 실제의 견문을 얻고 상해로 돌아왔다.[5]

동렬 일행은 '많은 실제의 견문을 얻고 상해로 돌아'오지만, 이야기는 여기에서 끝난다. 일제의 검열에 의해 연재가 중단되었기 때문이다. 심훈의 「동방의 애인」은 검열로 결국 모스크바에서 소설의 공간이 멈추게 된다. 혁명에 성공한 러시아를 정치적으로 표상한 '불온'한 '소설'의 연재를 검열 체제는 더 이상 허용하지 않았다.

---

5) 沈大燮, 『심훈문학전집』 제2권, 탐구당, 1966, 606쪽.

하지만, 이 소설은 '현재' '경성'에서 시작된다. '국제(공산)당 청년대회' 참가로 '혁명의 나라' '러시아'에 다녀온 이후의 행보에 대해서는 알 수 없지만, 동렬은 '지금' '경성'에서 '감시'와 '미행' 속에 잡지사 기자 일을 하면서 모종의 일을 계획 중이고, '당신네들이 의를 위하여 피를 흘리실 때면 붕대 한 조각이나마 감아드릴 사람도 필요하겠지요!'라는 편지를 동렬에게 보내고 일방적으로 상해로 뒤쫓아갔던 '시위운동에 앞장을 서서 지휘하'고 '≪로오자·룩셈부룩≫의 전기'를 읽던 세정은 '경성'에서 동렬의 '책임비서'를 맡고 있다. 그리고, '교인'인 '배장로'의 딸이자 '맨돌린'을 연주하던 음악도에서, '우리네 팔자엔 태지도 않은 음악이란 다 뭐 말라뒈진 게'라며 '애지중지하던 맨돌린'을 '산산 조각'낸 박진과 결혼하여 '두 쌍의 동지'가 되었던 영숙은, '(어떤 놈하구)' 동경에 가 있다.

경성, 상해, 모스크바 그리고 동경. 「동방의 애인」에는 이 네 곳의 공간이 공존한다. 이 소설에서 경성은 수감과 좌절, 도피와 잠복, 감시와 미행의 장소로, 상해는 혁명과 사랑, 조국과 세계를 함께 꿈꿀 수 있었던 낭만적인 해방구이자 러시아 문화를 접할 수 있는 장소로 설정되었다. 동렬과 세정이 '한 쌍의 동지'가 되는 결혼식 날, '해삼위나 하바로프스크 근처에서 생장하여 상해까지 떠들어 온 청년들의 주최로 그곳의 습관을 따라 피로연 겸한 무도회를' 가진다. '≪루바시카≫'를 입은 청년들은 악기 한 가지씩은 일제히 만질 줄 알았'고, '임시로 조직된 관현악대가 월쯔(圓舞曲)를 불'면서 '한 쌍의 동지'를 축복했다. 동렬과 세정은 경성에서 만나, 상해에서 결혼하고, 러시아식 피로연을 가졌다. 한편, '레닌의 몸이 생시와 같은 모양으로 누워 있'는 모스크바는 세계 각국의 당원들이 결집하는 '혁명의 나라'이자 제정(帝政) 시대 유산과 사회주의 문화가 공존하는 곳, 무엇보다 '배우고 와서' 이루어야 할 '실제의 견문'이 있는 곳으로 형상화되었다. 유독 동경만이 배우자가 불륜에 빠져 '어린애는 시골집에 맡기고' '(어떤 놈하구)' 가 버린 곳으로 나오지만, 실제로는 무슨 일로, 누구와 동경에 갔는지는 끝내 알 수 없는 의문의 공간으로 남아 있다.

검열로 연재가 중단된 미완의 이 '짧은' '장편' 소설은 앞에서 언급한 것처럼 모스크바에서 끝이 나는데, 역설적이게도 그 점이 오히려 모스크바와 러시아를 '동방의 애인'으로도 해석할 수 있는 가능성을 적극적으로 부여한다. 이 소설에서 상해는 혁명을 위해 사랑을 외면해야 한다는 신념을 가진 동렬과 조혼의 폐해를 비판하고 거부하는 인물인 진이 각자 사랑을 이루고 혁명에 한 발 더 적극적으로 다가서는 공간으로 설정되어 있다. 「동방의 애인」에서 상해가 사랑과 혁명을 추구하는 낭만적이면서도 역동적인 공간이라면, 모스크바는 레닌의 도시, 혁명 국가의 중심, 세계 사회주의자들의 규합 장소이자 사회주의 문화의 완성을 표상하는 일종의 경외를 상징하는 전망의 공간으로 해석할 수 있다. '동렬의 일행'은 러시아에서 '실제의 견문을 얻고 상해로 돌아왔'지만, 문제는 그 '실제의 견문'이었다.

러시아는 '실제'가 되어서는 안 되는 존재였고, 무엇보다 중요한 사실은 그러한 정치적 전망으로서의 러시아는 현실에서의 검열망을 뚫지 못했다는 점이다. 러시아는 정치적 비전이 되어서도 정치적 비전으로 삼아서도 안 되는 곳이었다.6) 동렬과 세정의 결혼식 피로연에서 러시아 출신 청년들이 '일로전쟁 때에 패전한 아라사 군인들이 서백리아 눈

---

6) 박노자는 "1930년대 조선의 민족해방을 지향했던 가장 양심적이며 선량한 지식인들 중의 상당수는 소련을 '사회주의 국가'로 생각했으며, 식민지 폭압으로부터의 해방의 가능성을 바로 1917년 혁명을 모델로 하여 소련의 후원─내지 소련과의 연대─을 조건으로 한 혁명에서 찾으려 했는데, 이것이 일종의 '역사의 역설'이라고 평가했다. 레닌의 구상은 러시아의 '중심부'에서는 1917년 직후 아주 짧은 시기에 부분적으로 실천되었을지 모르지만, 그 '주변부'에서는 거의 실천에 옮겨진 적이 없었다는 것이다. 비교적 자유주의적이었던 1920년대에도 일제와 유사한 검열제도로 민족주의적 표현에 대한 억압과 원주민 농민에 대한 국가폭력이 휘둘려졌으며, 식민지 조선에 비해 더 심한 폭압이 1930~40년대에 우즈베키스탄에서 행해졌다고 지적했다." 이와 관련해서는, 박노자, 「후발 주자의 식민주의─구 소련의 주변부(1930・40년대까지의 우즈베키스탄)와 일제하의 조선 비교를 위한 시론」, 『일제 식민지 시기 새로 읽기』, 혜안, 2007, 53쪽.

벌판을 지나며 전사한 형제를 생각하고 군악대의 악장이 작곡'한 '월쯔(圓舞曲)'를 연주하며 향수에 젖거나 흥을 내는 것 즉 러시아의 과거로 회귀하는 것은 허용되었지만, 러시아가 미래로 설정되는 것은 금지 당했다. 러시아 문화는 허용되고, 러시아 사상과 정치가 거절당한 이유와 같은 맥락이다.

소설 속 동렬이 상해에서 모스크바 국제당 청년 대회에 참가할 수 있는 대표 자격을 얻기까지는 3년이라는 시간이 걸리는 반면, 소설 속 동렬 일행이 열흘 동안의 일정을 마치고 '실제의 견문'을 얻어 상해로 돌아왔을 때 소설은 거기서 끝나야 했다. 그것은 소설이 발표되는 현실이 직면하고 있는 상황이었다.

'나는 그것을 찾아내고야 말았습니다. 오랫동안 초조하게도 기다려지던 그는 우리와 지극히 가까운 거리에서 아주 평범한 사람들 속에 나타나고 있었던 것입니다. 그와 동시에 여러분에게 그의 정체를 보여드려야만 하는 義務와 感激을 아울러 느낀 것'이라고 심훈은 연재를 시작하면서 자신의 창작 의도와 작가로서의 포부를 '작자의 말'에서 밝혔지만, 결국 심훈의 '그'는 온전히 표현되지 못한 채, 더 정확히는 표현이 봉쇄당한 채 텍스트 안에서 소멸했다.

이처럼 정치적 전망으로서의 러시아 표상이 차단당했던 1930년 초입의 상황에서, 1929년 7월에 창간되어 유일하게 1930년대를 관통한 잡지 『三千里』는 '오늘날 세계의 문명이 아메리카 문명과 露西亞 문명의 두 가지로 나누어잇다'[7]고 규정하고, 1930년대 초반 사상성과 정치성을 배제·탈각시키면서 '露西亞 문명'의 표상을 그 나름의 방식으로 표출시켰다.[8] 『삼천리』의 러시아 표상에 주목하는 이유도 바로 여기에

---

7) 「最近의 亞米利加新女性」, 『三千里』, 1929. 12, 7쪽.

8) 러시아 정치 기구 관련 글로는「께, 베, 우」 및 소비에트 정치 조직에 대한 스트레이트 기사 형식의 해설과 께베우 수감기, 러시아 감옥 체험기 등이 있다. 『삼천리』 1930년 9월호에는 「露西亞의 國家保安部「께, 베, 우」解說」이 실려 있는데, 제목 그대로 KGB의 전신인 소비에트 연방의 국가보안부 께베우의 연원과 기능 및 권한을 '해설'하는 글이다. 이 '해설'에 따르면, '께, 베, 우라는 일홈을 直譚한다면 國家保安部 外에 國

있다. 『삼천리』에서의 러시아는 심훈의 「동방의 애인」에서 형상화되는 정치적 전망으로서의 모스크바도, 성적 방종과 가난, 혼란, 무질서, 공포로 가득한 사회주의라는 '역병'에 걸린 공간으로 상징화된 1920대 초반 『매일신보』에서의 러시아9)도 아니었다. 『삼천리』는 이미 '세계의 양대' 문명 가운데 하나가 된 '露西亞 문명'을 '대중'에게 '소개'하고 '들려'주면서 동시에 그 곳이 조선과는 그리고 조선에서는 너무나 '다른' '먼 곳'임을 나타냈다. 이제 『삼천리』에 나타난 러시아 표상의 일부를 검토하고, 그 표상 방식의 함의 및 이데올로기에 대해 분석하고자 한다.10) 그에 앞서 『삼천리』라는 잡지의 전체적인 성격에 대해 거칠게나마 짚어보는 것이 순서겠다.

家政治局 또는 國事探偵局이라고도 부를 수 잇'다. 께베우는 쏘비에트 연방법에 의거해 운영되는 정치기구이며, '政治的 並 經濟的 反革命運動이나 間諜 又는 匪賊行動의 取締에 對한 聯邦 各 共和國의 革命的 努力을 結合하기 爲하야' 만들었으며, '建設期의 現 露西亞에는 께,베,우의 警察網이 곳곳에 完全하께 벌녀 잇서서 過去에 混沌期를 無事히 整理通過하엿고 압흐로도 革命露西亞를 굿굿히 직허나갈 모양이라'고 전했다. 1931년 9월호 ≪露西亞特輯≫에도 「게·베·우의 解剖」가 포함되었는데, 이 글에서는 게베우의 조직 구조를 '探偵部, 秘密部, 經濟管理課, 情報部, 特別課, 極東部, 特設部, 護境課, 外國課'로 소개하고 있다. 그리고, 옆 페이지에 「쏘벳―트의 刑務所」라는 제목으로 '『쏘벳―트 러시아』에는 監獄이업다!'고 할 수 있는 '형무소' 제도에 대해 다루고 있다. '勞動' '敎化事務-讀書' '衛生上의 注意-體育에 注力' 이 세 가지 특징이 『三千里』 ≪露西亞特輯≫에서 '쏘벳―트 러시아'에 형식상의 수감소는 있지만, 실제 '형무소'나 '감옥'은 없다고 주장하는 근거가 된다. 한편, 1935년 7월호에 '자유주의와 각국의회'라는 기획 안에도 「쏘베―트의 정치」라는 글이 게재되어 있다. 이 글에서는 '사회주의 쏘베트 공화국동맹'의 '一國一黨主義'와 '立法機關'과 '行政機關'을 兼하는 '쏘베―트大會'를 다루고 있으나, 단순한 소개 차원을 넘어서지 않고 있다.

9) 박헌호, 「1920年代 前半期 『每日申報』의 反―社會主義 談論 硏究」, 한국문학연구 제29집, 41-49쪽 참조.

10) 미셸 보베는 "개인들이 현실적 생존조건과 맺는 가상적 관계"라는 알튀세르의 이데올로기 개념을 바탕으로 이데올로기를 표상들과 의식적, 무의식적 습속 및 행동을 다 합친 것이라고 규정했다. 미셸 보베, 송무 역, 「이데올로기와 망딸리떼」, 청계연구소, 1987, 21-22쪽.

2. 『삼천리』의 운영 방침, 김동환의 이데올로기 - '헐뜯(기)지 말자'

1931년 11월 동아일보사는 종합지 『신동아』를 창간했다. 이른바 '제
1차 신문잡지시대'의 출발이었다. 당대 조선의 대표적인 신문사인 동
아일보가 잡지 발간에 착수하고, 뒤이어 조선중앙일보사, 매일신보사,
조선일보사 등의 신문사들이 잡지 발간의 대열에 들어섰다는 점에서
1930년대는 '제1차 신문잡지시대'라는 평가를 받기에 충분했다.[11] 이러
한 상황 속에서, 실제로는 이보다 한 발 앞서 동아일보와 조선일보의
기자였던 김동환은 '著作 兼 發行者'로 1929년 종합지 『삼천리』를 창
간해서 1942년까지 발간했다. '저작 겸 발행자' 김동환의 1인 잡지 『삼
천리』가 당대의 신문사와 종교, 정치 세력을 기반으로 포진했던 잡지들
보다 더 긴 수명을 유지했다는 사실은 김동환의 잡지 운영 전략과 감각
이 탁월했음을 단적으로 입증하면서, 동시에 김동환의 잡지 운영 방침
및 지향점이 무엇이었는가를 주목하게 만든다.[12]

천정환은 문화를 매개로 좌우를 대통합하고 민족대단결을 호소했던

---

11) 정진석은 '신문잡지'가 신문사를 배경으로 풍부한 인력과 취재망, 그리고 광고 선전
력을 활용하여 잡지계의 판도를 이전까지 소자본으로 운영되던 개인경영의 잡지 또는
단체가 발행하던 잡지에서 신문사 중심으로 바꾸어 놓았다고 평가했으며, 이러한 구
조는 1964년 9월 신동아가 복간되면서 오늘날까지 지속되고 있다고 분석했다. 이와
관련해서는 정진석, 『한국언론사』, 나남, 1990, 273-275쪽 참조.
12) 동아일보사의 『신동아』(1931~36), 조선일보사의 『조광』(1935~44), 이광수와 수양동
우회를 위시한 민족주의 우파의 『동광』(1926~33), 천도교계 민족주의 우파의 『혜성』
(1931~32)과 『제일선』(1932~33), 좌파 진영의 『조선지광』(1922~30), 『비판』(1931~
40) 등 동시대의 잡지들 가운데 『삼천리』는 가장 오래 기간 발간되었다. 1930년대의
잡지 개관에 대해서는 김근수, 『한국잡지 개관 및 호별 목차집』, 한국학연구소, 1973
을 참조. 1930년대 좌파 진영의 러시아 인식 및 좌파 진영 매체의 러시아 표상에 대해
서도 관심을 가지고 있으나, 이는 추후의 과제로 미루어 두겠다. 1930년대 좌파 진영
의 합법/비합법 잡지와 관련해서는 한기형, 「식민지 검열체제와 사회주의 관련 잡지의
정치 역학-『개벽』과 『조선지광』의 역사적 위상 분석과 관련하여」, 『식민지시기 검열
과 한국문화』, 동국대 한국문화연구단 연례 학술회의, 2005; 김경일, 『이재유, 나의 시
대 나의 혁명-1930년대 서울의 혁명운동』, 푸른역사, 2007, 등을 참조.

김동환의 문화민족주의를 『삼천리』의 성격으로 규정하고, 민족대단결이라는 구호가 1930년대 초 정세에서 거의 현실성이 없었음에도 불구하고, 김동환이 그러한 주장을 내놓았던 것은 『삼천리』가 대중적 저널리즘을 택했기 때문이었으며, 이러한 낭만적이거나 비현실적인 민족적 대단결 주장은 상당수 삼천리 독자의 정치의식과도 맞닿아 있는 것이었다고 분석한 바 있다.13)

실제로 김동환의 편집 정신이자 민족대단결의 구호는 나이브하다고 밖에 평가할 수 없는 '민족끼리 헐뜯지 말자'였다.14) 하지만, 이 '민족끼리' '헐뜯지 말자'는 구호는 민족으로부터 '헐뜯기지' 않겠다는 김동환의 의지를 우회적으로 표명한 것이기도 했으며, 잡지의 정치성을 무화시키는데 더없이 현실적인 '노선'이었다. 그리고, 김동환은 자신이 두 번째 편집 정신으로 내건 '민족의 암흑면을 들추지 말자'는 원칙을 지키면서, 삼천리의 운영 방침이자 이데올로기를 구축해갔다.

『삼천리』는 발간되던 당시에도 '일반독자급의 호의를 만족시킬만한 것'15)이라는 평가를 받았고, 이는 『삼천리』가 1930년대에 살아남을 수 있었던 동력이면서 동시에 『삼천리』를 평가절하 혹은 무관심의 대상으로 밀어낸 원인이 되기도 했다. 하지만, 김동환으로서는 지속적으로 '일반독자급의 호의를 만족'시키면서 잡지를 펴내는 쪽을 택했고, 그러한 김동환의 선택은 발행인으로서는 성공적이었다. 『삼천리』 1937년 1월호에 조선총독 南次郎의 「新年之辭」가 게재되면서 『삼천리』는 일제에 '협력' 혹은 '친일'의 면모를 나타내기 시작하고, 1942년에는 제호를 『大東亞』로 변경한다. 1929년에서 출발한 『삼천리』가 1942년 『대동

---

13) 천정환, 「1930년대 문화민족주의와 『삼천리』」, 현대문학회 2007년 1월 심포지엄 발표문, 3-12쪽.

14) 김동환은 『삼천리』 창간호에 편집 방침을 '첫째, 훨씬 값이 싼 잡지를 만들자. 둘째, 누구든지 볼 수 있고, 또 버릴 기사라고 없는 잡지를 만들자. 셋째, 민중에게 이익이 되는 좋은 잡지를 만들자.'라고 밝히면서, 『삼천리』의 편집정신을 '남을 헐지 말자. 민족의 암흑면을 들추지 말자. 남에게 자금원조를 받지 말자'로 명시했다.

15) 金萬, 「雜誌記者漫評」, 『東光』, 1931. 8.

아』로 탈바꿈한 것은 역으로 김동환과 『삼천리』가 1930년대 비중 있는 '언론 기관'으로 커 나갔음을 의미하기도 한다.[16]

이처럼 대중적 종합문화잡지를 지향했던 삼천리는 잡지 제호에서부터 확인할 수 있듯이, 대중에게 여전히 상징적인 의미를 가지고 있었던 민족을 전면에 내세우면서 동시에 그 대중에게 끊임없이 '국제'의 소식, '국제'의 문명, '국제'의 정치를 이야기했다. 조선과 같은 식민지에 처해 있었던 필리핀, 인도, 베트남, 아일랜드의 자치와 독립 문제, 민중운동 및 중국의 정세에 관한 기사를 다루면서, 유럽·미국·러시아의 문명을 소개하는 글들과 기행문들을 지속적으로 소개했다. '국제'어인 에스페란토어도 특집으로 다루었다.[17]

반면, 조선의 정치에 대해 김동환은 여전히 '민족끼리 헐뜯지 말자'라는 기본 입장을 고수하면서, 조선 문화와 역사에 천착하는 면모를 나타냈다.[18] 수차례 평양기생학교를 직접 방문·인터뷰한 김동환은 조

---

16) 정경희, 「삼천리를 통해 본 김동환의 언론관 연구」, 서강대 석사논문, 1997, 64-68쪽 참조.

17) 『삼천리』 전체 목차와 관련해서는 김영식 편, 『삼천리 호별목차 및 색인 1929～1950』, 도서출판 한빛, 1995, 참조.

18) 이지원은 한국의 민족문화는 원형적으로 존재했던 것을 발견한 것이 아니라, 전통을 근대적으로 전환한 근대국가의 역사적 산물이자 근대 문화사상의 결과물이며 이는 실체적으로나 담론적으로 한국 근대사의 근대성과 저항성을 반영하며 근대문화와 문화사상의 중요 부분을 구성했다는 입장을 가지고 1930년대 민족문화운동을 다음과 같이 분석했다. "1930년대 일어난 '조선문화운동'은 기본적으로 1920년대 민족협동전선운동과 같은 비타협적 정치운동이 불가능하다는 정세 판단에서 '최선한 차선책'으로 선택한 개량적인 문화운동이었다. 그들이 재정립하고자 했던 민족주의는 부르주아적 민족의식을 고양시키려는 보수주의적이고 파시즘적인 것이 아니라 계급성과 세계성이 병존하는 '제3신생적인 민족주의'였다. 이는 민족문제의 특수성을 세계성과 계급성이라는 보편성 속에서 중층적으로 설정하여 민족주의의 새로운 전형을 창출하려는 논리였으며, 그 내용은 '조선학'을 수립하는 것이었다. 1920년대 최남선이 제기했던 조선학 연구가 가치중립적인 인류학적 의미의 민족문화를 현양하기 위하여 민속·토속 등에 집중하였다면 1930년대 조선학운동은 자립적·주체적 근대민족국가의 가능성을 찾기 위한 '전통'의 재현에 집중했다. 특히 한국의 자주적 근대국가 수립의 내재적 역량과 국가단위의 역사·문화의 주체성을 강조해 온 조선후기 실학에 주목했다." 『삼천

선의 고유한 문화를 배우고 계승하는 '여성'들에게 큰 감동을 받았고, 역사 인물 전기와 국토 기행문, 명사의 지역별 출신과 고향의 명승지 등을 연재하기도 했다. 1931년 9월호에 '공표'한 「조선신문화건설 3개년계획」도 모두 동일선상의 일환으로 파악될 수 있다. 김동환이 이처럼 『삼천리』를 통해 '조선'의 '고유'한 문화를 발굴하고 복원하여 유지하려 했던 사실은 자발적이자 내부적 오리엔탈리즘의 측면이기도 하지만,[19] 이 역시 1931년 신간회 해소를 통해 그 실현 가능성의 어려움을 이미 경험한 바 있으면서도, 여전히 어쩌면 그렇기 때문에 더 큰 호소력을 가지고 있었던 민족 대통합이라는 상징적 구호를 조선 고유의 문화와 접합시켰던 김동환의 일면 공상적이면서도 실상은 언론인으로서의 예리한 현실 감각에서 발로된 것이다.

이렇게 '민족의 암흑면을 들추지 않고' 서로 '헐뜯지' 않는다는 원칙을 잡지 운영의 방침으로 명시했던 김동환은 국내를 (조선) 문화의 영역으로 배치시키면서, 특정 정치 세력보다는 민족으로 규합할 수 있는 대중을 『삼천리』의 독자이자 동반자로 삼을 필요성을 절감했을 것이며, 실제로 그러한 선택을 취했다.

물론 『삼천리』가 국내의 정치 문제에 대해서 어떠한 언급도 하지 않거나 회피한 것은 아니었다. 『삼천리』에는 송진우, 안재홍 등의 민족진영에서부터 김약수, 임원근, 허헌, 김경재 등 좌파 운동 진영까지 폭넓은 정치적 스펙트럼의 논설이 실렸다. 오히려 『삼천리』의 필자들로는

리』에서 실학을 근대 경제학의 원류 혹은 서구 근대 경제학보다 앞선 것으로 평가하는 글들 역시 이지원의 이러한 논의 가운데 하나로 포함될 수 있을 것이다. 이와 관련해서는 이지원, 『한국 근대 문화사상사 연구』, 혜안, 2007, 15-31쪽, 275-374쪽 참조. 인용은 371-372쪽.

19) 니시카와 나가오는 일본 고유의 (전통) 문화와 문명을 강조하면서 내부적으로 일본 문화를 오리엔트화시키는 자발적 오리엔탈리즘의 성격을 국민 및 민족의 창출과 동원의 일부로 규정하고 그 허구성과 정치성을 비판했다. 이와 관련해서는 니시카와 나가오, 한경구·이목 옮김, 『국경을 넘는 방법―문화·문명·국민국가』, 일조각, 2006; 에릭 홉스봄 외, 박지향·장문석 옮김, 『만들어진 전통』, 휴머니스트, 2004, 참조.

도저히 그 정치적 정체성을 규정할 수 없는 무일관성의 일관성과 추상적 차원으로 국내 정치 문제를 다루고 접근한다는 일관성을 『삼천리』는 가지고 있었고, 이것은 다양한 필자 동원이 가능한 김동환의 능력이자, '헐뜯(기)지' 않기 위한 김동환의 운영 방침이기도 했다. 김동환은 신문사와 특정한 정치 세력들이 펴내는 잡지들과는 다른 지점에서 승부를 걸어야 했고, 그 방법 가운데 하나가 ('민족끼리') '헐뜯지 말'며, 설령 '일반독자급' 수준의 잡지라고 무시당하는 일이 있더라도, 논쟁의 중심에 서거나 정면으로 공격당하는 일이 없는 범위 내에서, '좌파'와 '우파', '민족'과 '세계', '문화'와 '정치' '경제'를 아우르는 내용으로 대중에게 다가가려고 했다. 이 '균형 감각'을 유지하는 것으로 달리 말하자면 일종의 '균형 정책'(balancing policy)으로 김동환은 1930년대 『삼천리』를 존속시켜 나갔다.

'암흑면을 들추지 말'고, '헐뜯(기)지 말자'는 김동환의 이데올로기이자 삼천리의 운영 방침은 『삼천리』에서 나타나는 러시아 표상에서도 유사한 방식으로 적용되었다. 『삼천리』는 러시아에 대해 친(親)/반(反)의 특정 성향을 드러내거나 밝히지 않은 채, 러시아를 허용된 표상 영역 내에서 '안전하게' 다루었다.[20] 그것은 일차적으로 검열과 대중[21]을

---

20) 시기와 대상은 다르지만, 미디어의 정치 성향과 대미(對美) 인식의 문제를 다룬 연구로는 김세령, 「1950년대 기독교 신문·잡지의 미국 담론 연구－대미 인식의 분화와 보수·진보 기독 지성의 양극화를 중심으로」, 『1950년대 미디어와 미국표상』, 상허학회, 깊은샘, 2006, 참조.

21) 김동환이 『삼천리』의 독자층으로 설정하고 인식했던 '대중'에 대한 문제는 추후의 과제로 미루어두겠다. 1930년대 '대중종합잡지'를 표방하고 지향했던 『삼천리』가 접근하려고 했던 '대중'이라는 '주체'의 문제는 일차적으로 『삼천리』의 정체성을 규명하는 것은 물론이고, '1930년대' '대중' 형성의 배경 및 존재 양상 그리고 '대중'의 '의식'을 파악하는데 있어서 중요한 입각점이라고 생각된다. 조선에서의 취미와 미디어, 취향과 대중의 관계망을 확인한 이경돈의 최근 연구 역시 이러한 점에서 의미 있는 시사점을 던져주고 있다. 이 문제와 관련해서는 이경돈, 「취미라는 사적취향과 문화주체 대중」, 『대동문화연구』 57집, 2007; 윤해동, 「식민지근대와 대중사회의 등장」, 『국사의 신화를 넘어서』, 임지현·이성시 편, 휴머니스트, 2004; 세르게이 모스코비치, 이상률 옮김, 『군중의 시대』, 문예출판사, 1996; 게이트 크리언, 김우영 옮김, 『그람시, 문화 인류학』,

모두 돌파하고 획득하려는 김동환의 전략이기도 했다.

3. 『삼천리』의 러시아 표상 방식
  −'현존(Presence)'하는 러시아의 '부재(Absence)'

1) 두 가지 문명, 두 개의 세계−'亞米利加 文明'과 '露西亞 文明'

 '일반독자급'을 노렸던 대중문화종합지 『삼천리』는 각 분야의 화려하고 다양한 필진을 갖추고 있었고, 그 점에서 김동환은 상당한 인재망을 확보하고 있었던 언론인으로 평가받을 수 있다. 구체적인 경로는 밝혀져 있지 않으나, '지하'로 활동의 근거를 옮기거나, 활동 중단 등으로 근황을 알 수 없는 좌파계 인사들 및 문화·예술계 인사들의 동정(動靜)을 전하는 글들도 『삼천리』에 실린다. 또한, 김동환은 『삼천리』를 통해 당대의 주요 인물, 조선의 영웅과 인물을 소개하는 것은 물론이고, '출신 지역, 출신 학교, 유학국(留學國), 직업, 정파, 친분 등 다양한 기준으로 인물들을 '정리'하고 이를 '목록'화했으며, 때로는 인물들을 '해부'하고 '평가'를 내리기도 했다.
 이 인물 '목록'화는 『삼천리』 1933년 9월호에 실린 「現在朝鮮 親米派·親露派勢力觀−經濟的, 文化的, 思想的으로」에서도 확인할 수 있다. 제목 오른쪽으로는 1931년에 완공된 뉴욕 엠파이어 스테이트 빌딩과 루즈벨트 사진이 실려 있고, 제목을 사이에 두고 루즈벨트 맞은편에는 親米派의 대표인물로 이승만 사진이, 그 다음 페이지에는 서재필 사진이 나온다. 그리고, 마지막 페이지에는 親露派 대표인물로 이동휘 사진이 실려 있다. 총 네 페이지에 걸친 분량의 기사 중 세 페이지가 넘는 분량이 친미파 관련 내용이다. 親露派 부분은 '親露派의 세력을 바

 길, 2004, 등을 참조.

라보려 함에 當하야 그 재료에 구속성이 너무 만흠에 괴로워한다.'라고 김동환은 러시아를 자유롭게 이야기할 수 없는 '구속성', 현실적 한계를 미리 토로하면서 시작했다. '구속성'의 구체적인 내용을 모두 짐작할 수는 없지만, 우선 검열의 제약성을 상상하게 되는 것은 무리가 아니다.

김동환은 친미파 세력을 언급하기 전 먼저 경제, 문화, 사상 세 분야로 분류 체계를 설정하고, 경제 분야에는 광산업, 석유업, 기계공업이 문화 분야에서는 학교교육, 교육, 시혜사업, 청년회 및 농촌사업에 미국의 영향력이 미치고 있으며, '이상을 일괄하여 문화적으로 亞米利加 勢力의 率下에 잇는 범위는 매우 광범하고 그 蒙利民衆의 數도 학생, 교인, 환자, 농민 등 약 50만 명에 달하리라고 보여진다'고 그 범위를 추정했다. 그러나, 문화면까지는 단 한 명도 구체적 이름을 거론하지 않았던 김동환은 사상면에서는 '구한말'부터 '현재'까지 '親米派' 인사의 계보를 상세하게 나열한다.

思想上은 엇더한가? 그 다음은 思想上이란 각도로부터 전망하여보면 舊韓國時代에는 親露派 親日派 親淸派가 잇드시 親米派가 결성되어 多數한 인재와 견실한 지반을 가지고, 韓國政界와 사회에 巨然한 세력을 이룬 때가 잇섯다, 즉 親米熱이 全盛하기는 徐載弼氏의 來朝와 獨立協會 創立 當時리라. 그때 獨立新聞을 간행하고, 靑年會를 設하고 기독교를 전포하며 開化演說을 하든 것이 대개 米國文明의 謳歌가 그 대부분이엇다, 그 당시의 親米派의 지도자로는 徐載弼, 徐光範, 尹致昊, 安昌浩, 李商在, 李承晚, 申興雨 等이엇다, 以來 親米派의 要人들은 不絶히 데모크래식한 미국문명의 유입을 꾀하야 유학생의 파견을 不怠히 하엿고 또 自覺잇는 청소년으로 스사로 渡米留學하는 자가 多數케 하엿다, 뿐만 아니라 米國의 治下에 살기를 즐겨하야 영영 渡米居住하는 자도 多數히 나왓는데, 현재 米國잇는 白衣同胞 數가 약 3천, 布哇其他에 3천의 多數를 數하고 잇다. 유학생으로써 중요한 인물은 李承晚, 尹致昊, 金奎植, 吳兢善, 申興雨, 梁柱三, 朴容萬, 吳天錫, 廉光燮, 朴仁德, 金마리아, 黃愛施德, 卞榮魯, 安昌浩, 金東成, 李春昊, 金鉉九, 金度演, 金活蘭, 張世雲, 鄭漢景 氏等이라. 親

米派의 세력을 數함에 잇서 중요하게 주의하여햐 할 일은 米國領地안에 잇는 조선인 단체의 존재와 활동이다. 즉 布哇의 李承晩氏의 同志會, 北米의 國民會, 留學生會, XX民報, 우라키社, 及 학교와 교회 등이다.[22)]

그리고, '今日 조선인으로서 막연하게나마 친애의 정을 가장 만히 가지고 잇는 外國을 지적하라면. 그것은 米國이다!라고 하리만치 親米的 感情이 다른 外邦에 비하야 농후함이 사실일 것이다'라고 하면서도 '이 諸勢力은 今後의 極東政局의 轉變에 따라 消長이 잇서질 것은 예측할 수가 잇겟다'라며 '結語'를 맺었다. 뒤이어, '재료의 구속성'이 큰 데 반해, '資本이 朝鮮市場에 흘너드러와 잇는 힘은 아직 약'하며, '露西亞'의 '石油', '露西亞 술 중 워듸카', '西伯利亞産의 鹿茸' 정도가 조선에 들어오지만, '총괄하여보면 쏘비엣 자본아래에서 이익을 보고 잇는 朝鮮사람은 그 수가 적다고 아니할 수 업다.'고 분석했다. 그리고, 다음과 같은 '結語'로 '朝鮮現在 親米派·親露派 勢力觀'을 정리했는데, 이를 읽어 보면, 실제 제목은 '朝鮮現在 親米派'와 '조선 과거' 親露派가 더 적합하다고 할 수 있는 내용이다.

그러면 사상적으로 보아 親露派의 세력이 얼마나 될는고, 이것은 대단히 광범하고 또 어려가지 사정으로 충분히 지적하기가 거북스럽다, 그러기에 다만 소재만 열거하리라. (此間80行 中略) 以上은 현재의 사정이나 由來朝鮮은 近世史 中에 親露傾向이 현저하엿슴을 본다, 그것은 地理가 接壤한 관계도 잇겟지만 과거 朝鮮의 정치가들이 露西亞의 강대한 국력을 비러 국책을 수행하려 하엿든 까닭에 上은 君主로부터 下는 兒童走卒의 인민에 이르기까지 露西亞勢力을 謳歌한 때가 잇섯스니 俄館播遷은 더군다나 顯大한 사실이다. 또 李容翊을 領袖로 李範晉 等의 세력을 糾合하야 親露派內閣을 조직하엿든 일이라든지, 그리하야 龍岩浦와 가튼 國防上 要基地를 대여하며 鎭海灣을 빌니며, 豆滿江畔의 삼림, 광산을 제공하는

---

22) 滄浪客, 「朝鮮現在 親米派·親露派 勢力觀—經濟的, 文化的, 思想的으로」, 『三千里』, 1933. 9, 24-25쪽.

210

등 지금 생각하면 상식으로 판단키 어려운 이권 제공을 한 것을 본다. 그
리고 西伯利亞로 동포를 多數히 이주식혓고, 李東輝 等 諸人이 露領에 滯
住하는 등 사실도 직접 간접으로 이 땅 사람의 心惱에 투영하는바 잇다고
볼 것이다. 親米커나 親露커나 간에 장래 할 국면에 대조하야 생각할 때
그 消長은 흥미를 끌게 함을 늣긴다.[23]

　‘사상적 親露派’는 ‘광범’할 뿐 아니라, 그들을 잡지에서 공식적으로
‘지적’하기는 어려웠다는 김동환의 ‘고백’은 친로파의 존재를 상징의
공간 속에서 상상하게 한다. 말할 수 있다고 해도 누구인지 말하기 어
렵고, 말하려고 해도 누구라고 말할 수 없는 것이 친로파였고, 그럼에
도 불구하고 ‘어떻게든’ ‘친로파’를 이야기하고자 한 것이 『삼천리』였
다. 엄밀한 의미에서, 김동환의 이 기획 기사는 ‘現在朝鮮 親米派 · 親
露派勢力觀－經濟的, 文化的, 思想的으로’라는 제목에 부합하는 내용
을 전하는 데 실패했다는 평가를 피하기 어렵다. 하지만, 1933년의 친
로파를 말할 수 없었던 당시의 상황에서 『삼천리』는 과거의 친로파를
이야기하는 방식을 택하는 것으로라도 ‘현재 조선’ 내의 세력을 더 넓
게는 ‘조선’을 파악하려 했다. 김동환은 친미파/친로파로 조선의 현실
과 세력을 분석하면서, 나름대로 중립적인 ‘관망’의 입장을 견지했지만,
자신의 인식 체계 즉 세계의 양대 문명을 미국과 러시아로 보고 있다는
사실 더 나아가 조선의 미래가 이 둘 중 어떤 ‘코스’를 택할 것인가에
대한 고민의 단초를 이 글에서 드러낸 셈이다.
　미국과 러시아로 세계 문명을 규정하고, 조선의 전망을 모색한 김동
환의 고민은 타블로이드판으로 발간된 『삼천리』 1932년 5월호에 실린
「亞米利加文明을 끌어 올까, 露西亞文明을 끌어 올까」에서 그대로 표
현되지만, 이 근본적이고 추상적인 질문에 대해 김동환은 스스로 답하
는 대신, 洪陽明, 朴仁德, 朴熙道, 주요섭, 安在左, 金璟載에게 그 해답
을 구하고자 했다.

---

23) 앞의 책, 25쪽.

홍양명은 '현재의 소련의 문화의 主潮가 국제주의와 대산업주의의 크다란 테누리 속에서 창조적 의도에 의하야 통용되는 것은 諸國의 문화가 惰力的으로 맹목적으로 진행됨에 비하야 가장 진보적'이라고 러시아 문화를 평가하면서, '최소 시간 내의 최대 생산을 목표로 하고 잇는 점으로 보아 그 형태로는 세계 메카니즘과 물질문명의 중심인 米國 문화와 동일한 점이 만슴니다.'라고 두 문화·문명을 분석했다. 홍양명은, '米國 문명과 露國문명은 형태는 동일하고 내용이 다'르다는 차이 밖에 없으므로, '갓흔 갑에 내용 나흔 露西亞문명을 취할 것은 자명의 理'라는 입장을 밝혔다.

홍양명만이 두 문명의 유사성을 언급했을 뿐, 설문에 응한 나머지 사람들은 모두 '亞米利加文明'과 '露西亞文明'을 상치되는 것으로 인식하고 있었다. 박인덕은 '세계에 어느 나라보다도 米國과 露西亞처럼 生의 진로에 잇어서 서로 정반대되는 나라가 업슬 것임니다.'라고 하면서, 그 '정반대'를 '개인주의 對 집단주의, 재산사유 對 재산국유 종교를 공인하는 對에 공인치 안으며 가정제도를 존중하는 對 이에 무관심'으로 분석하면서, '둘 다 우리에게는 부적당'하다고 질문에 답했다. 김경재 역시 '우리사회와 兩文化'라는 제목으로 '亞米利加 문명은 부루조아 과학을 대표하고 露西亞의 콤뮨니즘은 푸로레타리아 과학의 대표'라고 분석했지만, 어느 쪽 문명을 '끌어올' 것인가에 대해서는 침묵했다.

'露西亞 문명을'이라는 제목으로 설문에 답한 박희도는 러시아의 긴 역사와 전통을 근거로 내세우며 러시아 문명을 지지했다. 주요섭은 '나는 이 문제에는 대답할 수 업슴니다. 억지로 대답하라고 하면 「둘 다 수입하고 둘 다 수입하지 말자!」 하는 괴이한 한 마대가 잇슬 따름'이라는 양비양시론으로 시작해서, '정치는 米國(其理想만) 교육은 露西亞 문예도 露西亞 경제 기구도 露西亞 사회생활은 米國, 어떠케 이 비슷한 모양으로 수입해다가 우리 것을 만들 수 잇다면 깃부겟슴니다.'라는 절충론을 내세웠다. 안재좌는 '억지로라도 이곳에 亞米利加의 문화와

212

露西亞의 문화를 비교해 본다면 亞米利加의 그것은 갈대로 다 간 자본주의 말기 현상의 腐爛되여 가는 문화이라 하겟고 露西亞 문화는 步一步 전진하야 새로운 형식의 문화를 싸코 잇는 것'이라고, 미국 문화를 비판했지만, '로서아 문화'를 '끌어오자'고는 주장하지 않은 채, '자본주의사회에서는 정치, 경제, 문화 등 온갖 것이 방만적 또는 惰性的임에 대하야 사회주의 사회의 그것은 통제적이오 열정적이라고 하겟다. 딸하서 하나는 갈대로 가는 죽어가는 문화―란숙할 대로 란숙한 문화이오. 다른 하나는 신흥해 나오는 문화라고 하는 것'이라는 평가로 답을 대신했다.

이 다섯 사람은, '露西亞文明을 끌어'와야 한다는 쪽에 가까운 입장을 가지고 있었지만, 사실 이들의 논의는 김동환의 질문과 다른 방향으로 진행되어 나갔다. 김동환이 앞뒤 설명 없이 '亞米利加文明을 끌어 올까, 露西亞文明을 끌어 올까'라는 질문을 던졌을 때, 그 질문을 받은 사람에게 세상은 두 개의 세계, 두 가지의 문명으로 나뉘어 존재하게 된다. 설문에 응답한 사람들의 논의가 러시아와 미국의 문명이 완전히 상반되는 것인가 아닌가로 좁혀진 것은 당연한 귀결일지도 모른다. 또 하나, 이 설문의 '끌어 올까'라는 표현은 '따를까'로 바꾸어도 무방한, 어떤 의미로는 '따를까'보다 더 적극적인 추수(追隨)의 의지로도 해석 가능하다. 타인을 따르는 욕망이란 예외 없이 타인이 되고자 하는 욕망이며, 이 때 욕망의 강도를 결정하는 위력은 대상과 중개자를 가르는 거리에 달려 있다는 점을 고려할 때,[24] 김동환이 설정한 미국과 러시아라는 두 개의 대칭적 대상과 『삼천리』라는 중개자 사이는 평행적이면서도 먼 거리를 유지한다.

즉, 김동환의 이 질문은 세계를 러시아와 미국 양대(兩大) 문명으로 파악하는 그 자신의 인식 체계를 기반으로 하고 있지만, 이는 또한 김동환이 러시아와 미국의 문명을 이미 완성된 형태로 받아들이고 있었

---

24) 르네 지라르, 김치수·송의경 옮김, 『낭만적 거짓과 소설적 진실』, 한길사, 2001, 139쪽.

음을 알려준다. 두 나라가 변하지 않는 각각의 세계로 완전히 고정되었다는 확신 없이, 어느 문명을 '끌어' 올 것인가라는 질문을 제기할 수는 없다. 또한, 김동환이 세계를 두 가지 문명으로 확연하게 구분하고, 이 둘을 대칭으로 놓을 때, 러시아도 미국도 그 표상 체계는 도무지 알 수 없고 잡히지 않는 것에서 측정 가능한 명징한 것으로 달라지고, 『삼천리』는 대칭되는 두 문명 사이에서 조선의 중개자가 된다.

　김동환은 『삼천리』 1929년 12월호에 실린 윤성덕과의 인터뷰에서 '오늘날 세계의 문명이 亞米利加文明과 露西亞文明의 두 가지로 나누어잇다 하리만큼 亞米利加의 모든 문화는 특색잇는 점에서 벌서 정점을 보이고 잇'다고 말하면서, 윤성덕에게 '亞米利加 新女性'의 사상을 묻는다. 여기서도 마찬가지로, 김동환은 亞米利加와 露西亞를 대칭 관계로 설정하고, 미국 문화가 이미 정점에 이르렀다는 사실을 전제로 두었다. 한편, 창간호인 『삼천리』 1929년 7월호에는 허헌의 하와이 방문기인 「世界一週紀行－太平洋의 怒濤차고 黃金의나라 美國으로!」가 실렸다. 이 글에서 허헌은 미국을 '黃金의나라 物質文明上의나라 資本主義最高峰의나라 女子의나라 享樂의나라 自動車의나라'[25]로 규정하고, 미국의 '富裕'한 생활상을 전한 바 있다.[26] 김동환의 논리대로라면, 허헌이 지칭한 각각의 '미국'과 반대되는 것이 곧 '러시아'가 된다. 또한, 윤성덕의 대답을 그대로 뒤집어 대칭시키면 그것이 곧 러시아가 될 수도 있게 된다. 미국 여성은 '사상에 사는 사람들이 아니'고, '사회나 국가는 별로 안중에 업고 오직 개인의 행복만 위주하여 사는', '날마다' '돈'을 생각하고, '홈스위트, 홈'을 '희망'하는 이들이라는 윤성덕의 회고에 김동환은 '사회기구의 엇든 모순을 늣기고 가령 공산주의가튼 사상을 연구실행하는 빗다른 여성이 업슬 리가 잇겟'느냐고 반문했고, 이 문답 속에서 미국과 러시아는 다시 한 번 대칭의 표상으로 형상화된다.

---

25) 許憲, 「世界一週紀行－太平洋의 怒濤차고 黃金의나라 美國으로!」, 『삼천리』, 1929. 7, 9쪽.

26) 위의 책, 8-9쪽 참조.

214

김동환이 설정한 대칭으로서의 러시아 대(對) 아메리카가 과연 적절한 가의 문제와는 별도로, 러시아를 자유롭게 이야기할 수 없었던 현실 속에서, 러시아와 아메리카를 각각의 대칭축으로 설정할 때 얻게 되는 표상 체계의 성과(gains)를 김동환은 간파하고 있었고, 그 방식을 활용했다.

2) 보이는 대상과 볼 수 있는 세계—싸베트 同盟의 婦人과 아이들, 그리고 모스크바

『삼천리』 1931년 1월호의 「最近 露西亞의 戀愛와 賣淫, 레—닌그래드에서」는 기존의 러시아에 대한 부정적 인식을 근절, 회복시키고자 하는 필자의 의도가 잘 나타난다. 러시아에 체류 중인 露都學人은 '내가 本國잇슬 때는 뿔조아 신문들은 마치 露西亞는 女性을 공유한다는 중상을 만히 하고 잇기 때문에 共産主義의 뜻을 그러케 惡用 惡解釋하는 것을 밋는 이도 만하엿더니 이제는 革命이 이러난 지도 12년이니 지금이야 설마 이 철업는 誤解을 밋지 안을 줄로 암니다만은 최근 소비엣 로서아 사회의 性道德에 대하야 약간 보도'하겠다는 말로 글을 시작했다. 1918년에 혼인법의 네 가지 항목 '1. 결혼을 종교의 형식에서 解放하야 純然한 民事事務로 한 일, 2. 부부간 권리의 평등(居住 國籍 姓名 敎育育兒 등)을 確定한 것, 3. 결혼은 결혼당사자의 自由意思의 완전한 合致일 것, 4. 사실상 결혼관계에 잇스면 登記한 者나 登記아니한 者나 모다 가치 법률적 보호를 밧게할일'을 소개하면서, 이 법이 제정 발표된 '以後 露西亞의 결혼생활'은 '一變케 되엿'고, '性的 淨化運動'이 일어나고 있으며, '코론타이즘은 벌서 淸算'되었다고 전했다.[27]

---

27) 용기 있고, 대담하며, 근면하면서도 젊고 활기찬 소비에트 여성의 이미지 창출과 이러한 소비에트 여성을 표현한 문학 작품과 관련해서는 Barbara Evans Clements, "The Birth of the New Soviet Woman", Abbott Gleason, Peter Kenez, and Richard Stites, ed., *Bolshevik Culture*, Bloomington and Indianapolis: Indiana University Press, 1985, pp. 220-

하지만, 1930년 10월 7일에(露都學人이 남긴 기록날짜 기준) 러시아에서는 이미 '청산'되었다고 하는 '코론타이즘'은 여전히 국내에서 관심과 논의의 대상이었던 것으로 추정된다.『삼천리』1931년 11월호에는「『코론타이주의』란 엇던 것인가」라는 제목으로『三代의 戀愛』와 콜론타이를 소개하는 글이 게재되었고,『삼천리』1932년 2월호에는 김안서가「『戀愛의 길』을 읽고서－콜론타이 여사의 作」이라는 일종의 독후감상문을 발표했다. 한편, '「막심·골키－」기차를 타고 러시아 여행을 한 김세용은『삼천리』1932년 3월호에「莫斯科의 回想」라는 모스크바 기행문을 실었는데, 이 글에서 '먼 동양 어지러운 곳에 태여난 당신의 붉은 피와 정신이 이와가치 우리의 생활과 굿게 유대지어짐을 한업시 반가히 녁임니다'라고 자신을 반긴 '코론타이스트'인 아니－사라는 러시아 여학생과의 로맨스를 회상한다. 조선 신여성의 대표적인 인물 가운데 한 명인 나혜석도 시베리아 횡단열차로 러시아를 여행하고,『삼천리』1932년 11월호와 1933년 1월호에 소비에트 러시아행과 C.C.C.P라는 기행문을 연재했다. 하지만, 나혜석에게 '모스크바 시가는 너절'했고, '사람들은 모두 실컷 두들겨 맞은 것같이 늘씬하고 아무려면 어떠랴 하는 염세적인 분위기가 느껴'지는 곳이었다.

조선의 신여성 나혜석에게 '모스크바는 너절'했고, 러시아는 '염세적'으로 느껴졌지만, 김동환을 비롯한『삼천리』의 남성 필자들은 러시아 여성들에게 호의적이었고, 조선 신여성들에게는 비판적이었다.[28]『삼

---

237 참조.

28) 이러한 상황은 나혜석, 김원주, 김명순 등의 신여성들이 탕녀로 몰리면서 무시당하는 과정과도 상당 부분 유사하다. 1920년대의 소설들에서 근대적 사랑이란 '제도'가 남녀에게 얼마나 차별적으로 적용되고 있는가의 문제를 남성 고백체 소설과 여성 고백체 소설의 문제로 다룬 연구로 최혜실,『신여성들은 무엇을 꿈꾸었는가』, 생각의나무, 2000, 참조. 또한, 김경일은 같은 소비 문화를 향유하면서도 유독 여성의 소비와 유행만을 비판하면서 신여성들에게 사치와 허영이라는 낙인을 찍었던 식민지 시기의 남성 담론들을 분석한 바 있다. 이와 관련해서는 김경일,『여성의 근대, 근대의 여성』, 푸른역사, 2004, 217-248쪽 참조.

216

천리』 1932년 12월호에서 허수만은 '女재판관! 일홈부터 처음 듯는듯한 感이 不無하다. 그러나 그리 놀낼 것은 업다. 이제 간단하나마 쏘베트 女재판관을 소개코저 하는 바이다.'라며, 모스크바 인민재판소의 '半'에 해당하는 여성 재판관 가운데 '今年 27세'인 '모스코 대학 출신'의 '나다리아 미카엘라'를 소개하면서, 이 '女재판관'을 '新두뇌'로 '制度'를 '運轉' 중이라고 극찬했다.[29] 한편, 함대훈은 『삼천리』 1932년 1월호에 「싸베ー트 同盟의 婦人은 엇더케 지내는가」라는 제목으로 러시아 여성의 정치권, 결혼과 이혼, 임신과 육아, 낙태와 성생활을 소개하고, 결어에서 조선 신여성을 이렇게 비판했다.

> 이상을 대개 싸베ー트 동맹 여성들의 일반사정을 무질서적으로 남아 소개하엿다. 조선에 잇서서의 남녀관계, 가정문제 등을 볼 때 여러 가지 한심한 점이 만흔 것을 발견한다. 그것은 조선에 잇서서 소위 신학문의 교양이 상당하다고 하는 여성이라도 그들이 자신의 경제적 독립, 남성에게 의뢰치 안켓다는 자립적 정신이 결여하여 어느 때나 남성의 1노에 노릇으로 만족하려 하는 경향이 농후한 것이다. 조선의 소위 신여성은 사회생활에 잇서서 아조 그들의 임무를 전연히 망각하고 오즉 일개 자신의 안일로 위하여서만 노력하려고 한다. 이것은 여성체의 평등적 지위를 차즈려 하는데에 커ー다란 장벽을 가로막는 것이라고 하지 안을 수 업는 것이다. 나는 무엇보다도 조선의 여성은 아조 활기가 업고 그저 온실에 퓐 꼿 가치 그들의 시드러가는 美를 保持하려고서는 살지언정 아모 사회적 활동을 꾸준히 하여 여성전체의 해방을 꾀하지는 안는 것을 역력히 볼 수 잇다. 싸베ー트동맹의 여성들도 혁명 전까지는 그들의 지적수준도 퍽 여텃든 것이다. 그러나 혁명 이후 14년간에 꾸준한 노력은 지금 남성과 동등으로 정치, 경제, 문화 諸영역에서 활동하고 잇는 것이다.[30]

함대훈의 조선 신여성에 대한 비판은 일견 날카로워 보이지만, 사실이 비판은 조선 신여성과는 무관하다고도 할 수 있는, 러시아 표상과

---

29) 許秀萬, 「露西亞의 여裁判官」, 『삼천리』, 1932. 12, 43쪽.
30) 咸大勳, 「싸베ー트 同盟의 婦人은 엇더케 지내는가」, 『삼천리』, 1932. 1, 89쪽.

관련된 문제이다. 함대훈은 '싸베―트동맹의 여성들도 혁명 전까지는 그들의 지적수준도 퍽 여텄든 것이다. 그러나 혁명 이후 14년간에 꾸준한 노력은 지금 남성과 동등으로 정치, 경제, 문화 諸영역에서 활동하고 잇는 것'이라는 말로 조선 신여성의 '꾸준한 노력'을 촉구했지만, 함대훈이 소개한 노동하는 훌륭한 '싸베―트 동맹의 여성들은 '법률 제68조가 규정'에 의해 '선거권, 피선거권을 향유'하고, '결혼은 더 말할 것도 업지만은 이혼도 어느 일방이 불합하면 결혼등기소에 가서 離婚屆한 장만 내이면 이혼이 되고', '여자가 産月이 갓가워'지면 '산전산후 각 8주간' '휴양'하며, '휴양하는 사이라도 노동자금은 지불'되며, '나아서 불필요하다는 것은 법률상으로 許하여 墮胎케 하고 또 성교육을 보급식혀서 결혼하는 남녀에게 예비지식을 갓게'하며, '18세 미만 40세 이상의 여자는 국민노동에서 제외케'되는 사회 시스템 속에서 '노동'하고 있었다. '싸베―트 동맹의 아희'들도 마찬가지였다.

싸베―트 동맹의 아희들은 엇떠케 자라나나? 이것을 한번 살펴보면 흥미 잇는 것이 만타. 이것은 엇떤 외국신문기자가 본 그대로를 쓴 것이어니와 「해 잘 드는 방안, 깨끗한 침대, 굴너 다니는 臺, 조그마한 수족을 운동식히기 위해서 층층대가 잇다. 벽에는 그림이 걸려 잇다. 아츰이 되면 어머니들이 노동하러 가는 도중에 어린이를 다리고 온다. 어린이들은 집에서 입는 자기의 옷을 벗고 조그마한 囊中에 뉘여서 차례로 목욕을 식히고는 청결한 옷을 가러 입힌다. 시간을 정확하게 잠재우고 식사를 식히고 그리고는 놀게 한다. 어머니들은 1일 3회의 젓을 먹이기 위하여 온다. 그밧게 아희들은 위생에 주의한 요리를 그 아희의 연령에 따라서 알맞게 먹인다. 오후에는 어머님들이 일을 끗내이고 돌아오는 길에 집으로 다리고 간다」 싸베―트의 어린이들이 이가치하여 빈부의 차별이 업시 길리워지는 것이다.[31]

따라서, 함대훈이 높이 평가한 주체적이고 강한 '노동하는' '싸베―트 동맹의 여성들'의 삶과 '탁아소'에서 '빈부의 차별이 업시 길리워지

---

31) 앞의 책, 88쪽.

는' '싸베―트 동맹의 아희들'은 조선과는 너무나 동떨어지고 다른 '먼 곳의' 이야기였다. '먼 곳'은 동경과 신비의 대상이 될 수 있지만, 신비화가 진행될수록 '먼 곳'과 '이 곳'의 거리는 더욱 벌어지고, 그 간극은 더 커진다. '혁명 후 14년'만큼 나게 되는 것이다. 함대훈이 소개하고 상찬한 '여성들'이 살고 있는 '싸베―트 동맹'은 조선과는 전혀 다른 이국(異國)의 공간이었다. 『삼천리』1933년 5월호에 실린 北風學人의 「쏘비엣트의 保健施設觀」에서도 '쏘베트·러시아'의 '醫師'를 '大衆을 爲한醫師'라고 규정하고, '러시아醫師는 資本主義醫師와는 正反對로 創造的國民을 爲하야 私慾을排除 하는 偉大한 救濟者인것을 忘却해서는안된다'고 러시아 의사들을 상찬하면서, '모스코'에 '七個所'가 있는 '누구를無論하고 無料로病眼을 除去식키는 『無料診療所』'를 소개했고, 이 역시 조선과는 너무 다른 현실이라는 점에서는 다를 바가 없었다.32) 하지만, '싸베―트 동맹의 여성들'이나 '아희들' 그리고 '쏘베트·러시아 醫師'들에 대한 함대훈과 北風學人의 옹호가 '쏘베트 러시아' 사회에 대한 옹호로 이어지지는 않는다.

한편, 『삼천리』1935년 9월호에는 「莫斯科의 新女性과 新文化, 今昔의 모스크바를 이약이 하는 會」라는 좌담회가 실렸다. 참가자는 '李東民…… 新經濟政策時代로부터 第一次 第二次 五個年 計劃時代에 亘하여 蘇聯에서 生活한 분, 金海龍…… 現今 莫斯科에서 大學生活을 하는 藝術方面에대한 硏究의 第一人者, 崔一鮮…… 日露戰爭 당시로부터 帝政時代 末期까지 莫斯科에서 生活하엿스며 舊모스크바通, 韓鳴…… 帝政末期로부터 最近까지 자주 入露하여 단이든 분, 新舊 兩面의 모스크바通'으로 『삼천리』사회자의 소개처럼 '신구(新舊) 모스크바통(通)의 권위자들이 한자리에 모이게' 된 좌담회였다. 이 '신구(新舊) 모스크바통(通)의 권위자들'은 '모스크바 강(江)에 잇는' '해수욕장'에서 '남자들이며 여자들이 흘닥 발가벗고 헤염들을 치'는데 놀랐으며,

---

32) 北風學人, 「쏘비엣트의 保健施設觀」, 『삼천리』, 1933. 5, 37-40쪽 참조.

'해수욕장이나 목욕탕뿐만 안이라', '사진이나 라체화들도' '당당'하다
는 인상을 받았다. 또한, 이들이 본 '로시아인'은 '무용'을 '조와'해서
'거리에서도 딴스요, 농촌에서도 무용'이며, '거리의 길바닥'에서 '손풍
금을 띄우며' 춤을 추는 사람들이며, '생활을 명랑히 한다는 의미'에서
러시아 '신문들은 대개 대부분을 운동긔사에다 쓰고' '스포―쯔'를 '장
려'하고 있으며, 혁명 후 '스포―쯔'는 '일반 교통과 갓치 실로 발달'했
다고 평가했다.[33]

　'신구(新舊) 모스크바통(通)의 권위자들'이 '들려준' 모스크바 역시
정치성이 탈각된 공간이다. 모스크바는 활기차지만, 조선의 정서로는
쉽게 납득이 안 되거나 어색한 '나체'나 '딴스' 문화의 이국(異國)의 도
시이며, 그런 모스크바와 러시아가 흥미롭기는 하되, 조선과는 '다른'
공간으로 이 좌담회에서는 '이야기되는' 것이다. 좌담회가 협의 혹은
합의 도출 및 여론 형성을 전제로 한 상당 부분 비판적 성격이 배제·
퇴색된 정치적 대화라는 사실[34]을 고려할 때, '금석(今昔)의 모스크바'
를 좌담회의 형식으로 '정리'한『삼천리』의 기획에 우선 주목할 만하
다. '신구(新舊) 모스크바통(通)의 권위자들'이 '이야기 나눈' 모스크바
의 문화는『삼천리』가 '일반독자급'에게 제시하고자 했던 러시아 표상

---

33)「莫斯科의 新女性과 新文化, 今昔의 모스크바를 이약이 하는 會」,『三千里』, 1935.
　　9, 210-218쪽 참조.

34) Masao Miyoshi, Off Center: Power and Cultural Relations Between Japan and the United
　　States, Cambridge: Harvard University Press, 1991, pp. 217-243. 마사오 미요시는 이 책
　　에서, 자신의 의견을 조심스럽게 개진하고 합의를 존중하는 일본인들의 태도 및 비판
　　적 담론이 쇠퇴한 일본 사회의 풍토를 일본에서 좌담회가 성행한 원인으로 분석하고
　　있다. 마사오 미요시의 지적처럼 일본 문화와 좌담회의 친연성 및 긴밀성은 충분히 납
　　득이 가는 부분이지만, 그보다 좌담회 자체의 폐쇄성 및 은폐의 정치성을 날카롭게 지
　　적한 마사오 미요시의 분석에 더욱 주목하고자 한다.『三千里』에 두 차례에 걸쳐 열렸
　　던 '신구(新舊) 모스크바통'들의 좌담회 역시 좌담회 자체의 권위 및 명성과는 별도로
　　좌담회가 기본적으로 내재하고 있는 정치적 담론의 성격을 가지고 있었다는 것이 개
　　인적인 판단이다. 좌담회에 대한 이데올로기적 분석과 관련해서는 H. D. 하루투니언,
　　곽동훈 외 옮김,「보이는 담론/보이지 않는 이데올로기」,『포스트모더니즘과 일본』, 시
　　각과언어, 1996, 91-119쪽 참조.

의 일부로 간주할 수 있다.

이 좌담회는 다음 호인 1935년 10월호까지 이어진다. 전호(前號)에 이은 이 좌담회의 제목은 「莫斯科의 女黨員과 新興空氣—今昔의 모스크바를 이약이하는 會」였고, 참가자는 동일했다. 참가자들은 모스크바의 공원과 레스토랑, '아스탈트'가 깔리기 전 모스크바의 '鋪石道', '미국의 지하철보다도 더훌융하여보'이는 '출입구갓흔데로는 대리석으로 장치'한 모스크바의 '지하철'에 대해 이야기한다. 그리고, '다시' 화제(話題)를 러시아 '여자'로 돌린다.

'제정시대의 모스크바 거리에 나타나는 여자들의 풍속과 류행을 제정시대를 잘 아시는 崔'는 '뿌루죠아는 상당히 호화와 사치를 하엿스며 모—단을 딸으는 경향이 가장 심하엿'지만, '원래 로서아는' '여러분이 잘 아시는 바와 갓치 모—단을 딸으는 사람이 극히 소수(小數)'였으며, '로서아 사람은 모—단을 딸을 수가 업는 사람들이라고 생각하는 편이 조흘 듯'하다는 생각을 밝혔다. 한편, '그 때가 퍽 나이 어린 때이엿겟슴으로 여러 가지 녀자들의 의복제도를 잘 관찰하엿'던 '韓'은 '당시 모스크바외 부자들은 세탁물(洗濯物)을 전부 파리까지 보내여서 하엿다고 하니, 얼마나 그들이 사치를 한가함을 가히 짐작할 수가 잇지 안어요. 그 때 당시에는 백림(伯林)이나 아메리카나 동경등의 녀자들에 비하여 로서아의 여자들이 가장 첨단을 걸엇지요. 아마 그 호화와 사치는 그 극에 달하엿다고 하여도 과언은' 아니라고 회상했다. '가장 최근에 돌아온' '金'은 '다른나라에게 비할것이야 못'되게 '요사히 사삐트녀성은 대체로 질소하고 검박'하다고 전했다. 그리고, 이 좌담회의 현안이라 할 수 있는 '女黨員과 流行'으로 이야기를 옮겼다.

B—李, 특히 녀당원, 콤소몰 등은 이전에는 복장방면에도 여러 가지 제한이 잇섯다는데 최근에 와서는 점점 그런 경향이 박약하여가는 모양인데 그것은 어떤 연고임니까.

李—그것은 사베—트의 모든 시민생활의 중심이 되는 콤소몰, 청년당원의 생활로서, 복장에 대하여서는 내가 가잇든, 오륙년전에도 대체에 잇서서 실용주의적이엿기 때문이지요. 그럼으로 녀당원이라도 감빗 사―지의 스카트로 될 수 잇는 대로 짤게하여 입으며, 우에다는 목면(木綿)으로, 겨울이면 후란넬로 될 수 잇는 대로 검박하게 질소하게 차리고, 모자도 크게 치장을 하지 안코 씁니다. 공장을 중심으로 로동하는 콤소몰등은 붉언 푸라독으로 머리를 동여매고 거리로 나옴니다. 구두도 옛적과 가치 굽이 놉흔 것을 신지안코 남자와 가치 굽이 나즌 것을 신슴니다. 아무런 장식품도 업지요. 목수술도 업고, 손목치장도 업스며, 반지도 그들에게는 필요가 업서요, 다만 시게는 시간을 보기위하여서만 차고 단이지요. 그러튼 것이 최근에 와서 소위 사베―트 경제의 발달로 말미아마, 또는 일반문화예술의, 향상으로 해서, 스카―트도 좀 기러저가고 다소간 전과는 달은 듯 함이 잇서요. 그러나 화장을 한 녀자들은 어더 볼 수가 업드군요. 다만 녀X원들에게는 새로운 것을 입는다든가, 더러운 것을 입는다든가 하는 점에는 확실히 향상되엿다고 할 수 잇지요.[35]

결국 이 좌담회에서 내건 '莫斯科의 女黨員과 新興空氣'의 주된 내용은 '복장방면'의 '여당원'과 모스크바에 유행하는 패션이었다. 멫해 전만 하여도 콤소몰이 류행을 딸어서는 안된다고 하든 시대가 잇서지요. 그때에는 대체로 형식을 필요로 하든 시대이엿스니깐요. 현재는 정신만 싯카리하면 그만이지, 복장이야 어떤야고 하게쯤 되여서 그 가장 현저한 례로서 내가 가잇든 소화삼년경에는 대사(大使)가 신임장을 봉정할 때에도 소련방중앙집행임원회에 루바슈카를 입고 그 석에 참석하든 것이 최근에 와서는 당당히 신사복(背廣服)을 입고 신임장의 석에도 나스며, 그타 일반 회의석상에도 훌융한 신사복을 입계쯤' 된 것이 '今昔'의 변화였다. '형식을 필요로 하든 시대'에서 '정신만 싯카리하면 그만'일 정도로, '비교적 관대하게' 변한 1935년 쏘비에트의 '남자'들은 '루바슈카'에서 '중절모'와 '양복'에 '훌융한카―라'와 '넥타이'로 패션

---

35) 「莫斯科의 女黨員과 新興空氣―今昔의 모스크바를 이약이하는 會」,『삼천리』, 1935. 10, 206-207쪽.

이 달라졌다.36) 사실, 조선에서 '루바슈카'라는 표상은 '쏘비에트 남자들'의 '패션' 이상의 상징적 의미를 가지고 있었다.

이무영이 1933년 2월 『신동아』에 발표한 「루바슈카」에는 당시 조선 청년들이 '루바슈카'에 대해 가지고 있었던 사상적·정치적 상징성을 짐작할 수 있는 대목이 나온다. '동지들'로부터 사상성을 의심받아 '우리회'에서 제명(除名)당한 '최군'은, '루바슈카'를 입고 와서 '우리회' '동지들'에게 자신의 사상성을 '검증'받고자 했다.

답답한 사람들아! 이보다 더 큰 증거가 어듸잇는가? 봐라! 이것은 루바슈카다. 로서아청년이 입는 루바슈카다! 이만하면 족하지안으냐? 자 나의 손을 잡어다오! 나를 「동지!」하고 불러다우!37)

1933년 발표된 이무영의 소설에서는 루바슈카가 여전히 '로서아 청년'들이 입는 '사상성'을 담보하는 상징적인 옷이자 '사상성'을 검증받을 수 있는 마지막 수단으로 나타났지만, 1935년 『삼천리』의 '모스크바통 권위자'들은 '소련방중앙집행임원회'에서도 '길거리'에서도 루바슈카 대신 양복을 볼 수 있게 되었다고, 루바슈카에서 양복으로 바뀐 '오늘의 모스크바' 상황을 전했다. 이렇게 2회에 걸쳐 '신구(新舊) 모스크바통의 권위자'들은 『삼천리』에서 『삼천리』기자의 사회 아래 '今昔의 모스크바를 이야기'했다. 이들이 '알려준' '莫斯科의 女黨員'은 '감빗사—지의 스카트로 될 수 잇는 대로 짤게하여 입으며, 우에다는 목면(木綿)으로, 겨울이면 후란넬로 될 수 잇는 대로 검박하게 質素하게 차리고, 모자도 크게 치장을 하지 안'다가 '최근에 와서 소위 사베—트 경제의 발달로 말미아마, 또는 일반문화예술의, 향상으로 해서' '스카—트도 좀 기러'졌지만, 여전히 '화장'은 하지 않는다. 이것이 '女' '黨員'에 대해 말한 전부였고, 동시에 말할 수 있는 전체였다. '女黨員'들의

---

36) 앞의 책, 207-209쪽 참조.
37) 李無影, 「루바슈카」, 『신동아』, 1933. 2, 131쪽.

'복장'으로 (공산당) 당원으로서의 정치적 활동 및 일상에 대해서 알 수는 없지만, 그것이『삼천리』가 표상이 허용된 범위 안에서 러시아를 나타낸 방식이었다.『삼천리』의 러시아에서 보이는 대상은 여성과 아동이었고, 볼 수 있는 세계는 그들의 '일상'과 '문화'의 일부였다. 하지만, 빌헬름 라이히의 주장처럼 '한 마디로 말해서 그런 것들은 소련 사회에 관해 우리에게 아무것도 말해 주지 않았던 것'[38]인지도 모른다.

4. 결론을 대신하여 – 허용된 표상의 모호성

『삼천리』에 나타난 러시아 표상의 특징 가운데 하나는 바로 '개념'의 혼용이었다.『삼천리』에서는 '露西亞', '쏘베-트', '쏘베-트 露西亞'가 그리고 '문명'과 '문화' 등의 용어들이 체계 없이 사용되었다. 문명의 경우『삼천리』에서 러시아/아메리카를 대칭으로 언급하거나 러시아를 하나의 문명권 영역으로 지칭할 때, 그리고 문화의 경우 러시아의 여성, 아동, 보건, 풍속 등 러시아 사회 자체만을 다룰 때 통칭하는 용어로 사용되었다고 이야기할 수는 있겠지만, 이것은『삼천리』 내에서 이루어진 엄밀한 개념의 분리라기보다 러시아 표상 방식의 결과라고 보는 편이 타당하다.

문제는『삼천리』가 택한 이와 같은 러시아 표상 방식이 '우리에게

---

38) 빌헬름 라이히, 황선길 옮김,『파시즘의 대중심리』, 그린비, 2006, 309쪽. 라이히는 독일 파시즘의 전례를 들어, 한 사회를 문화로 접근하고 규정하는 것의 허구성을 다음과 같이 비판했다. "소련의 주민들은 새롭게 도입되어 보편적으로 보급된 스포츠, 극장, 문학 등을 향유하고 있었다. 독일의 재앙을 경험했던 사람들은 이런 이른바 인민의 문화적 향유가 한 사회의 성격과 발전에 관해 아무것도 이야기해 주지 못한다는 것을 알고 있었다. 한 마디로 말해서 그런 것들은 소련 사회에 관해 우리에게 아무것도 말해 주지 않았던 것이다. 영화를 보는 것, 연극을 보는 것, 책을 읽는 것, 스포츠를 즐기는 것, 이를 닦는 것, 학교에 가는 것 등은 물론 중요하지만, 이런 것들이 독재국가와 진정한 민주주의적 사회 사이의 차이를 만드는 것은 아니다. 이 둘 모두에서 '문화는 향유'된다."

224

아무것도 말해 주지 않았던 것'일지도 모른다는 사실이다. 달리 말하자면, 『삼천리』의 러시아 표상은 표상의 방식은 있었으되, 그 표상 방식으로 성립되는 구체적 상은 부재했다는 혐의의 여지를 갖추고 있었다. 그것은 체계 없는 개념들의 혼용으로 발생된 문제는 아니었다. 오히려, 체계 없는 개념 혼용은『삼천리』라는 잡지가 가지고 있었던 다양한 층위 혹은 분열된 양상, 더 나아가서는 무일관성의 일관성으로 '균형감각'을 유지하며, 1930년대를 관통했던 『삼천리』의 속성 가운데 하나였으며, 실제 이 용어들의 임의적이고 자의적인 혼용이 러시아 표상 체계자체에 모호성을 부여하지는 않았다.

정치적 전망으로서의 러시아라는 금지된 표상 영역을 피해가면서 『삼천리』는 1차적으로 검열을 통과했고, 사상성과 정치성을 배제·탈각시키면서 러시아를 볼셰비즘의 사회주의 혁명 국가도, 스탈린의 공포정치가 행해지는 소비에트 공화국도 아닌, 여성과 아동을 위한 사회적 제도가 확립되어 있고, 자유와 활기가 넘치는 '공기' 속에서 스포츠와 문화를 향유하는 사람들이 살고 있는 이국(異國)으로 나타냈다. 또한, 이 '이국(異國)'의 러시아는 강력한 정치 기구를 갖추고 있으면서, '아메리카'와 함께 그러나 '아메리카'와는 반대되는 대칭으로서 문명의 한 축을 이루고 있는 '세계 양대(兩大) 문명'의 '코스' 중 하나였다. 하지만, 『삼천리』는 '이국(異國)'인 러시아를 비판하지도 옹호하지도 않았고, 러시아라는 '문명'의 '코스'를 선택하지도 않았으며, 친로(親露)/반로(反露)를 넘어서는 입장을 취하지도 않았다. 『삼천리』는 '볼셰비즘'을 제외한 러시아의 일상적 '문화'를 헐뜯(기)지 않(으려)고 소개했을 뿐이었다.

따라서, 『삼천리』에 나타난 러시아 표상의 모호성은 두 가지 측면 바로 허용된 표상만을 다루면서, 러시아에 대한 특정한 입장을 끝내 나타내지 않은 것에서 시작된다. 하지만, 러시아에 대한 주관적 입장을 배제한 『삼천리』의 이 '균형' 잡힌 접근은 러시아는 '분명히' 조선과는 '다른' '먼 나라'라는 사실을 이야기했다. 이 점에서 『삼천리』의 러시아 표상은 조선과 러시아의 심리적 원근감을 더욱 크게 벌려놓으면서, 러시아를 특징 없는(colorless) 이국(異國)의 영역으로 배치시킨 측면이 있다. 하지만, 『삼천리』에 나타난 러시아 표상의 모호성은 또 다른 해석의 가능성도 제공한다.

『삼천리』의 러시아 표상에서 나타나는 러시아의 이국성은 경우에 따라서, '매혹적인 대상', 혹은 '먼 곳에 대한 그리움의 표현'으로 읽힐 수도 있다. 1941년 『사상의 월야』[39)에서 '아라사'를 '함경도 덕원 감리 출신'의 '개화파' '아버지'가 가족들을 데리고 '망명'을 떠났다가 '죽은 곳'으로 설정했던 이태준은 5년 뒤인 1946년 8월 '평양 조소문화협회'의 일원으로 '사회주의의 16개 국가의 연방' '소련'을 기행한 뒤, '인간의 낡고 악한 모든 것은 사라졌고 새 사람들의 새 생활, 새 관습 새 문화의 새 세계'에서 보낸 '황홀한 수 개월'을 『소련기행』[40)으로 남겼다. 이태준은 '소련'에서 만난 밝고 천진하면서도 문화를 즐기는 행복한 '새 사람들'에게 깊은 감동을 받았고, 그런 '새 사람들'이 살 수 있는 '새 세계'가 가진 제도의 힘과 성과를 '승리'로 표현했다. 이는 1949년 '조선민주주의인민공화국 내각수상 김일성 장군을 수반으로 한 공화국 정부 방쏘사절단의 일원으로' '전세계 인민이 다같이 사모하는' '쏘련'을 방문했던 백남운의 『쏘련인상』에서도 확인할 수 있다. '조쏘경제문화협정체결'을 위한 정부 방문단의 일원이었던 백남운 역시 '평소에 동경하던 지구상의 신세계를 본 감격에서 우러나오는 기념'[41)으로 『쏘련인상』을 펴냈다. 하지만, 『삼천리』에서 나타난 러시아의 이국성은 이태준이나 백남운으로 이어질 수도 있는 가능성을 잠재하고만 있을 뿐, 그러한 해석의 가능성 자체를 가지고 있지는 않았다. 그것이 허용된 표상 범위 안에서 러시아를 다룬 『삼천리』의 모호성이었다.

이 모호성은 어떤 지점에서 스탈린의 프로파간다와 연결되기도 한

---

39) 이태준, 『사상의 월야—이태준문학전집 7』, 깊은샘, 1988.
40) 이태준, 『소련기행—이태준문학전집 4』, 깊은샘, 2001.
41) 백남운, 방기중 해제, 『쏘련인상』, 선인, 2005, 9쪽.

226

다. 1935년 9·10월호『삼천리』에서 두 차례 진행된 '신구 모스크바통' 들의 '좌담회'에서 참가자 전원은 '최근 사베―트 경제의 발달'과 '일반 문화예술의 향상'을 인정했고, 이를 전제로 '今昔의 모스크바를 이야 기'했다. 바로 같은 해인 1935년 스탈린이 소련식 문화혁명의 완수를 선언하면서 남겼던 구호―"삶의 질은 더욱 더 좋아지고, 삶은 더욱 더 즐거워질 것이다."42)―는『삼천리』가 특집으로 기획한 좌담회의 전제 사항이자 합의 사항과 어긋나지 않는다. 하지만,『삼천리』의 러시아 표상은 그 모호성을 여전히 모호성의 영역으로만 남겨 놓은 채, 결코 허용된 표상의 범위를 넘어서지 않고, 러시아에 대해 더 정확하게는 '사회주의 혁명 국가' '러시아'에 대한 입장을 드러내지 않는 것으로 그 수위를 조절했다.

1930년 심훈이 약 한달 반 남짓 조선일보에 연재했던 소설「동방의 애인」은 금지된 러시아 표상을 선택한 지점에서 중단되어야 했다. 하지만, 그 금지된 표상의 내용은 명징했고,「동방의 애인」에서 나타나는 도시들의 실체는 확연했다. 반면, 같은 시기였던 1930년대 초반 종합지『삼천리』는 러시아를 허용된 표상 범위 안에서 심훈의「동방의 애인」보다 더 다양하게 오랫동안 다루었지만,『삼천리』에 나타난 러시아는 표상 방식만을 알 수 있을 뿐, 그 실체는 모호한 채로 남아 있다. 그것은『삼천리』라는 잡지가 가졌던 중층적 정체성과 허용된 표상 영역의

---

42) 빌헬름 라이히, 前揭書, 308쪽. 스탈린은 1934년 '사회주의 승리'를 선포한 데 이어, 1935년 소련식 문화혁명의 완수를 선언하면서 "삶의 질은 더욱 더 좋아지고, 삶은 더욱 더 즐거워질 것이다"라는 말을 남겼다. 스탈린과 소비에트 문화에 대해서는 로버트 서비스, 윤길순 옮김,『스탈린, 강철권력』, 교양인 2007; Sheila Fitzpatrick, *Tear off the masks: Identity and Imposture in Twentieth-Century Russia*, Princeton, N. J: Princeton University Press, 2005, David L. Hoffman, *Stalinist Values: The Cultural Norms of Soviet Modernity, 1917~1941*, Ithaca, N. Y: Cornell University Press, 2003, Peter Kenez, *The Birth of the Propaganda State: Soviet Methods of Mass Mobilization, 1917~1929*, London: Cambridge University Press, 1985, 참조. 소비에트 문화 표상과 관련해서는 Evgeny Dobrenko and Eric Naiman, ed., *The Landscape of Stalinism: The Art and Ideology of Soviet Space*, Seattle: University of Washington Press, 2003, 참조.

모호성이 결합된 형태의 결과였다. 소설에서 표현된 '러시아'가 잡지에서 다루어진 '러시아'보다 더 명징하게 드러난 것. 그리고, '현존(Presence)'하는 러시아를 나타낸 『삼천리』의 표상 공간 속에서 러시아의 '부재'(Absence)를 확인하게 되는 것. 그 역설적 사실들이 1930년대 조선에서 표상된 러시아의 한 단면이었다.

주제어 : 「동방의 애인」, 『삼천리』, 표상, 검열, 사회주의, 혁명, 모스크바, 러시아, 소비에트, 미국, 심상지리, 이국성

◆ 참고문헌

1. 기본자료

『三千里』, 『東光』.

김근수, 『한국잡지 개관 및 호별 목차집』, 한국학연구소, 1973.

김영식 편, 『三千里 號別目次 및 索引 1929~1950』, 도서출판 한빛, 1995.

백남운, 방기중 해제, 『쏘련인상』, 선인, 2005.

沈大燮, 『沈薫文學全集』 제2권, 탐구당, 1966.

李無影, 「루바슈카」, 『新東亞』, 1933. 2.

이태준, 『사상의 월야―이태준문학전집 7』, 깊은샘, 1988.

―――, 『소련기행―이태준문학전집 4』, 깊은샘, 2001.

2. 논문

김세령, 「1950년대 기독교 신문·잡지의 미국 담론 연구―대미 인식의 분화와 보수·진보 기독 지성의 양극화를 중심으로」, 『1950년대 미디어와 미국표상』, 상허학회, 깊은샘, 2006.

박노자, 「후발 주자의 식민주의―구 소련의 주변부(1930·40년대까지의 우즈베키스탄)와 일제하의 조선 비교를 위한 시론」, 『일제 식민지 시기 새로 읽기』, 혜안, 2007.

박헌호, 「1920년대 전반기 『매일신보』의 반―사회주의 담론 연구」, 한국문학연구 제29집.

윤해동, 「식민지근대와 대중사회의 등장」, 『국사의 신화를 넘어서』, 임지현·이성시 편, 휴머니스트, 2004.

이경돈, 「취미라는 사적취향과 문화주체 대중」, 『대동문화연구』 57집, 2007.

정경희, 「삼천리를 통해 본 김동환의 언론관 연구」, 서강대 석사논문, 1997.

차혜영, 「세계체제 내 식민지 근대의 심상지리」, 『한국 근대문학의 형성과 문학 장의 재발견』, 소명출판, 2004.

천정환, 「1930년대 문화민족주의와 『삼천리』」, 현대문학회 2007년 1월 심포지엄 발표문.

한기형, 「식민지 검열체제와 사회주의 관련 잡지의 정치 역학―『개벽』과 『조선지광』의 역사적 위상 분석과 관련하여」, 『식민지시기 검열과 한국문화』, 동국대 한국문화연구단 연례 학술회의, 2005.

3. 단행본

김경일, 『여성의 근대, 근대의 여성』, 푸른역사, 2004.
──, 『이재유, 나의 시대 나의 혁명−1930년대 서울의 혁명운동』, 푸른역사, 2007.
윤치호, 김상태 편역, 『윤치호 일기 1916~1943−한 지식인의 내면세계를 통해 본 식민지시기』, 역사비평사, 2001.
이지원, 『한국 근대 문화사상사 연구』, 혜안, 2007.
임경석, 『이정 박헌영 일대기』, 역사비평사, 2004.
정진석, 『한국언론사』, 나남, 1990.
게이트 크리언, 김우영 역, 『그람시, 문화 인류학』, 길, 2004.
니시카와 나가오, 한경구・이목 역, 『국경을 넘는 방법−문화・문명・국민국가』, 일조각, 2006.
로버트 서비스, 윤길순 역, 『스탈린, 강철권력』, 교양인, 2007.
르네 지라르, 김치수・송의경 역, 『낭만적 거짓과 소설적 진실』, 한길사, 2001.
마루야마 마사오, 김석근 역, 『현대정치의 사상과 행동』, 한길사, 1997.
미셸 보베, 송무 역, 「이데올로기와 망딸리떼」, 청계연구소, 1987.
빌헬름 라이히, 황선길 역, 『파시즘의 대중심리』, 그린비, 2006.
세르게이 모스코비치, 이상률 역, 『군중의 시대』, 문예출판사, 1996.
에릭 홉스봄 외, 박지향・장문석 역, 『만들어진 전통』, 휴머니스트, 2004.
H. D. 하루투니언, 곽동훈 외 역, 「보이는 담론/보이지 않는 이데올로기」, 『포스트 모더니즘과 일본』, 시각과언어, 1996.
Masao Miyoshi, Off Center: Power and Cultural Relations Between Japan and the United States, Cambridge: Harvard University Press, 1991
Barbara Evans Clements, The Birth of the New Soviet Woman, Abbott Gleason, Peter Kenez, and Richard Stites, ed., Bolshevik Culture, Bloomington and Indianapolis: Indiana University Press, 1985.
Sheila Fitzpatrick, Tear off the masks: Identity and Imposture in Twentieth-Century Russia, Princeton, N. J: Princeton University Press, 2005.
David L. Hoffman, Stalinist Values: The Cultural Norms of Soviet Modernity, 1917~1941, Ithaca, N. Y: Cornell University Press, 2003.
Peter Kenez, The Birth of the Propaganda State: Soviet Methods of Mass Mobilization, 1917~1929, London: Cambridge University Press, 1985.
Evgeny Dobrenko and Eric Naiman, ed., The Landscape of Stalinism: The Art and Ideology of Soviet Space, Seattle: University of Washington Press, 2003.

◆ 국문초록

심훈의 「東方의 愛人」(조선일보 1930년 10월 29일~12월 10일)은 사회주의 혁명에 성공한 러시아를 정치적 전망으로 표현했다는 이유로 검열에 의해 소설 연재가 중단되게 된다. 이처럼 사회주의 혁명 국가인 러시아의 정치적 표상이 금지되었던 1930년 초입의 상황에서, 1930년대를 유일하게 관통했던 잡지『三千里』는 1930년대 초반 사회주의를 배제하고 정치성을 탈각시키면서 러시아에 주목했다.『三千里』는 러시아를 미국과 대칭되는 문명의 세계로 설정하고, 조선이 러시아와 미국 가운데 어떠한 문명을 선택해야 할 것인가라는 문제를 제기했다. 또 한편으로,『三千里』는 검열에서 허용된 범위의 표상 즉 러시아의 여성, 아동, 문화에 대해서만 다루는 표상 방식을 채택했다. 이는 심훈의 「東方의 愛人」이 금지된 러시아 표상을 선택한 지점에서 검열로 중단된 것과는 대조적이었다. 하지만, 소설 「東方의 愛人」에서 러시아 표상의 내용이 명징했던 것에 비해, 잡지『三千里』에 나타난 러시아 표상은 더 다양하고 지속적이었음에도 불구하고, 러시아의 실체는 모호하게 처리되었을 뿐더러,『三千里』의 표상 공간 속에서 러시아의 부재를 발견하게 된다. 이 역설적 사실들이 1930년대 조선에서 표상된 러시아의 한 단면이었다.

◆ SUMMARY

Prohibited Representations, Permitted Representations
— Focusing on the Representations of Russia that Appeared in *Samchŭnli*
in the early 1930s

Jang, Young-Eun

"Lover in an Oriental nation", a novel by Sim, Hun (which was serialized in the *Chosŭn-Ilbo* from October 29 — December 10, 1930) features the travels of socialists who relocated to Seoul, Shanghai, Tokyo, Moscow, describing the landscapes of these cities. However, the serialization of this novel ceased due to censorship because it portrayed Russia as being successful due to its socialist revolution, from a political perspective.

In the early 1930s, the political representation of Russia as a revolutionized socialist country was not allowed to be propagated. However, the magazine *"Samchŭnli"* that solely penetrated in the 1930s paid attention to Russia while excluding socialism and freeing itself from political views. It set up Russia as another civilized world in parallel with the America and raised the question of what civilization Korea should choose between Russia and the America.

Moreover, *"Samchŭnli"* chose the representation method that only addressed censorship-permissible representations, for example, Russian women, children, and culture. This was contrasted with *"Lover in an Oriental nation"* that was ceased due to censorship for selecting banned Russian representations.

However, comparing that Russian images in the *"Lover in an Oriental nation"* were lucid, the views expressed in *Samchŭnli* only vaguely addressed the reality of Russia, though these views were various and consistent. Furthermore, absence of Russia is found in the representation space of *Samchŭnli*. These paradoxical facts show a cross section of Russia represented in Chosŭn in the 1930s.

Keyword : "Lover in an Oriental nation", "Samchŭnli", Representations, censorship, socialism, revolution, Moscow, Russia, Soviet, America

-이 논문은 2007년 11월 30일에 접수되어, 소정의 심사를 거쳐 2008년 2월 6일에 최종적으로 게재가 확정되었음.

II. 일반논문

일본문학의 언표화와 식민지 문학의 내면

서 은 주*

목 차

1. 일본문학에 대한 식민지 문인의 자의식
2. 견제와 승인, 식민 – 피식민의 거리 두기
3. '국민문학'의 과제와 조선문학의 배치
4. 일본문학의 '자기 문학화', 과잉과 균열
5. 맺음말

1. 일본문학에 대한 식민지 문인의 자의식

한국 근대문학을 대표하는 작가 김동인과 염상섭은 자신들의 회고록에서 문학소년 시절의 독서 경험을 다음과 같이 술회하고 있다.

나는 그 때 소년다운 야심이 만만하던 시절이라, 더욱이 나의 아버지가 나를 기르실 적에 유아독존의 사상을 나의 어린 머리에 깊이 처박았으니만치 일본문학 따위는 미리부터 깔보고 들었으며 '빅토르 위고'까지도 통속작가라 경멸할이만치 유아독존의 시절이었다. 따라서 일본동창 아이들과 문학담을 하면서도 너희 섬나라(島國) 인종에게서 무슨 큰 문학생이 나

---

* 연세대 연구교수.
** 이 논문은 2003년도 한국학술진흥재단 지원으로 연구됨(KRF-2003-073-AL1002).

라 하는 생각이 늘 속에 품고 있었다.[1]

　이 시절의 우리가 받은 교육이 일어를 통하여 일본 문화의 주입을 생으로 받은 것임은 합병 후의 고통한 운명이었지마는, 나는 소년기의 후반을 좀더 한국적인 것에서 떨어져 지냈다는 것이 더욱 불리하였다. 가령 춘향전을 문학적으로 음미하기 전에 德富蘆花의 『不如歸』를 읽었고, 이인직의 『治岳山』은 어머님이 읽으실 때 옆에서 몰래 눈물을 감추며 들었을 뿐인데 尾崎紅葉의 『金色夜叉』를 하숙의 모녀에게 읽어 들려주었다든지 하는 것은, 문학적 출발에 있어 한국사람으로서, 나 개인으로서 불명예요, 불행이라 할 것이다. 일본 작품으로서는 夏目漱石의 것, 高山樗牛의 것을 좋아하여, 이 두 사람의 작품은 거지반 다 읽었다. 자연주의 전성시대라, 그들 대표작가들의 작품에서, 사조상으로나, 수법으로나, 영향을 적지 않게 받았을 것도 부인할 수 없다. 시조는 이때껏 한 수도 지어본 일이 없으면서, 소년 시절에 일본의 和歌는 지은 일이 있었다. 이것이 결코 자랑은 아니다. 일본에 있는 동안 대학 시절이 겨우 2년쯤 되고 3·1운동을 치른 뒤에 귀국하였으니, 나의 문학수업이란 중학시절 5년간 문학소년으로서 닥치는 대로 체계 없이 읽은 것뿐이었지마는, 초기의 문학지식의 계몽은 주로 『早稻田文學』(월간지)에서 얻은 것이라 하겠다. 작품을 읽고 나서는 월평이나 합평을 쫓아다니며 구독하는 데서 문학 지식이나 감상안이 높아갔다고 하겠지마는, 『中央公論』·『改造』기타 문학지 중에서도 태서작품의 번역·소개와 비판 및 문학이론 전개에 있어 『早稻田文學』은 나에게 있어 독학자의 강의록이었다.[2]

　두 사람 모두 비슷한 시기에 문학 활동을 시작했고 일본유학의 경험또한 공유하고 있었지만, 일본문학의 영향을 둘러싼 기억에서는 커다란 차이를 보인다. 夏目漱石가 활약하던 시절에 동경 명치학원에서 유학생활을 했던 김동인은 일본문학을 얕잡아 보고 주로 서구의 번역소

---

1) 김동인, 「문단 30년의 자최─문학과 나」, 『신천지』, 1948. 4; 『김동인평론전집』, 삼영사, 1984, 432-433쪽 재인용.
2) 염상섭, 「문학소년시대의 회상」, 『민족문화독본』, 양주동 편, 문연사, 1955; 『염상섭전집』 12, 민음사, 1987, 215쪽 재인용.

설, 특히 톨스토이의 문학에 심취했다고 술회하고 있다.[3] 일본 자연주의 문학이 김동인의 문학에 습합되었음은 이미 여러 비교 연구를 통해 실증된 바 있는데, 일본문학에 대한 김동인의 이런 발언은 그의 기질 탓도 있겠지만 무엇보다 이 발화가 이루어진 시점의 사회적 분위기 탓도 있을 것이다. 식민지 말기의 친일 혐의로부터 자유로울 수 없었던 김동인으로서는 해방 공간에서 일본문학의 영향을 부정할 수밖에 없었을 것이다. 이에 비해 염상섭은 어려서부터 일본문학 작품을 탐독하고 일어로 시를 짓고, 일본문학 잡지를 통해 문학적 식견을 축적했음을 솔직하게 고백하고 있다. 일견 김동인의 회고보다 염상섭의 고백이 객관적 사실에 가깝게 느껴지지만, 시각을 달리해 보면 일본문학을 둘러싼 두 작가의 기억은 제각기 진실의 일면을 투영하고 있다. 일본문학의 영토 안에서 문학적 성장을 이룬 것이 식민지 문인의 자연스러운 운명이었다면, 피식민자로서의 자의식이 제국의 문학을 순수하게 승인하지 못하게 만드는 상황의 객관성도 외면할 수 없는 진실이기 때문이다.

한국 근대문학의 성립과 발전이 일본문학의 수용을 통해 그 기반을 구축해 나갔음은 주지의 사실이다.[4] 그런데 한국 근대문학 초창기의 문인들의 대다수가 일본 유학 경험을 가지고 있고, 따라서 직간접적으로 일본문학으로부터 강한 영향을 받았음에도 그것을 공론장에서 담론화하는 문건은 그렇게 많지 않다. 실제로 식민지 시기 신문이나 잡지에 게재된 외국문학 관련 자료를 검토해 보면, 외국문학의 수용에서 영국이나 프랑스, 독일 등의 서구유럽이나 러시아 등의 문학에 주로 편중되어 중국이나 일본 등의 아시아 인접국의 문학은 소외되고 있음을 확인할 수 있다.[5] 그나마 중국문단의 동향이나 중국 근대문학에 대한 관심

---

3) 김동인, 앞의 글, 432-433쪽.

4) 임화는 조선의 신문학이 "서구문학의 이식과 모방" 가운데 성장했고, 그 서구문학을 "일본문학을 통해서 배웠기 때문"에 조선의 신문학사에 대한 연구는 일본의 메이지, 다이쇼 문학사에 대한 상세한 연구를 필요로 한다고 말한 바 있다.(임화, 「조선문학 연구의 일 과제」, 『동아일보』, 1940. 1. 16)

5) 서은주, 「1930년대 외국문학 수용의 좌표―세계/민족, 문학」, 『탈식민의 역학』, 소명

은 한문 소양이 풍부한 전문가들의 노력에 의해 명맥이 유지되었는데, 전통적으로 이어져온 중화주의와 더불어 제국주의의 피해자로서의 동류의식이 함께 작용해 중국의 반제 운동의 동향에 주목하였기 때문일 것이다.[6] 요컨대, 일본문학이 조선문학에 미친 실질적인 영향에 비해, 그것에 대한 담론의 양과 질은 빈약하고 초라한 수준임은 분명한 사실이다.

식민지 문인들은 누구라고 할 것도 없이 의식적으로든, 무의식적으로든 일본문학과의 영향관계를 언표화하는 것을 꺼려했으며, 이러한 분위기는 암묵적인 승인을 거쳐 식민지 문단 전체에 자연스럽게 정착되었다고 해석할 수 있다.[7] 그런데 피식민지 문인들의 내면에 작동했던 이러한 은폐의 욕망을 정당화시켜 주었던 하나의 근거는, 일본문학이라는 것도 순수한 오리지널리티를 지닌 문학이 아니라는 인식이다. 다시 말해 근대 이후에 국한되는 것이겠지만 일본문학이란 서구문학의 이식 및 모방의 결과물에 지나지 않는다고 판단했던 것이다.[8] 또 하나의 근거는 대부분 일본어 읽기와 쓰기, 그리고 말하기 능력을 지녔던 식민지 지식인들에게 일본문학은 결코 영국문학이나 러시아 문학과 같은 외국문학이 아니었다는 사실이다. 물론 이점은 식민지 시기 전체에

출판, 2006, 260-261쪽 참조.

6) 중국문학은 김광주와 정래동을 중심으로 그 근대적 전개 과정에 대한 지속적인 소개와 분석이 이루어졌으며, 경성제국대학에서 중국문학을 전공한 김태준도 18회에 걸쳐 중국 근대문학을 프롤레타리아 문학의 관점에서 소개하고 있다.(「문학혁명후의 중국 문예관—과거 14년간」, 『조선일보』, 1930. 11. 12~12. 8) 중국문학에 대한 평문은 긴 분량의 기획연재가 많아 어느 정도 수준을 담보하고 있으며, 전체적인 양에서도 일본 문학에 대한 글보다는 압도적으로 많다. 민족문학사학회 기초학문연구단 자료집, 『외국문학의 수용과 번역의 시각 2—국가별: 중국·일본 편』, 해제 및 목록 참조.

7) 정인문, 『1910·20년대의 한일 근대문학 교류사』, J&C, 2003. 5, 10-11쪽 참조.

8) 이런 상황은 일본문학 스스로도 인정하는 것이기도 해서, 고바야시 히데오는 "메이지 이래의 일본 문학사는 서양 근대 문학에 대한 誤解史"라는 명제를 내놓기도 하였다. 나카무라 미츠오·니시타니 게이지 외 지음, 이경훈·송태욱 외 옮김, 『태평양전쟁의 사상—좌담회 '근대의 초극'과 세계사적 입장과 일본'으로 본 일본정신의 기원』, 이매진, 2006, 21쪽 참조.

전일적으로 적용할 수 있는 사안은 아니다. 그러나 분명한 것은 피식민자의 저항적 시선으로 제국의 문학을 타자화하는 한편으로, 제국의 언어를 전유함으로써 일본문학을 자기의 것으로 삼고자 하는 동일화의 욕망이 동시에 작동했다는 사실이다.

최근 식민지 문학 연구에서 일본이 조선문학을 어떻게 인식했는가의 문제가 집중적으로 부상하고 있다. 더불어 제국의 시선으로 식민지를 어떻게 표상했는가의 문제는 최근 역사·문화 분야 전반의 유행이 되었다. 그렇다면 그 반대의 시선에 대해서는 충분히 논의되었는지 의문이 생긴다. 물론 식민지 시기의 역사나 문학·문화 연구가 거의 그 범주에 속하는 것이 아니냐고 할 수도 있지만, 제국을 향한 식민지의 의식과 무의식을 구체적인 물증 속에서 면밀하게 고찰하는 경우는 그리 많지 않다. 이는 아마 일차적으로는 피식민자의 의식을 확인할 수 있는 실증적인 자료가 절대적으로 부족하기 때문일 것이고, 다음으로는 남겨진 것들의 자료적 가치에 대한 회의적 시각 때문일 것이다. 혹은 의식과 감각에서 '가진 자'로서의 제국의 시선이 더 풍요롭고 문제적인 내용성을 함유하고 있을 것이란 판단도 작용했을 것이다. 사실 피식민자는 여러 억압적 제약으로부터 자유로울 수 없는 까닭에 식민자에 대한 시선 자체를 회피하기 쉽다. 물질적·정서적 결핍이 근본적으로 무언가 표현하는 행위를 어렵게 만들며, 혹시 무언가 표현했다 하더라도 억압이 가식을 강요할 가능성이 높다. 따라서 식민자에 대한 피식민자의 시선을 포착하는 것은 이런 점에서 근본적인 한계를 지닌다.

이 글은 식민지 조선 문인들이 일본문학에 대해 언표화한 글을 대상으로 타자화와 동일화 사이를 진동하며 일본문학을 의식했을 식민지 조선문학의 내면을 추적해보고자 한다. 그것은 조선문학과 일본문학의 관련양상을 고찰하는 과정으로, '저항과 협력'이라는 이분법만으로는 설명되지 않는, 식민—탈식민의 그 착종의 양상을 확인하는 과정이기도 하다.

240

2. 견제와 승인, 식민 – 피식민의 거리 두기

일본문학은 근대적 의미의 새로운 문학 개념이 등장하면서 동아시아라는 문학 공간에서 기존의 한문학적인 세계를 대체할 새로운 정전으로 부상하였다. 1895년 청일전쟁의 승리를 계기로 내셔널리즘의 정신이 고양되었고, 이런 분위기에 힘입어 일본문학은 동아시아 지역으로 확산되었다. 일본의 제국주의적 지배 정책과 일본인의 해외 이주 증가와 같은 외부적인 요인과 더불어, 근대화의 필요성을 절감하고 능동적으로 수용에 나선 중국과 한국 등의 내부적 상황도 일본문학의 확산에 기여하였다.9) 문제는 근대 초기에 식민지 지식인들이 수용한 일본문학이라는 것 안에는 서구작품의 일본어 번역이나, 서구작품을 저본으로 한 일본어 번안, 그리고 일본인에 의한 일본문학 등이 혼재되어 있었고, 따라서 일본문학에 대한 개념이나 범주가 제대로 정립하지 않은 상태에서 급속도로 광범위한 수용이 이루어졌다는 점이다.

일본의 경우도 'literature'의 번역어로 '문학' 개념을 만들었지만, 그 다의성으로 인해 개념 정립에 많은 혼란을 겪었다. 일본에서 '일본문학'이라는 명칭이 공식적으로 처음 등장한 것은 1875년에 福地櫻痴가 쓴 「일본문학의 부진을 개탄한다」에서이다. 이 글에서의 '문학'은 읽고 쓰는 능력, 혹은 저술 일반, 그리고 언어예술 등을 지칭하는 다의적 개념으로 쓰이고 있는데, 언어 내셔널리즘을 반영하여 일본문학 안에 한시를 제외함으로써 일본어로 쓰어진 저작으로 그 경계를 긋고 있는 점이 인상적이다.10) 이후 '일본문학'의 개념 정립 과정에는 내셔널 아이덴티티의 기획이 분명하게 개입함으로써 필연적으로 '문학사'와 결합하게 된다. 1890년 三上參次와 高津鍬三郎이 공저한 『일본문학사』의

---

9) 허석, 「근대일본문학의 해외확산과 국가이데올로기에 대한 연구―명치시대 한일양국의 번역물을 중심으로」, 『일본어문학』, 2005. 3, 414-416쪽 참조.

10) 鈴木貞美, 『일본의 문학개념―동서의 문학개념과 비교고찰』, 보고사, 2001, 198-206쪽 참조.

간행을 계기로 주로 교과서의 용도로 다양한 '문학사'들이 편찬되었다. 정병호에 의하면 이들 일본문학사는 "1890년대 중반까지는 서양(문학)이나 동양(문학)에 대해 비교나 배제의 전략을 통해, 20세기에 접어들면 동서양문학을 포용·조화시키는 일본문학의 표상을 통해 내셔널 아이덴티티를 구축"해 나갔다. 특히 1900년을 전후하여 일본문학사에서 한문학의 기술은 필수적이 되었는데, 이는 한자로 쓰여진 고전을 정전화하기 위한 필연적인 과정이었다고 볼 수 있다.[11] 이렇게 '일본문학사'가 "발명"[12]됨으로써, '일본문학'의 외연과 내포도 그 윤곽을 잡아나가게 되었던 것이다.

'일본문학' 혹은 '일본문단'이라는 용어가 한국의 담론장에 공식적으로 등장하는 것은 1920년대에 들어서면서부터였다. 1910년대의 외국문학 수용은 문학 작품의 번역이나 번안이 많은 반면 상대적으로 소개나 비평의 글이 극히 드물었고, 서구의 문학에 대해서도 내셔널 아이덴티티와 결부된 국민(민족)문학의 개념으로 언급된 경우는 별로 없던 시기였다. 그러던 것이 1920년대로 넘어 오면서 '영(英)문단'이나 '노서아문단' 등과 함께 '일본문단'이라는 용어가 등장하는데, 주로 동시대의 문학현상을 열거하며 소개하는 방식을 취하고 있다. 식민지 조선에서의 외국문학 수용은 개별 작가나 작품 등의 개체적 범주에서 출발해 민족 혹은 국가 단위의 집단적 범주로 그 대상을 확장해 나가는 것이 일반적이었는데, 일본문학의 경우는 특정의 작가나 작품에 대한 소개나 논의가 거의 없는 대신 대부분의 글이 문단 상황을 포괄적으로 개괄하고 있다는 점은 주목할 만하다.[13] 물론 이런 글들은 일본 평단의 논의

---

11) 정병호, 「근대초기 〈일본(인)론〉의 전개와 〈일본문학사〉의 위치―〈일본문학사〉의 서양 및 아시아 표상을 중심으로」, 『일본어문학』 제33집, 2007. 6, 315-6, 324-6쪽 참조.
12) 鈴木貞美, 앞의 책, 309쪽.
13) 러시아나 서구문학의 경우, 주로 '위대한 작품'과 '돌출한 개인'이라는 측면에서 특정 작가와 작품이 매개가 되어 그것이 속한 집단(민족이나 국민)의 문학으로 관심이 이동하는 것이 일반적이다. 반면 일본문학을 대상으로 특정한 작품이나 작가가 신화화되는 경우는 별로 없다.(서은주, 앞의 글, 256-263쪽 참조)

242

를 그대로 요약, 소개한 것일 가능성이 높지만, 그만큼 일본문학계에 대한 관심과 이해가 거의 '자기 문학'의 수준에 육박했음을 짐작하게 한다. 개괄적인 글은 얕고 상식적인 인상을 주지만 전체에 대한 장악력이 없이는 쓸 수 없는 글쓰기이기 때문이다. 조선의 문인들은 거의 시차를 두지 않고 동시대 일본의 문단 상황을 중요한 정보로 취합하고 있었고, 언제나 그것에 비추어 조선문학의 상을 구성하고자 했다.

1920년에 발표된 황석우의 글은 당대 일본문단의 구체적인 상황을 언급하며 일본의 시 경향을 소개하고 있다.14) 일본시단은 근대화의 영향에 힘입어 구어시 중심의 자유시운동이 주조를 이루고 있음을 언급하면서, 三木露風을 비롯한 청년시인에 의한 상징주의운동과 이에 대립하는 福田正夫 중심의 민중시가운동을 두 개의 큰 흐름으로 분석하고 있다. 특히 상징주의 문학 운동의 경향을 상세히 소개하면서 일본 상징주의 시들을 직접 번역하여 글의 말미에 붙여 놓고 있다. 상징주의에 매료되었던 황석우의 입장에서, 일본시단이 서구의 상징주의를 주조로 하고 있음을 소개하는 것은 단순한 정보 제공의 차원을 넘어 일종의 자기 정당성을 확보하기 위한 근거 제시라고 볼 수 있다. 즉 일본시단의 주류가 상징시임을 지적함으로써 한국 근대시단에서 상징주의 운동의 명분을 확보하고자 하는 의도가 개입된 것이다. 외국문학을 언급할 때 개인의 문학적 기호나 이념에 따라 특정의 문학적 현상이나 조류의 의미를 강조하는 방식은 자국 문학 안에서의 자신의 문학적 권위를 확보하려는 노력의 일환이다. 따라서 이 시기에 소개되는 외국문학은 객관적이기보다는 주관적 의도에 의해 취사선택되는 경향이 강하고, 그 경중의 기준 또한 자의적으로 설정될 여지가 있었음을 인식해야 할 것이다. 이에 비해 1924년『개벽』지에 게재된 박종화의「아직 알 수가 없는 일본 문단의 최근 경향」은 비교적 객관주의적 태도를 보여준다.15)

---

14) 황석우,「일본 시단의 이대 경향—附상징주의」,『폐허』1, 1920. 7. 25.
15) 박종화,「아즉 알 수가 없는 일본 문단의 최근 경향」,『개벽』44, 1924. 2. 1.

"현문단의 세계적 경향"이라는 특집 하에 중국, 프랑스, 독일, 러시아, 영국, 아메리카 문학 등과 함께 소개된 이 글은 관동 대지진 이후 자연주의 시대를 막 벗어나 다양한 유행 사조가 뒤섞여서 혼란한 양상을 보이는 일본문단을 가볍게 스케치하고 있는 글이다. 프로문학의 등장을 큰 축으로 하여, 기성문단의 맥을 잇는 군소작가들의 활약, 인도주의 문학, 다다이즘의 등장, 독일표현주의 작품의 수입, 전통주의 대 사회시인의 대립, 사회시인 대 프롤레타리아 선전주의의 논전 등 일본문단이 '분규의 문단'이 되었다고 정리하고 있다. 요약적인 글이지만 비교적 근대 일본 문단의 전체적인 상황을 당대의 사회적 상황과 연관하여 서술하고 있다는 점에서 의의가 있다. 이 외에도 1927년에 발표된 이북만의 「최근 일본문단 조감」[16] 등도 일본문단을 부르주아 문학과 프롤레타리아 문학으로 양분하여 조망하고 있다. 당대 일본 문단의 동향을 개괄하고 있는 이런 글들은, 서구의 근대문예사조가 일본에 수입되어 각축하면서 역동적으로 재배치되는 상황을 보여줌으로써 일본문학의 근대적 위상을 확인시켜 주고 있다. 또한 한자 문화권에 속하면서도 일찍이 서구의 근대 문학을 수용한 일본문단의 상황은, 당대 조선의 문인들에게 일본문학이야말로 가장 가깝게 따라잡을 수 있는 근대 문학의 '실물'임을 각인시켜 주고 있다.

주지하다시피 식민지 조선의 문인들은 일본 유학을 통하거나 혹은 간접적인 경로를 통해 외국문학을 접하면서 적어도 일본의 파시즘 체제가 강화되기 이전까지는 러시아나 서구 문학에 대해 자유로운 논의를 펼칠 수 있었다. 그러나 일본문학에 대해서는 식민지인으로서의 콤플렉스가 작용하여 공공연하게 '일본적인 것'을 옹호하거나 비판하는 것이 모두 쉽지 않았다. 아마도 이 시기 식민지 문인들의 내면에서는 제국을 의식하면서 어떻게 피식민지 지식인으로서의 포즈를 구성할 것인지에 대한 자기검열의 기제가 작동하고 있었을 것이다.

---

16) 이북만, 「최근 일본문단 조감」, 『조선일보』, 1927. 9. 8~17.

이광수는 조선문학의 근대적 상을 정초하려는 견지에서 서구문학이나 일본문학의 사례를 비교의 대상으로 자주 언급하고 있는데, 일본문학 자체에 초점을 맞춘 논의는 드물고 거의 단편적인 언급에 머물고 있다. 그는 당대의 바람직한 '문사(文士)'의 상을 논하고 있는 「문사와 수양」에서 "문사란 천재라기보다 많은 공부의 축적으로 형성되는 것"이라고 하면서 메이지 이래 일본문단에 공헌도가 높은 坪內消遙, 森鷗外, 夏日漱石 등은 모두 의학자이거나 외국문학 전공자로서 근대적 지식을 축적한 전문가임을 강조한다.[17] 그러면서 일본으로부터 문사의 풍모를 수입한 당대의 식민지 문인들이 이러한 긍정적인 면은 본받지 못하고 일본문단의 퇴폐적인 일면만을 모방하는 태도를 질타하고 있다. 또한 서양인에게 소개할 만한 조선문학사의 부재를 안타까워하며 일본이 영문학사를 참조하여 일문으로 문학비평론이나 문학개론서, 그리고 일본문학사를 집필한 사실을 높이 평가하는가 하면,[18] 일본문학이 메이지 초년 이래로 山田美妙齊의 신문체에 달하기까지는 삼십년이나 넘게 걸린데 비해, "문체뿐 아니라 묘사의 수완이며 제재선택의 適否며 구상과 기예의 모든 방면에 있어서 적더라도 소설 하나만은 일본문학에 지지 아니하리라고 믿을 만한 진보"를 이루었다고 자찬하기도 한다.[19] 여기서도 확인할 수 있듯이, 이광수는 일본문학에 대해 적절한 거리를 유지하면서 그 장단점을 조선문학이 어떻게 수용하느냐에 주로 강조점을 두고 있다. 일본문학의 근대적 위상을 인정하면서도 은연중 조선문학의 근대적 약진을 자부하는 그의 태도에서 식민지 근대주의자의 자신감이 반영되어 있다. 이광수는 세계문학이라는 구도 아래 일본문학을 근대문학의 전범으로 참조함과 동시에 경쟁의 대상으로 의식하고

---

17) 이광수, 「문사와 수양」, 『창조』 8호, 1921. 1; 『이광수 전집』 16, 삼중당, 1963, 21쪽 재인용.

18) 이광수가 열거하고 있는 문헌은 夏日漱石의 『문학론』, 本間久雄의 『문학개론』, 坪內消遙의 『영문학사』, 五十嵐力의 『일본문학사』 등이다.(이광수, 「문학에 뜻을 두는 이에게」, 『개벽』 21호, 1922. 3; 『이광수전집』 16, 47쪽 재인용)

19) 이광수, 「조선문단의 현상과 장래」, 『동아일보』, 1925. 1. 1.

있었던 것이다.

한편 1927년 동아일보에 총 6회로 연재된 염상섭의 「배울 것은 기교－일본문단잡관」은 조선문단의 입장에서 일본문단의 수준을 상대화하여 평가하고 있다는 점에서 의의가 있는 글이다.[20] 염상섭은 도입부에서 일본문단 사정이나 인상을 문제 삼는 것이 새삼스럽고 우습지만 "實相은 아는듯하면서도 모르고 넘기는 경우가 적지 않"고 "日本文壇과의 距離가 東京과 京城間의 그것 이상으로 밀접한듯하나 사실은 그렇지도 못한 것"임을 솔직하게 인정한다. 이 글에서 주목해야 할 부분은, '문학은 생활의 기록'이라는 관점에 입각하여 일본문학을 일본인 혹은 일본인의 생활 태도 및 환경과 관련하여 접근하고 있는 점이다.

> 그들은 허리띠 한줄기로 옷을 입고 木板에 세 구멍을 뚫어서 신이 되고 피자 떨어지는 것이 그들의 꽃이다. 죽음은 그들이 언제든지 心理에 準備하여 가지고 있는 가장 簡單輕快한 최후의 答案이다. 執着과 逡巡이라는 것은 死以上으로 그들의 끌리는 바이다. 執着이니 逡巡이니 하는 것은 結局에 苦悶의 옷껍질이다. 執着이 없는 곳에 苦悶은 꼬리를 감추는 것이다. 그리고 逡巡을 물리치게 明快를 느낄 것이다. 그러나 그 明快가 반드시 깊은 뿌리를 가진 것은 못된다. 다만 그것이 善導됨에 進取의 氣象을 엿보일 따름이다. 일본인은 그 善導의 妙法을 알따름이다.[21]

이 글에서는 수사나 표현에서 미미하게나마 일본문화에 대한 폄하의 시선을 발견할 수 있다. "허리띠 한줄기"로 옷을 만들고, "세 구멍을 뚫어" 신을 만들며, 꽃은 피자마자 바로 져버린다. 압축적이고 단순한 수사 속에 일본문화를 소박하고 단순한, '얕고 가벼운' 어떤 것으로 규정하고 싶어 하는 염상섭의 욕망을 읽을 수 있다. 이어서 그는 역사적으로 일본이 타민족의 외침을 별로 받지 않아 "민족적으로 부대낀 백

---

20) 염상섭, 「배울 것은 기교－일본문단잡관」, 『동아일보』, 1927. 6. 7~13.
21) 위의 글(3).

성이 아니"며, 문화적으로 외래문화를 배척하고 자기의 것을 고집할 만큼 특수한 문화를 가지지 않았기 때문에 별다른 고통과 갈등없이 오히려 갈망을 가지고 외래문화를 수용했다고 설명한다. 심각한 고난과 갈등을 경험하지 않은 생활을 반영한 일본문학은 "물론 우리보다는 세련이요 우리보다는 수완과 역량을 가지고 있고 우리보다는 깊은 관찰을 갖고 있겠지마는 우주와 인생사회에 대하여 좀더 根幹에 부닥치는 큰 눈이 없고 呼吸에 세차지 못한 것은 가릴 수 없는 사실"이다. 이를 토대로 염상섭은 조선문단이 일본문단에서 배울 것은 '기교와 표현'뿐이라고 결론짓는다. 즉 내용과 형식의 이분법적 구도 속에서 근대적인 일본문학이 비록 형식의 선진성은 확보하였지만 문학의 정신이나 의식의 측면에서는 별로 참조할 내용성을 담보하지 못했다는 판단이다. 1920년대 중반만 해도 일본의 식민지배에 대한 거부감이 강했던 시기인 만큼 일본문학에 대한 이러한 언표화는 피식민지 문인의 자존감을 견지하는 효과적인 방식으로 기능했다. 그러나 조선문학에 대한 자부심을 바탕으로 일본문학을 상대화했던 이런 시각이 명백하게 언표된 경우는 염상섭의 경우가 거의 유일하며, 이후로 갈수록 견제의 시선은 급격히 사라진다.

1920년대 후반과 1930년대 전반까지 일본문학을 주로 언급하고 있는 집단은 프로문학 계열이었다. 조선의 프로문학 진영은 일본 프로문학과 긴밀한 연계를 통해 국제주의적 노선을 취함으로써, 동류의식을 기조로 일본 프로문학에 초점을 맞춰 일본문단의 상황을 이해하고자 노력했다. 그러나 조선의 프로문학 진영이 일본문학에 대한 집중적인 언표화를 진행하고 있던 1930년대 전반은 이미 일본의 프로문학이 쇠퇴의 길을 걷던 시기로, 만주사변 이후 국가권력과 극단적으로 대치했던 일본프로문학은 1935년을 전후해 대표적 조직인 나프, 코프가 연이어 해체됨으로써 급격하게 붕괴되어 갔다.22) 일본에서 벌어지는 이러

---

22) 히라노 겐 저, 고재석·김환기 역, 『일본 쇼와 문학사』, 동국대 출판부, 2001, 119-144

한 상황을 충분히 파악하고 있었던 식민지 문인들이지만, 적어도 1930년대 초반까지는 일본 부르주아 문학을 비판하면서 일본문학에서 프로문학이 대세이자 대안이라는 주장을 굽히지 않는다. 「일본문학 신경향」에서 김용제는 사회현상과 마찬가지로 문학현상도 계급적 분화를 반영하며, 일본의 문단도 이 철칙을 보여준다고 설명한다.[23] 부르주아와 프롤레타리아 계급의 대립이 세계경제공황에 의해 심각화 되고 있는 상황을 소개하면서, 일본문단은 1920년 경 1차 세계대전 이후의 호경기에 의해 문학의 상품적 가치를 백퍼센트 실현했지만 세계경제의 불경기로 인해 일본의 출판계도 파산을 맞았다고 지적하고 있다. 일본문학을 크게 부르주아 문학, 신흥문학파, 사회민주주의 문학, 프롤레타리아동맹 작가들로 개관하면서, 부르주아 문학은 경제적 곤경에 직면하여 예술적 양심을 잊어버렸고 신흥문학파의 작가들도 순전히 부르주아 저널리즘의 소산으로 출판계의 특수총아일 뿐 과거 부르주아 예술파의 작가들과 다를 것이 없다고 비판한다. 사민주의 문학은 입으로만 프롤레타리아를 외칠 뿐 노동대중의 행동을 좌절시키고 점차 파쇼화 되어가고 있다고 지적하면서, 결론적으로 대세는 프롤레타리아문학이라고 정리한다. "일본의 프롤레타리아문학의 성장이 얼마나 큰 것인가를 증명함에는 무엇보다도 1930년 11월에 하리코프의 국제작가대회에서 일본프롤레타리아문학이 세계적으로 승인되었다는 것"이 중요하다고 강조하고, 일본작가 德永直의 「태양 없는 거리」 같은 것이 독일어로 번역된 것을 두고 "일본의 프롤레타리아문학은 능히 독일프로문학과 상대를 겨눌 수 있을 만큼 성장"했다고 평가한다. 특히 하리코프대회의 지시에 의해 동맹 내에 농민문학연구회를 두었고, 이에 대한 이론적 토론과 실제 구체적 작품행동이 실현되고 있다고 소개함으로써 프로문학의 국제주의 노선을 과시하고 있다.

쪽 참조.
23) 김용제, 「일본문학 신경향」, 『혜성』 11, 1932. 2. 15.

역시 프로문학의 관점에서 일본문학의 경향을 소개하고 있는 백철의 「총괄적으로 본 해체기의 일본문단」은[24] 당대 일본문학을 '일본 근대문학의 해체기'로 규정하고 있다. 이는 과거 순문학의 쇠퇴를 의미하는 것으로, 결론적으로 순문학과 대립되는 프롤레타리아 문학의 성장을 당시 일본문단의 대세로 파악하고 있다. 이 글에서의 '일본 근대문학'이란 '순문학' 혹은 프롤레타리아 문학의 등장 이전의 문학을 범박하게 지칭하는 것으로 해석할 수 있는데, 그런 의미에서 일본 근대문학의 해체는 다른 말로 프로문학의 성장을 의미한다. 백철은 메이지 유신 이후의 자본주의 발전에 의하여 성장한 일본 근대문학은 자연주의, 주관주의, 개인주의를 기본적 성격으로 삼아 성장했기 때문에, "그것이 자신의 대립물로서 새로운 진영문학의 출발과 함께 그의 줃진보성을 상실하여 전진을 중지하고 하강"하였다고 본다. 그리고 순수문학 진영의 분열과 혼란을 틈타 '사회성'을 내세우는 통속문학이 등장하여 대중잡지의 진출과 함께 득세한다. 백철의 글에서 주목할 것은, 파쇼문학이 통속문학의 일부로서 성장했다는 지적이다. 그는 만주사변 이후 결성된 파시스트 작가 그룹 '7일회' 등의 등장을 언급하며, 통속대중문학은 '신사회파'라는 이름으로 문학의 사회적 기능을 시인하지만 문학의 공리성을 가장 비속화 시킨 경우라고 비판한다. 결론에서 일본 프로문학을 옹호하는 것으로 마무리하고 있는데, 일반 좌익 출판물이 현저하게 감소하고 좌익 기관지가 폐간되는 상황을 열거하면서도, 그것을 일본 프로문학 운동의 쇠퇴로 연결 짓기를 거부한다. 오히려 일본 프로문학은 오백여명의 맹원과 수만의 써클 및 통신원 등에 의해 성장하고 있고, 방향전환 이후 질적으로 괄목의 성장을 이루어 유물변증법적 창작방법이 창작과정에 구체적으로 구현되고 있음을 강조하고 있다. 그러나 이러한 부언에도 불구하고 만주사변 이후 정세의 변화와 더불어 일본 프로문학이 급격히 침체하게 됨을 전제할 때, 백철의 견해는 객관적

---

24) 백철, 「총괄적으로 본 해체기의 일본문단」, 『조선일보』, 1933. 5. 5~12.

인 현상 제시라고 보기는 어렵다. 일본문학의 파시즘화와 통속화 현상을 비판적으로 인식하고 그것에 대한 위기감이 높았던 만큼, 상대적으로 프로문학의 역사적 당위성을 힘주어 강조할 수밖에 없었던 것이다.

이 외에도 정노풍의 「일본평단의 경향—아울러 논객의 태도소관」,[25] 곽복산의 「일본 잡지계 전망」,[26] 유치진의 「일본신극운동의 현상과 그 동향」[27] 등은 개별 장르나 매체를 중심으로 일본문단의 경향을 일별하고 있다. 1936년에 발표된 유치진의 「최근일본문단 片信(특집: 해외문학의 동향)」은[28] 파시즘의 암운이 일본문단에 드리워지는 상황을 잘 포착하고 있는 글이다. 일본 프로문학의 분열과 대립을 언급하면서, 林房雄과 같은 일본의 프로문학 작가들이 "리얼리즘을 이보란 듯이 차던지고 낭만주의문학을 감연히 제창하고 나선 것은 그 기개에 있어서 우리의 눈을 새롭게 하는 바 없지 않을 것"이라고 덧붙이고 있다. 더욱이 이것에 영향 받아 임화가 「당래할 조선문학을 위한 신제창」이라는 글에서 "위대한 낭만적 정신"을 강조한 것을 지적하며, 자기가 보기에 "'로망'이니 '리얼'이니 하는 것은 결국 손바닥의 앞뒤와 같은 것"이라고 단언한다. 조선 프로문학 진영의 국제적 추수주의가 그것의 해체 이후에도 '추수'의 행보를 계속하고 있음을 지적하고 있는 것이다. 한편 분열의 일본 프로문학 진영이 광범위한 의미에서 대동단결을 모색하려는 경향을 소개하면서, 이는 "작년 6월 파리에서 국제적으로 열린 '문화수호국제작가대회'의 일본문단에의 영향"으로 파시즘의 공세에 대항하려는 진보적 작가의 결속이 시급하기 때문이라고 설명하고 있다. 이 외에도 다양한 레퍼토리를 개발하려는 일본극단의 희곡열을 비롯해, 역사소설이나 풍자문학의 경향도 소개하고 있다. 특히 주목할 부분은 일본주의문학의 발흥에 대한 언급인데, 이 경향은 일본주의운동의 일

---

25) 『동아일보』, 1930. 4. 13~16.
26) 『동아일보』, 1934. 2. 6~9.
27) 『동아일보』, 1935. 3. 6~7.
28) 『사해공론』, 1936. 2. 1.

환으로서 우수작품에 상금을 주거나 수상작품을 영어나 불어로 외국에 번역 소개하는 특전을 내걸어 하나의 '사업'으로 운영되고 있다고 설명한다. 문예잡지를 발간함은 물론이고 일본문화연맹, 일본민요협회, '邦人'傳記學會 등을 축으로 음으로 양으로 광범위한 일본주의운동이 착수되고 있음을 소개하고 있다. 일본문학 내부에서 일어나는 이러한 변화는 분명, 일방적 서구 추수주의에 대한 반성의 측면도 있겠지만 파시즘 체제의 진전과 밀접한 관계를 지닌다. 유치진의 글은 파시즘의 공세에 대한 위기감을 언급하고 있지만, 이미 일본문학 내부에서 '일본주의' 문학 운동이 자본 및 대중적 지지를 기반으로 득세하고 있음을 보여줌으로써 파시즘에로의 흐름이 거스를 수 없는 대세임을 짐작하게 해준다.

이처럼 파시즘이 본격화되기 이전 시기에 전개된 일본문학에 대한 언표화에서는 염상섭의 사례를 제외하면, 내셔널 아이덴티티와 결부된 문제적인 의식보다는 주로 동시대 일본문학계에서 벌어지는 현상을 하나의 정보로서 선점하려는 식민지 문인들의 지(知)에의 욕망이 지배적으로 배어 있다. 이러한 욕망은 식민지 문단에서 자기 위상을 정립하는 문제와 긴밀하게 결부되어 있으며, 조선문학의 근대적 상을 구성하려는 식민지 엘리트로서의 사명감도 동시에 작동했다. 일본문학은 식민지 문단에게 서구문학을 되비쳐주는 거울이기도 했지만, 그 자체가 현상하고 있는 근대적 문학상이 결코 무시할 수 없는 수준임을 식민지 문인들도 인식하고 있었다. 따라서 식민지 문인들은 일본문학에 대한 견제와 승인을 반복하며 그 거리를 조절해야만 했다. 특히 프로문학의 경우는 프롤레타리아 문학의 국제적 연대라는 명분을 내세워 일본 프로문학을 지지함으로써 식민—피식민의 수직적 경계를 돌파하고자 시도하였다. 그러나 일본문학을 대상으로 한 식민지 문인들의 거리 조절은 내선일체의 파시즘 체제가 강화되면서 근본적으로 불가능한 것이 된다.

3. '국민문학'의 과제와 조선문학의 배치

일본의 파시즘 체제가 강화되는 1930년대 후반은 문학 활동 전반이 위축되었던 상황이었기 때문에 외국문학에 대한 논의도 자연스럽게 줄어들었다. 특히 1938년 3월에 발표된 '제3차조선교육령 개정'에 의해 '국어'로서의 일본어 상용이 전면화되고 내선일체의 동화정책에 부응하는 '국민문학'의 과제가 제시됨으로써, 식민지 조선인에게 일본문학은 그야말로 외국문학이 아닌 '자기의 문학'으로 강요되었다. 따라서 이 시기 일본문학에 대한 언표화에서는 '국민문학'에의 과제가 전면에 부각됨으로써 조선문학의 일본문학화, 혹은 일본문학 속의 조선문학의 위상 등과 같은 양자의 관계 설정의 문제가 중요한 쟁점으로 부상하였다. 그런데 이 문제는 필연적으로 '합방' 이후 지면 아래로 잠복해 있던 조선어, 혹은 조선문학의 독자적 존립을 둘러싼 민감한 뇌관을 건드리고 만다.[29] 특히 당시 조선인 작가들이 쓴 일본어 작품이 일본에 소개되면서 촉발된 조선문학에 대한 일본문단의 관심은 결국 내선일체의 과제를 식민지문학이 어떻게 수행하느냐의 문제로 귀결되었다.[30] 내선

---

[29] 이 문제와 관련하여 이양숙은 조선어, 조선문학의 독자성 여부의 문제가 크게 두 지점에서 제기되었다고 분석한다. 하나는 내선일체의 구체적 실천 과정에서 그 방법에 대해 논란하는 가운데 제기된 것이고, 다른 하나는 일본의 대륙침략전쟁의 확대로 일본에서 조선문학이 소개되던 중 조선문학의 독자성 문제가 논란이 되면서 이루어 진 것이다. 전자는 내선일체의 진정한 실현을 위해 조선어의 완전폐지를 주장했던 현영섭의 논의나, 조선에 대한 자부심과 사랑 속에서 내선일체를 세워야한다는 윤치호의 입장, 그리고 이 둘의 절충안을 내놓았던 律田剛의 입장으로 대표된다. 후자의 상황은 일본이 전쟁을 계기로 하여 피식민지의 민족을 포섭하기 위해 그 민족을 이해하려는 노력의 일환으로 조선문학에 관심을 보이면서 촉발된 것이다. 이양숙, 「최재서 문학비평 연구」, 서울대 박사논문, 2003. 2, 163-168쪽 참조.

[30] '국민문학' 개념이 공식적으로 등장하기 이전부터 언어문제가 첨예하게 부상하게 된 계기는 장혁주가 일본에서 일본어로 각색한 「춘향전」 공연이었다. 일본어로 조선인의 생활감정을 표현할 수 있느냐의 문제를 둘러싸고 열린 좌담회(「朝鮮文化の 將來と 現在」, 『京城日報』, 1938. 11. 29~12. 8)에서 조선문인들과, 장혁주를 포함한 일본문인들 사이에 대립적 진영이 형성되었다. 이에 대한 자세한 내용은 윤대석의 「식민지 국

일체가 당위가 된 상황에서 조선문학에게 허용된 여지란 완전한 '국어'로의 창작이거나 아니면 "조선어 창작을 염두에 둔 번역의 길"뿐이다.31) 이런 상황에서 누구보다도 언어문제에 민감했던 임화는 논란의 한 가운데로 뛰어든다.

임화의 「동경문단과 조선문학」은32)내선일체 정책이 강화되는 1940년을 전후해 만주문학과 마찬가지로 조선문학이 일본문단의 관심을 끌게 된 상황을 문제적으로 분석하고 있다.33) 먼저 임화는 조선문학에 대한 일본문단의 관심에 대해 "最近 三四년 이래로 東京文壇이 경험한 어떠한 變化의 所産"이라고 언급하면서, 이것을 두고 "東京文壇이 朝鮮文學을 똑바로 평가하기 시작한 결과라든가 혹은 그 간에 朝鮮文學의 水準이 上昇된 結果"라고 생각한다면 어리석은 것이라 못 박고 있다.

> 朝鮮文學을 급작스러히 밝은 脚光앞으로 끌어내인 것은 亦시 東京文壇의 새로운 環境이다. 勿論 그것은 時局이다. 時局이 비로서 日本文學 앞에 支那와 滿洲와 그리고 朝鮮이라는 새 領域을 展開시켰다. 이른바 大陸에의 關心이다. 滿洲 더구나 朝鮮은 새삼스레히 時局이 展開한 새로운 領域에 屬하지 아니 할지 모르나 그러나 支那라는 것이 日本의 앞에 出現하면서 滿洲 그 中에서도 朝鮮이라는 것의 客觀的 位置가 鮮明히 드러나고 그 重要性이 새삼스럽게 認識된 것도 亦시 事實이다. 다시 말하면 單純한 國內의 特殊한 一地方으로서가 아니라 支那事變이라는 突然한 大事變을 通하여 出現한 大陸이라는 것의 한 部分 或은 그것과 聯結된 重要地點으

민문학론 Ⅰ」, 『식민지 국민문학론』, 역락, 2006, 17-21쪽 참조.
31) 황호덕, 「제국과 픽션, 일제말 조선어(문단) 해소론의 射程」, 『동아시아 근대 어문 질서의 형성과 재편』, 대동문화연구원 동양학학술회의 발표집, 2006. 1. 20, 87-88쪽 참조.
32) 임화, 「동경문단과 조선문학」, 『인문평론』 9, 1940. 6. 1.
33) 임화는 조선문학에 대한 일본문단의 관심을 확인할 수 있는 근거로 『朝鮮小說代表作集』, 『朝鮮文學選集』의 발간과, 동경에서 발행되는 『新造』, 『文學界』, 『文藝』 등의 각 문예잡지에서 조선문학을 특집으로 다루면서 소개 내지 평론의 글이 일시에 게재된 것을 든다.

로서 各個의 地域이 全혀 新鮮한 樣姿를 못하고 日本文學의 面前에 出現
한 것이다. 다시 말하면 時局이라는 抽象的인 것이 日本文學의 새로운 環
境이 아니라 그 實은 大陸이라는 廣大한 領域이 日本文學의 새로운 現實
이 된 것이다. 主體的으로는 또한 日本民族의 새로운 환경으로서 大陸의
諸民族이 登場한 것이다.[34]

임화는 淺見淵의 견해를 빌어 조선문학에 대한 일본문단의 변화는
시국, 즉 '대륙에의 관심' 때문이며, 그것은 '국민주의'적 입장에서 협
력과 동화를 위한 과정으로 봐야 한다고 강조한다. 이 점을 확인시키는
배경에는, 조선문학에 대한 일본문단의 관심을 과장하며 그것에 고무
되어 일본어 창작의 당위성을 설파했던 장혁주에 대한 불편한 심기가
반영되어 있다. 임화는, 일본이 제일 먼저 번역한 것은 중국의 근대문
학이며 이어서 만주문학을 소개하였고, 그나마 그 다음에 조선문학을
소개하였음을 덧붙이고 있다. 그렇지만 한편으로는 "문학이란 단순히
사회적 필요로만 교류된다고 할 수는 없다"라고 하면서 시국의 상황을
부정할 수는 없지만, 여러 작품 가운데 유독 몇 작품이 혹은 여러 민족
의 문학 가운데서 특정 민족의 문학이 선택되는 것에는 이유가 있다고
본다. 그도 결국 조선문학이 부상하는 것에 일종의 문학 내적 의의를
부여하고 있는 것이다. 임화의 이 글은 동경문단에 하나의 주제로 부상
한 조선문학을 고찰함으로써 식민-피식민 문학의 관계성을 문제 삼은
본격적인 글로서, 제국의 시선에 포착되는 조선문학 혹은 '조선적인
것'에 대한 자의식이 복잡하게 개입되어 있다. 특히 임화를 자극한 것
은 장혁주였는데, 그가 「조선의 지식인에게 소함」이라는 글에서 '격정
성, 비침착성, 정의심의 결핍, 질투심' 등을 조선민족의 성격적 결함으
로 든 것이 화근이었다.[35] 조선인 작가에 의해 규정된 조선민족의 특성
이 일본 평단에 의해 객관적 사실로서 확정, 수용됨으로써 상황은 더욱

---

34) 앞의 글, 40-41쪽.
35) 張赫宙, 「朝鮮の知識人に訴ふ」, 『文藝』, 1939. 2.

복잡해졌기 때문이다. 이에 임화는, "그것은 激情이 아니라 살아가기 위하여 惡鬼와 같이 打算的이고 現實的으로 된 人間의 姿態"이며, 그런 모습으로 인간을 그리는 조선 작가에게는 "인간을 그렇게 만든 현실 가운데 사는 哀愁와 그렇게 된 인간에 대한 깊은 슬픔의 정"이 존재함을 강조한다. 작품에 재현된 인물의 형상을 바로 그 민족의 본질로 확정하고 유포해 버리는 일본평단의 태도를 임화는 비판적으로 지적하지 않을 수 없었던 것이다.

무엇보다 임화는, 조선문학에 대한 호감을 바로 조선어 창작의 문제로 쟁점화하는 일본문단의 태도에 주목했다. 조선문학이 일본문단의 관심을 받지 못한 것은 "조선문학이 조선어로 씌어진다는 것" 때문이라는 지적을 상업적인 포즈라고 비판하면서 『문학계』에 실린 河上徹太郎의 후기를 인용해 자신의 입장을 대신한다.

滿洲文學이나 朝鮮文學의 擡頭는 最近 一二개월의 顯著한 傾間(傾向의 오식—필자)이다. 이것은 國策에 便乘한 것도 아니요 「엑조티즘」도 아닌 純正한 文學的 氣運이라고 나는 생각한다. 卽 그들의 作品은 각각 그 民族文學의 傳統 위에서의 現代의 것이 아니고 또 日本現代文學의 植民地的 出張所도 아닌 世界文學이 이 二十世紀라는 時代에 地方的으로 開花한 近代文學의 一種이라는 것을 똑똑히 말할 수가 있다.36)

임화는 이 글의 서두에서 조선문학에 대한 관심이 "조선문학의 수준이 상승된 결과라고 생각한다면 약간 어리석다"고 단정했지만, 조선문학을 "지방적으로 개화한 근대문학의 일종"으로 규정함으로써 근대문학으로서의 조선문학의 존재를 새삼 강조하고 있다.37) 이는 근대문학

---

36) 임화, 앞의 글, 49쪽.
37) 임화는 『문예』의 조선문학특집에서도 이와 유사한 논지를 펼치고 있는데, 특히 '고유한 문학'을 만드는 '고유한 환경'을 강조한다. 일본에서 생산되는 밀감이 조선에서는 나오지 않고, 조선에서는 단밤이 그것을 대신한다는 예를 들면서, 문학도 이처럼 자연스럽게 환경과 풍토에 따라 독특한 방식을 형성함을 역설한다.(「現代朝鮮文學の環

이라는 보편 혹은 세계성을, 특수 혹은 지방성으로서의 조선문학 안에 담지하고 있다는 논리이다. 달리 말하면 어차피 지구상에 현상적으로 존재하는 모든 문학은 지방문학이며, 적어도 그것이 근대문학인 한은 추상적 개념으로서의 세계성을 담지하고 있다는 말이다. 그는 조선문학이 근대문학의 맹아기를 벗어나 도약기에 있고 이러한 조선문학의 자극이 '시야의 확충'이라는 점에서 일본문학에 유익하다는 점을 강조하며 글을 맺는다. 임화의 이런 해석은 일본어 창작을 통해 전면적인 '국어'의 문학으로 투항하는 내선일체의 상황에 대항하는 최소한의 방어 논리라고 볼 수 있다. 요컨대 임화는 조선문학을 바라보는 일본문단의 몇 가지 시선을 분석하는 가운데 외지문학을 '국어'로 완전히 포섭하기보다는 다양성을 허용하는 포용력을 일본문학의 바람직한 가능태라고 강변함으로써 조선어로 된 조선문학의 존재 근거를 확보하고자 했던 것이다

한편 최재서는 임화와는 다른 지점에서 일본의 '국민문학' 안에 조선문학을 어떻게 위계화 할 것인가를 고민했던 인물이다. 최재서는 『국민문학』의 편집주간으로서, '국민문학'의 이념을 조선에 생산, 전파하는 선봉대의 역할을 담당했다. '국민문학론'은 일본의 태평양 전쟁을 사상적, 문화적으로 지원하는 대표적 담론으로서, 국가의 가치를 최우선으로 하는 전형적인 파시즘론에 입각하여 '국체에 위배'되는 민족주의적, 사회주의적 경향은 물론 일체의 개인주의, 자유주의, 그리고 나아가 코스모폴리타니즘을 철저히 배격한다.[38] 1940년대에 일본문학을 논한다는 것은 '국민문학'을 논하는 것과 다르지 않으며, 마찬가지로 조선문학에 대한 논의 또한 필연적으로 '국민문학론'으로 귀결하게 된다. 최재서의 인식 안에서는 일본도 '우리'이며 조선도 '우리'이지만, '국민문학' 개념을 둘러싸고 일본문학과 조선문학을 배치하는 과정은

境」, 『文藝』, 1940. 7)

38) 최재서 저, 노상래 역, 「문학자와 세계관의 문제」, 『전환기의 조선문학』, 영남대 출판부, 2006.

그렇게 단순하지만은 않다. 최재서는 1943년에 발간한 『전환기의 조선문학』 서문에서 다음과 같이 진술하고 있다.

> 이 보잘 것 없는 평론집은, 개인적으로는 문예의 세계에서 일본 국가의 모습을 발견하기까지의 영혼의 기록이라고 할 수 있다. 나는 어린 시절부터 일본말과, 그 예의바름과, 언제나 생기있는 학문적 호기심과 특히 메이지문학이 좋았었다. 그리고 내가 알게 된 몇몇 내지인과는 아무 거리낌도 없이 사귈 수 있었다. 이렇게 해서 나는 일본을 호흡하고 일본 안에서 성장해왔다. 그러나 그러한 것을 하나하나 일본국가와 연결시켜 생각하려 하지는 않았다. 말하자면, 그것은 취미의 문제이며 교양의 문제 같은 것이기 때문이다.
> 이렇게 해서 오랫동안 익혀온 것을 새롭게 자신으로부터 떼어내어 의식적으로 일본과 연결시켜 생각한다고 하는 것은 나에게 있어서는 충격이었으며, 때로는 낯간지러운 일이기까지 했다. 그러나 금방 그것이 나의 동포가 밟고 일어서지 않으면 안될 가시밭길임을 알았다. 그 날 이후, 나는 묵묵히 나 자신의 길이 아니고 내 동포의 길을 걸었다. 그것을 말하자면 일억 국민의 길이다.[39]

이 글은 내선일체라는 절대적 과제를 대면하고 있는 식민지 지식인의 착잡한 자의식이 정직하게 투영되어 있다. 개인적 취미와 교양의 차원에서 '일본적인 것'을 애호했던 '자신의 길'을 버리고, 모든 것을 일본이라는 국가와 연결해 의식하는 '동포의 길', 즉 '일억 국민의 길'을 당위로 제시하는 최재서의 논리는 일면 비장하기까지 하다. 최재서는 식민지 조선인들이 자기 신체에 드리워진 '조선적인 것'을 지우고 '일본적인 것'을 체화하는 과정을 '가시밭길'에 비유하고 있다. 노골적인 친일문인이었던 그도 일본화의 과정을 '충격'이고 '낯간지러운 일'로 의식했던 것이다. 그러나 '사(私)'를 지우고 '공(公)'을 받드는 이러한 '국민됨'의 논리는, '사'라는 항목에 개인으로서의 최재서는 물론이고

---

39) 앞의 책, 머리말.

전체로서의 조선이 함께 존재한다는 점에서 여전히 긴장과 균열의 지점을 내포하고 있다.

최재서는 '국민문학'의 체제를 취하는 것은 더 이상 조선문학이 아니라는 비판에 대해, 일본문학과 대립하여 조선문학이 있는 것이 아니라 일본문학의 일환으로서 조선문학이 존재한다는 논리로 반박한다. 그는 "조선문학의 멸망을 외치는 절망론"이나 "조선문학을 말살하려는 획일론" 모두를 비판하면서, 조선문학이 큐슈문학이나 동북문학, 또는 대만문학 등이 가지고 있는 지방적 특이성 이상의 것을 가지고 있음을 내세운다. 조선문학은 사고형식상으로나 현실적인 문제의식에서 일본과는 다르며 오랫동안 독자적인 문학적 전통을 견지해 왔음을 강조한다. 그는 "국가가 없으면 문학도 없다"는 일본문인의 자극적인 발언을 문제삼으며, 조선문학을 향한 어설픈 동정론이나 나찌투의 민족순혈주의를 모두 경계해야 한다고 주장한다. 결국 최재서는 일본문학을 향해 포용력을 요구함과 동시에 여러 식민지문학의 배치에 있어 조선문학의 특별한 위치, 즉 우위를 촉구하고 있다. 물론 조선문학은 일본문학의 재질서화에 '국민문학'적 체제를 취함으로써만이 개입할 수 있다.40)

최재서는 식민지 '국민문학'의 선도자답게 내선일체의 과제를 실현하기 위해 구체적 실천 방안을 모색하였는데, 일본과 조선의 문화적 교류가 불균형함을 지적하며 교류 확대를 제시하고 있다. 조선에서 일본문학이 널리 읽히는 것처럼 일본에서도 조선문학을 읽히게 하자는 주장은 표면적으로는 내선일체의 실천으로 보이지만, 수신자의 입장에서 일방적으로 제국의 것을 받아들여야만 했던 식민지 문인의 피해의식이 송신자에 대한 욕망으로 전화한 것이라고도 해석할 수 있다. 흥미로운 것은 이러한 주장에 이어진 다음의 진술이다.

종래 일본문학이 조선작가에 의해서 압도적으로 읽혔다는 것은 좀 전에

---

40) 「조선문단의 현단계」, 앞의 책, 73쪽.

도 말한 대로지만, 그것이 과연 자기의 문학으로서 읽혔는지 의문이다. 다만 자기 수업의 양식으로써, 혹은 정진의 목표로써, 심한 경우 서양문학의 소개자나 단지 관문으로써 읽혔다고 말하면 지나칠까? 어떤 쪽이라고 하든지 내지 문학이 자기의 문학으로 의식되지는 않았다.[41]

여기서는 조선에서 일본문학이 압도적으로 읽혔음은 인정하지만, 그것이 주로 지적 교양의 수단으로 수용되거나 서양문학의 소개자 정도로 간주되었음을 분명히 언표화하고 있다. 최재서가 말하고 싶은 것은 물론 일본문학을 '자기의 문학'으로 의식하지 못한 '조선의 문제'를 지적하고자 한 것이지만, 한편으로 조선의 문인들이 일본문학을 '자기의 것'을 가지지 못한 서구문학의 모사물, 혹은 '투명한 매개' 정도로 인식하고 있었음을 분명하게 확인시켜 주고 있다. 이처럼 최재서는 일본문학과 조선문학의 관계 설정의 문제를 언급하는 과정에서 은폐해야 할 의식을 노출함으로써, 내선일체를 선동한 '국민문학론'의 주창자에게서도 완전히 매끄럽게 봉합되지 못한 균열의 지점이 있음을 보여준다. 이 지점이야말로 세계 전쟁을 향해 급박하게 전개되었던 시국의 압박 속에서 '일체'시킬 수 없는 것을 급조된 논리로 봉합해야만 했던 식민지 내선일체론자들이 처한 현실이었다.

일본 제국주의의 확대 정책에 따라 정치적으로는 조선이 중요하게 부각되어 조선문학을 소개할 필요성은 있으나, 일본문단, 일본사회가 그것을 어떻게 위치 지어야할지 명확히 인식할 수 없었던 때가 1940년을 전후한 시기이다. 이 시기에 진행된 일본에서의 조선문학 소개는 정책 선전의 도구에만 머문다고 볼 수는 없으며, 이는 분명 제국과 식민지 간에 벌어진 문화교류의 의미를 지닌다고 볼 수 있다. 중요한 것은 비록 '국민문학'이라는 당위에 의해 파생된 상황이기는 하지만, 이 시기에 와서야 일본이 '조선문학'을 본격적으로 호명하게 되었다는 사실이다. 그러나 아이러니하게도 조선문학은 일본문단에 의해 공식적으로

---

41) 「우감록(偶感錄)-국민문학을 중심으로 하여」, 앞의 책, 135쪽.

호명되자마자 그 독자적 존재를 위협받는 상황에 처하고 만다.

4. 일본문학의 '자기 문학화', 과잉과 균열

일본은 중일전쟁을 거치면서 '대동아공영권'의 구상을 전면화하면서 전쟁의 당위성을 설파하고 총동원 체제를 효과적으로 유지하기 위해 '성전(聖戰)'의 개념을 적극 활용하였다. 이러한 동원 체제는 식민지 문인들에게 '강요된 자발성'을 부추겨 '황군위문 문단사절단'을 구성하게 만들었고, '조선문인협회'(1939. 10)와 '조선문인보국회'(1943. 4) 등과 같은 선전조직의 결성시켰다. 전방과 후방을 따로 구별하지 않는, 말 그대로의 전쟁 수행을 위한 총동원 체제는 식민지 문인들의 환경이 되었고 그 속에서 자연스럽게 '전쟁문학'이라는 문학적 주제가 부상한다. 1940년을 전후해 활발하게 전개된 '전쟁문학'에 대한 논의에서는 내선일체의 논리 속에 일본의 제국주의 전쟁을 자신들의 전쟁으로 '수리(受理)'하는 식민지 문인들의 의식을 확인할 수 있다.

1939년 1월 『삼천리』에 게재된 「'전쟁문학'과 '조선작가'―전쟁과 문학과 그 작품을 말하는 좌담회」라는 글은, 전쟁이라는 절박한 시국이 식민지 문인들을 얼마나 이상한 열기로 충동하였는지를 적나라하게 보여주고 있다. 김동환은 일본의 전쟁문학은 애국문학이란 견지에서 "전쟁의 숭고함"이나 "국가혼의 찬미"를 주제로 한다고 정리하고 있다. 박영희도 같은 글에서 "아국(我國)의 전쟁"은 "동양의 영원한 평화를 위한 성전"임을 강조하고 있다.42) 이 좌담회에서는 일본의 전쟁문학 작품이 많이 거론되고 있는데, 그 중에서도 火野葦平의 『보리와 병대』, 『흙과 병대』와 上田廣의 『黃鹿』 등이 대표적이다. 특히 당시 "낙양의

---

42) 김동환·박영희·김기진, 「'전쟁문학'과 '조선작가'―전쟁과 문학과 그 작품을 말하는 좌담회」, 『삼천리』, 1939. 1, 21-22쪽.

260

지가를 올리며" '진정한 전쟁문학'으로 고평되었던 『보리와 병대』(『改造』, 1938. 8)는 총독부가 주재하여 조선에서 번역단행본을 낸 최초의 작품으로 일본은 물론이고 조선에서도 대단한 반향을 불러일으켰다.43) 전장에서의 직접 체험을 바탕으로 쓴 이 보고문학 작품에 대해 『삼천리』의 좌담회에서는, "國旗의 밑에서 제가 소집되어 전장에 나가는 것을 조금도 두려워하지 않고 기쁘게 아는 그 감정"의 소산을 드러낸 훌륭한 전쟁문학이라는 데에 합의하고 있다. 그런데 이 시기 일본의 전쟁문학에 대해 가장 집중적인 글을 쓴 백철은 이와는 다른 시각에서 『보리와 병대』를 해석한다. 그는 「전쟁문학일고」에서 『보리와 병대』를 포함한 일본의 전쟁문학이 "지나사변이란 역사적 아페야를 콩크리―트한 형상으로 그려내질 못했다"고 지적하고, 이 작품이 성공한 것은 "독자자신의 知友, 또는 친족을 직접 전장에 보낸 흥분된 감정이 다분히 기분을 조장"했기 때문이라고 설명한다. 그러면서 중일전쟁을 반대의 입장에서 다룬 중국의 전쟁문학인 蕭軍의 『유격대記』가 탁월한 인물 묘사를 보여줌으로써 "인간이 있다"라는 실감을 느끼게 한다고 고평하고 있다.44) 이 글보다 앞서 발표한 「일본문학상의 전쟁」에서는 '고대에서 덕천시대, 명치시대, 현대'로 나누어 일본의 전쟁문학을 통시적으로 개괄하고 있는데, 『보리와 병대』의 내용을 인용하며 "작가에게서 진실한 인도주의적인 것과 인류적인 것"을 느끼며 특히 "지나포로에 대하여 묘사한 곳은 인도주의적 색채가 농후" 하여 이러한 경향이 "일본 내지문학의 신경향"을 주도하는 '동기'가 될 것이라고 진단하고 있다.45)

　『삼천리』 좌담회의 내용과 비교해 볼 때, 그리고 전쟁문학이야말로 "일본정신의 예술화와 문학화"라고 말한 박영희의 사례에 비춰 볼 때,46) 백철의 일본 전쟁문학 논의는 일반적인 '국민문학론'과는 거리가 있다.

---

43) 「번역된 『보리와 병대』 市井에 邃데뷰」, 『동아일보』, 1939. 7. 18.
44) 백철, 「전쟁문학일고」, 『인문평론』, 1939. 10, 46-51쪽.
45) 백철, 「일본문학상의 전쟁」, 『조광』, 1939. 2, 59-61쪽.
46) 박영희, 「전쟁과 조선문학」, 『인문평론』, 1939. 10, 42-43쪽.

그러나 김윤식이 분석한 바대로 이 시기 이미 백철은 중일전쟁을 지식인의 입장에서 '세계적 사실'로 수리함을 공언하였고, 이 '사실'을 파시즘적 '신화'와 결부시킴으로써 자신의 변모에 대한 '논리적' 기반을 마련해 가고 있었다.47) 그는 파시즘 전쟁을 '사실'로 수리한 후, 그러한 '사실'을 배경으로 탄생한 전쟁문학 속에서 인도주의적 측면을 찾아내고, 그것을 인류적 보편성이라는 이상주의와 연결하여 나름의 문학적 돌파구를 모색했던 것이다. 그러나 가해자의 입장에 있는 제국 일본의 전쟁문학 속에서 피해자로서의 중국포로를 배려하는 것에서 인도주의를 발견하는 것, 또한 그것을 보편적 인류애라는 이상주의로 포장하는 것은 자기 안에 존재하는 피식민의 의식을 지움으로써만이 가능한 일이 아니었을까? 물론 실제로 죽고 죽이는 전쟁에서 가해자·피해자를 구분한다는 것이 무의미할 수도 있지만, 전쟁 자체를 근본적으로 문제삼는 것이 아닌 이상 알량한 동정심에서 인도주의를 운운하는 것은 그야말로 논리의 비약이 아닐 수 없다. 그런 점에서 백철의 '타협적 추수주의'는 '성전(聖戰)'을 노골적으로 부르짖었던 다른 식민지 문인들만큼이나 적극적으로 제국의 시선을 자기화했던 하나의 사례라고 하겠다.

한편 1940년대의 매체에서 일본문학에 대한 지속적인 언표화를 수행하고 있는 돌출된 개인을 발견할 수 있는데, 바로 경성제국대학에서 유일하게 일문학을 전공한 서두수이다.48) 일본문학이 공식적인 제도교육 속에서 본격적으로 수용된 것은 경성제국대학의 설립과 그 궤를 같이 한다. 1924년 예과가 개설되고 이어서 1926년 경성제국대학에 법문학부가 설치되면서 문학과가 생겼고, 그 안에 '국어·국문학', '조선

---

47) 김윤식, 『한국근대문예비평사연구』, 일지사, 1986, 396-402쪽 참조.

48) 경성제국대학에서 일본문학을 전공한 사람은 서두수와 최성희로 2명이지만, 최성희는 후에 다시 법학을 전공한다. 따라서 일본문학 전공자로 문학활동을 한 사람은 서두수가 유일하다.(이충우, 『경성제국대학』, 다락원, 1980, 부록―조선인 입학생 명단 참조)

어·조선문학', '지나어·지나문학', '외국어·외국문학'의 4개 영역으로 세부 전공이 정해졌다. 일본문학은 예과의 '古典科'와 본과 '문학과'에서 주로 강의되었는데, 대부분 일본의 상대로부터 근세에 이르는 시기의 일본문학(사)을 다루었으며, 일본인 교수들에 의해 식민지 교육의 목적에 부합하여 '國學'의 견지에서 운영되었다.49) 식민지 문인들이 일본문학을 아무리 적극적으로 수용한다 하더라도 일본의 고대, 중세문학을 본격적으로 읽기란 어려운 일인 만큼, 제도적 교육을 통한 일본문학의 학습은 개인적 차원에서 문학적 지식이나 교양의 습득을 위해 동시대의 일본문학을 접했던 경우와는 분명한 차별성을 지닌다. 즉 경성제국대학이라는 제도적 영역에서 일본문학(사)을 접했던 새로운 부류가 생겨남으로써, 일본문학에 대한 독서의 내용과 수준, 혹은 접근의 방식 등에서 기존의 시선과는 차이를 갖게 되었던 것이다. 이 새로운 부류의 선두에 서두수의 자리가 있다.

서두수는 일본문학의 특징을 분석하는 「(특집)동양문학의 재반성: 일본문학의 특질」,50) 「문학의 일본심」51)을 발표했고, 메이지 문학에 대한 장르별 해설인 「明治の小說」(『춘추』, 1942. 9), 「明治の詩歌」(『춘추』, 1942. 11), 「明治の劇文學」(『춘추』, 1942. 12) 등 일본문학에 대한 다수의 글을 썼다. 그는 일본문화, 혹은 문학의 특성에 대한 일본 내에서의 논의를 다양하게 인용함으로써 비교적 학술적인 연구의 면모를 보이고 있다. 연구의 대상은 객관적 거리를 확보해야 한다는 전제에 입각해 서두수는 경성제국대학에서 학습한 내용을 바탕으로 주로 동시대의 일본문학보다는 메이지 이전과 메이지 초기의 일본문학에 초점을 맞춰 일본적 특성을 이끌어 내고 있다.52) 그가 인용하고 있는 '일본적인 것'

---

49) 김영심, 「식민지조선에 있어서의 源氏物語−경성제국대학의 교육실태와 수용양상」, 『일본연구』, 2003. 12, 31-34쪽 참조.

50) 『인문평론』 9, 1940. 6. 17.

51) 『조광』 79, 1942. 5. 1.

52) 김채수는 한국인의 일본문학연구사를 검토하는 글에서, 식민지 시대 조선인을 위한

과 관련된 내용을 요약해 보면. 우선 長谷川如是閑의 「日本的 性格」을 참조하여 일본의 "국민적 성격은 어떤 경우에 반동으로서 보여진 배타적 경향보다는 긴 역사에 배양된 동화적 경향"이라고 특징짓고 있다. 다음으로 岡岐義惠의 「日本文藝の樣式」을 인용해 일본문학의 표현방법을 "無構造的 斷片的"이라고 요약하고 있으며, 鼓常良이 「日本藝術樣式の硏究」에서 일본예술의 특성으로 규정한 "無限界性" 개념과, 山口諭助鼓가 「無の 藝術」에서 말한 "空白の 藝術" 개념, 大西克禮의 "陰鬱的 美"(「幽玄とあわれ」) 개념 등을 부분적으로 소개하고 있다.

말을 간단히 하고 말의 의미를 달리 표현하는 象徵的 手法을 그들은 퍽 좋아하였다. 즉 될 수 있으면 말을 적게 이르는 바 言靈(ことたま)가 번창하지만 言擧(ことあげ) 아니하는 手法을 당연히 말이 많을 劇的 演出에 있어서 더구나 오고가고 주고받고 하는 것이 본성일 말의 會話體를 줄이면서 말을 하여도 수줍게 獨白體로 하는 것이 그들 性稟의 안존한 맛에 어울려졌던 것이 그들의 能樂, 淨瑠璃 乃至 歌舞伎가 아닌가. 이에 舞臺나 演技의 說明格으로 작가의 主觀的 混入인 地 과는 부분의 버젓한 위치가 가져진 것이 아닌가 한다. 물론 本來의 狂言은 좀 다르다. 그러나 여기서도 前者에 準할 型(かた)이 힘있는 權者이다. 大體로 現實的 템포를 가지면서도 すり足니 座이니 하는 룰인 表現의 類型化에 意味를 두어서 말(言語)을 拘束하고 있다. 그러면 이렇게 말하는 것이 문학적 표현에 어떻게 되어 있나. 여기에 斷片性과 無限界性, 無構築性이 논자에 일컬어지는 根據가 있다. 작가는 결코 샅샅이 다 뒤쳐내지는 아니한다. 美를 온통 裸體化하질 아니한다. 오히려 鑑賞者에게 마음이 活動할 餘地를 주기 위하여 斷片的으로 表現하면서 鑑賞者의 想像의 活動을 기다려 작가가 말하고 보일 것을 餘情 餘韻으로 남겨 끼친다는 말이다.53)

일본문학연구는 경성제국대학의 교수였던 일본인 학자들에 의해 출발했고, 그것은 일본의 제국주의 정책에 부응해 이 대학에 입학했던 조선인들에 의해 계승되었다고 설명하고 있다.(김채수, 「한국인의 일본문학 연구의 목적과 방법」, 『일본문화연구』 제2집, 2000. 5, 41-42쪽 참조)

53) 서두수, 앞의 글, 7쪽.

‘言靈’이 번창하고 ‘言擧’가 빈약한 것을 여운과 여정의 개념으로 설명하고, 이를 다시 ‘무’ 혹은 ‘공백’의 개념과 ‘무한계성’, ‘무구축성’과 연관시키며, 여기에다 ‘음울’을 더하여 그것이 동양의, 특히 일본의 예술이 가지는 美임을 강조하고 있다. 흥미로운 것은 이 음울이 결국에는 ‘제약’이고, 이것은 ‘낭비’와 대칭의 지점에 존재한다는 해석이다. 그는 『源氏物語』 등의 일본고전작품에 그려진 여성상을 예로 들어, 여성은 묘사된 ‘개성’덕분이 아니라 오직 ‘여자’이기 때문에 남성으로부터 연모의 대상이 된다고 설명한다. 즉 여성이 "낮으론 姿態를 보이지 않고 어두운 밤 帳幕에 숨어있어 달빛같이 蒼白하고 벌레소리같이 힘없고 草露같이 덧없는 것"으로 그려짐으로써 "보이지 않는 함축"의 美를 창조할 수 있었다는 것이다.

한편 일본이 민족간 투쟁이나 정치 형태의 변동이 별로 없어 "외연적 성장으로는 위축하여 버리고 내포적으로 진화하는 경향"이 강화됨에 따라 ‘誇大’와는 거리가 먼 ‘矮小性’을 숙명적으로 내재하게 되었다고 본다. 『고사기』 내지 『일본서기』까지도 객관적 사료로서 일관성을 지니지 못하고 예술적 표현이 많아 결국 ‘物語’문학의 선구 자리에 놓이게 된 것도 이 ‘왜소성’과 무관하지 않다는 해석이다.

> 그러면 이상의 것은 무엇에 의거하느냐. 흔히 말하는 思索的 批判의 결핍, 知性의 缺乏에 이는 의존한다. 바꾸어 보면 감성에 倚支함이 과다하다. 무릇 감성의 세련은 일본문화적인 것의 외형보다 훨씬 강하게 그 문화적 개성을 형성하고 있다. 그러나 이때에 있어서 그것은 감각의 낭비를 배척하는 제약적인 문화적 감각이다. 誇大와 煩瑣를 부정하는 감각이며 制約抑壓에 의한 岡倉天心의 소위 不完全의 美가 이로해서 이루어지는 그러한 것이다. 생활자극의 무한한 증진을 요구하는 본능적 기호를 외관으로는 원시문명에 환원시키는 듯하면서 내적으로 원시적 형태를 무한히 洗鍊하는 감성이 문학에 소박한 감동을 도입한다. (중략) 이 幽玄이란 不明晳, 불확실한, 혼잔한, 悲哀 내지 寂寞感을 발견하는 것이다. 이 역시 수다하게 뒤덮어 두고 불러온 餘情과 隣置되는 內在的, 非合理的, 不可說的, 微細性的이며 깊이에서 오는 陰鬱的 美이다.54)

　일본문학의 특성에 대한 논의에서 광범위하게 수용되고 있는 개념인 유현(幽玄)은 비교적 일본문학에 국한시켜 적용되는 개념임이 분명하지만, 이 글에서 일본적 특징으로 언급되는 あわれ는 슬픔과 덧없음을 의미하는 것으로 비애(悲哀)와 무상(無常)의 이중적 개념으로 번역 가능하다. 그런데 문제는 이 개념들이 동시대 조선미의 특성으로 지칭되고 있었다는 사실이다. 잘 알려진 대로, 1920년을 전후한 시기에 이미 일본인 柳宗悅은 비애미와 무상감을 조선의 美, 혹은 조선적인 특징으로 규정한 바 있으며,55) 이 담론은 일본인에게는 물론이고 식민지 조선인들에게도 광범위하게 수용되었다. 1937년 조선문학의 전통을 논하는 홍명희와 유진오의 대담도 이 담론을 기반하고 있는데, 여기서 유진오는 일본문학의 전통으로 'さび'(閑寂) 혹은 'もののあは(わ)れ'가 언급되지만 마찬가지로 조선문학의 특징으로 '무상'이 논의되는 사례를 들면서, "일본문화의 독특한 점이라는 것도 결국은 세계적 문화의 영향에 따라 된 것이므로 인류공통적인 것"이라고 말한 바 있다.56) 일본문학과 조선문학에 공통적으로 적용되는 이런 개념들은 불교의 영향이나, '동양적' 특성으로 설명되기도 하였다. 그런가 하면 서두수는 일본문학의 감성적 우세를 강조하는 가운데 그것이 '善良性'을 지닌다고까지 말한다. 윤리적 개념을 동원해 문학의 내셔널 아이덴티티를 운위하는 방식은 그야말로 비논리의 전형이다. 이처럼 일련의 사례에서는 본질주의의 시각에서 문학의 내셔널 아이덴티티를 포착하려는 논의가 주관적이고 상대적임을 확인할 수 있다.

　사실 근대국가의 형성과정에서 발명되는 전통 담론은 근대성의 합

---

54) 서두수, 「문학의 일본심」, 『조광』 79, 1942. 5, 11쪽.

55) 柳宗悅(야나기 무네요시)은 「조선의 미술」이라는 글에서 중국, 일본, 조선의 자연환경과 역사적 경험 등을 근거로 각각의 민족적 특성을 차이화 하고 있다. 여기서 일본의 특성은 외침의 공포없이 온화한 기후 속에 살았기 때문에 힘이나 무게, 강함보다는 자연에 따르는 조용함과 부드러움으로 설명되고 있다.(『조선과 그 예술』, 신구, 1998, 85-93쪽 참조)

56) 유진오 · 홍명희 대담, 「조선문학의 전통과 고전」, 『조선일보』, 1937. 7. 17.

법적 보호 아래 진행되는 전근대성으로의 귀환이다. 즉 부정하고 외면되었던 것들이 근대의 결핍을 보상해주는 노스텔지아의 대상으로 재구성되는 것이다. 서두수의 글에서 확인할 수 있듯이 일본문학의 특성으로 내세우고 있는 내용들은 거의 전근대적 세계의 속성과 동일하다. 서두수는 일본의 고전 문학에 대한 지식을 기반으로, 그리고 동시대에 전개된 일본 내에서의 전통 담론을 참조하여 마침내 당대 일본인들이 그리워하는 근대 이전의 세계를 매우 신비로운 아우라로 재구성하고 있다. 그런데 이런 방식으로의 규정은 '일본적인 것'의 신화화에는 어느 정도 기여하지만 제국의 전쟁 수행이라는 보다 급박한 시국적 과제에는 부응하지 못한다. 서두수는 이 점을 재빨리 인식하고 '일본적인 것'을 보다 능동적인 개념으로 재정의 한다.

「文學의 日本心」에서 서두수는 먼저 일본문학에 대한 기존 정의를 재검토하면서 다소 부정적인 성격 규정에 대해 방어적인 태도를 취한다. 일본문학의 특성이라고 자신의 입으로도 말했던 '왜소성'에 대해서는 『源氏物語』 같은 방대한 작품을 예로 들며 반박하고, 사상성의 빈곤함도 민족성의 영향과 결부하여 재검토가 필요하다고 강변하고 있다. 일본의 민족성은 투쟁적이 아닌데, 신화 같은 것만 봐도 다른 나라와 같은 "음산하고 어두운 싸움"의 모습은 찾아보기 힘들고, 기본적으로 명랑하여 비극적인 사상과는 거리가 있다는 것이다. 역시 여기서도 풍토성의 문제와 결부시킨다.

> 또 한편 문학은 風土性에도 많은 영향을 받고 있습니다. 다름이 아니라 자연적 환경을 말함입니다만은 비가 어지간하지 않은 것과 海流가 기온을 조절하는 그 관계가 일본국토의 경치를 아름답게 하며 생활을 즐겁게 하고 있습니다. 이것이 한편에 있어서 애국심을 강하게 하는 한 원인이 되기도 합니다마는 이것은 어쨌든 문학에 어떠한 큰 것을 가져오겠으리는 못되었습니다. 그러나 여기서 생각할 점은 형체가 적은 그것에 어느편 아기자기한 맛이 있기도 합니다. 바꾸어 말하면 얼핏 보아서는 단순히 단순함에 머물러 있는 것으로 생각되나 알뜰하게 살핀다면 이 단순 속에 無限量

이라는 것과 純粹라는 것을 혼동하여서는 알나위 없지요. 복댁이를 쳐 統制를 잃은 것은 걸핏해서 쉽사리 파산하는 것. 簡素한 形 속에 샘솟듯하는 생명을 지속하는 것은 순수한 것 그것입니다. 한때 번듯하다가는 그만그대로 퍼썩 해버리는 것과는 아주 다른 것을 알아야 합니다. 동양서는 대체로 순수한 것이란 형식의 적은 것에 엉켜드는 것을 말하는 편도 됩니다.[57]

결국 작고 단순한 것으로 표현되는 '일본적인 것'을 긍정적인 차원에서 해석되고 있다. 무상과 음울이 명랑과 순수의 이미지로 대체되고, 국토의 아름다움이 생활의 즐거움을 보장하는 근거가 되어 결국 애국심을 강화하는 요인으로 설명된다. 이 글은 앞의 글에 비해 '국민문학'의 과제를 분명히 의식하면서 '일본적인 것'을 명랑하고 건강한 이미지로 연결짓고 있다. 이처럼 서두수의 두 글에서 확인할 수 있는 것은, 학술적 접근이라는 의장 속에 내셔널 아이덴티티라는 것이 얼마나 허구적으로 구성되고 있는가 하는 점이다. 백철의 사례에서도 보았듯이 '국민문학'이라는 과제에 부응했던 식민지 문인들의 의식세계는 이미 합리적인 논리의 경계를 벗어나 있었다. 서두수의 아카데미즘도 결국 이러한 비정상적 담론장의 구속력을 벗어나지 못했던 것이다. 주목할 점은, 일본문학의 언표화에서 늘 조선문학의 존재를 언급했던 최재서와는 달리 일본문학을 논하는 서두수의 글에서는 조선문학에 대한 표현이 전무하다는 사실이다. 일본문학을 대상으로 한 서두수의 글은 내용의 측면에서 거의 일본인에 의해 쓰여진 것처럼 보인다. 경성제국대학에서 제국의 문학을 전공한 서두수에게 일본문학은 적어도 표면적으로는 '자기의 문학'이었던 셈이다. 최재서가 식민지 문인들을 향해 반성적 목소리로 그렇게 강조했던 일본문학의 '자기 문학화'는 서두수에게서 마침내 실현되는 듯 보인다.

그런데 흥미로운 사실은 일본문학 전문가였던 서두수가 한편에서는 조선문학에 대한 연구 작업을 지속하고 있었다는 사실이다. 서두수는

---

57) 앞의 글, 197쪽.

경성제국대학에서 조선어문학을 전공한 조윤제, 이희승 등과 교류하며 1931년에는 '조선어문학회'를 조직하여 활동하였으며,58) 조윤제와 함께 『朝鮮詩歌史綱』(1937)을 출판한 바 있다. 또한 「妄論 '춘향가, 춘향전'」(『문장』, 1939. 4)을 썼고, 일문으로 조선시가의 일본어 번역의 문제를 다룬 「時調のまこと心, 朝鮮時調の國語譯, (1)」(『대동아』, 1943. 3)이라는 글을 썼다. 조선문학에 대한 이러한 작업을, 단지 제도교육 속에서 문학사 연구의 의의와 근대적 실증주의 방법론을 학습한 서두수의 순수한 아카데미즘적 욕망의 결과라고 볼 수도 있겠다. 그러나 학문적 연구라는 객관적 의장 속에서 조선어로 된 조선문학을 지속적으로 대상화한다는 것은, 모국어로서의 조선문학의 존재를 확인하고 知의 체계 속에서 재구성하고자 하는 피식민자로서의 자의식이 작동하고 있음을 의미한다. 비록 그것이 식민주의 담론의 자장을 크게 벗어나지 못한다 하더라도 말이다. 이처럼 서두수는 일본문학과 조선문학을 동일한 지면 속에서 하나의 논리적 틀로 연루시키지 않음으로써, 즉 그것을 분리하여 독립적으로 대상화함으로써 식민－피식민의 직접적 도식화의 부담을 돌파하고 있는 것이다.

5. 맺음말

실제로 식민지 문인들은, 외국문학의 직접 번역을 강조한 해외문학파의 번역 작업을 무용한 행위라고 비판할 정도로 일본어에 익숙해 있었고, 일본어로 번역된 외국문학은 물론 일본어로 창작된 일본문학을 읽으며 문학적 감수성과 의식을 성숙시켜왔다. 그들이 식민지 근대문학을 형성한 주체라고 볼 때, 한국근대문학이 일본문학과 맺는 관계는 단순한 영향 관계 그 이상의 것이라고 할 수 있다. 그럼에도 식민지 조

---

58) 이충우, 앞의 책, 196쪽 참조.

선의 담론장에서 표면적으로 일본문학이 참조의 대상에서 배제되는 현상은 일본문학과 조선문학이라는 특수한 식민—피식민의 관계를 투영하는 문제적인 지점이 아닐 수 없다. 조선의 문인들은 일본근대문학을 독자성을 지닌 하나의 국민(민족)문학이라는 차원에서 참조했다기보다, 서구의 근대문학을 모방·이식한 문학으로서, 즉 조선에게 근대문학을 전수하는 '투명한 매개'로서 인식했다. 서구문학의 보편성을 앞서 이식했다는 점에서 일본문학은 조선에게 선망의 대상이지만, 그것이 모방물이라는 점에서는 결함을 지닌 불완전한 존재이다. 어쩌면 그 불완전함을 과장함으로써, 식민지 조선의 문인들은 '원본'이 아닌 일본문학을 이식하는 행위, 혹은 그 이식성을 은폐하려는 태도 모두를 정당한 것으로 합리화하고자 했을지도 모르겠다.

1930년대 후반 파시즘의 강화로 '국민문학'으로의 편입이 강요되기 이전에는, 조선의 문인들은 일본문학이라는 명명 속에서 내셔널 아이덴티티를 의식했다기보다 서구 문학을 추종·이식함으로써 담보하게 되는 모더니티, 즉 '보편성'에 주목했다고 하겠다. 물론 그 이면에는 일본문학의 독자성을 평가절하하고 동시에 일본문학에 대한 조선문학의 식민성을 희석화시키려는 욕망이 깔려 있었다. 더불어 외국문학으로서 일본문학을 의식하지 않으려는 태도의 근저에는 일본문학과 조선문학의 경계를 지워버림으로써 제국의 문학을 자기 것으로 삼고자 하는 동일화의 욕망도 존재했다. 그러나 1940년을 전후해 '국민문학'으로 포섭되는 시기에 이르면 '강요된 자발성'에 의해 일본문학을 '자기의 문학'으로 전면화하는 모습을 보이지만, 비약적 논리로 봉합된 표면적 승인은 그 과잉으로 인해 오히려 곳곳에서 균열의 흔적을 노출하고 말았다.

요컨대, 식민지 조선의 문인들에게 일본문학은 가장 절대적인 참조의 대상이었지만 그것을 굳이 언표화하거나 대상화하지 않아도 되는 그런 존재였다. 그럼에도 일본문학에 대한 언표화는, 식민지 조선의 문학적 성격을 규정하고 그 곳에서 각축하는 문인들의 헤게모니 투쟁을 위해서는 필수적인 선택이었다. 달리 말해 일본문학의 영향을 은폐하거나 그 특성을 폄하하는 경우도, 반대로 적극적으로 일본문학을 자기화하는 경우도 모두 식민지 문학 내부에서의 자기 위상과 관련된 인정투쟁의 일환으로 기능했다는 것이다. 즉 균열하고 봉합되는 식민지 주체의 위치에 따라 일본문학은 타자화 혹은 동일화의 대상이 되고, 제국 일본과의 역학관계 속에서 식민지 문학의 자기 위상이 좌우되었던 것이다. 이처럼 식민지 문인들에 의한 일본문학의 언표화는 필연적으로 조선문학의 식민성과 탈식민성의 착종 양상을 문제적으로 투사하고 있다.

주제어 : 일본문학과 조선문학, 언표화, 거리두기, '국민문학', 일본문학의 '자기문학화', 식민성과 탈식민성

◆ 참고문헌

김영심, 「식민지 조선에 있어서의 源氏物語-경성제국대학의 교육실태와 수용양
　　　　상」, 『일본연구』, 2003. 12.
김윤식, 『한국근대문예비평사연구』, 일지사, 1986.
――――, 『한・일 근대문학의 관련양상 신론』, 서울대 출판부, 2001.
김채수, 「한국인의 일본문학 연구의 목적과 방법」, 『일본문학연구』 제2집, 2005. 5.
박광현, 「'경성제국대학'의 문예사적 연구를 위한 시론」, 『한국문학연구』, 1999. 3.
윤대석, 『식민지 국민문학론』, 역락, 2006.
이양숙, 「최재서 문학비평 연구」, 서울대 박사논문, 2003.
이충우, 『경성제국대학』, 다락원, 1980.
정인문, 『1910・20년대의 한일 근대문학 교류사』, J&C, 2003.
정창석, 「'전쟁문학'에서 '받들어 모시는 문학'까지-일제하 소위 '국민문학' 논
　　　　의」, 『일어일문학연구』, 1999.
최재서 저, 노상래 역, 『전환기의 조선문학』, 영남대 출판부, 2006.
허　석, 「근대일본문학의 해외확산과 국가이데올로기에 대한 연구-명치시대 한일
　　　　양국의 번역물을 중심으로」, 『일본어문학』 제24집, 2005. 3.
황호덕, 「제국과 픽션, 일제말 조선어(문단) 해소론의 射程」, 『동아시아 근대 어문
　　　　질서의 형성과 재편』, 대동문화연구원 동양학학술회의 발표집, 2006. 1. 20.

야나기 무네요시 저, 이길진 역, 『조선과 그 예술』, 신구, 1998.
히라노 겐 저, 고재석・김환기 역, 『일본쇼와문학사』, 동국대 출판부, 2001.
스즈키 사다미 저, 김채수 역, 『일본의 문학개념-동서의 문학개념과 비교고찰』,
　　　　보고사, 2001.
가토 슈이치 외 저, 김진만 역, 『일본문화의 숨은 形』, 소화, 2002.
나카무라 미츠오・니시타니 게이지 외 저, 이경훈・송태욱 외 역, 『태평양전쟁의
　　　　사상-좌담회 '근대의 초극과 세계사적 입장과 일본'으로 본 일본정신의
　　　　기원』, 이매진, 2006.
鈴木貞美, 『日本の文化ナショナリズム』, 平凡社, 2005.

◆ 국문초록

이 글은 식민지 조선의 문학과 일본문학의 관련양상을 살펴보기 위한 목적에서 식민지의 문인들이 일본문학을 어떤 층위에서 인식하고 그것을 언표화하고 있는지를 고찰하고 있다. 1920년대부터 1930년대 중반까지는 염상섭의 사례를 제외하면, 내셔널 아이덴티티와 결부된 문제적인 의식보다는 동시대 일본문학계에서 벌어지는 현상을 하나의 정보로서 선점하려는 식민지 문인들의 지(知)에의 욕망이 지배적으로 나타나며, 이는 식민지 문단에서 자기 위상을 정립하려는 욕망과 결부된다. 즉 일본문학에 대한 승인과 견제라는 거리두기를 통해 일본문학을 참조함으로써 조선문학의 근대적 상을 구성하고자 했던 것이다. 1940년을 전후해 '국민문학'으로 포섭되는 시기에 이르면 '강요된 자발성'에 의해 일본문학을 '자기의 문학'으로 전면화하는 모습을 보이지만, 비약적 논리로 봉합된 표면적 승인은 그 과잉으로 인해 오히려 곳곳에서 균열의 흔적을 노출하고 만다. 이처럼 일본문학에 대한 언표화는 타자화와 동일화의 길항 관계 속에서 균열하는 식민지 문학의 내면을 노출함으로써, 필연적으로 식민성과 탈식민성의 착종 양상을 문제적으로 투사하고 있다.

◆ SUMMARY

Introducing Japanese Literatures
in the Korean Literary World and its Mentality

Seo, Eun-Ju

Japanese literatures was not direct objects of concern for Korean writers, in spite of their enormous influence on Korean modern literatures in the colonial period, which is only not because colonial situation probably made Korean writers couldn't regard Japanese literature as a foreign literature such as English literature, Russian literature, but because they didn't thought Japanese literature as a national literature having originality. In shorts, Japanese literature was only a copy or a imitative thing from Western literature for Korean writers. This understanding made cover up the fact that Korean writers formed Korean literature as the modern by transplanting Japanese literature to the Korean literary world. Korean writers' concerns on Japanese literature itself came to the surface at the 1920s, for instance, Yeom Sangsub's criticism. Korean critics concerned Japanese proletariate literatures in the 1930s, and discussed on what was a relationship of Japanese literature and Chosun literature in the light of the cause of national literature(國民文學) in the late colonial period, Colonial literary world' pattern referring to and revealing Japanese literatures showed a denouncement, a concealment, a distortion and a mystification of it by the complex inside of the colonial writers.

Keyword : Japanese literature and the colony Chosun literature, distancing, 'Kungmin munhak'(國民文學), coloniality and decoloniality

─이 논문은 2007년 11월 30일에 접수되어, 소정의 심사를 거쳐 2008년 2월 6일에 최종적으로 게재가 확정되었음.

최남선의 지리(학)적 기획과 표상

이 종 호*

목 차

---

1. 대지의 국토공간으로의 변용과 지리(학)

최남선은 17세의 나이로 1906년 4월 두 번째 유학길에 오른다. 그는 1906년 9월 와세다(早稻田)대학 고등사범부 지리역사과에 입학하지만, 1907년 3월 27일 이른바 '모의국회(模擬國會) 사건'에 항의하여 다른 조선인 학생들과 함께 동맹퇴학 한다. 이로 인해 실제로 와세다대에서 수학 기간은 한 학기 정도 밖에 되지 않았으며, 이후 『대한유학생회학보(大韓留學生學報)』, 『대한학회월보(大韓學會月報)』 등에서 활동하다가 1908년 6월 무렵에 서적을 발간할 목적으로 인쇄기 등을 구입하여 귀국한다.[1] 이처럼 2차 일본유학 기간은 1905년 10월 1차 일본유학 기

---

* 성균관대 박사과정.

** 이 논문은 2007년도 하반기 서울시 인문장학생 지원을 받아 수행된 연구임.

1) 최남선의 2차 유학 및 귀국 시기와 관련하여 여러 부정확한 서술들이 많은 상황인데,

간 3개월에 비해 그리 긴 시간은 아니었지만, 이 무렵 최남선이 관심을 가진 '지리'라는 요소는 『소년(少年)』을 발간하던 시기에 걸쳐서 (넓게 보자면 그의 사상 전체에 있어서[2]) 매우 중요한 위치를 차지하게 된다. 1차 유학 시기 이후 지리와 역사 공부에 열중하였다는 서술[3]과 와세다 대학에서 지리역사를 전공하였다는 사실을 통해 우리는 당시 최남선의 주요 관심 분야를 알 수 있다. 당시 대한제국은 1905년 제2차한일협약 (을사조약)으로 인해 근대적 주권이 불안정해지는 위기 국면으로 빠져 들고 있었는데, 그러한 상황에서 최남선은 왜 하필 '지리'라는 키워드 를 움켜지게 되었을까. 이 물음에 직접적으로 답하기 전에 먼저 당시 대지(大地)를 둘러싸고 어떠한 사건들이 전개되고 있었으며, 그로인해 결과적으로 어떠한 변용이 발생하고 있었는지 잠시 살펴보자.

㉠ 間島의 命運이 此 帝國의 最甚懸念홀 事態나 然이나 此 巨大 價 貴흔 地方이 日淸 間 交涉으로 整理되는 此 ○逆事態를 注目ᄒ는 人士의 게는 亦一着味處로다 盖韓國이 自治權을 今有ᄒ엿스면 淸國으로 더부 러 敦陸的 整理를 致ᄒ기에 應無困難이어눌 情形이 事機롤 變遷홈으로 淸國 政府가 日本의게 勒脅을 被하기 外에는 不欲讓許홈이 現然흔지라 本 記者는 孰是孰非를 발言키 不能이어니와 其 紛爭은 兩 定界石에 記銘 흔 漢文意義를 因홈이니 日本은 北端에 表石을 定界로 要請ᄒ고 淸國은 南端에 表石을 定界로 主論ᄒ야 각 其 自己意見이 公正흔 졸노 相爭ᄒ는 도다[4]

㉡ 無變不有 鬱島 郡守 沈興澤氏가 너部에 報告ᄒ되 日本官員 一行이

이진호, 「최남선의 2차 유학기에 관한 재고찰—연보 재정립을 위한 제언」, 『새국어교 육』 42집, 1986에서는 여러 자료들을 검토하여 기존 연구들 보다 정확하게 서술하고 있다. 그렇지만 이 시기와 관련한 최남선의 이력은 좀더 정확하게 재검토될 필요가 있 어 보인다.

2) 해방 이후, '바다'라는 지리적 키워드는 「海洋과 國民生活 — 우리를 求할자는 오즉 바다」, 『지방행정』 제2권 제1~4호, 1953라는 글을 통해 계속된다.

3) 조용만, 『육당 최남선』, 삼중당, 1964, 58쪽 참조.

4) 『大韓每日申報』, 1907년 11월 23일 논설(강조는 인용자).

來到 本部ᄒ야 本部 所在 獨島ᄂᆞᆫ 日本 屬地라 自稱ᄒ고 地界 濶狹과 戶口 結總을 ㅡㅡ 錄去라 ᄒ얏ᄂᆞᆫ디 내부에서 指令하기를 遊覽道次에 地界戶口之錄去ᄂᆞᆫ 客或無怪어니와 獨島之稱 云 日본 屬地ᄂᆞᆫ 必無其理니 今此 所報가 甚涉訝然이라ᄒ얏더라5)

위의 두 인용은 각각 대한제국 영토의 경계를 놓고 벌어지는 분쟁 및 갈등 국면을 보여준다. ㉠은 간도 지방을 놓고 청국(淸國)과의 갈등을 나타내며, ㉡은 독도 영유권에 대한 일본의 침범 사례를 보여준다. 이같은 국경 확정에 관한 논쟁과 갈등 그리고 영토의식에 대한 관념이 그 이전에 없었던 바는 아니지만,6) 이 문제가 근대의 맥락 속에서 본격적으로 등장하는 것은 국경 분쟁이 발생하던 1880년대 초반, 조선과 청국 간에 두 차례 국경회담7)이 개최되던 1885년과 1887년 즈음이다. 청일전쟁이 발발하면서 이 문제는 잠시 수면 아래로 가라앉지만, '대한제국'이 성립하면서 다시 공론화되기 시작한다. 이와 같은 국경 내지 영토문제는 중화체제에서 만국공법체제로의 전환이라는 근대 주권(국제법)질서 속에서 부상하게 된다. 그리하여 동등한 주권국가 사이의 갈등은 (국가 지배층의 문제에만 한정되지 않고) 신문이라는 근대적 미디어를 통해 확장되고 증폭되기 시작한다. 근대주권국가의 영토 문제는 위로부터는 통치권 및 영유권의 범위를 확정짓는 문제와 연결되고, 아래로부터는 근대적 민족 혹은 국민을 형성하는 문제와 긴밀하게 결합된다.

---

5) 『大韓每日申報』, 1906년 5월 1일 잡보(강조는 인용자).

6) 1712년 조선과 청국 간에 백두산정계비가 건립됨으로써 양국 간에 영토 분계선이 설정되고 군대가 주둔하여 월경을 금하기도 하였으나, 점차로 이 경계는 느슨하게 관리되어 변경지방에서 큰 구속력을 지니지 않게 되었다.(조광, 「조선후기 영토의식의 전개와 그 사상」, 『한국의 북방의식』, 백산자료원, 1998; 임계순, 「白頭山 定界碑와 朝・淸間의 乙酉・丁亥國境會談」, 『한국의 북방의식』, 백산자료원, 1998; 박선영, 「근대 동아시아의 국경인식과 간도—지도에 나타난 한중 국경선 변화를 중심으로」, 『중국사 연구』 24집, 2004, 참조)

7) 1885년과 1887년 국경회담과 관련한 상세한 내용은 임계순 앞의 논문을 참조 할 것.

　대지를 둘러싼 이러한 변용은 비단 대외(對外)적인 국경선의 확립에 국한되는 문제만은 아니었다. 인용문 ⓛ의 "地界 潤狹과 戶口 結總을 ── 錄去"라는 구절은 대내(對內)적인 변용을 암시한다. 확정된 국경선의 내부 공간(대지)에 주권이 침투할 수 있는 격자를 생산해 내는 작업—예를 들어 행정구역을 확정하고, 토지를 근대적 법질서 내로 등록하고, 노동력과 군사력으로 동원 가능한 인구를 조사하는 등의 작업—은 근대국민국가의 성립과 유지에 있어서 대외적 국경선을 확정하는 문제만큼이나 중요한 문제였다. 1898년부터 1904년까지 실시된 대한제국의 광무양전사업은 이러한 대내적인 대지의 변용, 즉 국토경영을 위해 주권이 대지에 어떻게 침투하는지를 보여주는 일례로 보아도 무방할 듯하다. 일제의 토지조사사업과 유사한 맥락에서 논의되기도 하는 이 광무양전사업은 "이전의 토지소유관계를 그대로 인정한 위에, 서양의 기술을 이용하여 종전의 토지소유권을 근대적 법제로 제도화하려는 것"[8]이었다. 결과적으로는 좌절[9]되고 말았지만, 이 사업은 "단순한 지세징수만을 위한 사업이 아니라 국가의 전체적 경영을 위해 토지소유권의 확립, 호구파악, 산업재편, 지세증수 등을 위한 총체적인 것"이었으며, "국가 전체의 경영을 모색하면서 실시된 것이었다."[10] 요컨대, 중세의 토지 질서와는 다른 형태의 근대적 토지 질서 확립을 꾀했던 셈이다.

　당연한 이야기이겠지만, "주권국가가 성립하기 위해서는 국경을 확정하고, 그 통치 공간 내부에 대한 지세·지형이나 지질 등의 정보를 빠짐없이 파악하는 것이 필수요건이 된다. 그것에 의해 농지나 인간에 대한 징세와 징병이 행해져 국가재정의 확보나 국방이 가능하게 되고,

---

8) 이영학, 「광무양전사업 연구의 동향과 과제」, 『역사와현실』 제6권, 1991, 329쪽.
9) 러일전쟁 이후 제1차 한일협약에 의해 대한제국 재정고문으로 일본인 메카다 다네타로(目賀田種大郎)이 부임하면서 좌절된다.
10) 이영학, 「대한제국기 토지조사사업의 의의」, 『대한제국기의 토지조사사업』, 민음사, 1995, 35쪽.

나아가 교통·통신망의 정비에 의해 국민경제가 형성되고, 국내 주권이 침투한 공간으로서의 국토가 편성되어 가기 때문이다."[11] 당시의 대한제국은 주권국가의 위기국면—다시 말해 식민지가 될지 모른다는 공간적 위기국면—에 놓여있었던 만큼 그 위기의 감도(感度)에 비례하여 그 대내외적인 대지의 변용이 요청되고 있었다. 대한제국이 근대적 주권국가로 성립하기 위해서는 국토 공간의 확정과 장악이 필수적이었던 것이다.

최남선이 일본으로 1, 2차 유학을 떠날 시기 이전부터 이와 같은 대지의 대내외적 변용은 이미 진행되고 있었다. 게다가 대한제국이라는 주권국가에서 국토의 경계와 귀속을 둘러싼 문제는 (한정적이기는 했지만) 신문이라는 미디어를 통해 위로부터 아래로까지 확산되면서 내셔널리티를 기초로 하여 주요한 쟁점으로 공론화되어 갔다. 일례로 장지연의 『대한강역고(大韓疆域考)』(1903)도 이와 같은 맥락[12]에 놓여 있었는데, 그는 실제로 『대한신지지(大韓新地志)』의 「大韓新紙志序」에서 애국심 고취와 관련한 지리라는 학문의 역할을 역설[13]하였다. 그리고

---

11) 山室信一, 「國民帝國・日本の形成と空間知」, 『「帝國」日本の學知 第8卷 空間形成と世界認識』, 岩波書店, 2006, 22쪽.

12) "지리적인 쟁점이 신문의 머리기사를 장식하고 국경 부근의 사건들이 외교적인 마찰을 불러일으키게 되면서, 장지연 당대의 지리학 연구는 정약이 살았던 시대에 『아방강역고(我邦疆域考)』가 했던 역할보다 훨씬 더 공적인(public) 역할을 수행하게 된다."(Andre Schumid, 정여울 역, 『제국 그 사이의 한국』, 휴머니스트, 2007, 470쪽)

13) "오늘날 우리가 무엇보다도 時急히 硏究할 것은 우리나라의 地理가 아니겠는가? 저 西洋學者의 말에 地理의 學問이 일어나지 아니하면 愛國心이 나지 아니한다고 하였다. 그런고로 프랑스가 프로이센에게 敗戰하여 알사스・로모렌의 두 도시를 빼앗기고서, 自己 나라의 地圖에 딴 색깔을 칠해서 全國學者들에게 널리 認識을 새롭게 하였는 바, 분연히 궐기하여 수치를 씻고자 보복할 계획을 세우니 군신이 바라보고 깜짝 놀랐다는 것은 이것을 證明한 것이다"(구자혁, 「장지연의 자강사상」, 『춘천교육대학논문집』 23집, 1983, 137-138쪽, 원문은 다음과 같다.(… 迨今吾人之最宜汲汲講究者, 顧不在地理乎, 泰西學者之言曰, 地理之學不興, 愛國之心不生, 肆昔法敗於普, 而失二州, 於地圖上, 別增一色, 以教國中之學者, 勃然鼓其恥心, 而計報復, 普之君臣, 望而畏之, 此其明證也…))

장지연이 관여하기도 했던 "『황성신문(皇城新聞)』은 간도 감계를 비롯한 북방강역 문제를 비교적 소상하게 다루"[14]고 여러 차례에 걸쳐 쟁론화하였다. 최남선은 유학 이전부터도 『황성신문』의 "비분강개하여 시국을 탄식하고 정치가의 무능을 공박하는 논설을 두 번, 세 번 숙독하는" 애독자였으며[15], 12세 때부터 "경앙막조(景仰莫措)하던 『황성신문』에 투고" 하여 글을 게재하던 투고자이기도 했고[16], 『황성신문』에 "시국을 분개하는 격월한 논설"을 투고하여, 이로 인해 2차 유학을 떠나기 직전인 1906년 1, 2월 무렵 필화를 입어 1개월간 구금되기도[17] 하였다. 따라서 그는 장지연의 출판물이나 『황성신문』 등과 같은 미디어를 통해 형성되고 있었던 국경과 영토 확정을 둘러싼 문맥을 늘 인지하고 있었음에 틀림없다. 이러한 정황들에 고려할 때, 최남선의 '지리'라는 키워드는, 이러한 자장 내에서 발현되어 그 속으로 다시 재결합·증폭시켜 나간 것으로 보아도 좋을 것이다.

그 무렵의 근대적 주권 국가의 국경을 확정하는 문제, 신문과 출판물과 같은 근대 미디어, 그리고 '지리'라는 근대적 학지(學知), 이러한 세 층위의 결합은 중세적 질서에 놓여 있던 대지를 근대국민국가의 국토라는 공간으로 변용시키는 데에 중요한 계기를 마련했던 셈이다. 말하자면 근대적 국민 개념이 군주 국가의 세습적 신체를 물려받아 그것을 새로운 형태로 재창조[18]함으로써 가능했던 것처럼, 근대적 영토·토지 개념 역시 그와 같은 재창조(변용)를 통해서만 가능해지는 것이었다. 그와 같은 재창조의 계기가 된 이 세 가지는 분명 각각 다른 층위에 놓여 있었던 것은 틀림없었지만, 각 층위들은 나머지 다른 층위들을

---

14) 박민영, 「張志淵의 北方疆域 인식—『大韓疆域考』의 「白頭山定界碑考」를 중심으로」, 『한국독립운동사연구』 25집, 2005, 3쪽.

15) 조용만, 앞의 책, 51쪽.

16) 최남선, 「처녀작 발표 당시의 감상—아득하야 꿈가틀 짜름」, 『조선문단』 6호, 1925. 3, 57-58쪽 참조.

17) 조용만, 앞의 책, 58쪽 참조.

18) Antonio Negri·Michael Heart, 윤수종 역, 『제국』, 이학사, 2001, 141쪽.

전제로 하거나 필요로 해야만 하는 것이기도 했다. 즉 근대적 학지로서의 '지리'는 한편으로는 현실의 사건을 설명하거나 반영하기도 했지만, 보다 근본적으로는 대지에 새로운 질서를 부여하고, 새로운 차원의 공간을 생산하는 데에 역점이 두어졌다. 지리와 지리학 모두를 의미하는 'geography'는 지구(geo)에 대한 서술(graphy)을 의미하는 것으로, 서술을 통해 대지를 설명하기도 하지만, 한편으로는 대지에 대한 표상을 생산하기도 한다. 말하자면, 지리(地理)는 땅의 이치를 설명하는 것이기도 하고, 땅에 이치(질서)를 부여하는 것이기도 하다. 후자의 경우는, 대지라는 공간을 새롭게 정의하고 질서를 부여함으로써 새로운 공간을 생산해 내는 것과 관련된다. 주지하듯이 근대 지리학은 독일 민족주의의 이념적 토대로서의 국토의식 배양과 분리시켜 생각할 수 없는데, 그것은 독일이라는 새로운 근대적 표상을 부여하고 그리하여 새로운 공간의식을 생산하기 위해 성립[19]되었다.

최남선의 '지리(학)'이라는 키워드 역시 이와 같은 문맥에서 논의를 전개해 나갈 수 있을 것이다. 즉, 대한제국이라는 공간이 계속해서 불안정해지는 위기 속에서, 그것을 극복하기 위한 하나의 기획으로서의 '지리'로 볼 수 있는 것이다. 1905년을 경과하면서 대한제국의 근대국가로서의 작동이 점차로 마비되어 가기 시작하는 것을 감안한다면, 최남선의 이러한 지리(학)적 기획은 단순히 민간이나 시정(市井)에서의 작동을 넘어서는 것이었는지도 모른다. 즉 영향력 측면에서 본다면, 국가의 유지를 위해 대지의 국토공간으로의 변용을 담당해야만 했던 대한제국의 역할을 최남선이 나누어지고 있었던 셈이다. 물론 국경을 확정한다거나 행정 구역의 새로운 측량·계량화하는 측면과는 그 내용을

---

19) 권정화, 『지리사상사 강의노트』, 한울아카데미, 2005, 14-20쪽 참조.
근대 지리학의 성립과 국가주의와의 결합은 비단 독일에만 한정된 것은 아니었다. 영국에서도 지리학이 제도적으로 그 지위를 보장받기 위해서는 국가주의와의 결탁이 요구되었다. 이와 관련해서는, Ian Dowbiggin·Ivor Goodson, 이진우 역, 「양순한 몸」, 『푸코와 교육』(Stephen J Ball 外), 청계, 2007, 194-208쪽 참조.

달리하는 것이기는 했다.

이 글은 시기적으로 최남선의 2차 일본 유학부터 한일병합 무렵 정도까지에 초점을 맞추고, '지리'라는 키워드를 중심[20]으로 하여 논의를 전개하고자한다. 한일병합을 전후하여, '대한' 혹은 '대한제국'이라는 기표의 유효성이 변화하는데, 그에 따라 최남선의 지리적 기획이나 전략 역시 변화를 맞게 된다.

2. 공간의 균질화, 통합적 국토공간의 생산

2차 일본 유학 시기부터 한일병합 무렵 즈음에, 최남선의 지리(학)적 기획은 주로 근대적 인쇄 미디어를 매개로 하여 이루어진다. 그것은, 크게 신문관을 통한 『소년(少年)』, 『역사·지리연구(歷史·地理研究)』와 같은 정기간행물 발간 및 기획, 『대한지지(大韓地誌)』, 『외국지지(外國地誌)』 등의 기획 및 『한양가(漢陽歌)』, 『경부철도가(京釜鐵道歌)』, 『세계일주가(世界一周歌)』 등의 단행본 발간, 그리고 조선광문회를 통한 『택리지(擇里志)』(1911), 『도리표(道里表)』(1912) 등의 고전 지리 관련 서적 간행[21] 등으로 구분된다. 그리고 여기에는 좀 다른 층위이기

---

20) 최남선의 '지리'와 관련한 연구로는 조윤정, 「잡지 『소년』과 국민문화의 형성」, 『한국현대문학연구』 제21집, 2007. 4; 오문석, 「최남선의 지리적 상상력」, 『근대계몽기 서사와 신시의 재현성』, 한국근대문학회 제16회 전국학술대회 자료집, 2007. 6. 2; 류시현, 「한말 일제 초 한반도에 관한 지리적 인식」, 『한국사연구』 137집, 2007; 최재목, 「최남선 『소년』지의 '신대한의 소년' 기획에 대하여」, 『일본문화연구』 제18집, 2006. 4; 김지녀, 「최남선 시가의 근대성－'철도'와 '바다'에 나타난 계몽적 공간 인식」, 『비교한국학』 14호, 2006; 권보드래, 「『소년』과 톨스토이 번역」, 『한국근대문학연구』 제6권 2호, 2005. 10; 한기형, 「최남선의 잡지 발간과 초기 근대문학의 재편」, 『대동문화연구』 45집, 2004; 한기형, 「근대잡지와 근대문학 형성의 제도적 연관」, 『대동문화연구』 48집, 2004; 권정화, 「최남선의 초기 저술에서 나타나는 지리적 관심」, 『응용지리』 제13호, 1990. 12; 권동회, 「최남선의 지리사상과 '소년'지의 지리교육적 가치」, 『한국지리환경교육학회지』, 2004. 8, 등을 참조.

는 하지만, 넓은 의미의 미디어로 간주할 수 있는 근대의 학지인 지리학과 문학 등도 결합된다. 최남선의 이와 같은 기획은 2차 일본 유학 시기에 발표한 글에서도 뚜렷하게 드러난다. 그가 『대한유학생회학보』에 게재한 지리 관련 글들은 이후 『소년』에 보강되어 재수록22)되기도 한다.

이 장에서는 최남선의 지리학적 기획이 대지의 공간을 어떻게 균질적으로 파악하고, 그리고 어떤 과정을 통해서 이 균질화한 공간을 통합적 국토 공간으로 표상해 가는지 살펴볼 것이다. 대한제국에 의해 위도와 경도가 표기된 '대한전도(大韓全圖)'가 배포된 것은 1899년에 이르러서이다23). 오늘날 흔히 볼 수 있는 경도와 위도, 국경선과 행정구역 경계와 주요 도시가 표시된 근대적 형태의 한반도 지도가 이 때 비로소 등장한 것이다. 그리고 이 대한전도는 현채(玄采)가 편찬한 교과용 도서인 『대한지지(大韓地誌)』(1899, 廣文社)에 수록되어 대중들에게 유통되기 시작한다. 그리하여 이 무렵에 이르러서야 비로소 대한제국의 지배층부터 아래에 이르기까지, 국토의 전체적인 외연과 내부적 구획이 지도라는 시각적 표상을 통해 인식되기 시작한다. 좀 더 극단적으로 말하자면, 대한제국이라는 영토와 경계의 물리적 리얼리티는 지도와 같은 지리의 문법을 통해서만 확보될 수 있었던 것이다. 즉 사람들이 대한제국이라는 "'현실'을 인식하고 그러한 '현실'을 많은 사람들이 받아

---

21) 오영섭, 「조선광문회 연구」, 『한국사학사학보』 3, 2001. 3, 115-116쪽 참조.

22) 최남선은 『대한유학생회학보』(3호부터는 『대한유학생회보』로 명칭 변경 됨)에 지리 관련 글로 「彗星說」(1호, 崔南善), 「地球之過去 及 未來」(1호), 「地理學 雜記」(2호, 崔生), 「地球之過去 及 未來(續)」(2호, 學不厭生 譯), 「人類의 起源 及 發達」(3호, NS生 譯) 등을 게재하고 있다. 이 가운데 「彗星說」은 『소년』(1910. 3. 15)에 「彗星에 關한 雜說」로 수정·보완되어 재수록되고, 「地理學 雜記」는 「初等大韓地理稿本」(『소년』, 1910. 4. 15)으로 이어지고, 「地球之過去 及 未來」는 『地球之旣往 及 將來』(新知識初百種 총서)로 발간 예정(『소년』 창간호, 84쪽 참조)이었다.(이러한 서지사항의 확정과 관련하여서는 권정화 앞의 글; 류시현, 「최남선의 '근대'인식과 '조선학'연구」, 고려대 박사논문, 2005, 27쪽 등을 참조할 수 있다)

23) 光武 3年 12月 15日 學部 編輯局 刊行.

284

들이는 것도, 지도라는 매체(media)를 통해서"[24]였다. 그리하여 지도에서 대지(혹은 국토)는 중세의 천하관과 같은 위계를 지니는 것이 아니라, 위도와 경도로 구성되는 동일한 기하학적 방형 아래에서 균질적 공간으로 감각되는 것이었다. 말하자면 이 무렵부터 대중적인 형태로, 대한제국의 영토가 경도와 위도의 구획을 통해 균질화된 공간으로 표상되기 시작한 셈이다.

최남선의 지리적 기획은 지구의 시간적 기원과 공간적 위치를 확인하는 것에서 시작된다. 최남선의 「地球之過去 及 未來」는 일본 지리학자 요코야마 마타지로(橫山又次郎)[25]의 저작을 번역한 것인데, 먼저 태양계의 기원과 성립을 논하면서 지구의 기원으로 추적해 들어오는 서술방식을 취한다. 그리고 「地理學 雜記」에서도 '地球의 成因'을 언급하면서 태양계의 전체적인 상(像)을 태양과 행성들의 위치와 공전궤도를 나타낸 그림으로 보여주었고, 각 행성의 거리, 공전일수, 자전시수, 축의 경사도, 위성 등에 관해 계량화된 도표를 제시하면서 지구라는 공간의 상대적 위치를 가늠하게끔 서술해 간다. 중세질서 속에서 절대적 공간으로 표상되었던 천하(天下)는 이제 '우주→태양계→지구'로 향하는 시선과 계량화되는 수치를 통해, 우주와 태양에 비교 가능하고 따라서 상대적 공간인 '지구'[26]로 전환된다. 이와 같은 우주의 어느 초월적 시점에서 지구라는 공간으로 육박해 들어오는 서술방식과 시점은

---

24) 若林幹夫, 정선태 역, 『지도의 상상력』, 산처럼, 2006, 23쪽.

25) 요코야마 마타지로에 관해서는 권정화, 앞의 글, 11쪽 참조.

26) 지구라는 표상 속에서 최남선이 강조하는 것은 세계라는 공간의 창출이다. 지구라는 공간을 설명한 후 다음과 같이 언급한다. "그럼으로 서울사람도 우리의 兄弟姉妹오 시골 사람도 우리의 兄弟姉妹오 우리나라 사람도 同胞오 남의 나라 사람도 同胞오 白人種도 한 딥안 食口오 黑肌子도 한 딥안 食口니 親疎를 갈릴ㅅ 것도 아니오 厚薄을 둘ㅅ 것도 아니라 우리가 뎌 大自然을 생각할 때에 한 갈갓히 그 압헤 업다려 恭遜한 무리가 되고 友愛하난 兄妹가 되야서 서로 反目嫉視할 것이 아니외다."(「우리 賴生하난地球星」, 『소년』 1년 2호, 43쪽) 여기서 눈여겨 볼 지점은 서울과 시골, 우리나라와 남의나라, 백인종과 흑인종 모두 균질한 공간과 인간으로써 감각된다는 점이고, 이를 통해서 세계주의나 사해동포적 감각이 가능하게 된다.

마치 지구의를 바라보고 있는 시점이나 세계지도를 바라보는 시점과 동형 구조를 이룬다. 그리고 지구라는 공간으로 육박해 간 시선은 다시 세계지리(지도)를 바라보는 시선으로 나아간다. 그리하여 『소년』에서 계속해서 등장하는 경도와 위도가 세밀하게 그어진 세계지도나 지구도,27) '아시아대륙전도'28) 등을 거쳐서 최종적으로 도달하는 것은, 대한지리, 한반도라는 지점, 즉 '대한제국'이라는 국가이다. 이러한 지리적 시선과 표상은 새로운 형태의 관계를 산출한다.29) 계량화되어 측정가능한 공간으로 상정되는 태양계와 지구, 그리고 위도와 경도라는 균일한 기준점으로 파악 가능한 세계라는 관념은, 지구와 세계를 그러한 수치와 좌표계에 종속 가능한 공간으로 상정한다. "모든 장소는 좌표상의 점으로 표시될 수 있으므로 독립적이고 자립적인 장소로 간주할 수 있지만, 동시에 모든 점은 좌표계에 종속된다는 점에서 상대화되어 버린다. 결국 이 '세계'에는, 모든 현실의 장소 즉 공간이 균등하고 균질적인 공간으로 파악된다는 것이 전제되어 있다."30) 중화질서 체제에서 만국공법체제로의 전환 속에서 모든 국가가 동등한 주권국으로 된 것과 동일하게, 근대지리학의 관념에서 모든 공간은 그 동등한 질을 지니게 된 것이다.

최남선은 이와 같은 균질화된 공간에 새로운 질서를 부여함으로써 이 공간을 통합해 나가는 계기들을 마련하고자 한다. 먼저 최남선은 근대적 지리학의 개념을 통해 전근대적 공간 개념을 비판한다. 다음은 『대한유학생회학보』에 게재된 「地理學 雜記」의 첫 부분이다.

---

27) 「초등대한지리고본」, 『소년』 3년 4호, 13-14쪽.

28) 「해상대한사 (三)」, 『소년』 2년 1호, 15쪽.

29) "근대 천문·지리학이 생성해내는 지구와 세계지리의 표상은 근대 정치학이 생성해 내는 국제 관계와 인간 관계의 표상과 정확히 일치한다. 근대 천문·지리학과 근대 정치학은 인식의 탈중심화와 새로운 중심화라는 측면을 공유한다."(김현주, 「『서유견문』의 과학, 이데올로기 그리고 수사학」, 『상허학보』 제8집, 2002. 2, 218쪽)

30) 李孝德, 박성관 역, 『표상공간의 근대』, 소명출판, 2002, 268쪽.

> 地理學이라ᄒ면 古老人中或, 傳來ᄒ든 風水之書와 同視ᄒ 者도 有ᄒ
> 디 未知ᄒ거니와, 此ᄂ 決코 靑囊赤霑之說을 査究ᄒ고 玉尺金斗之書을
> 引照ᄒ야 讀者僉彦으로 더브러 郤月覆舟之勢와 鷄棲牛眠之形을 談說코
> 댜 홈이 아니라 다만 吾人의 現方棲息ᄒᄂ 地球上 現象에 就ᄒ야 吾人이
> 不可不 知ᄒ 事項을 記述ᄒ야 姑且未悉ᄒᄂ 人士의게 頒示코댜 홈이니,
> 卽靑鳥子餘流의 地埋談이 아니라 古今幾多學者가 積年討究ᄒ야 精確驗
> 算ᄒ 事實이니라.[31]

위의 인용문에서 알 수 있듯이, 최남선이 지리학을 설명하면서 분리시켜 내고자하는 것은 전근대적 공간 관념인 풍수지리학이다. 근대적 형태의 지리학에 관해 서술하면서, 풍수지리학을 비판하는 것은 최남선의 견해일 뿐만 아니라 당대의 주요한 흐름이기도 했다. 유길준도 『서유견문』에서 지리학에 대해 서술하면서 가장 먼저 비판하여 구별하고자한 것은 바로 풍수지리학[32]이었다. 풍수지리학에 기반을 둔 전근대적 공간 인식은, 확실히 근대적 법망과 행정망을 통해 형성되는 공간에 대한 인식과는 다른 것이었다. 풍수지리학은 당시 미신과 같은 구습의 층위에서 논의[33]되었으며, 개인적 공간의 변형을 통해서 개인의 성공을 담보할 수 있다는 개인주의적 경향 하에 놓여 있었기 때문에, 국가나 민족이라는 표상이 침투할 수 있는 여지가 적었다. 따라서 풍수지리학은, 내셔널리즘을 강조하고 국가의 위기에 민감하게 반영하며 '대한제국'이라는 기표로 전구성원을 결집시키고 했던 최남선을 비롯한 당시 계몽주의자들의 기획과는 심각하게 대립하는 것이었다.[34]

---

31) 崔生, 「地理學 雜記」, 『대한유학생회학보』 제2호, 1907. 4. 7, 49쪽.

32) "지리학(地理學): 이 학업은 지구가 나타내 보이고 있는 여러 가지 묘한 이치를 연구하는 학문이다. 이 학문 또한 연구 대상으로 삼을 만한 조목이 너무나도 많지만, 풍수설이라는 터무니없는 주장으로 사람의 길흉을 점치는 방법은 아니다.……"(유길준, 채훈 역, 『서유견문』, 명문당, 2003, 333쪽, 강조는 인용자)

33) 최남선이 「彗星說」(『대한유학생학보』 1호), 「彗星에 關한 雜說」(『소년』 3년 3권) 등에서 전근대적 미신에 기초한 사고를 비판하여, 넓은 의미에서의 지리학적 지식을 통해서 '혜성'을 설명하고자하는 것도 이와 같은 맥락에서 이해할 수 있다.

개인적 범주에서 공간을 취득하고 성공이 가능하다는 풍수지리학적 사고는 국가나 민족의 토지, 즉 국토 관념을 형성하는 데에 있어서는 불식시켜야만 하는 하나의 대상이었던 셈이다. 이와 같은 풍수지리학에 대한 비판은 당시 개인 對 민족이라는 대립을 통해서 개인주의를 비판했던 담론의 맥락 속에서35) 이해할 수 있을 것이다.

전근대적이고 개인주의적인 풍수지리학을 비판하면서, 최남선은 근대적 지도를 통해 표상된 한반도에 새로운 이미지를 부여한다. 주지하듯이, 최남선은 한반도라는 대한제국의 영토에 "虎에 形體"를 부여함으로써 그것을 도상학적 아이콘으로 변용하여 새로운 관념을 생산해낸다.36) 그리하여 대한제국의 영토인 한반도는 유기체적 신체와 같은 통합성을 획득함과 동시에 "四足을 모으고 이러섯난 兎只가 支那大陸을 向하야 쮜여가랴하난 形狀"와는 대립되는 "猛虎가 발을 들고 허위덕거리면서 東亞大陸을 向하야 나르난듯 쮜난듯 生氣잇게 할퀴며 달녀드난 모양"37)이라는 표상을 획득하게 된다. 주권국가 존립 기반이 약해지던 당시 한반도의 위기 상황을 고려하면, 최남선이 호랑이의 표상을 통해 꾀하고자 했던 정치적 의도를 쉽게 짐작할 수 있다.『소년』에서 호랑이로 표상되는 한반도의 형상은 지도라는 지리적 기획을 넘어서 하나의 기표나 아이콘으로 변주되고, 보다 추상적이고 정치적인 기획으로 작동한다. 그러면서 최남선은 "大抵 世界各國에 圖畵書籍의 類가 各其 自國의 歷史를 發揮하며 自國의 人物을 讚揚ᄒ며 自國의 山川를 景仰ᄒ며 自國의 物産을 寶重ᄒ야 國性을 培養ᄒ고 國粹를 扶植ᄒ즉 圖畵書籍의 類가 國民敎育 上에 關係"38)라고 언급하며 지도

---

34) Andre Schumid, 앞의 책, 495-504쪽 참조.

35) 고미숙,『한국의 근대성, 그 기원을 찾아서』, 책세상, 2001, 42쪽 참조.

36)「봉길이지리공부」,『소년』창간호, 65-68쪽;「지도의 관념」,『소년』1년 2권, 15-16쪽 참조.

37)「봉길이지리공부」, 앞의 책 참조.

38)「지도의 관념」,『소년』1년 2권, 15쪽(강조는 인용자).

가 어떻게 내셔널리즘과 결합될 수 있는지를, 그리하여 새로운 국토 관념을 생산할 수 있는지를 강조한다.

이와 같이 대한제국이라는 균질한 공간을 통합적 공간으로, 즉 내셔널리즘이 고양된 국토공간으로 전환하는 것은, 비단 지도나 아이콘과 같은 시각적 효과만을 통해서는 아니다. '지리(학)'라는 키워드를 최남선은 입체적이고 전방위적인 방식을 통해 전개해 나가며, 이러한 다양한 경로를 통해 통합적 공간을 생산하고자 한다.

> [地理學에서 學得할 事項] 自然과 人의 關繫와 世界에 關한 確實한 觀念과 國家에 對한 國民義務의 如何와 人生의 最終 目的은 完美를 求함인데 이를 成就하난 手段은 活動에 在한 事項을 學得할지니라. …(중략)…
> [大韓地理] 大韓이란 區域 內의 地理와 人事오의 交涉을 論究하난 것이니, 우리는 此에서 (1) 我國家의 世界 上에 處한 地位如何와 (2) 我民族의 他民族에 比하야 競爭力 如何의 兩大 問題의 旣往과 및 現在를 知하야써 將來의 準備를 如何히 하여야 함을 覺할지니라.[39]

근대 지리학의 성립이 국가주의와 긴밀하게 연결되어 있음을 앞에서 언급했듯이, 최남선 역시도 지리학이라는 땅의 문제를 곧 국가와 민족의 운명과 관련시킨다. 그리고 위의 인용에서 언급되는 "세계에 관한 확실한 관념", 즉 『소년』에 등장하는 세계주의와 관련하는 서술들은 결과적으로는 대부분 대한제국이라는 국가로 수렴되기 위한 것임을 주의해야만 한다. 지리와 관련한 이런 세계주의적 언설들은 '我國家'와 '我民族'의 '지위'와 '경쟁력'을 파악하기 위한 일환이지, 그것이 '대한제국'이라는 기표를 초월하여 작동하는 것은 아니다. 최남선에게 있어서 지리학은 근대적 국가주의와 결합을 통해서 그리고 국토 관념의 형성을 통해서 그 의의를 획득해 가는 것이었다.

균질한 공간을 '대한제국'이라는 이름으로 통합하고자 한 시도는, 지

---

39) 「초등대한지리고본」, 앞의 책, 5-6쪽.

도와 지리에 국가 관념을 부여하며 외형적인 큰 윤곽을 부여하는 한편, 다른 한편으로는 내부적인 연결망들을 구축함으로써 보다 구체적인 리얼리티를 확보하게 된다. 최남선은 그러한 작업을 『한양가』, 『경부철도가』, 『세계일주가』 등과 같은 시가를 통해서[40] 그리고 「쾌소년세계주유시보」 등과 같은 기행문을 통해서 구축해 나간다. 대한제국의 수도인 한양에 "漢水의 流가 其原이 長하고 華山의 峰이 其基가 固한데 駱山母岳 사이에 五雲이 張留하니 이는 吾 皇의 定居로 我 民衆이 共仰俱瞻하는 地"으로 상징적 의미를 부여하며, "府民의 志氣를 激勵하니 府의 現勢를 알리고 민 鄕土적 思念을 듀"[41]기 위해 『한양가』를 간행한다. 그리고 『경부철도가』를 통해 "我國의 大動脈인 京釜沿路의 名勝古蹟을 詠歌하야 써 南半部의 地理上 形便과 歷史上 事實을 教示"[42] 하고자 한다. 그리고 『소년』에서 「쾌소년세계주요시보」를 통해 지리에 기초한 경험주의적 세계인식을 강조하는 한편, 경의선을 따라 개성, 의주 등을 경유하며 한반도의 북반부를 조직해 나간다. 최남선의 이러한 작업은 대한제국의 수도인 한양을 상징화한다. 그리고 이를 하나의 출발점으로 하여 한반도의 남쪽과 북쪽을 철도라는 근대적 교통로를 통해 조직해 나가면서 지리적으로 경유한다. 또한 명승고적에 역사적인 의미를 부여함으로써, 한반도의 내적 통합 계기를 만들어 나간다. 즉, 최남선은 시가와 기행문이라는 문학적 영역에서 "지식의 율문화"[43]를 통해 한반도라는 균질한 공간을 내적으로 조직해 나간 것이다. 이러한 시가와 기행문을 통해 독자들은 한반도 전체를 직접 경유

---

40) "「경부철도가」나 「세계일주가」는 생각하기에 따라서 지리책과 같은 느낌을 준다. 여러 지명을 열거하면서 그 인문·풍물이라든가 명성·고적을 말하고 있는 것이 그것이다. 뿐만 아니라 그 사이 사이에 세계 각지의 특색이라든가 명소, 고적에 대한 주석·설명까지 첨가되어 있다."(김용직, 『한국근대시사 (상)』, 학연사, 1986, 75쪽)

41) 『소년』지에 수록된 『한양가』 광고 문구(『소년』 창간호 참조, 강조는 인용자).

42) 『소년』지에 수록된 『경부철도가』 광고 문구(『소년』 창간호 참조).

43) 한기형, 「최남선의 잡지 발간과 초기 근대문학의 재편—『소년』, 『청춘』의 문학사적 역할과 위상」, 『대동문화연구』 제45집, 2004, 227쪽.

290

해 보지 않더라도, 한반도가 내적으로 연결·통합되어 있다는 표상을 구축해 나갈 수 있었던 것이다.44) 게다가 이와 같은 기획은 공간적으로 '한양→ 한반도→ 세계'라는 순차적인 확장 통해서 한반도라는 내적 통합의 계기를 마련하는 한편 세계로의 진출이라는 팽창의 상상력을 부가하는 것이기도 했다.

이외에도 최남선은 "新報雜誌狂45)에 걸맞게 『소년』과 「初等大韓地理總要稿本」, 『地理學別論 大韓地誌』, 『地理學別論 外國地誌』, 『歷史·地理硏究』 등의 교과용 도서 성격을 지니는 출판물의 발간과 기획을 통해, 학교교육과 그의 지리적 기획이 연결될 수 있는 접점46)을 만들어 내기도 한다. 그리고 최남선은 신문관과 광문회라는 두 기관을 통해 지리 관련 출판물47)을 발간한다. 이는 글쓰기 측면에서 본다면 국한문혼용체의 독자뿐만 아니라, 한문체의 독자 역시도 항시 염두48)에 두고 있었음을 짐작할 수 있으며, 다양한 에크리튀르의 독자들을 국민으로 포섭함으로써 그의 기획에 동의·동참할 수 있는 구성원들을 통합해 나가려 했다고 보아도 좋을 것이다.

---

44) 이와 같은 작업은 1946~1949년 사이에 진행된 국토구명운동이 산출한 효과에 비견해 볼 수 있을 것이다. 국토구명운동에 대해서는 임종명, 「탈식민지 시기(1945~1950년) 남한의 국토민족주의와 그 내재적 모순」, 『역사학보』 제193집, 2007, 참조.
45) 「『少年』의 旣往 및 將來」, 『少年』 3년 6권, 12쪽.
46) 지리사상과 국민국가형성에 대하여 논의할 때, 학교교육 문제 및 지리교과와의 관련성에 대해서는 (일본의 사례이기는 하지만) 水內俊雄, 「地理思想と國民國家形成」, 『思想』, 1994, No. 11, 岩波書店, pp. 83-86 참조.
47) 그 가운데 대표적인 것으로 『택리지』를 들 수 있으며, 이 책은 「初等大韓地理總要稿本」, 『歷史·地理硏究』 등에서 중요한 저작으로 언급되고 있다.
48) 최남선의 한문에 대한 언어관은 다음과 같은 서술을 참고 할 수 있다. "漢文은 泰東文化를 産出한 重要한 思想과 事件을 記錄한 것이오 또 將來에도 多大히 人文에 貢獻할 司命을 가딘 것인데 더욱 우리나라와는 密接한 關繫가 잇서 可히 第二의 國語라도 할만하고 또 可히 歸化한 文字라고도 할 것이니 我國의 新文化도 또한 此에 假手할 者—多한디라" 「소년한문교실」, 『소년』 창간호, 29쪽(강조는 본문).

3. 영토적 주권질서에 포섭되지 않은 공간에 대한 지향

앞에서는 현실적 차원에서의 '대한제국'의 국토 공간 형성과정을 간략하게 짚어보았고, '최남선'이 국토 공간의 의미망을 산출하는 과정에 대해 살펴보았다. 대한제국이 제작한 '대한전도'는 한반도를 균질적인 공간으로 표상하기 시작했다. 최남선은 그러한 균질적인 공간에 '虎의 형상'을 부여함으로써, 일차적인 물리적 국토였던 한반도는 활물적인 감각을 얻게 된다. 즉 한반도는 "그 形體는 마티 猛虎가 뒷발은 모으고 압발노 허위덕거리면서 鬚髥을 거슬니고 어훙소래를 디르면서 「유로시아 大陸」(아시아와 유롭파 두 大陸을 合稱하난 일홈)을 向하야 奮進하랴난 勇氣를 보이고 잇"[49]는 모습으로 형상화 된다. 한반도에 이와 같은 형상을 부여함으로써, 통상적인 평면에 불과했던 지도는 대륙을 향하는 역동적 형세를 취하게 되고, 「해상대한사」 등에서 최남선이 강조한 반도의 이미지 역시 부각된다.

최남선이 「해상대한사」에서 주되게 강조하는 바는 바다와 반도이다. 반도의 성격을 "海陸文化의 傳播者", "海陸文化의 長成處", "海陸文化의 保持處", "海陸文化의 融化 및 集大成處", "文化의 起原處", "文化의 開拓者" 등으로 규정하면서 그 지리적·문화적 역할과 이점을 역설한다. 그리하여 최종적으로 도달하는 지점은 "世界統一의 思想, 곳 帝國主義는 …… 半島國人에게서 이러난 思想이오 …… 半島國人이 行하기 始作한 事業이"[50]라는 바이다. 최남선의 논리를 따르자면, 세계통일자로서의 반도국, 내지는 제국주의 국가로서의 반도국은, 당위를 넘어서 지리학적 서술과 역사적 사례에 의해 뒷받침되는 하나의 學知적 진실을 획득하게 된다. 그런데 이 반도국이라는 지위는 「해상대한사」의 전체에 걸쳐서 여러 차례 반복되고 있듯이, 사실상 '바다'가 강

---

49) 「해상대한사 (二)」, 『소년』 1권 2호, 6쪽(강조는 본문).
50) 「해상대한사 (十)」, 『소년』 2권 10호, 41쪽.

조되면서 획득되고 뒷받침된다.

「海에게서 少年에게」에서 단적으로 보여주듯,『소년』의 주요한 테마가 '바다'였다는 것은 잘 알려진 사실이다. 최남선은 바다에 관한 여러 형태의 글들을 창간호부터 시작하여『소년』을 간행하는 내내 꾸준히 게재하고 있다. 앞서 언급한「해상대한사」는 12회에 걸쳐 연재되며 바다에 관한 관심을 끊임없이 환기시켰고,「千萬길깁흔바다」(『소년』1년 2권),「三面環海國」(『소년』2년 8권),「바다 위의 勇少年」(『소년』2년 10권) 등의 시가를 비롯하여,『빠이론의 海賊歌』(『소년』3년 3권),「大洋」(『소년』3년 6권)을 비롯한 번역시, "海事에 關한 소轉奇"[51]인「로빈손 無人絶島漂流記」(『소년』2년 2~8호) 등과 같은 소설, 바다와 관련한 각종 삽화 등이 지속적으로『소년』에 게재되고 있다. 이뿐만 아니라 최남선은 대한의 바다를, 독일과 영국의 대학과 파리와 런던의 공원 등에 비견[52]하며 극찬하기도 한다.

최남선에게 있어서 "바다는 가장 眞實한 材料로 이른 修養秘訣……自强不息의 精神, 獨立自存의 氣象, 淸濁倂呑의 度量, 深潤한 胸次, 遠大한 經綸, 洪遠한 規模, 勞動力作, 向上精進, 不偏不比, 不驕不傲, 勇敢活潑, 豪壯快樂 等 온갖 德性을 다 가지고"[53] 있는, 그리고 "滋味의 주머니오 보배의 庫ㅅ집"[54] 등으로 잠재력이 충만한 공간으로 인식·표상된다. 최남선이 지니고 있었던 바다에 대한 인식은 그가 인용하고 있는 "大洋을 指揮하난 者는 貿易을 指揮하고 世界의 貿易을 指揮하난 者는 世界의 財貨를 指揮하나니 世界의 財貨를 指揮함은 곳 世界總體를 指揮함이오"[55]라는 격언 속에서 좀 더 구체적으로 드러난다. 즉 최남선의 '바다'는 "힘과 의욕, 끝없는 가능성의 표상",[56] "새로

---

51) 「바다란 것은 이러한 것이오」,『소년』창간호, 37쪽.
52) 「嶠南鴻爪」,『소년』2권 8호, 50-51쪽 참조.
53) 위의 글, 49쪽.
54) 『로빈손무인절도표류기 (6)』,『소년』2년 8권, 43쪽.
55) 「바다란 것은 이러한 것이오」,『소년』창간호, 37쪽.

운 세계로 열려 있는 …… 공간, 개화된 문명의 바람이 불어오는 곳"57) 그리고 "바다는 새로운 것=일본과 영국과 미국(앵글로 색슨)을 의미"58) 한다는 층위를 넘어서 (반도국과 제국주의와의 결합 논의에서 보았듯 이) 제국주의적 기획이 투사되고 있는 공간이다. 다시 말해, 『소년』이 라는 잡지를 통해 지속적이고 반복적으로 등장하는 바다의 표상은 궁 극적으로 '세계총체를 지휘'라는 표현 혹은 '세계통일자로서의 반도 국', '제국주의'라는 표현과 결부된다. 그리하여 최남선이 기획하는 대 한제국은, "半島는 그 地形이 大陸으로 向하는 먹을 것을 求하난듯키 海洋을 등지고 입을 짝 버리고 잇고 大洋으로 向하야는 손님을 迎接 하듯키 陸地를 倚支하야 발을 쑥 내여 밀고 선"59) 역동적이고 팽창적 인 이미지를 부여받는다.

그렇다면 왜 최남선은 '바다'라는 공간을 이와 같이 적극적으로 사 고하며, 의미화하고자 했던 것일까.60) 이 물음을 풀어나가기 위해서는 아무래도 만국공법, 즉 국제공법(international law)의 논의를 빌려와야 할 것 같다.61) 주지하듯이 국제공법의 문제 설정은 근대 형성의 문제와 관련하여 하나의 전환점으로 논의되는 것이다. 그러한 만국공법에서 육지와 바다는 전혀 다른 질서 속에서 작동하고 있다는 사실에 주목할 필요가 있다. "대지의 모든 육지는 …… 국가의 국가영역이거나, 아니 면 아직 자유롭게 선점할 수 있는 육지, 즉 잠재적인 국가영역 또는 잠 재적인 식민지"였다면, "바다는 모든 특정한 국가적 공간질서의 외부

---

56) 김용직, 「해에게서 소년에게의 이해」, 『최남선과 이광수의 문학』, 새문사, 1981, 33쪽.
57) 정한모, 『한국현대시문학사』, 일지사, 1982, 201쪽.
58) 류시현, 「한말 일제 초 한반도에 관한 지리적 인식」, 『한국사연구』 137호, 2007, 286쪽.
59) 「해상대한사」, 『소년』 2년 7권, 15쪽
60) 이러한 물음을 최근까지 지속되고 있는 것이기도 하다. 이와 관련해서는 권보드래, 앞의 글; 오문석, 앞의 글 등 참조.
61) 최남선은 「해상대한사」를 서술하면서, 國際法學家 및 比較地理學家들에 관해 언급 (『소년』 1년 2권, 7쪽 참조)하고 있는 것으로 보아, 그 역시 국제법을 의식하고 있었다 고 보아도 좋을 것이다.

294

에 머물러 있"으며 "그것은 국가영역도, 식민지 공간도 아니며 선점할 수도 없"는 공간이었다. 즉 "육지는 명확한 경계선에 의하여 국가영역과 지배공간으로 남김없이 분배되어 있"었다면 "바다는 해안 이외에 어떠한 다른 경계도 알지 못"하는 것이었다. 따라서 바다는 "유일한 평면공간으로서 모든 국가에게 자유이며, 무역을 위하여, 어업을 위하여, 그리고 인접성이나 지리적 경계를 고려함이 없이 허용되는, 해전의 자유로운 수행과 해전에 있어서의 포획권의 자유로운 행사를 위하여 개방되어"[62] 있는 공간이었다. 요컨대 바다는 앞서 언급한, 국가주권과 관련한 국토의 외연적 확정이나 혹은 영토에 내부적인 질서를 부과하는 육지의 질서가 적용 불가능한 공간이다. 슈미트의 어법을 빌리자면, 바다는 대지의 노모스[63]와 다른 질서 속에 놓여 있는 공간인 것이다.

당시 최남선은 이주에 기반을 둔 "健全 完美한 外新大韓을 건설"[64] 등과 같이 육지를 취득하고자 하는 기대와 전망을 표출한다. 그렇지만 당시의 국제적 정황에 비추어 보면 그러한 육지 취득이 이루어질 가능성은 극히 적었고, 오히려 한반도의 영토주권마저도 위협받고 있는 지경이었다. 이러한 상황 속에서 최남선은 자연스럽게 국제법 체제 속에서 육지와는 전혀 다른 공간으로 인식되고 있었던 바다에 주목한다. 국

---

62) Carl Schmitt, 최재훈 역, 『대지의 노모스』, 민음사, 1995, 196-197쪽.

63) "노모스는 〈분할하는 것(Teilen)〉과 〈牧養하는 것(Weiden)〉을 의미하는 말인 네메인 (nemein)으로부터 왔다. 따라서 노모스는, 그 곳에서 한 민족의 정치적 사회적 질서가 공간적으로 가시화되는 그러한 직접적인 形象, 목초지에 대한 최초의 측량과 분할, 즉 육지의 취득과 육지의 취득으로부터 나오게 되는 것과 마찬가지로 육지취득 속에 존재하고 있는 구체적 질서이다. 칸트의 말로는 〈토지 위에서 내 것과 네 것을 분배하는 법률〉이며, 적절한 표현인 또 다른 영어 단어로는 근본적 권원(radical title)이다. 노모스는 대지의 토지를 특정 질서 속에서 분할하며 자리잡게 하는 척도이며, 그와 더불어 주어지는 정치적·사회적·종교적 形象이다. 척도와 질서와 형상은 여기서 하나의 공간적인 구체적 통일을 형성한다. 육지취득 속에서, 도시 또는 식민지의 창설 속에서 노모스는 可視化되고, 노모스와 더불어 하나의 부족이나 從士團(Gefolgschaft) 또는 하나의 민족이 定住하게 되며, 다시 말해 역사적으로 어떤 장소에 자리를 잡으며 대지의 일부분을 어떤 질서의 힘의 場으로 고양시키게 된다."(Carl Schmitt, 앞의 책, 52쪽)

64) 「해상대한사 (三)」, 『소년』 2년 1권, 17쪽.

제법의 맥락에서 보자면, 18세기 이후 강력한 해군력을 바탕으로 한 영국의 의해 해양의 자유가 주장되고 있었고, 공해에서는 자유개념이 확보되어 가고 있었다.[65] 어떠한 영토주권도 등록할 수 없는(하지 못한) 자유로운 공간인 바다는 달리 생각하면, 어떤 영토주권이라도 자유롭게 진출할 수 있는 공간이기도 했다. 앞서서 언급했듯이 당시 최남선이 지니고 있었던 제국주의나 팽창에 대한 감각은 자유로운 바다에 의해 더욱 증폭되어 갔을 것이다.

대지의 노모스가 통용되지 않는 공간이라는 맥락에서, 극지방에 대한 최남선의 관심 또한 이해할 수 있을 것이다. 최남선은 「鳳吉伊 地理工夫—北極·南極이란 웃더한 곳인가(상·중·하)」에서 남북극에 대한 지리적 관심을 표출한다. 그리고 『최신남극탐색가』(『소년』 2년 6권)에서는 남극 탐색의 성공을 축하하고 그 의의와 과정을 소개하며 글의 말미에 "空中의 正服 …… 海底의 査究" 등을 운운하며 신대한 소년의 정복과 탐사 정신을 고취한다. 또한 「북극탐색사적—북극도달의 양대 쾌남아」(『소년』 3년 6권)에서는 쿡과 피어리의 북극탐험 과정을 서술하며, 두 사람의 사진을 권두에 게재하기도 한다. 극지방에 대한 최남선의 관심은 이례적인 것이었다.

인류 역사에서 이와 같은 극지방이 제대로 알려지기 시작하는 것은 20세기에 들어서면서부터이고, 영토 문제와 관련해서는 1908년에 비로소 남극대륙에 관한 관할권이 영국에 의해 주장되기 시작한다.[66] 남북극과 같은 극지방은 바다와 마찬가지로 영토주권의 질서가 통용되지 않는 공간이었고, 탐험과 선점을 통해서 자유롭게 진출 가능한 공간으로 여겨졌던 것이다. 최남선이 '공중', '해저' 등의 공간을 거론하면서, 영토주권적 질서가 구축되지 않은 곳에 대하여 끊임없이 관심을 보이며 강조하는 것 또한 이러한 맥락에서 이해해도 무방하다.

---

65) 류병화·박노형·박기갑, 『국제법 Ⅱ』, 법문사, 2000, 88-89쪽 참조.
66) 위의 책, 208쪽 참조.

대한제국이라는 통합된 공간을 기반으로 하여, '外新大韓'을 구축하고자 하는 최남선의 팽창주의적 지향은 당시 국제법 질서 속에서 쉽게 실현될 수 있는 것은 아니었다. 그는 육지에서 통용되고 있는 국제법 질서와는 다른 공간적 질서가 구축될 수 있는 바다에 대한 상상력을 기반으로 하여, 그리고 극지방이라는 취득되지 않은 미지의 공간에 대한 지향을 통해, '세계통일자로서의 반도국'을 추구하고자 한 것이다.

4. '大韓帝國'의 기표 상실과 민족보전 전략으로서의 공간 기획

국토공간의 통합과 팽창(취득)이라는 최남선의 기획은 1910년을 경과하면서, 새로운 분기점을 맞이하게 된다. 한일병합이라는, 더 이상 '대한제국'이라는 영토주권적 기표가 불가능해지는 국면에서, 그와 같은 최남선의 기획 역시 새로운 모색과 수정은 불가피한 것이 된다. '대한제국'이라는 반도국이 더 이상 주권국으로 기능할 수 없을 경우, 최남선이 지향한 '外新大韓'이나 '세계통일자'라는 기획은 그 유효성을 상실한다. 취득과 팽창의 근거지가 상실되는 가운데, 최남선이 선택하는 공간 기획은 민족보전이다. 한반도를 둘러싼 영토주권의 기획은 더 이상 불가능해졌고, 남은 것은 민족주의적 기획뿐이었다.

최남선의 이러한 변화는 일반적으로 공간의 측면에서는 흔히 '바다'에서 '산'으로의 전환으로 논의되곤 한다. 실제로『소년』(3년 2권)에는「태백산시집」이라는 특집이 실리는데, 거기에는「태백산가」(其一, 其二),「태백산부」,「태백산의 사계」,「태백산과 우리」등이 게재되며 백두산에 대한 강조가 두드러지기 시작한다. 그리고 이러한 '산'이라는 공간에 대한 최남선의 논의는 점차로 확장되어 나간다.[67] 그리고 이러한 전환은 정치체에 있어서는 '신대한'이라는 국민국가에서 '대조선'

---

67) 1920년대에 들어『백두산근참기』(1927),『금강예찬』(1928) 등으로 확장된다.

이라는 민족으로 전환68)으로 말해 지기도 하며, 주체성의 측면에서는 '신대한 소년'에서 '조선남아'로의 전환69)으로 논의되기도 한다. 이러한 전환은 공히 '대한제국'이라는 근대적 영토주권을 지닌 국가가 더 이상 존립할 수 없게 됨으로써 빚어진 결과인 것이다.

그리고 태백산, 즉 백두산에 대하여 강조하며 신성시하는 전략은 최남선뿐만 아니라 당시 민족주의 담론의 지배적인 흐름이기도 했다. 참고로 언급해 두자면 백두산을 둘러싼 상징적 지위는 식민지화되기 이전에 잠시 주목받지만, 이후 풍수지리설 비판 속에서 그 상징적 지위를 상실하고 청일전쟁 직후에는 그 상징성이 표면화되지 않는다. 그러다가 대한제국의 주권이 위기국면으로 접어들기 시작하고, 간도 등의 국경문제가 돌출되며 단군에 대한 관심이 상승하고, 그리고 한일병합이 유력시 되면서부터 백두산은 "'민족'의 영토적 중심을 표상" 하게 된다.70) 최남선이 태백을 찬양하며, '바다'에서 '산'으로 공간을 이동하는 것도 이러한 맥락에 놓여 있는 것이다.

그렇다고 해서 최남선이 '바다의 기획', 즉 근대적 국민국가의 팽창적 기획을 영원히 포기하거나 식민지 현실에 순응해 들어 간 것만은 아니었다. 영토적 주권은 상실되어 대한제국의 기표는 불가능해졌지만, 그것을 민족공간적 기표로 대체함으로써, '대조선' 및 '조선 남아' 등으로 보존하는 방식을 통해서, 즉 잠재적인 형태로 국민국가적 기획을 연장시켜 나간 것으로 보아야 할 듯하다. 그리하여 최남선은 세계 문화에 대한 관념을 동서의 구분에서 남북의 구분으로 전도시키고 북계문화권에서 조선을 그 중심에 위치시킴71)으로써, 팽창주의적 기획을 다시금

---

68) 최현식, 「'신대한'과 '대조선'의 사이 (2)」, 『민족문학사연구』 33호, 2007, 참조.
69) 최현식, 「'신대한'과 '대조선'의 사이 (1)」, 『현대문학의 연구』 30호, 2006, 참조.
70) 백두산의 상징적 지위의 추락과 비상에 대해서는 Andre Schumid, 앞의 책, 504-509쪽 참조.
71) 황호덕, 「사승(史乘)을 넘는 방법, 육당의 존재-신화론」, 『근대 한국지성의 기원과 반성-육당을 다시 읽는다』, 제1회 육당연구학회 학술회의 자료집, 2007. 10. 27, 70-71쪽 참조.

정초해 나간다. 기획 투사의 공간은 '바다'에서 '대륙'으로 이동하고 그 기획에 '단군'이라는 신화가 중요한 요소로 개입하면서, 공간적 기획과 시간적 기획이 결합한다. 식민지 시대 최남선에게 있어서, 내내 폐기되었다고 여겨진 '바다'는 이후 조선이 해방하고, 대한민국이 수립되면서 『海洋과 國民生活 ― 우리를 求할자는 오즉 바다」(『지방행정』 제2권 제1~4호, 1953) 등의 글을 통해서 다시 부활한다. 이와 같은 바다의 재등장은 『소년』지 등에서 보여주었던 해양적 기획과 「불함문화론」 등에서 보여주었던 대륙적 기획의 종합으로 이해할 수 있을 것이다. 부제를 통해서도 짐작할 수 있듯이, 이 글에서는 「해상대한사」를 비롯하여 『소년』지 발간 무렵에 최남선이 바다에 부여했던 의미가 재생산된다. 여기서는 '대한민국'이라는 영토주권적 기표과 '조선민족'이라는 민족적 기표가 자연스럽게 결합하고 종합되어, 국민이라는 주체성으로 나아간다.

주제어 : 지리(학), 국토공간, 노모스, 해양(바다), 근대국민국가, 국제법, 산

◆ 참고문헌

1. 기본자료
『大韓每日申報』, 『대한유학생회학보』(『대한유학생회보』), 『少年』, 『朝鮮文壇』.
최남선, 「海洋과 國民生活 ― 우리를 求할자는 오즉 바다」, 『지방행정』 제2권 제
　　　1~4호, 1953.

2. 논문
구자혁, 「장지연의 자강사상」, 『춘천교육대학논문집』 23집, 1983.
권동회, 「최남선의 지리사상과 '소년'지의 지리교육적 가치」, 『한국지리환경교육학
　　　회지』, 2004. 8.
권보드래, 「『소년』과 톨스토이 번역」, 『한국근대문학연구』 제6권 2호, 2005. 10.
권정화, 「최남선의 초기 저술에서 나타나는 지리적 관심」, 『응용지리』 제13호,
　　　1990. 12.
김용직, 「해에게서 소년에게의 이해」, 『최남선과 이광수의 문학』, 새문사, 1981.
김지녀, 「최남선 시가의 근대성―'철도'와 '바다'에 나타난 계몽적 공간 인식」, 『비
　　　교한국학』 14호, 2006.
김현주, 「『서유견문』의 과학, 이데올로기 그리고 수사학」, 『상허학보』 제8집, 2002.
　　　2.
류시현, 「최남선의 '근대'인식과 '조선학'연구」, 고려대 박사논문, 2005.
―――, 「한말 일제 초 한반도에 관한 지리적 인식」, 『한국사연구』 137호, 2007.
박민영, 「張志淵의 北方疆域 인식―『大韓疆域考』의 「白頭山定界碑考」를 중심으
　　　로」, 『한국독립운동사연구』 25집, 2005.
박선영, 「근대 동아시아의 국경인식과 간도―지도에 나타난 한중 국경선 변화를
　　　중심으로」, 『중국사연구』 24집, 2004.
오문석, 「최남선의 지리적 상상력」, 『근대계몽기 서사와 신시의 재현성』, 한국근대
　　　문학회 제16회 전국학술대회 자료집, 2007. 6. 2.
오영섭, 「조선광문회 연구」, 『한국사학사학보』 3, 2001. 3.
이영학, 「광무양전사업 연구의 동향과 과제」, 『역사와현실』 제6권, 1991.
―――, 「대한제국기 토지조사사업의 의의」, 『대한제국기의 토지조사사업』, 민음
　　　사, 1995.
이진호, 「최남선의 2차 유학기에 관한 재고찰―연보 재정립을 위한 제언」, 『새국

어교육』 42집, 1986.

임계순, 「白頭山 定界碑와 朝·淸間의 乙酉·丁亥國境會談」, 『한국의 북방의식』, 백산자료원, 1998.

임종명, 「탈식민지 시기(1945~1950년) 남한의 국토민족주의와 그 내재적 모순」, 『역사학보』 제193집, 2007.

조 광, 「조선후기 영토의식의 전개와 그 사상」, 『한국의 북방의식』, 백산자료원, 1998.

조윤정, 「잡지 『소년』과 국민문화의 형성」, 『한국현대문학연구』 제21집, 2007. 4.

최재목, 「최남선 『소년』지의 '신대한의 소년' 기획에 대하여」, 『일본문화연구』 제18집, 2006. 4.

최현식, 「'신대한'과 '대조선'의 사이 (1)」, 『현대문학의 연구』 30호, 2006.

———, 「'신대한'과 '대조선'의 사이 (2)」, 『민족문학사연구』 33호, 2007.

한기형, 「근대잡지와 근대문학 형성의 제도적 연관」, 『대동문화연구』 48집, 2004.

———, 「최남선의 잡지 발간과 초기 근대문학의 재편—『소년』, 『청춘』의 문학사적 역할과 위상」, 『대동문화연구』 제45집, 2004.

황호덕, 「사승(史乘)을 넘는 방법, 육당의 존재-신화론」, 『근대 한국지성의 기원과 반성-육당을 다시 읽는다』, 제1회 육당연구학회 학술회의 자료집, 2007. 10. 27.

山室信一, 「國民帝國·日本の形成と空間知」, 『「帝國」日本の學知 第8卷 空間形成と世界認識』, 岩波書店, 2006.

水內俊雄, 「地理思想と國民國家形成」, 『思想』, 1994, No. 11, 岩波書店.

3. 단행본

고미숙, 『한국의 근대성, 그 기원을 찾아서』, 책세상, 2001.

권정화, 『지리사상사 강의노트』, 한울아카데미, 2005.

김용직, 『한국근대시사 (상)』, 학연사, 1986.

류병화·박노형·박기갑, 『국제법 Ⅱ』, 법문사, 2000.

유길준, 채훈 역, 『서유견문』, 명문당, 2003.

정한모, 『한국현대시문학사』, 일지사, 1982.

조용만, 『육당 최남선』, 삼중당, 1964.

若林幹夫, 정선태 역, 『지도의 상상력』, 산처럼, 2006.

李孝德, 박성관 역, 『표상공간의 근대』, 소명출판, 2002.

Andre Schumid, 정여울 역, 『제국 그 사이의 한국』, 휴머니스트, 2007.

Antonio Negri·Michael Heart, 윤수종 역, 『제국』, 이학사, 2001.

Carl Schmitt, 최재훈 역, 『대지의 노모스』, 민음사, 1995.
Ian Dowbiggin · Ivor Goodson, 이진우 역, 「양순한 몸」, 『푸코와 교육』(Stephen J Ball 外), 청계, 2007.

◆ **국문초록**

이 글의 목적은 최남선의 지리적 기획을 근대국민국가 형성 및 국토공간 창출이라는 측면에서 조명하는 데 있다. 최남선에게 '지리'라는 키워드는 전생에 걸쳐서 중요한 요소였다. 이 글은 최남선의 2차 유학시기(1906)에서 한일병합(1910)까지의 시기를 중심으로 하여, 그의 지리학적 기획과 표상에 대하여 검토하였다. 근대국민국가 형성과 더불어, 지리학은 대지에 근대적 질서를 부여하였으며, 근대적 공간을 생산하였다. 최남선은 지리학과 근대 인쇄 미디어를 매개로 하여, 균질적인 국토공간과 통합적 국토공간을 표상하였다. 이를 통해서, 한반도라는 내적 통합의 계기를 마련하고, 세계로의 진출이라는 팽창의 상상력을 전개하였다. 특히 최남선은 바다, 극지방과 같은 공간을 주목하고 강조한다. 그것은 '대지의 노모스'와는 다른 질서 속에 놓여 있는 공간이다. 육지와 같은 영토주권적 질서가 구축되지 않은 공간에 대한 최남선의 상상력은 팽창주의적 지향과 결합한다. 국토공간의 통합과 팽창(취득)이라는 최남선의 기획은 한일병합이 이루어짐에 따라, 새로운 전환점을 맞이한다. 최남선은 '대한제국'이라는 영토주권적 기표가 불가능해지는 국면에서, 그것을 민족공간적 기표로 대체한다.

◆ SUMMARY

Choi Nam-son's Geographical Project and Representation

Yi, Jong-Ho

The purpose of this paper is to examine Choi Nam-son's geographical project from the viewpoint of formation of modern nation-state and production of national territory-space. The keyword of geography is an important element in Choi Nam-son's whole life. This paper focused on the period from Choi Nam-son's 2nd studying abroad(1906) to the Japanese annexation of Korea(1910) and examined Choi Nam-son's geographical project and representation. With formation of modern nation-state, geography gave new modern order in the ground and produced new modern space. Choi Nam-son represented homogeneous and united national territory-space through the medium of geography and printed media. After all, he made the united moment internally and unfolded expansionary imagination externally. Specially, Choi Nam-son paid attention to the space like the ocean(sea) and the Polar Regions and emphasized it. It is the space that 'the nomos of the earth' can't be operated. His imagination about the space that didn't found territorial sovereignty order like land was united with expansionism. As the Japanese annexation of Korea happened, Choi Nam-son's project took a new turning point. In the situation that sign of territorial sovereignty, 'Great Han Empire'(大韓帝國) was impossible, Choi Nam-son exchanged sign of territorial sovereignty for sing of national-space.

Keyword : geography, national territory, nomos, ocean(sea), modern nation-state, international law, mountain

─이 논문은 2007년 11월 30일에 접수되어, 소정의 심사를 거쳐 2008년 2월 6일에 최종적으로 게재가 확정되었음.

이광수와 '국민시'

최 현 식*

목 차

1. '국민문학'의 분절과 이광수

　어떤 말들은 특정 현실과 역사를 통과하면서 때로는 휘황한 신화를 때로는 오욕의 추문을 덧입으며 굴절, 왜곡되어 간다. 이를테면 한국 근대문학에서 국민문학이 그렇다. 조선에서 근대문학(literature)은, 이광 수의 「문학이란 何오」(1916)가 적시하듯이, 전통적인 문(文)의 전체성에 서 분리되어 자율적이고 독립적인 예술로 소개, 입법되었다. 하지만 그 것은 조선의 문화적 정체성과 민족적 자아를 표상하고 구현하는 국민 (민족)문학으로도 동시에 구상되었다. 근대적 현상으로서 국민문학 또 는 민족문학은 국민국가의 건설, 백성들의 국민화, 민족정체성의 구축

---

* 연세대 근대한국학연구소 전임연구원.

을 핵심 의제로 설정한다.[1] 이런 까닭에 국민문학은 민족과 국가의 성격과 형태, 미래를 어디에 두는가에 따라 특정 이데올로기의 간섭과 침윤에 긴박될 가능성이 크다.

근대문학사에서 어느 순간부터 기피되기 시작한 국민문학이란 용어, 그리고 그것을 대체한 민족문학이란 용어를 둘러싼 진보와 보수 진영의 끊임없는 쟁론은 저런 이데올로기적 파장의 예로 모자람 없다. 물론 국민문학의 결정적 탈락과 민족문학의 극적 부상에 크게 기여한 요소로는 흔히 친일문학으로 뭉뚱그려지는 일제 말의 '국민문학'을 들어야할 것이다. 실체 없는 국민국가를 민족이 대체, 대신했다는 역사적 상황은 민족문학의 사용을 자명하게 만든 듯이 보인다. 그러나 식민지 시대 내내 민족문학이란 용어는 국민문학에 비해 결코 우세하지 않았다. 해방이 되면서 비로소 좌파든 우파든 국민문학의 반민족성과 허구성을 선명히 드러내는 대립항으로서 민족문학을 선점하기에 바빠진 것이다.[2]

상상의 공동체를 현실화하기 위한 문화 거점으로 상정된 국민문학의 이런 분절, 아니 얄궂은 운명은 이광수를 처음과 끝으로 거느린다는 점에서 더욱 비극적이다. 춘원은 조선문단에 국민문학의 당위성과 필요성을 처음 각인시켰지만, 이후 힘센 문명과 국가/민족에 사로잡혀 국민문학을 제국주의 전쟁과 전도된 오리엔탈리즘의 이데올로그로 본격 타락시킨 문제적 인물이다.

---

1) 황종연, 「문학이라는 역어」, 『동악어문론집』 32집, 동국어문학회 편, 1997, 465-475쪽.

2) '국민문학'은 1920년대 중반 국민문학 논쟁을 거치면서 보편화되었지만, '민족문학'은 1930년대 들어서야 간혹 사용되기 시작한다. 그러나 임화의 예에서 보듯이, 이즈음의 '민족문학'은 현재와 같은 이념과 사상이 착색된 것이기보다는 근대문학 일반에 내재된 민족(ethnic) 관념과 기획을 지시하는 용어에 가까웠다. 임화는 해방 후 조선전국문학자대회에서 발표한 「조선민족문학건설의 기본과제에 관한 일반 보고」(1946. 6)에서야 비로소 '민족문학'을 표제에 처음 노출시키며, 또한 그 이념성을 선명히 표현한다. 여기에 맞서는 보수 진영의 민족문학 논의로는 김동리의 「문학하는 것에 대한 사고(私考)」 「본격문학과 제3세계관의 전망」 등을 우선 꼽아야 할 것이다.

계몽 기획의 입안자요 추구자로서 스스로를 '문사'로 부르는 데 주저함이 없었던 춘원의 근대주의는 문명/문화의 완숙한 개화와 국민국가의 수립을 핵심으로 삼고 있다. 춘원에게 '조선심' '민요' '시조' 등으로 대변되는 민족적 에스니시티(ethnicity)는 현실에 부재한 국가를 대체/대신하는 일종의 의사(pseudo) 국가에 해당된다.[3] 그런데 춘원은 이 에스니시티를 동일한 민족 구성원이라면 누구나 갖추었기 마련인 생리적 산물이 아니라 매일의 영혼의 기투를 통해 획득되는 '만들어진 동일성'으로 간주했다는 점에서 특징적이다. 가령, 그는 『소년』에서 대황조(단군)가 성취한 문명국 '대조선'은 "肉身의 血統보담 精神의 血統"[4]을 계승함으로써 재창출될 수 있다고 확언한 바 있다. 이 말은 30여년 뒤에 발설되는 "일본인이란 일본정신을 소유하고 또 이를 실천하는 사람을 가리킨다. 우리 제국은 과거에도 그랬지만 금후 한층 더 혈통국가이어서는 안된다. …… 대동아공영권의 건설을 위해서는 혈통이 방해되는 경우조차 있을 수 있다"[5]와 거의 정확히 대응된다.

이 일관된 정신적·미적 에스니시티를 단지 친일 협력의 근거이자 동력으로 파악하는 것은 현시점에서는 그리 유효한 시좌도, 논법도 아니다.[6] 민족적 에스니시티의 발굴과 확정, 그리고 그것의 파기와 일본적 에스니시티에 대한 동화로 이어지는 영혼의 굴절과 도박은 부재한 국가와 그것을 대체하는 민족의 영속성에 대한 가공할만한 욕망을 충실히 현시한다. 이광수의 "민족을 위한 친일"이란 말은 적어도 이 지점

---

3) 박수연, 「일제말 친일시의 계보」, 『우리말글』 36호, 우리말글학회 편, 2006, 214쪽.

4) 孤舟, 「朝鮮ㅅ사람인靑年들에게」, 『소년』 제3년 8권(1910. 8), 32쪽.

5) 李光洙, 「內鮮一體隨想錄」, 1941. 5. 여기서는 이경훈 편, 『춘원 이광수 친일문학전집 Ⅱ』, 평민사, 1995, 246쪽. 이후 이 글에 인용되는 이광수의 '국민시'와 산문은 같은 책 및 이경훈 외 편, 『춘원 이광수 친일문학: 동포에 고함』(철학과현실사, 1997)을 따른다. 이를 고려하여, 원래의 발표 지면과 이 책들에 부여한 번호(Ⅰ과 Ⅱ) 및 쪽수를 동시에 밝히는 것으로 인용의 출처를 표시한다.

6) 친일문학 혹은 '국민문학'에 대한 최근의 연구 관점 및 경향에 대해서는, 한수영, 『친일문학의 재인식』, 소명출판, 2005, 4-9쪽과 윤대석, 「1940년대 '국민문학' 연구」, 서울대 박사논문, 2006, 15-21쪽 참조.

308

에서는 진실이다. 그의 욕망은 그러나 스스로와 민족을 식민화함으로써 식민지의 울타리를 벗고 제국의 지위로 올라서겠다는 모순적 주체 개조 및 권력 행위였다. 어쩌면 그는 스스로가 제시한 국민문학의 절정을 30여년이 지난 시점에서 만끽하고자 했을 지도 모른다. 하지만 이즈음의 '국민문학'은 그 욕망을 파행과 퇴폐의 골짜기로 몰아넣는 자기파괴의 논리로 이미 돌변해 있었다.

춘원이 민족과 국가의 가짜 생성과 영속을 상상하는 '국민문학'의 미혹을 아주 몰랐다고 믿기는 어렵다. 무언가 미혹의 반동성과 위험성을 초과할 매혹이 존재했기 때문에, 그는 보다 근원적이고 급진적 의미의 민족 개조, 다시 말해 '조선심'을 '일본정신'으로 대체하는 '황민화적 개조'에 주저함이 없었을 것이다.[7]

여기서는 그 내적 논리를 내면의 목소리가 가장 직접적으로 울려 퍼지는 장르로 흔히 간주되는 시, 그러니까 '국민시'를 통해 되짚어 보고자 한다. 춘원의 '국민시'[8]는 조선 문인의 친일의 계기를 형성하는 세 지점, 즉 중일전쟁(1937)과 신체제 선언(1940), 태평양전쟁(1941)을 오롯이 관통하며 그때그때 요구되는 일본적 에스니시티를 내면화해갔다는 점에서 매우 급진적이며 전향적이다. 따라서 이 내면화의 길은 일제말 조선의 일본화가 걸어간 대표적 경로와 운명을 적절히 되비추는 일그러진 거울이기도 하다.

---

7) 춘원이 종종 사용한 '황민화적 개조'의 근본 목표가 '힘센 국가'에 있었음은 거의 틀림없다. 이를테면 "무엇보다 먼저 조선인은 〈힘잇는 일본국민〉이 되지 아니하여서는 아니 된다. 이것은 금일의 목표만이 아니오 자손 영원의 목표다"(이광수, 「황민화와 조선문학」, 『매일신보』, 1940. 7. 6.(Ⅰ: 76))라는 말을 보라.

8) 이광수의 '국민시'는 그 중요성에도 불구하고 따로 연구된 경우는 거의 없다. 개략적이나마 춘원 '국민시'의 종류와 성격, 또는 국민문학론 및 국민소설과의 연관성을 다룬 대표적인 논의로는, 임종국, 『친일문학론』, 평화출판사, 1963; 김윤식, 『개정·증보 이광수와 그의 시대』 2, 솔, 1999; 오세영, 「암흑기의 '국민시'」, 『20세기 한국시 연구』, 새문사, 1989; 이경훈, 『이광수의 친일문학 연구』, 태학사, 1998을 들 수 있다.

2. 이광수와 국민문학, 그리고 국민시

절대성과 파행성을 동시에 거느린 일제 말 '국민문학'은 엄격히 말해 일본 '고쿠민분가쿠(國民文學)'의 파생적 산물이다.9) 이 때문에 '국민문학'은 주체성과 고유성의 내포를 처음부터 봉쇄당했으며, 그것의 자율성/자발성은 타율성의 허황된 그림자에 지나지 않았다.10) '국민문학론'자들은 그래서 '국민문학'의 천형 같은 운명, 즉 '고쿠민분가쿠'에 다가서면 설수록 오히려 더 멀어지고 차별되는 지체 현상에 몸을 떨며 그 운명의 초극에 더욱 매달릴 수밖에 없었다. 일본 전향 문인을 대표하는 하야시 후사오[林房雄]의 "우리들은 전향해도 돌아갈 조국이 있지만 그대들은 그것이 없다"는 말은 좌우를 막론하고 '국민문학론'자들이 결코 넘어설 수 없는 심연이었다. 시간이 흐를수록 '고쿠민분가쿠'에 대한 '국민문학'의 자발적 복종과 동화가 더욱 심화되어가는 현상은, 당대 현실의 광포함을 감안하더라도, 이런 주체의 아포리아와 결

---

9) 체제 익찬(翼贊) 운동으로서 '국민문학'의 출발을 어디에 둘 것인지는 여러 의견이 있을 수 있다. 조선에서 그것의 공식적 출발은 신체제 운동에 부응해 창간된 『국민시가』(1941. 9) 및 『국민문학』(1941. 11)을 통해 이루어졌다. 일본도 사정은 비슷해서, 이즈음 들어 대정익찬회(大正翼贊會)가 주도하는 '고쿠민분가쿠' 운동이 본격화된다. 그러나 전선총후(戰線銃後)의 실천으로서 '고쿠민분가쿠'는 특히 중일전쟁(1937) 이후 그 출현이 농후해진다.(三好達治, 「國民詩について」, 『文藝春秋』, 1942. 4, 참조) 조선문단의 친일 협력 역시 일제에 의한 중국의 무한·삼진 함락과 연동되어 양적·질적 수준을 달리하게 된다.(김재용, 「친일문학과 근대성」, 『협력과 저항』, 소명출판, 2004, 80-85쪽 참조) 이광수의 친일 협력에 결정적 계기를 제공한 수양동우회 사건(1937. 6~1938. 3)이 이 시기에 걸쳐 있음 역시 주목된다. 따라서 '국민문학'과 '국민시'의 역사적 기원과 외연은 이 시기까지 확장될 여지가 충분하다. 조선의 일본화, 곧 황민화를 통한 새로운 민족과 국민국가의 열망 및 요구, 이것의 달성 방법으로서 군국주의 체제 익찬은 '국민문학'과 '국민시'의 핵심 원리를 이룬다.

10) 최재서와 조선총독부가 수차례 절충한 결과 정해진 『국민문학』의 편집요강은 이를 대표한다. "1. 국체 개념의 명징, 2. 국민의식의 앙양, 3. 국민 사기의 진흥, 4. 국책에의 협력, 5. 지도적 문화이론의 수립, 6. 내선문화의 종합, 7. 국민문화의 건설".(최재서, 노상래 옮김, 「조선문학의 현단계」, 『전환기의 조선문학』, 영남대출판부, 2006, 68-69쪽)

310

코 떼어놓을 수 없다.

이 아포리아를 '육신의 혈통' 못지않게 '정신의 혈통'의 동일성에 대한 상상을 통해 초극하려한 '국민문학론'자를 꼽으라면 누구보다 먼저 춘원 이광수를 들어야 할 것이다. 그는 가히 친일 '문사의 괴수'로 불러도 좋을 정도로, 수양동우회사건에서 벗어나는 시점인 1939년 들어 문학 내외부에 걸쳐 '국민' 갱생의 길을 본격 개척하기 시작한다. 시와 소설, 평론, 수필을 막론하고, 그의 관심이 처음부터 '국민성' 개조에 오롯이 맞춰진다는 것은 매우 주목할 만하다.11) 물론 이것은 당국의 의도에 충실히 부응한다는 자세의 외적 드러냄일 것이다.

그러나 춘원은 그의 삶과 사상에 새로운 전기를 마련할 경우, 「문사와 수양」(1921) 「민족개조론」(1922) 등이 예시하듯이 개아(個我)에 대한 냉정한 성찰보다는 민족/국민에 대한 비판과 개조를 먼저 앞세우곤 한다. '국민성'의 개조 요청이 이와 멀지 않음은 첫 '국민시' 「折にふれて歌へる(가끔씩 부른 노래)」의 "韓土의 二千萬 民草와 함께 임금님, 우리 임금님 하고 우러러 받들도다"(Ⅰ: 13-14)에도 잘 드러나 있다. 이런 방식의 '공동성'의 비판과 요구는 춘원이 주체성을 유지, 보존하고, 필요에 따라 갱신, 재구축하는 전형적인 방식이다. 하지만 주체의 의도적 축소와 은폐는 그때그때의 전환과 참회에서 진정성을 약화, 박탈하는 한편, 그것들을 점차 변명으로 변질시키는 자기왜곡의 방법이라는 점에서 매우 문제적이었다.

그런데 조선의 문인 및 문학은 바야흐로 일대전기(一大轉機)에 도달하고 있다. 그것은 조선문의 문학은 일본 국민문학의 일부라고 하는 명확한 인식과 강력한 의식을 말한다. 사실대로 말하면 아직 일천한 때문이기도 하겠지만, 종래의 조선 문인은 바로 최근까지도 국민의식에 눈 뜨지 못했

---

11) 장르별 최초의 '국민문학'에 해당하는 시: 「折にふれて歌へる(가끔씩 부른 노래)」(『東洋之光』, 1939. 2), 소설: 「육장기」(『문장』, 1939. 9), 평론: 「文學の國民性」(『경성일보』, 1939. 11. 14, 16, 17)이 모두 그렇다.

다. 따라서 그 작품에도 국민적 감정이 스며들어 있지 않다. 옛날을 회고하고 거기에 애착하는 ○○ 민족주의적인 것이 아니면, ○○ 마르크시즘의 이데올로기물이나, 일부 소위 순문예파라 자칭한 구주류의 탐미주의나 인성(人性) 병리학적 묘사를 득의로 하는 일파가 있었을 뿐으로, 일본 제국 전체를 시계(視界)로 하는 문인도 작품도 없었던 것이다.[12]

춘원이 일문(日文)으로 작성한 최초의 '국민문학' 평론이다. 이런 언어적 직접성은 '국민문학'의 당위성과 필연성에 대한 노골적 주장에서도 그대로 감지된다. 그것이 무엇이든 새로운 논리와 사상의 획득은 과거에 대한 냉철한 통찰을 요구하며 또한 스스로를 지탱할 수 있는 내적 논리의 비준을 필요로 한다. 그러나 춘원의 '국민문학'에의 투신은 미학과 자아에 대한 통렬한 반성과 부정, 미래에 대한 침착한 기획을 제대로 통과하지 않는다. 조선문학의 과거와 현재에 대한 반성은 거의 의례적인 것으로, 이것은 당시 일본문학에서 행해진 근대문학 비판의 일반적 문법이기도 했다.

조선문학의 위기와 미학적 결핍에 대한 신중한 검토의 부재는 조선문학의 미래를 지워버린다. 이 허위의 자리를 메우는 것은 '자기의 개조'와 '자기의 수련'의 요구이며, 그를 통한 새로운 '국민의식', 다시 말해 '일본정신'의 획득이다. 그는 이 글의 말미에서 "국민성을 떠나서 문학은 없다"라고 일갈하는바, 이 말은 '정신의 혈통'을 향한 욕망의 또 다른 번역에 지나지 않는다.

그리고 이러한 종류의 국민문학은 참으로 국력을 증강하는 힘이 될뿐더러 조선동포를 바로 인도하는 손이 되고 아울러 대동아 신문화 건설의 기초가 될 것이다. 그러므로 문학에 뜻을 두는 청년은 먼저 제 마음에 앉은 묵은 티끌을 다 밀어버리고 천황께 귀일하는 청명심(淸明心)을 얻어 황민(皇民)으로서의 자기 연성(練成)에 힘쓸 것이오 일기나 시가나 소설이나 수필이나 무릇 문필의 일을 황민생활의 기록으로 전향할 것이다.[13]

---

12) 李光洙, 「文學の國民性」, 『京城日報』, 1939. 11. 14, 16, 17.(I : 58-59)

이광수에게 '국민문학론'은 과감히 말해 미학론이 아니라 주체와 민족의 개조론이다. '청명심' 같은 일본정신을 절대화하며 '황민화적 개조'를 일상의 지배원리로 적극 수용하는 춘원의 일관된 자세는 여기서 비롯한 것이다. 물론 일제의 지배 논리에 부응하는 새로운 민족/국민의 창출은 식민지의 초극과 제국적 주체로의 발돋움이라는 이중욕망을 실현하기 위한 것이었을 테다. 하지만 그의 욕망은 주체와 타자의 본질 및 그것의 제 관계에 대한 냉철한 응시를 회피하는 방향으로 진행되었다는 점에서 허구적이며 모순적이다.

춘원의 '국민문학'은 현실의 제 문제를 극복하기 위한 것이 아니라 또 다른 현실로 대체하기 위한 것이었다. 가령 그는 조선의 정체성을 대표하는 '조선어'와 '조선문학'을 상황의 논리에 따라 대체 또는 배제 가능한 것으로 상정한다. 조선문학은 조선인의 고유성과 현실성을 표현하는 문학과는 거의 무관한 언어적 수단, 즉 "국어를 모르는 동포에게 국민정신을 주는" '언문문학(彦文文學)'이라는 발언이나, 한글을 옛 일본 신대문자(神代文字)와의 유사성에 비추어 "내선(內鮮)이 나뉘기 전의 문자"로 단정 짓는 태도를 보라.14) 이 순간 조선어와 조선문학은 일본적 에스니시티를 보충하고 확장하는 데 유효한 도구적 기호로 전락한다.

하지만 이런 관점은 스스로의 허구성을 증명하는 자기폭로와 파괴의 방편이기도 하다는 점에서 매우 아이러닉하다. 제국 일본을 욕망하는 방편으로서 한글(언문!)의 기원과 '언문문학'의 도구성에 대한 주장은, 과감히 말해, 그 이전의 "한글 창작과 조선적 내용이 하나의 허구에 지나지 않았으며 그 허구가 또다른 허구로서 일본정신의 추구로 나아가는 경험적 틀이었음을 역설적으로 증명"하기 때문이다.15)

---

13) 이광수, 「국민문학 문제」, 『신시대』, 1943. 2.(Ⅰ: 373)
14) 앞은 「문인의 응소(應召)」, 『매일신보』, 1941. 3. 10~14.(Ⅰ: 211), 뒤는 「國語と朝鮮語」, 『신시대』, 1942. 6.(Ⅰ: 343)
15) 박수연, 「일제말 친일시의 계보」, 『우리말글』 36호, 216쪽.

춘원의 이와 같은 주체의 대체와 타자화 방식은, 결국 황민문학으로 귀결되긴 했지만 '국민문학'의 조선화에 나름의 노력을 기울인 최재서의 논리와 여러모로 비교된다. '신체제론'을 계기로 『국민문학』의 주재자가 된 최재서는 '국민문학'을 이른바 '신지방주의'의 건설에 연동시켰다. '신지방주의'는 내선일체와 대동아공영론에 경사된 '국민문학'의 궁극적 목표를 '신체제' 내에서 조선의 특수성을 보장받는 일, 다시 말해 일본문학과 동등한 지위를 갖는 제국 내의 지역문학 설립에 두었다. 이런 지향은 내선일체(동일성)만큼이나 내선의 차이/차별의 감각에 민감할 수밖에 없었다. 『국민문학』 그룹이 '일본'이란 민족 관념이 제국 전체로 확대 적용되는 것을 경계하고, 또 일본이 다수 민족을 포괄하기 위해서는 일본 스스로가 먼저 변해야 한다고 주장한 일은 이런 태도에서 비롯한 것이다.16)

차이와 차별을 되도록 외면하며 제국의 주체성을 오로지 염원했던 춘원의 '국민문학'은 따라서 일종의 주술이었다. 주술은 성찰의 언어가 아니라 맹목적 믿음의 언어이다. 반복과 도취가 주술을 현실화하는 주요 방편임은 물론이다. '황민화적 개조'를 목적하는 이 주술은 거듭 말하거니와 '정신의 혈통', 곧 '일본정신'의 반복과 도취를 형식과 내용으로 삼았다. '혈통'은 대체로 자기 가문 또는 자민족의 수월성과 영웅성을 선전하고 기리기 위한 동일성의 장치라는 점에서 이상적 견본의 창출과 심미화를 방법으로 거느리기 마련이다. 춘원은 『소년』 시대 그 견본을 '대황조'(단군)의 정신에서 찾았던 것처럼, 이즈음에는 '일억 국민'의 교양서로 강조되던 『만요슈(萬葉集)』『고지키(古事記)』 등에 표현된, 아니 창출된 '일본정신'에서 찾는다. 물론 표면적으로는 전자는 주체가 찾아간 것이란 의미가, 후자는 타자에 의해 주어진 것이란 의미가 훨씬 크다는 차이점을 지니나, 새로운 민족/국가의 발명을 위한

---

16) 보다 자세한 내용은 윤대석, 『식민지 국민문학론』(역락, 2006)의 제1부 '식민지 국민문학론' 여기저기 참조.

314

시간과 가치의 전도라는 점에서는 전혀 동일하다.[17]

그렇다면 '대황조' 정신, 곧 '조선심'을 일거에 대체한 '일본정신'은 무엇인가? "그것은 맑고 밝은 마음" "모든 욕심을 떠난 마음, 즉 청명심"으로, 이를 통해 "사람은 신과 접하고 신과 일치"한다.[18] 이런 종교적 성정의 정치태가 "천하를 하나의 집으로 한다"는 뜻을 가진 '팔굉일우(八紘一宇)'이다. 이것의 실천 주체는 당연히도 천황이며, 한 집안의 자애로운 가장으로 표상되는 그의 영도를 통해 일본과 세계는 저마다 자유롭고 평등한 자리를 갖게 된다고 믿어졌다. 이를 근거로 일제는 아시아 각국의 침략과 서구와의 전쟁을 '팔굉일우'의 정신을 실천하는 것으로 심미화하였다. 말하자면 과거에 갇혀 있던 '일본정신'에 진리성, 정의성, 보편타당성을 부여함으로써 그것을 일거에 근대를 초극하는 현대성으로 전유했던 것이다. 이렇듯 신비화·낭만화된 '일본정신'에 대한 전폭적 신뢰가 없고서는 '국민문학'에서 쇼비니즘과 파시즘적 전체성을 삭제함은 물론, 일본을 향해 "민족에 관한 인식과 동정의 범위를 칠천만에서 구천만으로 넓히는"[19] 사고의 전환을 촉구하는 춘원의 과잉된 언술은 쉽사리 제출되기 어려웠을 것이다.

이제부터 살펴볼 춘원의 '국민시'는 당연히도 '국민문학'의 장르적 실천이자 '고쿠민시(國民詩)'의 조선적 적용이다.[20] 그러나 우리의 관

---

17) 춘원의 일본 1차 유학(1905~1910)은 메이지 시대 말년을 관통한다. 1890년대를 전후하여 『만요슈』와 『고지키』 등은 국민적 정체성을 뒷받침하는 정전, 다시 말해 '일본정신'의 핵심적 출처의 지위를 부여받게 된다. 하지만 특히 『만요슈』는 널리 읽혀 국민적 시가집이 된 것이 아니라 미리 국민적 가치를 부여받았기 때문에 국민적 시가집이 되었다는 점에서 '발명된 국민 고전'의 전형적인 예에 속한다.(시나다 요시카즈[品田悅一], 왕숙영 옮김, 「국민시가집으로서의 『만요슈』」, 『창조된 고전』, H. 시라네 외, 소명출판, 2002, 참조) 우리는 이를 통해 『소년』 후반기를 지배한 대황조(단군) 정신의 기억과 복원을 통한 민족('대조선')의 발명이 『만요슈』, 『고지키』에서 수행된 '일본정신'의 발명과 밀접한 상관관계에 놓여 있음을 쉽게 짐작할 수 있다.
18) 이광수, 「인간수행론」, 『신시대』, 1941. 1.(Ⅰ: 162-163)
19) 李光洙, 「內鮮一體と國民文學」, 『朝鮮』, 1940. 3.(Ⅰ: 71)
20) 일제 말 각종 신문과 잡지, 그리고 선행 연구자(임종국, 이경훈)의 보고를 종합적으로

심은 이런 미학적 형식에 결코 제한될 수 없다. 그의 '국민시'는 '일본 정신'의 내면화, 그러니까 정신 혈통의 육화(肉化)에서 김윤식의 말마 따나 "가장 과격하고도 노골적인" 형식과 내용을 노출하고 있다. 그는 조선어와 일본어, 시조와 자유시, 와카(和歌), 그리고 창작과 번역을 넘 나들며, 천황 송축과 황민 생활 예찬, 전쟁 고무 및 장병의 무훈 예찬, 대동아공영권 예찬 등을 '국민시'의 주제로 삼았다. 그의 와카 형식의 '국민시'가 재조선 일본문인(田中英光)에게 '애국가'로 지칭된 것은 이런 성격 때문일 텐데, 그런 만큼 '감정 처리의 직접성'과 '구호적 성격'을 면하기 어려웠다.[21]

이런 특성은 무엇보다 '일본정신'에 대한 맹목에서 연유한 것이지만, 시의 근본과 원리에 대한 천착 및 성찰이 춘원에게 부재했다는 점에서 필연적이었다. 가령 조선의 '국민시'에 적잖은 영향을 끼친 것으로 판단되는 미요시 타츠지[三好達治]는 '고쿠민시'에 종래의 비시(非詩)나 악시(惡詩)에서 보았던 경박하고 무참한 꼴이 여전히 횡행하고 있다고 비판했다. 그러면서 '고쿠민시' 역시 시가(詩歌)라는 것, 그러니까 웅변에서 원기왕성하게 떠들어 대는 언어의 표면보다는 "오히려 언어가 말해진 다음의 풍미에" 항상 주의할 것을 강조했다. 서정주와 김종한 같은 신인들이, "동아공영권이란 또 좋은 술어가 생긴 것"에 내심 기뻐

검토한 결과, 춘원은 최소한 26편의 '국민시'(국문: 16편, 일문: 10편)를 창작한 것으로 판단된다. 발표 지면은 잡지 『신시대』와 『매일신보』가 각각 7편과 6편으로 가장 많으며, 뒤이어 『국민시가』가 4편을 차지하고 있고, 그 외 『동양지광』 『삼천리』 『경성일보』 『녹기』에 1~2편이 실렸다. 하지만 임종국이 제목을 언급한 『국민시가』 시편들은 현재 그 내용을 확인할 수 없는바, 해당 자료를 찾을 길이 없기 때문이다. 현재 입수 가능한 『국민시가』는 총 3호에 불과하다. 그렇지만 『국민시가』(1941. 9)는 『국민문학』에 2개월 앞서 창간된, 그러니까 '국민문학'을 공식적으로 승인한 최초의 잡지라는 점에서, 서정주가 한때 편집에 참여했을 뿐더러 춘원도 창간호를 비롯 특히 초기에 국민시를 집중 게재했다는 점에서 상세한 검토와 의미 구명이 필요하다. 이후의 연구를 약속한다.

21) 춘원의 '국민시' 성격에 대한 이런 설명은 김윤식, 『개정·증보 이광수와 그의 시대』 2, 345-353쪽 참조.

하면서도 "시는 무엇보다 언어의 문제"임을 주의하는 한편, 세계를 초
월하고 시적 질서를 구축하는 원리로서 '예지'에 각별히 주목하는 현
상 역시 그런 관심의 일종이다.22) 따라서 이들의 '국민시'의 심미성은
'일본정신'에의 열정보다는 시와 언어에 대한 관심과 숙고에서 생겨나
고 숙성된 것이라 할 수 있다.

이광수의 '국민시'는 진정한 의미의 시를 포기하고 웅변술을 자청함
으로써 주체와 국민의 개조에 크게 기여하는 진군가가 되고자 했다.23)
그러므로 거기에는 '비시'와 '악시'를 개의치 않는 매혹과 점차 그를
파탄으로 몰아가는 미혹이 때로는 사이좋게 때로는 갈등하며 동서(同
棲)하고 있을 가능성이 크다. 이후의 글은 이에 대한 탐문이자 분석에
해당한다.

3. '정신 혈통'의 내면화 – 와카(和歌) 제작 및 번역의 의미

이광수는 첫 '국민시'를 '와카'로 지어 제출했다.24) 최초의 일문(日

---

22) 이상의 내용은 三好達治, 「國民詩について」, 『文藝春秋』, 1942. 4; 서정주, 「시의 이
야기—주로 국민시가에 대하여」, 『매일신보』, 1942. 7. 13~7. 17; 김종한, 「새로운 사
시의 창조」, 『국민문학』, 1942. 8. 三好達治와 서정주의 '국민시'의 연관성에 대해서는
최현식, 『서정주 시의 근대와 반근대』, 소명출판, 2003, 119-139쪽을, 김종한의 '국민
시'에 대해서는, 허윤회, 「1940년대 전반기의 시론에 대하여」, 『민족문학사연구』 32호,
민족문학사학회 편, 2006, 260-266쪽을 참조.
23) 춘원은 "문인은 군인이다"라고 하면서 군국시인의 본분을 다음과 같이 적고 있다.
"시인은 애국가와 군가를 짓고 전선 용사의 생활을 영탄할 것이다. 그러치 아니하면
총후봉공(銃後奉公)의 생활의 노래를 부를 것이다. …… 일억국민에게 감격을 주고 분
기(奮起)를 주는 시를 지어야 할 것이다. 그 시를 을플 째에 애국의 열정이 숫고 멸사
봉공의 적성(赤誠)이 타고 인고단련(忍苦鍛鍊)의 기백이 일어나는 그러한 시를" 써야
한다.(「문인의 응소」, 『매일신보』, 1941. 3. 10~14(Ⅰ: 209))
24) 춘원이 지은 '와카'는 총 16편으로, 「折にふれて歌へる」(『東洋之光』, 1939. 2)에 9수,
『元旦』(『신시대』, 1942. 1)에 7수가 묶여 있다. 이런 집체 형식은 와카가 5·7음을 기
본단위로 하며 5·7·5·7·7·5구 31음으로 구성되기 때문에 가능했을 것이다. 근대

文) ‘국민시’라는 상징성을 제외한다면, 이 와카는 독특한 성격의 일문시로 간주되어도 좋다. 그러나 일본의 고전적 국민시가로 이해되는 ‘와카’는 ‘일본정신’, 바꿔 말해 ‘정신의 혈통’을 내면화하기 위한 핵심적 음율 형식이다. 와카는 에도 시대 일본 국학자들이 그 가치를 창출하기 시작한 이래 메이지 시대 들어 천황과 최하층 서민에 이르기까지 모든 일본인이 즐기는 노래로 승인되기에 이르는 ‘만들어진 국민시가’에 해당한다. 요컨대 ‘와카’는 “내셔널리즘의 ‘전통’, 특히 일상어로 된 문학에 기반을 둔 전통”을 형성함으로써 일본인을 고유한 민족으로, 나아가 근대국민국가의 국민으로 확립하는 데 결정적 기여를 한 시가 양식인 것이다.[25]

이광수에게 ‘와카’의 국민화와 ‘와카’의 모범적 집결체로서 『만요슈』의 정전화는 그리 낯선 현상은 아니었을 것이다. 그는 메이지 말기를 관통하는 1차 유학을 통해 ‘와카’와 『만요슈』가 ‘일본적인 것’의 생산과 확장에 기여하는 현장을 목도했을 것이다. 『소년』 후기 ‘대황조’(단군)와 시조(‘국풍’)로 급격히 경도되는 최남선과 이광수의 문화민족주의적 성향은 이런 유학 경험의 반영일 수 있다. 어디 그뿐인가. 조선 고유의 국민문학으로서 ‘시조’의 가치화는 1920년대 중반 국민문학파 논쟁을 통해 본격화되기에 이른다. 일례로 최남선은 ‘시조’를 ‘조선심’을 표현하는 조선 고유의 음율로 정의하며, 그 기원을 고조선 시대의 노랫가락에서 찾았다. 물론 이광수는 조선적 에스니시티의 정수를 시조보다는 민요에서 구했다. 하지만 그 역시 조선문학의 진정한 근원을 “비교적 순수한 고조선의 시가와 국어와 정조”에 두었으며, “인생관·사회관을 가르치는 생(生)의 철학”을 향가와 시조에서 구하기는 마찬가지였다.[26]

이후 와카를 부르는 별칭 단카(短歌)도 이런 짧은 형식에서 기인했다.

25) 이상의 설명 및 인용은, H. 시라네 외, 「창조된 고전」, 『창조된 고전』, 소명출판, 2002 및 시니다 요시카즈, 「국민시가집으로서의 『만요슈』」, 같은 책 참조.

26) 이광수, 「조선문학의 개념」, 『신생』, 1921. 1.(여기서는 『이광수전집』 10, 삼중당, 1971,

이런 사실을 염두에 둔다면, '일본정신'의 집결체자 표현체로서 '와카'는, 이미 절멸해가는, 그러면서 제국적 주체로의 갱생을 도모하는 한 '문사'의 '조선심'과 그 표현체 '고조선의 시가'를 극복, 대체할 양식으로 떠오르기에 충분했을 것이다. 춘원은 '일본정신'을 "충효일치의 정신이나 밝은 마음을 가지고 신과 나에게 자기 자신을 받들어 모시는 아주 고마운 정신과, 그것에 어울리는 모든 문화정신"이라고 규정한 바 있다.27) 다음의 와카들은 국민정신의 개조와 일본정신의 내면화를 향한 수행의 자세를 모범적으로 예시한다.

> 1) 天地 어디든 우리 집 아니랴 진정 우러러 볼 빛이 있다면
>   좋은 사람의 글 읽고 문득 念佛 아뢰는 몸이 되었네
>   韓土의 二千萬 民草와 함께 임금님, 우리 임금님하고 우러러 받들도다
>   영원한 탁류에 헐떡이는 黃河의 흐름도 맑아져 天皇의 나라가 되노라
>   — 「折にふれて歌へる(가끔씩 부른 노래)」 부분(Ⅰ: 13)

> 2) 恩愛의 고삐 끊고 恩愛의 緣 닿은 것을 구제하는 일이야말로
>   나라고 하는 敵을 침에 사십팔년 그 싸움은 작년에도 금년에도
>   참된 마음 가리키는 眞에 一念으로 나는 따르노라 그날그날을
>   — 「元旦(원단)」 부분(Ⅰ: 20)

춘원의 와카는 이른바 연장체(聯章體) 형식을 취하고 있어 주목된다. 일본의 와카는 5구 31음 1수 형식으로 제작되는 것이 보통인데, 춘원은 하나의 제목 아래 9수(1) 및 7수(2)를 이어붙이고 있다. 이런 형식의 채택은 와카에 대한 무지의 소산이라기보다는 일종의 '서사충동'에서 비롯한 것으로 보인다. 두 와카는 그 순서가 뒤바뀌어 있지만, 임금에 대

451쪽) 이광수의 국민문학론은 시기를 막론하고 중국문학과의 단절 및 조선 고유성의 회복에 초점을 맞추고 있다. 일제 말 '국민문학론'에서 국민정신의 한 기원으로서 한·일 신도(神道)의 공통성을 강조한다든가 신대문자와 한글의 유사성에 주목하는 것도 이와 깊은 연관이 있다.

27) 李光洙, 「內鮮一體と國民文學」, 『朝鮮』, 1940. 3.(Ⅰ: 71-72)

한 존숭과 경애, 임금을 모시는 한편 그에게 귀의하는 '나'와 '우리'의
마음가짐을 공통적으로 표현하고 있다. 이것들은 '일본정신'으로 기투
하는 춘원의 맹목적 영혼을 표상한다기보다는 '일본정신'을 제도화한
'국체(國體)' 관념을 춘원이 의도적으로 드러낸 것으로 이해하는 편이
옳겠다.

'국체'는 이른바 '이에(家)'의 논리를 바탕으로, 모든 신민이 천황이
라는 초월적 인격체로 귀일함으로써 상호호혜의 평등을 달성한다는 내
용을 담고 있다.28) '국체'의 보편화는 천황을 무오류의 어버이, 즉 현인
신(現人神)의 자격으로 신민을 자식처럼 감싸고 깨우치는 절대존재로
심미화하며, 신민을 덕행과 절제를 통해 진정한 일본인으로 거듭나는
수행의 존재로 자리매김한다. 와카는, 그 집합체『만요슈』등은 무엇보
다 '국체' 또는 '일본정신'을 구성하는 전통의 기원으로 격상되면서 국
민시가(집)가 되었다. 일본인들이 와카의 제작 또는 향유란 문학적 실
천을 통해 민족적·국가적 정체성을 얻었다는 말은 그래서 가능하다.

기실 '국민문학론'에서 '국체'의 내면화는 '일본정신'의 획득과 실천
으로 가는 지름길로 인식되었고, "참된 일본인 되기", 다시 말해 "심적
신체제를 완성한 일본인이 되는 일"의 전제조건이기도 하였다.29) 그렇
다면 춘원의 와카의 제작과 그를 통한 천황으로의 귀일은 '참된 일본
인'이 되기 위한 문학적 실천이자 정신의 수양으로 이해되어도 좋다.
따라서 춘원이 1940년 이후의 일기를 "가일기(歌日記)라 해도 좋을 정
도로, 단가(短歌) 투성이"로 채웠고, 일기가 대부분 "'대군(大君)의'로
시작되는 투로 되어 있었다"는 다나까 히데미쓰[田中榮光]의 보고는
웃어넘길 에피소드나 의식 과잉의 제스츄어로 단정짓기 어렵다. 그보
다는 차라리 춘원 특유의 "거짓없는 생활, 표리부동하지 않은 행자의
생활 태도"를 시현한 것으로 이해하는 편이 낫다.30)

---

28) 근대 일본의 '국체' 형성 과정 및 의미에 대해서는 강상중, 임성모 옮김,『내셔널리
즘』, 이산, 2004, 제2부 "'국체' 내셔널리즘의 사상과 그 변용' 참조.

29) 이광수,「심적 신체제와 조선문화의 진로」,『매일신보』, 1940. 9. 4~12.(Ⅰ: 111)

왜냐하면 '대군의'로 시작하는 투와 수행자의 면모는 여타의 조선어 '국민시'에도 여일하게 드러나기 때문이다. 이를테면 7·5조의 율격으로 '어버이'인 임금에 대한 충과 효, 귀일, 멸사봉공을 노래하는 「어버이」(『신시대』, 1941. 1)를 보라. 시공간의 좌표만 지운다면, 이 노래는 자기 겨레와 임금에게 바치는 송축가이자 애국가로 이해되기에 충분하다. 사실 여기 등장하는 '임금'은 『춘원시가집』(1940)에 집중 수록된 '잃어진 님'을 대체, 극복하는 존재, 즉 '기다리던 님'이라는 점에서 하나의 연속이자 단절이다.[31]

그러나 '단절'이 압도적임은 이 '임금'을 자신이 회귀해야할 고대적·영속적 존재로 상상하는 장면에서 뚜렷이 드러난다. 춘원은 「절ㅎ는 ㅁ옴」의 말미에 「어버이」와 거의 비슷한 형태의 제목 없는 연시조를 싣고 있다.[32] 이 시는 '임금'에 대한 충효를 노래하고 있지만, 옛한글을 표기수단으로 취함으로써 '임금'의 의미와 가치를 전혀 새롭게 바꿔놓는다. '임금님'(천황)은 옛한글로 표기됨으로써 현재뿐만 아니라 과거로부터 "아춤히 쓰는곳"의 주재자이자 통치자로 즉시 전도된다. 이를 통해 '천황'은 조선에 없어서는 안 될 신성불가침의 동일성과 정

---

30) 다나카 히데미쓰의 보고와, 이어 인용한 와카 제작의 심리에 대해서는 김윤식, 『개정·증보 이광수와 그의 시대』 2, 350-353쪽 참조.

31) 『춘원시가집』(박문서관, 1940)에 실린 '님' 노래가 대부분 시조 형식을 취하고 있음은 주목할 만하다. 여기서의 '님'은 병든 '나'를 구제할 절대존재로 상상되는 경우가 많다. 따라서 이 시집의 '님' 시편들은 님의 상실을 호곡하는 비가가 아니라 "시방 동경하고 있는 바"(「시가집을 내며」, 『박문』, 1939. 6), 곧 새 님을 기다리는 연가였다. '새 님'이 천황이었음은 『춘원시가집』 『세조대왕』 등이 "내가 편협하고 착오된 민족관념을 완전히 이탈하고 천황을 내 임금님으로 모시고 일장기를 나와 밋 내 자손들이 피로 지킬 국기로 사랑하면서 쓴 작품"(「조선문학의 참회」, 『매일신보』, 1940. 10. 1.(Ⅰ: 121))이라는 고백에서 뚜렷이 확인된다.

32) 춘원, 「절ㅎ는 ㅁ옴」, 『신시대』, 1944. 7.(Ⅰ: 421-426) 이 글은 "만빅셩의 복을 비는 이", 곧 천황의 은혜에 조선인들이 깊이 감사해야 함을 옛한글로 적고 있어 매우 주목된다. 이경훈은 이 표기법을 두고, 첫째, 한글을 공간적으로 일본의 한 지방문자로 귀착시키며, 둘째, 한글을 이미 역사적으로 죽은 옛 문자로 취급하기 위한 전략으로 보았다.(Ⅰ: 421 참조)

신의 기원으로 매끄럽게 승화되는 것이다. 옛한글이 만세일손의 천황 가계를 '대황조'를 대신하는 유일한 '정신 혈통'으로 새롭게 창조하는 희한한 전도가 성립된 것이다. 조선의 기표를 지우고 일본의 기의를 채워나가는 이런 언어 전략과 애국가는 거의 유례가 없다는 점에서 매우 가공할만하다.

이런 점에서 춘원의 와카 번역이 메이지(明治) 천황의 것에 국한되어 있다는 사실은 매우 의미심장하다.33) 메이지 천황은 일본의 근대화를 성공리에 수행한 계몽 군주이기도 했지만, 일본의 '국체'를 몸소 실현하고 가르치는 현인신(現人神)이기도 했다. 말하자면 그는 '일본적인 것'으로 통칭될 수 있는 '전통'의 충실한 계승자이자 그것을 근대국민국가에 알맞은 생활 원리와 이데올로기로 변혁한 현대성의 담지자이기도 한 것이다. 실제로 춘원이 번역한 메이지의 와카는 '이에(家)'의 논리에 충실하게 신의 숭앙, 충과 효, 백성에 대한 자애 등을 주요 내용으로 하고 있다. 이것은 일본인을 국민화·신민화하는 원리가 근대 문명(현재)에 있지 않고 근대가 불러낸 '전통', 좁혀 말해 천황이 지배하던 서사시적 과거에 있음을 뜻한다. 따라서 메이지의 와카는 이런 사실을 근대적 시공간에 몸소 시현한 것으로 이해된다.

춘원의 '임금'에 대한 상상과 과거로의 소급은 당시 보편화되어 있던 메이지 천황의 저런 이미지에 기대어 이루어진 것일 가능성이 크다. 더군다나 춘원의 근대 접속과 국민주의적 성향의 형성, 문학과 제반 글쓰기를 아우르는 계몽의 기획은 메이지 시대의 경험과 영향에서 비롯된 것이 아니던가. 그러니까 메이지 천황은 춘원의 사적·공적 기억 및 과거와 현재의 삶에서 결코 빼놓을 수 없는 유력한 견본이었던 셈이다.

물론 춘원의 창작과 번역에 걸친 '애국가' 제작은 당시 '국민문학'의 보편적 논리이자 목적이었다는 점에서 강제성의 사유와 더불어 면책의

---

33) 李光洙, 「いくさ船(군선)」, 『신시대』, 1941. 5; 「明治天皇御製謹譯」, 『신시대』, 1941. 7, 1941. 9.(Ⅰ: 44-53)

사유도 될 수 있다. 그러나 시의 최소한의 조건, 특히 음율과 언어의 맛을 통한 심미성의 성취라는 면에서 본다면, 면책의 사유는 성립되지 않는다. 이를테면 일본에서조차 와카를 비롯한 '국민시'들이 오로지 전쟁을 독려하고 애국심을 진작시키는 웅변술이어서는 안 되며, 시의 원리에 대한 충실한 고민 속에서 일본정신을 반성하고 창조하는 노래가 되어야 한다는 주장34)이 공공연히 제기되었음을 떠올려보라. 당시 일본에서 '고쿠민분가쿠'의 전도지를 자임했으며 조선에서도 널리 읽히던 『분게이슌쥬(文藝春秋)』에 실렸던 이런 주장과 움직임을 춘원이 몰랐을 리 없다. 이처럼 시의 예술성에 대한 방기 또는 무관심은 춘원의 와카와 '국민시'의 커다란 결락이자 특수한 성격인데, 이를 통해 시의 도구적 성격은 한결 강화된다. 이런 특성은 여타의 '국민시(인)'과 나란히 놓을 때 한결 뚜렷해진다.

춘원과 더불어 와카의 창작 또는 번역에 나선 시인으로는 주요한과 김억을 들 수 있다. 이들은 춘원과 함께 『창조』의 동인이었고, 민요시를 조선적 에스니시티의 한 형식으로 창안했으며, 또 중일전쟁 후 친일협력에 나서는 '국민문학론' 1세대라는 점에서 춘원과 여러모로 비견된다. 이들의 '국민문학' 역시 '일본정신'의 내면화와 조선의 '황민화적 개조'에 바쳐졌지만, 적어도 시의 원리와 심미성에 대한 신뢰에서는 춘원과 적잖은 차이를 노정한다.

먼저 주요한. 그는 '국민시'가 애국의 웅변술로 그치기보다는 "직재(直裁)하고, 평명(平明)하고, 그리고 무한한 깊이를 가지는 언어"가 되어야함을 강조했다. 다양한 비유를 통한 직접적 언술의 회피와 대중에게 호소하는 음율 형식의 실험은 이런 주장의 구체적 실천이었다.35)

---

34) 三好達治, 「國民詩について」, 『文藝春秋』, 1942. 4 및 三好達治, 「日本情神の反省と 日本精神の創造」, 竹內好 外編, 『近代の超克』, 富山房, 1979, 참조.

35) 인용은 松村紘一(주요한), 「勝たねばならぬ」, 『國民文學』, 1943. 6, 44쪽. 대표적인 예로 「手に手を(손에 손을)」 「タンギ(댕기)」(이상, 『국민문학』, 1941. 11) 등이 있다. 번역은 김규동 외 편, 『친일문학작품선집 1』, 실천문학사, 1986, 136-138쪽 참조.

다음으로 김억. '국민시'에 대한 그의 주요한 기여는『愛國百人一首』
(1943)의 번역에서 찾아져야 할 것이다. 이 책은 13세기 경 와카의 대
표적 명편을 편집한『百人一首』을 본뜬 것으로,『만요슈』에서 메이지
시대 직전까지 국민의 애국심을 앙양할만한 와카 백편을 모아 '대동아
전쟁'의 완수를 기원하는 뜻에서 편찬되었다. 김억의 독특성은 이런 내
용의 번역보다는 와카를 현대시조의 한 양식인 양장시조에 담았다는
점, 또한 이를 고려해 "시조향(時調響)으로의 용어"를 주된 번역어로
선택했다는 점36)에 있다. 내게 이것은 '일본정신'의 주체적 심화보다는
그것의 번안, 다시 말해 조선화로 먼저 비친다. 심미성의 추구가 애국
심의 직접적 노출과 표현을 얼마간 눅이는 의외의 효과가 창출되고 있
는 것이다.

　　물론 김억은 "조선심의 육체화라고 할 조선 시가의 호흡률을 일본정
신의 애국적 정수에 결합시키는 데 성공"함으로써 오히려 그가 추구한
'조선심'과 '민요시'가 미학 상의 허구적 산물임을 입증한 것인지도 모
른다.37) 하지만 미학적 국민주의자로서 김억은 시의 원리를 맨 앞에 둠
으로써 '일본정신'을 나름대로 상대화하는 데 성공한 것처럼 보인다.
시 앞에서 '조선심'이든 '청명심'이든 그것들은 필요에 따라 언제나 대
체 또는 폐기 가능한 상대적 물품으로 존재하기 때문이다. 그의 명성과
비중에 비해 '국민문학'의 제출 수요가 의외로 적고, 작가의 내면을 어
느 정도 숨길 수 있는 고전의 번역에 주력했던 것도 이와 무관치 않을
것이다.38) 이런 상황은 춘원의 국민주의와 안서의 미학주의가, 마치

---

36) 金岸曙, 「卷頭小言」,『鮮譯 愛國百人一首』, 한성도서, 1944. 안서는 '大君' '君' '天
　　皇' 등을 '님', '우리 님', '높은 님'으로 바꿔 번역하는 것을 원칙으로 삼았다. 한편 이
　　책에는『애국백인일수』와 막부 말 우국지사들의 와카 백편을 모아 번역한『憂國遺珠』
　　가 함께 묶여 있다. 이 자리를 빌려『鮮譯 愛國百人一首』를 흔쾌히 제공해주신 박수
　　연 선생께 감사의 말씀을 전한다.
37) 박수연, 「국민문학, 시조와 민요시, 친일」,『친일문학의 내적 논리』, 김재용 외, 역락,
　　2003, 107-110쪽.
38) 김억의 '국민문학' 양상에 대해서는 임종국,『친일문학론』, 218-219쪽 참조 김억은『鮮

『창조』 시대에 그랬던 것처럼, 잠재적 협력과 갈등의 이중적 관계에 놓여 있었음을 얼마간 암시한다.

춘원의 와카는 비유컨대 일종의 '향수'이다.39) 그에게 와카의 제작 및 번역은 새로운 국민국가/민족의 열망, 그러니까 일본 제국으로의 신민화·국민화를 실현하는 정신의 개조를 의미했다. 그러나 이 존재 변환은 미래보다는 과거를 절대화함으로써 가능한 것이었다. 그가 되돌아본 충만한 과거와 그것의 이상화는, 그의 창씨명이 상징하듯이,40) 과거의 시선을 작동시킴으로써 수행될 성질의 것이었다. 하지만 이 과거의 시선은 현실에 존재하는 갈등과 분열, 차이와 불연속성 따위를 오직 '임금'(천황)이란 절대적·심미적 기원에 귀일함으로써 해소하려했다는 점에서 구체적 삶의 개선과 거의 무관한 설맹(雪盲), 바꿔 말해 시대착오적 이데올로기에 가까웠다.

4. '청년'의 죽음 – '국민'의 탄생 혹은 좌절

근대는 이른바 '청년의 시대'라 할 수 있다. 변화와 진보, 팽창과 정복을 최고의 가치로 여기는 근대주의, 바꿔 말해 힘의 문명에서 청년의

譯 愛國百人一首』의 번역이 자신의 『만요슈』 번역을 본 매일신보사의 이노우에 오사무(井上收)의 부탁에 의해 이루어졌음을 「권두소언」에서 밝히고 있다.

39) '향수', 곧 '노스탤지어'는 상실의 경험에서 비롯되며, 그런 만큼 재생과 회복의 행위, 그리고 그 행위에 적합한 어떤 대리자나 보상물을 요구한다. 과거를 충만한 시간으로 설정하고 그것을 현재의 일부로 회복하고 보존하는 방식은 그에 대한 전형적인 해결책이다.(D. Chakrabarty, "Afterword: Revisiting the Tradition / Modernity Binary," S. Vlastos ed., *Mirror of Modernity*, California uni., 1998, pp. 289-290) '정신 혈통'의 측면에서 본다면, 춘원의 근대성은 시종일관 과거의 시선에 지배된 형국을 이루고 있다.

40) '香山光郎(가야마 미쓰로우)'. '香山'은 기원전 660년에 등극해 '국체'의 기틀을 마련했다고 전해지는 초대천황 신무(神武)가 즉위한 지역('橿原')에 있는 향구산(香久山)에서 따온 것이다.(「창씨와 나」, 『매일신보』, 1940. 2. 20.(I : 64-66)) 따라서 춘원의 창씨개명은 일본 '정신 혈통'의 기원으로 거슬러 올라가는 행위에 해당한다.

이미지를 떠올리기란 그리 어렵지 않다. 그러나 식민지 조선에서 '청년'은 "새 지도의 젊은 화공"(임화, 「지도」)으로 스스로를 욕망할지라도, 결국은 제국의 안위 또는 팽창에 소용되는 '순종하는 청년'으로 이끌려졌다. 그들의 이데올로기가 무엇이든, 일제 말 조선 '청년'의 운명이 국민과 민족을 매개로 하여 저 이상과 현실의 비극적 낙차 사이에 단단히 결박되어 있었음은 주지의 사실이다.

'국민문학'은 이런 현실과 이상의 괴리를 무두질하는 '청년' 담론이었는지도 모른다. 왜냐하면 일본정신과 애국주의의 고취를 통해 "'반사이'! '반사이'! '다이닛'……"(임화, 「해협의 로맨티시즘」)과 같은 '협위'(脅威)의 언어를 제국 국민/신민으로의 탄생을 축하하는 '감격'의 언어로 뒤바꾸는 데 열중한 글쓰기였기 때문이다. 춘원의 '국민시'는 특히 이 점에서 철저했다. 총력전 아래서 모든 국민의 병사화는 피하기 어렵다. 이런 현실에서 춘원은 특히 '청년'을 개인이나 민족의 전도(前途)에 관한 의혹과 불안, 그리고 국민생활의 새로운 양식의 급격한 전환을 감내하는 존재로 자리매김함으로써[41] 그들을 국민화·신민화의 첨병으로 삼았다.

그러나 '청년'의 황민화적 개조, 즉 제국 '국민'으로의 탄생은 삶의 수양과 단련에 그치지 않고 끝내는 '죽음'을 요구했다는 점에서 '감격'을 볼모로 한 존재 '협위'와 '박탈'의 형식이었다. 따라서 '청년'의 죽음을 땅뺏기 싸움의 결과로 세속화하지 않고 진정한 '국민'이 되기 위한 이상적 행위로 심미화하는 일은 '국민시'의 주요 과제일 수밖에 없었다. 춘원은 이 작업을 충군애국의 지속적 강조와 죽음의 심미화 같은 외적 가치 한편에, 주체의 수양과 헌신의 결과 주어지는 "생사를 초월한 맑은 심경"[42] 같은 내부 가치를 설정하는 방식으로 수행했다. 이런 종교적 법열 또는 안심은 비속한 현실에 대해 초월론적 자기 우위를 확

---

41) 香山光郎, 「朝鮮青年と信念」, 『同胞に寄す』, 博文書館, 1941.(Ⅱ: 161)
42) 李光洙, 「兵役と國語と朝鮮人」, 『신시대』, 1942. 5.(Ⅰ: 335)

인하는 기제일 수 있다. 하지만 춘원의 말은 타인의 강요된 헌신과 죽음의 의미화 향방을 오롯이 당사자의 문제로 귀속시킨다는 점에서 매우 무책임하며 비윤리적인 것처럼 느껴진다.

과연 춘원의 이런 착종은 어떻게 발생하며, 여기에 긴박된 조선 '청년'의 운명은 어떻게 표상되고 있는가. 이광수 '국민시'의 대종을 차지하는 '청년'과 '전쟁' 시편은 이에 대한 또렷한 윤곽과 명암을 제시하는 물적 증거로서 손색이 없다.

일제 말 참정권이 주어지지 않은 상태에서 일본의 '국민'임을 승인받을 수 있는 가장 손쉽고도 위험한 방법은 전쟁에 참여하는 것이었다. 전쟁은 국민=인간과 비국민=비인간의 철저한 구분을 요구하며, 같은 국민 내에 전선을 끌어들이는 것을 금지하고 오직 국민과 비국민 사이에만 전선을 설정하려 한다.[43] '청년'들의 전쟁 참가는 이처럼 동일자와 타자를 분리, 포섭하는 대표적 장치 가운데 하나였다. 말하자면 그들은 제국 내의 차별을 철폐하는 한편, 자기희생 및 죽음을 국민공동체에 참여하는 형식으로 제도화하려 한 일종의 통합자인 것이다.

이런 점에서 일제의 지원병제(1937)와 징병제(1943)의 시행은 '국민'과 '비국민'의 효율적 구분 및 '국민'의 통합과 배제를 주도면밀하게 계산한 일종의 정치적 산물이다. 이 제도들이 조선에서 거센 반발 못지않게 공공연한 지지의 대상이 되었던 것도 저와 같은 '국민'의 탄생과 '통합'의 효과 때문이었다. 누구보다 빨리 이 제도들의 중요성을 간파했던 춘원은 특히 징병제의 시행을 내선일체를 넘어 '국체'의 신앙과 종교적 신앙을 일치시키는 관문으로 보았다.[44] 춘원의 '청년'과 '전쟁' 시편에 '대군(大君)의' 투가 더욱 두드러지고 '국민'에의 열망이 미약해

---

43) 전쟁을 통한 국민과 비국민의 구별 및 소수자(식민지)의 다수자(제국)에의 포섭 및 동일화 형식에 대한 이상의 설명은 酒井直樹, 「多民族國家における國民的主體の制作と少數者の統合」, 酒井直樹 外, 『總力戰下の知と制度』, 岩波書店, 2002, pp. 8-12 참조.

44) 지원병제와 징병제를 소재로 한 춘원의 글은 여러 편이지만, 그 중에서도 「병제(兵制)의 감격과 용의(用意)」(『매일신보』, 1943. 7. 28~31)가 가장 방대하고 치밀한 논의를 갖추고 있다.

보이는 것은 이 때문이다.

하지만 춘원은 천황을 향한 직역봉공(職域奉公)이 황국 신민/국민으로 거듭나는 지름길이란 소신을 일관되게 유지한 이였다. 비근한 예로, "남자로서 신체 또는 정신의 결함 때문에 병역에 복무할 수 없는 사람은 최대의 불행이며 치욕이다. 국민개병의 나라에서 병역에 복무할 수 없는 사람은 완전한 국민이라고 할 수 없다"는 발언을 보라. 조선의 '청년'은 "모든 사리사욕을 떠나 군국(君國)을 위해서만 순충(純忠)의 자기희생"을 할 때만이 황국의 국민/신민으로 비로소 등재되는 것이다.[45]

> 폐하를 위해 나라를 위해서라야 소중한 아들, 총 들고서야 작별 고하네
> 씩씩하게 가슴 뛰며 죽어 더욱 명예 있으라고 나 기원할까나
> 폐하의 은총의 이슬에 조선의 들마저 젖을 때, 그때야말로 나는 일어서리
> — 「지원병을 기다리며」 부분(Ⅱ: 300)[46]

춘원의 '국민시'에서 '천황'은 늘 절대상수이며 여타의 것들은 종속변수에 지나지 않는다. '청년'의 기원과 최후가 천황에게 철저히 종속된다는 점에서 이것은 일체의 출구 없는 전체성의 형식이다. 이런 관계의 파시즘 속에서 개인의 실존성은 오롯이 억압되고 은폐될 따름이다. 따라서 개인성을 지워버려도 될 만한 무언가가 제시되지 않는다면 '청년'의 희생과 죽음은 타율적이며 강요된 것 이상의 의미를 지니기 어렵다. 이런 이유로 '청년'이 어리석은 제국주의자거나 몽매한 이등 신민에서 벗어나 자신을 모랄리스트 또는 세계주의자로 상상할 수 있는 사상과 제도는 반드시 필요했다. 일본 '국체'의 실현으로서 팔굉일우 정책, 곧 동양을 억압하는 서구적 근대의 초극과 동양을 해방하는 '대동

---

45) 이상의 인용은 李光洙, 「兵役と國語と朝鮮人」, 『신시대』, 1942. 5.(Ⅰ: 335)

46) 일문시(日文詩). 香山光郎, 『同胞に奇す』, 博文書館, 1941, 수록. 특별지원병의 출정을 다룬 시로는 「조선의 학도여」(『매일신보』, 1943. 11. 5.(Ⅰ: 29-32)가 있다. 이들의 출정은 "그대들의 忠義 家門의 榮華,/ 三千萬 朝鮮人의 生光이오, 生路,/ 一億 國民의 깃븜과 感謝"로 의미화 된다.

아공영'론은 거기에 가장 근접한 형식으로 주어졌고 또한 기능했다.

> 千島로부터 수마트라까지
> 義州로부터 솔로몬까지의
> 皇國日本의 生靈들이어
> 純忠의 丹心과
> 奉公의 聖汗으로
> 이날을 豫備할지어다.
> 보소서 天神地祇여.
> 보소서 諸佛菩薩이어
> 보소서 人類의 모든 義人의 靈이어,
> 道義의 세계—慈悲의 世界,
> 仁의 세계—사랑의 世界,
> 禮의 世界의 세 祈願의 날을.
> — 「새해의 기원」(『신시대』, 1944. 2) 부분(Ⅰ: 37)

이 시의 과잉 수사가 암시하듯이, 춘원에게 대동아전쟁은 도의적(道義的) 세계관에 입각해 전혀 새로운 세상을 창조하는 일종의 모랄이었다. 아시아의 해방을 통한 영미귀축(英美鬼畜)의 타파는 가치의 귀정(歸正)이었으며 군민일체의 가족국가를 건설하는 필연적 통로였다.[47] 가족국가의 건설은 '이에(家)' 논리의 세계사적 실현이자 또 탐욕에 사로잡힌 개인성을 구제하는 황도(皇道)의 현현이라는 점에서 '국체' 최후의 이상 가운데 하나였다.

그러나 이토록 아름다운 전망의 제국주의적 성격은 의외의 곳에서 툭 불거지고 있다. 춘원은 「展望」의 일절에서 '대동아공영'론의 본질과 허구성을 저도 모르게 고백하는데, 이것은 식민지적 무의식을 식민주의적 의식으로 전유한 대표적 사례라 할 만하다. 그는 아시아를 모든 것이 충족되어 있는 천혜의 땅으로 묘사하는 한편, 아시아인을 자비와

---

47) 李光洙, 「大東亞戰爭の教訓」, 『綠旗』, 1943. 8.(Ⅰ: 405-414)

아름다움을 좋아하고 “자기를 버리고 사람 사랑함을 業으로” 하는 대자적 존재로 그린다. 하지만 이는 어디까지나 천황에 의해 구축된 서사시적 과거와 미구에 시현될 유토피아적 미래에 근거한 동양 인식일 따름이다. 말하자면 정복자의 시선인데, 그것의 본질은 “한편으로 아시아의 大陸을 정복하며/ 한편으로 太平洋의 섬들을 키우며/ 우리 日本은 君臨한다”는 말에 뚜렷하다.[48] 정복자의 시선을 평화공존 및 호혜평등의 윤리로 은폐하기. 여기에 ‘청년’의 가해/피해의식을 탕감하고 세계인의 감각과 신민의식을 끌어올리는 주체전환의 논리가 숨어 있다.

하지만 이런 전환은 이른바 타자의 타율적 통합과 승인에 중점을 두고 있다는 점에서 불완전하며 불충분한 것이다. 주체의 최후가 걸린 ‘죽음’은 가장 무섭고 무거운 실존 의식을 동반할 수밖에 없다. 따라서 ‘청년’의 병사화는 자아의 죽음을 설득하고 이해시킬 수 있는 고차원의 형이상을 필요로 한다. 군에서 병사 일반에게 권장되는 종교 활동은 이런 현상의 반영일 텐데, 춘원 역시 직역봉공과 관련된 ‘청년’의 모든 행위를 종교, 특히 불교 및 신도(神道)와 밀착시켰다. 이것은 대동아전쟁을 천황이 영도하는 ‘성전(聖戰)’으로 의미화하는 통로이기도 했지만, ‘청년’들의 희생과 죽음을 무의미한 소모가 아니라 현실을 초극하는 존재의 완성으로 상상케 하려는 의도에서 취해진 것으로 이해된다.

일례로 춘원은 자기를 타기함으로써 자유자재의 경지에 도달하는 명인(名人)들의 특색은 “이름이 나타나 만인의 존경을 받으며, 죽어도 그 정신이 중생을 지도하며, 그 혼은 신으로서 받들어지는” 것에 있다고 말한다. 이런 경지에 도달하는 것은 ‘청년’ 자신의 완성이자 “나라의 힘을 강하게 하는 길”이기 때문에 ‘보살행’ 자체라 할 수 있다.[49] 이를 위해 춘원은 멸사봉공(滅私奉公), 즉 끊임없이 자아를 멸하고 직무에 충실함으로써 그에 합당한 ‘정당한 인(因)’을 쌓는 ‘인간수행’에 몰

---

48) 李光洙, 「展望」, 『綠旗』, 1943. 1.(I : 26-27)
49) 李光洙, 「半島青年に寄す―朝鮮青年と菩薩行」, 『신시대』, 1944. 10.(I : 449)

두할 것을 요구한다. '청년'에게 이 길은 무엇보다 '죽음'을 개인적 지평에 묶어두지 않고 나를 낳고 길러준 임금과 부모, 중생에 대한 보은으로 바치는 것에 있었다. 보은은 말 그대로 은혜의 갚음이기에, 사리사욕으로 가득 찬 자아를 죽이고 타자를 받드는, 그럼으로써 전체의 조화와 통합으로 나아가는 자기 비움의 형식에 속한다.

그러나 춘원의 '보은'과 '무심'의 요구는 끝내 '천황'으로의 귀일과 총후봉공을 목적했다는 점에서 보편적 의미의 종교성과는 상당한 거리를 유지한다.50) 그것은 다음과 같은 국민화·신민화의 유력한 방편일 뿐이다. "명심(明心), 정심(淨心), 직심(直心)으로 충도(忠道)를 위하여서 사생(死生)을 초월할 때에 우리는 전장에서 충용한 장사가 되고 총후(銃後)에서는 국운을 하담(荷擔)하는 믿어운 신민이 될 것이다."51)

춘원은 자기를 초개같이 버림으로써 군인 최고의 반열, 다시 말해 '일억 국민'이 사모하고 존숭하는 군신(軍神)으로 추앙된 어느 조선 청년의 최후를 다음과 같이 그리고 있다. 이것은 과연 얼마나 정당하고 정직한 최후의 표정인가. '청년'은 과연 춘원의 소원대로 "소관세음으로 전심력을 다하는 동안에 일국(一國) 일세계(一世界)를 논도(論度)하는 대관세음"52)으로 거듭난 것인가.

> 세상에 온지 겨오 二十안팎에
> 아는것은 父母님 사랑,
> 님금님 恩惠와 臣者의 ○○
> 妻子의 皆恩도 나는 모른다.
>
> 옳다, 저기 있다. 검은 點 하나.
> 보라, 또 하나 또하나——

---

50) 춘원의 불교를 총후봉공 및 황도 불교와의 연관성을 중심으로 파악한 글로는 이경훈, 『이광수의 친일문학 연구』 제3장 '총후봉공과 불교'가 유익하다.
51) 이광수, 「생사관」, 『신시대』, 1941. 2.(I : 175)
52) 이광수, 「인생과 수도」, 『신시대』, 1941. 6.(I : 258)

내 찾는 敵의 배──아메리카의 배.
가슴이 激動한다, 機艦도 함께.

부지중 싱긋 웃고 키를 누른다.
"敵艦隊 찾았노라, 지금 突入하노라."
父母님 모양, 고국의 산천, 번개지내듯,
눈에 오직 겨누는 검은 點 하나.
                  ─「적 함대 찾았노라」(『신시대』, 1944. 12) 부분(Ⅰ: 40-41)

   부제 "神兵·松井伍長을 노래함"에서 보듯이, 카미카제 특공대로 '산산이 부서져 간'(玉碎) 21살의 조선 청년 마쓰이 오장을 기린 노래다.53) 특별지원병 1기생으로 전사한 이인석(1939)이 그랬듯이, 그 역시 '일억 국민' 모두가 본받고 추앙해야할 멸사봉공의 화신으로 선전되었다. 헌데 춘원은 그의 죽음을 무턱대고 심미화하는 대신 '죽음'을 맞는 내면의 목소리를 발화하고 있어 특징적이다. 마쓰이는 담담하다 못해 감격에 젖어있는 것처럼 느껴진다. 이런 정서는 춘원이 마쓰이의 가면(persona)을 쓰고 내면을 고백했기 때문에 가능한 것이다. 춘원은 이 시 역시 예외 없이 충효가로 작성하였으니, 그것은 무엇보다 마쓰이의 '죽음'을 '정당한 인(因)'을 쌓은 보은으로 가치화하기 위한 것이다.54) 그

---

53) 마쓰이 히데오[松井秀男]. 1924년 개성 출생. 본명 인재웅. 1933년 창설된 소년항공병 13기 출신으로, 1944년 11월 29일 필리핀 레이테만에서 조선 비행사 최초로 전사한 것으로 알려짐. 하지만 최근 연구에 의하면, 그는 공격에 실패해 미군 포로로 붙잡혔으며, 수용소에서 일제에 맞선 조선 상륙훈련 등을 실시했으나 그것을 활용할 기회도 얻지 못한 채 1946년 1월 미군에 의해 가족에게 인도되었다고 한다.(이향철, 「카미카제 특공대와 한국인 대원」, 『죽으라면 죽으리라』, 오오누키 에미코[大貫惠美子], 우물이있는집, 2007, 409-410쪽)

54) 춘원은 임금과 부모, 중생, 스승의 은혜를 가장 값있게 여기는 불교의 사중은(四重恩)을 신봉했다. 그는 이들에 대한 보은을 자기를 멸하고 자기를 완성하는 보살행의 기초로 줄곧 강조했다. 마쓰이의 '죽음'은 "인생만사에서 충효가 본"이며, 따라서 "충효의 길은 사상을 초월하고야 하는 일"(이광수, 「생사관」 이곳저곳.(Ⅰ: 173-175))이란 인생 원리의 구체적 실천인 셈이다.

332

러므로 부지중의 '웃음'은 최고의 보살행, 즉 충효를 위한 '죽음'의 순
간 느닷없이 찾아든 '청명심'의 현현으로 보아 무방하다.

　마쓰이의 죽음을 보살행으로 심미화한 춘원과 달리, 서정주는 송가
(頌歌: 추모가가 아닌!) 형식을 바탕으로, 옥쇄(玉碎)하는 순간의 아름다
움과 영원한 삶을 획득한 이미지55)를 묘사하는 데 집중하고 있다. 미의
식과 군국주의 의식이 단단하게 결합되어 있는 형국인 것이다. 이 산화
(散花)의 풍경과 대상의 신성화가 '마쓰이'의 추념만을 위한 미적 장치
가 아니라 조선인의 국민화 · 신민화에 요구되는 전쟁 동원 기제였음은
물론이다. 춘원과 미당 공히 '황민화적 개조'를 위해 자신들이 믿거나
구상하던 종교적 신념과 가치를 적극적으로 활용했던 것이다.

　그러나 이런 종교적 표상에도 불구하고 두 시는 다음과 같은 결정적
폭력성을 공유한다. 우선 타자, 곧 '청년'의 죽음을 일본정신의 실천과
애국주의의 함양을 위한 수단으로 전유했다는 사실이다. 이것은 일반
적인 전쟁의 논리라는 점에서, 또 식민지인이 제국 국민으로 올라서기
위한 주체의 변용이라는 점에서 일종의 국민화의 형식이다. 하지만 이
형식은 개인성, 즉 마쓰이≠인재웅의 실존을 삭제하고 은폐한다는 점
에서 지극히 폭력적이다. 예정된 '죽음'을 향한 그의 실존적 고뇌와 공
포는56) 저들 제멋대로의 영웅화와 심미화에 의해 한갓 사적이며 비국
민적인 감정으로 가치 절하되어 버린다. 그럼으로써 그는 죽음에 무감

---

55) 예컨대 "귀국대원(마쓰이－인용자)의 푸른 영혼은/ 살아서 벌써 우리게로 왔느니/ 우
　리 숨쉬는 이 나라의 하늘 위에/ 조용히 조용히 돌아왔느니"가 그렇다.(徐廷柱, 「松井
　伍長頌歌」, 『每日申報』, 1944. 12. 9) 죽은 자의 귀향 및 부활, 죽은 자와 산 자의 교감
　등은 미당의 이즈음 시와 해방기 시에서 두루 발견되는 이미지이다.
56) 조선인 특공대는 여러 사정상 공식적 유서나 소감 이외에는 자기 내면을 고백할만한
　글을 남길 수 없었다. 하지만 일본인 특공대가 수기와 일기, 편지 등에 내밀하게 기록
　한 죽음의 공포와 삶의 욕망, 일본정신 및 군국주의에 대한 환멸 등은 조선 청년의 내
　면을 얼마간 엿보게 한다. 일례로 "뭐가 애국이고 조국이란 말인가?" "아아! 죽고 싶지
　않다. 외롭다. 왜 이리 외로운 걸까" "짧은 생명이지만 추억의 순간은 많다. 많은 것을
　누려온 나로서는 이 세상과 이별하는 것이 견디기 힘들다" 등을 보라.(오오누키 에미
　코, 앞의 책, 여기저기 참조)

각한 차가운 병기이기 전에 뜨거운 인간이었다는 가장 상식적인 존재 의의를 상실하고야 만다.

'청년'이 '임금님'의 병사가 되는 것은 일본신민과 동등하게 살 수 있는 삶의 권리를 확보하는 기제가 아니라 그들과 동등하게 죽을 수 있는 권리를 얻는 기제였다. 말하자면 '청년'은 오로지 죽어서만 '국민'이 될 수 있었지, 살아서는 언제나 의심과 차별의 눈초리를 벗어날 수 없는 '비국민'일 따름이었다. 그러나 그들의 진정한 타자화는 국민/신민 자격의 지연과 차별에만 존재하지 않는다. '청년'의 죽음은 때로는 그들을 국민의 모범으로서 군신(軍神)으로 밀어 올렸지만, 이는 어디까지나 '청년'의 개인성과 내면을 삭제, 박탈하는 조건으로 주어진 것이었다. 이것은 그들이 공식적 역사에서 말소되고 배제된 것보다 훨씬 참혹한 실존의 처형이 아닐 수 없다. 그들은 죽음을 통과하면서 '국민'이 되자마자 내밀한 인간이기를 거절당한 채 오로지 천황의 의지와 현실에 따라 왜곡된 자아를 드러내는 끔찍한 불구자로 형질 변경되어버린 것이다. 춘원의 '보살행'이 다다른 최후는 이토록 참담했다.

5. 이광수, 창조와 개조의 간극

'창조'와 '개조'는 현실의 변화와 미래의 건설을 추동하는 가장 대표적인 방법이다. 두 개념은 유사성이 커 보이지만, 차이성 역시 만만찮다. '창조'는 최초나 기원의 의미가 강하다는 점에서 '과거'와의 단절을 시간성의 핵심으로 삼는다. 이에 비해 '개조'는 '고쳐 다시 만듦'이란 뜻풀이에서 보듯이 과거의 단절과 계승을 동시에 아우르는 행위이다. 그런 까닭에 '개조'의 시간성은 그것의 목표와 모델을 어디에 두는가에 따라 복고―과거로도, 창신―미래로도 흐를 수 있다.

시간성의 흐름을 놓고 본다면, 춘원은 '창조'보다는 '개조'를, '창신' 보다는 '복고'를 계몽의 사유와 전략으로 삼은 듯이 보인다. 이런 성향은 그의 개인적 기질보다는 식민지 전락에 따른 국민국가의 좌절에 의해 형성된 것일 가능성이 크다. 춘원은 부재한 국민국가를 '대조선'으로 대체함으로써 민족의 정치적·문화적 수월성(秀越性)을 확인하는 한편, '대조선'을 미래의 국민국가 기획에 없어서는 안 될 '전통'으로 확고히 전유하였다. 하지만 '대조선'은, '정신의 혈통'이란 말이 암시하듯이, 역사적 현실보다는 민족정체성을 형성하고 보장하는 정신적 귀소처, 바꿔 말해 '조선심'의 기원과 본류로 상상된 면이 크다. 『소년』시대 춘원과 육당이 인간 보편의 덕목, 심지어는 근대문명에 귀속될 가치들조차 이미 '대조선'에 편만했다고 주장하는 것은 이런 문화민족주의의 산물이다.

그러나 상상된 '전통'은 현재의 검인을 획득하지 못하는 한, 낭만성과 허구성의 혐의를 쉽게 이탈하기 어려웠다. 더군다나 사회진화론이 세계의 지배적 원리로 통용되던 당대의 사정은 자민족의 우월성 확보를 목표하는 문화민족주의에도 심대한 제약을 가져왔다. 이런 이중적 억압은 춘원이 한편으로는 조선의 문명화, 즉 민족의 개조에, 다른 한편으로는 국토기행이나 민요, 시조의 가치화를 통한 '조선심'의 보급 및 확장에 전력케 한 주요 요인이었을 것이다. 그런데 춘원의 사유와 실천은 조선의 구체적 현실보다는 '정신 혈통'에 대한 주관적 신념과 식민지 본국에 깊이 침윤된 '학습된 근대'에서 착목한 것이란 한계를 지닌다. 그의 조선 개조와 문명화 기획이 복고주의와 팽창주의의 결합 양상을 보이면서도 식민지적 무의식에 끊임없이 시달리는 현상은 이로부터 기인한 바 크다.

춘원의 '국민시'는 이런 주체/민족 개조의 균열과 한계, 이를 봉합하기 위한 허구적 상상이 가장 극대화되어 표출된 글쓰기로 이해된다. 이 시기 그의 삶을 지배하고 구성하는 '서사충동'은 여전히 힘센 문명/문화에 기반한 민족과 국민국가를 향한 욕망이었다. 이를 위해 그는 이미 그랬듯이 자기 개조와 수련을 공동성 획득의 제일 조건으로 삼았다. 이즈음의 실천은 그러나 주체의 창조가 아니라 주체의 개조와 대체를 방법으로 선택했다는 점에서 여러모로 퇴행적인 행위였다.

‘일본정신’과 ‘보살행’에 바탕한 ‘황민화적 개조’. 이것은 식민지인을 세계사적 주체로, ‘비국민’을 ‘국민’으로 끌어올리는 정치적 행위인 동시에, 개인의 유한성을 전체의 무한성에 귀환시키는 자아 초월 행위였다. 그런데 이 전체성과 개인성의 결합은 ‘지배’와 ‘죽음’을 삶의 원리로 일상화하는 기묘한 방정식을 낳는다. 조선인은 ‘일본정신’을 끊임없이 빨아들임으로써 의사(pseudo) 지배자로 거듭나고자 하는데, 이런 주체 대체의 가장 유효한 방법은 내지인과 동등하게 ‘죽음’의 의무를 실천하는 것이었다. 춘원이 주장한 주체의 ‘개조’가 존재/세계의 충전보다는 존재/세계의 방전을 정당화하는 기제였다는 논리는 그래서 가능하다.

‘개조’의 이런 퇴행성은 춘원의 ‘과거의 시선’과도 밀접히 연관되어 있는 듯이 보인다. 춘원에게 백성, 그러니까 피지배 계급들은 역사의 주체로 상상된 경우는 거의 없다. 그들은 언제나 ‘임금’으로 대변되는 절대 주체의 깨우침과 인도 속에서 비로소 삶의 의미에 눈뜨는 하위주체에 불과했다. 말하자면 그들은 오로지 민족과 국가, 그리고 그것의 주인인 ‘임금’의 절대성 구축에 필요한 기능적·소모적 집단에 가까웠던 것이다. 그런 의미에서 이들에게 ‘개조’는 주체의 형식이 아니라 타자의 형식이었다. 자아를 ‘개조’할수록 주인이 아니라 노예로 더더욱 빠져드는 이 심연을 춘원은 전체와 절대존재로의 귀환을 상상함으로써, 그리고 자아의 희생을 “새로 천명(天命)을 들어서 그 민족의 역사에 새로운 색채를 가하”는 ‘천명주의’57)로 내면화함으로써 건널 수 있다고 보았다.

춘원의 복고주의는 비유컨대 근대인 이형식의 몰락과 고대인 박영채의 재생을 민족과 개인이 걸어야할 미래의 길로 선언한 장면에 해당한다. 하지만 박영채의 귀환이 자아의 회복 또는 갱신과는 거의 무관

---

57) 이광수, 「전쟁과 문화」, 『매일신보』, 1945. 1. 26~2. 1.(Ⅰ: 463)

한, 또 다른 전체성으로의 복속임은 너무나 자명하다. 그녀는 '너'나 '그'를 위해 죽을 의무는 있어도 '나'로 인해 살아야 할 권리는 여전히 없는 타자에 불과했기 때문이다. 춘원의 '국민시'는 끊임없이 박영채들을 독려하고 기리는 노래였지만, 그럴수록 그녀들은 '나'의 상실과 배제라는 미궁 속으로 빠져들었다. 춘원 '국민시'의 기만성과 허구성은 이 지점에서 선명히 발현되는바, 이 문제는 민족/국가의 타자화에 비해 결코 가볍지 않은 무게를 지닌다.

주제어 : 이광수, 국민문학, 국민시, 정신의 혈통, 국민, 개조, 일본정신, 와카, 만들어진 전통, 청년, 죽음, 보살행, 실존의 처형

◆ 참고문헌

1. 기초자료

이광수, 『이광수문학전집』 10, 삼중당, 1971.
──────, 『춘원 이광수 친일문학 전집Ⅱ』, 이경훈 편, 평민사, 1995.
──────, 『동포에 고함』, 이경훈 외 편, 과학과현실사, 1997.
김규동 외 편, 『친일문학작품선집』 1, 실천문학사, 1986.
김 억, 『鮮譯 愛國百人一首』, 한성도서, 1944.

2. 단행본

강상중, 임성모 옮김, 『내셔널리즘』, 이산, 2004.
김윤식, 『개정·증보 이광수와 그의 시대』 1~2, 솔, 1999.
김재용, 『협력과 저항』, 소명출판, 2004.
이경훈, 『이광수의 친일문학 연구』, 태학사, 1998.
임종국, 『친일문학론』, 평화출판사, 1963.
윤대석, 『식민지 국민문학론』, 역락, 2006.
최재서, 노상래 옮김, 『전환기의 조선문학』, 영남대 출판부, 2006.
최현식, 『서정주 시의 근대와 반근대』, 소명출판, 2003.
한수영, 『친일문학의 재인식』, 소명출판, 2005.
나카무라 미츠오[中村光郎] 외, 이경훈 외 옮김, 『태평양전쟁의 사상』, 이매진,
        2007.
오오누키 에미코[大貫惠美子], 이향철 옮김, 『죽으라면 죽으리라』, 우물이있는집,
        2007.
H. 시라네 외, 왕숙영 옮김, 『창조된 고전』, 소명출판, 2002.
酒井直樹 外, 『總力戰下の知と制度』, 岩波書店, 2002.
三好達治, 「國民詩について」, 『文藝春秋』, 1942年 4月號.
竹內好 外編, 『近代の超克』, 富山房, 1979.

3. 연구 논문

박수연, 「일제말 친일시의 계보」, 『우리말글』 36호, 우리말글학회 편, 2006, 203-
        232쪽.
──────, 「국민문학, 시조와 민요시, 친일」, 『친일문학의 내적 논리』, 김재용 외, 역

락, 2003, 85-115쪽.
오세영, 「암흑기의 '국민시'」, 『20세기 한국시 연구』, 새문사, 1989, 252-272쪽.
허윤회, 「1940년대 전반기의 시론에 대하여」, 『민족문학사연구』 32호, 민족문학사
학회 편, 2006, 252-280쪽.
황종연, 「문학이라는 역어」, 『동악어문론집』 32집, 동국어문학회 편, 1997, 457-480쪽.
D. Chakrabarty, "Afterword: Revisiting the Tradition / Modernity Binary", S. Vlastos ed.,
Mirror of Modernity, California Uni., 1998, pp. 285-296.

◆ **국문초록**

일제말 '국민시'는 식민지 문학인 동시에 제국주의 문학이었다. 상위개념으로서 '국민문학'은 조선인들의 황민화적 개조가 식민 상황의 극복과 일본 '국민'으로의 재탄생, 그리고 세계사적 지위의 확보에 필요한 제일조건임을 매우 강조하였다. 말하자면 '국민문학'은 주체와 민족의 개조, 그를 통한 힘센 문명/국가로 발돋움하고자 하는 허구적 욕망의 표현체였다. 이 글은 이광수의 이런 욕망을 주체의 영혼과 정서가 직접 발현되는 '국민시'를 통해 살펴보았다. 먼저 이광수 '국민문학'의 전제로서 '정신의 혈통'에 주목하였다. 그에게 '정신의 혈통'은 민족/국가의 동일성과 정통성을 확인하는 핵심기제이다. 『소년』 시대 '대황조'(단군)의 정신을 국민화의 원리로 삼았던 그는 메이지 시대에 새롭게 가치화된 '일본정신'을 새로운 주체 및 국민 탄생의 원리로 수용한다. 일본의 전통시가 와카(和歌)의 창작 및 번역은 이를 위한 회심의 글쓰기였다. 우리는 와카가 일본의 민족적·국민적 동일성의 확보를 위해 메이지 시대 새롭게 가치화된 '만들어진 전통'이며, 그 핵심에 천황의 절대화/심미화가 자리잡고 있음을 주의할 필요가 있다. 춘원의 와카는 이런 원리에 충실한 애국가이자 충군가였다. 한편 춘원의 '국민시'가 황민화적 개조, 바꿔 말해 힘센 국가의 욕망을 실현하기 위해 특별히 주목한 대상은 '청년'이었다. 총력전의 상황은 조선인 전체의 병사화, 그 중에서도 '청년'의 희생과 죽음을 필연적으로 요구했다. 춘원은 '청년'의 멸사봉공(滅私奉公)이 조선인의 황민화와 민족의 영속성에 가장 효과적인 방편임을 인식하고, 이들의 전쟁 동원에 총력을 기울인다. 그는 '청년'의 죽음을 허구적·소모적이기는 커녕 일본 국민으로 거듭나는 주체의 전환이자 유한한 삶을 초극하는 실존적 행위임을 강조하기 위해 '보살행'으로 심미화한다. 그러나 이것은 예정된 죽음을 앞둔 청년의 고뇌와 공포, 삶의 욕망 등 인간의 원초적 내면을 은폐하고 삭제하는 정신의 조작이라는 점에서 매우 퇴행적이며 폭력적이다. 청년들은 '죽음'을 통해 겨우 '국민'으로 등재되었지만, 그 순간 보편적 인간이기를 거부당한 것이다.

◆ SUMMARY

Lee, Kwang-Soo and 'Kookminsi'(國民詩)

Choi, Hyun-Sik

'Kookminsi' in the late period of the Japanese rule of Korea was colonial literature and imperialist literature at the same time. As a upper level concept, 'kookminmunhak' strongly advocated that making Koreans Japanese was the primary condition necessary to overcome colonial situations, rebirth as Japanese 'nationals,' and advancement to the status in world history. In other words, 'kookminmunhak' was a means to express false desire to grow into more powerful civilization/nation through alteration of the subject and the people. This essay examines such kind of desire of Lee Kwang Soo by way of 'kookminsi' directly embodying soul and emotion of the subject. First of all, he paid attention on 'spiritual lineage' as a foundation for 'kookminmunhak.' For him, 'spiritual lineage' was a key mechanism to identify identity and orthodoxy of the people/nation. He accepted 'the Japanese spirit', valued newly in the Meiji period, as the principle of the birth of new subject and nation. Creation and translation of Japanese traditional poetry waka(和歌) was satisfactory writing for this purpose. It should be noted that waka was a newly 'made tradition' of value in the Meiji period to seek national and ethnic identity of Japan, and absolutization/beautification of the Emperor of Japan was at the center. Lee Kwang-Soo's waka was a national anthem and song of loyalty to the king fully in conformity with this principle. In the meantime, his 'kookminsi' chose 'the youth' especially to realize the desire to become Japanese, namely, grow into more powerful nation. He used all this resources to mobilize young Korean people for war, recognizing that self-annihilation of 'the youth' for the sake of the country was the most effective means for Koreans to become Japanese and perpetuity of the people. He beautified the death of 'the youth' as 'a Bodhisattva's behavior,' for the purpose of emphasizing it as transformation of the subject being reborn as Japanese and existential behavior transcending limited life, rather than being false and consumptive. However, this is highly regressive and violent in that it was a mental manipulation to conceal and delete basic human emotions such as fear, agony, and desire to survive of young people, who were doomed to die. They were finally registered as a 'nation' through their death, rejected to become a common man at the same time.

Keyword : Lee, Kwang-Soo(李光洙), Kookminmoonhak(國民文學) Kookminsi(國民詩), spiritual lineage, nation, reconstruction, the Japanese spirit, waka(和歌), invented tradition, the youth, death, a Bodhisattva's behavior(菩薩行), execution of existence

―이 논문은 2007년 11월 30일에 접수되어, 소정의 심사를 거쳐 2008년 2월 6일에 최종적으로 게재가 확정되었음.

카프 문인들의 전향과 대응의 논리
– 임화와 김남천을 중심으로

장 성 규[*]

목 차

1. 서론

기존 연구에서 '전향'은 주로 일제의 외압에 의한 강제적인 것으로 간주되었다. 즉 1931년 만주사변, 1937년 중일전쟁의 발발 등을 거치면서 강화된 일본 군국주의의 파시즘화 속에서 일련의 사회주의 진영에 대한 외적 강제로 일어난 것이 전향이라는 것이다. 예컨대 노상래는 카프 문인들의 전향에 대해 논하면서 "이 시기의 전향은 대부분의 사회주의자들이 권력의 강제에 의해 천황제 파시즘으로 나아가거나, 자신의 이데올로기를 포기 혹은 은폐한 것"[1]으로 평가한다. 이러한 관점은

____

[*] 서울대 박사과정.

344

기존 논의에서 반복되어 나타난다. 즉, 전향자에 대한 비판과 비전향, 혹은 위장전향자에 대한 높은 평가가 그것이다. 이런 맥락에서 이상갑은 박영희, 백철 등 전향파와 김남천, 한설야 등의 비전향파를 구분하고 전자에 대한 비판과 후자에 대한 문학사적 의의를 강조한다.2) 이러한 윤리적인 층위의 평가는 이후 지속적으로 반복 재생산되는 바, 2002년 출간된 김인옥의 연구 역시 "당시 카프문인의 경우 권력에 의한 사상의 포기를 강요당했다는 점에서 일본의 전향자들과 같은 전철을 밟았지만 일본의 경우처럼 자발적인 측면이나 천황제로의 귀의로서의 전향을 기대하기 어려웠음은 짐작하고도 남는 바이다."3)라고 평가하고 있다. 이러한 연구의 관점은 전향 연구의 선구자격인 김윤식의 연구에서 이미 제기된 것인바, 그는 일제 말기의 전향이 "…… 국가 관념에로의 집중을 의미하는 것에 한정되고 만다. 이것은 국수주의에의 귀착을 의미하며 천황제의 신봉을 뜻하는 것이 된다."4)라고 평가하고 있는데, 이러한 관점이 이후 연구의 주된 방향을 제시한 것이다.

이들 연구는 공통적으로 전향을 외적 강제에 의한 것으로 평가하며 그 과정에서의 '자발성'이라는 측면의 부재를 일본과 구별되는 조선의 전향의 특성으로 평가한다.5) 그런데 최근 일제 말기 문학에 대해 새롭게 접근하고 있는 일련의 연구들은 전향의 문제를 다른 관점에서 바라본다. 대표적인 논의로 김철, 정종현 등의 논의를 들 수 있다. 김철은

---

1) 노상래, 『한국 문인의 전향 연구』, 영한, 2000, 3쪽.
2) 이상갑, 『한국근대문학과 전향문학』, 깊은샘, 1995, 12-13쪽.
3) 김인옥, 『한국 현대 전향소설 연구』, 국학자료원, 2002, 40쪽.
4) 김윤식, 『한국근대문예비평사연구』, 일지사, 1976, 182-183쪽.
5) 이와 같은 관점을 단적으로 보여주는 것이 다음과 같은 지적이다. "…… 많은 일본인들이 사상문제로 전향했음에 반해, 일제 강점기 하 한국의 전향은 사상의 선택문제이기 이전에 본능적인 생존문제에서 비롯된 것임을 알 수 있다. 사상문제로 전향했다는 사실은 사상이라는 것이 개인의 이론, 주장, 학설과 관련된 것이기에 어느 정도 자발적인 측면을 갖게 된다. 그러나 본능적인 생존문제에서 비롯된 전향이란 강제성 이외에 여지가 없다. 따라서 일제 강점기 하 전향의 범주에서 '권력에 의한 강제' 외에 자발성의 측면을 포함시키기는 어렵다고 하겠다.", 김인옥, 앞의 책, 41쪽.

김남천을 중점적으로 분석하는 가운데 그가 당시 일본의 '근대초극론'에 상당부분 '자발적으로' 동의했음을 논증한다.[6] 정종현 역시 김남천을 서인식의 영향 관계 속에서 분석하면서, 그가 당대 미키 키요시의 '직분론'에 침윤되었음을 실증적으로 밝히고 있다.[7][8]

이와 같이 기존 연구에서 주로 외적 강제에 의한 수동적인 것으로 평가되어 왔던 전향문제는 최근 일련의 연구들에서는 그 내적 자발성의 논리를 탐색하는 것으로 방향이 변화하고 있다. 전자의 연구 경향은 친일과 변절이라는 다분히 윤리적인 기준을 통해 전향을 비판하면서 비전향에 대해 높은 윤리적 가치를 부여한다. 반면 후자의 연구 경향은 당대 지적 담론의 장 속에서 전향의 자발적 논리의 메커니즘을 추출하며 이에 대한 윤리적 판단 대신 우리 문학사의 '실상'을 밝히고 이로부터 기존의 문학사적 평가에 대한 '탈정전화'를 추구한다.

그러나 이 두 가지 경향 모두 일정한 '편향'을 보이는 것으로 판단된다. 전자의 경향이 강력한 민족주의를 주장하면서 민족주의의 폭력성과 동일화의 논리를 벗어나지 못한다면, 후자의 경향은 기존 논의에 대한 '탈정전화'를 지나치게 강조하면서 진테제를 추출하기보다는 공

---

6) "김광호는 스스로의 위치를 거대한 제국의 한 기능인으로 설정하고 있는데, 이 인물은 새로운 대주체로의 귀속을 통해 심리적 안정을 추구하는 전향의 코스가 도달한 하나의 지점이 아닐까 생각된다. 식민지인으로서의 운명의 자각, 그로부터 발생하는 온갖 불안과 동요가 말끔히 사라지고 제국의 당당한 주체로서의 직분의식과 소명을 자각하고 있는 이 인물에게 부여된 밝고 건강한 이미지에 식민지의 그늘이나 흔적은 전혀 없다. 그는 제국의 주체로서 다시 태어난 인물이다.", 김철, 「'근대의 초극', 『낭비』 그리고 베네치아」, 『민족문학사연구』 18호, 2001. 6, 393쪽.

7) "짓테(규범, 관습－인용자)와 게뮤트(심정－인용자)가 분리 상극하는 현대를 사는 인물을 그리면서 이 분리 상극에서 연원하는 부재의식(그늘－혹은 식민지적 특수)이 말끔히 가셔 버린 김광호라는 제국의 신민을 그리는 『사랑의 수족관』은 미키 키요시에서 연원하는 '직능론'과 동양론이 파시즘의 논리에 완벽히 흡수되어 가고 식민지인의 자의식이 말소되어가는 형국을 보여주는 대표적인 사례이다.", 정종현, 「폭력의 예감과 '동양론'의 매혹」, 『한국문학평론』, 2003. 여름, 44쪽.

8) 김철과 정종현의 연구가 지니는 성과와 한계에 대해서는 4장에서 보다 자세히 서술하겠다.

격적인 문제제기에 그친다는 한계를 지닌다. 물론 전자의 경향이 제출되던 시기, 즉 1970년대부터 1990년대까지 우리 문학사 연구가 강력한 민족주의적 경향을 보였고 그것이 일정한 시대적 역할을 하였다는 성과를 부정할 수는 없다. 동시에 후자의 경향이 제출되는 최근 민족주의에 대한 비판적 성찰이 중요한 과제로 부각되고 있으며 따라서 새로운 문학사적 과제를 단적으로 보여주는 성과를 보이고 있다는 점 역시 부정할 수는 없다.

그러나 문제는 여전히 남는다. 무엇보다 이들 연구 경향은 그 대조적인 성격에도 불구하고 하나의 완결된 주체로서의 작가를 상정한다. 일제 말기 전향론에 대한 대응은 단일하게 이루어지지 않았다. 한 편으로는 제국 이데올로기에 대한 동의가, 다른 한 편으로는 이에 대한 저항이 한 작가 안에서 동시에 일어나는 것이 사실이다. 오히려 중요한 것은 이 두 가지 상황 속에서 끊임없이 회의하고 고뇌하는 이들의 지적 고투의 '과정'이 지니는 분열적인 양상을 살펴보는 것이다. 더불어 이들 연구들은 공통적으로 특정 시기의 문제로 전향의 문제를 한정시키고 있다. 즉 카프 2차 검거 사건이나 중일전쟁의 발발 등을 기점으로 전향 논의가 '갑자기' 진행된 것으로 설정하고 있다. 그러나 카프 문인들의 전향논의에 대한 접근은 기본적으로 이들이 전향 이전에 지녔던 사상적 지향의 연속성 속에서 이루어져야 한다. 이점을 간과한다면 카프 문인들은 갑자기 도래한 전향론에 수동적으로 이끌린 존재로 파악될 뿐, 이들이 전향논의에서 보여준 나름의 능동적인 대응의 양상은 무시되기 쉽다. 마지막으로 이들 연구는 공통적으로 전향 논의에서 제국을 절대적인 존재로 상정한다. 즉, 카프 문인들의 전향은 제국의 강요에 대한 반사적인 반응일 뿐, 그들이 제국 이데올로기를 능동적으로 수용하거나 거부하는, 나아가 제국의 문제설정 자체를 변경하려는 일련의 고투는 이 과정에서 소거된다. 이러한 관점에서 전향은 제국이라는 절대적 존재에 대한 동의와 거부의 이분법으로 환원되며 식민지 지식인이 보여주는 제국과의 다양한 교섭 양상은 무시된다.[9]

본고는 이러한 문제의식에서 출발한다. 전향론에서 중요한 것은 카프 문인들이 전향논의에 대해 구체적으로 어떠한 지점에서 제국의 이데올로기에 포섭되며, 어떠한 지점에서 이를 전유하며 제국의 이데올로기를 전복시키는가, 혹은 어떠한 지점에서 제국의 문제설정 자체를 폐기하는가에 대한 성실한 검토이다. 더불어 이 과정에서 과거 이들이 지향하던 사회주의 이데올로기는 어떻게 변모하며 그 변모의 의미는 무엇인가에 대한 고찰이 필요하다.

이러한 맥락에서 '전향'의 개념 역시 보다 확장되어 사용될 필요가 있다. '전향'은 당시 사회주의 지식인들이 피할 수 없던 과정이었다. 중요한 것은 이를 선험적으로 가치판단하는 것이 아니라, 이 과정 속에서 이들이 보여준 지적 고투의 과정을 살펴보는 것이다. 이렇게 본다면 윤리적 층위에서 규정되던 전향=변절의 개념과 최근 내적 자발성의 논리 속에서 규정되던 '주체적인' '전향'의 개념이 아닌, '과정으로서의 전향'이라는 개념이 방법론적으로 추구될 필요가 있다. 즉 제국의 이데올로기적 국가 폭력으로서의 전향 과정에서 식민지 지식인들이 보여준 제국 이데올로기의 수용과 균열의 능동적인 '과정'으로서 전향을 바라볼 때, 비로소 식민지 지식인이 이 시기 보여준 새로운 사상사적 모색의 실체가 보다 객관적으로 드러날 수 있을 것이다. 따라서 전향을 특

---

9) 이는 최근 일련의 포스트 콜로니얼적 이론에서도 종종 드러나는 한계이다. 이들은 제국을 절대적인 존재로 설정하고 이에 대해 저항·동화하는 식민지 지식인의 양가성을 추출하는 것에 그치고 있다. 그런데 제국과 피식민지의 관계는 그렇게 단순하지 않다. 제국은 식민지를 통해서만 자신의 정체성을 확인할 수 있기 때문에 특정한 국면에서 제국과 식민지간의 관계는 종종 비대칭적인 방식으로 현상한다. 이를 무시할 경우 식민지 지식인은 절대적인 존재로서의 대타자로 제국을 전제하게 되며, 제국의 문제설정을 벗어날 가능성은 애초부터 배제된다. 그러나 식민지 지식인들은 제국 외부의 공간에 자신의 문제설정을 위치시키기도 하며, 혹은 주객관계를 전도시킴으로써 제국과 식민지의 위계질서를 전복시키기도 한다. 이러한 다양한 양상을 모두 '양가성'개념으로 설명하는 것은 사실상 제국의 절대성을 승인하는 문제설정이기에 위험하다. 제국은 언제나 대타자인가? 유물론적인 방식, 보다 직접적으로 알튀세르적인 방식으로 말하자면 '제국은 언제나 대타자인 것은 아니다.'

정한 범주로 한정짓는 것이 아니라, 일종의 사상사적 변모 '과정'속에서 파악하는 것이, 이에 대한 선험적인 문제설정이나 가치판단보다 우선시 되어야 할 것으로 판단된다.

이를 위해 본고는 우선 카프 문인들의 전향 논의의 전제가 되는 당대 사회주의 진영의 전향론을 살펴본 후, 이를 바탕으로 카프 문인들의 전향 논의를 대표적으로 보여주는 임화와 김남천을 중점적으로 살펴보고자 한다. 이를 통해 시대와 대결, 혹은 좌절하는 카프 문인들의 전향론의 양상을 유형화하는 것이 본고의 목적이다.10)

2. 당대 전향 논의의 두 가지 흐름 – '평행제휴론'과 '동화일체론'11)

기존 전향 연구들은 민족주의적 기준을 선험적으로 적용시키면서

---

10) 이 글에서 임화와 김남천 이외에도 전향 논의에 있어 중요한 카프 문인인 박영희와 백철은 다루지 않는다. 이는 이들의 전향이 과거 사회주의 운동의 내적 논리의 변모과정 속에서 이루어진 것이 아니라는 판단에 기인한다. 필자의 판단으로는 박영희와 백철의 전향은 논리적인 층위의 것이 아닌 체험적인 층위의 것에 속하기 때문이다. 이는 이들의 전향선언문인 박영희의 「최근 문예이론의 신전개와 그 경향」(『동아일보』, 1934. 1. 2~11)과 백철의 「비애의 성사」(『동아일보』, 1935. 12. 22~27)에서 단적으로 드러난다. 박영희의 글은 그 부제인 카프에 대한 '사회사적 및 문학사적 고찰'에는 이르지 못한 채 사회사와 문학사를 이분법적으로 대립시키면서 "얻은 것은 이데올로기며 상실한 것은 예술 자신"이라는 이른바 '청산주의'적 태도를 보여줄 뿐이며, 백철의 글은 그의 표현대로 "감상, 비애, 우울에 찬 마음씨"의 일단을 보여줄 따름이다. 문제는 이들의 전향과 '변절'이 아니다. 오히려 문제는 이 과정에서 당대 전향논의와 대결하려는 사상적 모색과정의 고투가 이들에게서 잘 보이지 않는다는 것이다. 이는 각기 박영희와 백철의 작가론의 층위에서 해명되어야 할 과제이지 '전향론'이라는 문학사상사적 측면에서 다루어질 수 있는 과제가 아닌 것으로 판단된다.

11) 이 장의 논의는 이승엽, 윤해동 외 엮음, 「조선인 내선일체론자의 전향과 동화의 논리」, 『근대를 다시 읽는다』 1권, 역사비평사, 2006; 홍종욱, 「중일전쟁기 사회주의자들의 전향과 그 논리」, 서울대 석사논문, 2000; 윤대석, 「1940년대 '국민문학'연구」, 서울대 박사논문, 2006, 등의 논의에 기반한 바가 크다. 특히 당대 전향 논의를 '평행제휴론'과 '동화일체론'으로 구분하는 것은 이승엽의 논의에 기반한 것임을 밝혀둔다.

전향을 외적 강제에 의한 수동적인 '변절'로 파악한 것이 사실이다. 그러나 이를 확인하기 위해서는 당대 사회주의 진영의 전향 논의를 직접 살펴볼 필요가 있다. 그런데 이와 관련하여 흥미로운 것은 당시 전향 논의가 일괄적인 방향으로 진행된 것이 아니라 나름의 분화 과정 속에서 진행되었다는 점이다. 이는 삼천리지에서 1939년 1월에 기획한 「時局有志圓卓會議」에서 단적으로 드러난다. 이 좌담은 이광수, 주요한 등의 과거 민족주의운동 계열, 인정식, 차재정 등 사회주의 운동 계열, 현영섭 등 아나키즘 운동 계열의 전향자들이 모여 이른바 '신체제'에 대한 자신의 견해를 밝히는 형식으로 구성되어 있다. 그런데 여기서 주목되는 것은 인정식과 현영섭간의 신체제에 대한 상이한 관점이다.

(A) 이 필연성의 確信을 더욱 굳게하는 것은 국내의 革新勢力임니다. 아시는 바와 같이 革新主義의 특징은 反共産임과 동시에 反資本的임니다. 그의 궁극적인 이상은 오직 天皇만을 推戴하고 天皇과의 사이에서만 차별과 불평등을 긍정하자는 것임니다. 資本家的 搾取와 資本家的 植民地 觀念을 근절하고 共存共榮을 기조로 하는 사회를 皇室中心으로 재건하자는 것이 日本主義의 根本理想임니다. 이처럼 革新勢力은 反資本的이고 또 反搾取的이기 때문에 이 革新勢力의 擡頭의 필연성에 있어서 內鮮一體의 필연성을 보는 것임니다. 웨 그러냐하면 殖民地로서의 朝鮮을 완전히 止揚하고 朝鮮民族과 大和民族을 합하야 한 개의 보담 高級의 개념을 가진 新日本民族에로 통일할 수가 있기 때문임니다./ 여기에 주의할 것은 新日本民族에로 통일된다는 것은 결코 朝鮮人이 그의 民族的인 고유성전반을 상실하야 한다는 것은 절대로 안임니다. 조선民族의 고유한 언어 문화전통 民族정신 등 이러한 것은 새로히 형성되는 新日本民族의 생활의 일부면으로서 끝까지 보존되고 또 발달되야 할 것임니다. 내선일체라 하면 곧 조선어의 폐지 조선衣服의 禁用 등을 의미하는 것으로 생각하는 그런 무지한 徒輩야 말로 가이없는 인간들임니다.[12]

---

12) 「時局有志圓卓會議」, 『삼천리』, 1939. 1, 40-41쪽. 이하 모두 강조는 인용자. 이하 인용되는 『삼천리』의 글은 모두 국사편찬위원회(http://www.history.go.kr)에서 제공하는 자료를 이용한 것이다.

(B) 즉 日本의 八紘一字의 理想, 人類愛의 理想을 확신하야 우리들의 一切을 日本國家에 공헌함으로써 一切의 자유를 어들 수 있지 아니한가 고 나는 생각합니다. 日本國家의 유력한 分子로서 세계의 우수한 국민 이 되야 享有할 수 있는 자유와 독립을 夢想하고 그 理想의 실현을 確信 합니다.13)

(A)는 인정식의 발언이며 (B)는 현영섭의 발언이다. 인정식의 발언은 크게 두 가지로 요약된다. 하나는 '신체제'의 중심사상이 반자본주의이 며 따라서 자본주의의 착취와 식민제도를 철폐할 수 있다는 지적이며, 다른 하나는 비록 '내선일체'가 진행된다고 하더라도 조선의 민족적 고 유성은 보장되어야 한다는 지적이다. 전자는 당시 표면적이나마 일본 의 '혁신세력'이 강력한 반자본주의적 성격을 보였다는 점을 강조하여 신체제를 자본주의적 착취와 식민제도의 철폐로 재구성하는 인정식의 독특한 '신체제'인식을 보여준다. 후자 역시 '내선일체'논의에 대해 원 칙적인 동의를 보이면서도 조선민족의 고유성을 강조하면서 '진정한 내선일체'에 대한 비판을 수행하는 독특한 '내선일체'인식을 보여준다.

반면 현영섭의 경우 인정식의 발언에 대해 강력한 비판을 보여준다. 그가 보기에 인정식의 신체제와 내선일체에 대한 인식은 "과거의 청산 에 있어서 純潔無汚하야야만 할 것이요 妥協的 態度가 아니라 一切을 밧치는 宗敎的 態度"14)가 부족한 것이다. 왜냐하면 인정식의 주장은 진정한 신체제와 내선일체가 아닌 "타협적 태도"에 불과하기 때문이다. 현영섭의 관점에서 조선인들의 '자유'와 '독립'을 보장해주는 것은 진 정한 내선일체를 통해 일본의 우수한 국민으로 편입되는 것이다.

이 둘 간의 대립은 당시 운동 진영의 전향 논의가 지니는 두 가지 흐름을 단적으로 보여준다. 인정식은 과거 사회주의 운동의 연장선상 에서 신체제의 반자본주의적 성격을 강조하여 전유해냄으로써 당시 운

---

13) 앞의 글, 42쪽.
14) 위의 글, 42쪽.

동 진영의 '위기'를 돌파하고자 하는 양상을 보인다. 반면 현영섭은 '진정한' 내선일체를 통해 일본과 조선을 통합하고, 이를 통해 조선에 대한 일본의 차별을 철폐하고자 하는 인식을 보여준다.

이상의 예에서 단적으로 나타나는 것과 같이 일제 말기 사회주의 진영의 전향 논리는 단순한 변절의 과정으로 보기보다는 나름의 내적 논리를 지니고 전개된 능동적인 사상적 모색 과정으로 보는 것이 타당하다. 이러한 전향 논의는 크게 두 가지 방향으로 이루어졌다. 하나는 인정식 등을 중심으로 한 '평행제휴론'으로서 이는 당시 이른바 '혁신세력'의 '동아신질서'의 구상 속에서 과거 사회주의적 신념을 구체화 시킬 수 있는 균열 지점을 포착하고 이를 적극적으로 전유해냄으로써 전향 이후 자신의 사상적 연속성을 지향하고자 한 경우이다. 다른 하나는 현영섭 등을 중심으로 한 '동화일체론'으로서 이는 완전한 내선일체의 구현을 통해 식민지 조선인으로부터 제국의 주체로 거듭나고자 하는 식민지 지식인의 욕망을 대변한다. 전자가 제국의 이데올로기를 전유함으로써 이를 공세적으로 전복시키려는 시도라면, 후자는 제국과의 동일시를 통해 식민지인의 위치를 넘어서려한 시도라고 할 수 있다.

문제는 제국은 식민지에 대한 끊임없는 동화와 차별화를 반복한다는 사실이다. 기본적으로 '내선일체' 정책은 동화정책의 성격을 지니지만, 현영섭의 주장과 같이 완전한 내선일체가 이루어진다면 제국과 식민지의 구별 자체가 폐기된다. 따라서 제국은 일정한 차별화 정책을 동시에 사용한다. 이를 단적으로 보여주는 예가 현영섭의 '조선어 전폐론'에 대한 미나미 총독의 반응이다. 현영섭은 1938년 7월 8일 미나미 총독과의 대담에서 진정한 내선일체를 위해 "조선어 사용 전폐"를 주장한다.15) 그는 이러한 과정을 통해 진정한 '내선일체'를 이룩하고, 이

---

15) "……玄永燮씨(綠旗연맹)로부터 세계를 통일한다고 하는 것은 역사적으로 오래인 근거를 가지고 잇스나 한번도 실현된 일은 업다. 이러한 세계적인 이상을 생각할 때 내선일체의 문제는 극히 적다. 그러나 조선인이 완전한 일본인이 되기 위하야는 무의식적 융합인 旣 완전한 내선 일원화에서부터 되지 안으면 안될 것인즉 종래에 체험치

를 통해 "조선인의 흔적을 완전히 지우고 (일본인과—인용자) 동등한 권리를 획득한 조선인의 모습"16)을 획득하고자 했다. 그러나 이에 대해 미나미 총독은 "국어를 보급하는 것은 가한 일이며('나'의 오식으로 보임—인용자) 이 국어 보급 운동도 조선어 폐지 운동으로 오해를 밧는 일이 종종 잇슨즉 그것은 불가한 말이다고 전면적으로 이를 거부하엿다."17) 이는 제국의 동화정책을 기반으로 식민 본국과 피식민지간의 위계서열을 전복시키려는 현영섭의 기획이 제국의 '차별화 정책'을 인식하지 못한 결과임을 단적으로 보여준다. 결국 제국은 현영섭의 '동화일체론'을 수용할 의사가 처음부터 없었다. 아무리 내선일체가 강조되어도 그것은 어디까지나 일정한 차별화 정책을 수반하는 것이었다.18)

그렇다면 우리가 주목할 수 있는 것은 제국의 이데올로기를 공세적으로 전유하거나 문제설정 자체를 폐기하는 '평행제휴론'의 전향 논리이다. 이 논리에 입각한 전향의 경우 표면적으로는 신체제론에 포섭된 양상을 보이지만, 그 이면에는 제국 이데올로기에 대한 일정한 전유와 폐기가 내포되어 있으며, 따라서 이를 분석할 경우 '변절'로 환원되지 않는 일제 말기 문인들의 내적 고투과정을 복권시킬 수 있기 때문이다. 이제 그 대표적인 사례로 볼 수 있는 임화와 김남천의 전향 논리를 살

안은 神道를 통하야 또는 조선어 사용 전폐에 의하지 안으면 안될 줄 안다고 述해서 조선어 폐지를 주장하니 南 총독은 이에 대하야 조선어를 배척함은 불가한 일이다. 가급적으로 국어를 보급하는 것은 가한 일이며('나'의 오식으로 보임—인용자)이 국어 보급 운동도 조선어 폐지 운동으로 오해를 밧는 일이 종종 잇슨즉 그것은 불가한 말이다고 전면적으로 이를 거부하엿다.", 「機密室—우리 社會의 諸 內幕」, 『삼천리』, 1938. 8, 22쪽.

16) 이승엽, 앞의 논문, 231쪽.

17) 「機密室—우리 社會의 諸 內幕」, 『삼천리』, 1938. 8, 22쪽.

18) 더불어 이른바 '중일전쟁기'와 '태평양전쟁기'의 식민 정책의 변화를 살펴볼 필요도 있다. 상대적으로 '중일전쟁기'가 식민 담론 내부에서의 균열과 저항의 가능성이 일정 부분 존재했던 반면, '태평양전쟁기'는 이와 같은 가능성이 대폭 축소되는 양상을 띠기 때문이다. 따라서 전향론에 대한 연구 역시 이 두 시기 전향 논의의 변모과정을 살펴볼 필요가 있다. 본고는 시기상으로는 주로 '중일전쟁기'의 전향 논의를 다루지만, 이후 '태평양전쟁기'의 전향 논의의 변모 과정 역시 중요한 연구 과제임은 분명하다.

펴볼 차례이다.[19]

3. 생산문학론과 문학사 서술을 통한 제국 이데올로기의 '전유' – 임화의 경우

1) '국책문학'의 전유로서의 '생산문학론'

일제 말기 임화의 전향 논리를 가장 잘 보여주는 것은 '생산문학론'이다. 김윤식은 이에 대해 다음과 같이 정의한 바 있다. "生産小說은 國策的 精神에다 記錄的, 報告的 方法으로 農, 漁, 鑛, 工場, 移民 등을 취급하는 小說"[20]이며 결국 "新體制論이 小說의 주제에 작용한 것"[21]이다. '생산문학론'에 대한 이러한 정의는 이후 반복적으로 논의되며, 특히 임화의 전향과 '변절'을 보여주는 것으로 종종 논의된다.

그러나 2장에서 살펴본 바와 같이 '평행제휴론'이 사회주의 진영의 전향 논리의 큰 틀을 이룬다면 임화의 '생산문학론'은 다른 측면에서 해석될 여지가 있다. 우선 '생산문학론'의 핵심적인 내용을 살펴보자.

> 生産小說은 社會를 發見하면서부터 思考가 局限되면서 勞動이란 過程 가운데서 人間이 있는 狀態에 關心하게될 것이다. 自然과 物件, 卽 勞動 對象과 直接 關係하고있는 瞬間에 人間의 內的狀態가 또한 生産小說의 主要한 側面이다. 單純하고 純粹한 狀態에 있는 人間의 探究 或은 그 性格의 提示다.[22]

---

19) 그러나 평행제휴론이 아닌 '동화일체론'의 입장에서 전향 논의를 진행한 문인들에 대한 연구 역시 중요한 것은 분명하다. 다만 이 글이 다루고자 하는 범위와 목적을 벗어나기 때문에 이는 차후의 과제로 돌린다.

20) 김윤식, 앞의 책, 466쪽.

21) 위의 책, 507쪽.

22) 임화, 「생산소설론」, 『인문평론』, 1940. 4, 11쪽.

354

위의 인용문에서 생산소설의 핵심적인 내용은 인간이 노동을 통해 자연과 직접적인 관계를 지니는 순간의 의미를 형상화한다는 것이다. 즉, 객관적 대상으로서의 자연이 존재하며 주체로서의 인간이 노동을 통해 이를 인식, 변형하는 과정을 그리는 것이 생산소설의 핵심적인 문제로 설정된다.

그런데 이와 같은 임화의 주장은 그것 자체로는 특별히 친일적이라거나 혹은 전향 논리를 보여준다고 할 수는 없다. 왜냐하면 위의 주장은 고전적 맑시즘의 일반적인 인식론과 동일한 것이며, 과거 카프 문예운동 시기 임화가 주장했던 맑스주의 문예이론과 유사한 논리이기 때문이다. 따라서 문제는 생산문학론 자체가 아니라 그것이 제기된 배경이다. 임화가 1940년이라는 이른바 '신체제'속에서 생산문학론을 제기한 까닭이 무엇인지, 그리고 그 배경에는 어떠한 문제의식이 놓여져 있는지를 살펴본 후에야 생산문학론에 대한 객관적인 평가가 가능하다.

생산문학론의 제기 배경은 크게 두 가지로 볼 수 있다. 하나는 문학의 장 내부에서 제기된 이른바 '시정소설'에 대한 반론의 필요성이며, 다른 하나는 당시 신체제의 강요 속에서 제기된 '국책문학'의 구체적인 창작방법론의 제기의 필요성이다. 전자의 경우 임화가 1930년대 후반 이후 지속되던 세태소설의 연장선에서 등장한 '시정소설'에 대한 비판을 위해 생산문학론을 제기했다는 것이다. 이는 상당한 설득력을 지니는 바, 그 이전 시기 이미 임화가 조선의 당대 소설계를 세태소설과 내성소설로 유형화하여 비판하였음을 고려한다면 세태소설의 연장선에 놓인 시정소설에 대한 비판은 자연스러운 귀결이기 때문이다.23)

그렇다면 중요한 것은 후자의 경우이다. 임화의 '생산문학론'이 이

---

23) 임화의 '생산소설론'에서 주된 비판의 대상은 '시정소설'이다. "…… 生産小說가운데 期待할것은 作家들이 市井을 支配할 能力을 얻게함과 同時에 그것으로 一般 作家들의 精神能力의 復活과 題材에 對한 支配力의 再生의 契機를 삼자는데 있지 않은가 한다./ 要컨대 市井生活가운데 沈溺해버린 低徊하는 '레아리즘'의 한 打開策일것이다.", 임화, 위의 글, 9쪽.

른바 '국책문학'의 구체적인 창작방법론의 일환으로 제기된 것이라면 이를 통해 임화가 당시 신체제론에 대해 어떠한 대응을 보였는가를 추측해 볼 수 있기 때문이다. 이를 살펴보기 위해서는 최재서가 처음 소개한 '생산문학론'을 먼저 검토해 볼 필요가 있다.

> …… (생산문학은-인용자) 事實 그 取材方式이라든가 觀察法을 보면 퍽 리아리스틱하야서 過去의 傾向文學과 恰似한 點도 있지만(事實 이 文學에 從事하는 作家나 그들의 方法은 過去의 傾向文學의 系統을 끄으는 것이지만), 그 精神이나 取扱態度가 大體로 國策에 쫓는다는데서 判異하야진다.24)

최재서가 소개하고 있는 생산문학론에서 주목되는 것은 그가 '경향문학'의 연속성속에서 생산문학을 파악하고 있다는 점이다. 사실 생산문학은 소재와 서술방식 등 그 창작방법론이 과거 경향문학의 리얼리즘적 성격과 상당부분 일치한다. 이는 생산문학이 자연에 대한 인간의 노동을 통한 생산과정을 형상화하는 것에 초점을 맞추기 때문이다. 다만 생산문학이 경향문학과 판이하게 구별되는 것은 경향문학이 노동을 매개로 한 생산력과 생산양식간의 모순의 극복과 이를 통한 사회주의 사회로의 이행을 목적으로 하는데 반해, 생산문학은 '국책'의 선전, 선동을 목적으로 한다는 점이다. 따라서 임화의 '생산문학론'을 평가하는 기준은 그가 단지 '생산문학'을 주장했다는 사실 여부가 아니라, 이를 통해 사회주의적 인식론을 통한 리얼리즘의 갱신을 추구했는지, 아니면 '국책'의 선전, 선동을 추구했는지의 여부이다.

이를 판단하기 위해서 그의 '생산력'에의 강조가 어떠한 '생산양식'을 지향했는가가 기준이 될 수 있다. 생산력에 대한 강조 자체는 그것만으로는 특별히 체제협력적인 전향으로 평가할 수 없다. 문제는 생산력에 필연적으로 결부되는 '생산양식'으로서 임화가 당시 '신체제'의

---

24) 최재서, 「生産文學」(「모던文藝辭典」 중), 『인문평론』, 1939. 10, 114쪽.

356

파시즘적 체제를 승인했는가의 여부이다.[25] 만약 임화가 '생산문학론'
을 통해 생산력의 탐구라는 과제를 '신체제'적 생산양식과 결부시킨다
면 이는 분명히 당시 '신체제'론에 포섭된 것으로 볼 수 있다. 그러나
임화는 '생산문학론'은 물론 이후의 비평에서 새로운 생산양식으로서
의 '신체제'를 승인한 적이 없다. 즉, 생산력 증진을 통한 전쟁 시기 '총
후봉공'을 주장한 적이 없다는 것이다. 이렇게 본다면 임화의 '생산문
학론'은 과거 사회주의 이념에 입각한 리얼리즘의 갱신의 차원에서 당
대 '시정소설'의 한계를 비판한 것으로 보는 것이 타당하다.[26]

결국 임화는 당시 '국책문학'으로 선전되던 '생산문학론'의 문제설
정을 자신의 고유한 리얼리즘의 갱신이라는 문제설정으로 전유하는 양
상을 보인다. 이는 임화가 '국책문학'이라는 제국 이데올로기를 그 내
부로부터 '내파'함으로써 전향 논의에 대응했음을 의미하며, 그의 '생
산문학론' 역시 과거 카프 문학운동의 갱신이라는 측면에서 다시 조명
될 필요가 있음을 의미한다.

2) 문학사 서술을 통한 '식민지 특수성'의 인식

위의 논의를 뒷받침 해주는 사실은 그가 '생산문학론'의 제기 이후
당대의 '생산양식'의 문제에 대해 더 이상 언급하지 않은 채 문학사 서

---

25) 이와 관련하여 필자는 하정일의 다음과 같은 주장에 동의한다. "…… 임화의 생산소
  설론은 총후의 현실에 부응하는 국책문학과는 아무런 관계도 없다. 임화가 생각한 생
  산소설이란 생산을 고취하고 그를 위해 민중을 동원하는 문학이 아니었기 때문이다. 임
  화의 생산소설론은 소비의 세계에 파묻혀 있는 시정소설의 한계를 극복하기 위한 고
  민의 산물이었다. 요컨대 소비와 함께 생산을 고민할 때 비로소 '전체로서의 현실', 곧
  생산과 소비의 통일로서의 현실을 그릴 수 있다는 생각에서였던 것이다.", 하정일, 「일
  제 말기 임화의 생산문학론과 근대극복론」, 『민족문학사연구』 31호, 2006, 300-301쪽.
26) 이와 같은 관점에서 기존에 '생산문학론'에 입각한 체제협력적인 작품으로 간주되었
  던 이기영의 『대지의 아들』, 김남천의 『사랑의 수족관』, 한설야의 『대륙』 등의 작품은
  다시 평가될 필요가 있다. 이들 작품이 생산소설적 성격을 지닌 것은 사실이나, 생산
  소설 자체가 체제협력적인 성격을 지닌다는 기계적 도식은 성립하지 않기 때문이다.

술의 영역으로 나아간다는 점이다. 주지하다시피 일제 말기 임화는 당대 비평의 영역에서 조선 문학사에 대한 서술로 나아간다. 그는 이미 1935년 당대의 ‘조선학 운동’의 일환으로 전개되던 복고적 문화주의 경향을 비판하면서 과학적 방법론에 입각한 조선 문학사 서술의 필요성을 제기하고 있다.27) 그는 카프 2차 검거와 해소 이후 자신의 문학적 지향의 한 축으로 문학사 서술의 과제를 설정한 것이다.

그렇다면 어떠한 문제의식이 임화로 하여금 문학사 서술의 필요성을 제기하게 했는가? 이와 관련하여 주목해야 할 점은 30년대 중후반 이후 임화가 ‘주체의 재건’이라는 기획을 리얼리즘의 핵심적 문제로 제기하고 있다는 것이다. 이는 당시 계급적 세계관의 지향이 객관적 정세로 인해 불가능해진 시기, 문학이 세태소설과 내성소설로 분열되는 상황을 나름의 맑스주의적 방법론을 통해 극복하려는 문제설정으로 볼 수 있다. 그런데 문제는 당시 조선의 식민지적 특수성으로 인해 리얼리즘 문학의 주체가 프롤레타리아트가 아닌 양심적 인텔리겐챠였다는 사실이다. 이로 인해 김남천이 전통적인 ‘리얼리즘’의 영역이 아닌 ‘자기 고발론’과 ‘모랄론’의 논의로 이동한 것인 바, 주관적 지향으로서의 프롤레타리아적 세계관과 객관적 존재 조건으로서의 양심적 인텔리겐챠 사이의 간극이 이와 같은 ‘주체의 분열’을 낳은 것이다. 따라서 임화의 문학사 서술의 핵심적인 문제설정은 이러한 ‘주체의 분열’을 문학사적 시야를 통해 인식하는 것이었다.

이러한 맥락에서 그의 문학사 방법론에서 두드러지는 것은 ‘전통’과 ‘환경’을 근대 문학으로 전개시킬 매개자, 즉 조선 근대문학의 담당층—주체에 대한 탐구이다. 기실 이 지점이야 말로 임화의 문학사 연구가 지니는 최대의 문제의식이라고 할 수 있을 것이다.

그런데 여기에서 우리가 주의할 것은 외래문화와 고유문화의 유산의 교

---

27) 雙樹台人(임화), 「역사적 반성에의 요망」, 『조선중앙일보』, 1935. 7. 5~16.

섭이 인간을 매개체로 하고 있다는 점이다. 즉 행위에 의하여 매개된다. 그런데 행위자와 지향은 문화의향(文化意向)만이 아니다. 그들의 계층적 성질은 혹은 그들의 실질적 기초가 제약한다. 다시 말하면 그들의 물질적 지향이 외래문화와 고유문화와의 문화교류, 문화혼화(文化混和)에서 새로운 문화창조의 형태와 본질을 안출(案出)한다.[28]

위의 인용문에서 보이는 바와 같이 문학사 인식의 관건은 외래문화와 고유문화의 유산을 교섭시키는 '매개체'로서의 인간의 '물질적 지향'에 대한 인식이다. 이렇게 볼 때 비로소 문학 담당층의 구체적 실상이 드러날 수 있기 때문이다. 그 결과 임화는 이인직으로 대표되는 개화파 세력과 이광수로 대표되는 식민지 부르주아지를 거쳐, 3·1운동 이후 식민지 부르주아지의 분화 과정의 성과 위에서 '신경향파'가 등장하며 이로부터 카프가 성립한다는 사적 인식을 확보할 수 있었다.

물론 이와 같은 인식은 지금의 문학사적 시각에서는 지나치게 소박한 '상식'이다. 그러나 임화의 문학사 서술의 문제설정을 고려한다면 이는 매우 중요한 자기 갱신을 의미한다. 카프 문학운동의 과정에서 자본주의 일반의 문제가 제기되면서 기실 조선의 식민지적 특수성의 문제는 해명되지 못한 것이 사실이다. 그런데 임화는 문학사 서술의 과정에서 식민지 문화 담당층의 특수성으로서 '주체의 분열'을 인식할 수 있었으며, 이를 기반으로 인텔리겐챠의 분열이 자본주의 일반으로 환원되지 않는 식민지 근대성의 발현 양상임을 인식할 수 있었다. 임화의 문학사 서술에 의하면 당대 카프 문인들의 '주체의 분열'은 식민지 자본주의화의 과정 속에서 분화된 인텔리겐챠의 필연적인 결과이다.[29]

---

28) 임화, 「조선문학 연구의 일 과제—신문학사의 방법론」, 『동아일보』, 1940. 1. 13~20; 위의 책, 381쪽.

29) 이러한 임화의 인식은 현재 문학사 서술에도 여전히 유용한 지적이다. 임화는 이인직부터 이광수, 김동인과 염상섭, 그리고 신경향파와 카프를 논의하는 가운데 끊임없이 이들의 '이중적 성격'을 강조하고 있다. 이는 식민지 근대성의 발현 양상의 특징으로서 문예 담당층인 인텔리겐챠가 지니는 자기 분열적 속성을 정확히 인식한 결과이다. 지금의 문학사 서술에서도 이러한 자기 분열적 속성 대신 민족주의에 의해 호명된 완

그는 특히 이광수의 『무정』을 평가하면서 이 작품의 추상적 성격이 조선 부르주아지의 특수성에 기인한다고 보는데, 이러한 임화의 인식은 이후 조선의 식민지 특수성에 대한 탐색으로 나아간다는 점에서 중요하다.

임화는 일제 말기 유독 '조선적인 것'에 대한 강조를 보인다. 예컨대 학예사를 통한 '조선문고'의 출간이나 고전의 발굴 작업 등이 그러하다. 이러한 임화의 '조선적인 것'에 대한 강조는 과거 카프 문학운동에서 종종 간과되어 온 민족문제와 조선의 식민지적 특수성에 대한 인식의 발현이라는 점에서 주목될 필요가 있다.30) 물론 그의 '조선적인 것'에 대한 강조의 배경에 당시 제국 이데올로기인 동양론과 그에 따른 제국의 지방문화로서의 조선문화의 발견이라는 담론이 있었음은 사실이다. 그러나 임화는 이러한 담론을 자신의 고유한 '주체의 재건'이라는 문제설정으로 전유해서 배치시키고 이를 통해 '식민지적 특수성'에 대한 인식으로 나아간다. 그의 문학사 서술 역시 조선 근대 문학의 담당층을 규명하는 것으로 초점이 맞추어지는데, 이때 그는 조선의 식민지적 근대성의 특수성을 인식함으로써 '주체의 분열'과 이의 극복으로서의 문학사 구도를 설정할 수 있었다. 이 점이 임화의 문학사 서술의 핵심적인 성과인 바, 이를 통해 그는 당대 '주체의 분열'이 지니는 역사적 맥락을 이해할 수 있었다. 그리고 이것이 '신체제론'과 '대동아공영권'을 통해 새로운 '주체'를 재건하려던 일련의 사회주의 진영의 움직임에

결적 주체만이 반복된다는 사실을 고려한다면, 임화의 '주체의 분열'로서의 문학사 인식은 상당한 문제성을 내재한 것으로 볼 수 있다.

30) 이 부분은 보다 적극적으로 평가될 필요가 있다. 예컨대 임화가 학예사를 통해 '조선문고'를 출간했다는 사실은 제국 이데올로기인 '로컬 문화로서의 조선 문화'라는 이데올로기를 전유하여 식민지 문화의 특수성을 체계화하려는 의도적인 작업으로 볼 수 있다. 특히 일제 말기 임화가 보여주는 식민지적 특수성에 대한 강조는 맑스주의에서 종종 간과되어 온 민족문제에 대한 자기 성찰을 보여준다는 점에서 주목된다. 임화의 '조선적인 것'에 대한 강조의 전개 과정과 의미에 대해서는 곧 별도의 글을 통해 고찰할 예정이다.

360

서 벗어날 수 있었던 배경이기도 하다.[31]

4. 동양론의 부정과 발자크 수용을 통한 제국 이데올로기의 '폐기' - 김남천의 경우

1) 보편주의적 사유의 견지와 '동양론'의 부정

김남천의 경우 카프 문인들의 전향 논의에서 가장 핵심적인 문제성을 지닌다. 이는 그의 전향 논의에 대한 평가가 극단적으로 나뉘는 것에서 단적으로 드러난다. 1장에서 살펴본 바와 같이 김남천에 대해 "…… 김남천은 분명 위대한 정신을 소유한 몇 안 되는 민족주의 작가 중 하나였다. 아울러 그의 전향문학은 한국의 전향문학이 걸어가야 할 바람직한 길을 제시했다는 점에서 높이 평가될 수 있다."[32]라는 평가가 있는 반면, 동시에 "준엄한 자기 고발을 통해 새로운 주체의 재건을

---

31) 홍종욱은 일제 말기 사회주의 진영의 전향을 새로운 주체 형성의 기도라고 파악한다. 그러나 그는 결국 전향을 통한 주체 형성은 그 내적 동력이 일본의 '혁신세력'에 있었기 때문에 이들의 쇠퇴와 더불어 좌절된다고 평가한다. "1940년을 지나면서 일본 내 혁신의 기운은 쇠퇴한다. 이와 연동하여 조선에서도 '내선일체'나 혁신을 둘러싼 논의 공간은 닫히게 되고, 다양한 가능성을 모색해오던 전향 좌파들은 잇달아 붓을 꺾는다. 전향을 통한 주체 형성이라는 좌파 지식인의 기획은 좌절로 끝을 맺었다.", 홍종욱, 「해방을 전후한 주체 형성의 기도 - 좌파 지식인의 '전향'을 중심으로」, 윤해동 외 엮음, 앞의 책 1권, 260쪽. 그러나 홍종욱의 논의는 제국 이데올로기에 대한 '전유'의 전제로 '제국'의 절대성을 상정하고 있다는 점에서 위험하다. 제국과 식민지 지식인간의 '협상'은 결코 한 쪽의 절대적 우월성으로 귀결되지 않는다. 왜냐하면 제국과 식민지 지식인은 한 쪽을 절대적인 존재로 인정하는 것이 아니라 상호간의 끊임없는 '협상'을 통해서만 자신의 정체성을 유지할 수 있기 때문이다. 이런 맥락에서 김철과 정종현 등의 논의 역시 한계를 지닌다. '전향'의 핵심적인 쟁점은 전향 논의를 통해 식민지 지식인이 제국과의 '협상'의 '룰'을 바꾸어내는 과정이지, 그 '룰'에 의한 일방적인 반응을 살펴보는 것이 아니기 때문이다.
32) 노상래, 앞의 책, 243쪽.

고대하던 김남천에게 있어 근대초극론에 바탕을 둔 전향이 의미하는 것은 주체의 상실이라는 역설이었다."[33]는 평가가 존재한다. 이는 김남천의 전향 논의가 지니는 중층성과 복합성에 기인하는 것으로, 곧 그의 전향 논의에 대한 접근이 매우 조심스러운 방식으로 이루어져야 함을 의미하는 것이기도 하다.

김남천의 전향 논의와 관련하여 중요한 사실은 그와 서인식의 관계이다. 그는 실제로 회고를 통해 서인식의 영향을 깊게 받았음을 밝히고 있다.[34] 이 뿐만 아니라 그의 다른 글들에서도 서인식의 영향은 강하게 드러난다. 특히 서인식의 영향이 강하게 드러나는 부분은 동양론에 대한 논의에서이다.

김남천과 서인식의 관계에 대한 선구적인 연구는 앞서 언급한 김철과 정종현에 의해 진행되었다. 김철과 정종현은 실증적인 연구를 통해 서인식과 김남천간의 사상적 영향관계를 구명하였으며, 그 배경에 이른바 '근대초극론'이 놓여져 있음을 밝히고 있다. 그리고 이러한 영향관계 속에서 김철은 김남천이 '근대초극론'을 수용하고 이를 통해 김남천이 다다른 곳이 "…… 새로운 대주체로의 귀속을 통해 심리적 안정을 추구하는 전향의 코스가 도달한 하나의 지점", 즉 "…… 제국의 당당한 주체로서의 직분의식과 소명을 자각하고 있는"[35] 지점임을 주장한다. 정종현 역시 동일한 맥락에서 김남천이 결국 "직분의 윤리"로 표상되는 "전체주의 윤리관"[36]에 침윤되었음을 주장한다.

---

33) 김철, 앞의 논문, 390쪽.

34) "내가 동경서 학업을 중지하고 서울로 나온 것은 소화 6년 봄, 바로 『비판』이 창간되던 무렵이다. 당시 나는 사회운동에 대한 아무런 경험도 없었으므로, 카프가 어떠한 파벌에 속하는 것인지도 똑똑히 몰랐으나, 당시에 내가 카프 동경지부원들은 고경흠, 서인식 등의 제씨의 정치이론을 지지하고 있었으므로, 파벌청산을 구호로 내세우기는 하면서도 의연히 엠엘계에 심리적으로나 이론적으로 가담해 있던 것이 사실이었다.", 김남천, 「『비판』과 나의 십년」, 『비판』, 1939. 5; 정호웅, 손정수 엮음, 『김남천 전집』 2권, 박이정, 2000, 331-332쪽. 이하 인용하는 김남천의 글은 모두 이 책에서 인용한 것이며 이 책은 『전집』으로 표기한다.

35) 김철, 앞의 논문, 393쪽.

이들의 논의는 기존에 반복되던 '민족주의'를 기준으로 한 윤리적인 층위의 김남천의 전향 논의에 대한 경향을 벗어나 보다 개방적인 시각을 통해 당대 지적 담론의 유동적인 흐름 속에서 김남천의 '주체적인' 전향 과정을 고찰하고 있다는 점에서 큰 의의를 지닌다. 그럼에도 불구하고 이들의 논의에서 김남천은 물론 서인식 역시 당대 일본의 전향 좌파의 논의를 상당부분 '전유'와 '폐기'의 과정을 통해 능동적으로 수용하고 있다는 사실은 다소 간과된 것으로 보인다.[37]

식민지 지식인이 자신의 지적 연원을 식민 본국에 두는 것은 자연스러운 일이다. 그러나 식민지와 식민 본국간의 명백한 '차이'는 필연적으로 식민지 지식인의 지적 고투의 과정에서 식민 본국의 지적 담론을

---

36) 정종현, 앞의 논문, 47쪽

37) 더불어 김철과 정종현의 논의가 지니는 성과에도 불구하고 이들이 제시하는 김남천의 텍스트가 특정한 작품과 비평에 한정되어 있음을 지적할 필요가 있다. 이들은 공통적으로 「낭비」·「경영」·「맥」 연작과 『사랑의 수족관』을 주된 텍스트로 제시한다. 그런데 이 과정에서 「낭비」 연작에서의 초점화자의 변모가 지니는 의미나 각 인물의 발화 형식의 차이 등 텍스트 분석은 간과된 채 작중 인물의 특정 발화만을 논거로 논의가 진행된다거나 혹은 연작이 지니는 특수한 성격 등이 간과되는 한계가 나타난다. 이는 『사랑의 수족관』에서도 마찬가지인 바, 이 작품에서 김철과 정종현이 주목하는 것은 오직 '김광호'의 '직분의 윤리'일 뿐, 김남천이 발자크 수용을 통해 실험한 '풍속'을 통한 당대 현실의 재현이라는 리얼리즘의 재구성의 문제의식은 소거된다. 또한 이 외에도 김남천이 일제 말기 보여준 일련의 '사소설'적 성격의 단편들과 『대하』 등의 장편은 분석대상에서 제외되고 있는데 이는 연구자의 선험적인 문제설정에 의한 자료의 편의적 선택이라는 점에서 한계로 지적될 수 있다. 예컨대 이들은 「낭비」 연작에서 특히 오시형과 이관형 등의 발화 '내용'에 분석의 초점을 맞춘다. 그러나 정작 오시형이 강력한 단성적·자기독백적 발화를 보이며, 이관형이 가정형의 발화 '형식'을 사용한다는 점은 간과된다. 이 점이 중요한 것은 사회언어학적 관점에서 접근할 때 특정 인물의 발화 '형식'은 그 세계관을 반영하며, 이를 근거로 이들 작품의 인물 발화 형식을 고찰할 경우 김남천이 오시형으로 대표되는 파시즘 담론에 대해 강력한 부정을 보이고 있다는 주장이 가능하기 때문이다. 그리고 이는 곧 김남천의 다성적 발화 형식에 대한 강조, 나아가 그의 형식 실험이 지니는 문학사적 의의와 연결되어 해석될 수 있는 바, 「낭비」 연작을 통한 다성성의 구현이나 「등불」에서 사용되는 복수(複數)의 수신자에 대한 서간체 형식 등의 문학사적 의의를 밝히는 작업으로 이어질 수 있다는 점에서 중요한 지점으로 판단된다.

변화시켜 수용하는 양상을 낳는다. 이를 '전유'와 '폐기'라고 할 수 있을 것이다.38) 식민지 지식인이 식민 본국의 지적 담론을 '그대로' 수용하는 것은 제국이 '동일화'와 동시에 '차별화'를 추구한다는 점을 고려한다면 사실상 불가능한 일이다. 앞서 살펴본 현영섭의 예가 보여주는 것처럼, 제국은 자신을 그대로 모방함으로써 식민지와 식민본국간의 차이를 무화시키려는 시도를 '차별화'를 통해 억압한다.

　나아가 식민지 지식인과 식민 본국 간에 항상적으로 진행되는 '협상'(negotiation)의 과정은 일방적으로 식민 본국에 의해 주도되는 과정이 아니다. 식민지 지식인은 문제설정 자체를 변경시킴으로써 새로운 담론의 장을 열어낼 수 있으며, 이를 통해 식민 본국의 논의와는 상이한 논의를 생성할 수도 있다. 그리고 '협상'을 통한 식민 본국의 담론의 수용 과정에서도 '전유'와 '폐기'의 전략을 사용함으로써 제국 중심성을 해체하는 작업이 가능하다. 이러한 점을 간과할 경우 식민지 지식인은 '숙명적으로' 식민 본국의 '호명'에 수동적으로 이끌어지는 존재에 불과한 것으로 파악될 수 있다. 그러나 탈식민의 관점에서 논의의 초점은 오히려 식민지 지식인이 보여주는 제국 이데올로기에 대한 '협상'의 능동적인 과정에 맞추어져야 한다.39) 이러한 문제의식 하에서 중요한 것은 서인식과 김남천의 '동양론'이다. 이들은 당시 제국의 '대동아공영권'의 문제설정 자체를 부정하는 논의를 자신의 '동양론'을 통해 펼치고 있다.

---

38) '전유'와 '폐기'라는 탈식민주의적 개념에 대해서는 빌 애쉬크로프트 외, 이석호 옮김, 『포스트 콜로니얼 문학이론』, 민음사, 1996을 참조.

39) 이와 관련하여 서영인의 다음과 같은 지적은 경청할 만하다. "역사철학이 역사와 현실의 문제를 추상적으로 거대 담론화하며, 그래서 근대 초극 프로젝트라는 거대서사 속에서 제국과 식민의 차이, 저항과 협력의 차이를 무화시킨다면, 당대의 현실을 구체적으로 거론할 수밖에 없는 소설은 그 속에서 발생하는 균열을 통해 섣불리 추상적 거대 담론에 동일시될 수 없는 '차이'의 실감을 생산한다.", 서영인, 「김남천의 신체제 인식과 우회적 글쓰기」, 『탈식민주의를 넘어서』, 민족문학연구소 편, 소명출판, 2005, 173쪽.

(A) 그러나 그럼에도 불구하고 우리는 한 가지 사실을 여기에서 잊어서는 안 될 것이다. 즉 서양이라는 문화적 개념이 가지는 것과 동일한 통일성을 동양은 가지고 있지 못하였다는 사실이다. …… 이러한 중세와 같은 통일된 서양의 문학적 개념을 동양은 일찍이 가진 적이 없다는 것이다. 고야마 씨 외에 다른 논자들은 모두 이것을 인정하고, 이러한 전제에 서서 동양의 지성이 가져야 할 전환기 사상에 대해서 언급하고 있는 것이다.[40]

(B) …… 유럽에는 유럽문화사라는 것이 있을 수 있지만 동양에는 엄밀한 의미에 있어 동양 문화사라는 것이 있을 수 없다. 있는 것은 인도 문화사이며 지나 문화사이다. …… 그러므로 동양문화라는 말은 기실 내용 없는 수사이거나 그렇지 않으면 한 개의 새로운 신화에 지나지 않는다. …… 서양문화는 동양문화만큼의 민족적 특성이 명확치 못한 반면 동양 문화는 서양문화만큼의 시대적 특성이 분명치 않다. 전자는 민족과 민족이 교대한 역사라면 후자는 민족과 민족이 병립한 역사로 볼 수 있다.[41]

(A)는 동양론에 대한 김남천의 비판이며 (B)는 서인식의 비판이다. 두 논자 모두 서구의 경우 통일된 '서양문화'라는 개념을 지닐 수 있는 반면, 동양의 경우 이와 같은 통일적인 '동양론'은 성립하기 어렵다는 논지를 전개하고 있다.

일제 말기 동양론이 이른바 '대동아공영권'의 건설로 귀결되는 제국의 파시즘 담론임은 주지하는바와 같다. 그런데 이 동양론은 당시 조선의 지식인―문인들에게 큰 매혹으로 다가온 것이 사실이다. 왜냐하면 리얼리즘과 모더니즘이 공유하고 있던 서구적 근대성에 대한 추구가 중일전쟁의 발발과 서구에서의 파시즘의 대두 등으로 인해 불가능해진 시기, 이른바 '대동아공영'을 통한 '근대의 초극'이라는 프로젝트는 새로운 대안으로 인식될 여지를 지녔기 때문이다. 특히 '대동아공영권'의 실험이 '만주국'을 통해 실제로 진행되면서 이는 서구 중심의 보편사를

---

40) 김남천, 「전환기와 작가」, 『조광』, 1941. 1; 『전집』 1권, 688쪽.
41) 서인식, 「동양문화의 이념과 형태」, 『동아일보』, 1940. 1. 3~12; 차승기・정종현 엮음, 『서인식 전집』 2권, 역락, 2006, 156-158쪽.

뛰어 넘을 수 있는 기획으로 인식될 수 있었다.[42]

그런데 문제는 당시 동양론이 동양의 각 민족 간의 평등한 관계를 통한 서구적 근대성의 극복이 아닌, 일본을 중심으로 한 제국주의적 위계서열화의 기획을 내재하고 있었다는 점이다. 동양론 자체는 일정한 의의를 지닌 것일 수도 있다. 예컨대 "…… 동양체제 전반이 자신의 사회에서 어떤 가능성을 찾는 대신에 오로지 서구 세계를 모범적인 세계로 설정, 그 사회를 이식하고자 했던 것을 상기한다면, 이는 이식을 통한 근대화에 대한 일종의 반성적 의미를 담고 있는 것도 사실이다."[43] 그러나 동양론은 이후 전개과정에서 치명적인 논리적 오류를 보여준다. 무엇보다 새로운 동양체제의 중심에 왜 일본 제국이 위치해야 하는가, 그리고 다른 민족은 왜 이에 종속되어야 하는가에 대한 문제제기가 없다는 점이 그러하다.[44] 이러한 지적 성찰이 부재한 상황에서 동양론은 급격히 '대동아공영권'이라는 제국의 논리로 귀결된다.[45]

---

42) 이와 관련하여 일제 말기 '만주국'에 대한 조선 문인들의 인식은 주목할 만하다. 이들에게 만주국은 이중적으로 인식된다. 한 편으로 만주국은 '왕도낙토'의 기회의 땅으로 인식되기도 하며, 다른 한 편으로 제국의 공식 이데올로기 이면에 숨겨진 동아시아 민족에 대한 일본의 위계서열화가 진행되는 모순의 공간으로 인식되기도 한다. 만주국의 이러한 양가적 성격을 뚜렷하게 이해하지 못했을 경우 일제의 대동아공영권의 논리 속에 포섭되는데, 이를 단적으로 보여주는 작품이 이태준의『별은 창마다』이다. 이 작품에서 이태준은 만주국을 새로운 파시즘적 질서의 실험의 공간으로 형상화한다. 반면 만주국에 대한 냉철한 인식을 지녔을 경우 이 공간은 제국의 공식 이데올로기의 모순지점을 내파하는 양상으로 나타나기도 하는데 한설야의『대륙』이 이를 단적으로 보여준다. 이 작품에서 한설야는 제국의 공식 이데올로기를 이용하여 '섬나라 쇼비니스트'를 비판하는 우회적 저항의 양상을 보여준다. 이에 대해서는 졸고,「일제 말기 카프 작가들의 만주 형상화 양상」,『한국현대문학연구』21집, 2007. 4을 참조.
43) 류보선,「친일문학론의 역사철학적 맥락」,『한국 근대문학의 정치적 (무)의식』, 소명출판, 2005, 415쪽.
44) 위의 글, 417쪽 참조.
45) 이와 관련하여 다음과 같은 언급을 참조할 수 있다. "동양사학의 검토에서도 밝혀졌듯이, 인구에 회자되는 '동양' 내지 아시아가 지정학적으로 정의할 수 있는 질서로서 확립된 것은 청일전쟁 이후 식민지 제국 일본의 침략에 의해서였다. 일본이 침략하기 이전에는 이 지역에 일정한 지정문화적인 공간은 성립되어 있지 않았고 따라서 아시

이러한 시점에서 제기된 김남천과 서인식의 동양론 비판은 무엇을 의미하는가? 이들 모두 동양론의 성립 불가능성을 논증하는 근거로 서구와는 달리 중심적인 민족을 통한 단일한 체제가 형성된 적이 없다는 점을 제시한다. 이는 이들이 동양론의 핵심적인 모순지점인 동양체제의 일본 제국 중심의 통합이라는 제국 이데올로기를 정확히 비판하고 있음을 의미한다. 그리고 이러한 인식이 김남천이 전향 논의에서 '대동아공영권'의 논리에 포섭되지 않을 수 있었던 중요한 토대이다.

그런데 중요한 것은 김남천의 '동양론' 비판이 단지 제국 이데올로기에 대한 수동적인 반응으로 이루어진 것이 아니라, 1930년대 중반부터 지속되어 오던 그의 '보편주의적 사유'의 결과라는 점이다. 이와 관련하여 안재홍 등 이른바 '조선학' 논자와의 논쟁을 살펴볼 필요가 있다.

> 그러나 이것은(민족 문화에 대한 탐구가 사회주의 계열에서 이루어졌다는 사실—인용자) 유독 문학 부문에서만 볼 수 있는 현상이 아닌 것이니 조선 역사의 연구에 있어서도 단군을 반만 년 전 신비한 안개 속에서 찾아오고자 과학의 방법을 가지고 그것에 근접한 것이 일부의 청년들이었고 다산의 학문적 유산을 진정히 연구하려고 한 것도, 그리고 전인미답의 학문적 황무지를 향하여 용감한 칼을 들고 조선사회봉건사, 조선경제사 그리고 아세아적 생산양식 등의 연구를 개시한 것도 또한 저주받던 일부 청년 학도들이 아니었던가?[46]

동양론은 일제 말기 일본에 의해 제기된 담론이었지만 이미 1930년대 중반부터 일련의 조선학 운동 속에서 그 맹아는 '자생적'으로 생장

아의 일체감 따위는 존재할 수 없었던 것이다. …… 따라서 아시아 또는 '동양'이란 바로 일본의 제국주의적인 침략에 의해 형성된 지역적 질서이다.", 강상중 지음, 이경덕·임성모 옮김, 『오리엔탈리즘을 넘어서』, 이산, 1997, 132-133쪽.

46) 김남천, 「조선은 과연 누가 천대하는가?」, 『조선중앙일보』, 1935. 10. 27; 『전집』 1권, 143쪽.

하고 있었다. 물론 1930년대 중반의 조선학 운동 자체가 일제 말기 동양론과 동일하게 평가될 수는 없다. 그러나 조선학 운동이 세계사적 보편성과의 팽팽한 긴장 속에서 보편과 특수의 문제를 고민하지 못한다면 결국 조선에 대한 상고주의적 경향으로 진행되게 되며, 이것이 이후 동양론과 대동아공영권의 논리로 전개되는 것은 필연적인 일이다.[47] 왜냐하면 상고주의란 현재에 대비되는 개념으로서의 '과거'를 반복적으로 호출하는 과정이며, 이 과정에서 과거=조선의 도식이 만들어지고, 이 도식은 곧 근대=서구의 도식을 대타항으로 설정하게 되기 때문이다. 이때 상고주의는 근대=서구의 합리적 성격을 뛰어넘는 과거=조선의 논리를 설정해야 하며, 이러한 기획이 이른바 '근대의 초극'으로 이어지는 것은 자연스러운 논리적 귀결이다.

위의 김남천의 지적은 정확히 이 논리적 난점을 비판하고 있다. 1930년대 중반 이후 지속된 조선학 운동은 그것이 '조선사회봉건사', '조선경제사', '아세아적 생산양식'등의 과학적 접근 방법론을 확보하지 못할 때 감상적인 층위로 추락하며, 이것은 곧 심미적인, 그래서 비합리적인 파시즘적 동양론으로 이어질 위험을 지닌다. 김남천은 조선학 운동 자체를 부정하고 있는 것은 아니다. 다만 진정한 동양론은 맑스주의로 표상되는 과학적 연구 방법론을 통해서 진행되어야 함을 지적하고 있는 것이다. 이때의 '과학적 연구 방법론'이란 곧 '보편주의적 사유'를 의미한다. 즉, 조선, 혹은 동양을 서구와 대당하는 질서로서 특권

---

47) 다만 이 시기 동양론의 갈래가 단일하지 않은 양상으로 전개된다는 점을 강조할 필요가 있다. 예컨대 동일한 '문장'파 안에서도 정지용과 이태준, 이병기 등은 각기 상이한 방식으로 '조선적인 것'과 동양주의적 담론을 구성한다. 이와 관련하여 차승기는 이병기와 정지용이 주로 과거의 눈을 통해 현재를 바라보는 '에피파니적 시간의식'을 보인 반면, 이태준은 과거를 '고완품'으로 바라보는 '노스탤지어적 시간의식'을 지니고 있다고 구분하여 평가한다. 이와 같은 분류는 다소 기계적이라는 한계를 지니지만 당대 동양론이 단일한 형태로 발현되지 않았음을 단적으로 보여준다. 이에 대한 자세한 논의는 차승기, 「동양적 세계와 '조선'의 시간」, 윤해동 외 편, 앞의 책 2권, 230-248쪽을 참조.

화 시키는 것이 아니라, 보편의 구체적인 발현 양상으로서의 '특수'로서 인식하고자 하는 사유구조를 일컫는 것이다.

이와 관련하여 주목되는 것은 김남천이 일제 말기까지 이와 같은 '보편주의적 사유'를 견지한 반면, 인정식의 경우 '아세아적 생산양식'의 문제를 특권화 함으로써 결국 일제의 대동아공영권의 논리, 즉 서구와는 구별되는 생산양식의 창출과 서구의 극복이라는 논리에 함몰된다는 사실이다. 실상 이것이 인정식의 전향 논리의 한계였던바, 인정식이 대동아공영권의 기획 속에서 '조선국토문제위원회'의 위원이 되어 '병참기지화'를 통한 조선의 봉건성의 철폐와 근대로의 이행을 기획한 것이 이를 반증한다.[48] 즉, 김남천의 경우 대동아공영권으로 표상되는 동양의 특권화에 대해 '보편주의적 사유'를 견지함으로써 당대 '동양론'의 비합리적 성격에 대한 비판을 전개할 수 있었던 것이다. 이는 임화가 일제 말기 조선의 식민지적 특수성을 인식함으로써 과거 카프 문학운동의 한계를 극복하는 것으로 당시 동양론을 '전유'한 것과는 반대의 방향에서 '동양론'이라는 제국 이데올로기 자체를 '폐기'하는 성과를 거둔 것으로 높이 평가할 수 있다.[49]

---

48) "조선은 帝國의 全版圖 중, 直接 大陸에 接壤될 唯一의 부분이다. 따라서 大陸進出의 國策에 있어서 조선이 占한 地位와 役割은 內地의 各 單位地方이나 臺灣, 樺太 등의 各 外地에 比해서 실로 壓卷的인 존재임을 잊어서는 안 된다. 또 海, 陸을 通해서 大陸에 連結하는 각 「루—트」는 조선을 媒介地域으로 해서만 內地와 大陸과의 距離를 보담 短縮시키여 全東亞에 뻗치는 帝國의 威勢를 보담 敏活하고 迅速하게 한다./ 다시 産業으로 보아서도 朝鮮의 産米農業은 全東亞의 食糧問題를 해결하는 최후의 關鍵를 잡고 있으며, 또 금일 北鮮의 重化學工業은 國防完成을 위해서 실로 최대의 經濟的 役割을 다하고 있는 것이다.", 朝鮮國土問題委員會 委員 印貞植, 「朝鮮의 人口 及 國土計劃, 朝鮮農業과 식량과 國土計劃」, 『삼천리』, 1941. 6, 131쪽. 위의 인용문에서 인정식은 일본과 중국을 잇는 조선의 지리적 특성을 이용하여 조선의 압축적 근대화를 기획하고 있다. 그러나 이러한 기획이 결국 일제의 '병참기지화'로 귀결되는 것은 주지하는 바와 같다.

49) 이는 서인식의 역사철학론에서도 확인되는 사실이다. "허나 문화의 특수성이란 일반성과 연관하여 그려지지 않을 때에는 특수의 특수 되는 소이가 명백히 나서지 않는 것이다. 그렇다면 우리는 지금부터 동양문화의 문화로서의 일반성 측면(서양과 공통되

2) '국민문학'론의 폐기로서의 발자크 수용과 '관찰문학론'

1930년대 후반 이후 이른바 '전형기'적 상황 속에서 김남천이 새로운 리얼리즘론의 수립을 위해 모색한 것은 발자크로 대표되는 서구 리얼리즘론의 수용과 변용이었다. 그는 「발자크 연구노트」를 통해 서구 리얼리즘에 대한 적극적인 수용과 변용 양상을 보인다. 그가 발자크를 수용 대상으로 설정한 것은 엥겔스의 발자크론의 영향이 1차적인 계기인 것으로 보인다. 그는 엥겔스의 발자크론을 원용하면서 엥겔스가 "현실과 생활을 최대한도로 왜곡하는 주관주의적 이상화의 방법에 반대"[50]하고 있다고 주장한다. 그리고 이를 근거로 하여 이른바 '관찰문학론'을 제기하고 있다. 그 주된 논지는 작가의 선험적 세계관을 개입시키지 않은 채 "작자의 몰아성(沒我性)과 객관성의 보지(保持)"[51]를 추구하는 것이 진정한 리얼리즘의 창작방법이라는 것이다.

이러한 김남천의 발자크 수용은 사실 '오독'이다. 왜냐하면 그의 발자크 수용의 근거인 엥겔스의 '발자크'론은 작가의 세계관 자체를 부정한 것이 아니라, 역사 발전에 대한 객관적 시각의 유지를 강조하는 것에 초점을 맞춘 글이기 때문이다. 그렇다면 김남천이 왜 이러한 오독을 보였는가의 문제가 중요할 것이다.

이와 관련하여 그의 '관찰문학론'이 지니는 이중적 성격에 주목할 수 있다. 우선 그는 '관찰문학론'을 통해 사회주의적 세계관을 지니지 않아도 리얼리즘적 성취를 이룰 수 있다는 논지를 펼치고 있는데, 이는 물론 엥겔스의 발자크론에 대한 오독에 입각한 것이지만 당대의 정세상 유용한 전향 논리로 사용될 수 있었다. 왜냐하면 전향 이후 공개적

는)을 그려보지 않으면 안 될 것이다. 그리고 일반성과 특수성의 연관이 밝혀지면서 인류의 일반 문화사적 도정에 있어서의 그의 특수한 위치가 규정되어야 할 것이다.", 서인식, 앞의 글, 174-175쪽.

50) 김남천, 「관찰문학소론―발자크 연구 노트」 3, 『인문평론』, 1940. 4; 『전집』 1권, 592쪽.
51) 위의 글, 597쪽.

으로 사회주의적 세계관을 표방하는 것은 불가능했으며, 따라서 당시 가능한 리얼리즘론의 최대치가 발자크의 예를 통한 '관찰문학론'이었기 때문이다. 그렇다면 김남천이 발자크를 '오독'한 까닭을 짐작 할 수 있다. 그는 사회주의적 세계관의 표방이 불가능한 시기, 리얼리즘적 창작방법론을 정당화하기 위해 작가의 세계관이라는 지점을 소거시킨 채 발자크의 리얼리즘론을 수용한 것이다.

다른 한 편으로 김남천의 발자크론은 작가의 주관성을 소거시킨다는 점에서 당시 '국민문학'의 논리를 비판하는 유용한 논의가 될 수 있었다. 국민문학은 강력한 프로파간다의 성격을 지니며, 이때 작가의 '국민'으로서의 세계관이란 핵심적인 창작방법론의 전제가 된다. 그런데 김남천의 발자크론은 이러한 작가의 선험적 세계관 자체를 부정함으로써 국민문학론의 전제 자체를 부정하는 효과를 낳고 있다.

이와 같이 김남천은 전향 이후 발자크 수용을 통한 리얼리즘론의 전개를 보인다. 그의 발자크론은 한 편으로는 사회주의적 세계관의 표방이 불가능한 시대적 상황 속에서 리얼리즘의 최대치를 보여주는 것이며, 동시에 '국민문학'이 요구하는 '국민'으로서의 작가라는 개념 자체를 부정하는 효과를 낳고 있다는 점에서 높이 평가될 수 있다.

이러한 김남천의 전향 논의에서의 체제비판적 성과는 그의 동양론 비판으로부터 가능했다. 그는 일본 제국을 중심으로 하는 동양론의 허구성을 '보편주의적 사유'를 통해 인식할 수 있었고, 이러한 인식이 심미적이며 파시즘적인 동양론의 자리에 서구의 보편적 리얼리즘의 문제설정을 도입하는 배경이 되었다. 그리고 서구 리얼리즘, 구체적으로 엥겔스를 매개로 한 발자크 수용은 과거 사회주의 세계관을 표방하지 않는다는 점에서 외면적인 전향의 근거로 작용하는 동시에, '국민문학'론의 전제 자체를 폐기하는 강력한 제국 이데올로기를 무화시키는 기능으로 작동했다. 이러한 전향 논의에서의 제국 이데올로기에 대한 비판과 무화의 과정은 그의 전향이 지니는 특수한 성격, 즉 당대 사회주의 진영의 '평행제휴론'적 전향의 논리를 나름의 방식으로 전략화하여 제시한 성과에 기인한다. 특히 그는 제국의 문제설정 자체를 바꾸어버리는 '폐기'의 전략을 사용하는데 이는 그의 전향 논의가 제국 외부의 공간을 통해 진행되었음을 보여준다. 이런 점에서 김남천의 전향 논의와 그에 대한 대응 양상은 우리 문학사에서 매우 예외적인 성취로 볼 수 있다.

5. 결론

이상으로 카프 문인들의 전향 논의와 대응 양상을 임화와 김남천의 경우를 중심으로 살펴보았다. 이를 위해 우선 당대 사회주의 운동 진영의 전향 논의를 검토하고 이를 '평행제휴론'과 '동화일체론'으로 구별하여 살펴보았다. 이 글에서는 '평행제휴론'의 입장에서 전향 논의를 전개한 임화와 김남천을 살펴보았다. 임화의 경우 생산문학론을 통해 인식론적 층위에서의 사회주의적 인식을 보여주며, 문학사 서술을 통해 조선의 식민지적 특수성을 인식할 수 있었다. 그 결과 그는 당대 일부 사회주의 진영의 '제국의 신민'으로서의 주체화 기획에 포섭되지 않을 수 있었으며 사적 유물론의 사유구조를 견지할 수 있었다. 김남천의 경우 동양론의 문제설정 자체를 비판함으로써 제국의 문제설정 자체를 폐기하는 양상을 보인다. 나아가 발자크로 대변되는 서구 리얼리즘의 수용과 변용을 통해 당대 '국민문학론'의 문제설정 자체를 폐기하는 양상을 보인다. 이와 같은 김남천의 성과는 그가 제국과 식민지 간의 권력관계 자체를 전도시키는 전략을 사용했음을 의미한다. 임화가 제국 이데올로기 내부에서의 강력한 전유를 통한 내파를 보여준다면, 김남천은 제국의 문제설정 자체를 폐기시키는 전략을 보여준다.

물론 이들을 비롯한 카프 문인들이 일정 부분 제국 이데올로기에 포섭되어 전향 논의를 전개한 것은 사실이다. 그러나 이것만으로 이들을 친일, 체제협력이라는 윤리적 기준으로 비판할 수는 없다. 무엇보다 이들이 당시 가능한 담론적 지형 속에서 최대의 지적 고투를 보여준다는 점에서 그러하다.

그러나 본고는 몇 가지 한계를 지닌다. 특히 당대 사회주의 진영의 전향 논의를 카프 문인에 적용시키는 과정에서 문학의 장이 지니는 특수성을 면밀히 고찰하지 못했다는 점, 그리고 민족주의와 포스트 콜로니얼적 방법론의 문제점을 지적하면서도 이를 넘어서기 위한 충분한 이론적 논의를 진행시키지 못했다는 점이 그러하다. 이상의 문제는 이후의 과제로 남긴다. 다만 이 글이 민족주의의 감상적 가치 평가와 몇몇 포스트 콜로니얼적 연구가 보이는 제국 중심성을 극복하는 전향 논의의 시론으로서 작성되었음을, 따라서 앞으로 보다 정치한 각론의 작업이 진행될 것임을 밝혀둔다.

주제어 : 전향, 평행제휴론, 동화일체론, 생산문학, 신체제론, 동양론, 전유, 폐기, 임화, 김남천

◆ 참고문헌

1. 기본자료
『삼천리』, 『인문평론』.
임규찬·한진일 편, 『임화 신문학사』, 한길사, 1993.
정호웅·손정수 엮음, 『김남천 전집』(전2권), 박이정, 2000.
차승기·정종현 엮음, 『서인식 전집』(전2권), 역락, 2006.

2. 논문
김　철, 「'근대의 초극', 『낭비』 그리고 베네치아」, 『민족문학사연구』 18호, 2001. 6.
손유경, 「최근 프로 문학 연구의 전개 양상과 그 전망」, 『상허학보』 19집, 2007. 2.
윤대석, 「1940년대 '국민문학'연구」, 서울대 박사논문, 2006.
장성규, 「일제 말기 카프 작가들의 만주 형상화 양상」, 『한국현대문학연구』 21집,
　　　　2007. 4.
정종현, 「폭력의 예감과 '동양론'의 매혹」, 『한국문학평론』, 2003. 여름.
하정일, 「일제 말기 임화의 생산문학론과 근대극복론」, 『민족문학사연구』 31호,
　　　　2006. 8.
홍종욱, 「중일전쟁기 사회주의자들의 전향과 그 논리」, 서울대 석사논문, 2000.

3. 단행본
김윤식, 『한국근대문예비평사연구』, 일지사, 1976.
───, 『임화연구』, 문학사상사, 1989.
김인옥, 『한국 현대 전향소설 연구』, 국학자료원, 2002.
노상래, 『한국 문인의 전향 연구』, 영한, 2000.
류보선, 「친일문학론의 역사철학적 맥락」, 『한국 근대문학의 정치적 (무)의식』, 소
　　　　명출판, 2005.
서영인, 「김남천의 신체제 인식과 우회적 글쓰기」, 『탈식민주의를 넘어서』, 민족문
　　　　학연구소 편, 소명출판, 2005.
신승엽, 「이식과 창조의 변증법」, 『민족문학을 넘어서』, 소명출판, 2000.
이상갑, 『한국근대문학과 전향문학』, 깊은샘, 1995.
이승엽, 윤해동 외 편, 「조선인 내선일체론자의 전향과 동화의 논리」, 『근대를 다
　　　　시 읽는다』 1, 역사비평사, 2006.

차승기, 윤해동 외 편, 「동양적 세계와 '조선'의 시간」, 『근대를 다시 읽는다』 2, 역사비평사, 2006.
홍종욱, 윤해동 외 편, 「해방을 전후한 주체 형성의 기도－좌파 지식인의 '전향'을 중심으로」, 『근대를 다시 읽는다』 1, 역사비평사, 2006.

강상중 지음, 이경덕·임성모 옮김, 『오리엔탈리즘을 넘어서』, 이산, 1997.
Ashcroft, Bill 외, 이석호 옮김, 『포스트 콜로니얼 문학이론』, 민음사, 1996.
Bhabha, Homi K., 나병철 옮김, 『문화의 위치』, 소명출판, 2002.
Loomba, Ania, Colonialism/Postcolonialism, London and New York, Routledge, 2002.

◆ **국문초록**

기존 연구에서 전향은 주로 일제의 외압에 의한 강제적인 것으로 평가되어 왔다. 그러나 이러한 관점은 전향 과정에서의 식민지 지식인들의 능동적인 대응과정을 간과하는 한계를 지닌다.

카프 문인들의 전향과 대응의 논리를 규명하기 위해서는 우선 당대 사회주의 운동 진영의 전향 논의를 고찰해야 한다. 당대 사회주의 운동 진영의 전향 논의는 '평행제휴론'과 '동화일체론'의 두 가지 경향으로 진행되었다. 그런데 전자의 경우 제국 이데올로기를 적극적으로 전유하고 문제설정 자체를 폐기하는 성격을 지닌다는 점에서 주목된다. 이러한 입장에서 전향 논의에 대응한 대표적인 카프 문인으로 임화와 김남천을 들 수 있다.

임화는 일제 말기 생산문학론의 제기와 문학사 서술을 통해 전향 논리를 전개한다. 그런데 그의 생산문학론은 고전적인 맑스주의적 인식론을 보여줄 뿐, 당시 제국이 주장하던 새로운 생산양식으로서의 파시즘에 대한 승인을 보여주지는 않는다. 그리고 그의 문학사 서술 역시 조선의 식민지 근대성에 대한 체계적인 인식을 통해, 당시 카프 문인들의 '주체의 분열'이라는 문제를 역사적으로 규명하려는 성격을 지닌다. 임화는 이러한 과정을 통해 신체제론과 대동아공영권이라는 제국 이데올로기를 내파하는 양상을 보인다.

김남천은 동양론의 부정과 발자크 수용을 통해 전향 논리를 전개한다. 그는 제국 이데올로기인 동양론의 성립 가능성 자체를 부정하고 세계사적 보편성을 견지함으로써 당대 대동아공영권의 이데올로기를 벗어난다. 그리고 발자크 수용을 통해 당시 국민문학의 핵심 전제인 '국민'으로서의 작가 개념 자체를 부정한다. 김남천은 이러한 과정을 통해 제국이 강요한 문제설정 자체를 변경하는 양상을 보인다.

임화는 제국 이데올로기를 내파함으로써, 김남천은 제국의 문제설정 자체를 변경함으로써 자신만의 독특한 전향 논리를 보여준다. 이들은 모두 당대 가능한 최대치의 지적 고투를 통해 제국과 대결하면서 자신의 전향 논리를 전개했다는 점에서 높이 평가할 수 있다.

◆ SUMMARY

The Logic of Conversion and Confrontation of KAPF Literature
— Focusing on Im-hwa and Kim Namcheon

Jang, Sung-Kyu

In most of previous studies, conversion is judged as due from external pressure. But this view fails to notice colonial intellects' active confrontation within their conversion.

To inquire KAPF intellects' conversion and confrontation's logic, first of all we have to consider at that time's social movement party's conversion debate. In those days social movement party debate is devided to trends, 'parallel cooperation'(평행제휴론) and 'assimilation'(동화일체론). Parallel cooperation needs observation, because it seems to actively appropriate imperial ideology. Im-hwa and Kim Namcheon can be regarded as this aspects.

Im-hwa develops conversional logic by productive literature theory and writing literary history. His productive literature theory does not approve Fascism as new manufacture style, but only shows classical Marxist epistemology. His literary history also aims to inquire at that time's KAFP writers' 'disunion of subject' by recognizing organizingly Chosun's colonial modernity. In this process Im-hwa implode imperial ideology, 'new-system idea'(신체제론) and 'Daedonga-gongyonggun'(대동아공영권).

Kim Namcheon develops conversional logic by denying 'Oriental idea'(동양론) and expropriating Balzac. He denies 'Oriental idea', which is imperial ideology, can even exist and by maintaining world historical universality, he overcomes at that time's 'Daedonga-gongyonggun'. By expropriating Balzac, he denies writer as 'Kukmin'(국민), which is

'Kukmin-literature'(국민문학)s main premise. In this process Kim Nam-cheon changes institution of topic enforced by empire.

Im-hwa by imploding imperial ideolgy, Kim Namcheon by changing institution of topic by empire, they show their unique conversional logic. They fought their way with the empire and made their conversional theory. Their struggle was highest intellectual achievement possible at that time, so it can be highly valued.

Keyword : KAFP, parallel cooperation, assimilation, new-system idea, Oriental idea

－이 논문은 2007년 11월 30일에 접수되어, 소정의 심사를 거쳐 2008년 2월 6일에 최종적으로 게재가 확정되었음.

민중가요에 나타난 여성이미지의 활용과 의미 연구

한 영 옥*

목 차

1. 서론
2. 해방의 성전(聖戰)을 위한 선전선동 수단으로서의 민중가요와 여성이미지
3. 민중가요와 여성이미지의 긍정적 활용 방식
4. 결론

1. 서론

이 논문은 1960년에서 2000년까지의 민중가요에 나타난 여성의 의미를 살펴보는 것을 목적으로 한다.[1] 그 목적을 위해 이 논문에서는 민중가요에 나타난 여성의 이미지들을 포착하여 분석하게 될 것이다. 이

---

* 성신여대 교수.

** 이 논문은 2004년 한국학술진흥재단 지원으로 연구됨(KRF-2004-073-AS2026).

1) 이 논문은 2004년 한국학술진흥재단 인문사회분야지원 사업 과제인 〈20세기 한국현대시와 민중가요의 상관성 연구〉의 연구 성과를 활용하여 작성된 논문이다. 이 연구팀은 1960년대 이후 2000년까지의 민중가요를 수집하고 데이터베이스로 집적하는 한편 검색용 CD를 제작하였다. 이 검색용 CD는 단순한 데이터의 집적물이 아니라 노래명, 시대별, 작곡자, 작사 주체, 향유층, 향유 시대, 주제별, 중요 소재, 본문 내용 등의 검색 표지가 부여되어 있다. 따라서 다양한 조건에 민중가요 검색이 가능하며 각각의 작품을 활용할 수 있다.

논문의 목적과 관련하여 즉각적으로 제기될 수 있는 질문의 성격을 예상하는 것은 그리 어렵지 않다. 그 질문은 오늘의 시점에서 민중가요와 연관된 논의가 필요한 이유에 관한 의문일 것이다. 그 질문에 대한 대답 역시 그렇게 어렵지 않다. 누가 뭐래도 민중가요는 우리 사회가 20세기 후반기 동안에 시도했던 사회변혁을 위한 구체적 실험의 상징이다. 그 실험에 대한 평가가 좌절과 실패로 기록된다고 하더라도 거기에 내재해 있는 '다른 미래'를 향한 꿈의 기억은 쉽사리 지워지지 않을 것이다. 특히 요즘처럼 탈근대(post-modernism)의 논리가 지배하는 시점에서 그 꿈의 가치는 더욱 소중하다. 이러한 사정과 관련하여 한 연구자는 다음과 같이 주장한 바 있다.

> 새로운 시대의 지혜는 우리로 하여금 이른바 '탈근대'(post-modernism)의 시대로 들어가도록 강요한다. 탈근대의 정치상황은 우리가 노동·집단성·민중·계급 등 기존의 범주들이 후기 자본주의 사회의 역동성에 더 이상 불가능한 이론적 폐기물이 되고 마는 사회에 들어섰음을 말해준다. 이제 이 시대는 우리가 다른 그 무엇보다 오로지 생존하기 위해서는 사회 환경의 구성요소에 대한 우리의 관념을 바꾸어야만 한다고 명령한다. 그리하여 우리는 가장 최근의 사회발전과의 접촉을 잃을지 모른다는 강박증에 시달리며 부단한 변화에 적응하기 위해 온갖 노력을 경주하게 되었다.
> 민중시와 민중가요의 역사적 의미에 대한 논의는 바로 이 지점에서 발생한다. 현실의 부정적 양상에 대한 저항 자체가 무의미하게 된 사회 상황에서 우리는 어떻게 긍정적 가치를 담보하고 있는 과거의 것에 충실하게 남을 수 있는가? 여전히 다른 미래에 대한 꿈을 포기할 수 없는 우리는 새로운 것을 효과적으로 발생시킬 수 있는 가능성을 어떻게 모색할 것인가?[2]

'탈근대'의 정치와 사회의 맥락에서는 과거의 모든 것이 폐기처분이 된다. 아마도 여전히 살아남는 것이 있다면 그것은 경제적 효용가치를

---

2) 강웅식, 「민중가요의 역사적 의미에 대하여: 민중시와의 상관성을 중심으로」, 『비평문학』 제21호, 한국비평문학회, 2005. 11, 54-55쪽.

인정받은 경우뿐일 것이다. 그처럼 경제적 효용가치를 담보하고 있는 것 이외의 과거는 전면적으로 부정되고 폐기되어도 좋은 것일까? 그 안에 부정적이며 문제적인 요소를 일부 포함하고 있다고 하더라도 새로운 미래와 연관된 긍정적 가치를 지니고 있는 과거의 것들은 아무 쓸모가 없는 것일까? 민중가요는 이러한 일련의 질문이 환기하는 문제를 건드린다. 앞서도 지적했다시피 민중가요는 우리 사회가 20세기 후반에 시도했던 사회변혁을 위한 구체적 실험의 상징이다. 그것은, 또한, 그 실험의 부정적 양상과 긍정적 양상을 관찰하고 평가해볼 수 있는 통로를 마련해준다. 한마디로 말해 민중가요와 그것이 상징하는 사회변혁의 실험은 긍정적 가치를 담보하고 있는 과거의 것이다. 민중가요에 관한 연구는 그러한 긍정적 가치에 어떻게 충실하게 남을 수 있을 것인가, 하는 고민의 한 표현이다.

긍정적 가치를 담보하고 있는 과거의 것에 충실하게 남을 수 있는 방법과 새로운 것을 효과적으로 발생시킬 수 있는 가능성에 대한 모색이 중지된 사회는 오로지 자본의 자유로운 순환과 재생산의 논리가 지배하는 사회이다. 그런 사회는 다른 미래, 새로운 미래에 대한 꿈을 허용하지 않는다. 그저 모든 것이 자본의 운동 논리에 예속되고 지배될 뿐이다. '탈근대'로 지칭되는 오늘의 상황에서 민중가요에 관한 연구는 상황의 좌표를 바꿀 수 있는 진정한 새로움을 모색하려는 노력의 일환이다. 그것은 옛것의 가치나 논리를 순진하게 고수하는 것과는 거리가 멀다. 긍정적 가치를 포함하고 있다고 하더라도 민중가요가 상징하는 사회변혁의 실험은 현대의 복잡한 상황에 대한 상세한 성찰과 분석 없이 직접적인 행동으로의 손쉬운 요청에 지나치리만큼 성급하게 응답했는지도 모른다.[3] 새로운 미래에 대한 모색에서 경계해야 할 것은 낮은 수준의 이론과 얕은 수준의 성찰에 근거하여 성급한 행동으로 나아가는 것이다. 옛것의 논리와 태도를 순진하게 고수하는 것과 '탈현대'의

---

3) 강웅식, 앞의 책, 73쪽.

382

상황을 무기력하게 수용하는 것 사이의 양자택일에서 벗어날 수 있는 조심스러운 방법 가운데 하나는 성찰을 극대화하는 것이다. 그것만이 과거의 긍정적 양상과 함께 내재되어 있는 부정적 양상을 해소하고, 새로운 기획을 사고할 수 있는 단서를 마련해 줄 수 있을 것이기 때문이다. 이 논문에서 '여성'과 연관된 문제를 민중가요 연구의 초점으로 삼은 이유도 거기에 있다. '여성'의 모습이 문학적 혹은 문화적 담론에 나타날 때 논의의 핵심은 늘 사회적 주체가 되지 못하는 객체로서의 존재에 맞추어진다. 이는 아직도 사회적 영역이 그것을 재현하는 문학과 문화의 영역만큼 여성을 포용하고 있지 못하다는 의미이기도 하다. 인간에 대한 평등은 인권의 기본 항목인 것은 물론 민주주의의 기본 요건이다. 민중 운동이 대체로 '민주적 인식'을 지향하고 비민주를 고발하는 것이었다면, 그 현장에서 불린 민중가요에 나타난 '여성'의 모습이 '민주'에 합당한 위상을 가지고 있었는가 하는 문제는 흥미로운 논제이다. 이는 민주, 평등, 해방이라는 선(善)을 위한 저항으로서 윤리적 당위성을 확보하였던 민중가요를 의식적 차원에서 심도 있게 살피는 색다른 시각을 제시할 수 있을 것이기 때문이다. 시대에 따라 변화하는 여성에 대한 인식과 시대적 사안별로 활용되는 다양한 여성의 모습을 살펴보게 될 이 논문을 통해 민중가요의 다층적 인식 층위가 드러나기를 기대한다.

이 논문에서 분석의 대상으로 삼은 텍스트는 〈20세기 한국현대시와 민중가요의 상관성 연구팀〉의 연구 성과를 활용하여 추출하였다. 연구 활동을 통해 집적된 1,700여 편의 민중가요를 분석하여 '여성' 관련 작품을 추려내는 한편 검색용 CD 〈20세기 민중가요 데이터베이스〉를 구동하여 '여성', '여성해방', '사랑', '어머니' 등의 주제어 검색으로 텍스트를 다시 한 번 선정하였다.4) 이 외에도 위의 주제어로 검색되지 않은 작품을 고려하여 소재어로서 '여성', '어머니', '사랑' 등도 적용하

---

4) 민중가요의 주제별 검색에 대한 설명과 주제 항목별 세부 사항은 본 연구팀의 연구결과로서 이미 발표된 논문에 자세히 언급한 바 있다. 최동호, 「한국 현대 민중가요의 통계적 분석과 그 의미」, 『비평문학』 제21호, 한국비평학회, 2005. 11, 참조.

여 검색하였다. 추출된 텍스트들의 향유시대와 향유층에 대한 정보는 검색용 CD에 부여된 표지를 활용하였다. 또, 위의 주제어 검색과 소재어 검색으로 추출되지 않았더라도 여성의 이미지를 활용한 민중가요들은 연구 범위에 포함시켰다. 민중가요가 시위 현장에서 가창된 노래이기 때문에 음악성과 시의적 사건에 대한 고려가 요구되지만 공동 연구 주제의 성격상 음악과 연관된 분석보다는 가사에 나타난 의미상의 분석이 주를 이룰 것이다.

2. 해방의 성전(聖戰)을 위한 선전선동 수단으로서의 민중가요와 여성이미지

민중가요란 사회를 혁신하고자 하는 민중의 사회 운동 차원에서 창작되어 불렸던 텍스트로 규정할 수 있다.5) 이러한 민중가요의 연원은 일제강점기의 독립군가들에서 찾을 수 있지만, 본격적인 노래운동의 맥락에서 볼 때 그 연원은 1970년대 중반으로 볼 수 있다. 1970년대 유신체제에 따른 정치상황과 기성문화에 대한 환멸에서 비롯한 새로운 노래문화가 생성되기 시작한 것이 1970년대 중반이고 이러한 노래문화의 산물을 가리켜 흔히 '운동권가요'라고 부른다.6) '운동권가요'에는 광복 이후부터 불렸던 구전가요들과 민요, 진보적인 교회에서 보급한 복음성가의 일부, 외국의 반전가요, 그리고 정치적인 이유로 금지곡으로 묶이면서 공식문화권에서 배제된 김민기의 포크가요 등 다양한 성격의 노래들이 포함되었다. 이러한 '운동권가요'는 우리가 흔히 민중가요라

---

5) 최창호, 『민족수난기의 대중가요사』, 일월서각, 2000, 참조.
6) 노래운동 및 민중가요의 전반적인 흐름에 대해서는 아래의 자료를 참조하였음.
　　이영미, 「노래운동이란 무엇인가」, 『객석』 1988년 10월호, 성음출판사.
　　김영주, 「민중가요의 경향과 그 사회적 의미에 관한 고찰: 1980년대 이후의 민중가요를 중심으로」, 충남대 석사논문, 1993.

384

부르는 계열의 노래의 모체가 되었으며, 사회변혁의 열망을 담은 노래운동의 중심세력은 대학의 운동권 학생들이었다. 이러한 사정은 1980년대 중반까지 지속되다가 1987년 6월 민주화투쟁과 그 이후 노동자 대투쟁시기를 거치면서 노동운동과 결합한 노동자 노래운동이 활발하게 벌어졌다. 1988년부터 노동현장의 문제를 직접적으로 수용한 노래들이 폭발적으로 제작되었는데, 이러한 현상은 그때부터 다수의 노동자 노래패가 구성되었기 때문이며, 이러한 노래운동을 통해 생산된 노래들이 일군의 '노동해방가요'였다.[7]

> 이 세상에 노동자로 태어나 할 일이 무언가 분단된 조국 반쪽에서 태어나 할 일이 무언가 독재와 가진 자들이 판치는 이 세상 쇠망치로 박살내 우리 세상 만들어 사천만 덩실덩실 춤을 추는 날 부모님께 효도하리라 해방해방 사천만 민중의 해방 노동자 해방된 통일조국에 이 목숨 바치오리다
> — 김호철 작사, 「노동자로 태어나」, 1절

위의 노래는 '노동해방가요'의 전형적인 판본이라 할 수 있다. 일군의 '노동해방가요'에서 노동해방은 단순히 자본주의 사회에 내재하는 임금 삭감에 반대하는 노동자 운동의 수준에서 머무르지 않는다. 노동해방은 억압과 착취의 현실에 평등과 자유를 가져오게 하고 분단된 조국이 통일될 수 있게 하며 조국이 외세의 영향력으로부터 벗어날 수 있게 해주는 근원적 해방을 위한 핵심 고리이다. '노동해방가요'의 계열에 속한 민중가요들은 '참세상'이나 '새 세상'과 같이 절대적 가치로 설정된 해방된 세계의 실현을 향한 투쟁의 선전선동을 위해 만들어지고 향유되는 노래이다.[8] 이러한 목적성은 '노동해방가요' 계열에서 가

---

7) 예울림(1988), 노동자노래단(1989), 다영글(1989), 소리새벽(1989) 등의 노래패 현황에 대해서는 다음 자료 참조. 김애영, 「노동조합 노래패의 현황과 과제」, 『이제 우리의 노래를』, 움직이는 책, 1993, 247-255쪽.

8) 민중가요의 내포와 '노동해방가요'의 내포가 동일하지는 않지만 '노동해방가요'가 민중가요의 핵심을 차지한다고 말할 수는 있다.

장 적나라하게 표출되지만 여타 다른 계열의 민중가요 역시 그것으로 부터 자유롭지 못하다. 민중가요 1,100편을 대상으로 한 통계자료에 따르면, 직접적으로 '노동해방'을 주제로 한 민중가요가 145편으로 전체의 13퍼센트에 해당한다.[9] 이들 노래의 지향이 앞서 언급한 목적성에 근거를 두고 있음은 굳이 설명이 필요하지 않을 것이다. 그런데 개인 주체의 실존적 각성이나 윤리적 각성을 다룬 노래, 집단 주체의 계층 소속감에 대한 자각을 다룬 노래, 개인 주체나 집단 주체의 자아발견·자기다짐·정서적 방황·자긍심·좌절감 등을 다룬 노래, 현실개혁이나 해방을 지향한다고 하더라도 그것이 전경화되어 있지 않고 오히려 정서적 측면이 전경화되어 있는 노래들과 같이 노동해방이라는 주제가 전면에 노출되어 있지 않은 경우에서도 절대적 가치로 설정된 해방된 세계의 실현을 향한 투쟁의 선전 선동은 정도는 차이는 있으나 기본적으로 깔려 있다.[10] 이들 경우뿐만 아니라 대부분의 민중가요에는 정도의 차이는 있으나 근원적 해방과 그것이 달성된 새로운 세계에 대한 지향이 내포되어 있다.

　민중가요에서 염원의 대상이 되고 있는 '참세상'이나 '새 세상'은 그 절대성 때문에 성화(聖化)되고, 그 세상의 도래를 위한 투쟁과 그 투쟁에 참여하는 사람 역시 성화된다. 이러한 성화를 위해 민중가요에서는 다양한 전략이 구사되는데, 여성이미지의 활용도 그런 전략 가운데 하나이다. 그런데 민중가요에서 활용하는 여성 이미지의 가장 근본적인 특징은 그 밑바닥에 '부정성'을 전제하고 있다는 것이다. 다시 말해 '여성'이나 '여성적'인 것은 성스런 세계를 위한 성스런 투쟁에 방해가 되는 부정적 요소라는 것이다.[11] 가장 단적인 예를 보여주는 것이 다

---

9) 최동호, 「한국 현대 민중가요의 통계적 분석과 그 의미」, 『비평문학』 제21호, 한국비평학회, 2005. 11, 참조. 이하 통계자료는 모두 이 논문을 참조한 것임.

10) 최동호의 앞의 논문에서 이러한 노래들은 '자기성찰'이라는 주제어로 분류되어 있는데, 여기에 속한 노래들은 모두 226편으로 전체에서 20.5퍼센트의 분포를 보이고 있다.

11) 심지어 '어머니'조차 투쟁의 적극적 참여의 과정에서 방해가 될 수 있는데, 뒤에서 분석이 되겠지만 이 민감한 문제를 해결하기 위해 민중가요에서는 '어머니'의 이미지와

386

음의 사례이다.

> 넘쳐 넘쳐 흐르는 볼가 강물 위에 스텐카라친 배 위에서 노래 소리 들린다. 페르샤의 영화의 꿈 다시 찾는 공주의 웃음 띠운 그 입술에 노래 소리 들린다. 돈코샤크 무리에서 일어나는 아우성 교만할손 공주로다. 우리들은 주린다 흐느끼는 파도소리 넘치어 떠밀리고 잊지 못할 주검들이 달빛 되어 흐른다. 잊지 못할 그 옛날로 볼가강은 흐르고 꿈을 깨친 스텐카라친 장하도다. 그 모습 넘쳐 넘쳐흐르는 볼가강 물 위에 스텐카라친 배 위에서 노래 소리 들린다
>
> — 러시아 민요, 「스텐카라친」 부분

위의 노래는 1668년에서 1670년 봄까지 계속된 러시아 농민 반란의 지도자 스텐카라친(Stenka Razin)을 소재로 하였다. 민중가요의 분류상 외국곡 계열에 속한 노래인데, 우리나라에서는 1980년대 불리워졌다. 스텐카라친이 이끄는 당시 러시아 농민군은 몇몇 지역을 점령하며 기치를 올렸지만 서구식으로 훈련받은 정부군의 반격으로 3년 만에 패배하였고, 스텐카라친 자신은 모스크바에서 처형되었다. 이후 스텐카라친은 러시아 민중의 전설적인 영웅이 되었으며 그를 기리는 많은 민요가 만들어졌다. 위의 노래는 그 가운데 하나인데, 페르시아로부터 납치한 아름다운 처녀를 놓고 동료들의 단결이 흐트러지는 것을 막기 위해 스텐카라친이 수많은 농민 병사들이 보는 앞에서 처녀를 볼가강에 던져 버렸다는 일화를 소재로 하고 있다. 집단의 결속을 저해하고 투쟁 의지를 꺾는 요소에 대한 지휘관의 결단을 노래하고 있지만 그 부정적 형상이 여인인 것은 시사하는 바가 있다.

위의 노래는 우리의 구체적 현실을 기반으로 한 것은 아니지만 구조적 맥락에서는 어떤 대의(大義)를 향한 투쟁에서 부정적인 영향을 미치는 요소로 설정된 여성이미지의 모습을 잘 보여준다.12) '여성'이 부정

관련하여 다양한 전략을 구사한다.

12) 말 위에서 잠이 든 동안 연인의 집을 찾아간 애마의 목을 베어버린 김유신 장군의 설

적인 것이기에 '여성적'인 것이나 '여성과 연관된 것'이 함께 부정적인 것으로 평가되는 것은 어쩌면 당연할지도 모른다. 그러한 맥락에서 여성의 존재를 전제하지 않고는 성립될 수 없는 낭만적 사랑은 부정적인 것이 될 수밖에 없다.

> 사나이 한평생 살아간다 우리는 진짜 노동자 의리와 깡다귀로 뭉쳐진 나는! 너는! 진짜 노동자 첫사랑에 눈물 흘릴 땐 그땐 정말 철부지였지 파업투쟁에 세상 알았다 노동자 새 세상 적들이 아무리 짓눌러도 우리는 까딱없구나 전노협 깃발에 하나 된 나는! 너는! 진짜 노동자!
> — 김호철 작사·작곡, 「진짜 노동자 3」

굳은 의지로 파업투쟁을 이끄는 '사나이'만이 진짜 노동자라고 단언하는 이 민중가요에는 두 사나이의 모습이 드러나 있다. 하나는 '첫사랑에 눈물 흘리는 철부지'의 모습이고 두 번째는 '의리와 깡다귀로 뭉쳐 세상의 적들에 의연히 대항하는 진짜 노동자'로서의 사나이 모습이다. 그 어떤 장애에도 불구하고 "새 세상"을 위한 투쟁에 나설 수 있는 노동자의 형상화는 투쟁의 당위성의 선전선동을 목적으로 하는 민중가요에서는 필연적인 것이다. 그러므로 사적인 이익과 쾌락의 범주인 '첫사랑'의 상처에 슬퍼하는 것은 '새 세상'을 위해 투쟁하는 노동자의 윤리에 걸맞지 않은 태도이다. '첫사랑'의 상처에 슬퍼하는 모습의 부정은 동시에 '첫사랑'과 같은 사적인 감정 자체의 부정이고 동시에 그러한 감정의 유대의 한쪽 끝에 자리하고 있는 여성의 부정이기도 하다. 사실상 논리나 명분에서는 항상 사적인 것보다 공적인 것의 가치가 항상 우위에 놓이고, 그러한 가치의 위계 자체가 문제가 되는 것은 아니다. 문제는 그러한 공적 가치의 정당성과 그 가치를 실현하기 위한 방법과 실천의 타당성이다. 다음에 이어지는 절들에서 확인이 되겠지만, 민중가요는 그러한 정당성과 타당성을 설득력 있게 제시하기 위해 다양한

화도 그러한 경우의 대표적인 한국적 판본이라 할 수 있을 것이다.

전략을 구사하였다. 그러한 전략의 한 방법은 부정적인 '여성이미지'를 긍정적인 가치로 변형하거나 여성이미지 자체를 활용하는 것이었다.

남성투사의 시각이 지배적인 민중가요에서 '여성적인 것'의 계열에 포함시킬 수 있는 낭만적 사랑의 감정이 완전하게 무시된 것은 아니며, 그것이 모두 유치한 감정으로 여겨진 것도 아니다. 그러나 그러한 부정적 평가에서 벗어나기 위해서는 일정한 변형이 뒤따라야만 했다.

> 전쟁 같은 가두투쟁 최루가스 털어주며 앞서거니 뒤서거니 뛰어가며 돌 던지며 앞서거니 고백했네 뒤서거니 사랑했네 우리 사랑 샛별사랑// 단칸 셋방 보금자리 물 떠놓고 결혼해도 그까짓 거 아무려면 좋아 좋아 너무 좋 아 투쟁 속에 곱게 피인 박꽃 같은 우리 사랑
> — 정인화 작사, 김성민 작곡, 「우리사랑 샛별사랑」

위의 노래에서 "샛별사랑"이나 "박꽃 같은 우리 사랑"이라는 구절이 환기하는 서정적이며 낭만적인 분위기, 그리고 "좋아 좋아"라는 구절에서 볼 수 있는 것과 같은 노골적인 감정 표현 등은 언뜻 낭만적 사랑의 감정에 관대함을 보여주는 듯하다. 그러나 그런 관대함의 이면에는 그럴 만한 분명한 이유가 있다. 위의 노래에서 두 주체의 결합은, "고백했네"와 "사랑했네"라는 구절들에서도 확인되다시피, 낭만적 사랑의 감정의 분출과 그 결실에 따른 것이다. 그런데 그러한 사적인 분출과 결실에 그 어떤 망설임이나 죄의식도 개입되지 않는 것은 그들의 결합이 투쟁을 방해하지 않기 때문이다. 행복하게도 그들은 이미 가두투쟁에 함께 참여할 수 있을 만큼 문제의식을 공유하고 있고, 성스럽게도 구체적인 투쟁의 과정에서 서로에게 사랑의 감정을 느꼈고, 그러한 감정은 그들을 투쟁의 현장에서 멀어지게 하는 것이 아니라 더욱 뜨겁게 참여하게 할 것이다. 이처럼 위의 시에서 낭만적 사랑이 허용되고 심지어 장려되고 있는 것은 투쟁을 선전하고 선동하는 주체의 시선에 그것이 바람직하게 보였기 때문일 것이다. 위의 노래는 이성애와 동지애의 이념적 또는 관념적 결합을 환상적으로 보여주는데, 민중가요의 이

넘적 구도에서 동지애의 보호를 받지 못하는 이성애가 허용될 수 있는지는 의문이다. 다음의 노래 역시 낭만적 사랑의 감정을 동지애와 결합시키는 시도를 보여주고 있다.

> 1. 내가 그대를 처음 만난 날 자욱한 최루연기 넘쳐나던 날 그대는 빨간 머리띠 묶고 투쟁의 불꽃을 높이 올렸네 아 늠름한 그대 모습에 나도 따라 투쟁전선 동지 되었네 아 괜시리 설레는 마음 그대를 그대를 사모하나 봐// 2. 내가 그대와 손 맞잡던 날 지랄탄 연기 속에 눈물 흘릴 때 그대가 내민 빨간 손수건 지랄 연기를 날려 버렸네 아 자상한 그대 모습에 그대 손을 굳게 잡고 거리에 서네 아 영원히 변치 않으리 거리에 피어나는 동지의 사랑// (후렴) 우리 소중한 동지로 살며 새날을 열어가는 젊은이라네 투쟁의 길에 밝은 빛 되리 우리의 청춘은 행복하여라
> — 김정환 작사, 이지상 작곡, 「내가 그대를 처음 만난 날」

위의 노래는 1992년 당시 대학생들에게 많은 인기를 모은 것으로 알려져 있다. 앞서 살펴본 「우리사랑 샛별 사랑」의 경우처럼 위의 노래에서도 낭만적 사랑의 감정이 피어나는 것은 가두투쟁의 현장이고, 그러한 감정의 유대를 지원해주는 것은 역시 동지애이다. 어떤 면에서는 "동지의 사랑"이 지나치게 전면으로 투사되어 있어 두 주체를 결속하고 있는 것이 과연 낭만적 사랑의 감정이기는 한 것인지 의문이 들 정도이다.

여성적인 것과 관련이 있는 낭만적 사랑의 부정적 성격이 민중가요의 이념적 구도 안에서 허용되기 위해서는 「우리사랑 샛별 사랑」이나 「내가 그대를 처음 만난 날」에서 볼 수 있는 것처럼 그것은 동지애와 결합되지 않으면 안 된다. 더 나아가 이제 사랑은 그 대상을 여성이 아닌 승화된 이념 자체로 바꾸어야만 허용되고 장려될 수 있다.

> 음 너를 부르마 우 너를 부르마 불러서 그리우면 사랑이라 하마 사랑이라 하마 아무데도 보이지 않아도 내 가장 가까운 곳 나와 함께 숨쉬는 공

기여 시궁창에 버림받은 하늘에도 쓰러진 너를 일으켜서 나는 숨을 쉬고
싶다 내 여기 살아야 하므로 이 땅이 나를 버려도 새삼스레 네 이름을 부
른다 내가 그 이름을 부르기 전에도 그 이름을 부른 뒤에도 그 이름 잘못
불러도 변함없는 너를 부르마 자유여 민주여 내 생명이여 자유여 민주여
내 사랑이여
　　　　　　　　　− 성균관대 소리사랑 작사·작곡, 「너를 부르마」 부분

위의 노래에서는 이념적 가치인 '자유'와 '민주'가 작품 안에서 인격
적인 대상으로 변화됨과 동시에 절절한 그리움의 대상이 된다. 김지하
의 시 「타는 목마름」으로의 영향을 어렵지 않게 발견할 수 있는 이 노
래에서 낭만적 사랑의 감정은 그 뜨거운 열도만을 간직한 채 그 대상을
인간에서 이념으로 바꾼다. 이러한 현상이 민주화투쟁이나 노동해방투
쟁의 목표와 과정 자체를 성스러운 것으로 만들려는 성화(聖化) 전략의
결과임은 물론이다.

　　이 한 목숨과 정열 모두 바쳐 나의 조국과 민중을 사랑하며 고운 새 신
부의 첫날밤처럼 우리는 혁명을 맞이하자 어머니 조국하늘 우러러 앞서
간 동지를 우러러 한순간의 시각에서도 순결한 전사로 굳게 서자…… 뜨
거운 가슴속에 불타는 오로지 그 사랑만으로 서로의 상처를 보듬어 그렇
게 우리는 가야 한다
　　　　　　　　　　　− 윤민석 작사·작곡, 「전사의 맹세 2」

위의 노래에서도 사랑의 대상은 '조국'과 '민중'이다. 그러므로 이제
사랑은 사적인 이익이나 쾌락의 영역에 속하는 감정이 아니라 대의의
광장에서 마음껏 발산될 수 있는 공적 감정이다. 그런데 위의 노래에서
눈에 띄는 점은 "고운 새 신부의 첫날밤"이라는 구절에서 보는 바와 같
이 여성적 이미지가 긍정적으로 활용되고 있다는 점이다. 메시아의 재
림을 기다리는 기독교도를 신랑을 기다리는 신부에 비유한 성경의 구
절에서 차용한 것으로 보이는 '새 신부'의 이미지는 메시아와도 같은
'혁명'을 추구하고 기다리는 투사의 마음을 보여준다. 여기서 여성이미

지가 변형을 거치지 않고 활용되면서도 부정적인 양상을 보이지 않는 것은 위험한 여성성이 제거되었기 때문이다. 사실 '새 신부'는 여성의 이미지이지만 정결한 몸과 마음으로 신랑을 기다리는 그 모습은 가부장적 질서에 완벽하게 포획된 성격의 것이다. 더욱이 위의 노래에서 '새 신부'는 최소한의 여성성마저도 탈각되어 있다. '새 신부'가 기다리는 것은 신랑이 아니라 혁명이며, 그리하여 '새 신부'의 이미지를 통하여 활용되는 것은 말 그대로 순결하고 정결한 이미지 그 자체이다.

변형을 통해 활용되는 여성이미지들 가운데 가장 강력한 형상은 전사로서의 그것이다.

> 사슬을 끊고 어둠을 타고 일어나자 여성들이여 죽음 같은 압제를 살라 피어나라 해방의 꽃들 짓누르며 억압하는 악법의 하늘 고통으로 파도치는 수난의 강물 수렁보다 더 깊은 질곡의 세월 나가자 여성들이여 무르팍을 치고 손뼉을 치고 노동해방 투쟁에 당당히 서자 쟁취하리라 승리하리라 여성해방 만만세
>
> — 김성만 작사·작곡, 「여성해방 참 세상」 1절

위의 노래는 기존의 노동해방가요의 틀에 '여성'이라는 낱말만을 삽입한 것 같은 인상을 받게 한다. 사실 위 노래에서는 그 어떠한 '여성성'의 이미지도 보이지 않는다. '꽃'이라는 보조적인 이미지가 여성성의 일면을 보여주긴 하지만 전체적으로 전경화되어 있는, 거의 남성적인 투사의 이미지를 상쇄시킬 수 있을 정도는 아니다.

3. 민중가요와 여성이미지의 긍정적 활용 방식

1980년대의 민중가요는 상당 부분 '1980년 광주'로부터 영감을 얻었고 그 진상 규명을 중요한 내용으로 삼고 있다. 당대 민중가요의 창작자이자 향유자였던 대학운동권은 광주민주화항쟁이 일어난 근본적인 원

인을 한국사회의 모순과 미국의 역할, 민중의 저항적 에너지로 보았다. "우리는 왜 총을 들 수밖에 없었는가? 너무나 무자비한 만행을 더 이상 보고 있을 수만 없어서 너도 나도 들고 나섰던 것입니다"[13]라는 선언문의 구절에서도 확인되듯이, 죽음으로 사수하고자 했던 바로 광주의 정의와 정신은 이후 꾸준히 '80년 5월 광주를 기억하라'는 강한 메시지로 되살아났다. 당국의 원천봉쇄와 검거에도 불구하고 1980년대 저항 세력들은 '5월 광주'를 국민들에게 알리며 역사적 부채 의식과 도덕적 부채 의식을 함께 전파하였다. 이는 1987년 6월 항쟁으로 이어지는 저항운동의 가장 큰 동력을 형성하였으며, 1980년대 대규모의 집회 현장이나 노사투쟁의 현장에서는 어김없이 광주가 거론되었다.[14] '5월 광주'는 전체 운동권의 기본적 정서였으며 공동의 적에 대한 비판 정신을 키우는 기폭제가 되어 있었다. 노동가요 「끝내 살리라」[15]는 죽었던 동지가 노동해방 그날에 해방의 땅 금남로에 되살아날 것이라며 노동해방운동의 정신을 5·18에서 찾는다. 1980년대에서 1990년대 초반까지 5월의 대학가에서는 광주 관련 집회, 시위, 토론, 비디오 시청 등이 기획되었고, 이러한 광주에 대한 간접 경험은 당시 정권에 대한 적개심과 분노를 일깨웠다. 특히 광주항쟁 관련 비디오와 사진은 처참한 살육의 장면들, 예를 들면 임산부의 배를 가르는 계엄군, 군홧발에 형체가 알 수 없이 부서진 얼굴, 총검에 머리가 날아가 버린 모습 등을 그대로 보여주었고, 이를 본 학생들의 충격과 분노를 기반으로 학생운동은 전개되었다.

광주의 5월을 소재로 한 수많은 노래들에 묘사된 살육의 참상 가운

---

13) 광주광역시 5·18사료 편찬위원회, 1980년 5월 25일 시민군대표 명의로 발표된 〈우리는 왜 총을 들 수밖에 없었는가?〉, 『5·18광주민주화운동 자료 총서』 2권, 63쪽.

14) 김동춘, 「80년대 민주변혁운동의 성장과 그 성격」, 『6월민주항쟁과 한국사회』, 학술단체협의회, 당대, 1997, 81쪽.

15) 가세 가세 내 조국 해방의 땅 살아서는 못 가던 길 찾아가세 잔악한 독점 재벌 폭력과 맞서다 쓰러진 동지여 순박한 소망과 뜨거운 동지애 오직 그 하나로 맞서던 열사여 끝내 살리라 노동자 한 가슴 해방의 땅 금남로에 되살아나리니 살아서 춤추리니 죽음을 딛고 노동해방 그날에 꼭 살리라.─김애영 작사, 김호철 작곡, 「끝내 살리라」 전문.

데 가장 적나라한 것은 "두부처럼 잘리어진 어여쁜 너의 젖가슴"이다. '잘린 젖가슴'이나 살해된 '임산부'의 모티브는 당시 살육의 극악함을 잘 보여줌으로써 정서적 충격과 분노를 최고조로 고양시킨다.

> 꽃잎처럼 금남로에 뿌려진 너의 붉은 피 두부처럼 잘려나간 어여쁜 너의 젖가슴 오월 그날이 다시 오면 우리 가슴에 붉은 피 솟네/ 왜 쏘았지 왜 찔렀지 트럭에 실려 어디 갔지 망월동에 부릅뜬 눈 수천의 핏발 서려있네 오월 그날이 다시 오면 우리 가슴에 붉은 피 솟네/ 산자들아 동지들아 모여서 함께 나가자 욕된 역사 고통 없이 어떻게 헤쳐 나가랴 오월 그날이 다시 오면 우리 가슴에 붉은 피 솟네/ 대머리야 쪽바리야 양키놈 솟은 콧대야 물러가라 우리 역사 우리가 보듬고 나간다 오월 그날이 다시 오면 우리 가슴에 붉은 피 솟네
>
> — 작사자 미상, 「5월 출정가」

"두부처럼 잘려나간 어여쁜 너의 젖가슴"은 5·18 당시 사실의 채록에 따른 것이지만 일단 텍스트로 수용되게 되면 그것은 이미지로서 기능하게 된다. '젖가슴'은 대표적인 여성이미지이다. 그것은 성적 관능의 매개로서 기능하기도 하지만 동시에 대지의 생명을 먹여 살리는 모성의 상징으로 기능하기도 한다. 위의 노래에서 '젖가슴'은 "어여쁜"이라는 수식에도 불구하고 이미 전제가 되고 있는 "두부처럼 잘려나간"이라는 수식의 제한 때문에 성적 관능의 성격은 거의 제거돼 버린다. 그것은 잔인하게 훼손된 아름다움의 잔상을 간직하면서 자연스럽게 생명의 모체인 모성의 이미지로 이동한다. 이제 그 '젖가슴'은 어떤 경우라도 보호됐어야만 하는 절대적이자 최후의 가치 같은 것이 된다. 그리하여 그것을 잔인하게 훼손하는 행위는 생명 전체에 대한 위협이며 가장 비도덕적이고 추한 행위가 된다. 그런 행위를 서슴지 않고 행할 수 있는 자는 절대악(絶對惡)의 화신일 수밖에 없고, 그러한 악을 증오하고 그것에 맞서 싸우는 것은 당연하고 마땅한 것이다.

「5월 출정가」에 나오는 '젖가슴'의 경우처럼 보호되어야만 '여성성'

394

의 이미지는 어떤 변형의 과정 없이도 민중가요에 등장할 수 있다. 대
표적인 경우가 '누이'와 연관된 것이다. 이들 계열의 전형적 판본이 다
음의 노래이다.

> 돌다리 건너 산길을 돌아 바람이 불어오는 곳 뒷동산 수수밭 그늘 위
> 파란 하늘이 그리워요 울 어매 상기도 날 기다리시나요 말씀드리지 마세
> 요 슬픈 소식이에요 침침한 야간작업 중 피곤을 넘다가 톱날에 잘린 손가
> 락을 공장 뒤뜰에 묻었어요 도둑맞은 처녀를 달빛에 씻었어요 총무는 절
> 더러 조국번영의 위대한 꿈 사장은 절더러 아름다운 꿈이라고 반장은 고
> 향소식을 막아요 오빠 엉겅퀴 쥐어 뽑은 손으로 설움의 끝까지 가보고 말
> 래요 우리가 부르짖는 삶 주인 된 세상에서 불러보고 싶어요 쑥부쟁이 구
> 부린 노래 가진 자의 입으로 말하는 자유 평등 평화 똑똑히 보고 말래요
> — 김희수 작시, 김용수 작곡, 「누이의 서신」

'누이'는 여성이지만 '오빠'에게는 여성일 수 없다. '누이'가 오빠에
게 여성이라고 하더라도 그것은 보호받아야만 하는 여성이다. 위의 노
래는 그런 '누이'가 자신을 보호해야 할 의무가 있는 '오빠'에게 쓴 편
지의 형식을 취함으로써 관능적 여성성의 개입을 차단한다. '누이'는
자신의 육체와 순결을 훼손당한 사연을 '오빠'에게 전하고, 자신을 능
욕하고 파괴한 범인들을 일러준다. 그들은 개인이 아니라 "총무"와 "사
장"과 "반장"으로 상징화되는 어떤 권력관계의 구조 자체이다. '오빠'
는 자신이 보호해야 마땅한 '누이'를 보호하지 못하였다. 제대로 된
'오빠'라면 비록 뒤늦은 것이긴 하지만 '누이'를 능욕한 대상을 찾아
응징하고자 할 것이다. 응징의 대상이 어떤 개인이 아니므로 '오빠'는
구조 자체를 바꿀 수 있는 투쟁에 참여해야 한다. 민중가요에서 보호받
지 못한 '누이'의 이미지는 이처럼 노동현장의 비인간적 조건과 타락한
권력관계의 구조적 모순을 고발함으로써 노동해방운동의 당위성과 필
연성을 환기하여 자연스럽게 투쟁에 참여하게 하는 투쟁의 동기화의
장치로서 흔히 활용된다.

민중가요에서 보호받아야 하는 대상으로서의 여성이미지를 간직한 경우에는 변형의 매개 없이 수용되는데, 그러한 경우 가운데 매우 복잡하고 민감한 성격을 내재하고 있는 것이 바로 '어머니'이다. 사실 '어머니'는 보호의 대상이 아니라 봉양의 대상이지만, 봉양이란 것도 결국은 가족의 존장에 대한 보호의 형식이므로 넓은 의미에서 보호의 대상으로 보아도 무방할 것이다. 〈20세기 한국현대시와 민중가요의 상관성 연구팀〉이 구축한 민중가요 검색 시스템을 통해 검색해보면, 민중가요에서 가장 빈번하게 등장하는 가족 구성원은 '어머니'이다. 1,700여 편의 민중가요 가운데 '어머니'라는 낱말이 등장하는 작품은 모두 52편이다. 전체 분포에서 보자면 4.8퍼센트에 불과하지만, '아버지'가 등장하는 작품이 10편, '누나'가 등장하는 작품이 6편, '형'이 등장하는 작품이 5편임을 감안해 본다면 52편이라는 수치는 결코 적은 것이 아니다. 민중가요에서 이처럼 가족 구성원 가운데 '어머니'가 많이 등장한다는 사실은 사회변혁을 위한 투쟁의 과정에서 투쟁 주체와 어머니 사이에 매우 민감한 문제가 상정돼 있음을 시사해준다.

> 병들어 누우신 우리 엄마 드리러 약수 뜨러 가는 이 길은 왜 이리도 멀으냐 봄은 아직 멀었고 새벽바람은 찬데 오리길 안개를 걸어 약수 뜨러 간단다 새벽마다 이슬을 모아 약수를 떠다 드려도 우리 엄마 아프신 엄마 병은 점점 더하고 봄이 와야 나물 뜯어다 죽을 끓여드리지 기슭 밭에 보리 패어야 약을 사다 드리지
> — 정종수 작사·작곡, 「약수 뜨러 가는 길」 1절

민중가요의 역사에서는 이른 시기인 1979년 이전에 창작된 것으로 추정되는 위의 노래에서 "병들어 누우신 우리 엄마"를 위해 '나'가 할 수 있는 일은 고작 약수를 떠다 드리는 것뿐이다. 약은커녕 죽조차 끓여 드릴 수 없는 사태의 원인에 대한 문제 제기를 담고 있지만, 앞서 분석한 「누이의 서신」과 비교해 볼 때, 그 원인이 현실의 구조적 모순에 있다는 사실을 환기하기에는 호소력이 약해 보인다. '어머니' 역시

보호의 대상이긴 하지만, 노동현장에서 사회의 구조적 모순 때문에 어쩌면 그녀에게 가장 소중할지도 모르는 것들을 상실한 '누이'의 경우와 비교해 볼 때, 정서적 공감의 측면에서는 '누이'의 경우보다 훨씬 강력한 호소력을 발휘할 수 있을지 모르나 직접적인 노동현장에서 떨어져 있다는 사실 때문에 '어머니'의 이미지는 노동과 연관된 사회의 구조적 모순을 고발하기에는 상대적으로 취약한 측면이 있다. 민중가요에서 '어머니'의 이미지가 그토록 자주 등장하는 원인은 다른 데 있다.

> 1. 세상에 오직 한 사람 어머니 그 여윈 가슴에 피눈물 못 박으며 떠나는 날 용서하소서 흐르는 세월에 서리 서리 고통이어도 허나 어머니 크신 사람만큼 피어날 웃음 위해 어머니 크신 사랑만큼 피어날 웃음 위해/ 2. 진달래 피고 진대도 변치 않을 마음이 있다면 그것은 꺾이지 않는 너와 나 사랑이라오 동지여 가슴에 뜨겁게 흐르는 눈물 해방 그날에 민중의 세상에 웃으며 뿌려다오 그날에 민중의 세상에 웃으며 뿌려다오
> — 윤정빈 작사·작곡, 「못다 한 이야기」

위의 노래는 1991년 경찰의 무차별적인 폭력진압의 현장에서 목숨을 잃은 한 여대생을 추모하기 위해 만들어진 것이다.[16] 위의 노래에서 화자는 이제 몸이 죽어 이승에서 저승으로 떠나는 영혼이다. 어머니보다 먼저 세상을 떠나야 하는 자식은 어머니에게 큰 죄를 짓는 것이나 다름없다. 더욱이 그 죽음의 길이 자청한 것이라면, 비록 거룩한 대의를 위한 성스러운 것이었다고 하더라도 그것은 어머니에게 죄일 수밖에 없다. 그리고 문제는 자식을 먼저 보내고 살아남은 어머니의 슬픔이다. 자식이 아무리 올바르고 귀한 일을 하다가 죽었다고 하더라도 어머

---

16) 그 여대생은 당시 성균관대학교에 재학중이던 김귀정이다. 1991년 4월 26일 강경대 폭행치사 사건에서 촉발된 분신정국과 분신 배후를 조작하는 노태우 정권에 대한 비판과 저항이 거세어지는 가운데, 5월 25일 공안통치 분쇄 및 민주정부 수립을 위한 범국민대책위에서 주최한 〈공안통치 민생파탄 노태우정권 퇴진을 위한 제3차 범국민대회〉에 시민 학생이 집결, 참가하였다. 김귀정은 5월 25일 제3차 국민대회에서 경찰의 무차별적인 폭력 진압작전에 포위되어 혼란해진 현장에서 시신으로 발견되었다.

니에게 다가오는 것은 자식의 죽음에 따른 상실감 그 자체이다. 이러한 성격의 슬픔은 예수의 시신을 안은 성모 마리아의 표정에 집약돼 있다.

위의 노래를 통하여 우리는 민중가요에서 '어머니'라는 낱말이 자주 등장할 수밖에 없는 이유를 알 수 있다. 위의 노래는 민주화투쟁에 참여한 운동권대학생과 어머니의 관계에서 발생할 수밖에 없는 갈등의 양상을 전형적으로 보여준다. 굳이 죽음에 이른 경우가 아니라 하더라도 사정은 마찬가지이다.17) 운동권에 투신하는 대학생이면 누구나 잠재적으로 감옥에 갈 가능성에 노출될 수밖에 없었으며, 감옥에 갇힌다는 것은 일정 기간 동안이긴 하지만 죽음의 상태에 있는 것과도 같기 때문이다. 대학생들은 이미 중간계급 이상으로 상승할 자격을 확보한 사람들이다. 그 모든 희생을 감수하고서 부모가 자식을 대학에 보내는 것은 자식이 그러한 자격을 확보하게 하기 위함이다. 대학생이 운동권에 참여한다는 것은 기존의 권력관계의 구조에 유리한 조건으로 편입될 수 있는 자격을 스스로 버린다는 것을 의미한다. 이는 동시에 자신에 대한 모든 가족의 기대를 저버리는 것이 된다. '어머니'는 그러한 모든 가족의 기대가 집약된 하나의 상징이다.18)

1. 그대에게 가는 길이 날로 어려워 그리움에 사무쳐 걷는 긴 투쟁의 길

---

17) 1980년대는 광주민주화투쟁의 사실을 고발하거나 군부권력에 반대하는 전단을 뿌렸다는 이유만으로도 감옥에 가야 하는 시절이었다.

18) 여기서 그런 상징으로 어째서 '아버지'가 선택되지 않았는가 하는 문제를 따져볼 필요가 있다. 대학생 신분으로 자신의 유리한 조건을 포기하고 운동권에 참여한다는 것은 기존의 권력구조에 반대하고 이를 바꾸는 일에 참여하겠다는 의미이다. 이 경우 '아버지'는 그것이 비록 가족을 위한 것이라 하더라도 자식이 부정하는 권력구조에서 기생하는 것이 된다. 대학생이 운동권에 참여하게 되는 가장 근본적인 동기는 정의가 지켜지지 않는 기성의 사회구조에 대한 환멸이므로 그러한 기성의 사회구조에서 기생하는 것으로 보이는 '아버지' 역시 환멸의 대상에 포함될 수밖에 없다. 자신에게 기대를 거는 가족의 대표적 구성원이지만 '아버지'가 앞서 말한 상징으로 선택될 수 없는 이유는 이처럼 의도한 것은 아니지만 불가피하게 설정될 수밖에 없는 적대관계 때문이다.

하루해 넘기기 무진 어려워 세상은 붉게 물들었는가 붉은 노을 진 세상 내 발목 붉게 젖어 오면 비로소 싸워야 할 이유를 안다 싸워야 할 이유를 안다/ 2. 그대에게 가는 길에 날이 어두워 어머니 울음소리 가슴 태우는 밤 하룻밤 넘기기 무진 어려워 검은 산 빗장 걸고 돌아앉는가 어둠에 물든 세상 내 발목 붉게 젖어 오면 동지여 새벽으로 타오르리라 봉화불로 타오르리라
　　　　　　　　　　　－ 작사·작곡 미상, 「동지에게 가는 길」 전문

위의 노래에서 화자는 동지인 '그대'에게 간다. 대부분의 민중가요의 경우처럼 '그리움'은 이성의 연인이 아닌 동지를 향한 것인데, 그 '그리움'이 사무치는 것으로 보아 '그대'는 가까운 곳에 함께 있을 수 없는 처지인 듯하다. 화자는 그런 '그대'를 부단히 닮으려고 하고 '길'은 날로 어렵고 어두우니 화자의 앞길에도 비감어린 어둠이 짙게 깔려 있다. 그 상황에서 화자의 마음의 귀에 들려와 가슴을 태우는 "어머니 울음소리"는 이 노래에 비장미를 더해 준다. 노래의 문맥상 이미 투쟁의 과정에 깊숙이 들어온 화자는 투쟁의 시작 단계에서 '어머니'의 기대를 저버렸을 것이다. 어떻게 보면 '어머니' 역시 대의를 위한 헌신에 방해가 될 수 있다. 그런데 거의 모든 민중가요에서 '어머니'는 낭만적 사랑의 대상처럼 버려지지도 않으며 변형되지도 않는다. 이는 아마도 대부분의 경우 '어머니'가 자식을 끝까지 버리지 않기 때문일 것이다. 비록 옳은 길이라고 하더라도 자신의 기대를 저버리고 자기의 길을 가는 자식의 옥바라지를 하는 사람은 '어머니'이다. 이러한 사정 때문에 민중가요에서는 기대의 저버림에 따른 마음의 아픔에도 불구하고 자식과 어머니의 관계를 긍정적인 맥락에서 보존하려는 장치를 마련하고자 한다.

공단이 보이는 언덕에 나 혼자 앉아 있노라면 끌려간 동지의 외침이 이 땅을 울려요 어머니 당신의 아들은 진실되게 살고파요 어머니 당신의 딸은 용기있게 살고파요 어머니 제게 주세요 가열찬 투쟁의 용기를 어머니 당신께 드려요 노동자의 새 날을
　　－ 김성만 작사, 작곡 미상, 「어머니 당신께 드려요 노동의 새 날을」

　　1. 가슴에 사무치는 원한을 안고서 싸움의 앞장에 선 네 모습 장하다 아들아 알아다오 어머니의 소원 통일을 위한 성전에서 잘 싸워다오/2. 내 너를 품에 안고 자장가 부를 때 한 집안 효자로만 키워왔던가 아들아 알아다오 어머니 소원 통일을 위한 성전에서 잘 싸워다오
　　　　　　　　　　　－ 작사·작곡 미상, 「어머니의 소원」 1, 2절

　　위에 인용된 작품들 가운데 「어머니 당신께 드려요 노동의 새 날을」은 어느 대학생의 노래를 노동자 노래패인 '다영글' 소속 노동자들이 편곡하고 가사를 바꿔 노동자의 노래로 새롭게 만든 것이다. 이는 '어머니'로 상징되는 모든 가족의 현실적 기대를 저버리고 이념을 위한 투쟁에 헌신함으로써 설정되게 되는 자식과 어머니의 관계가 대학생에게만 국한된 것이 아님을 보여준다. 아무튼 이 노래에서는 자식이 '어머니'의 현실적 기대를 저버릴 수밖에 없는 이유를 설명하고 그런 자신을 이해해 주기를 요청한다. 「어머니의 소원」에서는 자식보다 선각한 '어머니'가 등장하여 자식에게 "한 집안의 효자"로만 남으려 하지 말고 더 크고 의미있는 '성전'에 참여하라고 독려한다. 이들 두 노래에 설정된 정황은 충분히 상상해볼 수 있고 투쟁에 참여한 사람들이 몹시 바라는 바일 수는 있겠으나 그다지 현실적인 것으로 보이지는 않는다. 피에타像에서 성모 마리아에게는 아들에게 약속된 하늘나라의 영광보다는 자신이 안고 있는 비참하게 죽은 아들의 싸늘한 시신이 온통 관심의 대상인 것처럼, 민주화투쟁이나 노동해방운동에 참여한 대학생이나 노동자의 어머니에게는 그들이 꿈꾸는 '새 세상'이나 '참세상'보다 자신의 눈앞에서 겪는 자식의 고통이 온통 관심의 대상일 것이기 때문이다. 자신의 기대를 저버린 자식임에도 불구하고 그 자식을 버릴 수 없는 어머니와 자식과의 관계 때문에 '어머니'의 이미지는 민중가요에서 그 기호내용과 상관없이 그 어떤 의미작용을 하는 특권적 기호표현이 된다.

　　해방 해방을 위해 투쟁 투쟁을 위해 나가자 차 싸우자 차 현대중공업 노동조합 미포만에 떠오른 태양 어머님의 뜨거운 눈물 가자가자 달려 나

<blockquote>
가자 민중의 해방으로
- 현중노조 작사, 김호철 작곡, 「현대중공업 노조가」

총 가진 자 돈 가진 자 판치는 흔들리는 나의 조국에 평등평화로운 사람 사는 세상을 만들기 위해 노동해방 그날이 오면 어머님의 손목을 잡고 열사들의 무덤 찾아 술을 따르고 한라에서 백두까지 노래하리라 아아 전노협이여 노동자의 큰 이름이여 밤이 깊을수록 더욱 빛나는 나의 사랑 전노협
- 김호철 작사·작곡, 「나의 사랑 전노협」
</blockquote>

위에 인용된 두 노래는 그 제목이 시사하는 바와 같이 단체의 결속을 다지는 상징적인 것들이다. 이들 작품에서 "어머님의 뜨거운 눈물"이나 "어머님의 손목을 잡고"는 의미론적 맥락에서 구체적인 작용을 하지 않는다. 그 구절이 없다고 하더라도 의미는 통하며, 심지어 그 구절이 없어야 의미론적인 맥락이 분명해질 정도이다. 적극적인 투쟁을 독려하는 의도로 제작된 민중가요들 가운데 이와 같은 현상이 자주 목격된다.[19] 앞서 '특권적 기호표현'이라는 용어를 사용했는데, 구문의 의미론적 맥락과 관계없는 그것의 특별한 의미작용은 일종의 주술적인 것이기까지 하다. 그렇긴 하지만 그 심층에는 우리가 미루어 짐작할 수 있는 의미론적 맥락이 잠재해 있다. 민주화투쟁이나 노동해방운동에 헌신하는 사람들은 모두 '어머니'의 현실적 기대를 저버린 사람들이다. 자신은 그렇게 '어머니'의 마음을 아프게 했지만 '어머니'는 결코 자식을 버리지 않는다. 그런 어머니의 마음은 언제나 그들에게 마음의 상처가 되고 짐이 된다. 그럼에도 그들은 자신들이 선택한 길을 끝까지 포기할 수 없다. 이제 투쟁과 운동은 '어머니'의 기대에 대한 배신과 그에 따른 '어머니'의 슬픔을 제물로 바치고 이루어지는 제의(祭儀)와 같은 것이 되며, '어머니'에게 사죄하는 길은 '어머니'에게로 돌아가는

---

19) 이 계열에 속하는 노래들로는 「다시 일어서라 동지여」(이건 작사·작곡), 「해방의 그 날까지」(작사·작곡 미상), 「내일을 향해」(안정일 작사·작곡), 「다시 한 번 투사가 되어」(조민하 작사·작곡), 「어머니 1」(작사·작곡 미상) 등이 있다.

것이 아니라 자신의 길을 끝까지 걸어 그 목표를 이루는 것이다. 그러
므로 '어머니'의 이미지는 묻어두거나 외면해버릴 성질의 것이 아니라
끝까지 짊어지고 가야 할 십자가와 같은 것이 되고, 그것은 자신에게
아픔과 동시에 힘을 주게 될 것이다. 민중가요에서 '어머니'의 이미지
가 하나의 특권적 기표로서 주술적 기능마저 하게 되는 것은 바로 이
지점이다.

4. 결론

이상에서 살펴본 것처럼, 대부분의 민중가요에서 사회변혁을 위한 투
쟁은 일종의 성전(聖戰)으로 격상되고, 그러한 성전의 참여에 방해가 되
는 것은 부정되고 배제되며 억압된다. 그러한 부정과 배제와 억압의 대
상 가운데 하나가 '여성성'의 이미지들이다. 물론 민중가요에서 '여성
성' 자체가 부정적인 것으로 평가되지는 않는다. '여성성'이 부정적인 것
으로 평가되는 이유는 그것이 성전에 참여하고 있거나 해야 할 사람들
을 혼란에 빠뜨리고 결국엔 사적인 이익이나 쾌락에 빠지게 하여 대의
에 대한 감각을 상실하게 할 위험이 있기 때문이다. 바로 그렇기 때문
에 민중가요에서는 '여성성'이나 그것과 연관된 것들이 위험하고 부정
적인 것으로 평가되며 경계의 대상이 된다. 그러한 것들이 민중가요의
이념적 구도 안에서 긍정적 가치를 지닌 것으로 활용되기 위해서는, 구
체적인 작품 분석의 과정에서 확인된 것처럼, 여타의 다른 장치들을 통
해 '여성성'이 제어되거나 일정하게 변형되어야만 한다. 그러한 제어와
변형의 방식에는 이성애를 동지애와 결합시키거나 이성애 자체를 아예
동지애의 형태로 변형시키거나 하는 것들이 있으며, 낭만적 사랑의 감
정의 대상을 정념적인 것에서 이념적인 것으로 이동시킴으로써 사랑의
성격을 에로스적인 것에서 아가페적인 것으로 승화시키는 것들이 있다.
변형되지 않고 활용되는 여성이미지들은 그것이 '성전'으로서의 민

주화투쟁과 노동해방운동의 당위성과 필연성을 환기시킬 수 있는 것들이다. 이 경우의 대표적인 것들이 '누이'와 '어머니'의 이미지이다. 이들은 모두 보호의 대상이라는 점에 공통점이 있으며, 서로 다른 이유로 인해 노동이나 운동의 주체가 더 열성적으로 사회변혁을 위한 투쟁에 참여할 수 있게 해준다. 이들 이미지를 소재로 하거나 활용한 노래들 가운데 '누이'쪽보다는 '어머니'쪽이 빈도와 정도에서 더 지배적이다. 심지어 '어머니'의 이미지의 경우 민중가요 전체에서 활용되는 그 어떤 이미지보다 그 빈도와 정도에서 훨씬 더 지배적이라고까지 말할 수 있다.

민중가요를 전반적으로 검토해보면 분명한 도식성을 쉽게 발견할 수 있다. 이는 민중가요가 현장에서 집단적으로 불리는 가운데 선전선동의 기능을 할 수 있어야 한다는 존재론적 조건에서 비롯하는 현상일 것이다. 이러한 사정을 충분히 인정한다고 하더라도 민주화투쟁과 노동해방운동의 목적으로서 맞이하고자 하는 세계에 대한 형상이 '참세상'이나 '새 세상'의 수준에 머무르고 있다는 것은 한계로 지적되지 않을 수 없다. 민중가요는 민중운동에 투신한 자들이 이루어내고 싶은 세계의 형상을 다양하고 구체적으로 제시해야만 했다. 그러기 위해서는 보다 깊고 정밀한 수준의 이론과 성찰이 전제되어야만 했다. 아마도 그러한 성찰과 이론의 부재는 대부분의 민중가요에 제시된 이론적 근거들이 낡은 의식형태에 지나치게 의존했던 데에서 기인하는 문제일지도 모른다. 민중가요에 나타난 여성이미지의 활용과 그 의미를 확인해보는 과정에서도 민중가요의 전반적인 문제점과 유사한 문제들이 확인되었다. 성전으로 격상된 해방운동의 목적을 이루기 위해 여성이미지를 단순히 활용하기만 하였지 여성문제에 대한 진지한 고민의 흔적은 보여주지 못하였다. 이는 시대적 제약에 따른 한계에서 기인하는 문제이기도 할 것이다. 그런데 다음과 같은 민중가요들은 이 논문의 본문에서 분석의 대상으로 삼았던 것들과 비교할 때 매우 참신한 성취를 보여준다.

그댈 잃고 나서야 나는 알았지 사랑이란 이름으로 길들이여 했음을 입으론 사랑한다 말을 하면서 여자 아닌 사람으로 사랑할 줄 몰랐지 아 부끄러워 사랑한다 했던 말 그대 꿈과 삶을 위해 나는 내어준 게 없어 돌아보면 너무도 후회가 많아 떠나는 널 잡지 못해 이렇게 울지만 사랑하는 사람아 부디 잘 가렴 아름다운 너의 꿈을 꼭 이루렴
　　　　　─ 윤민석 작사·작곡, 「먼 발치서 그댈 보내며: 편지 7」 전문

　　이불 홑청을 꿰매며 속옷 빨래를 하면서 나는 부끄러움에 가슴을 친다 똑같이 공장에서 돌아와 자정까지 종종 걸음 아내에게 나는 밥 달라 물 달라 시키기만 하였다 투쟁이 깊어갈수록 실천과 반성 속에서 저들이 찌꺼기를 배설해낸다 노동자는 이윤을 낳는 기계가 아닌 것처럼 아내는 나의 몸 종이 아니다 고된 작업에서 돌아올 참 동지 아내를 기다리며 이불 홑청을 꿰매면서 아픈 각성의 바늘을 찌른다 모범 근로자의 굴레를 넘어 노동운동을 하면서 나는 부끄러움에 가슴을 친다 노동자를 착취하는 기업주같이 대접받고 명령하는 남편으로 나 역시 아내를 갉아먹는 독재자가 되었다
　　　　　─ 박노해 작시, 민교 작곡, 「이불을 꿰매며」 전문

　　비록 소박한 수준에서 이루어진 것이긴 하지만, 위의 두 노래들에서는 노동해방운동의 이념적 구도에서 억압되고 배제되었던 여성성 자체에 대한 성찰과 탐구가 이루어지고 있다. 이들 두 노래가 전체 민중가요에 들어 있는 것과 그렇지 않은 것은 엄청난 차이가 있다. 그것은 가능성의 씨앗의 유무와 연관되는 문제이기 때문이다. 과거의 긍정적인 것에서 우리가 발굴해야 할 것은 그러한 가능성의 씨앗들이다. 그 성취와 실패를 변증해냄으로써 우리는 과거의 긍정적인 것 속에 충실하게 남을 수 있다. 이러한 노력은 과거 속에 안주하기 위함이 아니라 미래를 향한 기획을 더 안전하게 하기 위함이다. 철지난 것으로 비칠 수도 있을 민중가요를 검토의 대상으로 삼았던 이유도 여기에 있다.

주제어 : 민중가요, 여성성, 여성 이미지, 어머니, 노동해방, 5·18, 사회운동, 선
　　　　전선동

404

◆ 참고문헌

1. 기본 자료

최동호 외, 『20세기 한국 현대시와 민중가요의 상관성 연구 자료집』 I・II・III, 고려대학교 민족문화연구원, 2006.

2. 논문 및 단행본

강웅식, 「민중가요의 역사적 의미에 대하여: 민중시와의 상관성을 중심으로」, 『비평문학』 제21호, 한국비평문학회, 2005. 11.

김애영, 「노동조합 노래패의 현황과 과제」, 『이제 우리의 노래를』, 움직이는 책, 1993.

김영주, 「민중가요의 경향과 그 사회적 의미에 관한 고찰: 1980년대 이후의 민중가요를 중심으로」, 충남대 석사논문, 1993.

김진균, 『저항, 연대, 기억의 정치 1』, 문학과학사, 2003.

류형선, 「민중노래의 대중적 양식과 전형」, 『노래 4』, 실천문학사, 1993.

민주노총 교육선전국, 『교안모음집 2』, 새날, 1997.

민중문화운동연합, 『전망과 건설』, 동녘, 1989.

박영정, 「광주민중항쟁과 민족예술운동」, 『민족예술』 10호, 1992. 5, 6.

이영미, 「노래로 본 학생운동의 역사」, 『역사비평』 39호, 1997. 겨울.

──────, 「노래운동이란 무엇인가」, 『객석』, 성음출판사, 1988. 10.

전국대학생대표자 협의회, 『전대협』, 돌베개, 1999. 1.

채광석, 「시를 생각한다」, 『시인』 2, 시인사, 1984.

최동호, 「한국 현대 민중가요의 통계적 분석과 그 의미」, 『비평문학』 제21호, 한국비평학회, 2005. 11.

한국민중사연구회 편, 『한국민중사』, 풀빛, 1986.

한국사사전편찬회 편, 『한국 근현대사 사전』, 가람기획, 1990.

호미바바, 나병철 역, 『문화의 위치(The Location of Culture)』, 소명출판, 2002.

5・18연구소, 『민주주의와 인권』 제1권 2호, 2001.

◆ 국문초록

이 논문은 민중가요에 나타난 '여성'의 의미를 살펴보는 것을 목표로 한다. 사회운동의 도구로서 창작되고 향유된 민중가요에는 여성의 이미지가 어떻게 활용되었는지를 살피는 것은 '여성'에 대한 사회적 의미를 살피는 것과 다르지 않을 것이다. 본 연구팀의 공동연구로 축적된 민중가요 데이터베이스와 검색용 CD를 활용하여 '여성', '여성해방', '사랑', '어머니' 등의 주제어로 민중가요를 검색하여 그 의미를 살펴보았다. 이 외에도 위의 주제어로 검색되지는 않았으나 여성의 이미지를 활용한 민중가요들도 연구 범위에 포함시켰다. 민중가요가 시위 현장에서 가창된 노래이기 때문에 음악성과 시의적 사건에 대한 고려가 요구되지만 공동 연구주제의 성격상 음악적 분석보다는 사회적 의미와 가사의 내용적 의미에 집중하여 분석하였다.

'여성'이 사회운동에서 어떤 의미였는지를 시대적 환경과 연결하여 설명하였고 구체적인 민중가요 분석을 통해 여성 이미지의 운용에 대해 살펴보았다. 민중가요에서 여성은 주로 혁명의 보조자로 드러나고 있었으며 시위 현장의 고통이나 혁명의 의지, 학살의 폭력성을 부각시키는 이미지로 주로 활용되고 있었다. 이러한 여성의 이미지는 시대적으로 변화하고 의식적 층위를 달리하는데 이 논문에서는 그 변화의 양상과 의미에도 주목하고 있다.

406

◆ SUMMARY

A Study on Application and
Significance of the Female Image in Protest Songs

Han, Young-Ok

The purpose of this article is to examine the significance of the female image in the protest songs. To search the meaning of female in society is exactly alike to know how the female's image was used in the protest songs created and enjoyed by means of a social reform movement. We've investigated the data bank accumulated by our own joint research using the key words from the search program in the CD 'female', 'liberation of females', 'love' and 'mother' in the search for further examination of the main factors of protest songs. Furthermore protest songs applying the female image was not included in the above key words. However it was included in the research. Protest songs were usually sung during demonstrations therefore consideration is needed for the quality of the songs. However the lyrics as well as the social significance within the songs were more concentrated upon and analyzed.

The epoch was linked to 'females' in social movements to explain their significance and we analyzed the application of the female image through concrete research. In the protest songs, female were usually the assistant of revolutions and raised awareness for the massacre, violence and pain caused by demonstrations. The female image undergoes a change through each decade however this article is based more upon the aspect and significance of the change.

Keyword : female image, protest songs, liberation of females, social movements, demonstrations

─이 논문은 2007년 11월 30일에 접수되어, 소정의 심사를 거쳐 2008년 2월 6일에 최종적으로 게재가 확정되었음.

근대지식으로서의 사회주의

2008년 2월 25일 인쇄
2008년 2월 29일 발행

지은이　　상 허 학 회
펴낸이　　박 현 숙
찍은곳　　신화인쇄공사

110-320 서울시 종로구 낙원동 58-1 종로오피스텔 606호
TEL : 02-764-3018, 764-3019　　　FAX : 02-764-3011
E-mail : kpsm80@hanmail.net

펴낸곳 도서출판 **깊 은 샘**

등록번호/제2-69. 등록년월일/1980년 2월 6일

ISBN　978-89-7416-186-6

※ 잘못된 책은 교환해 드립니다.

값 18,000원